SV

Jorge de Sena

FEUERZEICHEN

Roman

Aus dem Portugiesischen
von Frank Heibert

Suhrkamp Verlag

Die Originalausgabe erschien 1979
unter dem Titel *Sinais de fogo.*

Erste Auflage 1997

Satz: Wallstein Verlag, Göttingen
Druck: Friedrich Pustet, Regensburg
Printed in Germany

ERSTER TEIL

Lissabon

I

Ramon Berenguer de Cabanellas y Puigmal war schon berühmt, als er durch die Zusammenlegung zweier Klassen in der Unterprima mein Mitschüler wurde. Seine ruhigen, träumerischen Extravaganzen, sein Auftreten eines älteren Herrn, das erwachsene Geheimnis, welches seine kleine, athletische Gestalt umgab, seine tiefe Überzeugung, daß die spanische Krone seiner Familie seit dem 12. oder 13. Jahrhundert die Grafschaft Barcelona schuldig war, seine absurden Fragen, die er mit dem überzeugtesten und naivsten Gesicht der Welt stellte und die ihn zum Schrecken unsicherer Lehrer machten, dazu sein famoses philosophisches System, das für alles eine Erklärung hatte und ihn »dank der Kontrolle über die zerebralen Energien« davon entband, sein Pensum zu lernen (außer im äußersten Notfall), all das machte aus ihm zwar weder ein Idol noch einen Anführer, aber einen hoch angesehenen Zeitgenossen, trotz des feinen Spotts, mit dem ihn alle bedachten. Eines Tages im Philosophieunterricht (der Lehrer war ein armer Teufel, bekannt wegen seiner intellektuellen Verfallserscheinungen, und einmal hatten wir ihm in unserer für diese Stunden typischen, lärmenden Undiszipliniertheit die Entgegnung des Diogenes veranschaulicht, indem wir uns alle auf unsere Schultaschen setzten und in die vier Ecken des Klassenzimmers rutschten), da stand Ramon auf und wandte ein, alle Lebewesen hätten eine Seele und dies sei nach den Gesetzen der Wissenschaft eine Tatsache, keine philosophische Spekulation. Gespanntes Schweigen stellte sich ein, die Ruhe vor dem Gelächter. Der Lehrer beugte seinen hängenden, gelblichen Schnurrbart über das Pult und fragte ihn: »Nach welchen Gesetzen der Wissenschaft?« Ramon ließ einen Spalt zwischen seinen schmalen Lippen, bei denen man nie wußte, ob er lächelte oder sie aus Verärgerung verzog, und erwiderte: »Beobachtung und Erprobung.« »Ah ja, sehr gut. Und wie haben Sie die Seele der Tiere beobachtet und erprobt?« »Wie, Herr Lehrer? Nun, persönlich.« Was wildes Gekicher zur Folge hatte. Er blieb ungerührt. »Persönlich?« wiederholte der Lehrer. »Jawohl. Indem ich einen Grashüpfer fotografiert habe, während er starb.« Erneutes Lachen. »Einen Grashüpfer? Und was ist auf dem Foto zu sehen?« fuhr der Lehrer fort, aus seiner üblichen Schläfrigkeit erwacht. »Das Foto, Herr

Lehrer, hat einer meiner Brüder gemacht, während ich den Grashüpfer tötete. Aber so, daß man sehen konnte, wie die Seele den Körper verließ. Und man erkennt auch ganz deutlich, wie die Seele zum Himmel auffährt.« »Die Seele des Grashüpfers, die Seele des Grashüpfers«, wiederholten wir alle unter erneuten Lachsalven. Und er ließ einen Blick über unsere Köpfe schweifen und bekräftigte: »Ja, die Seele des Grashüpfers, die zum Himmel auffuhr.« Der Lehrer lachte mit, wie wir ihn noch nie hatten lachen sehen: »Das ist gut, Puigmal, das ist wirklich gut. Fuhr zum Himmel auf? Ha, ha, ha. Und wie tat sie das?« »In einer Spirale, Herr Lehrer.« Tumultartiges Gelächter. Puigmal hob die Hand, bat um Ruhe; sein Gesicht bewölkte sich schmerzlich, und er sagte: »Verzeihung, ich habe mich geirrt.« Alle verharrten gespannt während der nun folgenden Pause; jetzt würde er mit einem *coup de théâtre* eingestehen, daß alles nur ein Scherz gewesen war. »Ich habe mich geirrt, es war ein Lapsus, sie fuhr nicht in einer Spirale zum Himmel auf, sondern in einer Helix.« Und setzte sich. Das nächste Gelächter klang etwas gezwungen. Der Lehrer erboste sich: »Und dieses Foto, wo ist das? Haben Sie es dabei? Ja? Dann zeigen Sie doch mal.« Puigmal erhob sich äußerst würdevoll: »Ich besitze es wohl, doch existiert kein Gesetz, das einen Wissenschaftler verpflichtete, die Beweise seiner Forschungen offenzulegen, bevor diese nicht abgeschlossen sind.« Unsere Blicke gingen vom einen zum andern. »Ach, existiert nicht, existiert nicht? Also, hier sage ich, wo es langgeht. Ich! Verstanden? Ich!« So hatten wir ihn noch nie erlebt. »Weder kann ich das, noch darf ich es, schließlich gehören die Ergebnisse dieser Experimente nicht nur mir, sondern auch meinem Bruder.« »Ach, sie gehören Ihnen nicht? Sie gehören Ihnen nicht, weil Sie ein Hochstapler sind.« »Sie beleidigen mich ohne Not, Herr Lehrer. Doch Wissenschaftler müssen stets gewärtig sein, zu Märtyrern gemacht zu werden. Ich bitte darum, mich zurückziehen zu dürfen.« Inzwischen herrschten vollkommene Stille und Reglosigkeit. »Sie bitten darum? Sie bitten darum? Umgekehrt! Ich schmeiße Sie raus, und außerdem werde ich Sie melden. Raus! Machen Sie, daß Sie fortkommen!« Ramon zog sich den Anzug gerade, holte seine Schultasche hervor, ging zwischen den Reihen hindurch, und auf der Türschwelle drehte er sich um und sprach: »Sie tun unrecht. Ich habe gemeinsam mit meinem Bruder die Seele des Grashüpfers fotografiert. Aber das wäre nicht einmal vonnöten gewesen, höchstens als Beweis. Denn ich hatte sie gesehen.« Dann öffnete er die Tür in seiner sanften Art und ging hinaus. Einige versuchten zu lachen. Wir waren allesamt verblüfft. Doch wie entsetzt waren wir, als wir merkten, daß der Lehrer weinte: »Das mir... So was kann nur mir passieren... Und wenn ich dasselbe mit Alicinha gemacht hätte, als sie starb, wer weiß, wer weiß...« Alicinha war seine Tochter, alle wußten das, die im Erwachsenenalter gestorben war und über die er sich zuweilen bei seinen Faseleien im Unterricht verbreitete. Zum Glück befreite uns die Klingel aus der peinlichen Lage, und wir rannten in den Hof, wo Puigmal, die Hände auf dem Rücken, umherspazierte. Die Meinungen gingen auseinander: er habe den Witz überzogen, nein, nein, die Sache sei ihm ernst, nein, bestimmt nicht... Wir bildeten einen engen Kreis um ihn. Mesquita, der als Klassensprecher immer wiedergewählt wurde, respektiert aufgrund seiner Liebesabenteuer (er war der Liebhaber einer verheirateten Frau, und die war beileibe nicht seine erste, o nein), Mesquita pflanzte sich vor ihm auf und fragte: »Puigmal, das mit dem Grashüpfer... hast du das erfunden, um den Knaben auf den Arm zu nehmen?« Puigmal hob die Augen, die gleichgültig und hell in seinem eckigen, glanzlosen Gesicht lagen, und wiederholte: »Ich hab's gesehen.« »Du hast gesehen, wie...« »Nein, nicht *wie*. Aber die Seele des Grashüpfers, die schon.« Mesquita erhob die Hand, als wollte er sagen, was du da mit dem alten Torres gemacht hast, machst du nicht mit mir. Aber dann ließ er sie wieder sinken, vielleicht dachte er daran, daß Puigmal zu kämpfen wußte, und vor allzuviel Publikum wollte er sein Ansehen nicht aufs Spiel setzen. Und sagte: »Schwörst du, daß diese Geschichte wahr ist?« »Na klar schwöre ich, auf alles, was ihr wollt. Und das werde ich auch dem Rektor sagen, falls ich dort erscheinen muß. Aber das brauche ich gar nicht, denn Torres hat mich nicht gemeldet.« Die Erwartung versickerte in der Debatte darüber, ob der Lehrer dies nachholen würde oder nicht. Dann rief uns die Klingel zur nächsten Stunde, der letzten dieses Nachmittags. Gewöhnlich gingen Mesquita und ich zusammen nach Hause, wir wohnten nämlich nicht weit voneinander entfernt, und er machte mich ein bißchen zum Mitwisser seiner Heldentaten. Puigmal ging denselben Weg, aber er hatte es wesentlich weiter als wir.

Zwischen ihm und uns hatte sich allerdings nie ein Umgang ergeben, der erlaubt hätte, daß wir zu dritt gingen, vielleicht weil er sich im Pausenhof immer so erfahren und überlegen gab, wenn Mesquita ohne Prahlerei, aber mit geschickten Auslassungen auf seine Abenteuer anspielte. Die Seele des Grashüpfers brachte uns an jenem Tag Puigmal näher. Damit begann unsere Freundschaft.

Zu Anfang war es keine einfache Freundschaft, ich glaube, das war sie nie. Aber wir ertrugen seine Launen, die Grafschaft Barcelona, die Seele des Grashüpfers, die Geheimnistuerei, und bekamen eine faszinierende Sympathie zurück, die uns bisher nie aufgefallen war, eine Mischung aus kindlicher Fröhlichkeit und einfältigem Ernst, die sein eckiges und verträumtes Gesicht erleuchtete, wenn er sich über alles mögliche ausließ, was ihm gerade in den Kopf kam. Wir waren geistig schon reif genug, um zu begreifen, daß fast alles, was er erzählte, konkreter Grundlagen entbehrte oder auf Halbwissen beruhte. Doch allmählich entdeckten wir, daß diese Schlußfolgerungen oder Erfindungen nicht von einem falschen Menschen kamen, beziehungsweise, was auf dasselbe hinauslief, daß er in seiner eigenen Welt lebte, unberührt von den Gedanken anderer, während er selbst mindestens so genial war wie Newton. Mit der gleichen Unerschütterlichkeit, die er der Beweisführung eines Lehrsatzes widmete, weigerte er sich, irgendein literarisches Werk zu lesen (falls aber er einmal schreiben sollte, würde es ein *endgültiges* Buch sein, das im Vorfeld von niemandes Stil beeinflußt werden durfte). Er vertraute uns auch nichts aus seinem Privatleben an (denn ein Mann war unter anderem daran zu erkennen, daß er sich ausschließlich seinem Familiendämon anvertraute). Obwohl er uns oft ärgerte, verlor sich mit der Zeit doch die Schärfe seines Wesens, und je mehr wir uns an ihn gewöhnten, desto weniger vermochte er uns zu verletzen, woran er, wie uns irgendwann klar wurde, ein unschuldiges Vergnügen hatte. Uns wunderte auch der doktorale Tonfall nicht mehr, mit dem er herablassend lauter Dinge entdeckte, die wir beiden längst gelernt hatten.

Wir machten abwechselnd bei mir oder bei Mesquita zu Hause Schularbeiten. Puigmals Wohnung war eine Art Allerheiligstes, von dem er uns mit dezenter Zurückhaltung fernhielt. Mesquita kannte zufällig, ich weiß nicht woher, seine Familie: den Vater, die Mutter, den älteren Bruder. Und manchmal, wenn er mir von ihnen erzählte, war ihm anzumerken, daß er diese Zurückhaltung nicht verstand, sie schien durch nichts, was er von ihnen wußte, gerechtfertigt. Sie waren Menschen wie alle anderen, sehr nett, geradezu herzensgut, und sie führten ein anständiges Leben, an dem es nichts zu verbergen gab. Nichts wäre natürlicher gewesen, als seine Freunde zum Lernen nach Hause einzuladen, schließlich kam er auch zu uns. Doch er wich stets jeder Anspielung auf die mangelnde Gegenseitigkeit aus. Und wenn er sich etwas in den Kopf gesetzt hatte, war er durch nichts zu beirren.

Eines Tages fehlte Puigmal im Unterricht. Am nächsten Tag auch. Auf dem Nachhauseweg fragten Mesquita und ich uns, ob er wohl krank war und ob wir uns nicht telefonisch nach ihm erkundigen sollten. In jenen Jahren war das Telefon noch eine Seltenheit, aber sowohl Mesquita als auch Puigmal hatten einen Anschluß.

»Ich finde, wir könnten ihn besuchen«, sagte ich.

Mesquita sah mich von der Seite an und grinste. Wir zogen los.

Wir blieben vor dem Haus im Avenidas-Viertel stehen, das riesig war, jedenfalls für die damalige Zeit. Der pompöse Eingang wirkte düster.

Mesquita spähte zu den Fenstern hoch, in denen sich die untergehende Sonne spiegelte, und meinte: »Und wenn er uns das übelnimmt? Sollen wir nicht doch lieber vorher von irgendwo anrufen?«

»Riskieren wir's«, sagte ich. »Wenn er sagt, daß er keine Besuche will, wann bietet sich uns dann die nächste Gelegenheit, diese Hürde zu nehmen?«

Wir traten ein, gingen die Treppe hinauf bis in den ersten Stock, wo er wohnte, und blieben im Dunkeln stehen, die Augen fest auf die goldene Klingel an der Tür gerichtet.

Jetzt zögerte ich. Mesquita läutete. Die Stille ließ das Schummerlicht um uns immer düsterer werden, es roch nach Schimmel, Bohnerwachs und dem Treppenhausläufer aus Bast.

»Sollen wir noch mal klingeln?« fragte ich.

»Warte.« Wir preßten beide ein Ohr an die Tür. Nichts war zu hören. Es schien keiner dazusein. Mein Läuten hallte kräftig wider. Nichts.

»Vielleicht sind sie weg, auf ihrem Gut«, meinte Mesquita. Das Gut nicht weit von Lissabon, das Ramons Vater vor kurzem gekauft hatte, war uns aus seinen Beschreibungen bekannt, und im dunklen Flur traten mir wieder die Bilder aus seinen Erzählungen vor Augen: ein altes, geducktes Haus, in einem Hain verborgen, an einem abgelegenen Berghang, verlassene Keller voller Stroh, quietschende Türen, drei, vier Kerzenleuchter auf dem Tisch, die es nicht schafften, die feuchten Schatten aus den Ecken des Zimmers zu vertreiben.

»Gehen wir«, sagte Mesquita. »Die sind alle ausgeflogen. Deshalb hat er gefehlt.«

Wir setzten uns langsam wieder in Bewegung. Als wir den Treppenabsatz erreicht hatten, ging das Licht an. Wir blieben stehen, drehten uns nach oben. Die Tür öffnete sich einen Spalt, und Puigmals Kopf lugte heraus.

»Was wollt ihr?« Seine Stimme klang unruhig und verärgert.

»Du bist zwei Tage nicht in der Schule gewesen… Wir dachten, du bist krank, und wollten dich besuchen«, antwortete ich.

»Hm… Aber ich bin gar nicht krank.« Der Kopf verschwand einen Augenblick und kam sogleich wieder zum Vorschein.

»Na gut…« sagte Mesquita. »Wenn du nicht krank bist, gehen wir.«

»Wo ihr schon mal da seid, kommt rauf.« Die Tür tat sich auf.

Wir gingen wieder nach oben und traten ein. Die Wohnung hatte einen unmäßig langen Flur, mit mehreren Türen auf einer Seite und einer am Ende. Doch Puigmal wies uns in einen Wohnraum gleich links von der Eingangstür, einen großen, seltsam leeren Salon mit Erkern zur Straße und alten Stehpulten an der Wand, wie sie Buchhalter benutzen. Hinter Puigmal, der die Tür schloß und uns überholte, betraten wir einen Nebenraum, wo ebenfalls schon Licht brannte, eine nackte Glühbirne, die von der Decke hing. Er stellte sich hinter einen Schreibtisch in der Nähe des Fensters und sagte: »Setzt euch.« Dann nahm er selber Platz und faltete die Hände auf dem Tisch, als würde nun die Audienz beginnen.

Wir ließen uns auf Stühlen nieder, die, abgesehen von einem kleinen Sessel und einem Bücherschrank mit Glastüren und gelben Vorhängen, zusammen mit seinem Schreibtisch das ganze Mobiliar des kleinen Arbeitszimmers bildeten. Auch hier schwebte derselbe Geruch nach Schimmel, Bohnerwachs und Teppichläufer wie im Treppenhaus, als wäre die Wohnung geputzt und gebohnert worden und hätte dann lange Zeit leergestanden.

»Du bist zwei Tage lang nicht in die Schule gekommen, gestern und heute«, meinte Mesquita, »und da du nichts davon gesagt hast, daß du aufs Gut wolltest, dachten wir, du wärst krank, und wollten dich besuchen.«

»Ihr hättet ja anrufen können.«

»Stimmt«, gab Mesquita zu, und ein verlegenes Schweigen breitete sich aus.

Worauf Puigmal feierlich erläuterte: »Meine Eltern sind mit den Dienstmädchen aufs Gut gefahren, aber ich bin mit meinem Bruder hiergeblieben, der Schule wegen.«

Mesquita und ich schauten uns verblüfft an.

»Aber wir haben die Gelegenheit genutzt, um einige Experimente durchzuführen.«

Ich glaube, wir konnten beide ein Grinsen nicht unterdrücken, in dem die Erinnerung an die Seele des Grashüpfers mitspielte. Puigmal bemerkte es und fügte hinzu: »Nicht so eins, andere Experimente.«

»Und wo ist dein Bruder?« fragte ich. Ich war ihm noch nie begegnet und wußte nur, daß er Medizin studierte.

»Da drinnen, er beendet gerade seinen Teil eines Experiments.«

»Aha«, sagte Mesquita, der den Bruder kannte. »Ist das etwas Medizinisches?«

»Nicht im engeren Sinne. Genauer gesagt hat es mit Anatomie zu tun, auch mit Physiologie.« Er lächelte geheimnisvoll und maliziös.

Prompt fingen Mesquitas Augen an zu leuchten.

»Ach so, *das* hast du gerade gemacht? Und zu Hause... Seid ihr allein?«

»*Das* ist eine lange Geschichte...« Puigmal lehnte sich mit einem Rekeln zurück, das typisch für ihn war, wenn er eine Welt diskreter Genüsse andeuten wollte.

»Erzähl mal«, sagte ich und rechnete schon mit einer jener Geschichten, bei denen sich Dichtung und Wahrheit kaum unterscheiden ließen.

»Es ist ganz einfach«, setzte er an. »Wir sind wirklich wegen der Schule dageblieben. Meine Eltern fahren manchmal weg, damit wir lernen, allein zurechtzukommen.« Das Gut hatten sie erst kürzlich gekauft, vorher erzählte er immer, der Vater sei geschäftlich oft auf Reisen, allerdings stets allein. »Und wir kommen tatsächlich allein zurecht. Erinnerst du dich«, er sprach jetzt zu Mesquita, »an die Geschichte von unseren Nachbarinnen, zum Hof hin? Zwei Schwestern hier aus dem Block, die genau hinter uns wohnen?« Mesquita nickte, und mir fiel dabei eine ähnliche Geschichte ein, eines von Mesquitas großen Abenteuern: wie er der Liebhaber einer Frau Soundso geworden war, die in einem Gebäude wohnte, dessen Rückseite zum Hof seines Hauses ging, und wie er nachts, wenn alle schon schliefen, im Pyjama über die Mauer kletterte und durch den Dienstbotenaufgang zu ihr schlich, und wie einmal der Ehemann unerwartet von einer Reise zurückkam, so daß Mesquita sich stundenlang splitternackt unter der Dienstbotentreppe verstecken mußte und nicht wieder über die Mauer konnte, weil der Ehemann oben Wache hielt und herumbrüllte, er werde den Besitzer dieses fremden Pyjamas umbringen, während die Frau jammerte: »Nein, das ist deiner, das ist deiner, ich schlafe doch immer in deinem Pyjama, wenn du nicht da bist... Mensch, die Nachbarn hören dich...«

Puigmal fuhr fort: »Ja, also diese Geschichte. Wir haben immer durch Zeichen mit ihnen geflirtet. Und da wir gestern und heute allein zu Hause geblieben sind, haben sie getan, als gingen sie zur Schule, sind aber nur einmal um den Block gelaufen, morgens und nachmittags, und haben mit uns zusammen gelernt.«

»Und jetzt sind sie da drin?« fragte Mesquita. »Haben wir euren Unterricht gestört?«

»Ja, sind sie. Aber inzwischen müßte die Schule längst aus sein, es wird höchste Zeit, daß sie wieder nach Hause gehen. Das Dumme ist nur, daß sie jetzt, wo ihr hier seid, bestimmt Angst haben, herauszukommen.« Er stand auf, ging in ein weiteres Nebenzimmer und ließ uns allein.

»Glaubst du das?« fragte ich.

»Nein«, antwortete Mesquita. »Aber warte, ich krieg ihn schon.«

Wir verharrten beide schweigend, und bald schon hörte man im Flur ein gedämpftes Getrappel, ein Gemurmel und die Tür, die sich öffnete und wieder schloß.

Ramon kam zurück, den Bruder im Schlepptau, der genau wie er aussah, nur eine größere, leicht gealterte Ausgabe (obgleich ihr

Altersunterschied nur etwa ein, zwei Jahre betrug). Wir wurden einander vorgestellt, und nachdem er sich geradezu germanisch gestrafft und vor mir verbeugt hatte, begrüßte er Mesquita, den er ja schon kannte, sehr herzlich.

Nun standen wir alle, und Mesquita sagte: »Ihr habt euch also gestern und heute unermüdlich damit beschäftigt, die Jungfrauen zu deflorieren?«

»Jungfrauen?« wiederholte Ramons Bruder und sah uns einen nach dem anderen an.

»Waren sie keine Jungfrauen mehr?« hakte Mesquita nach. »Dann sind das ja alles Routineübungen.«

»Sie waren Jungfrauen und sind es geblieben«, verkündete Ramon.

»Ach, dann habt ihr ihnen Flötespielen beigebracht?« fragte Mesquita. »Oder ging es über Küßchen und Umarmungen nicht hinaus?«

»Weder das eine noch das andere«, sagte Ramons Bruder trokken. »Wir haben lediglich Experimente zur Elastizität des Hymens durchgeführt.«

»Ach, wie interessant!« rief Mesquita aus. »Dann seid ihr ja nur ein wenig am Ufer des Sees gelustwandelt...«

»Das kann man so nicht sagen«, meinte Ramon. »Wir haben ein neues Produkt erprobt, aus eigener Herstellung, das eine dehnungsverstärkende Wirkung hat.«

Mesquita brach in Gelächter aus: »Große Sache! Ärgerlich nur, wenn die Elastizität für große Sachen nicht ausreicht!«

Die beiden Brüder wurden förmlich. Der ältere erwiderte: »Für normale Dimensionen ist es absolut ausreichend. Willst du mal sehen?«

»Die Dimensionen? Nein danke. Aber das Produkt gerne.«

Der Medizinstudent ging hinaus, und Ramon sagte: »Du denkst, das wäre alles nur Gerede, aber es wird dir die Sprache verschlagen.«

Der andere kehrte zurück und präsentierte uns ein Metalldöschen, das er öffnete. Darin befand sich eine helle, parfümierte Salbe.

Mesquita nahm das Döschen, hielt es sich vor die Augen, unter die Nase und steckte einen Finger hinein: »Das ist Vaseline mit Parfüm.«

»Ach ja? Dann guck mal«, sagte der andere. Er ging zum Bücherschrank, holte ein Stück Seidenpapier heraus und legte es auf den Tisch, nahm Mesquita die Dose weg und strich eine kleine Fläche des Papiers mit der Salbe ein. Danach hielt er ihm das gespannte Papier hin und sagte: »Bohr mit dem Finger ein Loch hinein.«

Mesquita drückte den gestreckten Zeigefinger gegen das Papier. Es gab nach, riß aber nicht ein.

»Siehst du?« meinte Ramon.

»Das ist gar kein Seidenpapier«, erwiderte Mesquita.

Ramons Bruder sagte: »Das ist schon Seidenpapier, bloß das hier«, und er hielt die Dose hoch, »ist keine Vaseline.«

Mesquita zeigte Interesse: »Und wie wird es aufgetragen, damit es wirkt?«

»Mit einem Finger. Man selber reibt sich auch damit ein.«

»Und das habt ihr an den beiden ausprobiert?« fragte ich.

»Klar«, sagte Ramons Bruder. »Ist ja wohl logisch, daß es mit Prostituierten nichts bringen würde.«

Wir lachten alle miteinander los. Dann schaute der Mediziner auf seine Armbanduhr und rief: »Entschuldigt mich, aber ich muß gehen.«

»Du gibst mir ein bißchen von dem Zeug, ja, damit ich es auch mal probieren kann«, sagte Mesquita.

»Du kannst die ganze Dose behalten«, antwortete er und ging.

Ramon kehrte hinter seinen Tisch zurück, während Mesquita noch einmal an der Salbe roch, die Dose sorgfältig verschloß und sie einsteckte.

Wir hörten die Wohnungstür zuschlagen. Ramon sagte: »Setzt euch, bleibt noch ein bißchen.«

Und wir setzten uns. Ich schaute nach draußen. Es war schon stockdunkel.

»Du, Mesquita«, sagte ich, »ich glaube, für uns wird es Zeit, nach Hause zu gehen.«

Er schaute auf seine Uhr und stimmte zu: »Allerdings. Gehen wir, für mich hat sich der Tag gelohnt«, und er zwinkerte mir zu.

Ramon sagte: »Es ist doch erst halb sieben, die Tage sind noch kurz. Aber wenn ihr zehn Minuten warten wollt, zeige ich euch etwas, das habt ihr noch nie gesehen.«

»Wieder so eine Salbe? Oder das Porträt von der Heuschrekkenseele?« erkundigte sich Mesquita.

Ramon zog eine Schublade des Tisches auf, holte eine Aktenmappe hervor, stöberte darin und hielt uns ein Foto hin, das ich nahm. Darauf war ein Taschenmesser zu sehen, das einer Heuschrecke den Kopf abschnitt, und darüber schwebte, ganz durchsichtig, eine andere Heuschrecke. Ich gab das Bild an Mesquita weiter, der sagte: »Das sind zwei übereinander abgezogene Fotografien.«

»Stimmt«, sagte Ramon, »weil sie nicht im selben Augenblick gemacht worden sind. Aber sie stellen dasselbe Ereignis dar.«

»Das mit der Salbe für die Dehnbarkeit lasse ich mir ja noch gefallen«, sagte Mesquita. »Aber daß du uns diese Geschichte wieder auftischst, also nein.«

»Ich erzähle dir eine andere. Jetzt sind es noch höchstens fünf oder sechs Minuten«, sagte Ramon nach einem Blick auf die Uhr. »Ihr müßt nämlich wissen, daß in dieser Wohnung vor Jahren ein Onkel von mir gestorben ist. Der Bücherschrank dort gehörte ihm«, wir drehten uns um und betrachteten die vergilbten Vorhänge hinter den Glasscheiben, »und jeden Nachmittag, wenn er von draußen hereinkam, immer zur selben Stunde, ging er zu seinem Bücherschrank und holte ein Buch heraus. Jetzt befindet sich dort keins seiner Bücher. Aber jeden Tag, genau zur selben Zeit, öffnet und schließt sich die Schranktür. Wollt ihr sehen? Es dauert noch knapp vier, fünf Minuten.«

Es lief mir kalt den Rücken hinunter, und ich warf Mesquita einen Blick zu. Der saß mit übereinandergeschlagenen Beinen da und ließ seelenruhig, mit gesenkten Augen, das eine Bein baumeln.

»Der Witz ist«, fügte Ramon hinzu, »daß mein Onkel ein Freigeist war, der sich über alles lustig machte und an gar nichts glaubte, schon gar nicht an Gespenster. Und trotzdem holt er sich jeden Tag ein Buch aus dem Schrank, sogar sonntags. Ihr werdet's gleich sehen.«

Wir saßen reglos und still da, den Bücherschrank im Blick.

»Er ist schon überfällig«, meinte Ramon, »vielleicht kommt er ja heute nicht.«

Ein Krachen. Dann tat sich die Tür des Bücherschranks auf, hielt inne und schloß sich ganz langsam wieder.

Mir war kalt, und ich hatte eine unbändige Lust, einfach davonzulaufen. Ramon sagte: »Na, gesehen?«

»Wie hast du das denn gemacht, du Gauner?« rief Mesquita. Er stand auf, ging zum Schrank, öffnete ihn und probierte mehrmals, die Tür auf- und zuzumachen. Dann ging er in die Hocke, untersuchte genauestens die blanken Dielenbretter und kroch auf allen vieren zum Tisch. Auch dort fuhr er mit den Händen über den Boden. Dann richtete er sich halb auf und nahm sich die Tischplatte vor, die Augen genau auf ihrer Höhe. Schließlich stand er auf und packte Puigmal, der neben ihm stand, am Revers: »Das kaufe ich dir nicht ab. Wie hast du das hingekriegt, daß die Tür auf- und zuging?«

Puigmal löste sich mit einem leichten Schubs von Mesquita und schaute mit hochgezogenen Brauen gen Himmel: »Ich habe gar nichts gemacht. Ich war das nicht, der die Tür auf- und zugemacht hat.«

»Wer dann?« fragte ich.

»Mein Onkel. Das habe ich doch schon gesagt«, erwiderte Ramon.

Mesquita setzte sich Richtung Ausgang in Bewegung: »Komm, gehen wir, bevor das Haus einstürzt und er uns erzählt, seine Oma wär's gewesen.«

Puigmal stand auf: »Ich will euch nicht drängen, noch länger zu bleiben, es ist ja schon spät. Und was meine Oma betrifft, Gott hab sie selig, so ist sie auf unser Gut umgezogen, gleich nachdem wir es gekauft hatten. Mein Vater hat ihr damit übrigens einen Wunschtraum erfüllt.«

»Und dein Großvater?« fragte Mesquita ganz ruhig. »Du hast uns nie von den beiden erzählt.«

»Das tue ich auch nie, weil die meisten Leute nicht an solche Dinge glauben. Aber wo ihr schon mal zur Stunde des Bücherschranks hier wart, mußte ich ja. Ich spreche von meinen Großeltern väterlicherseits. Mein Großvater ist in Barcelona geblieben.«

»Um wegen der verlorenen Grafschaft eine Verschwörung anzuzetteln?« fragte Mesquita.

»Ganz genau. Er ist gar nicht mehr aus dem Provinzarchiv herausgekommen, ständig hat er dort Bescheinigungen beantragt und Recherchen angestellt.«

»Na, sag mal, schämt ihr euch nicht, solche Experimente wie vorhin anzustellen, wenn die ganze Familie unsichtbar anwesend ist, vor ihren Augen? Es könnte doch jemand im selben Zimmer sein, oder nicht?« fragte ich.

»Zunächst gibt es gar keinen Grund, sich zu schämen, denn sie kennen die körperlichen und moralischen Beschränkungen nicht mehr, denen sie früher unterlagen. Und zweitens verbleiben die Geister im Ruhezustand, solange sie nicht gerufen werden. Sie hängen allein von dem gewählten Ort ab, auf den ihre Erscheinungen sich konzentrieren. Im Falle meines Onkels die Tür des Bücherschranks.«

Wir standen im Flur, am Ausgang.

»Also, gute Nacht«, sagte Mesquita, und wir traten ins Treppenhaus.

Als wir schon halb unten waren, rief Puigmal nach uns. Wir blieben unter der hellen Lampe stehen, die das große, vornehme Treppenhaus erleuchtete. Er machte die Tür weit auf, kam heraus und eilte sportlich die Stufen bis zu uns herab.

»Du, hör mal, Mesquita, dieses Zeug in der Dose... das wirkt gar nicht so, wie wir gesagt haben. Es ist eine Probepackung von einer Hautcreme, mit der wir herumexperimentieren. Aber du kannst sie drauftun, ist gut für die Haut. Und sie erleichtert natürlich die ganze Angelegenheit.«

Mesquita zog die Dose hervor, das Blech glänzte.

»Behalt du sie lieber, nachher fehlt sie dir noch.«

»Nein, bitte. Nimm sie.«

Ich fragte: »Und deine Nachbarinnen, sind das wirklich deine Nachbarinnen?«

»Ja.« Puigmal kam noch näher. »Aber wenn ihr versprecht, es für euch zu behalten, sage ich euch die Wahrheit.« Er machte eine dramatische Pause. »Das waren gar nicht sie, die vorhin hier waren. Sie haben uns viel früher besucht. Vorhin, das waren... Katalanen.«

»Ach, wegen der Grafschaft, stimmt's?« wiederholte Mesquita.

»Ja, in Katalonien steht ein Aufstand unmittelbar bevor. Aber sagt niemand was davon, das sind Anarchisten, die bringen uns alle glatt um, wenn die Verschwörung durch unsere Schuld mißlingt.«

»Und die Anarchisten werden euch als Fürsten wiedereinsetzen?« fragte ich.

»Nein, aber unsere Interessen treffen sich mit denen der Separatisten.«

»Und wenn eine katalanische Republik ausgerufen wird, bevor ihr dort seid?«

»Um eine solche Zusicherung ging es bei unserer heutigen Unterredung.«

»Und dein Vater?« fragte Mesquita. »Der hat damit nichts zu tun?«

»Mein Vater hat zugunsten meines Bruders abgedankt, deshalb hat er sich gestern auf unser Gut zurückgezogen.«

Ich konnte nicht widerstehen: »Ach, ins Exil?«

Er zuckte mit keiner Wimper: »Ins Exil! Das ergibt doch keinen Sinn. Nein, er ist auf Abstand gegangen, um die Verhandlungen zu erleichtern. Gute Nacht. Morgen komme ich wieder in die Schule.« Dann stieg er die Treppe wieder hoch, ging in die Wohnung und verschloß die Tür.

Wir traten auf die Straße und liefen lange schweigend nebeneinander her.

»Die sind vollkommen verrückt«, bemerkte ich, als wir schon weit weg waren.

»Vielleicht«, sagte Mesquita. Und zog die Dose aus der Tasche, die er behalten hatte. Wir blieben unter einer Straßenlaterne stehen, in deren Licht er die Salbe betrachtete. »Ich müßte meinen Vater mal bitten, daß er das untersuchen läßt.«

Sein Vater hatte nämlich, neben einer unglaublichen Sammlung pornographischer Bücher, ein Laboratorium. Doch plötzlich überlegte es sich Mesquita anders und warf die Dose in den Rinnstein: »Am besten schmeißen wir diesen Dreck gleich weg, wer weiß, was das überhaupt ist.«

»Aber wenn dein Vater es untersuchen ließe, wüßten wir es.«

»Wüßten wir was?«

Ich überlegte. Er hatte recht. Was wüßten wir dann? Daß es keine Creme für die Haut war? Am Ende war es ein Balsam zur Eroberung der katalanischen Krone… Und bewirkte überdies, daß Membranen aus organischer Materie dehnbar wurden…

II

Lange Zeit verloren Mesquita und ich über die Abenteuer jenes Tages kein Wort. Erst recht nicht Puigmal gegenüber. Doch der hatte inzwischen weitgehend auf seine Attitüden verzichtet. Ich weiß nicht, ob er uns damit einen Gefallen tun wollte, aber er wurde geradezu unsichtbar auf der Schule: nicht daß er ständig gefehlt hätte, nein, er unterließ nur seine Einmischungen aus dem Stegreif und sein intellektuelles Imponiergehabe. Er gab sich auch nicht mehr so bewußt bescheiden; mit dieser Marotte hatte er sich auf dem Schulhof sinnierend von allen ferngehalten und war so erst recht aufgefallen. Er kam zum Lernen zu uns nach Hause, wie immer, aber dabei stahl er uns nicht mehr die Zeit durch seine langatmige Vertiefung offenkundiger Beweisführungen. Er blieb nur insofern demonstrativ derselbe, als er sich weiterhin weigerte, die Lehrbücher zu lesen, und lieber gen Himmel blickend unseren Debatten zuhörte, anscheinend ganz versonnen, um seine aufs Sofa gekauerte Würde zu wahren, doch in Wahrheit aufmerksam, wie man an den treffenden Bemerkungen erkennen konnte, mit denen er uns ab und zu unterbrach. Erst da wurde uns wieder seine extravagante Art bewußt, die wir vor lauter Gewöhnung schon gar nicht mehr bemerkten.

Das Ende des Schuljahres, des letzten unserer Schulzeit, rückte näher, und damit auch die Reifeprüfung. Doch würde der Abschluß uns nicht auseinanderreißen, denn wir hatten alle drei vor, uns an der naturwissenschaftlichen Fakultät zu immatrikulieren. Trotz der Angst, die uns das Abitur und vor allem die Aufnahmeprüfung an der Universität einjagten, freuten wir uns schon darauf, Studenten zu sein, auf die Unabhängigkeit, die damit einherging: Lehrveranstaltungen, deren Besuch nicht mehr obligatorisch war, die Möglichkeit, uns jedes Jahr mehr oder weniger die Fächer aussuchen zu können, die wir belegen wollten... Uns begeisterte weniger der Gedanke an unsere bevorstehende Laufbahn als an jene berühmte höhere Freiheit. Eines Nachmittags, bei Mesquita daheim, kamen wir jedoch auf konkretere Zukunftspläne zu sprechen. Und Puigmal verkündete in unbestimmtem Tonfall, für ihn sei die naturwissenschaftliche Fakultät nicht mehr als ein rasches Intermezzo auf dem Weg zur Militärakademie.

Bei dieser Erklärung traf uns fast der Schlag vor Schreck. Die militärische Laufbahn hatten wir nie in Erwägung gezogen, vielmehr hatte Puigmal selbst oft einen ironischen Antimilitarismus an den Tag gelegt, mit lauter Sprüchen wie: das Heer sei letztlich nur staatlich finanzierter Müßiggang, eine uniformierte Form des Analphabetismus. Mesquita konnte nicht an sich halten und erinnerte ihn daran.

»Stimmt«, antwortete Puigmal. »Das denke ich auch immer noch. Aber genau das interessiert mich letzten Endes. Wenn mich der Staat fürs Nichtstun bezahlt, wenn mich mein Beruf nur dazu verpflichtet, idiotische Dinge zu lernen, dann bleibt mir ja genug Freizeit, um mich mit anderem zu beschäftigen, und ich habe den Kopf für meine eigenen Forschungen frei.«

»Aber so wird es nicht sein«, bemerkte ich. »Denn die Leute, mit denen du dann zusammenlebst, die Zwänge des Kasernendaseins, das dir bevorsteht, und die Tatsache, daß du immer tun mußt, was von dir verlangt wird, all das wird dich am Ende kleinkriegen und zu einem typischen Kommißkopp machen.«

Er lächelte überlegen: »Nein... Ein Mann, der frei seine spirituellen Energien bündelt, der über große Reserven verfügt und sie nicht jeden Tag verbrauchen muß, ist gegen all das gefeit. Er kann sogar zu großem Ansehen gelangen.«

»Wie, zu großem Ansehen?« fragte Mesquita.

»Ganz einfach. In seinem Jahrgang deshalb, weil er als überlegener Mann über Dinge nachdenkt, die dort keiner begreift. Und unter den anderen Menschen deshalb, weil er ein denkender Mann des Militärs und damit von vornherein überlegen ist. Das ist doppeltes Ansehen.«

»Nehmen wir mal an, es kommt alles so«, bemerkte ich, »aber hast du schon daran gedacht, wieviel Schwachsinn du ertragen mußt, wenn du den ganzen Tag nur damit zubringst, ›linksum kehrt‹ und ›rechtsum kehrt‹ zu befehlen?«

»Sicher. Und ich halte es nicht für Schwachsinn, Soldaten Befehle zu erteilen. Bestimmt ist das ein großes Vergnügen. Ein Haufen ungeschickter Männer, die als Untergebene vor mir stehen, und ich kann mit ihnen machen, was ich will...«

»Es hat wohl doch keine Erhebung in Katalonien gegeben«, unterbrach Mesquita. »Stand jedenfalls nichts in der Zeitung. Und das kann kaum daran gelegen haben, daß ich etwas erzählt hätte...«

Puigmal setzte an: »Es steht ja nicht alles in der Zeitung. Die Fragen der hohen Diplomatie unterliegen der Schweigepflicht der Staatsbeamten. In Wirklichkeit ist der Aufstand fehlgeschlagen. Und vorläufig stellen wir alle politischen Aktivitäten zurück. Im übrigen ist es angebracht, wenn wir uns eine Zeitlang ruhig verhalten, um meine Aufnahme an der Militärakademie nicht zu gefährden…«

Jetzt war ich es, der ihn unterbrach: »Wie willst du denn in der portugiesischen Armee dienen, wenn du dich eigentlich als Katalane betrachtest, sobald deiner Familie die Grafschaft Barcelona zurückgegeben wird?«

Aber er hatte auf alles eine Antwort: »Was spricht dagegen? Der Adel schlägt im Exil meistens die Militärlaufbahn ein, die läßt sich in den Ländern, wo er sich niederläßt, am besten mit seinen Traditionen verbinden. Was ihn keineswegs daran hindert, seine ursprüngliche Nationalität wieder anzunehmen, sobald sich die Gelegenheit dazu bietet. Es gibt viele Beispiele dafür, seit jeher.«

Mesquita verlor die Geduld: »Hör mal, Puigmal, jetzt fang nicht wieder mit deinen Geschichten an. Es sah ja alles danach aus, als ginge es dir schon besser, aber in Wahrheit hat dich der Infekt noch viel schlimmer gepackt. Wenn du jetzt plötzlich auf die Militärakademie willst, dann wird das schon seine Gründe haben, und ganz bestimmt andere, als du gerade vorbringst. Ich habe oft sagen hören, zum Militär geht nur einer, der das höhere Studium nicht machen kann, warum auch immer. Stimmt's, oder etwa nicht?«

»Ja und nein«, erwiderte er ungerührt. »Das kann durchaus ein Grund sein, aber es kann darüber hinaus auch noch andere Motive geben. Wie in meinem Fall.«

»Also wirklich! Du willst dir doch nur einreden, daß dir eine Sache richtig gut gefällt, die dich im Grunde gar nicht interessiert«, gab Mesquita zurück.

»Nein, falsch. Bis heute hat mir noch nie jemand etwas einreden können. Nicht einmal ich selbst. Ich bin, wie ich bin, und zwar einfach, weil ich so bin. Weder ich noch sonst jemand dirigiert mich. Es sind meine spirituellen Energien, die je nach meiner Lebensart für mich entscheiden.«

Mesquita baute sich vor ihm auf, vergrub die Hände in den Hosentaschen und setzte seine angriffslustige Miene auf, die er nur bei großen Gelegenheiten hervorholte: »Wo hast du denn das gelesen?«

»Ich habe niemals irgend etwas lesen müssen, um Bescheid zu wissen. Manchmal stoße ich höchstens auf etwas, das meine Standpunkte bestätigt«, und er beugte sich vor, um aus seiner Manteltasche eine Zeitung hervorzuholen.

Mesquita nahm sie ihm aus der Hand, und ich stand auf, um auch einen Blick darauf zu werfen. Es war ein kleines, schlampig auf schlechtem Papier gedrucktes Blättchen, wie eine der vielen Provinzpostillen, die von lauter lustlosen Lesern leben, welche sie irgendwann einmal wegen einer Geburtsanzeige oder eines Umzugs abonniert haben. Diese Zeitung aber nannte sich *Stimmen aus dem Jenseits,* mit dem Untertitel »Wissenschaftliches Monatsbulletin des Spiritualismus und der Metapsychik«, und war das Organ der portugiesischen Abteilung einer internationalen Spiritisten-Liga.

»Bist du Mitglied in diesem Verein?« erkundigte ich mich.

»Ich? Das hätte mir gerade noch gefehlt. Ich bin in keinem Verein und habe es auch nicht vor. Mein Vater und meine Mutter, die sind Mitglieder. Aber für sie ist das auch eine Art Religion, mit Vaterunser und Ave Maria und so weiter. Ich interessiere mich nur für die wissenschaftliche Seite.«

Wir schlugen das Blättchen auf. Es waren nur vier Seiten. Aber auf der dritten Seite war, ganz verschwommen, die Vergrößerung einer Fotografie abgebildet, die wir sofort wiedererkannten. Die Überschrift lautete: »Metapsychik bei Tieren – Experimente von Prof. Paolo Cabanellas von der Akademie der Wissenschaften in Zürich«.

»Dieser Professor – seid ihr das?« fragte Mesquita.

»Ja.«

»Aber das ist doch Hochstapelei.«

»Wieso Hochstapelei? Wenn ich und mein Bruder das unter unseren Namen veröffentlichten, würde keiner daran glauben. Außerdem ist der Name nur zum Teil ein Pseudonym. Cabanellas ist einer unserer Nachnamen. Und unser Großvater hieß Paolo.«

»Und die Akademie der Wissenschaften in Zürich? Gibt es so eine Akademie dort überhaupt? Ist das keine Lüge?« beharrte ich.

»Da es dort eine solche Akademie gibt, kann es keine Lüge sein.«

»Aber kein Paolo Cabanellas ist dort Mitglied!« rief Mesquita aus.

»Das kannst du nicht behaupten, solange du die Mitgliederliste nicht kennst. Und wer soll das schon nachprüfen? Worauf es ankommt, ist, daß unser wissenschaftlicher Bericht verbreitet wird, und zwar auf überzeugende Weise. Außerdem wollen die Leser dieser Zeitung überzeugt werden. Mit derartigen Lappalien werden die sich nicht aufhalten.«

»Aber das ist eine Irreführung«, erklärte ich.

»Eine Irreführung ist«, beharrte Ramon, »wenn Leuten eine Lüge aufgebunden wird, die kein Interesse daran haben, irregeführt zu werden. Doch wenn der Sachverhalt der Wahrheit entspricht und die Leute an ihm interessiert sind, dann stellt die Art und Weise, wie ihnen ein wissenschaftlicher Sachverhalt vermittelt wird, nämlich nach ihren eigenen Vorstellungen, keineswegs eine Irreführung dar. Und so verhält es sich auch bei uns.«

Wir starrten ihn an, während er aufstand und die Hand nach der Zeitung ausstreckte.

»Nein, warte mal, ich will das lesen«, sagte Mesquita. »Wer hat das geschrieben?«

Puigmal war die wissenschaftliche Bescheidenheit in Person: »Ich war's.«

»Und hast uns nichts davon erzählt?« fragte ich.

»Wozu? Ihr gehört doch zu denjenigen, die sich über diese Dinge lustig machen... Ach, apropos. Mein Vater hat sich gewundert, warum ich eigentlich immer zum Lernen bei euch bin und ihr nie bei uns. Das heißt, eigentlich hat sich meine Mutter gewundert und es angesprochen, und es ist ja wirklich merkwürdig. Ich verstehe nicht, warum ihr nie zu mir kommt. Wir sollten...«

»Aber du hast nie etwas davon gesagt!« blaffte ich. »Immer hast du uns ferngehalten! Kein Wort hast du gesagt!«

»Ihr habt nie nachgefragt. Und es lag nicht bei mir, das zu tun. Aber ich habe nie gesagt, ihr solltet nicht kommen. Einmal wart ihr ja da, ohne daß ich euch aufgefordert hatte.«

»Ja, weil wir dachten, du wärst krank«, brüllte Mesquita.

»Ich war aber nicht krank. Und ihr habt das als Vorwand benutzt, um vorbeizukommen.«

»Also wirklich! Das fehlte gerade noch, wie?« empörte sich Mesquita.

»Von wegen, das fehlte gerade noch. Vielleicht wißt ihr gar nicht, daß ich es war, der euch *gerufen* hat. Ja, ja... *ich*. Mit aller Konzentration, mit aller Konzentration... und ihr seid gekommen.« Er öffnete den Mund zu einem breiten, stillen Lächeln, das sein Gesicht ganz rechteckig aussehen ließ.

»Na, wenn du das warst, der uns gerufen hat«, meinte ich, »warum beschwerst du dich dann, daß wir nie da waren? Du hättest uns ja schon früher rufen können und öfter.«

»Hätte ich auch. Aber da ich euer Freund bin, wollte ich keinen von euch beeinflussen.«

»Aber dann beklag dich nicht, daß wir nie zu dir kommen«, sagte Mesquita.

»Ich habe mich nicht beklagt. Meine Mutter und mein Vater, die...«

»Schluß jetzt! Mit dir wird jede Diskussion endlos. *Jetzt* möchtest du also, daß wir zu dir nach Hause kommen. Gut. Also kommen wir morgen.«

»Hervorragend, hervorragend«, rief Puigmal.

»Aber eins sage ich dir gleich«, warnte Mesquita. »Wenn du mir morgen mit Dehnungssalben und Familiengeistern und Tod und Teufel kommst, dann kannst du was erleben, das vergißt du dein Lebtag nicht. Klar? Spar dir diese Scherze mit uns, ein für allemal.«

»Aber das sind keine Scherze. Mein Onkel...«

»Dein Onkel kann zur Hölle fahren. Denkst du, ich hätte den Faden nicht gesehen, der an der Bücherschranktür hing?«

»Ach, du hast einen Faden gesehen? Dann erklär mir doch mal eins: Wenn ein Faden dazu dient, eine Tür aufzumachen, wie kann er sie dann wieder schließen?«

»Von mir aus halt mit einem anderen Faden, hintenherum, an dem jemand auf der anderen Seite des Schranks zieht, oder von einem anderen Zimmer aus...«

»Aber den anderen Faden hast du nicht nicht gesehen, oder?«

»Nein.«

»Na dann...«

»Dann, willst du sagen, macht dein verblichener Onkel nur die Türen zu, die ihr aufgemacht habt, oder wie?«

»Mein Onkel macht die Tür selber auf. Aber in letzter Zeit geht sie schwer, und er braucht ein bißchen Hilfe.«

»Also, ich habe dich gewarnt. Wenn wir demnächst bei dir sind, unterläßt du gefälligst deine Hilfeleistungen.«

Am nächsten Tag gingen wir zu ihm nach Hause. Es öffnete uns eine Hausangestellte, von der wir unsere Blicke gar nicht mehr lassen konnten, während sie über den Flur verschwand. Im Halbdunkel und aus der Entfernung schien ihr Hinterteil immer stärker zu leuchten. Puigmal erschien gleich in der Tür zum großen Salon, um uns in das kleine Arbeitszimmer zu führen. Doch im Salon stellte er mich erst seinem Vater vor, der an einem der hohen Stehpulte stand und genauso aussah wie er und sein Bruder, nur eine Art Zwischenmodell, älter natürlich, untersetzt und glatzköpfig. Er gab sich sehr leutselig, begrüßte Mesquita überschwenglich, erkundigte sich nach dessen Vater und zeigte sich, mit den ausgesuchten Finessen eines Kurzsichtigen (er ging mit seinem Gesicht ganz nah an meines heran), sehr erfreut, mich kennenzulernen, da Ramon ihm viel von mir erzählt habe. Schließlich forderte er uns auf, uns wie zu Hause zu fühlen, im Nebenraum würden wir ihn ganz und gar nicht stören. Dort ließen wir uns nieder, fast so wie beim letzten Mal: Ramon saß am Schreibtisch, wir gegenüber auf unseren Stühlen. Doch Mesquita stand gleich wieder auf und erklärte, er wolle sehen, welche Aussicht die Fenster böten. Nach vorn waren die Baumwipfel der Verkehrsinsel mitten auf der Avenida zu sehen, zur anderen Seite große Wohnhäuser wie das, in dem wir uns befanden. Mesquita fragte, ob er die Nachbarschaft kenne, wer da gegenüber wohne, ob es da etwas Lohnendes gebe. Ramon kannte die Leute aus den gegenüberliegenden Häusern nicht, ein Stück weiter jedoch – er zeigte darauf – wohnten eine Frau, die mit seiner Mutter befreundet war, und ihr Mann. Allerdings nur, wenn sie in Lissabon waren; die meiste Zeit hielten sie sich auf den Azoren auf. Der Knabe stammte von dort, die Frau nicht. Und schwerreich waren sie. Ich fragte, warum sie denn eine Wohnung in Lissabon hätten – wenn sie so selten hier seien, könnten sie doch auch ins Hotel gehen. Ramon erklärte, wer so reich sei, habe auch das Recht, über beliebig viele Wohnungen zu verfügen. Wenn er eines Tages reich sei, würde er auch gern mehrere Wohnungen haben und in jeder von ihnen ein anderer Mensch sein. Dann könnte er so viele Leben führen, wie er Wohnungen hätte. Mesquita fragte gleich, ob er auch in jede

Wohnung eine andere Frau setzen würde. Und ich überlegte, ob mein Vater wohl in jedem seiner Domizile – er hatte zwei oder drei – ein anderer Mensch war. Ramon verneinte: Das hätte ihm gerade noch gefehlt, all diese Frauen zu unterhalten wie ein Sultan. Nein, nein. Er wolle doch seine Unabhängigkeit und verschiedene Wohnungen nicht, um überall eine Frau ertragen zu müssen, sondern um verschiedene Persönlichkeiten ausbilden zu können: in der einen Wohnung er selbst, in einer anderen ein Handelsreisender, in der dritten ein Marineoffizier, die meiste Zeit auf See… und so weiter. Die Liebhaberin eines jeden Mannes gehörte zu diesem, und die Verantwortung für sie auch. Abgesehen davon waren ihm die Frauen anderer Männer bei weitem lieber – das fand er viel bequemer so. Mesquita war entrüstet: wie, lieber? Was er denn als verheirateter Mann sagen würde, wenn alle anderen Männer genauso dächten? Ich rief ihm ins Gedächtnis, daß mindestens zwei seiner Frauen auch verheiratet gewesen waren und er sie bei ihnen und ihren Männern zu Hause besucht hatte; ich erwähnte sogar die Geschichte von der Dienstbotentreppe.

»Ach«, sagte Mesquita, »das ist doch ganz was anderes. Sie waren es ja, die mich zu sich gerufen hatten, und ich hatte keinen anderen Ort vorzuschlagen. Sie wußten auch alle sehr gut, wer ich war. Das ist nicht dasselbe, als wenn man lauter verschiedene Identitäten vorspiegelt und alle Leute betrügt. Ich habe niemanden betrogen, nicht einmal die Ehemänner, die kannte ich doch höchstens vom Sehen, um hier keine Zweifel aufkommen zu lassen. Die Frauen betrogen ihre Männer, so war das. Und ich glaube sogar, einer von ihnen ließ sich gern betrügen. Sollten doch andere Männer sie ertragen, nicht er. Außerdem hatte ich auch nicht wenig Arbeit mit ihnen.«

Puigmal und ich lachten noch, als er schon weitersprach: »Ihr habt ja keine Ahnung! Einmal habe ich mit ihr geschlafen, und schlafen kann man dazu gar nicht sagen, weil ich die ganze Nacht kein Auge zutat, damals hatte ich überhaupt so viele, die hier jedenfalls wollte immer mehr und mehr und zerrte an meinem Instrument herum, der Ärmste konnte sich gar nicht mehr aufrecht halten, und schließlich bin ich aus dem Bett gesprungen und habe die Flucht ergriffen.«

»Und dann?« fragten wir aus einem Munde.

»Dann... Tage später sah ich sie auf der Straße, wie sie mit einem Kerl redete, und sie warf mir so einen Blick zu, als wollte sie sagen, der hat aber länger als du durchgehalten. Als ich wieder zu Hause war, habe ich sie gleich angerufen. Und ich hatte recht. Darauf meinte ich zu ihr, den Wettkampf nehme ich auf. Und ich habe gewonnen.«

»Woher weißt du das denn? Hat sie es dir gesagt?«

»Unsinn, ich bin doch nicht von gestern. Wettkampf ist Wettkampf. Wir waren beide bei ihr, und dann ist erst der eine reingegangen, dann der andere, der eine und wieder der andere, und wieder der eine und der andere... bis ich gewonnen hatte. Als der andere kapitulierte, habe ich zum Beweis noch ein Nümmerchen draufgesetzt, wie ein Prosit. Die war vielleicht fertig, sie kam kaum wieder hoch.«

»Diese Geschichte hattest du mir noch gar nicht erzählt«, sagte ich.

»Nein? Na ja, Ramon war ja bisher auch noch nicht mit seiner Theorie gekommen, man könne viele Persönlichkeiten sein. Es ist nämlich etwas anderes, ob ein Mann viele Frauen hat und sich mit ihnen verzettelt, oder ob er wenige hat, aber es ihnen allen zeigt.«

Ramon erklärte, er sei nicht einverstanden. Seiner Meinung nach war es eine viel erfolgversprechendere Methode, Frauen zu erobern, wenn man sie ständig hungrig ließ, in Wartestellung, in der Unsicherheit, ob es noch andere Frauen in unserem Leben gab, als wenn man sie so sehr befriedigte, daß sie überzeugt waren, die einzige zu sein. Von dem Augenblick an verliere ein Mann sein Ansehen.

»Ansehen, Ansehen, was für ein Quatsch!« widersprach Mesquita. »Das Ansehen liegt ganz allein hier«, und er vervollständigte seinen Satz mit einer vielsagenden Geste.

»Du meinst also«, fragte ich, »daß ein Mann, der viele Frauen hat oder viele gleichzeitig haben will, das nur tut, weil er Angst hat, einer einzigen nicht zu genügen?«

»Das ist doch sonnenklar.«

Es klopfte an die Tür des Arbeitszimmers. Und herein kam ein riesiges Tablett mit einer Kanne Tee, Tassen, Küchlein und Konfitüren, getragen von dem Dienstmädchen, das uns aufgemacht hatte. Dahinter folgte eine große, schlanke Frau, die Ramons

Mutter sein mußte. Wir standen auf, und sie begrüßte uns mit einer lieblichen, weichen und klaren Stimme, passend zu ihren feinen Gesichtszügen, die eine jettschwarze Scheitelfrisur einrahmte, wie auf einem alten Porträt. Die Söhne sahen ihr überhaupt nicht ähnlich. Aber vielleicht hatten sie den entspannten Tonfall von ihr, die einnehmende Art, zugleich etwas hochmütig, was von der Sanftheit nicht überdeckt wurde. Sie überschlug sich vor lauter Freundlichkeit: aus Gesprächen mit dem Sohn wisse sie, was für gute, vernünftige Jungen wir seien, und so fleißig, und unsere Mütter seien bestimmt sympathisch, sie lasse sie herzlich grüßen, und wir möchten bitte ihr Eindringen entschuldigen, aber ein Täßchen Tee sei doch immer wohltuend, man könne schließlich nicht die ganze Zeit lernen, es müsse auch Pausen geben, und nach dem Tee gehe die Arbeit noch einmal so gut von der Hand. Wir sollten uns wie zu Hause fühlen und ordentlich zugreifen, ihre Honigküchlein seien sehr gut und würden allen schmecken, uns hoffentlich auch. Das Dienstmädchen lud alles, was auf dem Tablett stand, auf den Schreibtisch, während sie weitersprach und ständig an den Dingen herumrückte, die das Mädchen gerade hingestellt hatte. Dann verschwand es mit dem Tablett. Puigmals Mutter lächelte uns an, winkte zum Abschied mit der Hand und machte die Tür hinter sich zu. Wir schwiegen still, schämten uns wegen des Gesprächs, das sie unterbrochen hatte – bis zu ihrem Erscheinen unser einziges Lernpensum. Doch Ramon brach das Schweigen und forderte uns auf, Tee zu trinken, den er selbst einschenkte. Und schon machte er sich über die Küchlein her, die seine schmalen Finger mit Konfitüre bestrichen, eins nach dem anderen und unglaublich behende. Von der gelangweilten, mißmutigen Manier, wie er bei uns zu Hause manchmal gegessen hatte, war nichts übrig als die Art, wie er die Küchlein zwischen den Fingern hielt.

Seit jenem Tag trafen wir uns regelmäßig bei ihm. Das monumentale Tablett zum Tee fehlte kein einziges Mal. Und Ramons Appetit ebensowenig. Die kleinen »Scherze« wiederholten sich nicht. Außerdem folgte in jener Zeit eine Prüfung auf die andere, zuerst das Abitur am Gymnasium, dann die Aufnahme an der Universität, mit all der Aufregung, daß wir nun in riesengroßen, fremden Sälen saßen, deren Türen sich zu langen, düsteren Korridoren mit Gewölbedecken öffneten, wo Scharen von Jungen und

Mädchen hin und her liefen. Die alphabetische Reihenfolge trennte uns voneinander, und wir knüpften engere Kontakte zu anderen ehemaligen Klassenkameraden, die uns wie vertraute Eilande im Meer der besorgt den verlesenen Noten zuhörenden Köpfe erschienen und mit denen wir aufmunternde, vertrauensvoll lächelnde Blicke austauschten. Wir wurden aufgenommen und durften endlich in die Ferien gehen. Ramon würde sie zum größten Teil auf dem Gut verbringen und lud mich für ein paar Tage dorthin ein. Doch bei dem Gedanken daran, daß seine Oma dort »wohnte« – in Wahrheit oder in seiner Phantasie, was im Hinblick auf die möglichen Folgen dasselbe war –, lehnte ich höflich dankend ab und fuhr wie immer nach Figueira da Foz, um den Sommer im Haus eines Onkels zu verbringen. Mesquita fuhr jedes Jahr nach Sesimbra, eine Familientradition, nehme ich an: er und seine Eltern konnten sich, wie andere Verwandte und Vorfahren, nicht vorstellen, an einen anderen Ort in die Sommerfrische zu fahren. So daß wir uns erst im Oktober wiedersahen, auf denselben Korridoren, unter denselben Gewölbedekken, als deren Besitzer wir uns schon fühlten, obwohl wir die Blicke der Älteren fürchteten, die schon keine »Füchse« mehr waren. Auch im vorigen Jahr hatten wir uns für die Dauer der Ferien voneinander verabschiedet. Doch war das nur ein Intermezzo in der Alltagsroutine des Gymnasiums gewesen, im letzten wie in den früheren Jahren. Diesmal nicht. Die Schule war zu Ende, und mit ihr ein ganzer Lebensstil mit seinen Verpflichtungen. Die Ferien waren wie eine vorzeitige Häutung, und genau das spürte ich in Figueira. Mein Onkel, der sich jede Nacht um die Ohren und sein Geld im Kasino auf den Kopf schlug, hatte mich in früheren Jahren manchmal mitgenommen, und damals schlenderte ich bis zum Überdruß durch den Tanzsaal, die Korridore, die Foyers, denn in die Bar und die Spielsäle ließ man mich nicht hinein. In diesen Ferien war es nicht mehr so. Mein Onkel behauptete kategorisch, ich sei nun ein »Akademiker« und ein Akademiker sei in jeder Hinsicht volljährig und geimpft, und so entrang er der Leitung des Kasinos eine Eintrittskarte für mich. Ich wanderte, gemeinsam mit einigen Strandbekanntschaften und einem Cousin (der in diesem Jahr auch bei meinem Onkel wohnte), mit stolzgeschwellter Brust überall im Kasino umher und belagerte die »Sirenen« an der Bar mit waidwunden Blicken, auch wenn sie aussahen wie des Teufels Großmutter. Mit einer von ihnen, Odette, bändelte ich sogar an, sie nannte mich »mein Sohn« (was mich störte) und nahm mich umsonst mit aufs Zimmer. Mit meinem Cousin hatte ich einen Riesenkrach, weil er wutentbrannt behauptete, daß sie mir Geld dafür bezahlte (sein Pech war stadtbekannt: er kriegte nie diejenigen ab, die er wollte). Dieses Thema hatten wir auf der Schule ausführlich diskutiert: Die Vorstellung, von einer Frau bezahlt zu werden, Geld von einer Geliebten zu erhalten, weil man ihr zu Diensten gewesen war, stellte den Gipfel männlicher Demütigung dar. Natürlich erzählte man sich von Männern, die ihren sozialen Aufstieg der Tatsache verdankten, daß sie die Liebhaber von Gattinnen einflußreicher Männer gewesen waren. Doch derartige Fälle hatten, obwohl sich das in unseren Diskussionen nicht genauer erklären ließ, nicht den unangenehmen Beigeschmack des »für etwas Bezahlt-Werdens«: diese Männer hatten ja im Grunde kein Geld von den Frauen bekommen... Nichtsdestotrotz war die Sache nicht ganz koscher, denn sie verlieh der freigebigen Bereitwilligkeit, die für uns in Liebesdingen den Mann ausmachte, einen eigennützigen Aspekt. Das Gegenteil vertrug sich aber sehr wohl mit dieser Auffassung. Es gab nichts Natürlicheres, als daß sich ein Mann kaufte, wonach es ihn verlangte. Und so war es zwar keine Frage, daß eine Affäre mit einer »anständigen« Frau unmißverständlich Männlichkeit bedeutete (und auch Sicherheit, denn »anständige« Frauen hängten einem ja keine Geschlechtskrankheiten an); doch ebenso unmißverständlich hatte einer, der »zu den Nutten« ging, neben seinem gesundheitlichen Risiko, das einem Tribut an die Unabhängigkeit gleichkam, auch eine öffentliche und nachprüfbare Möglichkeit (durch die Erkundigungen, die sich nachträglich bei ihnen einholen ließen), diese Männlichkeit zu demonstrieren. Obendrein zeigte es an, daß jemand über eigenes Geld verfügte, weil er welches verdiente oder weil es ihm die Eltern allmonatlich zu genau diesem Zweck gaben, in familiärer Anerkennung der Tatsache (unverheiratete Tanten nickten dann mit verhaltenem Lächeln und glänzenden Augen), daß man ein Mann war. Einmal allerdings mußte bei mir diese ganze Moral überstürzt nachgebessert werden, als nämlich eines unserer Dienstmädchen, Inbegriff bäurischer Unschuld, mich mit einer Krankheit ansteckte, die mich fast wahnsinnig machte, zu jener

Zeit vor der Erfindung der Sulfonamide und Antibiotika, und die ich nicht schnell genug wieder loswerden konnte. Doch auf der Schule wurden mein schwerfälliger Gang und die unübersehbaren Wattebäusche, wenn wir uns zu den Leibesübungen umzogen, in einer Mischung aus Entsetzen und Hochachtung bewundert, was mich reichlich für Schmerzen und Angst entschädigte. Jedenfalls verpaßte ich meinem Cousin wegen all dem eine ordentliche Tracht Prügel; ich selber kam mit einem wüsten blauen Auge davon. Zu Hause taten wir, als wäre nichts passiert. Doch am Strand, im Kasino oder auf der Straße redeten wir kein Wort miteinander. Am Ende der Ferien schlossen wir Frieden, als ich ihm Odette überließ (die diese Geschichte kannte und gar nichts von ihm wissen wollte - »so gewöhnlich bin ich nicht, daß ich die Männer bezahlen muß, oder so verzweifelt«); mit zwanzig Escudos überredete ich sie dazu, ihn zu empfangen. Unsere gemeinsamen Freunde hatten sich bei diesem diplomatischen Arrangement als Vermittler betätigt, das im übrigen bald jegliche Bedeutung verlor, denn inzwischen hatten wir Oktober, und der Jahrmarkt war vorüber.

III

Die Vorlesungen waren wesentlich weniger, als wir an Unterricht vom Gymnasium her kannten, und verteilten sich vor allem über den ganzen Tag. Das gestattete Müßiggang und Herumschweifen, ermutigte sogar dazu. Da wir im Gebäude der Fakultät nach Belieben kommen und gehen durften, ohne daß uns jemand fragte, wo wir hinwollten, und da wir – zumindest wir drei – nun viel weiter von zu Hause weg waren, verspürten wir ein Gefühl absoluter Freiheit, so absolut, daß wir uns beinahe abgewöhnten, regelmäßig zu studieren. Und wir stellten fest, daß die anderen genauso vorgingen. Erst wenn die Abschlußprüfungen näherrückten, zogen sich alle zu wahren Studierorgien zurück, unterbrochen allein durch die Gänge zu einem fetten, schmierigen Beamten der Universität, der für etwas Kleingeld bereitwillig Krankenatteste lieferte, damit wir uns in die Nachprüfungsrunde stürzen konnten. Er übernahm es sogar, die Anträge und Atteste einzureichen und Termine zu vereinbaren. Eine andere große Neuheit an der Universität war die Tatsache, daß es Studentinnen gab. Damals waren sie nicht zahlreich; und zwischen ihnen und uns gab es keinerlei Kameraderie. Als ich aufs Gymnasium gekommen war, hatte es im Abschlußjahr noch einige Schülerinnen gegeben, Fabelwesen geradezu, von denen man sich Entsetzliches erzählte: die letzten Überbleibsel aus den Zeiten, da das Gymnasium noch gemischt war. Inzwischen waren, um die Geschlechter zu trennen, für die weibliche Schülerschaft in Lissabon zwei Mädchengymnasien gegründet worden. Und damit wir uns angesichts der Konzentration von Mädchen, die dasselbe lernten wie wir (lernten die überhaupt?), ordentlich gruseln konnten, hatten wir öfter in Gruppen die Schule geschwänzt und einen Ausflug zu einer dieser Schulen unternommen. Die Mädchen flüchteten, ebenfalls in Gruppen, und wir waren nicht mehr hingegangen, seit man an den Straßenecken Polizisten postiert hatte, um uns zu verscheuchen. Und nun, an der Universität, waren sie wieder da. Wir konnten diese Mitglieder der Spezies Mensch nur schwer als Kommilitoninnen ansehen, Frauen teilten sich auf in ungeschlechtliche Wesen (Mütter, Tanten oder Schwestern), teilweise geschlechtliche Wesen (einfache Bekannte) sowie geschlechtliche Wesen (die beiden ersten Gruppen auf einmal, aber nur für die anderen). Die Schwestern eines Mitschülers waren für diese Mehrdeutigkeit berüchtigt gewesen, ähnlich übrigens wie die Cousinen, die ein jeder von uns hatte. Die Feste bei ihm zu Hause – ein Stadtpalais in einem Garten, im Avenidas-Viertel – endeten zuweilen damit, daß seine Schwestern und ihre Freundinnen uns in die entlegeneren Ecken des Hauses entführten, um sich dort einiger rein äußerlicher Aktivitäten zu befleißigen, worin sie sich hervorragend auskannten. Im Zusammenhang mit diesem Haus erzählte man sich auch die Geschichte eines schwerreichen Herrn, der die Jungen, welche an den Festlichkeiten der Töchter teilnahmen, ermahnte, sie könnten tun und lassen, was sie wollten, nur die Vorhänge dürften sie nicht schmutzig machen. Unsere Kommilitoninnen jedoch waren seltsame Kreaturen. Mit der Zeit teilten sie sich in drei Kategorien auf, die eigentlich den »Status« benannten, der ihnen nach den geltenden Regeln beigemessen wurde und den wir allmählich durchschauten. Die einen – sehr wenige, und da war auch mehr Rauch als Feuer – galten als äußerst zugängliche Frauen, die jedoch auf den Korridoren und bei Gesprächen eine diskrete Anständigkeit an den Tag legten, die uns einschüchterte und die sie paradoxerweise mit einer zweiten Kategorie gemeinsam hatten: den extrem Häßlichen und Reizlosen, bei denen keiner daran dachte, sie als weiblich anzuerkennen, obwohl sie sich, zumindest zum Teil, verzweifelte Mühe gaben. Eine dritte Kategorie, ebenfalls spärlich gesät, verdrängte die beiden anderen mit der Anmut einer Überlegenheit, die sie den mittelalterlichen Damen der Minnesänger annäherte. Nicht alle waren hübsch, und niemand dichtete Verse für sie oder spielte ihren »chevalier servant«, aber im ausgesuchten Kreise verkündeten sie ihre Dekrete über die Art und Weise, wie eine Aufgabe zu lösen sei, und erteilten Informationen über die Vorlesungen, die wir versäumt hatten. Zuweilen traf man sich mit ihnen (und mit einigen der ersten Kategorie) zum Imbiß im »General«, so hieß ein traditionelles Café gegenüber der Universität, das für uns alle, dank der Erinnerungen von Vätern und Onkeln, zur Familienfolklore gehörte. In der damaligen Zeit gab es keine unbefangenen Beziehungen zwischen uns und unseren Kommilitoninnen: Entweder sie waren aufgrund allgemeiner Übereinkunft unzugänglich, oder unsere Schüchternheit machte sie angenehm geschlechtslos. Es war fast undenkbar, mit ihnen ein Liebesverhältnis zu beginnen; im übrigen suchten sie sich ihre Freunde auch außerhalb der Universität und ließen sich von ihnen am Portal abholen. Obwohl damals das Gebäude noch für die Öffentlichkeit zugänglich war, wagten diese nicht, seine Hallen zu betreten. Ein akademisches Leben gab es nicht. Es gab die sehr heruntergekommenen Einrichtungen einer Studentenvereinigung, der niemand angehörte und deren Leitung nichts ausrichtete, wir kannten sie nicht mal. Außerdem waren wir derartige Aktivitäten überhaupt nicht gewohnt. Am Gymnasium gab es traditionell nur eine kollektive Willensbekundung, und zwar einen Streik, den die Schüler der letzten beiden Jahrgänge anführten, die alle Jüngeren schubsten und knufften (dazu gehörte auch die berüchtigte Invasion des Pausenhofes der Kleinen). Dieser Streik fand anläßlich des 11. November statt, an dem sich der Waffenstillstand jährte, der kein Feiertag war. Keiner dachte dabei an die Toten des Weltkrieges, und es handelte sich auch nicht um eine pazifistische Demonstration: lediglich um eine Gewohnheit, mit der wir Älteren die Jüngeren dazu zwangen, an diesem Tag den Unterricht zu schwänzen, genau wie es Jahre zuvor mit uns gemacht worden war. Von Politik hatten wir alle keine Ahnung. Es war, als geschähe alles, was die Zeitungen brachten, Jahrhunderte und Tausende von Kilometern entfernt. Unsere Familien interessierten sich nicht für Politik, es sei denn, im Sinne einer »Ordnung«, und sie rühmten den Frieden, den die Regierung einem Land in Unordnung auferlegte. Um welche Unordnung es sich dabei handeln sollte und welche Ordnung die Regierung vertrat, davon wußten wir herzlich wenig. Manchmal erwähnten die Zeitungen das Verwaltungs- und Finanzchaos früherer Zeiten und priesen die Maßnahmen der Regierung. Wenn man nach der Presse ging, befaßte diese sich vornehmlich mit der Einweihung öffentlicher Bauten – Straßenabschnitte, Brunnendenkmäler, Kulturhäuser von werweißwo –, bei der unweigerlich Afonso Henriques, Nun'Alvares, Vasco da Gama und andere, mindere Helden zitiert wurden. Doch die Bedeutung von Staatshaushalt und Verschuldung übertraf bei weitem die Vorstellungskraft unserer bürgerlichen oder großbürgerlichen Familien. »Ordnung« war schlicht das Gegenteil von »Revolution«. Ich selbst konnte mich nicht an die Revolutionen der Vergangenheit erinnern, die bei uns zu Hause von dem Skandal eines Dienstmädchens versinnbildlicht wurden, das sich am 5. Oktober des Jahres 1910 begeistert auf den Balkon begeben hatte, um die vorbeiziehenden Revolutionäre mit lautem Vivat zu grüßen. Meine Mutter, die weder monarchistisch noch sonst irgend etwas war, stellte die »Ordnung« wieder her, indem sie das Mädchen entließ, was die Familie wohl für eine mutige Tat hielt, vergleichbar dem Wirken berühmter Matronen wie etwa Dona Filipa de Vilhena. In meiner Kindheit hatte es noch »Revolutionen« gegeben, für mich untrennbar verbunden mit einem zwei- oder dreitägigen Aufenthalt in einem dunklen Hinterzimmer der Wohnung, am Boden liegend, »wegen der Querschläger«, während mein Vater auf der Treppe mit dem Nachbarn von unten diskutierte, woher die Schüsse, die man hörte, wohl kamen: von Penha de França, von der Graça, von Ajuda und so weiter, ohne daß sich mein Vater zu etwas anderem durchringen konnte, als, kaum gab es einen größeren Knall, wieder nach drinnen zu gehen und sogleich das Hinterzimmer aufzusuchen, gerufen von den gellenden Schreien meiner Mutter. Danach war endgültig Schluß mit Revolutionen, höchstens schlug mal eine in der Ferne und in aller Stille fehl, überdies noch niedergemacht durch die

Unerbittlichkeit der Presse (aus der mein Vater unter heftigem Kopfnicken laut vorlas) sowie durch Gruppen von Fischern aus Nazaré oder Bäuerinnen aus dem Minho, die in ihren Trachten und mit Musikkapelle auf dem Terreiro do Paço aufmarschierten, die Gemeindevorsteher vorweg, und den Rettern der Ordnung, die sich alle zur Danksagung an einem Fenster versammelt hatten, Blumen darboten. Ich hatte mir das einmal gemeinsam mit anderen angeschaut, die zu diesem Zweck dem Gymnasium entwichen waren. Doch im allgemeinen enthielt sich meine Familie völlig alles »Politischen«, diese Angelegenheiten blieben einer Gattung Mensch vorbehalten, welche bei uns nicht vertreten war: den »Politikern«, die wir allesamt mit ironischem Mißfallen betrachteten, auch wenn sie zur Gruppe der Aufrechterhalter jener ach so erwünschten Ordnung gehörten. Die Familie mißbilligte sogar das applaudierende Telegramm, das einer meiner Onkel (in einem Anfall von Enthusiasmus nach der letzten Revolution, die wir unter dem Bett zugebracht hatten) der Regierung geschickt hatte, und verschwieg es wie eine heimliche Krankheit. Erst viele Jahre später entdeckte ich, daß ein Bruder meiner Mutter, der jung an Tuberkulose gestorben war, als »Anarchist!« betrachtet wurde – wenn auch nur aufgrund seiner Lektüre billiger Übersetzungen aus dem Russischen. Meine Großmutter mütterlicherseits sprach niemals von ihm, und sie glaubte wohl auch nie daran, daß ihn der Kochsche Bazillus in den Lungen umgebracht hatte, sie dachte eher an den Kropotkinschen im Kopf. Natürlich wurde, noch zu meiner Schulzeit, der »Anschluß« diskutiert und der Krieg in Äthiopien auch. Doch den Aufstieg Hitlers, dessen Name allmählich bekannt wurde, bezeichnete keiner als Bedrohung der Demokratien, nicht einmal im Nachrichtenteil der Zeitungen, er war allenfalls ein Störfaktor der »Ordnung«, die die Alliierten nach dem Weltkrieg geschaffen hatten. Mussolini wurde offiziell viel, wenn auch diskret für seine autoritäre Organisation des Fortschritts in Italien gelobt. Gleichwohl war der Krieg in Äthiopien nicht mit dem Anschluß zu vergleichen… Daß sich zwei Völker derselben Sprache und derselben Rasse vereinigten, erschien uns nicht so weit hergeholt. Wenn Mussolini aber den Negus und die abessinischen »Ras« angriff, die in den Nachrichten geschickt widersprüchlich dargestellt wurden als ein Haufen quasi menschenfressender Wilder, die die Wonnen des Fortschritts im Namen einer seit Salomon und der Königin von Saba bestehenden Unabhängigkeit verweigerten (wir alle kannten Äthiopien viel besser als Österreich, weil es nämlich in den prunkvollen Titeln der Könige von Portugal vorkam, die wir seit der Volksschule auswendig konnten) – dann war das ohne Zweifel eine Aggression. Anders lag der Fall freilich bei den Afrikafeldzügen, die damals offiziell in Mode kamen: Die Italiener waren ja nicht die eigentlichen Entdecker Äthiopiens wie wir, die wir eigentlich alles entdeckt hatten, darunter auch Äthiopien. Mit diesen Begrifflichkeiten historischer Betrachtung wurde im übrigen alles eingeordnet, und die weltpolitischen Ereignisse lagen uns dermaßen fern, daß eines Tages in Spanien die Republik ausgerufen wurde und wir es gar nicht richtig merkten. Für mich war Spanien nicht mehr als ein Name, ich verband damit nur die Vielzahl von Spaniern, die nach Figueira da Foz in die Sommerfrische fuhren und mit ihrem aufgeregten Geschrei das Viertel der Cafés erfüllten. Auf dem Feld der Prostitution waren die Spanierinnen zu meiner Zeit bereits durch die einheimische Konkurrenz geschlagen worden. In Figueira konnten sie nicht überleben, weil ihre Landsleute sie, um den guten Namen Spaniens zu retten, sofort wieder zurückzuexpedieren versuchten, es sei denn, sie gehörten zu den aufgetakelten Tänzerinnen im Kasino, die mit ihren Schuhplattlern ein Beispiel der Großen Kunst Hispaniens darstellten, zum Zwecke der Bewunderung durch die Portugiesen. Einmal habe ich, im »Pasapoga« in Madrid, eine dieser Heimkehrerinnen aus Figueira kennengelernt; nun verbrachte sie jedes Jahr den Sommer bei ihrer Familie, dem patriotischen Schamgefühl sei Dank.

Die Vorlesungen an der Universität trugen also nicht besonders dazu bei, daß wir zusammenblieben wie bisher. Wenn man von den praktischen Übungen absah, bei denen wir genug zu tun hatten, trafen wir uns in den Theorieveranstaltungen nur, wenn der Zufall es wollte, daß wir überhaupt hingingen. Unser Alltag, der zugleich eine größere Einsamkeit und ein vielseitigeres, wenn auch oberflächlicheres Zusammenleben mit sich brachte, erweiterte stetig unseren Horizont. Daher studierten wir selten gemeinsam, Mesquita, Puigmal und ich. Manchmal ging ich zu Mesquita und traf dort Puigmal. Doch ich war kaum je bei diesem daheim, und ich glaube, Mesquita ging nie zu ihm. Er hatte den Aktionsradius seiner sexuellen Betätigung kräftig vergrößert, die neuen Freiheiten (vor allem in zeitlicher Hinsicht, ansonsten hatte ihn sein Vater nie kurz gehalten) kamen seinem Sturm und Drang nur entgegen. Er hatte eine leidenschaftliche Liebesgeschichte angefangen, die sich in einem abgezirkelten Kreis vom Haus des Mädchens über endlose Telefongespräche wieder zurück zu ihrem Haus bewegte. Das war schon keine Verliebtheit mehr, sondern eine Verlobung. Doch je höher die Flammen dieser Leidenschaft loderten, desto zahlreicher wurden seine anderen Affären. Seine Hochzeit, die Jahre später höchst feierlich in der Kirche begangen wurde, vergesse ich nie. Ein Schwarm ehemaliger Freundinnen erschien, alle schluchzten vor Rührung, einige beglückwünschten ihn gar unter heftigen Umarmungen und Küssen, dies alles unter den nachsichtigen und überlegenen Blicken derjenigen, die nun seine Frau wurde und von nahezu allen anderen aus seinem Munde wußte. An der Universität fing Puigmal wieder mit seinen Diskussionsbeiträgen an. Nicht im Hörsaal, wo im Grunde nur ein Professor dozierte und keine Chance bestand, den Strom der Gelehrsamkeit je zu unterbrechen; aber bei den praktischen Übungen, wo er sich unter höchster Aufmerksamkeit die Anweisungen zur Durchführung anhörte, nur um gleich darauf die Mischverhältnisse bei einem chemischen Experiment oder die elektrischen Verbindungen in der Physik zu ändern, was zu ausgefallenen Ergebnissen führte, die schließlich auch den Ordinarius, wenn er gerade da war, in die Debatte mit den Assistenten verstrickten. Zu Beginn hatten Mesquita und ich bei den praktischen Übungen stets eine Arbeitsgruppe mit ihm gebildet. Doch nach einem fürchterlichen Streitgespräch mit dem Physikprofessor, der vor Wut bebend (er zog die Hosenbeine hoch und präsentierte seine behaarten Waden, damit auch alle sahen, wie ihm die Haare zu Berge standen) Puigmal der »wissenschaftlichen Perversion« beschuldigte und unseren Freund an die frische Luft setzte, wurde beim nächsten Mal auf Weisung des Professors, überbracht von den Assistenten, die Gruppe aufgelöst: Puigmal dürfe die Apparaturen nur ruinieren (was dann auch geschah), wenn er allein arbeite... In der Chemie war es nicht anders: Die Assistenten und Assistentinnen (darunter übrigens eine kugelrunde, die stets Unmengen Papiere unterm Arm trug und zwischen den wie Orgelpfeifen aufragenden Reagenzgläsern hindurchwalzte) hatten verlangt, daß Puigmal nur an Arbeitsgruppen mit maximal einem Mitglied teilnahm... Dieses Gebot verletzte ihn allerdings tief. Er sah sich als verkanntes Genie, die offizielle Wissenschaft verhinderte den Fortschritt, die Kreaturen im Lehrbetrieb waren allesamt unfähige Esel, und wenn es nicht die Militärakademie gäbe, würde er ein derart unmögliches Studium sofort aufgeben. Auf dem Heimweg, den er in den Stunden solcher Verbitterung öfter mit uns zusammen ging (meistens mit mir, da Mesquita, der durch seine Telefonate – in Liebes- und anderen Angelegenheiten –, die Besuche bei der Freundin und seine vielen Verabredungen alle Hände voll zu tun hatte), beklagte er sich. Ich empfahl ihm, doch auf seine Experimente zu verzichten, die Universität sei für ihn schließlich nur das Durchgangsstadium, ohne das er nicht von der Akademie aufgenommen wurde. Im Laufe des Jahres verwandelte sich Puigmals Bitterkeit in Panik, was ich bei ihm nicht erwartet hätte. Wenn er in Physik durchfiel, war er verloren, er hatte sich bereits erkundigt – die Akademie würde ihn dann unter gar keinen Umständen aufnehmen. Derartig übertriebene Ansichten teilte ich nicht: In meinen Augen bestand keine allzu große Gefahr für ihn, und falls er wirklich durchfiele, würde er eben ein weiteres Studienjahr dranhängen, Physik inbegriffen, und sich dann bei der Artillerie bewerben. Diese Waffengattung interessierte ihn allerdings überhaupt nicht. Wie sollte er sich in Ruhe der Erfindung besonderer Waffen widmen, wenn er immer nur Kanonen und nochmals Kanonen studieren mußte? Sein großer Traum war die Entwicklung der »Todeswolke«, eines Dampfes oder besser: eines Gases (von windresistenter Dichte), das sich, nachdem es entsprechend verteilt war, auf Knopfdruck automatisch entzünden ließ. Dafür mußte er auf die Akademie, und zwar bei der Infanterie. Am Ende flehte er mich an, ihm beim Lernen zu helfen, am liebsten jeden Tag, so oft ich nur konnte, damit er bestand. Und so geschah es. Wenn ich zu Hause war, tauchte er dort auf. War ich bei Mesquita, kam er hin. Dann wieder lud er mich zu sich ein. Ich mußte ihm den Stoff erklären, laut und mehrfach. Alleine lernen konnte er nicht, aber er hörte mir aufmerksam zu und weigerte sich standhaft, über die Vorlesungsnotizen oder Skripte der Professoren hinauszugehen. Jedes Buch aus der Institutsbibliothek, etwa zur Vertiefung eines Aspekts, sah er als Hindernis für seine Militärkarriere. Wenn er zu der Ansicht gelangt war, er wisse nun genug von einem Thema, kehrte wie durch Zauberhand sein Desinteresse am Lernen zurück. Er war plötzlich übermütig, verlangte eine Pause, stellte sich ans Fenster (wenn wir bei ihm zu Hause waren) und machte Bemerkungen über die Nachbarschaft. Die zwei Schwestern, die auf der Hofseite wohnten und jetzt ganz ernsthaft geworden waren, gingen mit zwei Schwachköpfen und taten so, als kennten sie ihn nicht mehr. Die erwähnte Frau von den Azoren, mit der seine Mutter bekannt war, hielt sich hier in Lissabon auf und wohnte mit einem Neffen zusammen. Derartiges Zeug erzählte er, aus purer, alberner Schwatzsucht, doch ich hörte geduldig zu, weil mir seine gute Laune gefiel. Wenn ich nachmittags dort war, wurde uns stets Tee serviert. Seine Mutter schenkte mir jedoch selten ihr Lächeln. Den Bruder bekam ich fast nie zu Gesicht. Nur der Vater war manchmal da und unterhielt sich mit anderen Herrschaften in dem Arbeitszimmer, das wir durchquerten.

Als wir eines Nachmittags hereinkamen, war niemand da. Die hohen Stehpulte standen in Habachtstellung an den Wänden, obenauf stapelten sich Aktenmappen. Doch Tag für Tag, ob mit oder ohne Menschen, vertiefte sich mein Eindruck, daß dies alles nur ein verlassenes Bühnenbild war, welches sich allmählich mit einer Kruste aus trockenem Schimmel und feinem Staub überzog. Im kleinen Arbeitszimmer, das offenbar zur Privatsphäre meines Freundes zählte (denn nie kam jemand herein, um irgend etwas zu holen), auch wenn er nie ein Buch aus dem berüchtigten Schrank nahm (der mich zu gleich welcher Uhrzeit verschonte, ganz Gleichmut und unpersönliche Unschuld), fingen wir an zu lernen, besser gesagt, ich spielte meine Rolle des eifrigen Grammophons. Irgendwann hörte ich jemanden in das große Zimmer kommen, zugleich fiel die Wohnungstür ins Schloß. Und es begann eine Auseinandersetzung zwischen zwei gedämpften Stimmen, von denen eine zweifelsfrei Senhor Puigmal gehörte. Ich fuhr in meinem Vortrag fort. Doch die Stimmen erklangen immer weniger gedämpft, zumindest die mir unbekannte. Deren Erregung nahm stetig zu, und die andere versuchte, sie in schmeichelndem Ton zu besänftigen. Ich machte weiter, als wäre nichts geschehen, und Ramon hinter seinem Schreibtisch auch. Doch die Stimmen wurden noch lauter, auch wenn man kein Wort verstehen konnte, unmöglich, daß sich mein Freund nicht mindestens so gestört fühlte wie ich. Unvermittelt stand Ramon auf und öffnete die Verbindungstür einen Spalt, doch mit einem Stoß wurde sie ihm vor der Nase zugeschlagen. Er setzte sich nicht wieder hin, sondern trat ans Fenster; von dort sagte er zu mir: »Weißt du, wer das ist?«

Mit vorgestülpter Unterlippe bedeutete ich ihm, daß ich es nicht wußte.

»Dieser steinreiche Bursche von den Azoren, mit dem mein Vater bekannt ist. Der Ehemann dieser Frau, von der ich dir erzählt habe. Die da vorne wohnen, wenn sie in Lissabon sind. Sie ist zur Zeit hier, das habe ich dir ja neulich gesagt. Aber ich wußte nicht, daß er auch schon da ist.«

Ich war keinen Deut klüger. Was sollte daran so Besonderes sein? Doch Puigmal sprach weiter: »Das Leben der beiden ist mir immer merkwürdig vorgekommen. Sie reist oft nach Lissabon, bleibt einen Monat hier und fährt wieder. Er dagegen ist selten da. Am merkwürdigsten fand ich aber, wie sie lebt. Sie muß eine riesengroße Familie haben...«

»Wieso?« (Die Stimmen stritten sich weiter, die des anderen inzwischen weinerlich und flehend.)

»Weil es unzählige Neffen gibt. Alle naselang ist ein anderer da.«

»Und was soll das heißen?« (Es war eindeutig, der Mann weinte.)

»Das heißt eine Menge. Sie ist eine alte Freundin meiner Mutter, und mein Vater ist immer stinkwütend, wenn sie zu Besuch kommt.«

(Schluchzer und Bitten hallten durchs Nebenzimmer.)

»Und die Neffen kommen nie mit. Die sind genausowenig ihre Neffen wie ich.«

(Ich hörte Ramons Vater klar und deutlich sagen: »Sprechen Sie doch leiser. Eine Schande ist das. Nebenan sind Leute.«)

»Begreifst du? Die kommt nach Lissabon, um sich hier nach Lust und Laune auszutoben. Und sie holt sie sich ins Haus.«

(Ramons Vater sagte: »Sie sind ja verrückt geworden! Um so etwas können Sie mich doch nicht bitten! Das ist unwürdig! Sie sind wahnsinnig! Beherrschen Sie sich!« Und mir fiel plötzlich eine Frau ein, die mit unserer Familie befreundet war und als Witwe mit ihrer Tochter zusammenlebte, die unverheiratet geblieben war und ihre Mutter keinen Augenblick aus den Augen ließ, weil diese sonst an der Haustür den Bäcker, den Milchmann, ja selbst die milchbärtigen Botenjungen vom Lebensmittelhändler anfiel.)

»Und diesmal ist er ihr draufgekommen, wirst schon sehen.«

»Und was hat dein Vater mit der Sache zu tun?«

Ramon sagte, indem er seine geheimnisvolle Art noch unterstrich: »Mein Vater ist ihm einen großen Gefallen schuldig, einen riesengroßen. Und meine Mutter hat großen Einfluß auf sie. Womöglich wollte er eigentlich sie bitten, sich einzuschalten.«

»Wie, sich einzuschalten?«

»Was weiß ich. Damit sie zur Vernunft kommt. Damit sie sich trennen. Keine Ahnung.«

Die Auseinandersetzung nebenan war inzwischen abgeflaut, aber nicht beendet. Es schien fast, als wäre ein ausgewogener Zustand erreicht, der sich noch Stunden um Stunden hinziehen konnte. Für mich wurde es aber langsam Zeit. Erst recht wegen meiner Neugier, den Mann endlich zu Gesicht zu bekommen. Ich sagte Ramon, daß ich mich auf den Weg machen müsse. Und fragte: »Aber wie komme ich hier raus?«, mit einem Blick zu einer weiteren Tür neben dem Bücherschrank.

»Nicht da lang«, sagte Ramon (und ich mußte wieder an die rätselhaften Türen denken, die er bei anderer Gelegenheit neben mir zugemacht hatte, während ich den endlosen Flur auf dem Weg zum Badezimmer ganz am Ende durchquerte). Er klopfte an die Verbindungstür.

Diese tat sich einen Spalt auf, und Senhor Puigmals Kopf schob sich dazwischen: »Was ist?« (Neben ihm waren erstickte Seufzer zu hören.)

»Mein Freund hier muß gehen«, antwortete Ramon.

Sein Vater begrüßte mich mit einem Kopfnicken und sagte: »Dann jetzt.« Er machte die Tür weiter auf und ließ mich durch.

Ich ging schnell hinein, grüßte kurz mit einem Seitenblick auf den anderen und war schon wieder draußen. Der Mann kam mir großgewachsen und kräftig vor, nicht dick, er war sehr gut gekleidet, frisiert und rasiert, und hielt eine dicke Brille in der Hand, während er seine Augen mit dem Schnupftuch trocknete. Eine maskuline Eleganz ging von ihm aus wie vom Duft einer feinen Lotion. Wahrscheinlich ließen mich einige Details auf andere schließen, die ich in der kurzen Zeit gar nicht hatte erkennen können. Dies war der einzige Blick, den ich auf Senhor Vilasboas erhaschen konnte.

IV

Tage vergingen, ohne daß ich mich mit Puigmal traf, der es nicht hatte einrichten können, sich erneut mit mir zum Lernen zu verabreden – bis er eines Abends bei Mesquita zu Hause erschien, wo ich gerade war. Wenn es mit dem Lernen nicht gar so drängte, ließ Mesquita seine Freunde in dem Salon zurück, den er als Studierzimmer nutzte (ihre Wohnung war prächtig, weiträumig, mit mehreren verschlossenen Salons, die nur zu großen Festen geöffnet wurden), und ging ans Telefon, um sanft zu gurren. Und damit das Gurren bequemer vonstatten gehen konnte, hatte er sogar ein Kanapee neben dem Apparat aufgestellt, wo er sich, wenn wir ihn aus irgendeinem Grunde aufsuchten, immer unzüchtig herumrekelte. Wenn doch einmal gelernt werden mußte, kam das Telefon eben mit ins Studierzimmer und wurde umgesteckt, worauf er sein Gegurre fortsetzte, allerdings etwas gemäßigter und mit einer Stimme, die am anderen Ende kaum noch zu hören sein konnte. Mit unbestimmt leuchtendem Blick ließ er dann wieder von den Büchern ab oder schaltete sich, den Hörer in der Hand, hin und wieder in unsere Diskussionen ein. Das Ergebnis war ein unglaubliches Durcheinander aus hastigen Erklärungen am Telefon, wenn seine Freundin sich angesprochen fühlte und nicht verstand, was er gerade zu uns gesagt hatte, und den wissenschaftlichen Fragen, die wir ansprachen, durchsetzt mit lauter Zwischenrufen wie »Mädchen«, »Liebes«, »mein Schatz«, »mein Engel«, die er uns mit demselben verliebten Gesicht um die Ohren schlug, wie er mit gespitztem Kußmündchen Differential- und Integralrechnungen in den Hörer flötete. Als an jenem Abend Puigmal hereinkam, hatte das Chaos bereits die Stufe des Deliriums erreicht: ich, die Mengenlehre und die Liebenden an beiden Enden der Strippe waren nicht mehr zu unterscheiden.

Puigmal, mit einem Winken begrüßt von Mesquita, der plötzlich schweigend einer längeren Ausführung lauschte, sagte, er habe bei mir zu Hause erfahren, daß ich hier sei, und fügte hinzu:

»Ich weiß jetzt die ganze Geschichte. Das haut dich um. Da fällt einem nichts mehr ein. Sie...«

»Wer, sie? Was ist das für eine Geschichte?« fragte Mesquita und hielt den Hörer weg.

Ich rückte näher an Puigmal heran. »Weißt du noch, wie wir mal bei Puigmal zu Hause waren und er uns von einer Frau erzählte, einer Freundin seiner Mutter, die ein paar Häuser weiter wohnt?«

»Leute von den Azoren, die hatten immer die Wohnung verrammelt, und manchmal kam sie nach Lissabon, oder?« Er erinnerte sich und erklärte gleich weiter in den Hörer: »Gerade ist Puigmal gekommen, er erzählt von einer Nachbarin, die mit seiner Mutter befreundet ist. Sie lebt mit ihrem Mann auf den Azoren, aber manchmal kommt sie nach Lissabon. Nein. Ich glaube, sie kommt allein, ist bequemer für sie«, das mochte er jetzt ebensogut an unsere Adresse wie ins Telefon sagen, »dann kann sie tun, wozu sie Lust hat. He, Puigmal, betrügt sie ihren Mann? Genau, sie betrügt den Mann. Warte mal. Wie heißen die?... Vilasboas... Sie heißen Vilasboas... Kinder?... Nein, sie haben keine Kinder... Hmm... Ja... Was ist passiert?... Vor ein paar Tagen war Jorge bei Puigmal... Ja... Und sie haben ein Mordsgeflenne nebenan gehört... Ja... Puigmal hat sein Arbeitszimmer direkt neben dem vom Vater... Und, als du gegangen bist, hast du den Mann gesehen?... Jorge hat ihn gesehen, ja, ja, er war... hmmm... gerade dabei, sich die Augen zu trocknen... Nein... Geredet hat er mit Puigmals Vater... Also, sie kam immer nach Lissabon, um ihren Mann nach Herzenslust betrügen zu können?... Nein, Puigmal sagt, seine Eltern müssen davon gewußt haben, weil es manchmal Streit deswegen gab... Ja... Sein Vater muß sich was gedacht haben, weil er immer Anfälle gekriegt hat, wenn die Frau zu Besuch kam... Na sicher, sie waren doch Freundinnen... He, Puigmal, waren sie schon von Kind an befreundet?... Ja, sie sind zusammen auf die Schule gegangen... Und was wollte der Mann?... Stell dir vor, mein Schatz, warte mal... Hmmm... Also, sie kam immer nach Lissabon und besorgte sich Liebhaber... Hmmm... Und weißt du was, immer ganz junge... Nein, Mädchen, was denkst du, die kenne ich nicht, glaube ich, laß mich mal weiterhören... Genau... Sie holte sie sich ins Haus, bis sie genug hatte, dann fuhr sie zurück... Ja, zu ihrem Mann. Er tat so, als wüßte er von nichts... Ah, das ist gut... Hör mal, Kleines, wie soll ich das denn wissen... Sag mal, Puigmal, hat sie es nur in Lissabon so getrieben?... Nein?... Ach so, er sagt, es war nur in Lissabon... Stell dir vor, das ist womöglich eine ganz ernsthafte Dame... Nein, Puigmal sagt, er hätte auch gesagt, daß er sie sehr liebt... Ja, schon, aber ihm war lieber, daß sie sich dort nicht blamierte, wo jeder jeden kennt... Was?!... Du, hör mal, den letzten hat sie offenbar mitgenommen, aufs Schiff, sie hat sich in ihn verliebt und ihn mitgenommen... Genau... Eine ›ménage à trois‹... Warte... Nein, er fand das nicht gut... Nach seinem Gesichtsausdruck zu urteilen, nein... Und er hat den Jungen auf die Straße gesetzt, vielmehr, aufs Schiff... Hmmm... Was?... Ja... Nein, nein, sie ist ihm hinterhergelaufen... Dem Jungen natürlich, sie war doch in ihn verliebt... Mir würdest du nicht so hinterherlaufen?... Nein?... Ha, ha... Sie hat ihm gedroht, sie würde nie mehr zurückkehren. Gedroht, nein, sie hat zu ihm gesagt, sie kommt nie wieder... Dann ist sie nach Lissabon gefahren... Warte mal, ja, so war's, und er wiederum ist ihr nachgefahren, mit dem nächsten Schiff... Um sie zu holen... Bei Puigmal zu Hause?... Hör mal, Puigmal, ist sie zu euch nach Hause gekommen?... Nein, sie hatten sie zwar gesehen, aber vorbeigekommen ist sie nicht... Genau... Vilasboas... Wer?... Der Mann, genau, hatte ich dir noch nicht erzählt, daß er Vilasboas heißt?... Sie hat sich geweigert, nach Hause zurückzukehren, da konnte er sie noch so bitten... Weiß ich nicht... He, Puigmal, will sie sich jetzt vom Mann trennen und mit dem Jungen zusammenbleiben?... Ja, Puigmal sagt, sie hätte von nichts wissen wollen... Warte... Also, der Mann hat sie bedrängt... Nein, so war es nicht... Anscheinend wollte sie nicht einmal mit ihm reden... Und da ist Vilasboas zu Puigmals Vater gegangen und hat ihn gebeten, den Vermittler zu spielen, ja, stell dir bloß vor, daß ich jemanden bitten würde, zwischen dir und mir zu vermitteln, mein Schatz... Hmmm... Liebes... Er wollte, daß Puigmals Vater ihr vorschlägt... Ha, ha, ha, warte mal... Das glaubst du nicht... Er sollte ihr vorschlagen, zurückzukommen, auf jeden Fall zurückzukommen, egal mit wem, er könne ohne sie einfach nicht leben... Also, wenn du mir das eines Tages antun würdest... Nein... Nein... Ach so, was ich dann täte? Sie fragt mich, was ich dann mit ihr machen würde... Na, dasselbe, was ich mit der einen gemacht habe, von der ich dir erzählt habe... Ha, ha, ha... Sag mal, Puigmal, und dein Vater?... Puigmals Vater hat abgelehnt... Hmmm... Er hat gedroht, er würde ein paar Wechsel protestieren, die ihm Puigmals Vater ausgestellt hat... Nein, mit ihr hat er nicht gesprochen... Und wo sind die jetzt alle? In Lissabon oder da drüben?... Puigmal weiß es nicht... Tja, vielleicht sind sie da, vielleicht auch nicht... He, Puigmal, ob die jetzt wohl alle drei zu Hause sind?... Puigmal sagt, er weiß es nicht... Vielleicht hat er alles erfunden... Er ist wütend geworden, du, der ist jetzt ganz wütend, hörst du das? Er sagt, alles ist wahr. Könnte ja sein... Hör mal, Schatz, woher willst du das wissen... Sachen gibt's... Puigmal sagt, demnächst, wenn er den Rest erfahren hat, erzählt er uns gleich davon... Na, das wird man noch sehen... Er redet nicht mit ihr?... Hmmm... Also, wenn einer seine Wechsel protestiert, dann ist das schon sehr ernst...«, worauf er Puigmal ein Zeichen machte, sich nicht aufzuregen. »Du wirst ja sehen... Und wenn sie mit dem durch ist, holt sie sich den nächsten... Mein kleines Häschen will jetzt in die Heia? Ja? Und hat gar keine Angst, nach dieser Geschichte?... Wird auch nicht mehr an diese dummen, dummen Sachen denken, nicht wahr?... Solche dummen Sachen mit seinem Liebsten, also wirklich... Kannst du... Kannst du... Kannst du auch... Aber nicht übertreiben, nein?... « Seine Stimme versickerte in Gewisper, mit Küßchen gespickt. Als damit endlich Schluß war (schon schien es, als sollte tatsächlich der Hörer aufgelegt werden, da kam noch ein Schub Gemurmel hinterher), hängte er ein: »Das sind Geschichten, was? Der würde ich heimleuchten. Wenn ich an seiner Stelle wäre, ich würde ihr heimleuchten.«

»Was, wenn du an seiner Stelle wärst?« hakte ich nach.

»Na ja...«, er rekelte sich, den Blick aufs Telefon geheftet, »wenn ich der Ehemann wäre, dann würde ich mir eine Pistole schnappen und den Typen zwingen, sich an ihr abzustrampeln, bis er nicht mehr könnte. Oder bis es ihm vor ihr so richtig peinlich wäre. Und wenn ich der Junge wäre, tja...« Er lachte los. »Wenn ich der Junge wäre, hätte ich schon über den Dienstbotenaufgang die Flucht ergriffen, auch splitternackt.«

»Und was würdest du mit ihr machen?« fragte Puigmal.

»Mit ihr?« wiederholte er. »Ach ja, daran hatte ich gar nicht gedacht.« Er musterte das Telefon und war auf einmal ganz gerührt: »Weiß ich nicht... ich weiß nicht, was ich machen würde. Du erzählst uns noch den Rest, Puigmal, ja?«

Doch Puigmal kam nicht mehr dazu, uns den Rest der Geschichte zu erzählen. Sei es, daß er es vermied, sei es, daß wir vergaßen, ihn daran zu erinnern, jedenfalls erzählte er nicht weiter. Nach den Prüfungen begleiteten Mesquita und ich ihn zu seiner Bewerbung für die Militärakademie, das wollten wir uns nicht entgehen lassen. Er wurde aufgenommen. Die Neuigkeit erfuhr ich sofort, aus seinem Munde. Er kam auf dem Heimweg von der Akademie bei mir vorbei, noch bevor er seinen Eltern davon berichtete. Bei dem niedergeschlagenen Gesicht, mit dem er hereinkam, dachte ich schon, er wäre durchgefallen. Wie das? Er hatte die Musterung überstanden, die schriftliche Prüfung bewältigt, war unter anderem über den berüchtigten Graben gesprungen...

»Also?«

»Ich bin aufgenommen.«

»Und machst so ein Gesicht? War das nicht dein Traum?«

»Doch.«

»Na und?«

»Ja, schon. Aber jetzt ist alles vorbei.«

»Wie, alles? Du bist aufgenommen...«

»Schon... Aber wie komme ich da wieder raus?«

»Jetzt bist du endlich aufgenommen worden, wo du hinwolltest, hattest nichts anderes im Kopf, und schon denkst du daran, wie du da wieder rauskommst? Weißt du wie? Als General a. D., und jetzt freu dich gefälligst.«

Nachdenklich setzte er sich hin: »Ich hatte vieles im Kopf, das schon, aber jetzt ist alles vorbei.«

»Schau mal. In Wahrheit wolltest du das alles gar nicht, stimmt's? Im Grunde nicht, oder?«

»Stimmt.« Und er schwieg. Doch plötzlich sagte er: »Trotzdem bietet eine militärische Laufbahn unvergleichliche Vorteile, keine Frage. Hast du dir schon mal vorgestellt, wie ich in Uniform aussehen werde? Wie sich die kleinen Mädchen alle aus dem Fenster lehnen werden, um mich zu sehen?... Meinst du, die Uniform wird mir stehen?« Er stand auf und sah sich um.

»Eine Uniform sieht immer gut aus, wenn man sie mag«, sagte ich.

»Was meinst du, auch an mir?«

Ich betrachtete seine athletische Gestalt: »Na klar.«

Am nächsten Tag fuhr ich mit dem Morgenzug nach Figueira da Foz. Ich kaufte mir eine Zeitung. Auf der Titelseite ging es nur um ein Thema: In Spanien war eine Revolution ausgebrochen, und die Zeitung bezeichnete sie in großen Lettern als »Nationale Revolution«.

ZWEITER TEIL

Figueira da Foz

V

Als ich in Figueira eintraf, war der Bahnhof ein einziger Tumult aus herumschreienden Spaniern mit Taschen und Koffern, weinenden Kindern, Frauen, die sich gegenseitig riefen, Männern, die mit Zeitungen fuchtelten, und einer großen Menschenmenge, die sich an den Fahrkartenschaltern drängte.

Ich begriff nichts von dem, was geschehen war, und ich verstand nicht, wie eine Revolution – so etwas hatte meine Familie in früheren Zeiten in verdunkelten Zimmern überstanden – die Menschen in eine solche Aufregung stürzen konnte, daß sie gar frühzeitig abreisen wollten. Revolutionen wurden gemacht von Militärs und von Revolutionären, die sich richtig darauf vorbereiteten, und niedergeschlagen von den Regierungen, gegen die sie gerichtet waren, und diese wurden später von Volksscharen in der Tracht des Minho gefeiert. Leute, die zur Sommerfrische so weit wegfuhren, konnten doch keine Revolutionäre sein; sie waren eher wie wir, und wenn sie gerade kein verdunkeltes Zimmer hatten, so brauchten sie auch keins, sie konnten schließlich in aller Ruhe die Sonne Figueiras genießen, im Meer baden, in den Cafés sitzen oder rund um die Spieltische im Kasino abwarten, bis die Revolution vorbei war. So überlegte ich, den Koffer an der Hand, auf dem Weg zum Haus meines Onkels. Und dann fiel mir ein (das war mir erzählt worden, oder es hatte bei einer der verdunkelten Revolutionen meiner Kindheit stattgefunden), wie einmal ein anderer Onkel bei uns zu Hause war, als eine Revolution ausbrach, und als er nicht gleich wiederkam, glaubte meine Tante, er wäre gestorben. Nun waren diese Leute hier auch keine vollständigen Familien, andere Familienmitglieder waren in Spanien geblieben, und um die machte man sich Sorgen. Oder um sein Haus. Für mich war eine Revolution kein Krieg. Das waren ein paar Leute und ein paar Regimenter, die auf die Straße gingen und dann ein paar Kasernen stürmen wollten. Aber ich erinnerte mich an alte Stiche in der *Ilustração Portuguesa,* aus der Zeit des ersten Weltkriegs, auf denen die Deutschen Häuser in Belgien plünderten; ich hatte als Kind darin herumgeblättert, auf der Suche nach Figuren, die ich ausschneiden konnte. Klar, diese Menschen hier fürchteten um ihre Häuser. Aber das war doch unglaublich. Eine Revolution in Spanien war schließlich kein Krieg, und es gab auch keine Deutschen, die einfach so in die Häuser eindrangen. Allerdings waren die Spanier ein abscheulicher Menschenschlag, wer konnte wissen, was die tun würden? Ich sah schon das Gartentor bei meinem Onkel, als mir in den Kopf kam, was ich in Romanen von Camilo gelesen hatte, die zur Zeit der französischen Invasionen und der liberalen und anderer Revolutionen spielten. Vielleicht war das ja so eine Revolution. Ich stieß das Tor auf und trat ein. Der Hund lief mir entgegen und sprang an mir hoch. Ich ging ums Haus herum zur Glastür, die zum Garten hinausging. Meine Tante mit ihren immer noch sehr blonden Haaren saß bei einer Näharbeit am Tisch. Mein Onkel stand da und fuchtelte mit den Armen. Kaum hatten sie mich gesehen, kamen sie schon zur Tür, um mich zu begrüßen und nach meinen Eltern und meiner Großmutter zu fragen (mein Onkel war der Bruder meiner Mutter). Ich gab Auskunft und setzte mich. Mein Onkel legte die Hände auf den Tisch und fragte, ob ich auch die Prüfungen bestanden hätte. Dann erkundigte er sich nach dem »Café General«, das auch er in seiner Jugend besucht hatte, als er seine vorbereitenden Prüfungen für eine Militärkarriere ablegte, die ihm am Ende der Weltkrieg (mit den Gasangriffen und den deutschen Internierungslagern) vereitelte. Und ohne Übergang rief er aus, diese Revolution sei ein Unglück für Figueira, die Spanier seien allesamt im Aufbruch, und selbst wenn die Revolution nur kurz andauerte, würden sie bestimmt nicht mehr zurückkehren, dieser Sommer würde eine Katastrophe werden. Meine Tante nickte mit dem Kopf und nähte emsig. Ich wußte, woran sie dachte. Mein Onkel lebte von einer kleinen Rente (die wegen eines Streites mit dem Kriegsministerium niemals angepaßt wurde) und von dem Unterricht, den er in den Privatschulen der Stadt gab (die ihm die Ferien nicht bezahlten). Im Sommer schröpfte er bei allen möglichen Spielen die Spanier in den Cafés (oft schon hatte ich ihn dort an den Spieltischen gesehen, mit seinem schönen schwarzen Schopf, verwuschelt und leicht angegraut, und einer erloschenen Zigarette im Mundwinkel, und ihn umringten lauter Gaffer, fasziniert und erschreckt von seinem Geschick und Glück); er verdiente auf diese Weise genug, um es nachts beim Roulette im Kasino wieder zu verschleudern. Erst viel später erfuhr ich, daß das Kasino ihm, unabhängig von dem, was er auf eigene Rechnung verlor (und nicht zurückerstattet bekam), »Einstiegsgelder« zahlte, damit er die Kundschaft animierte. Er fuhr mit seinem Klagelied fort: Schon gestern, bei den ersten Nachrichten, habe der Exodus eingesetzt. Die Aleixandres, die Pozas, die Murtells, alle packten ihre Koffer. »Und wie sieht's am Bahnhof aus? Alles voll von ihnen, oder?« Ich bestätigte seine Befürchtungen und erging mich in einer saftigen Beschreibung des Tumults. »Ja, ja«, meinte er, »und das ist noch nicht das Schlimmste. Weißt du, was das Schlimmste ist, Frau? Das Schlimmste ist, daß die Hierbleibenden vor lauter Zukunftsangst ihr bißchen Geld beisammen halten und abwarten werden, woher demnächst der Wind weht. Aber sag mal, hast du schon zu Mittag gegessen?« Ich hatte mir im Zug einen Imbiß bestellt. »Imbiß? Da läßt du also meinen Neffen, Frau, meinen Neffen, hörst du, denn der Sohn meiner Schwester ist ohne Zweifel mein Neffe, du läßt den Jungen Hunger leiden? Geh und mach ihm ein paar Eier! Willst du Eier? Du willst keine Eier? Wieso willst du keine Eier! Natürlich willst du Eier, jawohl. Frau!« – und seine hagere, gebeugte Gestalt mit dem unvermeidlichen Stock am Arm huschte flink im Salon hin und her – »Eier für meinen Neffen. Eier mit Schinken. Mit Schinken schmeckt's besser, oder?«

Meine Tante läutete, und ein Hausmädchen erschien, das ich vom letzten Jahr nicht kannte. Während die Tante ihr Anweisungen gab, plazierte mein Onkel einen Klaps auf das Hinterteil des Mädchens und zwinkerte mir zu: »Die kennst du noch nicht! Sie ist gut, sehr gut, du wirst sehen, wie gut sie ist.«

»Justino!« rief meine Tante mit ihrer glasklaren, heiteren Stimme. »Dein Onkel ist unverbesserlich.«

»Ich bin unverbesserlich? Ach ja? Das einzige, was an mir verbessert werden müßte, ist meine Frau. Die taugt zu nichts.«

Meine Tante beugte sich mit einem Lächeln wieder über ihre Näharbeit und fragte mich, ob ich mich nicht waschen wolle. Ich bejahte und ging ins Bad, nachdem ich einige Sachen aus dem Koffer geholt hatte. Was mein Onkel gesagt und meine Tante wortlos geschluckt hatte, war Ausdruck der Tragödie ihres Lebens. Sie hatten einen Sohn gehabt – in ihren Augen das schönste, klügste, lebendigste Kind auf der Welt, auch wenn meine Tante selten von ihm sprach –, und der war vor vielen Jahren an Hirnhautentzündung gestorben. Ich hatte ihn nicht mehr kennengelernt. Plötzlich war der Kleine krank geworden, oder vielmehr, ein ganz banal scheinendes Unwohlsein hatte sich rapide verschlimmert. Mein Onkel beschrieb immer seine Schreie, schrill und in regelmäßigen Abständen wiederkehrend, und mit welchem Entsetzen die kleinen Hände sich um die seine geklammert hatten. Dann streckte er seine lange, schlanke, knochige Hand aus, eine schöne Hand trotz der abgekauten Fingernägel und der tabakverfärbten Finger, auf eine Weise, daß man fast die Händchen des Kleinen vor sich sah, wie sie den Vater in instinktiver Todesangst festhielten. Damals hatte meine Tante nicht gewußt, was sie tun sollte, und bis tief in die Nacht auf die Rückkehr meines Onkels gewartet. Er machte ihr Vorwürfe, sie sei dumm, wisse sich nicht zu helfen, sei eine Rabenmutter. Jeden Sonntagmorgen ging mein Onkel auf den Friedhof, und keiner, am allerwenigsten meine Tante, durfte ihn dorthin begleiten. Aus lauter Bewunderung für diesen Sohn, dieses Meisterwerk, hatten sie keine anderen Kinder gewollt. Meine Tante warf meinem Onkel oft vor, er zwinge sie zur Abtreibung, worauf er ihr entgegenhielt, das sei nicht wahr, sie wolle aus schierer Eitelkeit keine Kinder mehr bekommen. All das wußte ich durch die indirekten Angriffe und Verletzungen (selten gingen sie von ihr aus) oder durch vereinzelte Anspielungen. Jahre später, als der heftigste Schmerz vorüber war – und ihrer beider Angst, daß der Tod ihnen weitere Kinder entreißen könnte –, wünschten sie sich sehnlichst eins, meine Tante wurde schwanger und hatte eine katastrophale Frühgeburt, nach der sie operiert werden mußte, mit endgültigen Folgen. Von da an sagte mein Onkel zu allen passenden und unpassenden Gelegenheiten, sie »tauge zu nichts«, und rächte sich innerhalb seiner eigenen vier Wände, indem er nachts die Dienstmädchen in ihren Zimmern überfiel (Onkel und Tante hatten getrennte Schlafzimmer). Ich begriff nie, warum meine Tante keine Dienstmädchen anstellte, die richtig alt und häßlich waren, es sei denn, ihr war diese Lösung im Grunde ganz recht. So stellte es mein Onkel übrigens immer dar, wenn ihn gerade wieder ein Anfall von krankhafter Eifersucht plagte: »Du bist in Sicherheit... es besteht ja keine Gefahr mehr, stimmt's? Du kannst mir nach Belieben Hörner aufsetzen.« Meine Tante erwiderte ihm mit ihrem ewigen Lächeln, daß er altmodisch sei, es gebe viele Wege, um die Gefahr zu vermeiden, er brauche nur in die Apotheke zu gehen und sich zu erkundigen. Er antwortete, altmodisch sei er nicht, aber solche Dinger benutze man nur bei Huren, unter Liebesleuten könne man doch nicht sagen: »Warte mal eben, laß mich erst das hier drüberziehen.« Meine Tante schoß zurück, er spreche offensichtlich aus Erfahrung. Und er, zu mir, wenn ich gerade da war: »Aber deine Tante spricht ganz und gar nicht aus Erfahrung, wie? Siehst du, wie sie Bescheid weiß? Aber mich als Ben Hur verunglimpfen«, und er betonte das Wort überdeutlich.

Ich ging wieder ins Eßzimmer, wo mich die Eier auf dem gedeckten Tisch erwarteten, meine Tante saß immer noch bei ihren Nähsachen.

»Dein Onkel ist ausgegangen, er hat gesagt, er wolle zum Bahnhof. Und wenn du Lust hättest, könntest du ja später ins Café nachkommen.«

Ich aß und legte mir im Kopf eine Route zurecht, auf der ich feststellen konnte, welche meiner Freunde aus dem letzten Jahr wieder in Figueira waren. Dabei beantwortete ich die Fragen meiner Tante nach der Familie, die sie, nach ihrem Unterton zu urteilen, offenbar für ebenso verrückt hielt wie meinen Onkel. Sie verließ selten das Haus. Manchmal ging sie ins Kino, wenn ich (oder irgendein anderer Neffe in den Sommerferien) mich bereit erklärte, sie zu begleiten. Soweit ich wußte, hatte sie mit niemandem Umgang. Nachmittags nahm sie ab und zu den großen Schäferhund an die Leine und ging zum Strand hinunter, aber etwas außerhalb, in Richtung Buarcos, wo der Wind ganz leicht den Sand aufwirbelte und die Fischerboote, die nahe dem Wasser auf dem Strand lagen, zu schweben schienen, die Ankerklüse vorn am Bug wie ein vor Erstaunen aufgerissenes Auge. Meine Tante ging an der Strandmauer entlang, der Hund zerrte sie voran, und ihre blonden Haare leuchteten in der Nachmittagssonne. Mehr als einmal sah ich sie aus der Ferne, wenn ich mit Freunden spazierenging, aber sie war entweder ganz in Gedanken versunken, oder sie tat so, als bemerkte sie mich unter den Passanten nicht, denen sie aber auch keinen Blick schenkte. Nur einmal – das war letztes Jahr gewesen, gegen Ende meines Aufenthalts – kam es anders. Sie hatte den Hund von der Leine gelassen, der über den Strand jagte. Er sah mich, lief zu mir und dann von mir zu ihr. Meine Tante rief ihn und nahm ihn wieder an die Leine. Dann winkte sie fröhlich zum Abschied, mit einer anrührenden Jugendlichkeit, die ich immer in ihr sah. Einer meiner Freunde fragte: »Wer ist das?« Ein anderer antwortete: »Das ist seine Tante.« Und der erste: »Darf ich mal was sagen? Aber nicht böse sein.« »Nein, was denn?« »Was ist deine Tante für eine schöne Frau!« Ich drehte mich nach ihr um und vergegenwärtigte mir ihre Gesichtszüge, die ich auf die Entfernung nicht deutlich erkennen konnte. Meine Tante – darüber hatte ich nie nachgedacht – mußte wirklich eine wunderschöne Frau gewesen sein; aber jetzt war dort, tief in ihrem Innern verborgen, nur noch ein anmutiges, liebenswertes Mädchen. »Finde ich nicht«, sagte ich. »Entschuldige, das sollte keine Beleidigung sein, im Gegenteil«, meinte mein Freund. Und damit war das Gespräch zu Ende gewesen. Nun trank ich meinen Tee, ließ die Augen nicht von dem blonden Kopf, der sich über die Näharbeit beugte, und verabschiedete mich. Sie hob die Augen: »Geh nur, geh, ihr Jungen werdet niemals müde. Nach der Reise, die du hinter dir hast... Stundenlang... Also geh, genieß deine Ferien. Männer will man doch nicht im Haus haben. Die Maria« – mein Onkel hatte verfügt, daß alle »auswärtigen« Dienstmädchen Maria hießen, die Köchinnen waren Micaelas – »wird dir den Koffer aufs Zimmer stellen.« Ich brach auf zum Bairro Novo, dem Viertel mit den Cafés, und dachte schon daran, mich mit Odette zu verabreden.

Doch das Bairro Novo sah aus wie leergefegt. Die Cafés waren zwar vollbesetzt, aber auf den Straßen fehlten die üblichen Passantenströme. Grüppchen standen herum und diskutierten. Zeitungen flatterten über den Boden. Und eine angriffslustige Spannung lag in der Luft, als wären alle diese Menschen Überlebende eines Taifuns. Auch ohne zu begreifen, was sich abspielte, hatte ich dieses Gefühl. Ich lief von einer Pension zur nächsten, wo meine Freunde immer abstiegen. Zwei von ihnen waren auch dieses Jahr hier, ja, aber im Augenblick ausgegangen. Ich ging weiter, bis zu der anrüchigen Pension mit den kleinen Palmen zu beiden Seiten der Tür, wo Odette zu wohnen pflegte. Die Wirtin sagte mir, dieses Jahr sei sie nicht gekommen. Sie sei in Porto geblieben oder in Póvoa do Varzim tätig, sie sei früher schon mal in Póvoa do Varzim tätig gewesen. Eine Frau, die in einem Weidenkorbstuhl unter dem kleinen Balkon saß und mir zuzwinkerte, unterbrach sie: »Die Odette? Nein... Die ist in Porto, auf Kosten von einem reichen Protz.« Am Boden zerstört, trollte ich mich. Aber eine Prise Stolz nahm ich doch mit: Odette, die gratis »mein« gewesen war, lebte nun auf Kosten von einem reichen Protz... Sie war eben etwas wert, ganz meine Meinung. Ich kehrte in die Straßen des Bairro Novo zurück. Mit einbrechender Dunkelheit schienen sie sich wie früher zu beleben. Aber es war doch anders. Aus heiterem Himmel brach an einem der Tische auf dem Bürgersteig ein Handgemenge los. Zwei Herren prügelten sich, weitere schienen kurz davor, »Kommunist« und »Faschist« wurde hin und her geschrien. Der Tumult griff schnell auf andere Tische und die Straße über. Aus den Grüppchen stehenbleibender Passanten lösten sich einzelne und stürzten zu den Tischen, andere ergriffen die Flucht, Tische und Stühle flogen durch die Luft, die Flüchtenden stolperten darüber. Ein Mann befreite sich aus dem Gewühl und rannte davon, eine Handvoll anderer versuchte ihm nachzusetzen, wurde aber zurückgehalten. Aus dem Inneren des Cafés quoll ein Schwall Menschen, der mich mitriß, und plötzlich entdeckte ich Rodrigues neben mir, den Freund, der damals von weitem meine Tante erkannt hatte und der vorhin nicht in seiner Pension gewesen war. Rodrigues schlug auf einen Mann ein, der sich an ihm festklammerte, mitten in dem ganzen Tohuwabohu, und es war, als sähen die anderen sie überhaupt nicht. Die Menschenmenge wogte um uns herum und spülte den Kerl mit, den Rodrigues verprügelte. Einem anderen, der an uns vorbeihetzte, stellte er ein Bein, und der Mann stürzte zu Boden. Ich packte Rodrigues am Arm und zerrte ihn in eine Nebenstraße. Wir betraten ein leeres Café, ein halbes Dutzend Kunden und die Kellner mit ihren Schürzen standen an der Tür und spähten nach draußen.

»Was hattest du denn bei der Schlägerei zu suchen? Was hast du mit all dem zu tun?« fragte ich ihn.

Rodrigues, spindeldürr und aufgeschossen, zog sich die Hosen hoch, die ihm heruntergerutscht waren, und steckte sich das Hemd hinein: »Gar nichts. Ich habe nur die Gelegenheit genutzt, diesem verdammten Spaniergesocks ordentlich eins überzubraten.« Seine Wut auf die Spanier war sprichwörtlich, sein Haß galt dem Conde de Trava, der Dona Inês de Castro und ihren Kindern, den Besiegten von Aljubarrota und den Kriegszügen der Restauration, außerdem dem Verlust von Olivença – die bekam jeder Spanier, der ihm zu nahe kam, augenblicklich lautstark um die Ohren geschlagen, selbst kleine Kinder. Für ihn waren die Ferien, die er jedes Jahr in Figueira verbrachte, ein Martyrium, das er masochistisch genoß. Und jetzt war seine große Stunde gekommen. Seine Augen glänzten genüßlich: »Kanaillen... Kommen her und fressen alles weg, was uns gehört... Verdrecken die Straßen... Und veranstalten dieses Theater hier! Und du bist jetzt endlich auch da, was?« Wir setzten uns und redeten. Ich wußte, er hatte kein einfaches Leben. Seine Mutter leitete, nein, besaß ein großes Hotel bei Buçaco. Seine Gymnasiumsjahre hatte er in einem Internat in Figueira verbracht, und seit zwei Jahren studierte er in Coimbra. Die verwitwete Mutter wollte ihn nicht im Haus haben, besser gesagt: im Hotel, denn sie verbrachte, ohne dabei die Buchhaltung und die Tresorschlüssel aus den Augen zu verlieren, ihr Leben mit nächtlichen Abenteuern: Gäste, Kellner, die Musiker, die zum Abendessen aufspielten, jeder landete früher oder später in ihrem Bett. Am Tage war sie die Strenge in Person; in der Nacht wurde auch schon mal an ihre Zimmertür getrommelt, weil sich jemand in Tag und Stunde geirrt hatte oder sich noch nicht ganz davon überzeugt zeigte, daß seine Zeit vorüber war. Das erzählte Rodrigues, und bestimmt übertrieb er vieles, so wütend, wie er war. Im übrigen hatte auch er nicht den allerbesten Ruf. Es hieß, am Internat sei er in anrüchige Eskapaden verwickelt gewesen, er sei sehr beliebt bei den Homosexuellen, mit denen er auch ins Bett gehe. Ich schaute mir das Internat einmal an, nachdem ich davon gehört hatte, weil mein Onkel dort Lehrer war. Die Schlafsäle waren seltsam: eine Reihe von hölzernen Zellen mitten im Raum, mit Türen, wie sie Hühnerställe haben, darin jeweils ein Bett. Wenn Schlafenszeit war, schlossen die Patres die Schüler ein. Ich fragte gleich, wie sie denn nachts pinkeln könnten, und der Hausdiener, der mir und meinem Onkel das Internat zeigte – in den Ferien natürlich –, lächelte überlegen und öffnete den Schrank neben einem Bett, wo in einem maßgeschneiderten Kasten ein Nachttopf aus Porzellan untergebracht war. Aber wer die Türen aufkriegen wollte, kam auch an die Schlüssel heran. Das erzählte mir ein Junge aus Figueira, der zu unserer Clique gehörte und als Externer auf dieselbe Schule ging. Er fügte noch hinzu, einer der Aufseher würde sich eine goldene Nase daran verdienen, diese Schlüssel zu verkaufen und wieder zu konfiszieren. Rodrigues prahlte unglaublich mit seiner Männlichkeit, und es bereitete ihm größtes Vergnügen, sie öffentlich unter Beweis zu stellen, sei es, indem er sich entblößte (wir waren alle unter großem Hallo einer Meinung, daß er den Homosexuellen allerdings etwas zu bieten hatte), sei es, indem er, wie tatsächlich einmal geschehen, einer Hure mehr Geld bezahlte, damit wir zuschauen durften. Und immer, wenn uns ein magerer Jüngling mit wiegenden Hüften, der auch auf die Schule ging, über den Weg lief, rannte ihm Rodrigues ein Stück hinterher und beschimpfte ihn. Der andere straffte sich dann und tat so, als hörte er es nicht. Rodrigues kehrte außer Atem zurück, rückte sein »Paket«, wie er es nannte, in der Hose zurecht, und wiederholte die Schimpfwörter, die er losgelassen hatte. Als er jetzt vor mir saß, schien ihn dieselbe Erregung gepackt zu haben. Er hatte sein Studienjahr in Coimbra nicht geschafft, und seine Mutter gab ihm die monatliche Unterstützung nur, wenn er den Abschluß in Jura machte, was er haßte. Dieselbe Geschichte hatte ich schon letztes und vorletztes Jahr gehört. Er beugte sich zu mir über den Tisch, und in seinem leicht dunkelhäutigen Gesicht sah ich die eingefallenen, feuchten Augen mit tiefen Ringen, die große Nase mit den bebenden Nüstern, den großen, blutleeren Mund und das knochige Kinn: »Willst du wissen, warum ich so sauer auf die Spanier bin, ja?« Er machte eine Pause, die Augen blitzten. »Weil mein Vater Spanier war, verstehst du.« Von dem Vater hatte er mir noch nie erzählt, und soweit ich wußte, auch sonst niemandem. Er war für uns alle immer der Sohn einer Hotelbesitzerin gewesen, und das Hotel hatte er mit seinen Beschreibungen der langen Flure, der Teppiche und der Salonmusik beim Abendessen zu einer Legende gemacht. »Wann ist dein Vater gestorben? Ist das schon lange her?« fragte ich. Er lehnte sich im Stuhl zurück und schaute nach draußen: »Ich war zehn, als er starb. Aber ich wußte schon genug vom Leben, um zu begreifen, daß er ein würdeloser Hahnrei war.« Ich schwieg, peinlich berührt. Er wandte mir wieder das Gesicht zu, lächelte wie zum Trost und sagte: »Du brauchst nicht so ein Gesicht zu machen, es lohnt sich nicht. Wirklich. Willst du ein Bier? Ich lad dich ein.« Schon rief er den Kellner. Dann, als wir tranken, verkündete er, daß er in diesen Ferien eine Entscheidung zu fällen habe, von der sein ganzes Leben abhänge. Seine Mutter würde ihm, wenn er den Jura-Abschluß nicht machte, die Monatszahlungen streichen. Auch für ein anderes Fach würde sie ihm kein Geld geben. Er wollte nämlich lieber Geschichte belegen, das wußte ich. Also mußte er entweder für einen Abschluß lernen, den er nicht machen wollte, oder er fiel noch ein weiteres Jahr durch und mußte seinen Unterhalt anders zusammenbringen. Wie ich denn darüber dächte?

»Warum bleibst du nicht in Coimbra, arbeitest, gibst Unterricht, was weiß ich, und studierst derweil Geschichte, wie du Lust hast? Deine Mutter wird dir irgendwann schon wieder Geld geben, wenn sie sieht, daß du studierst.«

»Du kennst sie nicht. Und wie soll ich arbeiten? Was denn? Unterricht? Glaubst du, das ist leicht in Coimbra? Die eine Hälfte der Universität gibt doch schon der anderen Nachhilfestunden!«

»Dann geh nach Lissabon oder nach Porto.«

»Daran hab ich auch schon gedacht, Lissabon... Mit meinem ›Paket‹ bin ich dort bestimmt ein gemachter Mann. Ich hab da Dinger gehört...«

Ich wandte den Blick ab, seinetwegen, denn mir fiel alles wieder ein, was über ihn geredet wurde. Er merkte es, biß die Zähne zusammen, kniff zittrig die Augen zu und zischte: »Ist doch so! Im Internat hatte ich alles, was ich wollte.« Ich stand auf. Er legte das Geld auf den Tisch und folgte mir. An der Tür hielt er mich am Arm fest: »Entschuldige...« Ich sah hoch in sein Gesicht. »Ich habe doch niemanden. Ich habe keine Familie, ich habe keine Freunde«, und seine Stimme bebte. Dann straffte er sich und sagte in seinem gewöhnlichen Ton: »Los, komm, wir gucken mal, ob diese Meute von Schlappschwänzen sich schon vor Angst in die Hose gemacht hat.«

Die Straße der Cafés lag so gut wie verlassen da. Die Tische und Stühle, leer und beiseite geräumt, bildeten eine seltsame weiße Masse, die ich noch nie gesehen hatte. Ein paar dickliche, untersetzte republikanische Gardisten spazierten auf uns zu. Als sie an uns vorbeikamen, fragte Rodrigues laut: »Das ganze Spaniergesocks haben sie wohl zum Teufel gejagt, was?«

»Ein paar Kommunisten, die die Ruhe und Ordnung gestört haben, wurden verhaftet, jawohl«, antwortete einer von ihnen.

Wir gingen schweigend weiter, zurück zu seiner Pension.

»Iß doch mit mir zu Abend. Warum ißt du nicht mit mir zu Abend?«

»Ich bin heute angekommen, und ich habe nicht Bescheid gesagt, daß ich zum Abendessen weg bin.«

»Ach, heute bist du erst angekommen? Ich dachte, du wärst schon länger da und wir hätten uns bloß noch nicht getroffen.«

»Frag doch in der Pension nach, ich habe mich heute nach dir erkundigt«, sagte ich. Seine fixe Idee, wir würden ihn meiden und er sich uns aufdrängen, kam wieder zum Vorschein.

»Dann komm doch mit mir essen. Gestern habe ich nicht in der Pension gegessen, die Wirtin schuldet mir also noch ein Abendessen. Deinem Onkel ist das doch sicher egal. Der ist vielleicht ein Witzbold. Weißt du, daß ich bei ihm Mathematik- und Zeichenunterricht hatte? Hab ich dir schon mal die Geschichte vom Zirkel erzählt? Nein?«

Er hatte sie mir schon erzählt, und wir standen vor der Tür seiner Pension. Er sagte: »Zé Ramos ist auch da, mit seiner Schwester.« José Ramos war der andere Freund, der dabeigewesen war, als Rodrigues die Schönheit meiner Tante gepriesen hatte. »Ich will dir mal was sagen, aber reg dich nicht auf. Ich bräuchte so eine Frau wie deine Tante. Dein Onkel behandelt sie schlecht, das weiß ich, davon hat er ja sogar in der Schule erzählt, und er hat sie nicht verdient. Mit einer Frau wie der wäre ich gerettet. Komm doch mit zum Abendessen. Und dann ziehen wir los, und ich zeige dir die Neuzugänge der Saison.«

»Na gut, zum Abendessen komme ich mit, aber danach gehe ich nach Hause.«

Wir betraten den Speisesaal, den in Erwartung spanischer Kundschaft das Schild »COMEDOR« zierte. An den Tischen verstreut saßen vielleicht vier Personen beim Essen. Wir suchten uns einen Tisch, und er begann, mit der Gabel sorgfältig Muster in die Tischdecke zu ritzen.

»Im Internat bin ich einmal nachts aus dem Schlafsaal abgehauen und habe das Haus deines Onkels beobachtet... Damals hatten sie diesen Hund noch nicht... Ich glaube, sie wissen gar nicht, daß sie ihn meinetwegen gekauft haben... Ich bin auf einen Baum geklettert und habe deine Tante beobachtet... Aber dann bin ich vom Baum gefallen und habe vor Schreck aufgeschrien. Natürlich nicht beim ersten Mal, logisch. Das war vielleicht ein Durcheinander. Ich habe Reißaus genommen und bin über die Mauer gesprungen. Aber ich konnte noch hören, wie dein Onkel sie beschimpft hat und wissen wollte, welcher Liebhaber da gerade geflohen sei. Das war ich, da oben im Baum, und sie wußte nicht einmal von mir. Ich bin nie wieder hingegangen.«

Nachdem wir aufgegessen hatten, verabredeten wir uns für den nächsten Tag, und ich ging nach Hause.

VI

Meine Tante saß wie immer am Tisch und nähte, und der Hund, der mir auf der Allee aus hohen Palmen, die vom Gartentor zum Herrenhaus führte, entgegengesprungen war, legte sich ihr zu Füßen. In diesem Haus gab es für niemanden feste Uhrzeiten, schon gar nicht in den Ferien. Sie fragte mich nur, ob ich schon gegessen hätte. Ich erwiderte, ich sei einem Freund begegnet, Rodrigues – dabei musterte ich sie genau –, und er habe unbedingt gewollt, daß ich mit ihm essen gehe.

Sie betrachtete mich, runzelte nachdenklich, mit gereckter Nähnadel, die Stirn und überlegte laut: »Rodrigues? Ist das nicht ein ehemaliger Schüler deines Onkels, aus Buçaco? Er war am São-José-Internat. Dein Onkel spricht ständig von ihm. Scheint, als wäre er dort der reinste Teufel gewesen. Nachts ist er ausgerückt«, und sie nähte weiter. Dann breitete sie die Decke aus, um nach den Stellen zu suchen, die noch ausgebessert werden mußten, und fügte hinzu: »Er hat allen Leuten erzählt, er wäre in mich verliebt. Das ist offenbar sehr verbreitet unter den Schülern, sich in die Frauen ihrer Lehrer zu verlieben, oder?«

Ich wisse es nicht, lautete meine Antwort. Am Gymnasium in Lissabon kannten wir die Familien der Lehrer nicht.

»Das muß etwas typisch Provinzielles sein. Als dein Onkel davon erfuhr, fand er es urkomisch, er nannte ihn einen Spinner, das hat er mir selber erzählt. Ich glaube, es war das einzige Mal, daß er über so etwas lachen mußte, du weißt ja, wie besessen er sonst in diesen Dingen ist. Aber wahrscheinlich lag es nur daran, daß der Junge einen schlechten Ruf hatte, und da dachte Justino, es besteht keine Gefahr.«

»Einen schlechten Ruf?«

»Wußtest du das nicht? Na ja, ich verstehe nicht viel von solchen Dingen, auch wenn dein Onkel immer sehr derb davon spricht. Schlechter Ruf, ach, wie man halt so sagt. Es hieß jedenfalls, daß er nur deshalb nicht vom Internat verwiesen wurde, weil dieser Rufininho, kennst du Rufininho?« – das war der Junge, dem Rodrigues immer seine Beschimpfungen hinterherschleuderte – »weil Rufininho und andere, die aus ebenso reichem Hause stammen, so sehr in ihn verliebt wären. Wenn er fliegt, fliegen sie nämlich alle. Und die Eltern von Rufininho zahlen angeblich eine Unmenge Geld und tun, was die Patres wollen, damit sie Rufininho dort behalten.«

Sie schwieg, nachdem sie sich derart über unanständige Themen verbreitet hatte, aber sie war darin ganz natürlich, durch die Schamlosigkeiten meines Onkels beeinflußt, und aufgrund ihres abgeschiedenen Lebens machte sie sich leicht seine Ansichten zu eigen. Die Nachtfalter umschwirrten die Lampe. Der Hund spitzte die Ohren, stand unter großem Recken und Strecken auf und tappte zur Tür.

»Das kann noch nicht dein Onkel sein, es ist noch früh. Es sei denn, heute war nicht viel los beim Spiel wegen dieser Revolution. Die Maria hat mir erzählt, was für ein Gerenne überall ist, alle reisen ab. Bist du deinem Onkel im Café begegnet?«

Ich verneinte und berichtete ihr von dem Tumult, den ich mit angesehen hatte. Dann fragte ich: »Ist Onkel Justino nicht zum Abendessen gekommen?«

»Nein«, sie lächelte. »Aber ich mache mir da keine Gedanken. Dein Onkel interessiert sich nicht für Politik, das ist etwas für die Spanier, diese Unruhestifter.«

Den Eindruck hatte ich nicht: sie diskutierten ständig, unter großem Gefuchtel, aber am Ende lagen sie sich immer in den Armen und verziehen sich, und sie titulierten sich gegenseitig mit »Don«. An diesem Tag war es allerdings anders gewesen.

Der Hund kehrte zurück und legte sich zu ihren Füßen, gab ein lautes Knurren von sich und seufzte tief auf. Sie beugte sich hinunter: »Tejo, was ist denn?« Er warf sich auf den Rücken und rührte sich nicht mehr. »Was hat denn mein Tejo?« Er hob den Kopf und legte ihn wieder hin. Meine Tante meinte: »Was der Hund heute nur hat. Er ist unruhig. Als spürte er irgend etwas kommen.«

»Wahrscheinlich die Revolution«, sagte ich. »Vielleicht ist er ein spanischer Hund.«

»Du wirst lachen, das ist er. Dein Onkel hat ihn von einem Spanier gekauft, der im Café sein Partner war, damals kamst du noch nicht zu uns. Wir dachten nämlich, es liefen nachts Leute im Garten herum.«

Unser Schweigen zog sich in die Länge, unterbrochen allein vom gelegentlichen Knurren des Hundes. Ich gähnte verstohlen.

»Wenn du ins Bett gehen willst, mach nur keine Umstände, du mußt ja müde sein, und ich werde auch nicht mehr lange auf deinen Onkel warten...«

Ich wünschte ihr gute Nacht und ging auf mein Zimmer. Das Haus hatte drei Etagen. Im Erdgeschoß befanden sich das Eßzimmer, eine große Anrichte, die Küche, ein Bügelzimmer und andere Haushaltsräume. Darüber kam die Beletage, zu deren Eingang man über eine Außentreppe gelangte, die wie zwei geöffnete Arme vor der Hausfassade lag. In diesem Stockwerk lagen die großen Salons, die, abgesehen von der Bibliothek, aus der man ab und zu einmal ein Buch holte, nie benutzt wurden. Über eine Treppe, die sich aus einer Ecke des »Foyers« in weiter Kurve emporschwang, erreichte man die Etage der Schlafzimmer, von denen die meisten verschlossen waren. Wozu brauchten die beiden ein so großes Haus? Sie beschuldigten sich gegenseitig des Größenwahns, auch wenn die Dimensionen dieses Palastes bei den Auseinandersetzungen, die ich gehört hatte, nie zum Streitpunkt wurden. Ich öffnete das Fenster in meinem ungewöhnlich hohen Zimmer – es befand sich auf der dem kleinen Eingang zum Eßzimmer gegenüberliegenden Seite – und beugte mich hinaus in den dunklen Garten. Die Nacht war sternenklar, und ein zartes Licht schien reglos über dem konturierten Schatten des Aussichtspavillons in dieser Ecke des Gartens zu schweben. Um dorthin zu gelangen, mußte man dichtes Buschwerk durchqueren, das dem Wildwuchs überlassen worden war. Der Gärtner, der ab und zu kam und sich um die Anlagen kümmerte, hegte und pflegte nur die andere Seite, als wäre die wie saubergefegte Palmenallee die Trennlinie zwischen dem Busch und dem eigentlichen Park. So war es seit dem Tod meines Cousins gewesen, denn früher setzte sich meine Tante immer mit Baby und Kinderwagen zum Nähen in den Pavillon. Vielleicht hatte der Kleine gar, durch eine Unaufmerksamkeit von ihr, einen Sonnenstich bekommen (der steinerne Pavillon war nämlich zur Gartenmauer hin nicht überdacht), was dann zu dem Übel führte, an dem er schließlich gestorben war. Dies war aber keine Glaubensfrage, für meinen Onkel jedenfalls nicht; doch der Pavillon und alles um ihn herum wurde dem Unkraut überlassen. Ich ging manchmal am frühen Abend nach dem Essen dorthin. Die Straße nach Tavarede verlief auf der anderen Seite des Walls, weißbepudert von einem Staub, der sich auch auf die Mauern rechts und links legte. Quietschend rollten Ochsenkarren vorbei, das Ganze war bukolisch. Mein Onkel sah mich einmal in diese Richtung schlendern und warf mir einen wütenden Blick zu, sagte aber nichts. Auf seine brüske, unberechenbare Art schätzte er mich sehr, und nur die Tatsache, daß ich beim Glücksspiel ebensowenig mitmachte wie beim Schach, ließ mich in seiner Achtung ein wenig sinken. Letztes Jahr hatte ich aber einiges wiedergutgemacht, als er mich zufällig beobachtete, wie ich beim Roulette im Spielsaal des Kasinos zaghaft fünftausend Réis setzte. Er zwinkerte mir zu, musterte das Zahlenrad mit den Augen eines Falken und schob meinen Einsatz auf eine andere Zahl. Ich verlor. Er gab mir noch einmal fünftausend Réis und einen Klaps auf die Schulter. Ich gewann. Aber ich hatte immer wenig Geld gehabt – und große Angst, der Spielleidenschaft zu verfallen. Bei uns zu Hause war das Gewagteste in Sachen Spiel ein Bohnen-Lotto, das an den seltenen Familienabenden stattfand. Karten gab es nicht. Meine Verwandten brandmarkten unbarmherzig jede Schummelei und beschimpften sich gegenseitig als Falschspieler, während sie setzten. Gleichzeitig sparten sie, zum Mißvergnügen meiner Mutter, nicht mit Andeutungen über das verwerfliche Leben von Onkel Justino. Trotzdem nahm mich, bevor ich nach Figueira aufbrach, meine Mutter beiseite, noch an der Tür, um mir vertraulich mitzuteilen, das Spiel sei etwas Schreckliches und ich solle bloß keinen Fuß ins Kasino setzen. Meine Mutter schien sich dort nichts als Tische mit diversen Glücksspielen vorzustellen. Ich mußte insgeheim immer lächeln über ihre Naivität, offenbar ahnte sie nichts von den anderen »Verwerflichkeiten«, denen man dort begegnen konnte... Die gab es für sie einfach nicht. Sie behandelte mich zwar nicht mehr wie ein Kind und legte im Umgang mit mir neuerdings auch eine verkrampfte Schüchternheit an den Tag, doch vom Leben eines Mannes hatte sie nicht die geringste Vorstellung. Sie weinte sehr über die Liebschaften meines Vaters, wenn sie, was nicht schwer war, ihr zu Ohren kamen. Aber das stellte für sie gewissermaßen das Kreuz der Ehe dar, welches sie wohl oder übel zu tragen hatte wie andere Frauen auch. Einen Zusammenhang mit der sexuellen Dauerbereitschaft des Mannes sah sie jedenfalls nicht. Wenn die Verwandten sich von den Eskapaden dieses oder jenes Jungen erzählten und mich indirekt zur eskapadengefährdeten Kategorie rechneten, indem sie betonten, ich sei doch bereits ein ganzer Mann, dann wies sie mit beharrlichem Schweigen jeden Gedanken daran weit von sich, meine Eskapaden könnten über ein besonders ausschweifendes Bohnen-Lotto hinausgehen. Selbst als ich mir jene Krankheit einfing, bei der ich so behutsam gehen mußte und ständig besudelte Unterhosen hatte, nahm sie es gar nicht zur Kenntnis, nicht etwa aus Diskretion, sondern aus Blindheit, und forderte mich immer wieder auf, kräftigende und appetitanregende Mittel einzunehmen.

Ich hörte den Hund bellen, dann Schritte, die im Kies auf der Palmenallee knirschten. Das mußte mein Onkel sein, der viel früher kam als gewöhnlich. Ein Falter schwirrte um meinen Kopf herum. Ich dachte an die Mücken und löschte das Licht. Dann kehrte ich ans Fenster zurück. In dem geräuschvollen Dunkel war die Stille vollkommen. Zikaden und Grillen sangen. Der Kies knirschte wieder. Wollte mein Onkel noch ausgehen? Ich begann mich auszuziehen. Aber ich hatte meinen Pyjama noch nicht aus dem Koffer geholt. Schon wollte ich das Licht wieder anmachen, als mir einfiel, besser vorher das Fenster zu schließen, der Mücken wegen. Da hörte ich einen Aufprall. Irgend etwas bewegte sich beim Pavillon. Oder bildete ich mir das nur ein? Ich blieb still und spähte. Da war nichts. Ich lehnte die Fensterflügel und die hölzernen Läden an, schaltete das Licht ein, holte mir den Pyjama, zog ihn an, legte mich hin, machte wieder dunkel. Im Bett rekelte ich mich, furchtbar müde. Am nächsten Tag wollte ich José Ramos und seine Schwester besuchen. Die würde ich am Strand finden, ich wußte noch ungefähr, auf welcher Höhe seine Eltern immer eine Strandkabine mieteten. Mercedes, die Schwester, war hübsch. In meinen Augen hob sie sich von ihren Freundinnen ab, mit denen wir morgens beim Baden herumalberten oder am Nachmittag im Sand lagen, unter den wachsamen Blicken der Mamas, die sich lustlos, aber gekonnt und mit vielen komplizierten Regeln einem Wurfnägelspiel widmeten. Ein Spaziergang von Jungen und Mädchen war zu jener Zeit noch undenkbar. Das höchste der Gefühle war ein nachmittägliches Lustwandeln auf der Strandpromenade, in dichten, großen Gruppen, so daß die schiere Menge die mangelnde Kontrolle der Mütter und Tanten ersetzte. Wir folgten ihnen, ebenfalls in Gruppen, oder kreuzten absichtlich ihren Weg. Doch selbst wenn der Bruder eines Mädchens zur Gruppe gehörte, ergab sich keinerlei Annäherung. Im Gegenteil, er achtete noch genauer auf die Einhaltung des Abstands. Wenn es im Kasino »Tanzabende für die Jugend« gab (an diesen Abenden war den auffälligsten Prostituierten der Zugang zum Kasino verboten, und an den Türen zum Spielsalon wurde besonders rigoros kontrolliert), durften die Mädchen nur »in angemessener Begleitung« erscheinen, sonst kamen sie nicht hinein. Diese Strenge der Geschäftsführung wurde von den Familien sehr gelobt, wenn die Gespräche von einer Strandkabine zur nächsten gingen. Auf ihren niedrigen Stühlchen sitzend und in endlose Strickarbeiten vertieft, deren Muster sie einander beibrachten, besprachen die Senhoras derlei Fragen und informierten sich, im Hinblick auf die Brautwerbung ihrer Töchter, nebenbei diskret darüber, wer wir Jungens waren. Einige von uns wurden derart heimtückisch verfolgt, daß sogar Brüder und Cousins einbezogen waren, das heißt: wer mit jemandem befreundet war, der »Stand oder Zukunft« zu bieten hatte, sollte behilflich sein, das gewünschte Opfer in den Bannkreis der Stühlchen zu locken. Weshalb wir sorgfältig darauf achteten, niemals in der Nähe der Strandkabinen mit den Wurfnägeln zu spielen, sondern nur unter den Markisen. Diese, senkrecht zu den Reihen der Strandkabinen aufgestellt, waren eine Art proletarischer Ort, den die Aristokratie der Kabinen mit Verachtung beäugte. Jede Familie, die etwas auf sich hielt, mietete für die Saison eine Strandkabine. Mein Onkel und meine Tante, die nie einen Fuß an den Strand setzten, hatten auch eine, was mir einen gewissen Status bei den Senhoras garantierte. Die Markisen waren für Sommergäste ohne Rang gedacht, die, so freundlich sie auch lächelten, den Damen der Strandkabinen niemals mehr zu entlokken vermochten als ein leichtes Kopfnicken. Auch kleine Annäherungsmanöver, etwa durch ihre Kinder, nutzten nichts. Falls sich ein Kind von einer Strandkabine unter die Markisen verirrte, wurde gleich ein Dienstmädchen losgeschickt, es zurückzuholen, unter dem Vorwand, es sei weggelaufen und könne gar verlorengehen. Die spanischen Familien hatten im allgemeinen ihre eigenen Sektoren am Strand, doch auch bei ihnen funktionierte die Trennung zwischen Kabinen und Markisen. Unter den Jungen war es ein ehrabschneidender Verdacht, sich als »Kuppler« einspannen zu lassen, und jeder, der die Heiratspläne der Familien mitbetrieb, war bereits ein Kuppler. Ich hatte mit Mercedes geflirtet, allerdings mehr, weil ihre Mutter mich scheel ansah, als weil sie mich ernsthaft interessierte; und Zé war, um nicht als »Kuppler« beschimpft zu werden, sofort auf deutliche Distanz zu uns gegangen. Rodrigues wurde von den Senhoras zwiespältig behandelt. Sie wußten, er würde mal ein großes Hotel erben, aber es hieß auch, das sei zweifelhaft, weil sich seine Mutter jeden Augenblick neu verheiraten konnte. Doch wenn er sich in Badehose den Strandkörben näherte, kam es zu einem kaum verhohlenen Erschauern; einmal hörte ich, wie sich zwei Senhoras darüber austauschten, wie »gut bestückt« er sei. Morgen mußte ich unbedingt Zé finden.

Im Korridor mit seinem Teppichläufer stand ein Baum, und in seinem Schatten saß meine Tante im Nachthemd und nähte. Auf beiden Seiten des großen Hotelkorridors lagen zahllose Türen, wie zu Hühnerställen, und darin kauerten als Hühner viele Jungen. Im Baumwipfel hockte Rodrigues, in Badehose, und spähte nach unten. In den Hühnerställen gackerten die Jungen, sie riefen meiner Tante die Dinge zu, die mein Onkel immer zu ihr sagte. Am Ende des Korridors lag die Straße der Cafés, mit Tischen wie im »General«, und Puigmals Mutter servierte den Tee. Am Tisch saßen ich, Mesquita und mein Onkel, letzterer mit dem Rücken zum Baum. Ich hatte Rodrigues dort oben entdeckt und tat alles, um meinen Onkel abzulenken, damit er sich ja nicht umdrehte, denn Mesquita telefonierte mit seiner Freundin und richtete kein Wort an meinen Onkel. Später lag Mercedes auf einem Bett, gekleidet wie Odette, und rauchte, und ein Puigmal in Uniform beugte sich über sie und sagte, der Vater habe mit dem Kerl geredet. Dieser, mit einer ganz dicken Brille, ging über den Korridor nach draußen und rief nach Rodrigues. In der Nähe des Baumes war er plötzlich dünn und jung und hatte keine Brille mehr und sah aus wie Rufininho. Mein Onkel drehte sich um, Mesquita legte den Hörer auf, und zwei republikanische

Gardisten kamen zwischen den Tischen hindurch und zerrten zwei Männer hinter sich her, die zum Fahrkartenschalter am Bahnhof flüchteten, der aber geschlossen war und sich nun in dem dunklen Gartenpavillon befand. Mein Onkel stand auf und rannte, Stock in der Hand, ganz langsam über den Korridor nach draußen. Ich folgte ihm. Aber mein Onkel war oben im Baumwipfel und brüllte, und im Schatten des Baumes war gar nicht meine Tante, sondern Mesquita, splitternackt und zusammengekauert. Mit den Augen suchte ich nach meiner Tante, fand sie aber nicht, statt dessen entdeckte ich Rufininho, der sich an Rodrigues klammerte, während wir alle das Bett umringten. Doch unter Rodrigues lag gar nicht Rufininho, sondern eine Frau, die ich noch nie gesehen hatte, hellblond, und sie packte mich am Arm und sagte mit Rodrigues' Stimme: »Ich habe doch niemanden, ich habe niemanden...« Da zog mich Mercedes hinter den Vorhang an einem Fenster des Kasinos und begann mich aufzuknöpfen. In diesem Augenblick kam mein Onkel den Korridor entlang, mit zwei Herren, die ich nicht kannte, alle Türen zu den Hühnerställen taten sich auf, und heraus kamen die Nachttöpfe aus Porzellan. Ich nahm Mercedes' Hände, in der Angst, mein Onkel könnte mich sehen. Wir befanden uns beim Wasser, auf der Seite von Buarcos, es war Nacht, und eine Gruppe von Männern sprang in ein Boot. Rodrigues kam schreiend über den Strand gelaufen, verfolgt von Gardisten und Polizei. Das Boot lichtete den Anker und entfernte sich vom Strand. Da tauchte die blonde Frau am Wasser auf, rief etwas und ging langsam ins Wasser, in Kleidern und Schuhen. Ich ging in die Kajüte hinunter, wo Puigmal mit meinem Onkel Karten spielte, und fragte, wo die Toilette sei. Dann wachte ich auf und mußte furchtbar dringend pinkeln.

Noch war es Nacht. Ich knipste die Lampe an, ging auf den Flur, im Bad war Licht. Erst einmal kehrte ich in mein Zimmer zurück und blieb wartend auf dem Bett sitzen. Als ich hörte, wie sich die Badezimmertür öffnete, ging ich wieder hinaus. Eine Gestalt schlich sich in eins der leeren Zimmer. Ich war verblüfft. Im Zimmer meines Onkels war auch noch Licht. Also war jemand gekommen. Das waren die Schritte gewesen, die ich im Garten gehört hatte. Aber wer? Weder mein Onkel noch meine Tante hatten irgend etwas gesagt. Ich schwankte, ob ich in mein

Zimmer zurückkehren oder bei meinem Onkel anklopfen sollte. Schließlich ging ich erst einmal ins Bad und pinkelte. Der Strahl ließ in der Schüssel eine zusammengeknüllte Zigarettenschachtel auf- und niedertanzen. Meine Tante rauchte nicht, mein Onkel drehte sich seine Zigaretten gern selbst, und ich hatte am Nachmittag keine Schachtel aufgeraucht... Ich beugte mich vor und sah genauer hin. Es waren spanische Zigaretten.

Dann handelte es sich bei dem neuen Gast also um einen Spanier? Ich kehrte in mein Zimmer zurück, ohne mir die Frage beantworten zu können, und legte mich wieder ins Bett. Morgen würde ich es erfahren.

VII

Ich wachte früh auf, die Sonne schien durch die Spalten der Fensterläden ins Zimmer. Zuerst erinnerte ich mich an gar nichts, freute mich nur auf den Strand und das morgendliche Schwimmen. Doch plötzlich sah ich – wie in einem verblassenden Traum – die Zigarettenschachtel vor mir. Ich machte mich rasch fertig und zog mich an, mit dem Gefühl, daß auf dieser Etage keiner mehr war und mein Onkel und meine Tante sich schon nach unten begeben hatten. Ich lief die große geschwungene Treppe hinab, dann die kleinere Treppe nach unten und trat ins Eßzimmer. Am Tisch saßen zwei Männer, einer mit Schnurrbart und sehr jung, der andere korpulent und schon älter. Ich hielt überrascht inne. Sie standen beide feierlich auf und sagten: »Buenos días«, dann fragte der Korpulente, ebenfalls auf spanisch: »Sind Sie der Neffe von Don Justino?« Da fiel mir die Abwesenheit von Onkel und Tante auf, obgleich der Tisch für alle gedeckt war. Ich nickte und schaute mich um. Der Spanier erklärte mir, sie seien in der Küche und machten Kaffee. Ich ging hin. Mein Onkel trug bereits seine Hosen, hatte aber noch Pyjamajacke und Schlappen an, seine übliche Morgenkleidung, dazu den Spazierstock überm Arm (man hätte meinen können, er ginge damit auch ins Bett). Er unterhielt sich mit meiner Tante, die am Herd den Kaffee warm machte.

»Hast du sie schon gesehen?« fragte sie mich.

»Wer ist das?«

Meine Tante wandte die Augen nicht vom Herd und hob auch nicht den Kopf: »Wieder so ein verrückter Einfall deines Onkels.«

»Verrückt? Verrückt, ja? Die Männer wußten nicht, wo sie sich verstecken sollten, sie hätten verhaftet werden können, da habe ich ihnen mein Haus angeboten, was soll daran verrückt sein?«

»Schon recht. Aber wenn die Polizei hier auftaucht und sie sucht, dann will ich mal sehen, wie du da wieder rauskommst. Für deinen Onkel ist immer alles ganz einfach.«

»Halt den Mund, Frau! Hier kommt überhaupt keine Polizei hin. Stell den Kaffee auf den Tisch. Und du«, das ging an meine Adresse, »gehst an den Strand und sagst keinem was. Die Mädchen haben sie nicht gesehen, sie sind über die Straße nach Tavarede reingekommen«, also waren tatsächlich sie die Schatten beim Pavillon gewesen, »keiner weiß, daß sie hier sind. Frau, du sagst zu niemandem ein Sterbenswörtchen. Zu meinem Neffen habe ich Vertrauen, der ist mein Neffe, basta.«

Meine Tante nahm die Kaffeekanne und verließ die Küche. Ich fragte: »Und die Mädchen? Wenn die reden?«, obwohl ich das alles ziemlich absurd fand.

Er straffte sich väterlich, nahm die vergilbte Kippe aus dem Mund, deren Asche er mit dem kleinen Finger abschnippte, und sagte: »Dein Onkel hier hat im Jahre 1917 ganz Deutschland durchquert, von Österreich nach Holland, mit höchstens drei oder vier Wörtern Deutsch«, seine Augen blitzten, »und er hat sich durchgeschlagen, daß es nur so seine Art hatte. Glaubst du, ich bin ein Narr? Die Hausmädchen sind heute morgen fort, sie sind in Tavarede oder beim Teufel, wo halt ihre Heimatdörfer liegen. Und wir sind auch heute früh schon abgereist, nach Coimbra, meiner Schwiegermutter geht es nämlich sehr schlecht. Das habe ich natürlich erfunden. Sie sind Hals über Kopf gefahren«, und er entzündete die Zigarette mit ihrer Papierbanderole.

Ich spielte das Spiel mit: »Und der Hund, wo ist der hin?«

Mein Onkel war wie vom Donner gerührt, das Streichholz verbrannte ihm die Finger, er stieß einen Fluch aus und wiederholte: »Der Hund?!«

»Ja, der Hund.«

Er rammte den Stock auf den Mosaikboden und stützte den Körper mit beiden Händen darauf ab. Dann ein Blinzeln, Zeichen angestrengten Sinnierens.

»Donnerwetter, den Hund habe ich vergessen.«

»Und ich? Gestern erst angekommen, und wo bin ich jetzt?«

Er schaute mit entsetztem Blick zu mir hoch: »Stimmt, wo bist du?«

»Das mußt du doch wissen, Onkel.«

»Ich weiß es? Den Teufel weiß ich... den Teufel. Warte mal. Ich kann dem Hund doch genug Fressen für ein paar Tage dagelassen haben, oder? Die Mädchen sind strohdumm, die werden gar nicht darauf kommen. Und es gibt noch einen Grund dafür, daß sie an den Hund gar nicht denken und sich kein bißchen wundern werden. Sie können den Hund nämlich nicht leiden, die freuen sich höchstens, wenn sie denken, daß wir ihn vergessen haben.«

»Und ich?« fragte ich erneut.

»Ach du, du bist das geringste Problem. Ein Junge, ein Mann, der kommt immer klar«, er richtete sich wieder auf. »Denk gar nicht dran. Wenn man zuviel über etwas nachdenkt, kommt nichts dabei heraus. Geh und trink erst mal Kaffee.«

Im Eßzimmer saßen die beiden Männer schon beim Kaffee und aßen ihr Frühstücksbrot, meine Tante unterhielt sich angeregt mit ihnen, lachte aus vollem Herzen, während sie das Brot in ihren fein erhobenen Fingerspitzen hielt. Ihre Fähigkeit zu ungezwungener Anpassung schien grenzenlos. Als wir hereinkamen, standen die Männer auf, setzten sich, als mein Onkel sich setzte, und aßen erst weiter, nachdem er sich bedient hatte. Nach diesen schweigenden Manierlichkeiten aßen wir alle und reichten uns unter fröhlichem Gelärme die Sachen herum.

Die beiden Spanier sprachen ein Gemisch aus Spanisch und Portugiesisch. Und ihre Geschichte lief ungefähr auf folgendes hinaus. Seit Tagen schlug die Erregung hohe Wellen innerhalb der spanischen Kolonie, die durch die Ereignisse in zwei Lager gespalten war. Jede Seite verlangte leidenschaftlich den Kopf der anderen und betrachtete den Sieg »ihrer« Revolution als unmittelbar bevorstehend. Trotz allem verlief die Sache wie ein Zank unter Nachbarn, am Strand, im Café, in den Hotels und Pensionen. Und keiner dachte daran, daß »seine« Revolution, selbst wenn sie nun ausbräche, ihm mehr Einsatz als so ein Geplänkel abverlangen könnte. Am gestrigen Abend aber hatten die widersprüchlichen Nachrichten im Radio – zum erstenmal in meinem

Leben bekam ich mit, daß das Radio von solcher Bedeutung war – erkennen lassen, daß die Situation äußerst ernst geworden war, die Erhebung der Militärs griff von Marokko auf alle Provinzen über, und die Bevölkerung reagierte heftig, ging auf die Straßen und verlangte Waffen. Die »Revolution der Pfaffen gegen die Befreiung Spaniens«, da hegte der Ältere keinen Zweifel, äußerte sich auf der Straße, das war nicht einfach der neueste Militärputsch, um nach bekanntem Muster die Ordnung wiederherzustellen. Das Wort »Pfaffen« betonte er besonders ironisch und fügte hinzu: »die Revolution der Pfaffen und der Generäle, der Bankiers und der Aristokratie«. Der Jüngere kritisierte solche Gemeinplätze: »die Rechte« habe viele Gesichter und sei durch tiefe innere Gegensätze gespalten. Da gab es die Karlisten, die liberalen Monarchisten, die republikanischen Katholiken und die nichtrepublikanischen und schließlich die Falange. Die einen wollten die Wiedereinsetzung der Monarchie, die anderen nicht. Und wer sie wollte, meinte noch lange nicht denselben König. Die einen Gruppierungen verlangten soziale Reformen, die anderen machten die Revolution, um diese zu verhindern. Da mußte der Ältere ihm recht geben, aber auch »die Unsrigen« hatten viele Gesichter und waren noch viel zerrissener. Da gab es die Anarchisten, die Kommunisten, die Sozialisten, die Republikaner – und er listete eine Reihe Parteikürzel auf, lauter böhmische Dörfer für mich. Der Kampf werde hart, aber kurz sein: doch dann werde das Volk siegen, was allein mit der Republik, ohne Revolution, wesentlich schwieriger wäre – das war die Meinung des Jüngeren. Der Ältere widersprach ihm, die Politiker der Republik seien allesamt kluge Füchse, die er genau kenne, und im Grunde hätten sie alle genausoviel Angst vor dem Volk wie die Generäle und die Pfaffen und die Bankiers. Ihr ständiges Zögern, ihre Manie, alles hinter den Kulissen auszukungeln, das sei eine Schande für die Revolution. Der Jüngere gab zurück, daß die Jugend, das Proletariat, die Bergarbeiter genug Kraft hätten, um die Sache zum Sieg zu führen.

»Und Waffen, haben sie Waffen?« erkundigte sich mein Onkel und hob sein Kinn, um die Zigarette neu zu entzünden.

Die würden sie schon kriegen, denn sie würden die Kasernen angreifen (aha, langsam fing es an, »meinen« Revolutionen zu ähneln).

»Alle Kasernen?« fragte mein Onkel.

Der Jüngere sprang auf: »Sie, Don Justino, Sie kennen nicht das Spanien des Volkes. Wir, die Spanier, die Sie kennen, wir mögen Freunde des Volkes sein, aber das spanische Volk selbst...« und er verstummte, überwältigt von seinen patriotisch-revolutionären Gedanken.

Da fragte meine Tante: »Glauben Sie, es wird lange dauern? Und wie wird sich unsere Regierung verhalten?«

Der Ältere hielt meinen Onkel mit einer Bewegung zurück und gab ihr Antwort. Es wäre doch mehr als plump, wenn sie sich jetzt darüber äußerten, was die portugiesische Regierung unternehmen würde. Doch es war eindeutig, die offiziellen Sympathien lagen auf seiten der Aufständischen, wenn auch unter gewissen Vorbehalten, solange man noch nicht wußte, was passieren würde. Falls deren Revolution etwa in einem Fiasko endete, wollte man die guten nachbarschaftlichen Beziehungen nicht trüben.

Der Jüngere kritisierte ihn nachdrücklich. Man möge es ihm nachsehen, aber dies sei nicht der Zeitpunkt für diplomatische Heuchelei. Die portugiesischen Radiosender stünden bereits unverhohlen im Dienst der Aufständischen. Es hieß, Züge voller Munition seien schon in Marsch gesetzt worden. Und was gestern geschehen war, vertrieb nun auch die letzten Zweifel. Welches Schicksal stand den Verhafteten bevor? Und stehe dies jetzt etwa allen hier lebenden oder in Urlaub befindlichen Spaniern bevor?

Der Ältere verharrte in Schweigen. Mein Onkel brach schließlich die Stille.

»Sie sind meine Gäste, solange es nötig ist, meine Herren. Wenn diese Soldatenlumpen, die uns regieren, sich nicht an die Regeln des Krieges zu halten wissen: ich schon.« Und ohne Übergang ging es weiter: »Von diesen Leuten, die ihren Kriegsinvaliden nicht mal eine anständige Rente zahlen, war ja auch nichts anderes zu erwarten. Jawohl, ich weiß nicht, ob ich Ihnen schon davon erzählt habe. Meine Invalidenrente, und ich bin ein echter Kriegsinvalide, keiner von denen, deren Invalidität sich auf Verstopfung und Hämorrhoiden beschränkt, weil sie nie einen Fuß in die Schützengräben gesetzt haben, meine Invalidenrente ist niemals angepaßt worden. Ich bekomme heute genausoviel wie vor zwanzig Jahren. Und wissen Sie, warum? Wissen Sie, warum? Weißt du, warum, Frau? Und du?« Mit dem Kopf und dem Stockgriff zeigte er in meine Richtung.

Im Chor verkündeten wir, wir wüßten es nicht. Er setzte ein überlegenes Lächeln auf.

»Nicht mal meine Frau hier weiß es, und wenn sie es wüßte, würde sie es nicht verstehen.«

Meine Tante lachte und fragte: »War das nicht, weil du niemals den Antrag gestellt hast, den man dafür stellen muß?«

»Den Antrag! Den Antrag...« Mit fuchtelnden Bewegungen neben dem Kopf deutete er den Spaniern und mir an, wie lästig er sie fand. »Das war nur der Vorwand. Das Ganze ist eine lange, lange Geschichte. Habe ich schon erzählt, wie ich aus einem deutschen Lager geflohen bin und das ganze Land zusammen mit einer kleinen Deutschen durchquert habe? Nein?... Bist du eifersüchtig, Frau? Stellen Sie sich das mal vor, sie ist eifersüchtig, dabei kannte ich sie damals noch gar nicht. Jedenfalls, keine Frage, Sie sind meine Gäste, Sie können in aller Ruhe hierbleiben, alles weitere wird sich finden.«

Ich stellte ein paar Fragen, meine Tante auch, die Spanier berichteten, und schließlich ergab sich folgendes Bild: In den letzten Tagen hatten sich in der spanischen Kolonie die Denunziationen gehäuft. Die Rechten wollten die portugiesische Obrigkeit glauben machen, es gäbe einen großen Plan der spanischen Republik, in Portugal für Aufruhr zu sorgen und das Land in eine kommunistisch geführte iberische Föderation hineinzuziehen. Diese Taktik hatte zwei ganz offensichtliche Ziele: Erstens sollte in Portugal die öffentliche Meinung gegen die spanische Republik und die notwendigen sozialen Reformen mobilisiert werden (was der Rechten in Portugal ebenso zugute kommen würde wie der spanischen, denn unter diesem Vorwand konnte man jeglichen Zweifel an der portugiesischen Unterstützung für die Aufständischen im Keim ersticken und, unter dem Vorwand, daß jede Äußerung zugunsten der spanischen Republik als Stärkung der Feinde der portugiesischen Unabhängigkeit zu werten sei, die letzten Widerstände gegen die Annäherung Portugals an die faschistischen Länder aus dem Weg räumen). Zweitens sollte mit allen Mitteln verhindert werden, daß sich der Kampf gegen die Rebellion weiter organisierte und auch von der Diplomatie unterstützt wurde, weil dadurch die Strategie der Rechten – die den Interessen der portugiesischen Regierung, oder weiten Teilen davon, unverkennbar entsprach – vor den Augen der Welt nur beeinträchtigt werden konnte. Wie es hieß, war die spanische Botschaft in Lissabon bereits umstellt, »aus Sicherheitsgründen«, und der Botschafter stand in seiner Residenz unter Arrest. Außerdem befand sich eines der Zentren der Verschwörung in Portugal, eine Tatsache, von der die portugiesische Obrigkeit garantiert wußte, zumal – wie die beiden Spanier versicherten – Vertreter der spanischen Republik diese verdächtigen Aktivitäten auch in Portugal stets im Blick behalten und mehr als einmal darum ersucht hatten, der Bewegungsfreiheit der Verschwörer, die sich nach Belieben versammelten und ein- und ausreisten, einen Riegel vorzuschieben. Beide sagten, sie wüßten, daß man sie besonders im Visier habe, obwohl sie sich derzeit mit politischen Aktivitäten zurückhielten; trotzdem, so meinten sie, gebe es keinen großen Unterschied zwischen ihnen und den Verhafteten, die »wegen subversiver Umtriebe interniert« worden waren. Gestern abend hätten sie demonstrativ mit ihren Familien die Pension verlassen und einen der Züge nach Spanien bestiegen. Doch inzwischen war bekannt, daß jeder Zug an der Grenze bei Vilar Formoso, das bereits in der Hand der Aufständischen war, festgehalten wurde. Nach allem, was den konfusen Radionachrichten zu entnehmen war, konnte man Madrid unmöglich erreichen. An der Grenze würden sie ganz sicher auch festgenommen, und Gott weiß, was dann mit ihnen passierte: Die Aufständischen versuchten sich mit Terror durchzusetzen, da wurde keiner verschont. Sie selber brüsteten sich damit, kein Pardon zu geben. Die Familien der beiden seien weniger in Gefahr. Und so saßen sie hier, bis die Lage etwas übersichtlicher geworden war.

Ich fragte, wie sie es denn bis zum Haus meines Onkel geschafft hätten, wenn sie schon im Zug gewesen seien. Aber das war in dem Durcheinander am Bahnhof, wo die Leute noch in letzter Sekunde auf den Zug sprangen, kinderleicht gewesen. Sie lachten: einfach auf der einen Seite eingestiegen und auf der anderen wieder hinaus.

Mein Onkel erzählte den Rest. Am Nachmittag, als im Café der Tumult ausbrach – von den Faschisten provoziert, wie der Jüngere betonte –, spielten er und einige Freunde gerade mit den

Spaniern Poker. Bei dem Handgemenge waren diese hinten herum geflüchtet und hatten dann gemeinsam die fingierte Abreise und alles weitere ausgeheckt. Im Dunkeln waren sie zum Pavillon gekommen, und hier waren sie nun. »Nur für ein paar Tage«, schloß mein Onkel, »bis die Revolution vorüber ist. In der Zwischenzeit spielen wir hier in aller Ruhe ein paar kleine Extrapartien Poker...«

Meine Tante wechselte einen blitzschnellen Blick mit mir. Die Spanier sagten nichts, fingerten nur mit ihrem Besteck herum. Mein Onkel bemerkte die peinliche Stille und fügte hinzu: »Mit Bohnen natürlich. Frau! Hast du genug Bohnen im Haus, damit wir spielen können?«

Erleichtertes Gelächter. Meine Tante versicherte, es seien Unmengen Bohnen vorhanden: genug zum Mittag- und zum Abendessen und auch zu jedem anderen Zweck.

Ich schaute auf die Uhr. Eigentlich schon viel zu spät, um noch an den Strand zu gehen. Am besten ließ ich heute das Schwimmen ausfallen, spazierte nur bis zur Strandpromenade hinunter und besuchte meine Freunde in ihren Pensionen.

Der jüngere Spanier bemerkte mein Zögern und fragte, ob meine Freunde auf mich warteten.

Als ich zu einer Antwort ansetzte, sagte mein Onkel: »Keiner kommt hierher, um ihn abzuholen, nie. Die ganze Bagage setzt keinen Fuß hierher, das war schon immer so. Wenn man eine Frau hat wie ich, kann man nicht vorsichtig genug sein...«

Meine Tante stand auf und ging in die Küche. Die Spanier und ich blieben mit gesenktem Blick sitzen. Meinem Onkel war deutlich bewußt, wie seine Anspielung sich verstehen ließ, aber er korrigierte sich nicht. Er erhob sich vom Tisch, beendete das Rollen und Ablecken der Zigarette in seiner Hand, hielt den Kopf schief, um sie, von einer Handmuschel geschützt, anzuzünden, stieß dann eine Rauchwolke aus, stützte sich mit beiden Händen auf den Stock und verkündete: »Fühlen Sie sich wie zu Hause, meine Herren. Wenn Sie etwas lesen möchten, mein Neffe zeigt Ihnen gern die Bibliothek.«

Auch wir anderen drei standen auf, und ich führte sie in den riesigen Saal voller Teppiche und Sofas, Sessel, Tischchen mit Lampen und mannshohen Drehschränken, vollgestopft mit Büchern. Die Grundlage der Bibliothek waren die alten Ausgaben der Verlage Chardron und, später, Lello: Eça de Queiroz, João Grave, Coelho Neto, Abel Botelho, die Lusitânia-Reihe, die Bibliothek der Rationalisten, die Predigten von Pater Antonio Vieira, der »Neue Hain« des Pater Bernardes, Guerra Junqueiro usw., dazu eine große Anzahl französischer Romane, deren gelbe broschierte Einbände mit den gebundenen, mehr oder weniger rötlichen Buchrücken abwechselten. Der vorherrschende Farbton der Bibliothek war ohnehin ein bräunliches Gelb, das im Teppich vorkam, auf den Bezügen der gepolsterten Sitzgelegenheiten, in der damastenen Tapete an den Wänden, selbst in den Lampenschirmen der Tischleuchter und denen am vielarmigen Lüster in der Mitte. Wenn man diesen einschaltete, bei den stets geschlossenen Fensterläden, verbreitete sich ein trübes, mattes Licht. In der Bibliothek herrschte ein modriger Geruch, eine kalte Feuchte, eine verlassene Stille, die die Stimmen dämpfte, für mich untrennbar verbunden mit der unterdrückten Erregung früherer Jahre, als ich die erotischen oder naturalistischen Ergüsse gelesen hatte, die in diesem ganzen Bücherhaufen zu finden waren, oder auch mit dem Antiklerikalismus, den andere verströmten. Bei Vieira oder Bernardes hatte ich nur den Biß eines verdächtigen Zähnchens verspürt, dann schnell das Interesse verloren. Beide kamen mir, jeder auf seine Weise, wie zwei große Dummköpfe vor. Ich setzte einige der Drehschränke in Bewegung, die unsicher um ihre Achse quietschten. Die beiden Spanier hinter mir meinten, ich solle keine Umstände machen, sie würden bis zum Mittagessen hier herumstöbern. Ich ließ sie allein zurück und ging in die Küche hinunter, um mit meiner Tante zu sprechen, bevor ich mich auf den Weg machte.

Sie war bei den Vorbereitungen fürs Mittagessen, und mit ihrem jugendlichsten Lächeln rief sie mich zu einem Topf, dessen Deckel sie hob: Bohnen. Und meinte dazu: »Ist doch geradezu eine Abwechslung, diese Leute hier zu haben, findest du nicht?« Ihre schönen, großen bläulich-grünen Augen waren durch eine rotgeschwollene Tränendrüse etwas entstellt.

Ich nickte, teilte ihr mit, daß sie in der Bibliothek geblieben waren und daß ich in die Stadt wollte.

»Geh nur, geh. Dein Onkel bittet dich, auf dem Rückweg aus dem Bairro Novo spanische Zigaretten für sie mitzubringen.«

Im Geist sah ich wieder die zusammengeknüllte Schachtel in

der Toilettenschüssel und machte mich auf. Solche kleinen Aufträge – wie jetzt wegen der Spanier – waren meine Gegenleistung für die Sommerferien. Sowohl meine Tante als auch mein Onkel trugen mir mal dieses, mal jenes auf, und in den meisten Fällen vergaßen sie, mir das Geld mit- oder zurückzugeben. Ich tat ihnen gern den Gefallen; mich ärgerte nur, dafür meine persönlichen Ersparnisse zu opfern, die ich mit knauseriger Umsicht verwaltete. Der Morgen war strahlend und heiß. Die Palmen wehten mit leichtem Rascheln. Am Tor ertappte ich mich dabei, wie ich innehielt und sorgfältig die Umgebung inspizierte. Kein Mensch zu sehen. Die Straße, deren Asphalt knisterte, erstreckte sich lang und leer vor meinen Augen.

VIII

Das Bairro Novo lag in morgendlicher Ruhe da. An den Tischen der Cafés saßen nur einige wenige Gäste und genossen bei einem Bier den Schatten. Wie meist waren es Familienväter, die keine Lust hatten, sich am Strand die Schuhe voll Sand rieseln zu lassen. Die Väter gingen, wie Mütter und Tanten, selten schwimmen. Und die paar, die es taten, wurden aus den Strandkabinen mit nicht gerade wohlwollenden Blicken bedacht. Ausgestellte Nacktheit blieb den Ledigen oder den ganz Jungen vorbehalten; das ließ sich vielleicht gerade noch auf Frischverheiratete ausdehnen. Ansonsten war sie deutlich Ausdruck sozialer Unterlegenheit, angemessen für die Strandgäste unter der Markise (die ziemlich verkrampft auf ihren Bänkchen saßen und versuchten, die Herrschaften aus den Strandkabinen in allem zu imitieren). Oder das Bauernvolk vom Land, das sonntags, zur Empörung der Senhoras, mit unförmigen Picknickkörben den Strand enterte und unter großem Gerenne und Geschrei in den Wellen planschte. Da wurde mit Wasser gespritzt und mit Sand nach den unbeholfenen Körpern in alten, schlabbrigen Badesachen geworfen; darüber trugen sie noch Unterhosen und Nachthemden, die naß an der Haut klebten. Also blieben sonntags die Strandkabinen leer, morgens wie nachmittags. Die Familien spazierten an der Strandmauer entlang, ohne in den Sand hinunterzugehen, oder schlossen sich den Vätern im Café an. Doch an den Wochentagen erschienen diese, oder zumindest einige von ihnen, zum Sonnenuntergang am Strand und schritten vorsichtig über die Holzplanken, die zu den Kabinen führten. Ihre Kinder hatten den besonderen nachmittäglichen Auftrag, dafür zu sorgen, daß die Planken geradegerückt und von jeglichem Sand befreit waren, der sich durch Spielen und Herumtollen darauf angesammelt haben mochte. Die Herren, in Jackett und Krawatte, fächelten sich mit Strohhüten Luft zu, setzten sich vor die Kabinen zwischen die Damen ihres Gefolges und begrüßten sich von einer Kabine zur andern, als kennten sie sich nicht längst aus den Cafés oder dem Kasino, in dessen Bar sie sich allabendlich schlichen. Und sie ließen den Blick über das Wasser und den nassen Sand schweifen, wo ab und zu Hand in Hand ein Liebespaar entlangspazierte, eine Silhouette vor der untergehenden Sonne.

Als ich schon fast am Strand war, auf der Suche nach der Stelle, wo sich die Strandkabine von Zé Ramos und Mercedes befand, fielen mir die spanischen Zigaretten wieder ein. Sollte ich umkehren? Ich beschloß, sie lieber auf dem Rückweg zu kaufen. Da sah ich Carlos Macedo auf der Strandmauer sitzen, der letztes Jahr auch zu unserer Clique gehört hatte. Er umarmte mich herzlich und sprudelte gleich eine Flut von Fragen hervor, wie ich das letzte Studienjahr verbracht hätte. Gleichzeitig erzählte er unglaublich gesprächig von sich. So war er immer, wenn er nicht ruhig und mucksmäuschenstill dasaß, bis sich die nächste Gelegenheit für einen Angriff auf die Ohren seiner Mitmenschen bot. Ich stand diesem Wortschwall mißtrauisch gegenüber, denn mir schien, es ging ihm eigentlich um meinen Onkel. Während ich vage auf seine Fragen antwortete (mehr war auch nicht nötig, weil er gar nicht richtig zuhörte), fiel mir ein, daß er als Externer mit Rodrigues aufs Internat gegangen war, daß ich die anrüchigen Geschichten von ihm hatte und daß er wohl auch zum Kreis der Verehrer meiner Tante gehörte. Rodrigues konnte ihn nicht leiden, er wußte wohl, daß durch Macedos berüchtigtes Gedächtnis und seine eigene Geschwätzigkeit allzuviel an den Tag kommen konnte. Die Zurschaustellung von Sexualität und Männlichkeit würde jedenfalls in Macedos Gegenwart deutlich zunehmen. Daran mußte ich jetzt denken, als ich ihn beobachtete: klein, nervös, ein sehr dunkler, behaarter Typ (die Senhoras waren von seiner Behaarung ebenso fasziniert wie von Rodrigues' »Bestückung«). Doch Rodrigues verhielt sich stets ausgesucht liebenswürdig zu ihm, als wollte er sein Schweigen mit Aufmerksamkeiten erkaufen, die er sonst niemandem zuteil werden ließ. Oder dieses hübsche Äffchen (Macedo war nämlich alles andere als häßlich, die Mädchen hatten höchstens Schwierigkeiten damit, daß er ihnen nur bis zur Schulter ging) faszinierte den langen, mageren, ausgezehrten Jungen. Zur Zeit lebte Macedo in Porto, wo er Medizin studierte. Dort hatte er sich auch mehr als einmal mit Odette getroffen. Als er ihr zum erstenmal zufällig auf der Straße begegnete, bekam er von ihr eine Nummer gratis, unserer Clique zu Ehren. Meiner Meinung nach hatte sie das bestimmt mir zu Ehren gemeint, aber ich hielt den Mund. Er fragte, ob ich Rodrigues und die Geschwister Ramos schon getroffen hätte. Ich sagte, Rodrigues hätte ich gestern schon gesehen und zu den Ramos sei ich gerade unterwegs.

»Ach, und ich warte hier auf sie. Du bist gestern angekommen, stimmt's? Und bist heute gleich so spät dran? Warum bist du nicht schwimmen gegangen? Bist du mit dem Nachtzug gekommen? Nein? Was hast du denn die ganze Zeit getrieben?«

»Mich mit meinem Onkel und meiner Tante unterhalten.«

»Dein Onkel wird immer schlimmer, ich weiß nicht, ob du das schon bemerkt hast. Deine Tante tut allen hier in der Stadt richtig leid. Was die aushalten muß! Mein Bruder sagt, in der Schule kann ihn keiner ertragen. Erinnerst du dich an meinen Bruder?«

Im Geiste sah ich die Gestalt eines schmächtigen Buben vor mir, ganz anders als er, der letztes Jahr um jeden Preis den Mann spielen und sich uns anschließen wollte, was wir aber nicht zuließen.

»Erinnerst du dich an Luís? Inzwischen ist er groß geworden, jetzt ist er ein Mann, wir können ihn mitnehmen. Er sagt, dein Onkel ist unmöglich im Unterricht, Zeigestock links, Stuhl rechts, Klassenbuch in der Luft. Luís erzählt mir nicht mal mehr seine Witze. Eine Gruppe von Schülern hat sich über ihn beschwert, daraufhin sollen ihn die Patres gerufen und ihm mit Entlassung gedroht haben, falls das so weitergeht. Glaubst du, der hätte klein beigegeben? Im Gegenteil, schlimmer wurde es. Er hat den armen Pater Augusto am Arm gepackt und von einer Klasse in die nächste geschleift, damit er ihm sagte, wer sich über ihn beschwert hatte. Der Pater fuchtelte und schrie, ein Riesentumult war das, aber keiner hat ihm geholfen, alle hatten Angst vor dem Riesenstock deines Onkels. Und so ging Pater Augusto hin, der Ärmste, was heißt der Ärmste, ein Schuft ist er und hätte noch viel Schlimmeres verdient, denn er zeigte auf alle, der da und der da und der da auch. Dein Onkel rief die Jungen zusammen und verkündete, vor allen Patres, daß sie hiermit vom Internat verwiesen seien, und zwar nicht, weil sie sich über ihn beschwert hätten, sondern weil sie keine Männer seien, vielmehr ein Haufen warmer Brüder – nicht genug Mumm, um ihm ins Gesicht zu sagen, was sie gegen ihn hätten. Die Jungen waren fuchsteufelswild. Und die Patres auch. Augusto rang die Hände und sagte: ›Aber Herr Leutnant, mäßigen Sie doch Ihre Worte.‹ Und dein Onkel darauf: ›Was soll ich mäßigen? Was soll ich mäßigen? Sie sollten mir dankbar sein, meine Herren, daß ich an einem derartigen Hort der Perversion überhaupt unterrichte. An dem Tag, an dem ich hier gehe, gibt es keinen Mann mehr in dieser Anstalt. Sie, meine Herren‹ – und er wandte sich den Patres zu – ›haben gelobt, es nicht zu sein, und diese Jungen hier werden, wenn sie so weitermachen, bald nicht mehr wissen, ob ihr Hintern ihnen gehört oder den anderen.‹ Daraufhin wurde Pater Augusto ohnmächtig. Und dein Onkel drehte sich zu den Jungen um und fragte: ›Wollt ihr einen Mann hier oder nicht?‹ Und die ganze Bagage im Chor: ›Das wollen wir! Hoch lebe der Herr Leutnant!‹ Aber nicht daß du denkst, der Krach wäre damit beendet gewesen. Die Patres reden nicht mal mehr mit ihm. Aber auf die Straße gesetzt haben sie ihn auch nicht. Es heißt allerdings, wenn im Oktober die Schule wieder anfängt, wird er entlassen.«

»Und die Jungen, die mein Onkel ›von der Schule verwiesen‹ hat?«

»Natürlich bleiben sie. Aber du machst dir keine Vorstellung, wie dein Onkel mit ihnen umspringt. Er erklärt ihnen nichts. Er nimmt sie nicht dran. Er läßt nur die schriftlichen Übungen gelten, die von der ganzen Klasse gemacht werden. Er richtet nie das Wort an sie, es sei denn, nach dem Motto: hier lang, Mädel, dorthin, Mädel, Dona Micaela, Dona Maria, fühlen sich die Damen nicht wohl? Am schlimmsten ist, daß seine Rache funktioniert, denn keiner nennt die armen Kerle mehr bei ihren richtigen Namen. Das macht er auch mit anderen Jungen so, ohne Grund. Mein Bruder heißt Micaela.«

Ihr Vater war Hauptmann bei der Zollpolizei und seit Ewigkeiten in Figueira stationiert. Er hatte einen herabhängenden Schnurrbart und das großspurige Auftreten eines pensionierten Generals. Ich fragte: »Und was sagt dein Vater dazu?«

»Ach, du weißt doch, wie er ist. Alle schätzen deinen Onkel und sehen ihm seine Verrücktheiten nach. Außerdem ist das Internat eine gute Schule, die beste in der Gegend, sie hat eben nur einen üblen Ruf. Im Grunde haben alle Leute furchtbar gelacht und sich die Hände gerieben. Ich sag dir nur eins: Wenn mein Bruder wirklich eine von den Schwuchteln wäre, dann hätte er nichts mehr zu lachen. Mein Vater hat ihn obendrein zu sich zitiert und ihm eine furchtbare Standpauke gehalten. Auch das noch.«

Plötzlich herrschte eine heitere Stille, nur vom langsam sich leerenden Strand her erklang noch Stimmengewirr. Die Sonne stand glühend im Zenit.

»Bist du wirklich hier mit Zé und Mercedes verabredet?«

»Ja. Genau hier. Und sie kommen auch, ganz bestimmt. Ich habe nämlich eine Nachricht für sie. Eine dringende Nachricht.« Er musterte mich mit dunklen, blitzenden Augen, in Erwartung meiner neugierigen Nachfrage. Ich sagte nichts, er stand auf und streckte sich unter großem Muskelspiel, als wäre er ein Mordsathlet. Dabei reichte er mir, der ich weiterhin saß, gerade mal über den Kopf.

»Du weißt doch von der Revolution in Spanien, oder? Liest du keine Zeitung? Hörst du kein Radio?«

Doch, ich wußte Bescheid, ich hatte am Abend Zeitung gelesen. Und ich zuckte zusammen.

Er sah mich wieder bohrend an. »Und was hältst du davon?«

»Wovon jetzt?«

»Na, von der Revolution! Weißt du nicht, was gestern passiert ist? Oder weißt du es? Nein? Ach, du bist sogar dabeigewesen? Dann hast du ja gesehen, was für eine Schlägerei die Faschisten im Bairro Novo angezettelt haben, nur damit sie ein paar Republikaner verhaften lassen konnten, die sie auf dem Kieker hatten. Heute morgen hat die Polizei sie mit dem Auto nach Porto gebracht.«

Ich spürte, wie es mir kalt den Rücken hinunterlief, und ich sah mich schon in einem Auto, zusammen mit Onkel und Tante und den beiden Spaniern, unterwegs nach Porto. Aber ich sah nur den Wagen und den Clérigos-Turm und die eiserne Doppelbrücke vor mir, denn ich war noch nie in Porto gewesen.

»Es ist eine Schande. Mit welcher Begründung wurden sie verhaftet? Und was wird mit ihnen geschehen? Es heißt, sie werden an der Grenze ausgeliefert. Der Polizeikommandant hat meinem Vater erzählt, der Befehl, sie nach Porto zu bringen, sei telefonisch aus Lissabon gekommen. Also ist es die Regierung. Hast du Radio Clube gehört? Das ist vielleicht ein Geschrei, da kann einem schlecht werden.«

Ich war verblüfft, ihn so politisch zu erleben, früher hatte er sich nie für Politik interessiert. Vorsichtig meinte ich: »Aber was hast du mit alldem zu tun?«

»Was ich damit zu tun habe? Merkst du nicht, daß diese sogenannte Revolution sich gegen uns richtet? Gegen die Freiheit? Daß sie Teil einer faschistischen Verschwörung ist?«

Angesichts meines Schweigens verhielt auch er sich still und musterte mich; dann fragte er mit gerunzelten Brauen: »Sag mal, auf welcher Seite stehst du eigentlich?«

»Ich?«

»Ja, du.«

»Weiß ich nicht.«

»Das weißt du nicht? Was heißt das, weiß ich nicht? Hast du die ganze Zeit geschlafen?«

»Nein... Oder vielleicht doch... Vermutlich hast du recht, und ich habe geschlafen.«

»Aber wirklich. Kommt mir allerdings vor, als wärst du gerade dabei, aufzuwachen. Du mußt mal ein paar Sachen lesen, ich leihe sie dir. Wo zum Teufel stecken diese verflixten Ramos? Jawohl, mein Bester, wenn wir in Spanien siegreich sind, dann wird hier kräftig aufgeräumt.« Mit einer weiten Handbewegung umfaßte er das ganze Panorama.

»Aufgeräumt?«

»Aber sicher. Dann wird mit alldem Schluß gemacht. Wenn die alten republikanischen Kacker glauben, sie könnten hinter unserem Rücken wieder an die Macht kommen, dann irren sie sich gewaltig. In Porto arbeiten unsere Jungs schon prima vor. Die sind diszipliniert, befolgen die Befehle der Partei, rekrutieren neue Mitglieder... aber jetzt geht es hart auf hart. Was jetzt in

Portugal passiert, richtet sich gegen uns. Mach dir nichts vor. Alles ein Vorwand, damit wir am Ende in Tarrafal landen. In meiner Pension und in Porto, das sind alles verläßliche Leute, die können den Mund halten. Und du... gibst du mir dein Ehrenwort, daß du keinem ein Wort davon erzählst?«

»Selbstverständlich.«

»Man kann gar nicht vorsichtig genug sein. Ich hätte eigentlich gar nichts sagen dürfen.«

»Ich sag's keinem.«

»Wenn ich mit dir gesprochen habe, dann nur, weil ich dich immer für einen ernsthaften Kerl gehalten habe, dem man vertrauen kann. Während Rodrigues...«

»Was ist mit Rodrigues?«

»Nichts. Aber ich glaube kaum, daß man ihm in solchen Dingen vertrauen kann.«

Ich sah Rodrigues vor mir, wie er vor Wut gegen die Spanier schäumte, und meinte: »Eines kann er nicht ertragen, und das sind die Spanier. Weißt du warum?«

»Aber ja... Sein Vater war Spanier, und seine Mutter hat ihm reichlich Hörner aufgesetzt.«

»Hat er dir das erzählt?«

»Klar. Dir auch? Na, wenn er mit dir darüber gesprochen hat, dann weil er dein Freund ist. Sonst redet er mit keinem davon.«

»Aber im Internat habt ihr Bescheid gewußt?«

»Nein. Nur ich. Einmal hat er geweint und mir alles erzählt.«

»Was, geweint?«

»Ja. Es ist schon Jahre her. Jemand hat ihn in der Pause Galizier gerufen. Er war kurz davor, den Kerl totzuschlagen, und hat die ganze Zeit gebrüllt, er sei Portugiese, in Portugal geboren, Sohn einer portugiesischen Mutter, das lasse er nicht zu. Danach, als wir die beiden getrennt hatten, blieb ich bei ihm. Da fing er an zu weinen und hat mir alles erzählt. Eine furchtbare Geschichte, ein typisches Beispiel für die Dekadenz der kapitalistischen Welt und den moralischen Verfall der heruntergekommenen Gesellschaft, in der wir leben. Seine Mutter ist eine widerwärtige Ziege. Mein Vater hat seinen Vater noch kennengelernt, zu der Zeit, als er jedes Jahr eine Brunnenkur in Buçaco machte. Keiner, der ihn sah, hätte sich vorstellen können, daß dieser Mann, der immer würdevoll, respektierlich und gutgekleidet auftrat, eigentlich der größte Schlappschwanz der Welt war. Meint mein Vater. Im übrigen bin ich davon überzeugt, daß mein Vater selber damals nicht etwa wegen der Trinkkur jahrelang immer wieder dorthin fuhr, sondern um mit ihr zu schlafen.«

Ich hatte große Lust, ihn zu ärgern: »Also hat dein Vater auch zur Dekadenz der kapitalistischen Welt beigetragen?«

»Das finde ich nicht. Es ist eine Sache, wenn jemand eine Gelegenheit zu nutzen versteht, und eine andere, wenn ein Mann nicht begreift, wann es reicht.«

»Weißt du, ich kenne einen Mann, der ist stinkreich, und er liebt seine Frau so sehr, daß er alle Liebhaber erträgt, die sie an Land zieht.«

»Das läuft auf dasselbe hinaus. Der glaubt wohl, sein Geld gibt ihm das Recht, die Frau zu behalten, auch wenn sie ständig mit dem Kopf durch die Wand will. Und Rodrigues' Vater hat wohl geglaubt, das gesellschaftliche Parkett im Hotel und das Bett seiner Frau wären ein und dasselbe. In Rußland wäre all das nicht möglich. Wenn ein Mann eine Frau erobert und sie ist einverstanden, mit ihm zu schlafen, wunderbar. Wenn sie oder er die Sache leid ist, dann trennen sie sich und fertig. Das hat überhaupt nichts damit zu tun, welchen Beruf sie jeweils haben. Falls mein Vater mit Rodrigues' Mutter geschlafen hat, ich weiß es nicht mal sicher, dann weil sie es wollte. Wenn es da einen Ehemann gab, dem das egal war, dann ist das eine Gewissensfrage für sie und für ihn.«

»Ach, und für deinen Vater nicht?«

Der Vater war Witwer geworden, als der jüngste Sohn noch ein Kleinkind war. Eine Tante, die Schwester des Vaters, der nicht wieder geheiratet hatte, kümmerte sich um die Kinder. Die Liebschaften von Hauptmann Macedo waren in ganz Figueira berühmt, denn vor allen Leuten und auch vor seinen Kindern schritt er Arm in Arm mit ihnen daher, als wären sie zwei keusche Verliebte, und beugte seinen zärtlich herabhängenden Schnurrbart über die Damen seiner Wahl. Doch alle wußten von ihrem sexuellen Verhältnis, das so regelmäßig war wie der Tagesablauf einer Kaserne.

»Natürlich nicht für meinen Vater.«

»Aber warum nicht? Findest du nicht, daß er sich zwischen Ehemann und Ehefrau gestellt hat?«

»Guck mal, da ist ja endlich Ramos«, und er zeigte auf unseren Freund, der auf uns zukam, aber ohne seine Schwester, die ich auch zu sehen gehofft hatte.

Ramos war groß und kräftig, blond, von gesunder Gesichtsfarbe. Er umarmte mich herzlich, doch in seiner Herzlichkeit, die er sich für große Gelegenheiten aufhob, lag auch eine spröde Zurückhaltung, genau wie in dem wenigen, was er sagte. Zu seiner Verärgerung führten das alle auf seine deutsche Herkunft zurück, worauf er mit seinen kurzen Sätzen und seiner tiefen, gemächlichen Stimme stets erwiderte, ein deutscher Großvater sei ein Unfall, der jedem hätte passieren können. Sein Vater (der Germane gehörte zur mütterlichen Seite), den mein Onkel kennengelernt hatte, war Offizier beim Heer gewesen und im Weltkrieg gefallen, als Ramos erst wenige Monate alt war. Sein späteres Drama bestand darin, daß er in einem äußerst deutsch geprägten Milieu aufwuchs, während gerade die Deutschen ihm seinen Vater weggenommen hatten, dem die Mutter zeit ihres Lebens in besonderer, demonstrativer Zärtlichkeit verbunden blieb. Später heiratete sie seinen Cousin, Mercedes' Vater; jene besondere Zärtlichkeit hatte auch sicher zu dieser Ehe beigetragen, denn die beiden Cousins waren verwandte Seelen. Zé Ramos, der seinen Vater natürlich vergötterte, empfand trotzdem eine große Zuneigung für seinen Stiefvater.

»Und deine Schwester? Wo ist deine Schwester? Jorge hat mir die ganze Zeit Gesellschaft geleistet, nur um sie zu sehen. Er ist nämlich gestern angekommen«, sprudelte Macedo los.

»Sie ist in die Pension zurückgegangen. Entschuldige die Verspätung, ich habe sie begleitet.«

»Macht nichts, war keine Zeitverschwendung. Wir haben uns unterhalten. Über die gestrigen Ereignisse. Weißt du schon? Die Männer sind heute morgen mit dem Wagen nach Porto gebracht worden. Der Polizeikommandant hatte es meinem Vater schon angekündigt.«

»Und, stimmte es auch?« fragte Ramos.

Mir war nicht ganz klar, was Macedo sagen würde, schließlich hatte er gerade genau davon berichtet.

»Ja. Ganz bestimmt. Ich habe mit einem Zollpolizisten gesprochen, mit dem ich befreundet bin, und er hat mir geschworen, er habe es genau gesehen.«

Wir alle wußten, daß er und sein Bruder von Kindesbeinen an mit den Kollegen seines Vaters engen Kontakt hatten, alten Soldaten, die genau wie er für ewige Zeiten in Figueira festsaßen. Wenn man Macedo so prahlen hörte, war ihr Kontakt mit den Schmugglern übrigens nicht minder eng.

»Gut«, sagte Ramos.

»Und was soll ich jetzt tun?« fragte Macedo.

»Nichts, im Augenblick«, sagte Ramos.

»Du kannst ruhig offen sprechen. Jorge ist einer von uns«, versicherte Macedo.

Zé musterte mich von Kopf bis Fuß, als sähe er mich zum erstenmal.

»Du bist auf unserer Seite? Weißt du, welches Risiko du damit eingehst?«

»Hör mal, Zé, ich bin weder für noch gegen euch. Ehrlich gesagt, ich weiß es nicht. Ich habe erst heute angefangen, darüber nachzudenken.«

Plötzlich erschienen mir die beiden Freunde, die Spanier im Haus meines Onkels, die Schlägerei im Bairro Novo und die Nachrichten in den Zeitungen wie ein großer Scherz überdrehter Kinder, die fest daran glaubten, dieses oder jenes zu sein. Was hatte ich mit alldem zu schaffen? Es war, als würde sich die Welt seit gestern abend um eine andere Achse drehen, eine andere Wirklichkeit. Die Leute prügelten sich wegen Politik auf der Straße, andere wurden ohne Grund verhaftet, mein Onkel beherbergte Spanier, und diese beiden hier waren offenbar in Dinge verwickelt, die ich mir nie hätte träumen lassen. Und dabei standen wir, da der Strand inzwischen so gut wie leer war, fast als einzige vor einem Meer, das im Mittagslicht weiß schimmerte und genau so aussah wie letztes Jahr.

»Es ist spät«, sagte ich, »gehen wir nach Hause.«

Schweigend liefen wir nebeneinander her. Als wir an den Cafés vorbeikamen, zeigte Macedo auf eines von ihnen und sagte: »Da drüben ist die ganze Sache losgegangen.«

»Da drüben?« wiederholte Ramos und blieb stehen.

Ich antwortete ihm: »Ja. Ich war dabei. Mitten in dem Getümmel bin ich sogar über Rodrigues gestolpert.«

»Was hatte der denn da zu suchen?« fragte Zé.

»Vermutlich ist er einfach so vorbeigekommen«, meinte Carlos

Macedo, »und bei seiner Wut auf die Spanier hat er die Gelegenheit genutzt, um seinen Instinkten mal so richtig freien Lauf zu lassen.«

»Weißt du was, genauso war's, kam mir jedenfalls so vor«, sagte ich.

Zé Ramos warf mir einen Blick zu: »Und was hattest du für einen Eindruck von ihm?«

»Schlimmer denn je.«

»Schlimmer denn je, kein Zweifel. Aber er ist nicht mal ein Zehntel des Weges gegangen, den er noch vor sich hat.«

»Wohin?« fragte ich.

»Zu seiner eigenen Zerstörung.«

Ich ging weiter, mir fiel wieder ein, daß ich noch die Zigaretten für die Spanier kaufen sollte, außerdem wollte ich derartigen Sätzen, die ich viel zu hochtrabend fand, lieber entkommen.

»Wo willst du denn so eilig hin?« fragte Macedo.

»Zigaretten kaufen«, sagte ich und betrat einen Tabakladen.

Als ich wieder herauskam, fragte Macedo: »Rauchst du neuerdings spanische Zigaretten?«

Ich war wohl erbleicht und fragte zurück: »Ich? Wieso?«

»Ich habe doch gesehen, daß du spanische Zigaretten in die Tasche gesteckt hast. Zeig mal her.«

»Mein Onkel hat mich gebeten, ihm welche mitzubringen.«

»Aber er hat doch immer selbstgedrehte geraucht! Wie kommt das?«

»Weiß ich nicht. Er hat diese Marke verlangt«, und ich holte eine Schachtel aus der Tasche.

Zé Ramos betrachtete sie und sagte zu Macedo: »Paß auf. Du tust jetzt gar nichts. Ich telefoniere mit Porto, und danach rede ich mit dir. Treffen wir uns heute nachmittag hier, alle drei, ja? Um vier? Bis nachher.«

Damit gingen wir auseinander.

IX

Als ich zu Hause eintraf, war im Eßzimmer niemand, und es sah auch nicht im geringsten nach einem baldigen Mittagessen aus. Aber der Hund kam mir entgegen und lief mir ins Innere des

Hauses voraus. Ich folgte ihm. Die beiden Spanier und mein Onkel saßen in Hemdsärmeln beim Essen, in einem der leeren Zimmer an einem ganz kleinen Tisch, wo ihre Ellbogen gar nicht alle Platz hatten. Mein Onkel hielt den Vorsitz und schwang, immer noch in Pyjamajacke, große Reden. Neben ihm stand meine Tante mit einem Tablett in der Hand und lächelte mir zu. ›Don‹ Justino rief, über die Teller, Gläser und Arme hinweg, ich solle mich auf den freien Platz setzen, sie seien hierhin umgezogen, falls plötzlich jemand unerwartet an der Eßzimmertür auftauchen sollte, und meine Tante habe Bohnen gekocht, damit für eine Runde Poker nicht mehr genug da wären, aber lecker seien die Bohnen auf alle Fälle. Ich setzte mich auf den einzigen freien Stuhl, den sie bestimmt für mich dort hingestellt hatten. Die Spanier legten anmutig ihre Flügel an und machten etwas Platz für mein Bohnengericht. Die gute Laune, wohl den Flaschen zu verdanken, die mein Onkel dem Staub der Speisekammer entrissen hatte (ich bewunderte jedes Jahr von neuem die Weinregale, von jungfräulichen Spinnweben bedeckt) und deren schlanke Hälse sich neben ihm am Boden reckten, die gute Laune stand im Kontrast zu der Unruhe, mit der ich von der Straße hereingekommen war, ja, stachelte sie noch an. Ich aß so still und ernst, daß es meinem Onkel auffiel.

»He, Junge, was hast du? Glaubst wohl, wir hätten den Krieg verloren?«

»Nein, Onkel. Ich habe nur zwei Freunde getroffen, die mich beim Zigarettenkaufen beobachtet haben, und ich glaube, das kam ihnen komisch vor.«

Die beiden Spanier erstarrten, mit erhobenem Glas und gereckter Gabel, und sahen mich an. Mein Onkel tat das Gegenteil, er stützte seine Arme auf den Tisch. Meine Tante klappte den Mund auf, doch er kam ihr zuvor: »Was für Freunde?«

»Carlos Macedo und Zé Ramos.«

Mein Onkel atmete auf und warf einen beruhigenden Seitenblick auf die Spanier, denen er erklärte, Carlos Macedo sei der Sohn des Kommandanten von der Zollpolizei, eines langjährigen Freundes von ihm, und Zé Ramos habe, genau wie Carlos, früher zu seinen Schülern am Internat gehört. »Ich kenne sie beide, da besteht keine Gefahr. Das sind beides gute Jungen.« Dann dachte er einen Moment nach und fügte hinzu: »Dumm ist nur, daß dieser Carlos wie ein Wasserfall redet. Im Unterricht hatte ich immer höllische Mühe, ihn ruhig zu halten. Wenn der auf einen trifft und gerade kein geeignetes Thema hat, dann erzählt er wer weiß was.« Er kaute langsam eine Gabelvoll, die anderen hatten aufgehört zu essen, dann fuhr er sich mit den Fingern durch die Haare, schluckte und meinte, die nächste Gabel schon unterwegs: »Aber hiervon redet Carlos nicht, ich kenne ihn. Sein Vater hat mir schon vor einiger Zeit erzählt, daß er sich wegen der Ideen des Jungen Sorgen macht. Offenbar haben sie Carlos da oben in Porto ordentlich den Kopf durchgelüftet« – er setzte die Gabel ab und machte eine illustrative Bewegung – »denn jetzt denkt er fortschrittlich. Genau. Natürlich, das ist es. Hauptmann Macedo hat sogar erwähnt, Zé Ramos sei daran schuld. Jetzt haben wir's. Da brauchen wir uns nicht weiter den Kopf zu zerbrechen.«

Und er griff nach einer der Flaschen am Boden, deren Inhalt er auf die vier Gläser verteilte. Dann, die Flasche schwebte noch über dem meinen, sagte er: »Aber du erzählst keinem mehr von den Zigaretten, ja? Hast du sie dabei?«

Ich holte die beiden Packungen aus der Tasche und reichte sie über den Tisch. Die Spanier überschlugen sich vor Dankesbekundungen und wollten mir Geld geben. Mein Onkel hielt sie mit einer eleganten Geste zurück, griff nach den Zigaretten und gab jedem eine Schachtel, als überreichte er formvollendet einen Orden oder ein Diplom.

Doch sie machten sich beide Sorgen, weil sie seit dem Vorabend ohne Nachrichten waren, ohne Zeitung, die es nur am Nachmittag gab, und ohne Radio, weil mein Onkel keines besaß. Sie fragten mich, ob ich etwas gehört hätte. Ich berichtete, was ich von Macedo wußte: daß die Verhafteten am frühen Morgen nach Porto gebracht worden seien. Ansonsten hatte ich mit niemandem über die neuesten Ereignisse in Spanien gesprochen und wußte nichts. Die beiden waren beunruhigt. Die Euphorie von Wein und pikanten Bohnen war völlig verflogen. Während ich aß, erörterten sie, was zu tun sei. Wenn die anderen nach Porto gebracht worden waren, hatten sie nur gut daran getan, sich zu verstecken, bis die Lage übersichtlicher war. Aber untergetaucht und ohne Kontakte konnten sie den Lauf der Ereignisse gar nicht einschätzen und verloren, wer weiß, vielleicht wertvolle Zeit, um nach Spanien zurückzukehren und sich ihren Freunden in

Madrid anzuschließen. Sie lebten nämlich beide in Madrid. Der Ältere, Don Juan de Diós de Medrano y Arrabal, stammte nicht aus der Hauptstadt, sondern aus Asturien; der Jüngere – mir war ihre verwandtschaftliche Beziehung nicht ganz klar – hieß Don Fernando de Azlarreguí und war Baske. Don Juan hatte seine Frau und die beiden Kinder, einen Jungen und ein Mädchen, zurück nach Madrid geschickt. Doch da nach allem, was man wußte, die Züge nicht über die Grenzstation Vilar Formoso hinauskamen, hatte er ihnen empfohlen, für den Fall, daß sich dieses Gerücht in Alfarelos bestätigen sollte, nicht über Vilar Formoso zu fahren, sondern einen Zug gen Süden zu nehmen, nach Lissabon, um später von dort aus über Badajoz nach Spanien hineinzukommen. Don Fernandos Frau, die mit ihnen reiste, sollte es genauso machen. In Lissabon hatten sie Freunde, über die sie auch Nachrichten austauschen konnten. Auf das Konsulat in Figueira durften sie nicht zählen, denn der Konsul und sein Personal waren notorische Faschisten oder Monarchisten. Don Juan war recht bekannt als Sozialistenführer Asturiens, er hatte auch eine wichtige Rolle – sagte der Jüngere – beim Aufstand der Bergarbeiter gespielt. Aus ebendiesem Grund hielt er sich jetzt aus der Madrider Politik heraus, zumal er sich auch öffentlich von der Repression durch das Militär distanzierte, welcher die Regierung der Republik zugestimmt hatte, um die Rechte zu beschwichtigen. Don Fernando war ein aktiver Fürstreiter des baskischen Separatismus und gehörte zur Gruppe der Katholiken um Aguirre. Beide standen auf allen schwarzen Listen, und ihnen drohte Gefängnis. Die Schlägerei im Bairro Novo war übrigens ausgebrochen, als ein Faschist geschrien hatte, das Konsulat sei im Besitz einer Liste aller Spanier, die sich gerade in Figueira aufhielten und verhaftet werden sollten. Und während ich noch meinen Bohnenteller aufstippte, veränderten diese Informationen mein Bild Spaniens; mit einemmal war alles Tumult und Aufregung und erinnerte mich auch an den wunderlichen katalanischen Separatismus, von dem Puigmal immer geredet hatte. Daß der Minho, die Beiras, der Alentejo und die Algarve gegenüber der Lissabonner Regierung – gleich welcher politischen Richtung – abtrünniges Gedankengut nährten, war portugiesischerweise undenkbar. Und Puigmals Manien reichten mir als Vergleichsmaßstab nicht. Sicher, es gab auch Provinzen, die von einem Land zum anderen wechselten, aber mein historisches Wissen reichte gerade mal so weit, daß mir Elsaß und Lothringen einfielen, die von einem Krieg zum nächsten mal französisch, mal deutsch gewesen waren. Doch hier handelte es sich um einen wieder anderen Fall. Wie ich an der Volksschule und am Gymnasium gelernt hatte, war Spanien unter Dom Afonso Henriques »León« genannt worden, bei Dom João I. »Kastilien«, und seit Filipe II. und den Erbfolgekriegen war es ein verdächtiger, gefährlicher, monolithischer Nachbar, dessen Entstehen sich für mich vage mit der Schlacht von Covadonga und *Eurico, der Presbyter* verband – und plötzlich wurde dieses Land zu einer Ansammlung aus lauter Portugals von anno 1640, die sich alle voneinander trennen und gleichzeitig auch noch eine kommunistische Revolution anzetteln wollten. Doch weder Don Juan noch Don Fernando waren Kommunisten, da schworen sie Stein und Bein. (Ich fand diese Anrede mit »Don« überaus aufgeblasen und lächerlich, für mich gehörte sie zu den Medaillons der Könige, die ich seit der Volksschule in Form einer »synoptischen Tafel« der Geschichte Portugals besaß, und keiner kam dort ohne Beinamen aus: der Besiedler, der Gebildete, der Afrikaner usw.) Fernando war sogar Katholik. Aber wie so ein Mensch Katholik sein konnte, war mir schleierhaft. In meiner Familie, sowohl väterlicher- wie mütterlicherseits, wurde der Katholizismus gleichgesetzt mit der Kirche, wo man getauft wurde oder heiratete, und mit dem Pater, den man rief, wenn jemand starb. Der Rest war pure Frömmelei der Provinz oder unverheirateter Frauen, die nichts zu tun hatten, weshalb sich meine unverheirateten Tanten auch sorgfältig der Kirche fernhielten, um ihren jungfräulichen Stand nicht noch zu betonen. Daß sich ein Mann wie Don Fernando als Katholik erklärte, fand ich unverständlich, ja albern. Das hatte noch nie jemand getan, wenn ich dabei war. Und obendrein war er ein ebenso verbitterter Gegner der »Pfaffen« wie Don Juan. Wenn die Religion aus Kirche und Patres bestand, wie konnte er da Katholik sein und die Patres hassen? Freilich machte Don Fernando, wie sich bald herausstellte, eine Ausnahme für baskische Patres, wenngleich ich den Eindruck hatte, daß diese Männer für ihn mehr Basken als Patres waren. Ansonsten reduzierte sich alles auf die Begriffe faschistisch und kommunistisch, sogar Zé Ramos und Carlos Macedo, die weder Spanier noch Kinder von Spaniern noch irgend etwas dieser Art waren, argumentierten so. Das hatte ich genau bemerkt. Also gab es überall Leute, die sich so wahrnahmen, wie sie in Wirklichkeit gar nicht waren. Der Kommunismus war etwas, das es in Rußland gab und wovon uns einmal ein Lehrer am Gymnasium erzählt hatte. Damals hatten ich und meine Mitschüler uns von alldem nur ein höchst faszinierendes Element gemerkt, das er heftig verdammte: die freie Liebe. Diese freie Liebe funktionierte so, als wären alle Frauen plötzlich Gratishuren, als dürften alle schlafen, mit wem sie wollten, ohne zu bezahlen, ohne jedwede Verantwortung und ohne Ehemänner, die am oberen Absatz der Dienstbotentreppe lauerten, Pistole in der Hand, so daß wir unten splitternackt die Flucht ergreifen mußten. Etwas Besseres gab es gar nicht. Genau das hatte Mesquita, der sich zu Wort meldete, dem Lehrer gegenüber angemerkt, nachdem er sich erkundigt hatte, ob man ein Mädchen etwa auch nicht heiraten müsse, wenn man es entjungfert habe. Der Lehrer – ein blutjunger Arzt, der Hygiene lehrte und dem wir die Röte ins Gesicht trieben mit niederträchtigen Fragen, die er dem jeweiligen Schüler lieber unter vier Augen beantwortet hätte, wohingegen wir mit lautem Gebrüll verlangten, daß er die Antwort auf der Stelle und vor allen gab, da sie von allgemeinem Interesse sei – der Lehrer war entrüstet und fragte, ob wir ein solches Schicksal etwa unseren Schwestern wünschten. Puigmal bat ums Wort und führte scharfsinnig aus, daß bis auf die eine oder andere Ausnahme jede Frau die Schwester eines Mannes sei, und wenn die Männer alle Schwestern anderer Männer respektieren wollten, seien sie ja dazu verdammt, sich an geschwister- oder zumindest bruderlose Frauen zu halten. Und damit stürzte er sich gleich in die nächste Frage. Wenn das Geschlecht der Kinder vom linken bzw. vom rechten Hoden der Väter abhing – »Aber wer sagt denn so was? Wer sagt denn so was?« schrie der Arzt –, dann gebe es ja biologische Gründe, wenn solche Mädchen der Schande anheimfielen, nämlich die Hoden der Väter. Darauf rief der Lehrer uns das Inzestverbot in Erinnerung: ob wir etwa unsere Schwestern lieben wollten? Wir waren auf der Stelle beleidigt, alle miteinander, davon redete doch keiner, nur von den Schwestern der jeweils anderen. Endlich setzte Mesquita einen Schlußpunkt unter die ganze Sache, indem er äußerte, daß ein Mann selbstverständlich die Schwester eines Freundes respektieren könne, um des Freundes willen; aber wenn er eine Frau begehre und diese es zulasse, dann gehe das ihre Verwandten erst einmal nichts an. Der Hygiene-Lehrer schoß zurück, wir seien alle miteinander degeneriert und unsere Eltern wüßten gar nicht, was sie da im Haus hätten, Tiere, die zu allem fähig seien. Die freie Liebe sei nichts anderes als eine Rückkehr zum animalischen Zustand. In diesem Augenblick stellte ein Klassenkamerad namens Vasconcelos, der äußerst schüchtern und schweigsam war, eine Frage, die legendär wurde: »Und die Hunde?« Alle, wir ebenso wie der Lehrer, starrten ihn sprachlos an. Er blätterte mit gesenkten Augen in seinem Heft herum und wiederholte: »Und die Hunde?« Der Lehrer fragte, ob er sich auf die sexuelle Unzurechnungsfähigkeit der Hunde beziehen wolle. Ja, genau. Denn – er hob den Blick noch immer nicht – die Hunde kennten keine sexuellen Verbote, auch nicht das des Inzests, und solange die freie Liebe solche sexuellen Verbote enthalte, stelle sie auch keine Rückkehr zum animalischen Zustand dar, sondern nur eine andere Art und Weise, die menschlichen Beziehungen zu gestalten. Und zum Schluß: »Dort haben die Menschen also... Beziehungen miteinander, ganz frei? Auch mit den Schwestern und den Müttern?« Der Arzt war vollkommen verwirrt: »Also wirklich! Die Russen sind doch Menschen wie wir.« »Dann«, sagte Vasconcelos, »können Sie auch nicht sagen, die freie Liebe sei eine Rückkehr zum animalischen Zustand.« Erst jetzt hob er die Augen, um einen listig triumphierenden Blick durch die ganze Klasse zu schicken, und das war seine Befreiung von Jahren der Schüchternheit. Später, in der Pause, hatten wir dann über den Kommunismus diskutiert: die Abschaffung des Eigentums in all seinen Formen, dem Staat gehörte alles, er gab den Menschen alles, was sie brauchten, und alle mußten für den Staat arbeiten, um für das zu bezahlen, was sie erhielten. Die Meinungen hatten sich sofort geteilt. Die Söhne der Staatsbeamten sahen keinen großen Unterschied. Die Söhne von Ärzten, Anwälten, Kaufleuten sahen sehr wohl einen Unterschied, weil man dann nämlich nicht mehr soviel verdienen konnte, wie man wollte. Dabei war es geblieben, die Debatte hatte sich allmählich abgekühlt und war abstrakt, akademisch und abgehoben geworden.

Die Spanier erhoben sich vom Tisch, und mein Onkel fragte, ob ich später wieder ausgehen wolle, dann könne ich doch

Zeitungen mitbringen. Er wollte ebenfalls los, um eine Überraschung abzuholen... Eine Überraschung... Da würden wir Augen machen! Wir gingen alle nach oben auf unsere Zimmer. Auf der Treppe blieb er plötzlich stehen, so daß wir alle gegeneinander rempelten, und unterstrich noch einmal die Größenordnung der Überraschung.

In meinem Zimmer legte ich mich aufs Bett, schwer vom guten Essen und Trinken, und ließ die Ereignisse Revue passieren, während ich in den Schlaf sank. Das Licht drang durch die Schlitze der angelehnten Fensterläden. Ich hatte zuerst nur die Schuhe ausgezogen, um mich auf dem Bett auszustrecken. Es war sehr heiß. Ich stand auf, zog mich nackt aus, wie ich es gern tat, und legte mich wieder hin. Dann rollte ich mich zusammen, das Kissen fest umschlungen. Ich mußte so schnell wie möglich das Problem Odette lösen. Am besten heute noch. Und die Schwester von Ramos treffen. Plötzlich fiel mir ein, daß ich auch nach Hause schreiben mußte, um von Onkel und Tante zu berichten. Das war eine Ferienformalität. Sie und meine Eltern schrieben sich nie, und daß auch ich es nie tat, war egal. Aber wenn ich aus den Ferien meinen Eltern nicht geschrieben hätte, um mitzuteilen, daß ich gut angekommen war, daß es Onkel und Tante gut ging und daß der Strand immer noch an Ort und Stelle war – das wäre als unverzeihliches Verbrechen angesehen worden. Auch die üblichen Postkarten an den restlichen Anhang mußten sein. Sobald ich diese Pflichtübung hinter mich gebracht hatte, brauchte ich die ganze Zeit an keinen mehr zu schreiben. Und Maria Helena? An die schon. Bevor ich losgefahren war, hatte sie sehr darauf bestanden, daß ich ihr schrieb. Ich hatte ihr erläutert, Liebesbriefe seien nichts für mich, worauf sie in Tränen ausbrach und mir unterstellte, ich wolle die Ferien nutzen, um sie zu verlassen und mit einer anderen etwas anzufangen. Ich erwiderte, theoretisch könnte ich doch ohne weiteres etwas mit einer anderen haben, auch wenn ich ihr jeden Tag schriebe. Schließlich hatten wir uns darauf geeinigt, daß ich ihr jede Woche schreiben würde (in drei Monaten ergab das, wie ich ihr vorrechnete, ein Dutzend Briefe, die sie ihren Freundinnen zeigen konnte). Und was sollte ich ihr mitteilen? Schon im Zug hatte ich angefangen, darüber nachzudenken. Vielleicht mochte ich sie gar nicht besonders? Oder war ich, wie sie behauptete, ein kalter Mensch, der niemanden mögen oder sich gar rettungslos verlieben konnte (so lauteten ihre Worte)? Für mich ergab es keinen Sinn, sich rettungslos in eine Frau zu verlieben, mit der ich nicht schlafen konnte. Insgeheim lachte ich über Mesquita und seine Telefonleidenschaft, die er allen vorführte. Und es war mir zutiefst zuwider, Tag und Nacht von der einen Gelegenheit zu träumen, da ich endlich ein Mädchen herumkriegen konnte, und dies eigentlich gar nicht zu dürfen; im übrigen hatte ich auch nicht im geringsten vor, sie zu heiraten. Das mit der Ehe lag für mich noch in weiter Ferne, und selbst aus moralischen Gründen hätte mir keiner aus meiner Familie dazu geraten, bevor ich mir nicht eine »Existenz« im Leben geschaffen hatte. Was mich an den Frauen interessierte, war ein zärtliches, liebevolles Zusammensein, durch erregende Berührungen noch gesteigert, und eine Vertrautheit im Gespräch, wie ich sie daheim nicht hatte und bei den Frauen oder Mädchen, mit denen ich gelegentlich ins Bett ging, weder erwartete noch erlebte. Aber ich weigerte mich stets, Zukunftspläne zu schmieden, bei denen ich dann zu hören bekam: »Wenn ich deine Frau bin, stopfe ich dir die Socken«, »Wie möchtest du dein Zuhause gern einrichten«, »Also ich will nur drei Kinder haben«, und ich glaube sogar, meine Verliebtheit begann dahinzuwelken, sobald eine Freundin sich derartige Vertraulichkeiten herausnahm. Maria Helena, die ich auf dem Weg zur Universität kennengelernt hatte, akzeptierte von Anfang an meine ausdrücklichen Bedingungen: Nie würde sie mir derartige Dummheiten erzählen oder vom Tag unserer Hochzeit träumen. Wir wurden ein Paar, gingen gemeinsam spazieren, ich gab ihr lange und erfahrene Küsse auf der Treppe, unterhielt mich mit ihr über alles, was mir in den Kopf kam, und mehr nicht. Sie hatte das akzeptiert, aber allmählich wurden unsere Spaziergänge und Gespräche immer schwermütiger. Ich merkte, wie sehr sie sich bemühte, nicht im Geist von meinem Leben Besitz zu ergreifen. Aber die Szene mit den Briefen, voller Tränen und Klagen, war mir sehr abgeschmackt vorgekommen. Sie war sogar so weit gegangen, mir zu unterstellen, ich würde sie eigentlich gar nicht mögen, weil ich nie mehr als Küsse von ihr verlangt hätte und weil ich echten Gefallen nur an verlorenen Frauen finden könne. Ich protestierte. Ich umarmte und küßte sie sehr heftig, was sie hingebungsvoll über sich ergehen ließ. Ich hob ihren Rock hoch, zog ihr das Höschen herunter und faßte mit der Hand dort unten hin. Sie erschauerte am ganzen Körper und stöhnte, und ich knöpfte mir die Hose auf und steckte ihn ihr zwischen die Beine, die sie zusammenpreßte. Das war alles, mehr nicht, nachher machte ich sie mit dem Taschentuch sauber. Aber sie war mir unglaublich dankbar gewesen, vor lauter Angst, ich würde sie auf der Treppe vergewaltigen. Dann hatten wir uns mit dem Versprechen des wöchentlichen Briefes verabschiedet. Jetzt, als ich in Figueira auf dem Bett lag, spürte ich unendliche Ernüchterung. Ich würde ihr schreiben, so wie sie es sich wünschte, an die Adresse des Tabakladens in ihrer Nebenstraße, dort hatte ich sie nämlich kennengelernt, als ich einmal Zigaretten kaufte, sie stand da und blätterte in Zeitschriften. Die Besitzerin, eine begeisterte Kupplerin mit Lockenwicklern im Haar und einem herzförmig geschminkten Mund, nahm alle Amouren der jungen Mädchen des Viertels unter ihre Fittiche. Sie empfing Botschaften und gab sie weiter, und in so besonderen Fällen wie auswärtigen Ferienaufenthalten diente sie auch als Briefkasten. Im Geiste begann ich den Brief zu formulieren. Ich würde ihr schreiben, daß ich sie nur für mich allein wollte und an nichts anderes dächte als an den Tag, da ich sie nackt in einem Bett hätte und ganz tief in sie eindringen und ihre Büchse aufmachen könnte. Nein, nein, so konnte ich das nicht ausdrücken. Ich würde ihr schreiben, daß ihre Beine wie heißer Samt seien, aber daß ich einen anderen Samt fühlen wollte, feucht von Blut und Lust. Ich würde sie zu meiner Frau machen, behutsam, zärtlich, stürmisch, bis sie mich kannte, nicht nur meine Hände, nicht nur, wie mein Fleisch in sie eindrang, sondern auch meine Bewegungen, mein Gewicht, mein... Wo hatte ich das alles gelesen? Was wußte ich schon? Hatte ich vielleicht einmal etwas anderes besessen als mein eigenes Begehren, eine Frau zu besitzen? Selbst wenn eine Frau zum Höhepunkt kam – als mir das zum erstenmal passierte, erschrak ich ganz fürchterlich und glaubte, das Hausmädchen hätte einen Nervenzusammenbruch, es war nachts bei mir zu Hause, und würde alle Leute aufwecken, dieser Schrecken verdarb mir alles –, dann war ich zwar stolz darauf, etwas hervorgerufen zu haben, was für mich immer noch ein überaus seltsames und unvorhersehbares Mysterium war, doch andererseits fühlte ich mich in der Entfaltung meiner Lust gestört, so als wäre die Tatsache, daß die Frau sich ein hemmungsloses, tiefes Vergnügen gönnte, eine Art unpassender Einmischung in meine einsame Befriedigung. Mit einem Ruck setzte ich mich auf die Bettkante und betrachtete entgeistert mein Geschlechtsteil. »Er« hatte nie an irgendwen gedacht außer an sich selbst. Ich war ein Kind. Meine Freunde waren Kinder. Es war, als wären wir alle eigentlich immer noch siebzehn. Und blieben nicht in Wahrheit alle Männer immer in diesem Alter? Und keiner wuchs über sich hinaus? Erwartete die ganze Welt nicht letztlich genau das von uns? Hatten nicht genau deshalb alle solche Angst davor, sich hinzugeben, weil sie befürchteten, das wenige zu verlieren, was sie hatten? War es nicht so, daß sich die Menschen gegenseitig nur verleihen konnten, so wie man Geld gegen Zinsen verleiht? »Er« tat ganz unbeteiligt, ganz heitere Unschuld. Kaufte »er« etwa nicht sein Vergnügen, ohne an das Vergnügen der anderen zu denken? Kaufte ich es ihm nicht, für Geld, mit Berechnungen und bewußt eingesetzten Beziehungen, mit Hintergedanken, Aufmerksamkeiten, als wäre er ein anderes Wesen und nicht ich selbst? »Er« rührte sich mit einemmal und begann zu wachsen. Als wollte er mir sagen, das sei zwar alles richtig, er stimme zu, aber letztlich sei er eben doch viel stärker als ich... »Er« war die Zukunft. Oh, nicht weil er zeugen konnte. Das war genau das, was ihn hemmte. Sondern weil er Vergnügen schenken und sich nehmen konnte, weil er *meine* Freiheit war. Freiheit wovon? Ich war bloß wütend, daß ich meine Freundin nicht wirklich *gehabt* hatte. Oder? Sollte meine Freiheit darin bestehen, sie haben zu können, ohne Angst, mich auf diese Weise zu binden, oder gerade darin, sie letztlich doch nicht zu besitzen, ohne Angst meiner- und ihrerseits? Dort auf der Treppe hätte ich natürlich gar nicht mehr tun können, als ich getan hatte, und hätte ich es versucht, wäre sie geflohen. Doch bei einer anderen Gelegenheit, wer hinderte mich daran, Vorsichtsmaßnahmen zu ergreifen, sie zunächst zu entjungfern und die Sache dann so zu beenden wie beim erstenmal? Da fiel mir eine Geschichte ein, die wir vor Jahren auf dem Gymnasium lange besprochen hatten. Ein Bursche, den ich kannte, hatte eine Affäre mit einem Dienstmädchen seiner Familie, immer mit größter Vorsicht und ohne zu wissen, daß sie sich außerdem den Lehrling vom Kaufmann ins Haus holte. Als sie schließlich schwanger wurde, bezichtigte sie ihn, der Vater des Kindes zu sein. Wenn ich Maria Helena gehen ließ, war sie frei, dasselbe mit mir zu machen. Nun konnte »er« zwar sowohl Lust als auch Freiheit schenken, aber er konnte auch von einer Frau, der er Freiheit gab, festgehalten werden, weil diese die Freiheit besaß, zu wählen, wen sie festhalten wollte. Damit es gar nicht soweit kam, mußten einfach mehrere Männer Beziehungen zu dieser Frau unterhalten und voneinander wissen. Doch konnte eine Frau wirklich mehrere Männer zur gleichen Zeit »lieben«? Vor allem, wenn sie wußte, daß diese voneinander wußten? Huren hatten ihre Lieblinge, und wir gingen auch lieber zu der einen als zu der anderen. Aber das war keine Liebe: das war Gewohnheit, war Gefallen daran, die Menschen bewußt als etwas anderes zu betrachten, als sie waren, und so zu tun, als liebten wir, während wir nur sexuelle Beziehungen hatten. War also die Ehe der einzige Punkt, an dem sich diese beiden Welten berührten, die eine, wo man aus Liebe nicht weiter ging als bis zu den Schenkeln, und die andere, wo es, weil man über die Schenkel hinausging, keine Liebe gab? Kannte ich überhaupt jemanden, der mir beweisen konnte, daß die Ehe eine harmonische Vereinigung dieser beiden Welten bot? Meine Eltern? Onkel und Tante? Die Eltern meiner Freunde? Die verheirateten Geliebten meiner Freunde? Die Frau, von der uns Puigmal erzählt hatte? Worin bestand denn ihr Glück? Waren die Familien am Strand nicht auf der Jagd nach uns? Ging es ihnen etwa nicht darum, daß wir heirateten? Fragten sie sich jemals, ob die Brautleute einander wirklich liebten? Oder ob das Mädchen den Jungen am Ende nur liebte, weil sie ihn ständig vor der Nase hatte und sie sich schließlich an den Gedanken gewöhnte, danach mit diesem Mann schlafen zu dürfen, soviel sie Lust hatte? Und er? Würde er sich nicht am Ende eingestehen, sie nur zu lieben, weil er mit ihr, die allein ihm gehörte, stellvertretend für alle anderen, die er gehabt und nicht gehabt hatte, schlafen durfte? Plötzlich überfiel mich eine unbändige Lust, nicht auf eine bestimmte Frau, sondern darauf, mit einer Frau eine ganze Nacht zu verbringen. Tatsächlich hatte ich das noch nie erlebt. Nicht einmal in Figueira. Aber das würde sich diesmal ändern.

Ich zog mich an und ging nach unten. Ich würde Postkarten kaufen und am folgenden Tag an alle schreiben. Oder am Tag darauf. Und die Zeitungen würde ich kaufen, um die mein Onkel mich gebeten hatte. Außerdem Zigaretten für die Spanier. Nach dem Abendessen würde ich mein Problem lösen. Ich war schon gespannt, was für ein Gesicht mein Onkel und meine Tante ziehen würden. Vermutlich überhaupt keins.

X

Bei einem anderen Tabakladen als am Morgen kaufte ich die Zigaretten und auch die Postkarten für meine Familie. Danach ging ich zu dem Treffpunkt, den ich mit Macedo und Ramos verabredet hatte. Dort fand ich sie nicht, es war noch zu früh. Also machte ich mich auf zu Ramos' Pension. Als ich eintrat, bemerkte ich eine Erregtheit unter den Gästen, die sich im Salon und in der Diele versammelt hatten, und begriff, daß mich eine ganz ähnliche Stimmung davon abgehalten hatte, am verabredeten Ort auf meine beiden Freunde zu warten. Wie es schien, hatten sich doch nicht so viele Spanier davongemacht, wie ich am Vortag geglaubt hatte. Andererseits verbarg sich hinter dieser Überdrehtheit, diesem Gewusel der Grüppchen auf der Straße oder, wie jetzt, in einem Hotel oder einer Pension eine gewisse Zurückhaltung, erkennbar an kurzen Momenten des Verstummens und knappen Gesten, die vielsagend abgebrochene Sätze vervollständigten. Während ich auf Ramos wartete, kam es mir immer mehr vor, als würden einige mich mit merkwürdiger Neugier betrachten, als wäre ich an diesem Ort unerwünscht oder ein geheimer Bote. Zé kam herunter und sagte: »Weißt du schon, was passiert ist?« Doch es war besser, gleich auf sein Zimmer zu gehen. Oben befanden sich Macedo und ein anderer Junge namens Almeida, den ich nicht kannte, groß und hager, dunkler Typ. Passiert war, daß an diesem Morgen General Sanjurjo ums Leben gekommen war – die Nachricht war im Radio gebracht worden –, bei einem Flugzeugabsturz in Cascais. Ich hatte nicht die geringste Ahnung, was für ein General das sein sollte. Viel mehr als ich wußten die anderen auch nicht. Sanjurjo lebte in Portugal im Exil, und als er jetzt nach Spanien hatte fliegen wollen, um sich an die Spitze der Revolution zu stellen, war er abgestürzt und verbrannt. Es hatte sich um ein spanisches Flugzeug gehandelt, das ihn abholen wollte, doch schon beim Start vom Flugfeld der Marine in der Nähe von Cascais war es an den Bäumen des angrenzenden Waldes zerschellt. Macedo und Ramos sahen in der Tatsache, daß das Flugfeld zur Marine gehörte, einen Beweis für die Mitwisserschaft der portugiesischen Regierung. Zufällig kannte ich die Stelle, ich war bei einem Ausflug zur Boca do Inferno einmal dort spazierengegangen. Soweit ich wußte, hieß der Ort einfach Campo da Marinha, nach dem nahegelegenen Gut, und hatte mit den Streitkräften nichts zu tun. Macedo sagte: »Also. Ein spanisches Flugzeug kann nicht einfach hier reinfliegen, landen und einen derart wichtigen Passagier abholen, ohne daß irgendwer davon weiß. In der Nähe der Grenze meinetwegen, aber bei Lissabon doch nicht, wo es erst mal das ganze Land durchqueren muß.« Ja, das sei allerdings etwas anderes, stimmte ich zu. Und jetzt spitzten alle Leute die Ohren, weil dieser General verunglückt war? Genau. Manche dachten, ohne Anführer könne die Revolution scheitern, weil keiner sie mehr zusammenhielt. Jede der aufständischen Einheiten wurde von einem General befehligt, der bestimmt auf das Oberkommando aus war. Ob die sich einigen würden? Ich hatte da Zweifel und redete drauflos. Wenn die Revolution so viel Rückhalt hatte, wie es hieß, und an vielen Orten gleichzeitig oder fast gleichzeitig ausgebrochen war, dann hing sie nicht von einem Mann allein ab, sondern von vielen und war offensichtlich gut organisiert. So etwas flammte nicht plötzlich auf, vor allem wenn es sich um so unterschiedliche politische Kräfte mit zum Teil so gegensätzlichen Interessen handelte. Und wo sich all diese Leute schon einmal in ein so großes Unternehmen gestürzt hatten, würde der Tod eines einzelnen Führers nicht alles zum Scheitern bringen. Wahrscheinlich gab es gar nicht einen, sondern viele Führer, jeder in Erwartung seiner Chance, sobald die Dinge klarer lagen. Der Tod dieses einen konnte die Gruppen unter seiner Leitung vielleicht ins Trudeln bringen, doch den anderen konnte sein Tod vielleicht sogar nützen, und sie würden sich ganz sicher nicht zurückziehen, weil ihnen plötzlich ein Führer fehlte. Im Gegenteil, wenn sie es täten und die Revolution gewänne, was blühte ihnen dann wohl? Und als ich bei dieser Frage angelangt war, die sich wie von selbst aus meinem Gedankengang ergeben hatte, verstummte ich mit einemmal, denn die anderen drei fixierten mich ohne ein Wort.

»Hatte ich's dir nicht gesagt?« bemerkte schließlich Macedo zu Ramos.

Dieser säuberte seine stets makellos sauberen Fingernägel, unter denen er selbst am Strand niemals ein Körnchen Sand duldete, und sagte: »Ja... stimmt. Du bist gut informiert, wie?«

Ich widersprach, das sei ich gar nicht, erst seit gestern abend dächte ich über all das nach – das stimmte auch – und könne es vielleicht deshalb besser einschätzen. Aber möglicherweise irrte ich mich ja auch. Nun fing ich an, die Gegenargumente zu entfalten. Vielleicht hatte die ganze Sache gar nicht solche Ausmaße angenommen, wie die Leute verbreiteten, die einen, weil sie die Revolution wollten und sie sich richtig groß und siegreich wünschten, und die anderen, weil sie unter dem Vorwand, sie sei so bedrohlich, die andere, von ihnen herbeigesehnte kommunistische Revolution in Gang setzen wollten. In diesem Falle konnte der Tod des Generals alles in Gefahr bringen. Und die Revolutionäre hatten, wenn sie für einen landesweiten Blitzsieg nicht stark genug waren, bestimmt kein Interesse daran, dem bekämpften Feind als Vorwand zu dienen.

»Aber du hast doch gerade gesagt, daß ein solches Unternehmen, wenn es einmal begonnen ist, nicht so ohne weiteres aufhört«, sagte der Bursche namens Almeida, der bislang geschwiegen hatte. Er sprach mit gesetzter, tiefer Baßstimme, und als ich ihn betrachtete, sah ich, daß er gar kein Junge, sondern ein Mann um die Dreißig war, viel älter als wir. Wer war dieser Mann überhaupt? Er fuhr fort: »Ich halte nichts von diesem Politikergeschwafel, das ist doch Landrattendreck. Hab auch gar keine Lust dazu. Mir liegt an der Republik. Die wollen die Republik in Spanien zerstören, damit sie um so leichter unsere Republik hier fertigmachen können.«

Meine innere Frage lag in dem Blick, den ich in Macedos und Ramos' Richtung schickte. Macedo antwortete mir: »Almeida ist Offizier der Kabeljaufischerei. Er kommt aus Figueira.«

Gerade wollte ich fragen, warum ich ihn in den letzten Jahren nie gesehen hatte, als es an die Zimmertür klopfte. Es war Mercedes. Ich stand auf, um sie zu begrüßen. Ihr Anblick machte mich zittrig und verwirrt, ich zerfloß zu einem einzigen Lächeln, und da merkte ich, daß ich im Grunde ihretwegen hergekommen war.

Mercedes mit ihren offenen braunen Haaren, den großen Augen und den Brüsten, die sich unter der Bluse mit eckigem

Ausschnitt rundeten, Mercedes lächelte mir liebenswürdig zu und beugte sich vor, um an mir vorbei sprechen zu können, offenbar verstellte ich ihr die Sicht. »Sag mal, Manuel, fährst du mit uns nach Tavarede?« Ich drehte mich um und begriff, daß der Manuel, mit dem sie sprach, kein anderer als Almeida war. Er bejahte, stand auf und ging mit ihr hinaus.

In das Schweigen hinein, das im Zimmer hing, fragte ich so natürlich wie möglich: »Macht ihr heute einen Ausflug nach Tavarede?«

Ramos erwiderte: »Die fahren, nicht wir. Mit ein paar Freundinnen meiner Schwester. Wir kommen nicht mit.«

»Wer denn alles? Kenne ich die?« erkundigte ich mich.

»Meine Schwester und Almeida, und dann die Schwestern Prates, erinnerst du dich?, zwei kleine Dicke, die du aus Lissabon kennst, letztes Jahr waren sie auch schon da, eine von ihnen hat ihren Verlobten mitgebracht, außerdem einige Freundinnen und meine Eltern, die waren noch nie da. Das haben sie beim Mittagessen verabredet. Auf dich hatten sie auch gehofft, aber wir haben gesagt, du wärst schon mit uns verabredet.«

Ramos' Erläuterungen erstickten mich innerlich. Also dieser Almeida...

»Wer ist dieser Almeida?«

»Hab ich dir doch schon gesagt. Ein Kabeljaufischer. Er stammt von hier. Ich kenne ihn schon jahrelang, eigentlich schon immer«, sagte Macedo.

»Aber ich habe ihn noch nie gesehen.«

»Hat sich halt nicht so ergeben. Warte mal. Konnte ja auch gar nicht. In den letzten Jahren war er immer auf See, hat keine Fangzeit ausgelassen. Nur dieses Jahr ist er an Land geblieben.«

Das neuerliche Schweigen wurde von Zé Ramos unterbrochen: »Er wird meine Schwester heiraten.«

»Deine Schwester?«

»Ja. Was soll damit sein?«

»Aber deine Schwester ist so jung... Viel jünger als er, oder?«

»Gar nicht mal soviel. Er wirkt älter, dabei ist er erst sechsundzwanzig.«

»Und wann heiraten sie?«

Die beiden wechselten einen Blick, und Ramos antwortete: »Sie wollten im kommenden Frühling heiraten.«

»Und jetzt wollen sie nicht mehr?«

Ramos stand auf und trat ans Fenster, das auf einen kleinen Innenhof ging, und sagte: »Wenn nichts dazwischenkommt, möchte Almeida nächstes Jahr heiraten, bevor er wieder an Bord geht.«

»Aber finden sie nicht, bei allem, was jetzt passiert…«, doch Ramos schnitt Macedo das Wort ab: »Das geht uns nichts an. Das müssen sie selber wissen.«

»Hat er deine Schwester in Porto kennengelernt?«

»Ja«, und es kam mir vor, als wäre es für ihn eine Erleichterung, mir die Geschichte zu erzählen: »Dieses Jahr war Almeida in Porto, weil er zum Arzt mußte, und dort setzte er sich mit Macedo in Verbindung, um in seiner Pension unterzukommen. In derselben Woche hatten Mercedes und ich uns fürs Kino mit Macedo verabredet, zur Nachmittagsvorstellung, und da mußte ich einem Kerl ein paar hinter die Löffel geben, der sich neben Mercedes gesetzt und sein Bein an ihres gepreßt hatte. In der Pause suchten Mercedes und ich Macedo und fanden ihn im Gespräch mit einem Kerl, der genauso aussah wie der aufdringliche Sitznachbar. Der hatte sich verzogen, nachdem ich eingegriffen hatte. Und er war's tatsächlich. Überschlug sich förmlich vor Entschuldigungen… und fing schließlich etwas mit meiner Schwester an. Das war Almeida, ein anständiger Bursche.«

»Guter Witz«, setzte ich an, doch anstatt hinzuzufügen, daß ein bißchen Gefüßel und ein paar Klapse vom Bruder offenbar ein vielversprechender Weg in den Hafen der Ehe seien, schwieg ich.

»Wollen wir den ganzen Nachmittag hier drin bleiben, oder gehen wir ein Stück?« fragte Macedo.

Ich stand auf: »Gehen wir.«

»Geht ihr beide«, meinte Ramos, »ich bleibe hier.«

Ich fragte noch: »Was hast du heute abend vor?«

»Nichts Besonderes. Aber rechnet nicht mit mir.«

Ich folgte Macedo hinaus. Auf der Straße blieb er stehen.

»Hör mal, sieht so aus, als säße dir Mercedes' Verlobung quer. Hattest du die Absicht, mit ihr zu gehen?« Er schaute mich prüfend an.

»Weiß nicht. Ehrlich, keine Ahnung. Bloß, es hat sich noch nie einer von uns verlobt. Hier am Strand haben das immer die anderen gemacht, die älteren.«

»Aber du hattest vor, mit ihr zu gehen, oder?«

»Ich habe dir doch gesagt, ich weiß es nicht. An sie gedacht habe ich oft, das stimmt.«

»Und sie mag dich auch. Aber jetzt hat sie nur noch Augen für Almeida. Tut mir leid, daß ich dir das sage, aber sie hat dich nicht mal gesehen. Das meint sie nicht so, beim Mittagessen haben wir noch von dir geredet. Ich weiß auch nicht, was an Almeida dran ist. Aber so war es immer. Bei seiner Art, als könnte er kein Wässerchen trüben, fallen ihm die Frauen reihenweise zu Füßen. Er braucht bloß zuzugreifen. Ich glaube, das hat mit der Fischerei zu tun.«

»Mit der Fischerei?«

»Ja, wenn sie hören, daß er Kabeljau fängt und die Hälfte des Jahres keine Frau zu Gesicht bekommt – das fasziniert sie. Wahrscheinlich stellen sie sich vor, wie sich alles in seinen Eiern konzentriert. Und träumen davon, sie ihm so richtig leerzumachen. Woran sie dabei nicht denken, ist, daß sie selber das andere halbe Jahr dasitzen und den Schiffen hinterhergucken.«

»Ziemlich hartes Leben«, bemerkte ich.

»Allerdings. Aber sie verdienen auch viel Geld. Mein Bruder hat denselben Beruf im Auge. Gleich nach der Schule will er nach Lissabon auf die Seefahrtsschule. Nicht des Geldes wegen. Er hatte schon immer diesen Tick mit dem Meer. Ich wollte sowieso mit dir darüber sprechen, wir kennen niemand in Lissabon, und du könntest dich vielleicht um ihn kümmern.«

»Aber sicher. Das mache ich gern. Vielleicht kann er sogar bei uns wohnen. Wann ist er mit der Schule fertig?«

»Erst nächstes Jahr. Aber ich wollte jetzt schon mit dir sprechen. Jedenfalls, vielen Dank, ja?« Er reckte die Hand in die Höhe und klopfte mir freundschaftlich auf die Schulter.

»Wollen wir hier bleiben?« fragte ich, denn in einem Café vor uns gab es einige freie Tische.

»Nein, ich habe keine Lust, mitten unter diesem Spaniergesindel zu sitzen. Wie die durch die Gegend stolzieren und sich als die größten Faschisten gebärden. Wenn sie den Arm hochreißen und sich ›Arriba España‹ zurufen, da wird mir speiübel.«

»Das machen sie?«

»Ach, hast du es noch nicht gesehen? Wird nicht mehr lange dauern, dann ist es hier genauso.«

»Hier, wo?«

»Hier, in Portugal.«

Mir fiel die AEV wieder ein, die aufgekommen war, als ich aufs Gymnasium ging, und der einige Jungen aus anderen Klassen angehörten. In meiner Klasse gab es nur einen, der sich dieser »Acção Escolar Vanguarda« (Schulaktion Avantgarde), die sich selbst nationalgewerkschaftlich nannte, angeschlossen hatte: Coelho, ein großer, breitschultriger Kerl mit sanfter Stimme, mit dem fast keiner Umgang hatte. Nicht daß er unsympathisch gewesen wäre. Aber durch seine reservierte Art und seine Größe wirkte er viel älter als wir anderen. Mesquita hatte sich einmal mit ihm angelegt, als er im Klassenzimmer vor der Ankunft des Lehrers Flugblätter verteilen wollte. Kein Mensch interessierte sich dafür, es kam uns albern vor, wenn einer einfach so Flugblätter verteilte, als wären es die Werbezettel, die man auf der Straße bekam, wenn das Kaufhaus am Chiado Schlußverkauf machte. Mesquita verkündete, solange er da sei, würden keine Zettel verteilt. Coelho fragte ganz milde, was er eigentlich gegen die AEV habe. Überhaupt nichts. Mesquita wußte gar nicht, wer das war. Und er wollte es auch nicht wissen. Aber Politik hatte hier drin nichts zu suchen. Wenn's denn sein mußte, am Schultor. Als wir nach dem Unterricht hinausgingen, stand Coelho demonstrativ dort und verteilte seine Flugblätter. Und demonstrativ, unter dem wachsamen Auge Mesquitas, nahm keiner von uns ihm eins ab. Als Mesquita und ich am nächsten Morgen vor der Schule um die Ecke bogen, stand dort eine Gruppe Jungen und verstellte uns den Weg. Es waren die von der AEV aus den anderen Klassen. Einer von ihnen rief Mesquita zu: »Warum hast du ihn daran gehindert, unsere Flugblätter zu verteilen?« Er antwortete: »Im Klassenzimmer gibt's das nicht. Draußen ist es mir egal. Was wollt ihr? Laßt mich durch.« Derjenige, der ihn angesprochen hatte, holte ein Stück Papier aus der Tasche, knüllte es zu einem Bällchen zusammen und sagte: »Ach ja? Du wirst jetzt diese Pille hier schlucken, damit du weißt, mit wem du es zu tun hast.« Ich sah mich um. Die anderen waren zu zehnt und umzingelten uns. Doch da hörte ich Mesquita sagen: »Wenn es keine Scheiße ist, schlucke ich es. Könnt ihr mir garantieren, daß das keine Scheiße ist? Euer Verein ist keine Scheiße?« Die anderen bedrängten ihn, aber der Wortführer hielt sie zurück: »Wartet noch, er hat gesagt, er schluckt es, mal sehen.« »Ich schlucke es, aber zuerst will ich wissen, was auf dem Zettel steht.« Einer der anderen sagte: »Los, polier ihm die Fresse, der will nur den Schlaumeier spielen.« »Nein«, sagte der mit dem Flugblatt. »Er hat ein Recht darauf, zu erfahren, was er schluckt.« Und er zog ein weiteres Blatt aus der Tasche und zeigte es vor. Darauf waren zwei Zahnräder abgebildet, und ein Pfeil wies auf einen schwarzen Punkt zwischen ihnen; der Text lautete: »Wir sind das Körnchen Sand im Getriebe der Höllenmaschinerie.« Darunter in grünen Lettern: AEV. Genauso sahen auch die Plakate aus, die überall an den Wänden auftauchten. »Aber das ist ja Scheiße, das sagt überhaupt nichts aus. Und Scheiße schlucke ich nicht«, verkündete Mesquita und landete eine Faust im Magen des anderen. Eine allgemeine Prügelei ging los, aber nicht lange: Ein Polizist näherte sich, und sie ergriffen die Flucht. Wir setzten uns Richtung Schultor in Bewegung und schauten uns noch argwöhnisch um, ob der Polizist hinterherkam, der an der Ecke stehengeblieben war. Coelho stand am Eingang und wandte sich an Mesquita: »Entschuldige, damit habe ich nichts zu tun, ehrlich, tut mir leid.« Mesquita musterte ihn von Kopf bis Fuß: »Schon gut. Verteil mir bloß keine Zettel im Klassenzimmer, sonst bist du derjenige, der sie schluckt. Und deinen Leibwächtern kannst du sagen, daß ich keine Angst vor ihnen habe.« Da geschah etwas Außergewöhnliches. Coelho straffte sich und reckte einen Arm... Wir starrten ihn verblüfft an und begriffen nichts. Dann drehten wir uns um. Gerade kam Dr. Pimenta, ein Geschichtslehrer, herein und erwiderte verdruckst seinen Gruß, indem er die Hand hob, den Ellbogen am Körper. Im Klassenzimmer, bevor unser Lehrer eintraf, raunte Mesquita mir zu: »Kein Wort über diesen Affenzirkus, verstanden?« Und schon hatte ich dieses Abenteuer, das für uns keine Bedeutung besaß, vollkommen vergessen.

Jetzt, neben Macedo hergehend, fiel es mir wieder ein und verband sich mit anderen Dingen. Von Dr. Pimenta, der nie mein Lehrer gewesen war, hieß es, er sei Monarchist und lasse im Klassenzimmer keine Gelegenheit aus, um von Seiner Majestät zu reden. Die Majestät war ein sehr verschwommenes Wesen für mich; ich verstand nicht, wie er, als Lehrer dieser Republik, so etwas tun konnte. Er kam mir noch schlimmer vor als Puigmal. Der erhob Ansprüche in einem anderen Land, und wir konnten nur darüber lachen. Dr. Pimenta aber tat dies in seinem eigenen

Land, dessen Staatsbeamter er war. Die Monarchie war 1910 zu Ende gegangen. Der abgesetzte König war gestorben, wir alle hatten seine Beerdigung in Lissabon erlebt, nachdem er aus England überführt worden war. Bei Dr. Pimentas »Majestät« handelte es sich um einen anderen: einen Neffen Dom Miguels. Das waren Absolutisten, die schon vor hundert Jahren verbannt worden waren. In den Geschichtsbüchern kam Dom Miguel nicht einmal vor. Der König, als noch ein König regierte, hatte Dom Pedro IV. geheißen, und er hatte sein Denkmal auf dem Rossio.

Plötzlich sagte Macedo neben mir: »Guck dir das mal an. Guck dir deinen Onkel an.«

Ich schaute, wohin er zeigte. Mein Onkel überquerte gerade eine Seitenstraße und bahnte sich mit ausladenden, fröhlichen Arabesken seines Spazierstocks den Weg. Hinter ihm ging ein kleiner Junge, der einen großen Rundfunkempfänger auf dem Kopf trug. Wie ein Propagandist grüßte mein Onkel nach links und rechts seine Bekannten, drehte sich, ohne stehenzubleiben, gegen die Marschrichtung und deutete mit dem Stock auf das Radio. Die Leute lachten, und er ging an ihnen vorbei, als dirigierte er eine unsichtbare Musikkapelle.

Ich lief zu ihm. Übermütig zwinkerte er mir zu, blieb stehen und tippte mit dem Stock ein paarmal auf den Apparat: »So, hier ist die Überraschung! Was sagst du dazu? Gut, wie?«

Groß war das Radio allerdings. Und ich sagte, es sei sehr gut, ein sehr gutes Fabrikat. Leise fügte ich hinzu: »Weißt du schon von dem Unfall, Onkel?«

Ja, er wußte schon davon. Und fragte mich, ob ich die Zigaretten gekauft hätte. Ich fingerte in meiner Tasche danach.

»Gib her, ich nehme sie mit«, und während er lächelnd und kopfnickend einen Bekannten grüßte, der herbeikam und sein Radio pries, stellte er sich neben mich und ließ die Zigaretten in seine Tasche wandern.

Unvermittelt, er hatte die Päckchen noch nicht ganz eingesteckt und sagte etwas zu dem anderen, verkündete ich: »Wenn du erlaubst, Onkel, komme ich nicht zum Abendessen heim. Ich bleibe hier.«

»Ihr habt wohl eine Orgie vor, wie? Recht hast du, es laufen eine Menge spanischer Witwen herum, die müssen getröstet werden. Bleib nur hier.«

Und ich sah seinem schiefsitzenden Hut, dem Stock in der Luft und dem schwankenden Radio nach, die zwischen den Köpfen der Umstehenden verschwanden.

Dann gesellte ich mich wieder zu Macedo.

»Dein Onkel ist ja ganz aus dem Häuschen... Will er damit die Meldungen über die Revolution hören?«

»Ich glaube, ja. Er ist begeistert.«

»Auf welcher Seite steht er denn?«

»Ich glaube, auf gar keiner.«

»Na, wie man's nimmt. Bei der Wut, die er auf das Militär hat, wird er wohl für die Republik Partei ergreifen, wenn er zu der Überzeugung kommt, daß das gesamte Heer die Aufständischen unterstützt. Die Streitgespräche, die er immer mit meinem Vater führt, sind gräßlich, und im Unterricht hat er ständig erzählt, warum er sein Leben lang nichts Besseres als Leutnant geworden ist. Wenn mein Vater das Militär verteidigt, erwidert dein Onkel, er hätte es doch auch nicht weiter als bis zum Hauptmann gebracht. Aber das Komische ist, von uns hat er immer verlangt, ihn mit Herr Leutnant anzureden, wußtest du das? Er wird zum wilden Tier, wenn einer ›Herr Lehrer‹ zu ihm sagt. Oder gar ›Herr Doktor‹! Dann kommt wie aus der Pistole geschossen, kurieren könnte er bloß Esel, das aber immer noch besser als die Gelehrten aus Coimbra. Der Dr. Carvalho von der Uni Coimbra sagt ihm nämlich immer halb im Scherz, daß er einen Abschluß in Mathematik machen soll. Und dein Onkel hat sich doch tatsächlich eingeschrieben! Aber er war faul, er hat sich sofort gelangweilt. Du kennst einen Sohn von Dr. Carvalho, er war früher immer mit uns zusammen. Dieses Jahr mußte er in Coimbra bleiben, der Vater hat ihn nicht weggelassen, er hat Nachprüfung. Und der andere, wer weiß, wo der steckt.«

Ich hörte ihn nur noch undeutlich. Er redete weiter wie eine Maschine. Wir hatten den Strand erreicht und spazierten weiter in Richtung Buarcos. Die Sonne brannte unangenehm.

»Gehen wir zu den Kabinen?« schlug ich vor.

»Wozu? Von uns ist doch kaum einer da. Und überhaupt, es ist schon spät.«

Auf dieser Seite lag der Strand nahezu verlassen, er reichte in einem Bogen bis Kap Mondego, hie und da waren aufs Land gezogene Boote und vereinzelte Gesichter im Sand zu sehen.

Zwischen den Booten und auch auf der Mauer saßen Fischer und flickten zerrissene Netze, nur noch lange braune Streifen. Zu unserer Rechten, jenseits der Straße, wurden die Häuser niedriger, schwarzgekleidete Frauen saßen in den Türen. Wir schlenderten über den Strand zum Wasser hinunter und liefen weiter über den nassen Sand. Im Schatten eines der Boote, die immer seltener wurden, lag ein Paar. Es waren zwei Männer; und als wir an ihnen vorbeigingen, erkannte ich, daß sie einen nackten Körper belauerten, nur in Badehose, der sich bei einem etwas weiter entfernten Boot ausgestreckt hatte. Der Körper wandte einem halb den Rücken zu, wenn man über den nassen Teil des Sandes kam, und der Kopf war auf den linken Arm gestützt. Die rechte Hand, vom Rumpf verdeckt, schien sich langsam zu bewegen. Daraus, wie sich der Körper leicht krümmte, schloß ich, daß der Mann wohl sein aufgerichtetes Glied in der Hand hielt, das er aus der vorn heruntergezogenen Badehose geholt hatte. Die beiden anderen rutschten aufgeregt hin und her. Gerade wollte ich Macedo darauf aufmerksam machen, als ich etwas ahnte und schwieg. Im selben Augenblick drehte sich der Mann auf den Bauch und verbarg das Gesicht in den Händen, das ich gesehen hätte, wenn er liegengeblieben und wir einfach weitergegangen wären. Doch ich stutzte. Macedo redete immer weiter. Die beiden Männer richteten sich auf, drehten sich um, setzten sich gerade hin. Der eine nahm sich eine Zigarette und bot dem anderen auch eine an. Dabei musterten sie uns ungerührt hinter ihren Zigaretten hervor, die der erste ansteckte.

»Gehen wir zurück?« fragte ich.

Macedo, der neben mir stehengeblieben war, immer noch über dies und das plaudernd, schien plötzlich aufzuwachen und bemerkte die beiden Männer.

»Weißt du, wer das ist? Die kenne ich aus Porto. Das sind zwei... und bestimmt sind sie hinter irgendwem her. Wahrscheinlich hinter diesem Kerl, der da drüben liegt.« Ich zuckte zusammen. »In Porto kennt sie jeder. Sie sind mit Rufininho befreundet. Der studiert Architektur in Porto. Es wird immer schlimmer mit ihm. Er windet und dreht sich beim Gehen und stößt kleine Juchzer aus. Da oben gibt es haufenweise so welche, aber man kennt sie. Ist das in Lissabon auch so?«

Ich kannte bloß einen, der war berüchtigt in unserer Familie.

Er wohnte im Haus gegenüber von meinem Onkel. Wenn er ans Fenster trat oder ausging, sprangen meine Cousinen gleich auf, um ihn zu beobachten. Er war klein, stämmig und hatte eine Glatze, und er stellte sich im geblümten Morgenmantel ans Fenster. Draußen aber ging er sehr bestimmt über die Straße, nur seine Hüften wirkten weiblich.

»Die erkennen sich alle untereinander, wie eine riesige Freimaurerloge«, erklärte Macedo. »Letztes Jahr in Porto kam ich mal mit einem Kommilitonen aus dem Kino, als ein Bursche ein Gespräch mit uns anfing. Er war wohl in den Dreißigern, sorgfältig frisiert und gut angezogen und parfümiert. Aber er hatte eine kräftige Stimme. Wenn du ihn gesehen hättest, wärst du auch nicht drauf gekommen. Er ging ein Stück mit, fragte, wo wir wohnten, lud uns zu sich nach Hause ein. Auf ein Glas. Wir sahen uns kurz an und gingen mit. Seine Wohnung hättest du mal sehen sollen. Und kein Mensch da. Er setzte uns teure Sachen vor, Gin, Whisky, stell dir vor. Wir saßen auf einem Sofa, er in der Mitte. Er hatte auf einem Riesengrammophon eine Platte aufgelegt. Und dann robbte er sich ran, mit der Hand. Er legte sie mir aufs Bein. Ich stand auf, und mein Freund auch. Er zog sich ans andere Ende des Salons zurück. Wir auf ihn zu, um ihm eine Tracht Prügel zu verpassen. Er sagte, er hätte uns ja nicht dazu gezwungen, mit zu ihm nach Hause zu kommen, wir sollten doch gehen, wenn wir wollten.«

»Und dann?« fragte ich mit einem Blick zurück. Die Boote verdeckten die Gesichter.

»Die Tracht Prügel hat er gekriegt. Aber ein Weichling war das nicht, mein lieber Mann, du ahnst nicht, wie der zurückgeschlagen hat. Als wir auf der Straße standen, haben wir uns nur ungläubig angestarrt. Wer hätte das gedacht, was? Scheint so, als gäbe es welche, die echte Männer sind, auch wenn sie andere Männer mögen. Das war so einer.«

»Aber was wollte er?«

»Alles, er machte alles und ließ alles machen.«

»Woher weißt du das?«

»Das hat er gesagt. Als wir auf ihn losgegangen sind. Er meinte, wir sollten uns beruhigen und nicht aufregen, er würde alles mitmachen. Das heißt, er ist keinen Deut anders als Rufininho.«

»Und die beiden da hinten?«

»Die erst recht nicht. Denk bloß, die reden sich untereinander sogar mit Frauennamen an. In Porto gibt es ein Café, da treffen die sich. Du brauchst sie bloß zu hören. Ich selbst war zwar nie dabei, aber ich habe davon gehört. Dort habe ich auch Rufininho oft gesehen, mit den beiden da. Die haben es bestimmt auf einen Fischer abgesehen.«

»Ganz bestimmt.«

Wir gingen weiter, und eine Weile blieb Macedo still. Dann sagte er: »Hör mal, kennst du eigentlich unsere Literatur?«

»Welche Literatur?«

»Unsere. Die verbotenen Bücher.«

Ich wußte, daß es Pressezensur gab. Es stand ja direkt in der Zeitung: »Von der Zensurbehörde geprüft«. Mein Onkel, der mit dem Telegramm an die Regierung, war mit einem Major befreundet, der in dieser Behörde arbeitete, sie spielten jede Woche Bridge. Aber von verbotenen Büchern hatte ich noch nie gehört, höchstens von den anstößigen, schlecht gedruckten, die unter der Hand im Gymnasium kursierten.

»Was für Bücher?«

»Ich leihe dir welche, dann verstehst du schon.«

»Wieso sind die Bücher verboten?«

»Sind sie halt. Niemand darf sie verkaufen, auch kein Ausländer. Und wenn die Polizei jemanden damit erwischt...«

»Was dann?«

»Was dann...? Hm...! Du weißt ja überhaupt nichts! Was hast du denn die ganze Zeit über getrieben?«

»Ich?«

»Ja, du.«

Ich sah ihn an und hob die Augenbrauen: »Dasselbe wie die meisten Leute, nehme ich an.«

Er blieb neben mir stehen, den Kopf gesenkt. Er wirkte jetzt noch kleiner. Sein Bart warf einen bläulichen Schatten auf sein Gesicht: »Das ist ja das Schlimme. Alle leben vor sich hin, ohne irgend etwas zu merken, ohne das Elend ringsum zu sehen. Und auch wenn es kein Elend gäbe, würden sie die Ausbeutung des Menschen durch den Menschen nicht sehen, in der sie leben und von der sie leben.« Er schaute auf, und in seinen Augen lag etwas Verschwimmendes, das mir unter die Haut ging: »Hast du schon mal darüber nachgedacht, wie diese Fischer leben? Und die Menschen auf dem Land? Und die Arbeiter? Hast du mal darüber nachgedacht?«

Ja, manchmal. Aber alles kam mir wie eine Art unabänderliches Gesetz vor, das uns von diesen Leuten trennte, die weder Bildung noch Sauberkeit kannten, die lebten, wie sie immer gelebt hatten. Alles in der Welt erschien mir falsch, und an diesem Tag besonders. Aber so, wie seine Augen sprachen, feucht und glänzend, so hatte ich noch nie über diese Dinge nachgedacht. Ich erwiderte: »Ich weiß nicht. Jetzt, wo du fragst, kommt es mir vor, als hätte ich nie darüber nachgedacht. Ich weiß nicht, was ich dir sagen soll.«

Er hob die Hand, wie immer, und klopfte mir auf die Schulter: »Du bist ein guter Mensch, das weiß ich schon lange.«

Ich lächelte. Und er, in seinem Überschwang, setzte sich wieder in Bewegung.

»Willst du mit mir zu Abend essen?« fragte ich unvermittelt.

»Wenn ich hier bin, und das passiert ja nur noch in den Ferien, dann sieht es mein Vater gern, wenn ich zum Essen daheim bin. Er sagt, sonst gebe ich meinem Bruder ein schlechtes Beispiel. Aber wenn er auswärts ißt, sieht die Sache anders aus. Wir können ja zu Hause vorbeigehen und fragen. Ich würde dann meinen Bruder mitnehmen. Aber diesmal machen wir es wie die Schotten, jeder bezahlt seinen Teil, verstanden? Gehen wir.«

Er wohnte in der Kaserne, einem großen gelben Bau am gegenüberliegenden Flußufer, mit einer langen Reihe von Balkons oben an der breiten Fassade, in der sich nur wenige schmale Türöffnungen befanden. Er ging hinauf, und während ich auf ihn wartete, ließ ich den Blick über die Kais und die Masten schweifen, die auf der anderen Seite des Flusses aus der Erde ragten. In der Mitte des Flusses saß ein Boot auf einer Sandbank fest. Ein Fischerboot.

»Mein Vater«, sagte Macedo an der Tür, »lädt dich ein, mit uns zu essen.« Ich ärgerte mich.

»Hör mal! Eben noch habe ich meinem Onkel gesagt, ich würde heute abend nicht zu Hause essen. Ich habe nämlich Lust, nachher so richtig auf den Putz zu hauen. Dazu wollte ich dich eigentlich einladen. Und einfach so mit deinem Vater essen, ich weiß nicht, ich war doch noch nie bei euch eingeladen. Ehrlich gesagt, entschuldige bitte, aber...«

»Macht nichts. Ich sage ihm, daß du nicht kannst. Aber nachher komme ich mit. Treffen wir uns im Kasino. Um zehn, abgemacht?« Er lehnte sich an die Tür. »Ich hätte auch Lust auf so was. Daß die Fetzen fliegen, gerade jetzt. Bis später.«

Ich blieb allein, was mir plötzlich auch lieber war. Und ich ging zur Aussichtsterrasse oberhalb einer Reihe von Treppen mit Ziergeländer, über die man hier bei der Mündung, am äußersten Ende der Stadt, von der Flußseite zur Strandseite gelangen konnte. In einer stillen Ecke löste sich ein Paar voneinander, er zog das Bein nach. Einfache Leute, beides kleine Angestellte. Ich ging zu einem anderen Treppenabsatz, und ein Felsvorsprung verdeckte sie. Ich lehnte mich an die Betonbalustrade, eine Nachahmung von Baumstämmen. Die Sonne war bereits untergegangen, nur ein rötlicher Fleck zeigte noch an, wo sie versunken war. Das Meer verfärbte sich zu einem blassen, hie und da dunkleren Zinnton. Der Strand zog sich einsam bis zum Kap hin, die Boote in der Ferne wurden von lauter Ameisengrüppchen ins Wasser geschoben. Der Leuchtturm blinkte im Takt, ohne daß man sein Licht schon richtig erkennen konnte. Undeutliche Rufe schwebten von irgendwoher durch die Luft, die sich in der Nähe der Wellen und auf der Flußseite zu einem durchscheinenden, vibrierenden Dunst verdichtete. Die Felsen unten waren grün, dazwischen dunkle Lachen.

Ich zündete mir eine Zigarette an. Wo sollte ich zu Abend essen? Ich hatte keine Lust auf Essen. Ich hatte Lust zu fliehen. Wohin und warum? Und plötzlich hörte ich in meinem Kopf einen Satz: »Feuerzeichen sind die Menschen, / wenn sie, ruhig und still / Abschied nehmen von der kalten Asche.« Ich sah mich um. Woher war das gekommen? Wer hatte mir das gesagt? Welchen Sinn hatte dieser Satz? Ich versuchte, ihn im stillen zu wiederholen: »Feuerzeichen...« Doch den Rest hatte ich vergessen. Mit Mühe baute ich die Wortfolge wieder zusammen: »Feuerzeichen sind die Menschen, / müde und erschrocken, / wenn die Nacht des Todes kalt aufs Meer sich legt.« Nein, das war es nicht gewesen. Das war es nicht. Und was bedeutete es? Sollten das Verse sein? Im Geiste wiederholte ich: »Aschezeichen sind die Menschen, / stoßen beim Abschied die Boote des Lebens ins Meer.« Wieder waren die Wörter andere, oder vielmehr fast dieselben, aber auf andere Weise. Ich zog ein Stück Papier aus der

Tasche und schrieb: »Feuerzeichen sind die Menschen, stoßen beim Abschied die Boote des Lebens ins Meer.« Ich las, was ich geschrieben hatte. Und jetzt? Ich schaute auf den dunkler werdenden Ozean mit seinen hellen Flecken, die langsam wogten. Die Boote fuhren aufs Meer hinaus, einige mit brennenden Laternen. »Auf den weiten Wassern...« Auf den weiten Wassern... Absurd. Ich und Verse schmieden? Warum? Ich drückte den Zettel zusammen und warf ihn weg. Nur leicht zerknittert, segelte er nach unten, landete auf einem Felsen. Dort schaukelte er, beruhigte sich wieder und kippte plötzlich mit einer Drehung zwischen die Steine, wo er verschwand. Es war fast schon Nacht. Ich kehrte zurück in die Stadt.

XI

Die schwach beleuchteten, unbelebten Straßen waren trist. Ich fand eine Kneipe zum Abendessen. Hinter dem langen Tresen stand der Wirt und begrüßte mich mit einem Kratzfuß, auf der anderen Seite, getrennt durch schwarz gestrichene Holzbalustraden, befanden sich die Tische, von denen nur einer besetzt war. Der Kellner führte mich an einen Tisch. Auf der Decke waren Weinflecken. Er merkte, daß sie mir aufgefallen waren, beugte sich über den Tisch und strich die Decke sorgfältig glatt, als könnte er mit den Falten auch die Flecken entfernen. Danach fegte er ein paar Krümel mit der schmuddeligen Serviette weg, die über seinem Arm hing, spiegelte sich im Glanze seines Werkes und fragte, die Hände vor der Schürze verschränkt, die seinen Unterleib unterhalb des Hosengürtels eng umschnürte:

»Na, was darf's denn sein? Wir haben gekochten Schellfisch, gebratenen Stichling, Fischsuppe... und wenn Sie wollen, machen wir Ihnen auch ein Schnitzel.«

»Den Schellfisch, bitte.«

Er ging zum Tresen und brachte Besteck und Teller und dazu eine kleine Flasche Wein und einen Öl- und Essigständer. »Auf den weiten Wassern, von Ruderschlägen durchmessen, schläft die stille Nacht.« Das waren Verse, kein Zweifel. Gab es denn irgendeinen Grund, warum ich sie bildete, oder sie sich in mir, auf meine Kosten? Ich hatte nie viel Lyrik gelesen oder mich besonders dafür interessiert. In meiner Familie existierte Literatur nicht, keiner war je Schriftsteller gewesen. Bücher wurden gelesen, sicher, aber zum Zeitvertreib, ohne auch nur auf den Namen des Autors zu achten. Und bei mir zu Hause noch weniger: da gab es Bücher nicht einmal. Schreiben... guter Witz! Ein Onkel pflegte alle Jahre eine Zeitschrift zu verfassen, für die Badegäste der Sommerfrische, wo er immer hinfuhr. Ein Schriftsteller oder etwas Ähnliches, Künstlerisches – das war noch schlimmer als ein Politiker. Ein Schriftsteller, ein Maler, ein Schauspieler hatten keinen Platz auf dem Gesellschaftsparkett. Dichter, das war ein gängiges Synonym für einen zerstreuten Menschen, einen Narren, einen Vollidioten, wenn nicht gar einen, der aller Welt Geld schuldete. Aber ich hatte doch keine Verse geschrieben; es war nur passiert, daß sich rein zufällig ein paar Worte in meinem Kopf zusammengefügt hatten. Sonst nichts. Und im übrigen war das Ganze der blanke Unsinn. Menschen sind keine Feuerzeichen... Und dieses Meer, welches sollte das sein? Was war damit gemeint, daß Ruderschläge die weiten Wasser durchmessen? Warum sollte die Nacht auf diesen Wassern schlafen, wo doch die Nacht, des Nachts, überall ist? Ich lächelte erleichtert. Der Kellner, der gerade mit dem Tablett ankam, glaubte, mein Gesichtsausdruck sei eigens an ihn und den Schellfisch gerichtet, und bediente mich mit beflissener Liebenswürdigkeit.

»Der Fisch ist himmlisch. Sie werden sehen. Tadellos. Hier wird der Fisch gekocht wie sonst nirgendwo. Wir haben Gäste, die extra für den Kochfisch herkommen.«

Ich warf ihm einen Blick zu und sah, wie jung er war, kaum älter als ich, obgleich er verbraucht aussah und ein Bäuchlein hatte, das auf der heruntergerutschten Schürze ruhte.

Ich goß mir Olivenöl über Kartoffeln und Fisch und meinte: »Aber jetzt wird das Geschäft nachlassen, oder?«

»Nachlassen, wieso?«

»Na ja, wenn die Spanier abreisen...«

»Ach, die reisen ab?«

»Ja. Wissen Sie das nicht?«

»Wieso? Ich weiß von nichts.«

Ich hielt inne, die Gabel auf halber Höhe. In einer so kleinen Stadt, die von den spanischen Sommerfrischlern lebte, wußte dieser Mann nicht, was sich derzeit abspielte. Immerhin war er doch etwas neugierig geworden: »Warum reisen sie denn ab?«

»Wegen der Revolution.«

Er erschrak, vor lauter Höflichkeit, wie mir schien: »Ach so, die Revolution…«

»Die Revolution in Spanien«, betonte ich.

»Ja… Ich habe davon gehört. Aber die Spanier kommen zum Essen nicht hierher.«

»Also interessiert Sie das gar nicht?«

»Den Chef interessiert es nicht.« Er zeigte blendendweiße Zähne.

»Ach, Sie schon?«

»Auch nicht. Was soll mich das interessieren?« Er zuckte die Achseln.

»Sind Sie hier zufrieden?«

Er zögerte.

»Sind Sie zufrieden mit Ihrer Arbeit hier?«

»O ja, das bin ich. War gar nicht so einfach, das aufzutreiben. Und ich habe einen guten Chef.«

»Stammen Sie aus Figueira?«

»Ich? Nein. Aus Soure.«

»Und Sie sind zum Arbeiten hergekommen?«

An dem anderen besetzten Tisch wurde in die Hände geklatscht, und er ging hin, um die Gäste zu bedienen. Unterdessen aß ich auf. Dann kam er wieder, fragte, ob ich noch etwas wünsche, ob es mir geschmeckt habe. Kein Nachtisch? Nein danke. Ich zündete mir eine Zigarette an und hielt ihm die Schachtel hin. Er lugte zum Chef hinüber, der uns beobachtete und mit einem Nicken seine Zustimmung gab. Er streckte geziert zwei Finger aus, holte eine Zigarette heraus und steckte sie sich in den Mund. Dann nahm er mit einer Verbeugung meine Streichholzschachtel an, gab sich Feuer und reichte mir die Streichhölzer zurück, so wie eine feine Dame eine Tasse Tee halten würde. Genauso hielt er auch die Zigarette. Er stieß eine Rauchwolke aus und legte die Zigarette vor sich hin: »Gute Qualität, mein Herr. Ja, ich stamme aus Soure. Und Sie, studieren Sie in Coimbra, oder sind Sie auf der Durchreise?«

»Weder das eine noch das andere. Ich studiere in Lissabon und stamme auch von dort.«

»Und da kommen Sie in den Ferien hierher? Lissabon muß eine schöne Stadt sein, wie gern wäre ich einmal dort. Ein Cousin von mir lebt da, vielleicht kennen Sie ihn. Er arbeitet in einer Gastwirtschaft in Poço do Borratém, ich glaube, so heißt die Gegend. Es ist ganz toll da, sagt er. Sie müssen es kennen.«

Ich dachte mir, daß die Gastwirtschaft sich bestimmt kein bißchen von dieser Kaschemme hier unterschied, sie war höchstens noch gewöhnlicher. In so einer Gegend... Nein, ich kannte sie nicht, aber sicher hatte er recht.

»Sie hat die ganze Nacht geöffnet. Und, Sie gestatten...« Er setzte sich mir gegenüber und beugte sich über den Tisch, um mir etwas zuzuflüstern. »Die Dirnen aus der Umgebung kommen zum Abendessen dorthin. Mein Cousin hat sie alle schon kennengelernt... Er schreibt mir immer. Und die machen es aus Freundschaft, weil er sie so gut bedient. Sie verstehen?«

Ich zwinkerte ihm zu und sagte: »Will heißen, wenn Sie mal nach Lissabon fahren, werden Sie sie auch gut bedienen?«

»Ach... Hier taugen die alle nichts. Das sind solche Drecksäue. Mein Cousin sagt, dort waschen sie sich vorher und nachher. Stimmt doch, oder? In Coimbra waschen sie sich auch nicht, soviel ich weiß.«

»Sie waren schon mal in Coimbra?«

»Ja, als ich aus meinem Dorf fort bin. Aber es hat mir nicht gefallen. Sie gestatten... « Er nahm einen tiefen Zug. »Bei diesen Studenten heißt es immer gleich, du, mach mal dies, mach mal jenes, he, Bauer, komm her, und wir sollen sie mit Herr Doktor anreden. Hier ist es besser, da gibt es so was nicht. In Lissabon auch nicht, oder?«

»Lissabon ist sehr groß. Da weiß keiner, wer Student ist und wer nicht.«

»Sie reden meinen Cousin mit Senhor Joaquim an, verstehen Sie? Und er ist nicht alt, ein paar Jährchen mehr als ich. Er sagt, eine davon wäscht sogar ihn. Ob das wohl stimmt?«

Um ihn zufriedenzustellen, beschrieb ich ihm eine Prostituierte, die ich einmal kennengelernt hatte und deren Spezialität noch andere Varianten waren. Sie wusch uns immer mit allen Schikanen, und genauso wurden wir abgetrocknet, sie schaute ganz genau hin, um zu prüfen, ob wir auch vollkommen sauber waren, und dann stellte sie ein Glas auf den Nachttisch, in das sie am

Schluß alles hineinspuckte, zum Trinken oder nicht, je nachdem, wie wir es haben wollten. Sie wurde ›die Chinesin‹ genannt.

Er saß nachdenklich da und sagte schließlich: »Ein Glas... Mit Glas und allem...« Dann beugte er sich noch weiter über den Tisch und vertraute mir an: »Ich habe so was bisher nur einmal erlebt.« Verstohlener Seitenblick. »Das war in Coimbra. Ein Student. Und er hat mir zwanzigtausend Réis gegeben. Da war ich noch klein, er hat mich gepackt und in eine Seitengasse gezerrt. Ich hatte vielleicht eine Angst. Ich dachte, der will ihn mir abbeißen. Aber denken Sie bloß nicht, ich wäre... Sie denken das doch nicht, oder?«

Ich beruhigte ihn. Aber er beharrte: »Ich mag nämlich keine Männer, das war nur dieses eine Mal. Aber glauben Sie, ich hätte an irgendwas anderes als die zwanzigtausend Réis gedacht? Keine Spur. Ich hatte einen schlimmen Chef, der schlug mich und bezahlte nicht. Da habe ich sehr wohl ans Geld gedacht, ha. Aber danach hatte ich so eine Angst, daß ich das Geld gar nicht ausgeben konnte. Ich habe die ganzen zwanzigtausend immer noch. Ob Sie's glauben oder nicht, ich habe sie noch.«

Er verstummte und machte Anstalten aufzustehen. Schließlich fügte er noch hinzu: »Da halte ich Sie so lange auf, Sie haben sicher noch viel vor.« Keineswegs, ich hatte es nicht eilig.

»Na dann, wenn das so ist, erzähle ich Ihnen noch eins. Auf dem Dorf, wo ich herkomme, hatten wir, also meine Freunde und ich, einen Hund, der leckte. Wirklich wahr. Der war so verdorben, daß er schon mit hängender Zunge angerannt kam, wenn man sich nur hinsetzte. Ach ja, Lissabon... Ich lege mir schon Geld auf die Seite, damit ich mal hinfahren kann«, und nun stand er auf, ganz geschäftsmäßig: »Zehn Escudos, bitte.« Mit einem verschwörerhaften Grinsen beugte er sich zu mir herab: »Für zehn Escudos haben Sie einen gekochten Schellfisch gegessen, den finden Sie kein zweitesmal.«

Ich zahlte und gab ihm Trinkgeld. Er bedankte sich mit einer kaum merklichen Straffung und brachte mich zur Tür. »Wann immer Sie wollen, wir sind stets zu Diensten. Das Mittagessen ist übrigens noch besser.«

Ich machte mich auf den Weg zum Kasino. Es war schon nach zehn. An einer Ecke rief mir eine Frau etwas zu. Sie war grauenhaft, alt und zahnlos. Wer weiß, so ohne Zähne, vielleicht wäre das sogar besser... Am Kasino war fast überhaupt nichts los. Aber man hörte die Musik aus der Bar. Ich trat ein und schaute nach, ob mein Onkel da war. Nein. Dann ging ich in die Bar, die mir überfüllt und verraucht vorkam. Ein erhobener Arm machte mir ein Zeichen. An einem Tisch saßen Macedo und sein Bruder, Rodrigues und zwei andere Jungen, die ich vom letzten Jahr kannte. Sie rückten zusammen, und ich setzte mich dazu.

»Wir dachten schon, du kommst gar nicht«, meinte Macedo. Und Rodrigues fügte hinzu: »Wo bist du den ganzen Tag gewesen, daß man dich überhaupt nicht zu Gesicht bekommt?«

Ich warf ihm einen Seitenblick zu und erwiderte: »Unterwegs. Tut mir leid, daß ich nicht vorbeigekommen bin. Am Nachmittag sind wir am Strand spazierengegangen.«

»In welche Richtung?«

»Ich habe ihm schon erzählt, daß ich mit dir Richtung Buarcos gegangen bin«, unterbrach Macedo.

»Um wieviel Uhr wart ihr denn dort? Am Nachmittag bin ich nämlich bei den Booten schwimmen gegangen, mit einer Kleinen, die ich kennengelernt habe, und von euch war nichts zu sehen.«

»Das war bestimmt nicht um dieselbe Zeit«, sagte ich.

»Habt ihr mich denn nicht gesehen?«

»Mann Gottes«, sagte Macedo, »wenn du mit einer Kleinen spazierengehst, muß dich doch nicht gleich alle Welt gesehen haben.«

Rodrigues rekelte sich im Stuhl, demonstrativ ergriffen von wollüstigen Erinnerungen: »Wenn ihr wüßtet... Hinter einem Boot war es, sie hat sich mit einer Kraft hin und her geworfen und an mir gezerrt, als wollte sie mir alles abreißen!« Er legte die Hände zwischen seine Beine. »Ich hab einen Ständer, der hält die ganze Nacht durch.«

»Behalt ihn für dich«, sagte einer der anderen namens Oliveira, der aus Coimbra stammte.

»Was heißt hier für mich! Mein Ständer ist öffentlich. Wißt ihr nicht, daß ich ein öffentlicher Mann bin? Ich bin ein öffentlicher Mann.« Er lachte aus vollem Halse, das Bierglas in der Hand. »So geht es dem, der ein solches Paket zu bieten hat wie ich. So ein Ding gehört der Allgemeinheit, stimmt's, Macedo? In Rußland würde es wahrscheinlich zum Volkseigentum erklärt...«

»Ich glaube kaum«, gab Macedo ganz ruhig zurück. »Das Mindeste, was dir passieren würde, wäre, daß sie ihn dir abschneiden.«

»Ach ja? Und darf man erfahren wieso? Ist so etwas dort nicht in Gebrauch?«

»Doch, aber sie führen ihn nicht ständig im Mund, sie lassen ihn still und leise zwischen den Beinen, und er tut nur seinen Dienst, wenn es soweit ist.«

»Meiner redet doch gar nicht. Aber wenn er sprechen könnte, dann hätte er einiges zu erzählen.«

»Er würde nichts erzählen, was wir nicht schon wissen.«

»Und was weißt du?«

»Alles. Hast du nicht gesagt, du wärst ein öffentlicher Mann?« Der ganze Tisch brüllte vor Lachen. »Von einem öffentlichen Mann wissen die Leute alles. Und was sie nicht wissen, erzählt er ihnen.«

»Er erzählt nur, was ihm paßt«, bemerkte Macedos Bruder.

Wir starrten ihn alle an, daß er mit seiner fast noch bartlosen Blässe eines Dunkelhaarigen errötete.

»Holla, jetzt hat Dona Micaela ihr Debüt gehabt, wie?« spottete Rodrigues.

»Rodrigues, diesen albernen Scherz lasse ich nicht zu«, schnitt ihm Macedo scharf das Wort ab. »Laß meinen Bruder mit dieser Geschichte in Ruhe. Er ist keine Schwuchtel. Und er spielt auch nicht Domino.«

»Willst du andeuten, daß hier irgend jemand nach beiden Seiten offen ist?«

»Ich will gar nichts andeuten. Aber du hörst mit diesem Witzchen auf.«

»Kann sich dein Bruder nicht selber verteidigen? Braucht er die Hilfe seines großen Bruders?«

Der andere Junge, der bisher noch nichts gesagt hatte, schaltete sich ein: »Hört auf damit. Was für ein idiotisches Gespräch! Wir sind alle Freunde, und wir sind hier, um uns ordentlich zu amüsieren. Was wir brauchen, sind Frauen. Werden ja sehen, ob ihr dann auch so mit der Zunge arbeitet.«

Rodrigues lächelte: »Wenn ihr wüßtet, wie gut das ist... Weiß einer, wie der Kardinal das nennt?«

Wir kannten die Zote alle.

Doch er fixierte Macedos Bruder und sagte: »Aber Luís hier, der kennt sie bestimmt noch nicht. Oder? Nein? Kleine Kinder sollten so etwas wissen. Also: Zwei Kardinäle erörtern, wie man das am besten nennt. Sagt der eine: ›Eminenz, der beste Name lautet: *Frommer Pilgerweg an den Ort der Geburt.*‹ Ha, ha, sehr gut, nicht?... Aber der andere Kardinal hat seine Zweifel und fragt: ›Eminenz, warum denn *fromm*?‹ Da erklärt der erste: ›Eminenz, das macht man doch auf den Knien, oder?‹«

Macedos Bruder lächelte kalt und fragte: »Warum denn unbedingt auf Knien? Im Bett geht's nicht?«

Wir lachten, und Oliveira sagte: »He, Rodrigues, das war ein Treffer...«

»Stimmt... Der Kleine ist ein Schlaufuchs. He, Macedo, dein Bruder ist ein Schlaufuchs, ich glaube, er ist begabt.«

»Begabt wofür?« fragte Macedo.

»Na... auf dem Bett oder im Stehen. Er gehört zu denen, die nicht auf die Knie gehen. Da ist er wie ich. Wer will, kann ja vor uns auf die Knie gehen, was, Luís? Ich will nachher doch mal sehen, wie du es machst.«

»Wenn's dir Spaß macht, kannst du gerne zugucken.«

»Wenn's mir Spaß macht? Worauf du dich verlassen kannst, mein Junge. Bloß habe ich meine Lupe vergessen. Hast du denn etwas, das man ohne Lupe sehen kann?«

»Ich zeig es dir, wann immer du willst.«

»Genau... Wir können einen Wettbewerb machen. Vielleicht gewinnst du ja den zweiten Preis. Den Preis für Behaarung kriegt jedenfalls dein Bruder. Und Oliveira hier, mit den Fähigkeiten, die ich aus Coimbra von ihm kenne...«

»Du kennst meine Fähigkeiten?«

»Aber ja... Du gewinnst den Preis für Ausdauer. Dich hält keine Nutte aus. Die kann in Ruhe zu Mittag und zu Abend essen, und du bist immer noch nicht fertig. Du müßtest eigentlich das Doppelte bezahlen.«

»Das Doppelte bezahle ich nicht, aber eine kleine Dreingabe wäre schon denkbar...« grinste Oliveira.

»Und bei Matos« – das war der andere der beiden Jungen, er stammte aus Lamego, studierte aber auch in Coimbra – »da weiß ich nichts. Ich habe keine Informationen. Wir werden ja sehen.«

»Und ich?« fragte ich.

»Du…« Er zögerte. »Du… gewinnst darin, umsonst ranzudürfen, das ist deine Spezialität.« Er rief den Kellner und bestellte eine neue Runde Bier, bevor er fortfuhr: »So ist das in der Liebe. Die einen kriegen gar nichts, wenn sie nicht bezahlen. Die anderen kommen nicht zur Ruhe, und überdies werden sie auch noch bezahlt. Und andere bekommen es mitunter gratis. Ich wüßte gerne, wie das geht.«

»Vielleicht«, sagte Matos, »weil sie die Frauen gut behandeln. Wie Menschen.«

»Aber Menschen gibt es doch gar nicht, keiner ist ein Mensch«, sagte Rodrigues. »Ich bin es nicht, ihr seid es nicht, ich sehe überhaupt keinen hier, der es ist. Schaut euch doch mal um. Seht ihr diesen Spießer da drüben, wie er an seiner Schnepfe rumsabbert? Seine Unterlippe, wie die hängt, und seine Hände, guckt euch seine Hände an. Und sie? Wenn eine Frau solche Falten am Hals hat, dann sind die Falten anderswo noch viel zahlreicher, da mußt du erst mal mit der Hand den Vorhang beiseiteschieben. Und die andere, die Dünne dahinter. Wenn die mir nicht ein Loch hat, wo ein ganzes Regiment reinpaßt.«

»Dann ist sie doch richtig für dich, genau deine Schuhgröße«, sagte Macedo.

»Nein… Ich mag es, wenn alles hübsch eng ist, wenn ich alles erst mal aufbrechen muß.« Er leerte sein Bierglas in einem Zug.

Einige Paare tanzten. Er stellte das Glas ab und tönte: »Habt ihr schon mal sowas Dämliches gesehen wie die Tanzerei? Stehen da rum und reiben sich die ganze Zeit aneinander, wofür soll das gut sein?«

»Genau dafür«, sagte Oliveira.

»Für dich mag das ja das Richtige sein. Du müßtest zwei Stunden lang so tanzen, um dich auf deine Dienstleistung vorzubereiten.«

»Wollen wir eigentlich die ganze Nacht hierbleiben?« fragte Macedos Bruder.

»Ach, der Kleine hat's eilig? Paß nur auf, Eile führt zuweilen zu einem schwachen Resultat.«

»Ach ja?«

»Ja. Bei Grünschnäbeln kommt das vor. Erst hetzen sie, und dann bringen sie nichts Rechtes zustande. Das ist nämlich was anderes, als die Hand in die Hosentasche zu stecken.«

»Ich glaube, es wird Zeit, daß wir anfangen. Drehen wir eine Runde durchs Kasino und fangen uns ein paar Nachtfalter ein. Wir sind zu sechst. Holen wir uns drei oder vier, dann mieten wir uns ein Auto und fahren raus«, sagte Matos. »In meinen Wagen passen sechs Leute, die restlichen nehmen den anderen.«

»Hast du jetzt ein Auto?« fragte ich.

»Das gehört meinem Vater, er hat es mir geliehen. Wir könnten sogar nach Coimbra fahren. Bei uns ist niemand zu Hause. Mein Vater ist mit meiner Mutter in Paris, und meine Schwester ist nach Lissabon gefahren. Das wäre doch immer noch besser, als in der erstbesten Absteige zu landen. Gehen wir?«

»Und was ist mit dem Fahrer des anderen Autos?« fragte Macedo.

»Nehmen wir eine billige mit, für ihn«, schlug Rodrigues vor.

»Wieso eine billige?«

»Wenn du willst, kannst du auch eine teure nehmen. Oder du teilst dir deine mit ihm, und er zahlt die Hälfte. So läuft das doch in Rußland?«

»In Rußland gibt es keine Prostitution«, sagte Macedo.

»Ja, wie kommen die denn dort klar? Mein Hemd gehört auch meinem Genossen, oder?«

Oliveira schaltete sich ein: »Kommt, gehen wir, Schluß damit. Sonst sitzen wir morgen früh noch hier.«

»Und Oliveira braucht gar nicht erst anzufangen«, sagte Rodrigues, schon auf dem Weg zur Tür.

Es war nicht leicht, Frauen aufzutreiben, sie hatten Angst. Nach Coimbra? Und wohin in Coimbra? Die Kokotten des Kasinos weigerten sich, erhöhten den Preis, wollten das Geld im voraus. Am Ende hatten wir fünf Mädchen überzeugt und zahlten im voraus. Eine gab ihr Geld einer Freundin, die nicht mitwollte.

Macedo verkündete, er würde den zweiten Wagen besorgen, wir sollten vor dem Kasino auf ihn warten. Auf der Straße, neben Matos' Auto, debattierten sie hin und her und zögerten wieder. Rodrigues schnappte sich zwei von ihnen und schob sie auf den Rücksitz des Wagens: »Ihr Mädchen bleibt hübsch ruhig da sitzen, sonst setze ich euch auf meinen Schoß, hier drauf«, er griff sich mit der Hand dort hin, »und dann kommt ihr ganz ausgeleiert in Coimbra an.« Sprach's und setzte sich zwischen sie.

Matos, ans Auto gelehnt, unterhielt sich mit einer anderen. Schließlich wandte er sich zu uns um und sagte: »Wir könnten doch schon mal vorausfahren. Einer von euch fährt mit uns, und Oliveira bleibt bei den anderen, er kennt den Weg zu unserem Haus.«

Ich sah die anderen an. Oliveira mußte dableiben. Sollte ich Luís bei ihm lassen, bis sein Bruder wiederkam? Im flehentlichen Blick des Jungen konnte ich lesen, daß er mitwollte. Entweder er oder ich. Doch da stieg Rodrigues aus dem Auto, packte Macedos Bruder am Arm und sagte: »Komm, steig hinten ein, ich fahre vorn. Nutz deine Chance und vergnüg dich jetzt mit den beiden, nachher hat jeder nur fünf Siebtel von einer Frau.« Der Junge warf ihm einen herausfordernden Blick zu und stieg ein. Die Frauen begrüßten ihn stürmisch: »Ah, das Küken kommt zu uns!« Rodrigues beugte sich hinein: »Etwas Respekt bitte. Das ist kein Küken, das ist ein Hahn, und zwar ein Prachtexemplar. Ihr werdet noch sehen, wozu der in der Lage ist.« Damit schubste er die dritte, die sich noch mit Matos unterhielt, auf den Vordersitz, stieg hinter ihr ein und schlug die Tür zu. Matos ging auf die andere Seite, setzte sich hinters Steuer und sagte: »Ich werde langsam fahren. Aber du weißt ja den Weg, Oliveira.« Unter lautem Geschrei fuhr der Wagen an, und die beiden zurückbleibenden Frauen verabschiedeten sich mit gespielten Abschiedsküßchen von ihren Freundinnen.

Auf dem Bürgersteig blieben Oliveira und ich zurück, jeder mit einer am Arm; es waren zufällig diejenigen, die wir uns auch ausgesucht hätten. Macedo brauchte lange. Die Frauen fragten: »Also, kommt dieses Auto jetzt oder nicht?« Meine schlenkerte mit ihrer Tasche herum und schlug vor: »Warum gehen wir nicht in die Pension und machen es uns richtig gemütlich?« Zur Bekräftigung liebkoste sie meinen Hals.

Da sah ich Macedo zu Fuß zurückkommen. Als wir ihn nach dem Auto fragten, rief er: »Wo sind die anderen? Wo sind sie hin? Wo ist mein Bruder? Ich habe das Auto nicht bekommen. Wartet hier« und verschwand im Kasino.

»Das ist ja hübsch«, sagte die andere Kleine, die sich an Oliveira klammerte. »Kein Coimbra und kein gar nichts. Ein Glück, daß ihr schon bezahlt habt. Gehen wir, aber nach Hause. Das ist das beste. Die anderen sind schon weg. Der da drinnen ist eh zuviel.

Gehen wir vier. Geschieht den anderen recht, wenn sie uns einfach hier sitzenlassen.«

»Warten kostet nichts«, sagte Oliveira. »Wenn die Sache mit dem Auto nicht klappt, ist immer noch Zeit genug, woanders hinzugehen.«

Also warteten wir. Schließlich tauchte Macedo an der Tür des Kasinos auf, in Begleitung eines anderen Typen, den ich undeutlich wiedererkannte und der eine Frau am Arm hatte.

»Kennt ihr Carvalho nicht? Er hat ein Auto, und er kommt mit.«

Dieser, groß und breitschultrig, sagte: »Dann müßt ihr aber zu viert nach hinten. Setzt sie euch auf den Schoß.«

Wir folgten ihm zu seinem Auto, das in einer anderen Straße stand, Oliveira und ich stiegen mit unseren beiden hinten ein, und Macedo fuhr vorn, die dritte Frau zwischen Fahrer und Beifahrer. Der Wagen setzte sich langsam in Bewegung, durchquerte die Stadt und erreichte die Landstraße. Keiner von uns sprach, in der milden Benommenheit gingen die Hände auf Schlafwanderschaft. Die Frau, die halb auf meinem Schoß saß, knabberte mir am Ohr, ich küßte sie und sah vorn, im Gegenlicht der von den Scheinwerfern beleuchteten Straße, die Umrisse der drei Köpfe. Dann legte sich der mittlere Kopf bei Macedo auf die Schulter, und Carvalho drehte seinen Kopf leicht zur Seite. Wir fuhren sehr schnell. Der Wagen hüpfte in großen, federnden Schwüngen, die uns sanft aneinanderstoßen ließen. Und ganz plötzlich hielt er an, mit laut quietschenden Bremsen.

XII

Ich schaute über die Köpfe hinweg und sah vor uns ein stehendes Auto, um das Leute herumliefen. Es waren Rodrigues, Macedos Bruder und zwei der Frauen. Carvalho, Macedo und ich stiegen aus, die drei Frauen und Oliveira blieben sitzen. Rodrigues und Luís rannten, Flaschen in der Hand, hinter den beiden Frauen her. Was spielte sich da ab? Sie waren allesamt betrunken. Sie mußten sich in Figueira noch mit Bier eingedeckt haben, und sie hatten schon im Kasino getrunken. Rodrigues schrie, in der Nähe gebe es ein halbverfallenes Kloster, gleich diesen Weg lang (wir sahen einen Pfad, der links von der Straße nach oben führte), und dort wolle er Luís mit den beiden Frauen vermählen. Als dieser seinen Bruder sah, verschlug es ihm die Sprache; dann stammelte er, die Frauen hätten doch Angst. Diese blieben stehen und schauten uns mit flehentlichen Blicken an, in der Hoffnung, wir seien gekommen, um ihnen zu helfen; und zwischen unseren Gesichtern suchten sie nach ihren beiden Freundinnen, die in unserem Auto geblieben waren. Da von ihnen nichts zu sehen war, glaubten sie, es stehe drei gegen sechs. Nun stieg Matos aus dem anderen Wagen und kam uns entgegen. Luís und Rodrigues packten die beiden Frauen, die zu kreischen anfingen. Zu meiner Überraschung half Macedo seinem Bruder, sein Opfer festzuhalten. Und Matos sagte: »Alle in die Autos! Ich kenne den Weg. Dort können wir sogar übernachten. Da wohnt ein Alter, der sich um die Kirche kümmert.« Macedo und sein Bruder verfrachteten zusammen mit Rodrigues die beiden Frauen in den Wagen und stiegen ein. Matos übernahm wieder das Steuer, setzte zurück, die durch den querstehenden Wagen blockierte Kreuzung freimachend, und fuhr den gelblichen Feldweg hinauf. Carvalho und ich kehrten zu unserem Auto zurück und folgten ihnen. Unsere drei Frauen fragten: »Wo fahren wir denn jetzt hin?« Und Oliveira, der vorne saß, bog sich etwas zurück und erwiderte: »Ins Kloster. Wart ihr noch nie im Kloster?«

Der Weg schraubte sich kurvenreich, auf und ab, den Hang empor, bis er plötzlich auf einen großen Platz mündete, an dessen Ende eine Kirche stand, gesäumt von einigen verfallenen Gebäuden. Matos begann wild zu hupen, und Carvalho tat es ihm gleich nach. Oliveira und Rodrigues stiegen aus und hämmerten an eine kleine Tür. Sie blieb verschlossen, aber ein darübergelegenes Fensterchen klappte auf, eine elektrische Birne beleuchtete die Jungen und die Autos, und eine schrille Stimme fragte: »Was wollt ihr?«

»Den Schlüssel«, brüllten Rodrigues und Oliveira. Wir anderen verstärkten sie im Chor, sogar die Frauen, die inzwischen ihre Angst verloren hatten und lachten.

Das Licht erlosch, kurz darauf öffnete sich die Tür, und ein dünnes Alterchen trat heraus, in einem Nachthemd, das ihm bis zu den Füßen reichte.

»Wir wollen hier heiraten«, sagte Rodrigues. »Wo ist dein Küster?« Und er ließ eine Reihe von Obszönitäten folgen, die andeuten sollten, daß der »Küster« mit dem Alten schlief. Dieser jammerte, er sei ganz allein, wir sollten ihn in Ruhe lassen, den Schlüssel nehmen und gehen. Doch Rodrigues und Oliveira schoben ihn zur Seite und drangen in das Haus ein, während der Alte im hellen Licht der Autoscheinwerfer hin und her sprang. Die Frauen schubsten ihn johlend herum. Inzwischen hatten wir alle die Autos verlassen. Oliveira und Rodrigues tauchten wieder in der Tür auf, einen Jungen im gleichen Nachthemd wie der Alte hinter sich herzerrend. Lautes Geschrei begrüßte ihn. Er zitterte vor Angst. Die Frauen zogen ihm das Nachthemd hoch, das er verzweifelt unten zu halten versuchte. Rodrigues band ihm das Hemd auf Hüfthöhe fest, und er und Oliveira stießen den Jungen vor sich her. Die beiden Macedos griffen sich den Alten. Ich, Matos und die sechs Frauen beschlossen die Prozession zur Kirche.

Der Alte, der sich die ganze Zeit an dem großen Schlüssel festgeklammert hatte, öffnete die Tür. In der Kirche war es pechfinster, und ein muffiger Geruch nach Verwahrlosung schlug uns entgegen. Die Frauen fingen an, sie hätten Angst hineinzugehen. Eine protestierte: »Ich gehe da nicht rein, ich tu das nicht, ich bin gläubig, ihr wollt die Kirche entweihen.« Das war Carvalhos Begleiterin. Gleich pflichteten ihr zwei der anderen bei, die in dem anderen Wagen gefahren waren. Sie setzten sich auf die Eingangsstufen, und die erste fuhr fort: »Solche Sachen nicht. Gott wird uns bestrafen, auf seine Weise.« Und die andern beiden im Chor: »Das ist gefährlich, Gott wird uns bestrafen.« Ohne den Jungen loszulassen, kam Rodrigues mit Oliveira an die Tür zurück: »Ihr seid ja verrückt, die Kirche wird längst nicht mehr benutzt. Rein mit euch!« Er schüttelte den Alten, den die beiden Macedos immer noch festhielten: »Erklär diesen Damen mal, daß das hier kein Gotteshaus mehr ist.« Der Alte räusperte sich und bestätigte mit zitternder Stimme: »Er hat recht. Sie können eintreten, meine Damen.« Rodrigues knuffte ihn: »Los, erzähl die Geschichte.« »Die Geschichte, welche Geschichte?« wiederholte er. Schließlich erzählte Matos sie.

»Vor vielen Jahren geschah ein Verbrechen in dieser Kirche, schon damals war das Kloster aufgegeben worden. Zwei Männer erschossen den Pater am Altar. Er hatte ein Mädchen aus ihrer

Familie entehrt. Der Pater soll angeblich hier als Gespenst umgehen.«

Die Frauen bekreuzigten sich. Eine von ihnen meinte: »Mit Gespenstern will ich nichts zu tun haben. Davor schütze mich die Mutter Gottes. Und wenn dieser Pater jetzt erscheint?«

Rodrigues antwortete: »Sollte er erscheinen, wird er euch höchstens entjungfern wollen, wie es seine Gewohnheit war. Da besteht ja für keine von euch Gefahr.«

Wir lachten alle, selbst der Alte, wider Willen. Matos sagte: »Man sieht die Hand nicht vor Augen. Hast du im Haus ein paar Leuchter? Ja? Ich hole sie.«

Er ging und kam mit zwei Petroleumlampen zurück, eine in jeder Hand. Als er die Kirche betreten hatte, gab es einen lauten Knall, und die Frauen schrien auf. »Was ist los?« riefen wir. Von drinnen kam die Antwort, er sei wohl über eine Bank gestolpert, die umgefallen sei. Hinten zischte ein Streichholz, und Matos stellte einen Leuchter auf jede Seite des Altars. Nun kamen wir alle in die Kirche. Der Raum war riesig, es standen nur noch einige Bänke herum. Vögel oder Fledermäuse flatterten auf. Als Rodrigues die Augen zur Decke hob, machte sich der Junge los und entwischte ihm und Oliveira, quer durch die Kirche, auf eine Tür neben dem Altar zu. Doch Matos kam mit einem Satz von den Altarstufen herunter, versperrte ihm den Weg, packte ihn und stürzte mit ihm zu Boden. Im gleichen Augenblick warfen sich Rodrigues und Oliveira auf die beiden. Wir standen beieinander und sahen nur ein großes Durcheinander kämpfender Körper und die Fetzen eines zerrissenen Hemdes. Als sie wieder aufstanden, lag der Junge nackt am Boden, die Hände auf dem Rücken gefesselt und auch die Füße gebunden, und wand sich unter Stöhnen. Der Alte fing an zu weinen: »O weh, was werden sie ihm antun, mein Gott, was werden sie ihm antun?«

»Nur keine Sorge, keiner will ihn dir kastrieren«, sagte Oliveira.

»Kommt drauf an«, widersprach Rodrigues. »Wenn er sein Instrument nicht braucht, wird es abgeschnitten.« Er wandte sich dem Alten zu, den die Macedos losgelassen hatten. Er hockte seufzend und schluchzend am Boden. »Nun, braucht er es? Oder liegst du immer oben?«

Die Frauen lachten. Er schluchzte und sagte nichts. Schließlich versetzte Luís ihm einen Puff: »Antworte, hörst du nicht?«

Der Alte murmelte: »Nein, er liegt oben.«

»Dann müssen wir herausfinden, ob er bloß alte Knacker mag oder auch Frauen«, sagte Rodrigues. »Wenn die Damen das bitte einmal überprüfen wollen.«

Drei der Angesprochenen traten auf den Jungen zu, der sich mit schreckgeweiteten Augen am Boden krümmte und mit einem Aufbäumen sein Stöhnen unterdrückte. Die Macedos zogen den Alten auf die Füße, und wir alle bildeten einen Kreis. Rodrigues beugte sich über den Jungen: »Wenn er dir nicht gleich steht, bist du verloren.«

Die Frauen machten sich hingebungsvoll ans Werk. Der Junge zitterte. Wir schlossen Wetten ab: »Ja, jetzt klappt's, ach nein, doch nicht...«

Der Alte riß sich von den Macedos los, kniete weinend neben dem Jungen nieder und streichelte ihm den Kopf. Dieser zappelte mit zähneknirschender Wut und zog seinen Kopf weg. »Macht ihm die Arme los, dann hat er's leichter«, sagte Carvalho. Matos bückte sich und band ihn los. Nun stand der Junge auf und umschlang sich, während die Frauen ihn umarmten und sich an ihn schmiegten, wie mechanisch mit den eigenen Armen, und vor Panik preßte er die Zähne und die Augen zusammen. Großer Applaus begrüßte die vorübergehende Erektion, die ihm gelang.

»Noch mal davongekommen«, bemerkte Rodrigues. Der Junge, wieder am Boden und schweißüberströmt, lächelte verdattert.

»Und jetzt«, fuhr Rodrigues fort, »wirst du, zum Dank und zum Beweis der Tatsache, daß du zum Domino bekehrt worden bist, einen frommen Pilgerweg an den Ort der Geburt dieser Damen unternehmen. Höschen runter! Zeigt ihm die Tabernakel!«

Von nun an war alles ein einziges Durcheinander aus großen Schatten an der hinteren Wand der Kirche, die Frauen rannten splitternackt herum, alle tranken aus den Flaschen, die Matos aus dem Wagen holte, und der nackte Junge, inzwischen auch mit losgebundenen Füßen, machte fleißig mit. Irgendwann löste ich mich von der Frau, die ich in den Armen hielt, und sah Rodrigues dastehen, nackt vom Gürtel abwärts, eine Frau umschlang seine Knie, und er klatschte in die Hände, im Takt zu den Bewegungen von Luís und dem Jungen, die beide am Boden auf ihren Frauen lagen. Der Junge war zuerst fertig und lag wie leblos da. Als Luís aufstand, meinte Rodrigues: »Du kriegst aber wirklich den zweiten Preis, keine Frage«, legte ihm eine Hand auf die Schulter und fügte hinzu: »Das hast du sehr gut gemacht. Du bist ein Künstler.« Luís rekelte sich lachend.

Rodrigues ließ seinen Blick schweifen, um festzustellen, wie es auf dem Schlachtfeld stand. Er entdeckte Oliveira in einer Ecke und näherte sich dem Paar: »Na, immer noch mitten dabei?« Die Frau gab von unten zurück: »Mitten dabei? Das ist die zweite Runde.«

Matos stand an den Altar gelehnt. Rodrigues fragte ihn: »Na, und du?« Der andere erwiderte: »Ich bin eher von der schnellen Truppe, ich hab meine schon an Macedo weitergegeben.« Darauf sahen Rodrigues und ich uns nach Macedo um. Er lag fast bei der Tür, zurückgelehnt neben der Frau. »Alles erledigt?« erkundigte sich Rodrigues.

Sein Schatten ragte hoch an der Wand auf. Und als Macedo im Aufstehen seine Frage bejahte, legte ihm Rodrigues die Hand auf die Schulter und meinte: »Du, entschuldige, wenn ich dich mit meinem albernen Gerede beleidigt haben sollte. Aber das hier ist es doch, was wir brauchen, vergiß die Revolution. Dein Bruder hat sich gehalten, daß es eine wahre Freude war. Guck mal, da ist er wieder zugange.« So war es.

»Und der Alte, wo ist der Alte geblieben?« rief Rodrigues und rannte mit flatternden Hemdzipfeln aus der Kirche.

Der nackte Junge löste sich aus den Armen einer Frau und sagte mit boshaftem Lächeln: »Ich weiß, wo er sich versteckt, kommt mit.«

Angeführt von dem Jungen, der nackt vor uns herhüpfte, liefen wir über den weiten Hof bis zu den Ruinen, ich, Rodrigues, Macedo, Matos, Carvalho, gefolgt von den vier Frauen, die ihre Kleidung schon wieder in Ordnung gebracht hatten. Der Junge schlüpfte in eine der Ruinen, von drinnen erklangen Schreie, dann tauchte der Alte auf, den der Junge mit Schlägen vor sich hertrieb. Wir brachten ihn in die Kirche.

Rodrigues zerrte ihn gemeinsam mit Matos und dem Jungen zum Altar hin und zog ihm das Nachthemd aus. Der Alte fiel auf die Knie, doch sie hoben ihn wieder hoch. Und Rodrigues hielt eine Rede: »Hier, meine Damen und Herren, werte Exzellenzen, haben Sie das vollkommene Abbild des menschlichen Verfalls. Ob mehr Arsch oder weniger, Sie alle, werte Exzellenzen, werden so enden, falls Sie so lange leben wie er: mit dieser herabhängenden Haut, diesem zerrütteten Körper, diesen Tränen, diesem schlaffen Schwanz, diesen leeren Eiern. Und dieses Häufchen Elend versucht, einen solchen Jüngling an diese Ruine zu ketten, ihn in die Löcher und Höhlen der Ruine zu locken und mit diesem lüsternen Mund auszusaugen. Vergessen Sie nicht, alle enden so. Und danken Sie Gott und dem Teufel, und bitten Sie ihn um einen frühen Tod, solange Sie noch begehrt werden und reizvoll sind, solange Sie noch Kraft zwischen den Beinen haben.« Er kniete vor dem Alten nieder: »Vater, gib mir deinen Segen.«

Der Alte reckte voller Verblüffung eine zittrige Hand.

»Und nun«, sagte Rodrigues, »gib allen Anwesenden hier deinen Segen.«

Der Alte straffte sich und erhob die Hand.

»Und nun«, fuhr Rodrigues fort, »wirst du uns allen einen Abschiedskuß geben.«

Wir tauschten Blicke.

»Wenn die Damen und Herren so gut sein wollen, eine Reihe zu bilden und ihm die Waffen zu präsentieren, damit er sie küßt.«

Protestgemurmel wurde laut.

»Vergesset nicht«, sagte Rodrigues, »ihr wart im Hause Gottes, und Gott wird euch auf seine Weise dafür bestrafen. An so einem Ort braucht ihr den Segen Satans.«

Matos ließ den Alten los, den der Junge immer noch umklammert hielt, und nahm hinter Rodrigues seinen Platz ein. Dieser sagte zu dem Jungen: »Du zuerst.«

Der Alte kniete nieder, als der Junge ihn losließ, und flehte mit gefalteten Händen: »Nein, er nicht, er nicht.«

»Er wohl«, beharrte Rodrigues. Und bei ihm fing der Alte an.

Einer nach dem anderen gingen wir hinaus, gefolgt von dem Alten, der sein Unglück beklagte. Der Junge rannte vor uns her aufs Haus zu und hinein. Bei den Autos blieben wir schweigend stehen, eine unendliche Erschöpfung machte sich in uns allen breit. Matos zog einen Schein aus der Tasche, ebenso Rodrigues. Sie streckten dem Alten die Banknoten hin, der immer weiterjammerte und plötzlich, als er voll Schrecken ihren Wert erkannte, hastig danach griff. Die wieder eingeschalteten Scheinwerfer tauchten die Szene in gleißende Helligkeit.

»Wo steckt der Junge?« fragte einer von uns.

»Ich bin hier«, erwiderte er. Er trat gerade aus dem Haus und steckte ein Hemd in die Hose, die er angezogen hatte.

»Nimm, für dich«, sagte Rodrigues und hielt auch ihm einen Geldschein hin.

Macedo mischte sich ein: »Nein, gib ihm nichts.«

Und der Junge sagte: »Ich will nichts. Ich will nur, daß Sie mich von hier fortbringen. Bringen Sie mich fort von hier. Ich habe niemanden, er hat mich aufgenommen. Bringen Sie mich fort.«

Macedo fragte: »Wo willst du denn hin?«

»In die Stadt. Nehmen Sie mich bitte mit?«

Darauf sagte die Frau, die mit ihm zusammen gewesen war: »Ich nehme ihn mit.«

»Na«, sagte Rodrigues, »da hast du aber Glück, sie will sich um dich kümmern. Du wußtest gar nichts von deinen Talenten, wie?«

Macedos Bruder schlug eine Lösung vor: »Er kann mitkommen, wir besorgen ihm bei meinem Vater eine Arbeit.«

Die meisten waren wieder in die Autos gestiegen. Matos und Carvalho saßen schon am Steuer. Plötzlich umschlang der Alte den Jungen, weinte, fragte, ob er ihn wirklich verlassen wolle, sie hätten doch beide niemanden auf der Welt, wir würden ihn gleich nach der Ankunft auf die Straße setzen. Der Junge wehrte sich, wollte sich von ihm losmachen. Der Alte beharrte weinerlich: »Du kennst die Welt nicht, du weißt nicht, wie es in der Stadt ist, du wirst unter die Räder kommen, du kannst doch gar nicht arbeiten, was wird aus dir werden? Und ich, der ich wie ein Vater zu dir war, was wird aus mir? Sie lassen dich allein auf der Straße. Weißt du überhaupt, was das ist, die Straße? In der Stadt wirst du betteln gehen.« Der Junge stieß ihn zu Boden und versuchte in eines der Autos zu steigen. Der Alte rappelte sich wieder auf, er wirkte plötzlich sehr groß, und kreischte mit geballter Faust: »Verflucht sollt ihr alle sein, mögen Krankheiten euch heimsuchen und töten! Möge die Erde sich auftun und euch verschlingen! Verflucht seid ihr, daß ihr ihn mir raubt! Verflucht! Und du Undankbarer, wenn du vor Hunger umkommst, sollst du nicht mal mehr genug Kraft haben, um auf den Knien hierher zurückzukehren. Ich werde spucken auf dich! Dir einen Tritt auf deinen jämmerlichen Prügel geben, auf den du so stolz bist! Austrocknen soll er dir, verschrumpeln, verfaulen und dir abfallen! Und dann wirst du dich auf der Straße verkaufen müssen, und keiner wird dich haben wollen!« Dabei klatschte er sich auf den Hintern.

Rodrigues ohrfeigte ihn schallend. Der Alte stürzte zu Boden. Er blutete aus der Nase, schimpfte aber immer noch: »Geh, geh nur zu denen, der Teufel sei mit dir!«

Der Junge ging auf die Knie, hielt ihm den Kopf und hob seine traurigen, verängstigten Augen zu uns: »Ich bleibe hier…«

Rodrigues schaute sie an und sagte: »Ja, bleib bei dem Vater, den Gott dir gegeben hat.«

Wir bestiegen die Autos, und ich hatte das Bild des Jungen vor Augen, wie er den Kopf des Alten im Schoß hielt und zum Abschied winkte.

Es war früh am Morgen, eine lichte, helle Dämmerung, als wir in Figueira eintrafen, die einen schweigend, die anderen schlafend. Die Frauen wollten, daß wir mit ihnen einen Kaffee tranken, bevor wir sie wieder zu den Pensionen brachten, in denen sie wohnten. Wir suchten nach einer offenen Kneipe und landeten schließlich dort, wo ich zu Abend gegessen hatte. Weder der Chef noch der Kellner waren da. Eine dicke Frau stellte ein paar Männern am Tresen Kaffee hin. Die Frauen setzten sich alle miteinander in eine der Nischen, und wir brachten ihnen die Tassen und Brot mit Butter. Einer der Männer bemerkte:

»Die haben es gut, die haben die ganze Nacht durchgemacht.«

Matos fragte ihn, als er Kaffee und Brot bezahlte: »Sind Sie neidisch?«

»Ich?« fragte der Mann. »Ich soll neidisch sein auf so ein Lotterleben? Gesindel!«

Im selben Augenblick waren wir schon mitten in einer Schlägerei. Sie waren zu dritt. Die Prostituierten flüchteten alle unter lautem Quieken. Von der anderen Seite des Tresens, wo unsere Tassen durcheinanderfielen, schrie die dicke Frau: »Zu Hilfe! Hilfe! Herculano!«

Der Chef, in Unterhemd und langen Unterhosen, trat zwischen uns; bei ihm, in kurzer Unterhose, der Kellner. Er erkannte mich gleich und zischelte, mitten in dem Durcheinander: »Sie, Senhor? Flüchten Sie, flüchten Sie!«

Ich floh nicht, und bald hatten wir die Oberhand über die drei, die unter lauten Schmähungen das Lokal verließen, nicht ohne den Chef einen Hahnrei zu schimpfen.

Oliveira sagte: »Gehen wir weg von hier.«

»Wohin?« fragte Matos, der zusammen mit Carvalho über den Preis für die zerbrochenen Tassen mit dem Chef verhandelte.

»An den Strand. Gehen wir schwimmen, in Richtung Buarcos. Was wir jetzt brauchen, ist ein Bad im Meer«, sagte Rodrigues.

Chef und Kellner, in langer und kurzer Unterhose, bestanden darauf, daß wir noch unseren Kaffee tranken. Schnell schütteten wir die schwarze Flüssigkeit hinein, die nach schmutzigem Lappen schmeckte. Die Dicke schnaubte Verwünschungen und tadelte den Kellner: »Raus hier, du Gauner, zieh dir was an. So nackt vor mir zu erscheinen!«

Von der Tür aus meinte Rodrigues: »Wenn Sie finden, daß Männer in kurzen Unterhosen nackt sind, dann kommen Sie mal mit uns an den Strand, da kriegen Sie was zu sehen!«

»Herculano, dieser Mann ist ungehörig zu mir!« schrie sie. Aber der Mann packte sich mit beiden Händen zwischen die Beine, schüttelte kräftig und lachte uns zu, während wir schon wieder in die Autos stiegen.

Ich fuhr jetzt in Matos' Auto, mit Rodrigues und Luís. Als wir um die Ecke bogen, zerbrach ein Stein die hintere Scheibe und flog knapp an meinem Kopf vorbei. Ohne mit der Wimper zu zucken, kommentierte Matos: »Eine Scheibe mehr oder weniger – für die Tracht Prügel, die sie sich eingefangen haben, ist das noch billig.«

Die beiden Wagen hielten am Strand, an der Stelle, wo normalerweise die Boote lagen; jetzt sah man nur einige wenige, alt und verlassen, die schwarz im fahlen Morgenlicht dalagen. Wir zogen uns aus, ließen die Kleider im Auto und liefen in Unterhosen ans Wasser. Dort aber zog Rodrigues seine Unterhose aus und rannte wild tanzend hin und her, wobei er die Hose wie eine Fahne am ausgestreckten Arm in die Luft reckte. Und er schrie: »Nackt! Nackt! Wie uns der Herrgott geschaffen hat!«

Wir taten es ihm alle nach, nur Macedo mußte mit Gewalt ausgezogen werden. Er wehrte sich, hielt mit beiden Händen seine Unterhose fest, und protestierte: »Nein, nein, laßt mich los, das geht jetzt wirklich zu weit!«

Er setzte sich in den Sand, während wir ins Wasser liefen, uns gegenseitig schubsten, herumbrüllten und ab und zu die Schamhaften spielten. Da ging vor uns ein irisierendes Leuchten wie eine Windbö über die grauen Wasser. Wir wandten uns um. Mit einem Schlag war die Sonne über den niedrigen Häusern aufgegangen und tauchte uns von Kopf bis Fuß in goldenes Licht. Wir hielten inne und starrten sie fasziniert an, die Hände schützend über den Augen, und an den Knöcheln spürten wir eine Brise, die aus dem Sand hervorknisterte. Langsam drehten wir uns wieder dem Meer zu, das ebenso goldüberglänzt war. Nur die Wellentäler färbten sich blau, ehe sie sich zu einer goldenen Schaumkrone erhoben.

Rodrigues ergriff meine Hand. Erschrocken und bekümmert schlug ich die Augen nieder und versuchte, sie wegzuziehen, doch er hielt sie fest.

»Schön, nicht wahr? Als wäre es der Anfang der Welt...« sagte er. Und dann flüsterte er mir zu, meine Hand noch fester umklammernd: »Du hast mich heute... gestern hier gesehen, stimmt's?«

Ich ließ den Blick übers Meer schweifen und fragte leise: »Was soll ich dir sagen?«

Er ließ meine Hand los, strich sich mit den Händen über den Körper bis hinab zu den Schenkeln und murmelte mit geschlossenen Augen: »Sag mir, daß das Wasser alles abwäscht.«

Macedo stand mit naß glitzerndem Pelz neben uns. Er hatte es gehört, denn er sagte, ebenso leise: »Fast alles.«

Die anderen standen reglos da und starrten uns an. Und ebenso feierlich wie wir folgten sie uns ins Wasser, das uns gemächlich umspülte.

DRITTER TEIL

Figueira da Foz

XIII

Als ich ins Haus trat, war es später Vormittag. Nur die Küchentür stand offen. Meine Tante kochte am Herd Kaffee. Sie lächelte mich an und sagte: »Guten Morgen. Hast du schon Kaffee getrunken?« Ich lächelte zurück und setzte mich schweigend an den Küchentisch. Sie stellte mir eine Tasse hin und rückte Brot und Butter in meine Reichweite. Dann schenkte sie mir aus der Kaffeekanne ein und setzte sich auf eine Bank an den Tisch.

»Bist du traurig? So sind die Männer... Erst toben sie sich so richtig aus, um sich zu amüsieren, und danach sind sie traurig.« Sie richtete ihre blauen, klaren Augen auf mich.

»Nein, Tante, ich bin nicht traurig.«

»Ach so? Du bist noch jung, das ist es. Wenn dein Onkel sich mal austobt, ist er hinterher noch schlimmer als zuvor. Weißt du, daß er gestern ein riesiges Radio gekauft hat, nur damit die Spanier die Nachrichten hören können? Ich möchte mal wissen, wer das bezahlen soll. Sie haben das Radio in der Bibliothek aufgestellt und den ganzen Abend dort verbracht, bis spät in die Nacht, haben sich Nachrichten von überall angehört und mit deinem Onkel Karten gespielt. Als sie vom Tod des Generals erfuhren, dachten sie noch daran, mit dem Nachtzug nach Lissabon zu fahren. Aber dann haben sie gehört, daß die Aufständischen vor den Toren Madrids stehen, und es sich anders überlegt. Sie sagen, wenn Madrid fällt, siegt die Revolution, und wenn nicht, gibt es einen Bürgerkrieg oder gar einen internationalen Krieg, wer weiß. Hast du dir das mal überlegt? Ein Weltkrieg wegen Spanien? Du bist noch nie in Spanien gewesen, nicht? Ich ja, als ich deinen Onkel geheiratet habe. Unsere Hochzeitsreise ging nach Madrid und San Sebastian. Aber es hat mir nicht gefallen. Alles ist so schmutzig, die Leute sind schlecht angezogen, und aus dem Zugfenster sieht man nichts als endlose Einöde. In Madrid haben wir ein paar Tage in einem sehr guten Hotel verbracht, auf der Gran Via. Aber der Strand in San Sebastian ist nicht besser als in Figueira. Finde ich wirklich nicht. Weltkrieg wegen dieser Leute? Hast du dir das mal überlegt? Die beiden, die da drüben sitzen, verstehe ich nicht. Die wollen bloß einen Vorwand, um sich aus allem herauszuhalten. Erst verstecken sie sich, dann wollen sie fort, dann wieder nicht. Und in der Zwischenzeit spielen sie mit deinem Onkel Karten.«

Mit einemmal hörte ich sie nicht mehr. Jemand schüttelte mich. Ich hob den Kopf und sah sie über mich gebeugt: »Am besten, du gehst ins Bett. Sonst schläfst du mir noch hier in der Küche ein.«

Ich stand auf, schlaftrunken, ging nach oben auf mein Zimmer und fiel quer über das Bett. Als ich wieder aufwachte, sah ich als erstes die Decke des Raumes, weit weg und verschwommen. Ich setzte mich hin. Zog die Schuhe aus. Dann stand ich auf und zog mich ganz aus, streifte meinen Pyjama über und ging duschen. Im Flur drangen Stimmengewirr und unablässiges Knattern an mein Ohr, unterlegt von einem feinen Fiepen. Sie hörten Radio. Die Dusche tat mir gut, aber mein Kopf war noch leerer als beim Erwachen. Ich konnte mich an nichts erinnern, nur undeutliche Bilder rauschten durch den Hohlraum meines Gedächtnisses und verflogen wieder, oder ich verscheuchte sie selbst, schreckhafte Bilder. Es war, als hätte sich alles vor Jahrhunderten abgespielt, mit anderen Personen, und ich wäre bloßer Zuschauer gewesen und wollte mich nicht an das unangenehme, verworrene Spektakel erinnern. Und plötzlich verspürte ich quälende Sehnsucht nach dem letzten Schuljahr in Lissabon, meinen dortigen Freunden und Maria Helena. Ich wünschte mich um Tage zurück, als ich mit ihr am Arm die Straße entlanggging. Wieder in meinem Zimmer, merkte ich, daß ich Hunger hatte. Es war vier Uhr nachmittags. Ich zog mich an und ging nach unten. In der Bibliothek saßen die beiden Spanier und mein Onkel an einem Tisch mit einer grünen Tischdecke, daneben stand ein weiterer Tisch voller Gläser und Flaschen. Sie spielten angeregt, während das Radio, das auf einem dritten Tisch thronte, knatterte und rauschte, man konnte bestenfalls hören, daß irgendwer dort frenetische Reden hielt. Mein Onkel begrüßte mich: »Na, große Orgie, wie, prächtig, prächtig. Ach, wäre ich nur so jung wie du! Deine Mutter würde mich umbringen, wenn sie wüßte, daß ich dich so herumlaufen lasse. Vielleicht auch nicht. Sie kennt das Leben besser, als ihr vielleicht bewußt ist. Aber unter uns gesagt, ich habe keine Ahnung, wie es dein Vater geschafft hat, dich mit ihr zu zeugen.«

Die beiden Spanier begriffen mehr oder weniger, was er sagte, und konzentrierten sich auf ihre Karten, ohne mich anzuschauen.

Und ich... merkwürdigerweise war ich gar nicht so schockiert, wie ich gedacht hatte. Mein Onkel fuhr fort: »Unsere Freunde hier warten noch ab, ob sich diese Sache in Spanien bald aufklärt. Denn wenn es jetzt zu keiner Klärung kommt, dann gibt es einen Krieg ohne Ende. Vielleicht gibt es sogar Krieg bei uns. Aber wenn zwei sich streiten, freut sich der dritte – ich! Ich schaue mir alles aus sicherer Entfernung an, und euch geht's ans Leder.« Unter lautem Geheul schleuderte er eine Karte hin, was alle auf dem Tisch angehäuften Bohnen durcheinanderwarf (die ich erst jetzt bemerkte). Er rühmte sich: »Siehst du, wie ich mir meine Bohnen verdiene? Jetzt geht es um Bohnen... Aber hier steht alles aufgeschrieben«, er zeigte mir ein Blatt Papier neben sich, »und wenn abgerechnet wird, ist das bares Geld wert. Wenn die Revolution vorüber ist, werden mir unsere Freunde hier sämtliche Bohnen bezahlen.« Er notierte den neuen Stand, nachdem er die Bohnen sorgfältig gezählt hatte. Und während er feierlich mischte und gab, sagte er: »Hast du das Radio schon gesehen? Ach ja, du hattest es ja schon gesehen. Das ist eins von den guten. Man kriegt jeden Sender rein. Wie es scheint, ist Spanien in zwei Teile geteilt, oder drei oder vier. Mal sehen, was in Madrid passiert.«

Die beiden Spanier versuchten mir zu erklären, welche Gebiete in der Hand der Aufständischen waren und welche nicht. Doch meine ungenaue geographische Vorstellung von Spanien reichte nicht aus, um ihnen folgen zu können. Außerdem war ich vor Hunger taub und abgelenkt. Ich nickte und verabschiedete mich. Mein Onkel rief: »Genau, mach dich fort. Wer nicht spielt, stört nur.«

Ich ging in die Küche hinunter, wo mir meine Tante ein kräftiges Mittagessen vorsetzte.

»Na, ausgeschlafen? Geht es dir jetzt besser?«

»Mir geht es hervorragend. Meinst du, Onkel Justino braucht etwas aus der Stadt?«

»Ich glaube nicht. Er hat mit einem Tabakladen ausgemacht, daß der Angestellte uns Zeitungen und Zigaretten ins Haus bringt.«

»Einer mehr, der hier reinkommt.«

»Einer mehr oder weniger, was macht das schon. Der Botenjunge aus dem Lebensmittelladen liefert, der vom Fleischer, die Fischfrau und die Gemüsefrau, da ist es doch egal, wenn der auch noch dazukommt. Und die Spanier bleiben die ganze Zeit oben. Dein Onkel läßt sie auch gar nicht weg.«

»Geht er denn jetzt nicht mehr aus? Und wenn ihn jemand vermißt?«

»Doch, doch, er geht aus. Gestern abend war er im Kasino. Nachher hat er noch mit ihnen gespielt.«

»Er war im Kasino, und ich habe ihn nicht gesehen?«

»Ach ja? Das Kasino ist groß.«

Sie wurde nachdenklich und schürzte die Lippen: »Ich weiß auch nicht, warum ich das aushalte. Ich könnte mich im Haus meiner Mutter in Coimbra von vorne bis hinten bedienen lassen. Sie redet die ganze Zeit auf mich ein, daß ich deinen Onkel verlassen und bei ihr leben soll. Je näher bei ihr, desto mehr würde ich später erben. Aber meine Schwestern kommen schlecht mit ihr aus, und die sollen nicht denken, ich würde die Situation ausnutzen, das will ich nicht. Und außerdem, weißt du... Ich könnte gar nicht sagen, welcher der beiden Irren schlimmer ist, dein Onkel oder meine Mutter.«

Sie sprach weiter, erklärte mir Sinn und Unsinn all dessen, und ich erinnerte mich an diese Mutterfigur, die ich persönlich nie gesehen hatte, aber seit langem aus den jeweiligen Erzählungen von Onkel und Tante kannte. Über sie kursierten Geschichten in meiner Familie, ja, es gab Jungen aus Coimbra, die über sie tratschten. Und plötzlich, während meine Tante sprach, sah ich mich wieder bei Puigmal zu Hause, an dem weinenden Bekannten vorbeigehend, und bei Mesquita, der seiner Freundin am Telefon jene Geschichte erzählte. Warum war mir damals nicht die Schwiegermutter meines Onkels eingefallen? Die einzige Erklärung lautete: weil die Schulzeit und die Ferien für mich vollkommen getrennte Welten waren. Puigmal gehörte in die Schulzeit. Und die Mutter meiner Tante war, auch wenn sie zu Hause bei jedem Familienessen zum Nachtisch durchgehechelt wurde, ein Teil der Ferien. Außerdem waren die beiden Fälle nur in einigen Punkten zu vergleichen. Die Schwiegermutter meines Onkels war Witwe und hatte vier Töchter, die andere war verheiratet und kinderlos. Eine nach der anderen waren die Schwestern meiner Tante aus dem Haus geflüchtet, um zu heiraten, nur meine Tante nicht. Deshalb hatte ihre Mutter zu allen den Kontakt abgebrochen und haßte sämtliche Schwiegersöhne. Erst die Ehe meiner

Tante akzeptierte sie. Warum? Beide Frauen, die aus Mesquitas Geschichte und die Mutter meiner Tante, nahmen sich die Männer, die sie wollten. Vielleicht haßte die letztere ihre Schwiegersöhne, weil sie sie als Männer begehrte – oder verabscheute? Und wenn dem so war, mochte sie dann meinen Onkel und haßte ihn aus anderen Gründen als ihre anderen Schwiegersöhne? Wohlgemerkt, mein Onkel zahlte es ihr mit gleicher Münze heim. Wodurch allerdings die Tatsache unstimmig wurde, daß er die Hausangestellten mit der Begründung wegschickte, er und meine Tante müßten nach Coimbra fahren, weil es der Schwiegermutter so schlechtgehe. Denn sobald er an sie dachte (dann schrie er, ihr Geld brauche er nicht, obwohl sie leider meiner Tante auch nicht mehr gab als den anderen Töchtern, wie meine Tante nie zu betonen vergaß), wünschte er ihr lautstark den Tod! Aber vielleicht war das ja genau der Grund, den er und die Hausangestellten plausibel fanden. Er fuhr nach Coimbra, um seine Feindin sterben zu sehen… Als reiche Witwe hatte die Mutter meiner Tante ihre Töchter in unerhörtem Prunk aufgezogen, in Porto und Coimbra und an anderen Orten, wo sie Häuser besaß. Sie verbrachte ihr Leben damit, unablässig von einem Haus ins andere zu ziehen. Erst in letzter Zeit blieb sie häufiger in Coimbra. Böse Zungen behaupteten, das portugiesische Athen mit seinem stets wechselnden Studentenvölkchen erleichtere ihr eine bequeme und abwechslungsreiche Rekrutierung. Einmal hatte entweder Matos oder Oliveira, oder ein anderer, das wußte ich nicht mehr, anzüglich von ihr gesprochen. Und Rodrigues hatte sie, unterstützt von den Internats-Figueirensern, aus Respekt für meine Tante verteidigt.

Ich stand auf, unterbrach mit dieser Bewegung den Fluß der Worte, mit dem meine Tante das inzwischen begonnene Kartoffelschälen begleitete.

»Gehst du weg?«

»Ja, Tante. Und heute komme ich vielleicht nicht zum Abendessen. Nach diesem kleinen Imbiß eben…«

»Dann ist es ja was Ernstes. Willst du heute auch woanders übernachten?«

»Hab ich nicht vor. Ich bin früh wieder da.«

Ich ging an den Strand, aber kurz vor den Kabinen zögerte ich. Die Senhoras wußten bestimmt schon von der letzten Nacht, wenn auch kaum in allen Einzelheiten. Ich machte kehrt. Doch gleich darauf entschied ich mich wieder anders, ging hinunter und an den Kabinen entlang. Mehrfach wurde ich mit ausgesuchter Höflichkeit begrüßt. Man habe schon erfahren, daß ich angekommen sei... Wie es mit dem Studium stehe?... Ich gab Antwort und ließ den Blick zu einer Gruppe schweifen, die ich eben schon entdeckt hatte, mit Mercedes, ihrem Bruder und anderen Jungen und Mädchen. Almeida, oder wie er hieß, war nicht dabei. Ich begrüßte die Eltern und gesellte mich zu der Gruppe. Zé und die anderen – die meisten kannte ich nicht – betrachteten mich skeptisch. In Ramos' Blick glaubte ich einen kühlen Vorwurf zu lesen. Die Mädchen, Mercedes vor allem, lächelten übers ganze Gesicht. Sie hatten irgend etwas gehört, kein Zweifel, und waren teils fasziniert, teils besorgt, wodurch ich aber eher in ihrer Achtung gestiegen war, schließlich hatte ich an einem phantastischen Abenteuer teilgenommen. Doch es war mir schon so fern und von der Erinnerung verkleinert, daß mir außer ihrem brennenden Interesse gar nichts davon blieb. Wahrscheinlich war ich der erste von uns allen, der am Strand auftauchte, und um mich her leuchtete das gemeinsame Geheimnis einer Wahnsinnsorgie. Ich beugte mich zu Mercedes, die mir Platz gemacht hatte, und fragte: »Hast du mich gestern nicht wiedererkannt?«

»Ich dich nicht wiedererkannt? Habe ich nicht mit dir gesprochen? Aber ihr wart alle so ins Gespräch vertieft, daß ich nicht mehr als unbedingt nötig stören wollte.«

»War der Ausflug schön?«

»Wunderschön«, und sie verstummte.

»Klingt ja, als hätte es dir nicht soviel Spaß gemacht.«

»Wieso?«

»Du sagst, es war ein wunderschöner Ausflug, und das war's...«

»Was soll ich denn noch sagen? Ein Ausflug nach Tavarede ist doch keine Reise nach China.«

»Nein. Aber in Tavarede gibt es eine Menge zu sehen. Der Palast zum Beispiel ist sehr hübsch. Hast du den schon gesehen? Vielleicht hast du ihn gar nicht bemerkt... und für nichts Augen gehabt.«

Sie lächelte und strich sich durchs Haar, das sie offen trug, es umrahmte ihre langen, feingeschnittenen Gesichtszüge, in denen die vollen Lippen besonders reizvoll hervortraten. »Da irrst du dich sehr… So ohne weiteres werde ich keineswegs blind.« Sie betrachtete mich herausfordernd.

»Aha. Aber jetzt darfst du ja nicht mehr schauen wie früher.«

»Ach nein? Warum denn?«

Ich spielte mit dem Sand, ließ ihn aus der geschlossenen Faust rieseln. Dann sah ich sie an, ohne zu antworten.

Das Gespräch wandte sich allgemeineren, unwichtigen Dingen zu, bis Mercedes plötzlich sagte: »Jorge, ich muß mit dir reden.«

Sie stand auf und verkündete: »Mutter, ich fühle mich nicht wohl, ich bin müde. Ich gehe in die Pension.«

Zé stand ebenfalls auf, im gleichen Augenblick wie ich, doch sie hielt ihn zurück: »Nein, bleib nur da. Ich habe Jorge schon gebeten, daß er mich begleitet.«

Dies war so ungewöhnlich, daß ich spürte, wie sich alle Blicke auf unsere Rücken hefteten. Wir verließen den Strand, und ich ging neben ihr her über die Promenade, wortlos. Wir waren schon weit gekommen, als sie stehenblieb und ihre tiefen Augen zu mir hob. »Du weißt, daß ich Manuel heirate?«

»Manuel? Ach so, Almeida. Ich habe ihn gestern kennengelernt.«

»Aber du weißt, daß ich ihn heirate, oder?«

»Ja.«

»Und was hältst du davon?«

»Ich? Was soll ich davon halten? Das geht mich doch nichts an. Du bist frei und kannst heiraten, wen du willst.«

Sie schaute über den Strand und meinte: »Schon, irgendwie schon. Aber… ich dachte, du magst mich.«

»Und… was heißt das? Du heiratest doch ihn.«

Sie wandte sich zu mir um: »Und ich mag ihn auch, weißt du?«

»Wolltest du mir das sagen? Hast du mich nur deshalb mitgenommen?«

Sie legte mir ihre Hand auf den Arm: »Nein. Aber das alles ist ein solches Abenteuer…«

»Euer Abenteuer, oder? Du und er.«

Sie gab keine Antwort und nahm ihre Hand weg. Wir gingen weiter. Dann fragte ich: »Wo ist er?«

»Nach Porto gefahren. Er hatte etwas zu erledigen.«

Unsere Schritte führten uns zu den kleinen Terrassen am Ende des Strandes. Langsam stiegen wir die Stufen hoch, nebeneinander, und lehnten uns an die Brüstung. Die Wellen bedeckten die Felsen mit milder Gischt. Sie sagte: »Gestern, als ich dich wiedergesehen habe... Antworte mir, ja oder nein: Magst du mich?«

Ich spürte, wie mich eine Welle der Zärtlichkeit durchflutete, legte ihr einen Arm um die Hüften, den sie nicht abschüttelte, und murmelte: »Ich mag dich.«

Sie drehte sich um und schmiegte sich an mich: »Warum sind wir letztes Jahr nicht richtig ernsthaft miteinander gegangen?«

»Keine Ahnung«, ich strich ihr übers Haar, »aber vielleicht waren wir letztes Jahr noch Kinder und sind es heute nicht mehr.«

Schritte und Stimmen kamen näher, wir lösten uns voneinander. Als die Passanten wieder verschwanden, schlang ich meine Arme um sie und küßte sie lange auf die Lippen, die sie einen Spalt öffnete, und aufs Gesicht, auf den Hals, bis sie mich keuchend zurückhielt. Doch dann sah sie mich an, legte die Arme um meinen Hals, und nun war sie es, die mich küßte, und ich erwiderte ihre Umarmung, so fest ich konnte, preßte ihren Körper an die Balustrade, ihre Brust an die meine. Obwohl ich spürte, wie zwischen uns die bezähmte Lust aufflackerte, hielt ich meine Hände zurück. Als wir voneinander abließen, fragte sie mit niedergeschlagenen Augen: »Was nun?«

Ich ergriff ihre Hände und küßte ihre Finger. Sie wiederholte: »Was nun?«

Ich schaute in ihre funkelnden Augen: »Wie, was nun, mein Schatz?«

»Was sollen wir tun?«

»Was du willst.«

Sie entzog mir ihre Hände und legte sie auf mein Gesicht: »Aber ich weiß nicht, was ich will«, und ihre Augen füllten sich mit Tränen.

»Du weißt es nicht? Soll ich es dir sagen?«

Sie nickte.

»Du wirst mit mir gehen. Ich möchte, daß du mir gehörst.«

Sie wich zurück, stützte sich mit ausgestreckten Armen und hochgezogenen Schultern auf die Balustrade und murmelte: »Das ist leicht gesagt... Das wollte Manuel auch.«

Ich hörte Macedos Stimme, die mir erklärte, wie es kam, daß Almeida sie verführt hatte, und die aufsteigende Wut ließ mich die Zähne zusammenbeißen: »Und du, wem willst du gehören?«

Meine Stimme zischte so scharf, daß sie erschrak und sich mit aufgerissenen Augen umdrehte. Wieder kamen hinter uns Schritte, Stimmen und Gelächter vorbei. Sie sah zu Boden und antwortete schlicht: »Dir...« Da nahm ich sie in die Arme und küßte sie von neuem. Wir setzten uns auf eine Eckbank aus Beton, und sie ließ sich mit geschlossenen Augen in meine Arme sinken. Dort blieben wir Hand in Hand sitzen und schauten aufs Meer hinaus, während ich langsam, mit sanfter Stimme redete und Lebenspläne schmiedete. Sie sagte nichts, nur ab und zu drückte sie meine Hand. Es wurde schon dunkel. Wenn man zur Sonne hin blickte, die von schwarzen Wolken mit rötlichem Rand verdeckt war, ließ sich nicht sagen, ob sie noch über dem Meer hing oder schon im Wasser untergegangen war. Undeutlich fielen mir die Verse wieder ein, die ich gestern abend an genau dieser Stelle geschrieben und weggeworfen hatte, und ich lächelte in mich hinein. Sie sagte: »Es ist spät, gehen wir.«

Wir standen auf und gingen zu ihrer Pension. Ich machte immer weiter Pläne: Ich würde nach Porto gehen und zu Ende studieren, ich würde immer bei ihr bleiben, und bald würden wir heiraten. Sie ging schweigend neben mir her, lächelte mich zuweilen an. An der Straßenecke bei der Pension hielt ich lange ihre Hände und fragte: »Sehe ich dich nachher noch?«

»Nein, lieber nicht. Morgen früh am Strand.« Damit ließ sie meine Hände los und ging auf die Tür der Pension zu. Dort drehte sie sich um, schlank und zerbrechlich mit ihren langen Haaren, und lächelte mir noch einmal zu, bevor sie hineinging.

Ich machte mich auf den Heimweg. Als ich durch das Gartentor trat, ertastete ich in meiner Tasche die Postkarten, die ich gestern abend gekauft hatte. Sie waren ganz verknickt und eingerissen, aber sie würden ihren Zweck erfüllen. Der Hund sprang um mich herum. Graue Stille hing über dem Garten und ließ die Palmwedel wie gefroren erscheinen. Ich hörte meine Tante kaum, die sagte, endlich käme ich mal pünktlich, es gebe auch gleich Abendessen. Ich ging nach oben in mein Zimmer, trat ans Fenster und riß es weit auf. Das Gebüsch zwischen dem Aussichtspavillon und dem Haus lag schon im Schatten und gab ein leichtes Knistern von sich. Ein Geruch nach Feldern, lau und wie mit Meersalz gewürzt, drang zu mir, und ich atmete ihn, von einem Glücksgefühl erfüllt, ein. Dann setzte ich mich an den

Tisch und begann, zügig an meine Familie zu schreiben. Man konnte schon fast nichts mehr sehen, und ich schaltete das Licht an. Dabei fiel mir ein, daß ich ja auch Maria Helena schreiben mußte. Ich würde ihr einen Brief schreiben und alles beenden. Beenden, was denn überhaupt? Ich war ihr gegenüber zu nichts verpflichtet. Was für ein Riesenunterschied bestand zwischen ihr und Merdeces! Wie zwischen einer dunklen Treppe und der Balustrade über dem weiten Meer. Ich würde gar nichts schreiben. Alles würde stillschweigend zu Ende gehen, sie würde mich gar nicht mehr zu Gesicht bekommen. Sie hatte nicht die geringste Bedeutung für mich gehabt. Und sie war ein Mädchen, das sich mir, kaum daß es mich kannte, beinahe hingegeben hätte. Ich kannte sie doch auch kaum. Da tat es einen dumpfen Schlag in mir. Und Mercedes? Kannte ich die etwa besser? Hatte sie, Almeidas Braut, sich etwa nicht meinen Umarmungen und Küssen hingegeben? Sie gar gesucht? Weil sie mich nämlich wollte und ich sie. Als sie mich wiedergesehen hatte, war ihr klargeworden, daß ich derjenige war, den sie wollte. Wieder hörte ich Macedo, der mir seinen Unsinn erzählte. Ja... aber ich war derjenige, den sie wollte. Ich ging nach unten zum Abendessen.

XIV

Ich aß nicht viel, war geistesabwesend und wenig an der Unterhaltung interessiert. Die beiden Spanier, mein Onkel, meine Tante, sie alle schienen mit dem Tisch durch den Raum zu schweben, schimmerten undeutlich, fernes Stimmengewirr und hallendes Besteckgeklapper.

Mein Onkel schreckte mich durch einen lauten Ruf hoch: »Junge, was hast du denn? Hast du Heimweh nach zu Hause, nach Lissabon? Oder Sehnsucht nach gestern nacht?«

Die Mienen der Spanier und meiner Tante wandten sich mir mit nachsichtigem Lächeln zu, und er wiederholte: »Du ißt überhaupt nichts – vor lauter Sehnsucht?«

»Aber nein, im Gegenteil. Ich habe nach gar nichts Sehnsucht.«

»Das nenne ich einen glücklichen Mann!« Und er erläuterte den Spaniern haarklein, daß ich nach nichts und niemandem Sehnsucht hatte.

Jetzt mischte sich auch Betrübtheit in den Blick der beiden, und Don Juan, der Ältere, erklärte uns bedächtig, wir Portugiesen seien ja davon überzeugt, daß es in keiner Sprache einen gleichwertigen Begriff für unsere Sehnsucht gebe, unsere »saudade«, und daß deshalb die anderen Völker auch das Gefühl nicht kennten, das wir damit bezeichneten. Er spielte mit den Brotkrümeln, bevor er fortfuhr: »Dabei sind das allgemeinmenschliche Dinge, daran ist nichts Transzendentes, nichts Besonderes oder besonders Portugiesisches. Alle Menschen empfinden *saudade*, wie die Portugiesen sagen, nach dem, was sie verloren haben, was sie nicht bekommen haben, oder einfach nach einem Ding, einem Menschen oder einem Ort, von dem sie getrennt sind. Und es stimmt auch nicht, daß es in den anderen Sprachen kein Wort für dieses Gefühl von *soledad* gibt.«

Mein Onkel rief aus: »Aber *soledad* im Spanischen...«

»Im Kastilischen«, unterbrach der Jüngere, der Baske.

»*Soledad* im Kastilischen entspricht doch *solidão* im Portugiesischen: Einsamkeit! Die *saudade* spürt man in seinem Innern, ganz gleich, ob man von vielen Menschen umgeben ist.«

Don Juan lächelte und sagte: »Aber Don Justino, auch Einsamkeit kann man unter Freunden empfinden... *La soledad*... Sie zum Beispiel tun alles, um uns zu beschäftigen, uns abzulenken, bei uns zu sein; und ich« – er legte mit eleganter Geste seine Hand auf die Brust – »ich fühle sie, ich vermisse meine Familie und meine Eltern, um deren Schicksal ich fürchte.«

In die entstehende Stille hinein sagte ich: »Auch die Einsamkeit kann man ohne Grund verspüren, ohne zu wissen warum. Als wäre da eine Leere um einen her, als ergäben die Dinge, die wir erleben oder miterleben, keinen Sinn mehr.«

Mein Onkel schaute mich an: »Du bist ja ein Philosoph, mein Junge, das wußte ich gar nicht. Sprich nur weiter.«

»Da gibt es nichts weiter. So habe ich es empfunden.«

Don Fernando, der Baske, meinte: »Weil Sie so jung sind und noch nicht gelernt haben, mit einem Bewußtsein für das Volk zu leben, dem Sie angehören. Sie sind ein Opfer der Gesellschaft, in der Sie leben, denn einem jungen Mann wie Ihnen hat sie nichts Echtes, Begeisterndes anzubieten.«

»Und ich, ich?« rief mein Onkel. »Was ist mit mir, der ich dasselbe fühle wie er?«

»Sie, Don Justino, Sie sind...« Und er verstummte.

»Reden Sie, sagen Sie's nur«, verlangte mein Onkel.

»Sie sind ein wesentlich älterer Mann, Sie haben Enttäuschungen erlebt und sehen keinen Sinn mehr im Leben.«

Meine Tante warf ihrem Mann einen Blick zu, und ich wartete gespannt darauf, was diese funkelnden Augen und zitternden Hände, die eine soeben angeleckte Zigarette entzündeten, jetzt tun würden.

»Stimmt, den sehe ich wirklich nicht.« Er schaute seinem Rauch nach, der aufstieg. Dann meinte er: »Manchmal wundere ich mich im Unterricht über mich selbst, wenn ich spreche, erkläre, brülle, die Schüler schlage – denn ich schlage sie –, und ich frage mich, was ich da eigentlich tue. Andere Male sitze ich beim Kartenspielen da, mein Blatt auf der Hand, oder ich verfolge die Roulettekugel mit dem Blick und frage mich, welchen Sinn das alles hat. Das einzige, was einen Sinn ergibt, weil es Lust macht und sonst nichts, ist eine gute Frau. Aber es ist so, selbst bei einer guten Frau« – er warf meiner Tante einen eisigen Seitenblick zu – »weiß ich, wenn alles vorbei ist, nicht mehr, was ich in ihr gesucht habe, und sehe all die Fehler, die mir vorher nicht aufgefallen waren.«

Don Juan durchbrach die peinliche Stimmung: »Weil die Liebe blind ist. Erst wenn sie befriedigt ist, tun sich die Augen auf... bis zur nächsten Gelegenheit.«

Doch mein Onkel war in Melancholie versunken: »Nein, nein. Die Liebe ist nicht blind, sondern wir sind es, ihr gegenüber. Die Leute schauen, und sie sehen nichts. Und wenn sie endlich sehen, ist der Moment vorbei. Egal, ob es daran liegt, weil man jemanden bekommen hat, den man zu lieben glaubte, oder weil man jemanden nicht bekommen hat, von dem man erst nachher begreift, daß man ihn ja doch liebte. Und das ist noch nicht das Schlimmste. Am schlimmsten ist es, wenn man später merkt, daß jemand, den man heftig zu begehren glaubte, einem eigentlich ganz gleichgültig war. Schauen Sie sich mein Leben an. Ich habe nicht die Laufbahn eingeschlagen, von der ich geträumt hatte. Und daran verzweifle ich heute noch. Hätte ich es aber getan, würde ich wahrscheinlich daran verzweifeln, denn mir liegt das Leben beim Militär, das ich mir wünschte, gar nicht. Ich war Kriegsgefangener in Deutschland und floh nach Holland mit einer Frau, die mir soviel Liebe schenkte, wie sie in sich hatte. Und ich ebenso. Doch als ich später Holland verließ, um zurückzukehren, war nicht die Rückkehr mein Hauptgrund, sondern daß ich ihr entkommen wollte. Zu dieser Zeit lernte ich die da kennen« – er machte eine Kopfbewegung zu meiner Tante –, »die ich im übrigen schon vorher gekannt hatte. Ich heiratete sie. Und liebte sie. Aber sie erinnerte mich immer an die andere. Man kann es von zwei Seiten sehen: Entweder heiratete ich sie, weil sie mich an die andere erinnerte, und aus genau diesem Grund bekam ich jedesmal, wenn ich sie anschaute, Lust zu fliehen, oder ich heiratete sie, um der anderen zu entfliehen – und bin am Ende keiner von beiden entgangen. Und dann gibt es noch eine dritte Hypothese. Daß ich diese hier heiratete, weil ich stolz darauf war, eine der Töchter von Madame Simões zu heiraten, von der reichen und berühmten Madame Simões, als ich mich und alle Welt davon überzeugen wollte, daß mein Leben, daß meine Laufbahn nicht am Ende war. Schließlich war ich ein Kriegsversehrter. Aber eines ist sicher: Da ich befürchtete, gar keine Laufbahn mehr vor mir zu haben, dachte ich mir, ich heirate ihr Geld. Danach wurde mein Sohn geboren... Ich habe Ihnen doch schon von meinem Sohn erzählt, oder?«

Die bekümmerten Gesichter der beiden Spanier zeigten mir, daß er ihnen schon bei der einen oder anderen Partie Poker davon erzählt haben mußte, heute oder früher schon. Ich mochte gar nicht zu meiner Tante hinsehen. Doch da unterbrach der ältere der beiden Spanier meinen Onkel mit knapper Schärfe: »Don Justino, so etwas kann jedem passieren. Das macht den Schmerz für den Betroffenen nicht geringer. Aber man kann nicht sein ganzes Leben damit verbringen, ein gestorbenes Kind zu beweinen. Auch ich hatte einen Sohn, der gestorben ist wie der Ihre, aber ich habe Ihnen nie davon erzählt.«

»Weil Sie nicht an eine Frau gefesselt sind, die keine Kinder mehr bekommen kann.«

Meine Tante ging hinaus. Und Don Juan sagte: »Sie verzeihen Ihrer Frau das nicht, Don Justino. Aber Sie selbst haben mir gesagt, daß Sie lange Zeit gar keine anderen Kinder haben wollten. Und erst als Sie es sich anders überlegten, ist all das geschehen. Vielleicht ist es so, wie Sie es vorhin mit der Liebe beschrieben haben, denken Sie mal darüber nach.«

Mein Onkel musterte ihn mit schmerzlich gerunzelter Stirn: »Wie meinen Sie das?«

»Zu merken, daß einem jemand gleichgültig war, den man einmal sehr zu begehren glaubte.«

Es wurde still, dann fragte mein Onkel: »Wollen Sie sagen, daß ich meinen Sohn nicht geliebt habe?«

»Das weiß ich nicht«, sagte Don Juan behutsam, aber fest, »doch vielleicht war es so, und Sie verzeihen es sich selbst nicht. Und um sich zu bestrafen, denken Sie so oft an ihn, heben ihn in den Himmel und geben Ihrer Frau die Schuld an seinem Tod und daran, daß Sie keine Kinder mehr bekommen können. Don Justino, ich will Ihnen nicht zu nahe treten, Sie müssen verzeihen, daß ich so zu Ihnen spreche. Aber ich glaube, wir müssen der Wahrheit ins Auge sehen, und wenn uns dazu der Mut fehlt, weil sie uns tief im Innersten zu sehr leiden ließe, dann sollten wir zumindest unseren Motiven mit großer Skepsis gegenüberstehen, damit wir nicht die anderen leiden lassen.«

»Ach, und Sie finden, daß ich meine Frau leiden lasse?« fragte mein Onkel mit blitzenden Augen.

Don Juan erhob stolz den Kopf, ein schnauzbärtiger Tribun wie aus dem Geschichtsbuch, und hielt seinem Blick stand: »Das finde ich.«

»Haben Sie sie denn nicht gesehen? Glauben Sie, so etwas ist fähig zu leiden?«

»Jeder Mensch ist fähig zu leiden, Don Justino. Ein oberflächliches Wesen, und das ist Ihre Gattin beileibe nicht, kann an seiner Oberflächlichkeit leiden. Ein Mensch mit ausgeprägtem Bewußtsein und großem Ehrgefühl kann um der Ehre willen leiden. Ein entsagungsvoller Charakter leidet der anderen wegen. Ein Egoist leidet darunter, daß sich nicht alle seinen Launen beugen. Meinen Sie, irgendeine Frau wäre glücklich, wenn sie ständig daran erinnert wird, daß sie keine ganze Frau ist?«

»Was heißt hier keine ganze Frau! Was von ihr bleibt, ist ungebunden, nur allzu frei.«

»Und meinen Sie, irgendeine Mutter hätte es gern, ständig mit der Schuld am Tod ihres Sohnes belastet zu werden?«

»Eine widernatürliche Mutter...«

»Selbst wenn sie das ist, wird sie es nicht gern hören.«

Don Juan wartete auf eine Antwort meines Onkels, die nicht

kam. Die erloschene Zigarette wanderte vom einen Mundwinkel zum andern, und er fuhr mit einer Hand durch sein Haar. Schließlich sagte Don Juan: »Don Justino, ich möchte Sie um einen Gefallen bitten, noch einen, wo wir Ihnen schon so viel verdanken. Und möglicherweise wird es Ihnen noch schwerer fallen als alles, was Sie bisher für uns getan haben. Aber ich möchte Sie bitten, es nicht mehr an Respekt vor Ihrer Gattin fehlen zu lassen, nicht in unserer Gegenwart.«

Diesen Plural bekräftigte der andere nicht mit der geringsten Bewegung; doch die Tatsache, daß er reglos dasaß, ohne meinen Onkel anzuschauen, sprach für sich.

Mein Onkel wandte sich an mich: »Und du, du da, setzt du dich auch für deine Tante ein? Willst du dich auch beschweren?«

Obgleich mich das Gespräch faszinierte, vor allem die Überzeugungskraft, mit der Don Juan es lenkte, fühlte ich mich fern davon, ich schwamm in einer zärtlichen, glücklichen Helle, die meinen ganzen Körper knistern ließ, als stünde Mercedes an mich geschmiegt. Doch ich gab mir Mühe und antwortete: »Ach, wenn du dich anstrengen und sie nicht mehr vor allen Leuten beleidigen würdest... Sie ist ein so guter Mensch...«

Er schnaubte und meinte: »Da liegt der Hund begraben, da haben wir es! Deine Tante ist ein guter Mensch, jawohl, und um mich ertragen zu können, muß sie das auch sein. Wäre sie ein schlechter Mensch, dann wäre alles viel einfacher.«

Jetzt schaltete sich der jüngere Spanier ein. »Don Justino, Sie sind doch ein Gentleman... Mehr brauchen wir nicht zu sagen.«

»Ja, ich bin ein Gentleman. Das bin ich. Aber ich kann nichts versprechen.« Worauf er losbrüllte: »Frau! Frau!«

Doch meine Tante kam nicht.

Die Spanier tauschten Blicke, meinten, es sei Zeit, die Nachrichten zu hören, und zogen sich in die Bibliothek zurück. Ich blieb vor meinem Onkel stehen. Er stand auf und sagte mit einer Kopfbewegung in Richtung Spanier: »Weißt du, wieviel ich bis jetzt gewonnen habe? Wie viele Bohnen die beiden mir schulden? Viertausendsiebenhundertfünfunddreißig.«

In diesem Augenblick läutete die Glocke am Tor. Wir zuckten beide zusammen. Das Stimmengewirr aus dem oberen Stockwerk, untermalt von Knattern und Fiepen, verstummte. Meine Tante kam aus der Küche gelaufen und blieb in der Tür stehen, ebenso sprachlos wie wir. Die Glocke läutete noch einmal, gleich darauf fing der Hund an zu bellen.

Mein Onkel stützte sich auf seinen Stock und meinte mit gerunzelter Stirn: »Los, schauen wir nach, wer es ist.«

Während er neben mir die dunkle Palmenallee entlangging, raunte er mir zu: »Falls es die Polizei ist, du weißt von nichts. Und falls es Besuch ist, geh schon mal vor, und wir bitten ihn unten hinein.« Dort, im Eßzimmer, wurden immer alle Leute empfangen.

Zwischen den Gitterstäben des Tores, an dem der Hund herumschnüffelte, war ein Gesicht auszumachen, schwach beleuchtet von der Laterne an der Ecke.

Es war José Ramos.

Mein Onkel erkannte ihn sofort: »He, Zé Ramos, was ist denn mit dir los? Was führt dich her?«

»Entschuldigen Sie, Herr Leutnant, daß ich Sie zu Hause aufsuche, und noch dazu um diese Uhrzeit. Aber ich müßte dringend mit Jorge sprechen, und da ich ihn nirgendwo finden konnte... dachte ich mir, er müsse hier sein. Ich möchte aber nicht stören.«

»Nein, nein, komm nur rein. Das Haus ist groß, wir haben Platz für alle.«

»Vielen Dank, aber das ist nicht nötig.« Er wandte sich an mich. »Wir könnten ein Stück gehen und uns unterhalten. Ist dir das recht?«

»Gut.«

»Na dann. Gute Nacht, Herr Leutnant. Und nochmals Entschuldigung.«

Ich ging nach draußen, und wir stapften wortlos nebeneinander her. Ich fühlte mich so sicher, daß es mich fast wunderte, vor allem in seiner Gegenwart. Unvermittelt blieb er stehen.

»Ich will, daß du mir erklärst, was heute passiert ist.«

»Was soll ich dir erklären? Worüber?«

»Was mit meiner Schwester passiert ist. Du kannst dir alles Kavaliersgehabe sparen und brauchst nicht zu tun, als wüßtest du von nichts, denn sie hat mir alles erzählt. Deshalb bin ich hergekommen.«

»Wenn sie dir alles erzählt hat, was soll ich dir dann noch sagen?«

»Was du denkst, was all das zu bedeuten hat.«

»Ich denke, daß... Paß auf, ich mag sie, das war schon immer so, und sie mag mich, auch das war schon immer so. Das ist alles.«

»Und jetzt?«

»Was, jetzt? Jetzt gehe ich mit deiner Schwester. Und du wirst mir zustimmen, daß weder ich noch sie dich um Erlaubnis fragen müssen.«

»Ich bin ihr Bruder. Und sie ist verlobt. Du weißt genau, daß sie verlobt ist.«

»Du bist ihr Bruder, und du bist mein Freund, jedenfalls betrachte ich dich als Freund. Ich hatte sowieso vor, zu dir zu gehen und dir zu erklären, wonach du mich gefragt hast. Ich bin nur deshalb noch nicht bei dir gewesen... was weiß ich... weil ich so glücklich war, daß ich an gar nichts anderes mehr gedacht habe.«

»Aber sie ist verlobt. Wie kannst du einfach auftauchen und alles kaputtmachen?«

»Zé... Keine Verlobung ist endgültig. Wenn ich hinter deiner Schwester hergelaufen wäre, um ihre Verlobung zu zerstören... Aber was zählt und alles erklärt, ist, daß es ganz plötzlich kam.«

»Eben!«

Ich ging weiter die Straße hinunter, ohne darauf zu achten, ob er auch mitkam, und als wollte ich mein Glück richtig auskosten, sagte ich: »Daß alles so plötzlich kam, beweist aber doch zweierlei... Erstens, daß die Gefühle so plötzlich nicht waren, und zweitens, daß deine Schwester sich geirrt hat. Mit einemmal war da nur noch unsere Erkenntnis, daß wir immer aneinander gedacht und aufeinander gewartet haben. In Wahrheit ist das einzige, was überstürzt und sinnlos war, diese absurde Verlobung.«

»Absurd?«

»Ja, wenn du bedenkst, was mit deiner Schwester und mir geschehen ist.«

Er seufzte und sagte: »Jede Verlobung, jede Heirat ist absurd. Schon miteinander zu gehen. Aber sein Wort zu geben, das nicht.«

»Stimmt. Was hindert Mercedes also daran, ihrem Verlobten morgen zu sagen, daß sie die Verlobung als gelöst betrachtet?«

»Da gibt es vieles.«

»Als da wäre?«

Er senkte die Stimme: »Daß sie...«

Ich erschrak: »Daß sie...?«

»Ja, daß sie ihm schon gehört.«

Ich ohrfeigte ihn und schrie: »Das ist eine Lüge! Du willst sie mir nur wegnehmen!«

Er blieb ungerührt: »Es ist wahr.«

Wir standen da, wortlos, reglos.

Ich murmelte: »Warum sagst du mir das?«

»Weil es wahr ist.« Wir schwiegen wieder und gingen weiter.

Inzwischen befanden wir uns in einem Park, den ich nicht kannte, auf den Bänken saßen einzelne Gestalten.

Ich setzte mich auf eine leere Bank. Er blieb vor mir stehen. Ich stützte die Arme auf die Oberschenkel und verschränkte die Hände.

»Zé... Das ändert nichts. Ich mag deine Schwester, und sie mag mich. Hat sie dir das nicht gesagt?«

»Doch.«

»Er braucht sie nicht zu heiraten.«

»Heiratest du sie?«

»Ich kann noch nicht heiraten. Aber ich verspreche es. Wenn sie will. Weiß sie, daß du zu mir gekommen bist?«

»Ja.«

»Erzähl ihr nicht, was du mir gesagt hast.«

Er setzte sich neben mich.

»Schau mal«, begann er, »ich glaube nicht an diese Vorurteile, ich finde, die beiden hatten das Recht, zu tun, was sie wollen...«

»Hatten?« unterbrach ich.

»Es war in Porto. Nur dort, nur einmal, nicht wieder. Das weiß ich sicher.«

»Was wolltest du gerade sagen?«

»Daß ich mich nicht an meine Prinzipien halte. Warum solltest du sie heiraten?«

»Warum sollte er?«

»Wegen meiner Eltern.«

»Wissen die denn Bescheid?«

»Nein. Aber wenn sie etwas wüßten, würden sie es nicht verstehen.«

»Aber du sagst doch selber, sie wissen nichts. Und sie müssen auch nichts erfahren. Zé... Entschuldige, daß ich dich jetzt etwas frage. Es hat doch keine Folgen gegeben?«

»Nein. Es ist genug Zeit vergangen. Und er hat sie nach unserem Gespräch nicht wieder berührt.«

»Wieso denn? Denkt er nicht wie du?«

»Mehr oder weniger. Aber er ist ein treuer Mitarbeiter der Partei.«

»Ach, deshalb ziehst du ihn vor?«

»Ich ziehe ihn vor?«

»Und ist deine Schwester deshalb...« Ich suchte verzweifelt nach einem natürlichen, neutralen Ausdruck, aber mir rutschte nur heraus: »... in seinen Armen gelandet? Oder hat er sie fasziniert und verführt?«

»Sowohl als auch, glaube ich. Weißt du, wie es dazu kam?«

»Ich will es nicht wissen.«

Und plötzlich stieß er mit angespannter, gepreßter Stimme hervor: »Jorge... Ich bitte dich... Vergiß, was geschehen ist... Wir brauchen ihn.«

»Und was hat deine Schwester damit zu tun? Du...«

»Nein, nein. Du verstehst das nicht. Jetzt geht es nicht.«

»Warum?«

»Das darf ich dir nicht sagen. Ich habe schon zu viel geredet.«

»Aber ich habe ein Recht, das zu erfahren, meinst du nicht?«

Er verzweifelte an sich selbst, das war nicht mehr der kühle, distanzierte Junge, den ich kannte: »Es ist meine Schuld. Ich habe es zugelassen, daß er sich an sie ranmacht, dabei wußte ich, daß ihm keine Frau widersteht. Ich habe es zugelassen, daß sie sich verloben, um etwas zu vertuschen, das vielleicht gar nicht so viel war. Und jetzt habe ich es nicht mal geschafft, dich mit irgendeiner Lüge auf Abstand zu halten. Eigentlich müßten mir doch meine Familie, meine Freunde und Sitte und Anstand wichtiger sein als meine Verpflichtungen in der...«

Ich legte ihm eine Hand auf die Schulter: »Wozu braucht ihr ihn denn?«

»Um das Boot zu steuern.«

»Das Boot? Was für ein Boot?«

»Das Boot, mit dem wir nach Spanien fliehen werden.«

»Wer ist wir?«

»Kennst du nicht. Ich, Macedo und noch ein paar Genossen, außerdem einige Spanier, die sich hier und in Porto versteckt halten.«

»Hier in Figueira?«

»Ja.«

»Ich sag dir was. Im Haus meines Onkels haben sich auch zwei versteckt.«

»Das dachte ich mir schon.«

»Wegen der Zigaretten?«

»Nicht nur. Auch weil dein Onkel nach einem der anderen gesucht hat. Das heißt, er wollte Kontakt aufnehmen. Und aus welchem Grund sollte dein Onkel das tun, wenn ihn nicht ein Untergetauchter darum gebeten hätte?«

»Ihr seid gut informiert.«

Er lächelte, nicht ohne Stolz: »Ach, gar nicht mal...«

»Aber die beiden bei uns sind keine Kommunisten.«

»Jetzt macht das keinen Unterschied. Es kommt nur auf die Einigkeit aller Antifaschisten an.«

»Und was wollt ihr in Spanien machen, Macedo, du und die anderen?«

»Kämpfen.«

»Ein halbes Dutzend Leute... Wozu soll das nützen?«

»Als Beispiel, als Anstoß.«

»Und wer erfährt hier in Portugal davon?«

»Alle. Denn der republikanische Radiosender wird die Nachricht melden, und die internationale Presse genauso. Es ist ein Protest, eine Art Protest im Namen des ganzen portugiesischen Volkes. Damit bekannt wird, daß es nicht auf der Seite der Aufständischen steht. In diesem Augenblick ist das sehr wichtig, um der Arroganz entgegenzutreten, mit der die Regierung sie unterstützt.«

»Hat dir jemand befohlen, in Spanien zu kämpfen?«

»Nein. Ich gehöre sogar zu denen, die zuerst auf die Idee gekommen sind.«

»Wann fahrt ihr?«

»Alles ist bereit. Es müssen nur noch ein paar Dinge in Porto geregelt werden. Ein fabelhafter Coup.«

»Und ihr fahrt von hier ab?«

»Ja.«

»Richtung Norden?«

»Ja. Das ist leichter.«

»Könnt ihr auch die beiden mitnehmen, die bei uns sind?«

»Natürlich. Wenn es soweit ist, sage ich dir Bescheid.«
»Darf ich ihnen sagen, daß ich mit dir gesprochen habe?«
»Ja.«
»Und was ist mit dem Boot, muß das nicht bezahlt werden?«
»Alles schon abgesprochen. Wir haben Geld gesammelt, wir sammeln noch. Wenn sie etwas beisteuern können…«
»Ich rede mit ihnen.«
Wir standen auf. Der Park war inzwischen leer. Nur auf einer Bank saß ein Paar, das eingeschlafen zu sein schien.
Wir gingen weiter, bis wir zu einer Straße kamen, die ich wiedererkannte. Ich blieb stehen.
»Zé…«, sagte ich, »ich werde deine Schwester nicht aufgeben, um nichts in der Welt. Aber sie soll entscheiden.«
»Was soll sie entscheiden?«
»Ob sie ihn betrügen will oder nicht, bis ihr losfahrt.«
»Das kannst du doch nicht ihr überlassen.«
»Wer sollte es sonst entscheiden? Sie kommt doch nicht mit euch, oder?«
»Nein. Sie bleibt.«
»Ist er schon zurück?«
»Er? Ach so. Nein, noch nicht. Erst morgen abend.«
»Dann treffen wir uns morgen früh am Strand.«
»Abgemacht.«
»Gute Nacht«, und ich streckte ihm die Hand entgegen.
Er zögerte kurz, bevor er sie ergriff: »Gute Nacht.«

XV

Am nächsten Morgen wachte ich früh auf und ging gleich nach unten. Beim Kaffee fragte mich mein Onkel, was Zé Ramos denn derart dringend von mir gewollt habe, so daß es mir leichtfiel, die Angelegenheit mit dem Boot anzuschneiden. Doch aus der Reaktion der beiden Spanier und auch Onkel Justinos sprach eine Besorgnis, die ich bisher nicht empfunden hatte. Nun ließ sich die Überstürztheit, mit der Zé mich plötzlich aufgesucht hatte, auch nicht allein dadurch erklären, daß er sich die Anwesenheit der Spanier bei uns zusammengereimt hatte, ebensowenig sein merkwürdiges Verhalten, nicht mit meinem Onkel, sondern mit mir reden zu wollen, noch dazu unter vier Augen. Ich hatte aber keine Lust, ihnen mehr zu offenbaren. Erst die durch mein Verschweigen hervorgerufene Skepsis der drei führte mir vor Augen, wie unwahrscheinlich und phantastisch die Geschichte der geplanten Flucht klang, und so kam sie auch ihnen suspekt vor, weshalb sie sich bei weitem nicht so begeistert davon zeigten, wie ich eigentlich erwartet hatte oder wie es unter anderen Umständen der Fall gewesen wäre. In der Nacht hatte ich, im Versuch, trotz meiner zunehmenden Verwirrung einzuschlafen, jedes genauere Nachdenken über die Situation vermieden, sie lediglich in zwei vollkommen getrennte Fälle geteilt: meine Geschichte mit Mercedes, die nur mich etwas anging, und die Flucht nach Spanien, welche die Spanier betraf. Und jetzt übertrug sich das Zögern der drei, die den Fluchtplan in Frage stellten, auf mich, so daß ich reflexartig auch meine Situation mit Mercedes in Frage stellte. Onkel Justino weigerte sich zu verstehen, daß Zé Ramos oder Almeida in Spanien kämpfen wollten – Macedo hatte ich vorsichtshalber nicht genannt, wegen der Bekanntschaft meines Onkels mit seinem Vater –, was die Spanier aber gelten ließen; allerdings fand der Ältere, daß dies Spaniens Kampf war, in den sich niemand einmischen solle, außer durch Sympathiekundgebungen. Innerlich bremste ich mich, während sie debattierten (und mich schon fast anschnauzten, weil ich ihr Geheimnis gelüftet hatte, ohne sie vorher zu fragen), und sagte mir, daß ich schließlich gerade mit ihnen redete, während ich Mercedes noch gar nicht gesprochen hatte. Nur in meinen Träumen, das ja. In dem unruhigen Schlaf der letzten Nacht war ich mit ihr im Aussichtspavillon am Ende des Gartens gewesen, auf die Wellen hinausschauend, die am Strand gegen die Felsen klatschten. Ein Segelboot trieb mit der Brandung hin und her, Almeida stand am Ruder, und während wir miteinander sprachen, verabschiedete sich Mercedes winkend vom Boot, worauf Almeida lächelnd zurückwinkte. Macedo, der ebenfalls im Boot saß (Zé nicht, der tauchte im ganzen Traum nicht auf), machte mir obszöne Zeichen, zeigte auf Almeida und sagte, der könne alle Frauen haben. Ich befürchtete, Mercedes würde ihn hören, aber augenscheinlich sah sie ihn nicht einmal, umschlang mich und beteuerte, sie gehöre mir und sonst niemandem. Mehrmals, wenn ich sie umarmte, verschwand alles, und wir befanden uns in einem Hotelzimmer, in demselben Bett, wo ich gerade lag. Doch sobald ich mit ihr schlafen wollte, gingen alle Lichter an, und der Raum war plötzlich voller Leute: alle meine Freunde, ein Riesendurcheinander von Gesichtern, dabei viele unbekannte, aber deutlich erkennbare Köpfe: »die Partei«. Almeida war nicht unter diesen Menschen. Doch Mercedes stand auf und ohrfeigte Macedo. Das wiederholte sich ein paarmal, oder es kam mir so vor, bis ich wohl endgültig eingeschlafen war, und ich erwachte mit der festen Absicht, mit den Spaniern und meinem Onkel zu reden.

Ich unterbrach sie und fragte: »Und was soll ich Zé Ramos sagen? Ich treffe ihn gleich.«

Das erörterten sie nun. Spanien war tatsächlich geteilt. Die Aufständischen hatten Schritt für Schritt das Guadarrama-Gebirge erobert und schlossen einen immer engeren Ring um Madrid. Doch die Hauptstadt schien standzuhalten. In zwei, drei Tagen würde sich die Lage sicher weiter geklärt haben. Die Regierung ihrerseits belagerte Toledo mit immer größerem Druck. Der Rádio Clube Português feuerte die Verteidiger des Alcázar von Toledo an, doch in seiner aufgesetzten Begeisterung schwang Verzweiflung mit, was zeigte, daß die Lage dort nicht gut für die Aufständischen aussah. Das von Giral geführte Ministerium hatte die Bevölkerung bewaffnet, ohne deshalb die Unterstützung der Liberalen zu verlieren, und kontrollierte die Lage dort, wo es keine Revolte gegeben hatte oder wo Aufstandsversuche bereits niedergeschlagen waren. Mein Onkel beteiligte sich mit widersprüchlichen Zwischenbemerkungen an der Diskussion, hinter denen ich mit einemmal eine ablehnende Haltung zu entdecken glaubte; er war anscheinend eher dagegen, daß seine unfreiwilligen Gäste sich überhaupt davonmachten, als gegen die Idee der Flucht. Zur allgemeinen Überraschung war es meine Tante, die, als sie mit einer Kanne frischem Kaffee aus der Küche zurückkehrte und die Tischdecke glattstrich, mit einer Lösung aufwartete.

Ich mußte doch Zé Ramos eine Antwort geben, oder nicht? Selbst wenn die Idee mit dem Boot unmöglich oder verrückt war, so saßen wir in dieser Hinsicht doch alle im selben Boot (sie lächelte über ihr Wortspiel). Also gab es im Moment nur eines: Erst einmal zusagen, jawohl, wir nehmen das Angebot an und warten auf weitere Instruktionen, was sonst?

Mein Onkel starrte sie an und sagte: »Frau, seit wann verstehst du denn etwas von solchen Dingen?«

Als sie antwortete: »Seit sie hier bei uns passieren«, fiel mir ein, daß ich die Bezahlung noch nicht erwähnt hatte, mit der sie sich an den Kosten der Flucht beteiligen sollten, und ich holte es nach.

Viel Geld hatten sie nicht. Wieviel denn nötig sei?

Das hatte mir Ramos nicht gesagt. Doch wenn die Sache erst mal stand, würde sie nicht am Geld scheitern.

»Ich strecke vor, was nötig ist«, sagte mein Onkel. »Aber ich denke kaum, daß es so weit kommen wird, weil ich nicht daran glaube, daß diese Geschichte funktioniert.«

»Und wo willst du das Geld hernehmen?« fragte meine Tante.

»Aus deiner Tasche und aus der deiner Mutter. Wenn sie genug übrig hat, um die ganze Akademie von Coimbra dafür zu bezahlen, daß sie mit ihr schläft...«

»Justino!«

»Nichts da, Justino. So ist es doch. Fahr nach Coimbra und besorg das Geld bei deiner Mutter.«

»Du weißt ganz genau, daß sie es mir nicht geben wird. Nur wenn ich ihr hoch und heilig verspreche, daß ich nicht mehr heimfahre.«

»Dann kommst du halt nicht nach Hause, sondern schickst das Geld mit der Post.«

Die beiden Spanier protestierten, das hätte doch weder Hand noch Fuß, sie würden es nicht annehmen. Ich stand vom Tisch auf, meinte, es würde langsam spät für den Strand, und ging.

Als ich hinkam, war zu meinem Verdruß der erste, dem ich begegnete, Rodrigues. Wie immer, nur noch zappliger, fragte er mich als erstes, wo ich gestern gewesen sei, er hätte mich gar nicht gesehen.

»Morgens habe ich geschlafen. Danach war ich am Strand. Und abends bin ich nicht ausgegangen.«

»Du bist nicht ausgegangen?«

»Nein.«

»Da haben wir vielleicht auf die Pauke gehauen, was?«

»Stimmt.«

»Scheint, als täte es dir leid.«

»Mir? Was soll mir leid tun?«

Er sah mich von der Seite an. »Na ja... ein paar Dinge... Macedo ist sauer auf mich, weil er mitgemacht hat und sein Bruder auch. Aber das war ja der Witz. Ich habe die Sache doch gut aufgezogen, oder? Jetzt könnt ihr, die ihr alle so rein seid, nicht mehr über mich herziehen. Der Alte hat euch alle mit dem Friedenskuß getauft.«

»Das ist nicht dasselbe.«

»Ach nein? Ja wirklich, ganz was anderes...«

»Hör mal, Rodrigues, lassen wir dieses Gespräch.« Ich fixierte ihn: »Du weißt genau, daß ich dich gesehen habe, als du dich vor diesen Typen am Strand gezeigt hast.«

»Aber Macedo nicht.«

»Ich glaube nicht, aber nur, weil ich ihn abgelenkt habe.«

»Und warum? Warum hast du ihn nicht darauf aufmerksam gemacht? Warum seid ihr nicht gleich gekommen, um Jagd auf mich zu machen?«

»Weil ich dein Freund bin, und du hast mir leid getan, er sollte dich nicht sehen.«

»Ich brauche kein Mitleid, von niemandem!« explodierte er und fügte gleich darauf hinzu: »Außerdem beweist das überhaupt nichts. Jeder, der so gut bestückt ist und sich so gerne zeigt wie ich, würde es genauso machen, wenn sich zwei warme Brüder hinlegen und ihn anglotzen.«

»Weiß ich nicht. Aber die Situation, zusammen mit dem, was man so über dich weiß, wäre mehr als genug, um dich fertigzumachen. Ich denke, du bist ein Mann und willst nichts anderes sein.«

»Und wer bezweifelt das?«

»Keiner, bis jetzt.«

»Weder bis jetzt noch jemals. Ich bin nicht weniger ein Mann, bloß weil die warmen Brüder sich untereinander von mir vorschwärmen und mir nachlaufen. Oder mich wittern, wenn sie in der Nähe sind.«

»Wenn sie dich wittern, liegt es vielleicht daran, daß du für sie einen besonderen Geruch hast. Vielleicht merken sie, wenn sie dich anstarren, daß sie ruhig weiter starren dürfen.«

Er gab sich zynisch. »Vielleicht ist es so. Was weiter?«

Ich wollte dieses Gespräch nur noch beenden, ein für allemal. »Alles weitere liegt bei dir.«

Plötzlich griff er mit einem ganz veränderten Gesichtsausdruck nach meiner Hand, wie am Vortag am Meer: »Aber du sagst doch keinem was, oder?«

»Nein. Aber du verhalt dich auch ruhig.« Ich schüttelte seine Hand ab.

»Ruhig?«

»Dein Leben geht mich nichts an. Aber hör auf, alle Welt mit der Nase hineinzustoßen.«

Wir standen an der Balustrade, und ich hatte es eilig, zu den Kabinen zu kommen; er schien zu zögern. Ich fragte ihn, ob er nicht an den Strand wolle.

»Liegt dir daran, daß ich mitkomme?«

»Was? Spiel nicht den Idioten.« Wir gingen beide hinunter.

Ich schlenderte vor den Kabinen entlang, genau an derjenigen der Familie Ramos vorbei, Rodrigues hinterher. Mercedes' Mutter saß dort mit einer anderen Senhora und teilte uns spröde lächelnd (wie ich fand) und stricknadelwedelnd mit, die anderen seien alle schwimmen gegangen. Die Kabine nebenan war leer, nur einige Kleidungsstücke hingen dort. Sie gehörte den Macedos, also ließen wir das Sonnendach herab und zogen uns dort um. Als wir in Badehosen herauskamen, stolzierte Rodrigues noch ein wenig vor den Kabinen herum, während ich schon zum Wasser ging. Er beeilte sich und hielt mich fest: »Hast du sie gesehen? Hast du gesehen, wie die mich angestarrt hat?«

»Wer?«

»Die andere. Weißt du, wer das ist?«

»Nein, kenn ich nicht.«

»Aber ich. Das ist eine Cousine von Almeida, diesem Fischereioffizier, der demnächst Mercedes heiratet. Sie stammt aus Figueira. Einmal war ich schon fast so weit, daß... Aber der Tag kommt schon noch.«

Wir schlenderten am Wasser entlang, und ich konnte Mercedes nicht entdecken, ständig verwechselte ich die Gesichter, die aus den Wellen auftauchten, die Körper, die hin und her liefen oder im nassen Sand saßen. Auch keiner der anderen war zu sehen, ihr Bruder, die Macedos, Oliveira, die anderen Mädchen. Rodrigues erzählte die ganze Zeit von einem Abenteuer, das er mit Almeidas Cousine nicht erlebt hatte. Daß sie Almeidas Cousine war, amüsierte mich besonders, und ohne meinen suchenden Blick vom

Wasser abzuwenden, meinte ich: »Tja, du mußt die Alte eben richtig rannehmen, sie besteigen. Auch wenn das da alles bestimmt schon ein bißchen vertrocknet ist. Aber...«

Er ergänzte: »Kein Problem für mich. Kaum bin ich drinnen, hab ich sie schon durch«, als ich hinter mir Gerenne hörte. Ich drehte mich um. Luís Macedo stand keuchend vor mir.

»Wir sind da hinten, bei der Kabine der Familie Silva e Sousa.«

Wir machten kehrt, und Luís trottete neben uns her wie ein zufriedener Hund. Rodrigues redete leutselig auf ihn ein, in seinem ständig witzelnden Ton.

Ich hatte die Gruppe schon erspäht, darunter auch Mercedes, und lief immer schneller ihrem Blick entgegen, der mich nicht losließ. Als wir ankamen, grüßte ich reihum, ohne Mercedes anzuschauen, und begrüßte dann, von Rodrigues gefolgt, die Senhoras, die in der Kabine saßen, und zwar die Mutter und eine Tante der beiden Schwestern Sousa, zwei völlig belangloser Mädchen, die sich ständig an die Ramos und die Macedos hängten. Der Kreis machte Platz für uns, und ich setzte mich neben Zé, wodurch ich Mercedes zu meiner Rechten hatte. Dann kamen die beiden Silva e Sousas, zwischen denen sich, den langen Körper auf einen Ellbogen gestützt, Rodrigues hinrekelte. Den Kreis schlossen Macedo und Oliveira. Luís hockte sich halb kniend hinter Rodrigues. Alle außer uns waren schon schwimmen gewesen. Auf Mercedes' Rücken und Armen klebten einige Sandflächen. Die beiden Sousas, aufgeregt, daß ihnen Rodrigues so nah war, schnatterten in den höchsten Tönen, angeblich wegen eines Scherzes, den Luís wieder aufnahm und der offenbar begonnen hatte, bevor er hinter uns hergeschickt wurde. Macedo lehnte an der Kabine und schaute aufs Meer hinaus. Ich erwiderte die Liebenswürdigkeiten der Senhoras, die ihre routinemäßigen Erkundigungen geübter Kupplerinnen in Gang setzten. Doch meine in den Sand gegrabene Hand traf dort auf Mercedes' Hand und drückte sie. Plötzlich, ganz anders als am Vorabend, begehrte ich sie leidenschaftlich, ich wollte sie nicht nur in meinen Armen spüren, sondern mit ihr schlafen. Dieses Begehren ging so deutlich über ein bloßes »Miteinander gehen« hinaus, daß ich meine Hand zurückzog, schneller, als es die Diskretion eigentlich erlaubte. Ich empfand meine Lust plötzlich wie eine Profanierung, wie einen Verrat an ihr, denn erst jetzt, wo ich wußte, daß sie

»zugänglich« war, konnte ich sie auf diese Weise begehren. Sie schaute mich fragend an; und ich beruhigte sie, indem ich als Zeichen der Liebe meine Augen halb schloß, womit ich auch jedes schlechte Gewissen verbergen wollte, das sie darin hätte lesen können.

Ich beugte mich zu Zé und raunte ihm zu: »Ich habe mit ihnen gesprochen.« Doch er runzelte die Stirn und bedeutete mir herrisch zu schweigen.

Es gelang mir nicht, dem Gespräch aufmerksam zuzuhören. Rodrigues brachte die beiden Souselchen, ihre Tante und Luís mit seinen Witzeleien zum Kichern. Macedo zeigte seinem Bruder und Rodrigues ein grimmiges Gesicht. Oliveira an seiner Seite schien die Witze umzulenken, um Macedos Ärger zu besänftigen. Doch der explodierte trotzdem: »Luís, es ist Zeit, nach Hause zu gehen. Komm, wir ziehen uns an.«

Der Junge streckte sich aus und antwortete: »Geh du. Ich finde es noch früh.«

Sein Bruder stand auf: »Wir gehen. Es ist Zeit.«

Und Rodrigues sagte: »Du kannst deinen kleinen Bruder ruhig bei uns lassen. Es sind so viele Leute hier, da wird er nicht verlorengehen. Wir werden schon auf ihn aufpassen, nicht wahr?« fragte er in die Runde. Und alle, selbst die Senhoras, bestätigten lachend, daß er nicht verlorengehen würde.

Darauf wandte sich Macedo direkt an Rodrigues: »Dann komm du mal mit, ich muß mit dir reden.«

Rodrigues setzte sich auf, die Hände auf den Knien: »Ich bin gerade erst angekommen und noch nicht im Wasser gewesen. Also höchstens auf ein kurzes Gespräch hinter der Kabine...«

Oliveira stand ebenfalls auf. »Also, für mich wird es auch Zeit...« Dann zog er Macedo am Arm und meinte: »Laß den Jungen doch. Ich komme mit.« Macedo schüttelte ihn ab. In die peinliche Stille hinein sagte Ramos: »Wirklich, es ist besser, wenn du nach Hause gehst. Laß deinen Bruder hier. Du kannst ihn nicht ewig beschützen. Schließlich ist er schon ein Mann.«

Alle Augen folgten Macedo, der sich gehorsam zusammen mit Oliveira entfernte, als ich Mercedes' Hand auf der meinen spürte. Ich senkte den Kopf und betrachtete gedankenverloren, wie sie zierlich, schmal und vor aller Welt auf meiner Hand lag. Als ich die Augen hob, hatte ich schon gespürt, wie die Senhoras unsere beiden Hände und uns mit ihren Blicken durchbohrten. Doch weder Mercedes noch ich zogen unsere Hände zurück. Die Senhoras nickten einander bestätigend zu. Zé rückte ein Stück ab, sah es, erhob sich langsam und meinte: »Jorge, gehst du nicht ins Wasser?«

Rodrigues stand auf: »Ich komme mit. Wer will noch mal, wer hat noch nicht?«

Die beiden Sousas winkten ab, sie seien gerade trocken und wollten sich nicht gleich wieder naß machen. Mercedes und ich standen auf. Luís auch. Doch Ramos hielt ihn zurück: »Du bleibst hier und leistest den Senhoras Gesellschaft, bis wir wieder da sind.«

Er beschwerte sich: »Aber keiner von uns hat seine Sachen hier...«

»Richtig. Dann geh zur Kabine und paß drauf auf, los.«

Mit einem flehentlichen Blick zu Rodrigues zögerte Luís. Doch dieser, bestimmt noch besorgt wegen Macedos Aufgebrachtheit, die weder die Senhoras noch die Kleinen verstanden haben konnten, kam ihm nicht zu Hilfe.

Wir gingen zum Wasser hinunter, Ramos sprach mit Rodrigues, ich schlenderte schweigend neben Mercedes her. Als die Brandung unsere Beine umspülte, blieben wir beide stehen, im selben Augenblick, als Ramos und Rodrigues ins Wasser hineinrannten.

Ohne sie anzusehen, fragte ich sie: »Nun?«

»Zé hat mich gebeten...«

»Interessiert mich nicht, worum Zé dich gebeten hat.«

»Nur noch ein paar Tage...« Ihre Hand schlich sich zu mir, und ich ergriff sie.

»Noch ein paar Tage mit ihm weitermachen, nicht?« Ich musterte sie.

In ihren Augen las ich Erschrecken und Zweifel. Da traf sie plötzlich ein Gummiball am Kopf, sie schwankte, und zwei kleine Jungs liefen hinter dem Ball her, der schon auf den Wellen tanzte, und stießen mit mir zusammen. Als wir wieder voreinander standen, waren Schreck und Zweifel verschwunden, und sie fragte mich ganz ruhig: »Welche Bedeutung hat das schon, wenn ich doch dich will?«

»Genau deshalb hat es Bedeutung.«

Diesmal traf mich der Ball, und ich drehte mich nach den beiden lachenden Kindern um. Sie liefen nah an uns vorbei, um den Ball zu erwischen. Ich tat so, als wollte ich sie fangen, und sie machten sich über den Strand davon.

»Gehen wir woandershin«, schlug ich vor und beharrte: »Du willst also, daß ich dem verlobten Paar zusehe, solange das Boot noch nicht gefahren ist?«

Wieder klatschte der Ball auf meinen Rücken, und ich rannte, packte ihn und warf ihn aufs Meer hinaus.

»Was soll ich denn tun?« fragte Mercedes, während hinter uns ein Riesengeschrei mit Heulen und Schluchzen losging.

»Was du tun sollst?« wiederholte ich. Die zwei Jungen standen neben mir und brüllten, damit es alle hören sollten: »Er hat unseren Ball ins Meer geworfen! Da hinten! Dieser Mann war's, der hat unseren Ball ins Meer geworfen!«

Einige Leute liefen zusammen. Ein dicker Mann, die Brust voller weißer Haare, darunter ein Spitzbauch, rief: »So ein Flegel! Den Ball der Kinder ins Meer zu werfen!« Das Kindermädchen war in der Zwischenzeit eingetroffen und tröstete die an ihren Rock geklammerten Jungen (was sie noch lauter kreischen ließ), dann folgte die Forderung: »Holen Sie den Ball! Holen Sie ihn! Sonst rufe ich die Strandaufsicht!«

Wütend ging ich ins Wasser, schwamm hin und boxte den Ball vor mir her. Als ich zurückkam, hatte Mercedes dafür gesorgt, daß der Wind aus einer anderen Richtung wehte. Eine Senhora mit einem käseblassen, schlaffen Jungen an ihrer Seite rief: »Diese Kinder sind kleine Teufel! Ich weiß, ich weiß! Ich brauche nur mit Quinzinho hier spazierenzugehen, dann fangen sie gleich an!« Und das Kindermädchen schüttelte die beiden und bestätigte, daß sie wirklich schwer zu ertragen seien.

Lachend gingen wir fort. Und Mercedes hatte immer noch dieses Lachen um den Mund, als sie mich erneut fragte: »Aber was soll ich tun?«

Das Lächeln, das so absurd in ihren Mundwinkeln hing, während sich ihre Augen bereits mit Tränen füllten, machte mich wütend: »Mach, was du willst, und laß mich in Ruhe.« Damit setzte ich mich in Richtung Kabinen in Bewegung.

Zuerst erstarrte sie, dann lief sie mir nach: »Jorge, laß mich nicht allein.«

Ich ging weiter, suchte mit den Augen die Kabine der Macedos, wo meine Sachen hingen. Ich hätte sie nicht gefunden, wenn nicht Luís dort im Sand gehockt und mir zugewunken hätte.

Als ich bei ihm war, sagte ich: »Hol die anderen, wir gehen.« Er zögerte, beäugte uns neugierig: »Die kommen doch sowieso gleich, ich weiß nicht, wo sie stecken.«

»Such sie, Luís«, bat ihn Mercedes.

Er stand gemächlich auf, im Gehen sah er sich noch um, argwöhnisch und listig zugleich.

»Was wird er bloß von uns denken?«

Ich schubste sie in die Kabine. Sie wehrte sich: »Die sehen uns doch alle«, und im selben Augenblick fiel mir auf, daß die Senhoras in der Nebenkabine schon gegangen waren.

»Sollen sie doch, sollen uns alle Leute ruhig sehen.« Ich packte sie und drückte sie heftig an mich.

Sie riß sich mit Gewalt los und saß halb hingekauert in einer Ecke der Kabine, wie ein gehetztes Tier. Als ich mich näherte, ließ sie sich zu Boden sacken und hob ihr tränenüberströmtes Gesicht zu mir: »Was willst du, was soll ich tun? Ich brauche dich so!«

»Ich will, daß du mir gehörst.«

»Ja, bald.«

»Heute.«

Sie senkte den Kopf und zog mit der Hand langsam einen Strich in den Sand. »Gut.«

Ich hockte mich neben sie und streichelte ihr über den Kopf. Sie lehnte ihn an meine Schulter: »Um fünf warte ich auf dich an der zweiten Straßenecke nach dem Kasino. Da gibt es ein Geschäft...«

»Ich weiß, welche Ecke«, sagte sie.

Ich küßte sie flüchtig: »Eine Viertelstunde werde ich auf dich warten.«

Ich stand auf und half ihr hoch. Dann nahm ich ihr Gesicht in die Hände, das sie abzuwenden versuchte. »Schau mich an.«

Sie tat es, kurz, dann wich sie mir wieder aus.

Ich lächelte sie an und bekräftigte: »Eine Viertelstunde, hast du gehört?«

Sie nickte.

Während ich ihr half, die Markise abzumontieren, damit sie ihre Kabine abschließen und sich umziehen konnte, kamen die anderen. Ramos griff nach seinen Sachen und ging in die Kabine der Macedos, die Rodrigues und Luís gerade verschlossen. Wir zogen uns ohne ein Wort um. Als ich hinaustrat, war Mercedes schon fertig. Zé, der immer besonders sorgfältig darauf achtete, auch das letzte Sandkörnchen zu entfernen, brauchte am längsten. Zu fünft verließen wir den Strand, Rodrigues verkündete lautstark, schon lange hätte er es im Wasser nicht mehr so genossen, und bestand darauf, daß Zé Ramos sein Qualitätsurteil bestätigte. Als wir ins Bairro Novo kamen, trennte sich Luís von uns. Die Ramos verabschiedeten sich an der Straßenecke vor ihrer Pension. Rodrigues lud mich zum Mittagessen ein; er ließ und ließ nicht locker, es sei schon spät, wir könnten doch irgendwo unterwegs etwas essen. Ich wollte allein sein; aus genau diesem Grund hatte ich auch keine Lust, nach Hause zu gehen. Aber ihn ertrug ich auch nicht. Ich weigerte mich standhaft. Es sei doch wohl auch nicht in Ordnung, mich im Haus meiner Tante aufzuführen wie in einem Hotel, oder? Wir standen an der Tür zu einem kleinen Restaurant. Er lächelte: »Deine Tante… Ja, das ist eine Dame… Nimm's mir nicht übel, aber wenn ich so eine Frau hätte… Geh schon, geh schnell«, und er trat ins Restaurant. Doch dann kam er gleich wieder heraus und rief mir nach: »Hör mal, verliebe dich niemals in die Frauen der anderen.«

Ich war verblüfft: »Ich?«

»Ja, du. Man weiß nie, wie sehr sie ihnen gehören, verstehst du?«

»Nein.«

Und ich ließ ihn stehen.

XVI

Es war halb zwei. Ein Stück weiter ging ich in eine Konditorei und aß zwei Rosinenbrötchen. Eigentlich hätte ich mich wirklich nach Hause aufmachen sollen, damit sie sich dort nicht sorgten, schließlich wußte keiner, ob ich mit Zé Ramos gesprochen hatte oder nicht. Eigentlich war dazu kaum Gelegenheit gewesen. Aber zu Hause würde ich mich umziehen und vorbereiten können. Worauf? Auf das Treffen mit ihr. Am Tag der Hochzeit nimmt der Bräutigam ein ausgiebiges Bad und parfümiert und rasiert sich sorgfältig, um der Braut, die nun die Seine wird, nicht zu mißfallen. Nur war Mercedes nicht meine Braut. Ob sich der andere, bevor er sie nahm (einmal oder öfter?), mit solch sorgfältiger Körperpflege vorbereitet hatte? Sollte es schon beim erstenmal so gewesen sein, dann hatte er das Ganze als einen Überfall geplant, eine Verführung, wie ein Rendezvous mit einer Geliebten. Ein flüchtiges Treffen, ein Abenteuer. Und seine Vorbereitungen waren Teil der Täuschung, eine Art Maske, um den Mangel an wahrer Liebe auszugleichen, um mit Parfümdüften die ordinäre, übelriechende Wirklichkeit der Absteige zu kaschieren, wo sie sich trafen. Oder es war eine distinguierte, teure Adresse, im voraus arrangiert, ein Edelbordell zum Beispiel. Ich erschrak. Wohin sollte ich sie überhaupt bringen? Sie war nicht irgendeine Geliebte, sie war Mercedes. Und ich konnte doch nicht dasselbe mit ihr machen wie der andere. Im übrigen war es ohnehin unmöglich. Er war der erste gewesen, das konnte ihm keiner nehmen. Und ihr ebensowenig. Keine Frage, daß sie ihn in jenem Moment – und nicht nur dann – gewollt haben mußte, sonst hätte sie ja nicht in eine Heirat eingewilligt. Was heißt einwilligen? Nach dem, was geschehen war, mußte er schließlich die Verantwortung tragen. Erst als sie mich wiedersah, war ihr klargeworden, daß sie ihn nie wirklich gemocht hatte, sondern immer mich. An mich hatte sie gedacht, ohne es zu wissen, während sie sich ihm hingab. Nur deshalb hatte sie meiner Forderung so schnell nachgegeben. Wirklich sehr schnell. Viel zu schnell. Zu schnell? Jawohl. Schließlich hatte sie mich gesehen, mich dann gleich an das äußerste Ende des Strandes gelockt und am nächsten Tag, ohne zu zögern, »Ist gut« geantwortet, als ich meine Forderung aussprach. Aber war das nicht der Beweis für ihre Liebe? Zeigte das nicht, wie sehr sie mich schon immer geliebt hatte? Oder sprach es eher dafür, daß nunmehr alles ganz einfach für sie war und sie, wo sie schon mit dem einen geschlafen hatte, genausogut auch dem anderen nachgeben konnte? Oder war es doch umgekehrt, daß sie die Augen niedergeschlagen hatte, weil sie dachte, ich respektierte sie nicht mehr, da ich wußte, daß sie keine Jungfrau mehr war? Halt, sie wußte ja gar nicht, daß ich es wußte. Unmöglich, daß ihr Bruder erzählt hatte, was ich wußte. Aber vielleicht dachte sie oder stellte sich vor oder spürte, ohne es genau zu wissen, daß jeder Mann die Wahrheit erahnen konnte, nun, da sie keine Jungfrau mehr war? Daß irgendein äußeres Zeichen an ihr war, in den Gesichtszügen, am Körper, in ihrer ganzen Art und Weise, welches sie dem Frauenkenner verriet? Um sie zu meiner Frau zu machen, mußte ich unbedingt feststellen, daß es solch ein Zeichen nicht gab. Daß er sie in keiner Weise gezeichnet hatte. Bis zu diesem Augenblick jedenfalls. Und danach? Allein die Tatsache, in meinen Armen zu liegen, würde sie dazu bringen, mir alles zu gestehen. Sie mußte es beichten, noch bevor ich es selbst herausfand. Wenn sie alles erzählte, und noch dazu mir, dann war die Sache auch nicht mehr ihr gemeinsames Geheimnis, und meines sowieso nicht. Wenn sie sich mir hingab, würde sie dadurch keinem anderen so sehr gehören wie mir. Er konnte sie nicht so sehr lieben und begehren wie ich. Um sie so zu begehren, war ein unendlicher Respekt vonnöten, den er offenkundig nicht gehabt hatte. Aber hatte ich ihn? Hätte ich von ihr verlangt, was ich verlangte, wenn ich nicht gewußt hätte, was ich wußte? Nein, so ließ sich das nicht denken. Ich befand mich in einer ganz anderen Situation. Ich war erst auf der Bildfläche erschienen, nachdem alles schon passiert war. Trotzdem, wohin sollte ich sie bringen? Im Gedächtnis ging ich alle Orte durch, die ich kannte. Mit einemmal spürte ich einen übermächtigen Abscheu bei dem Gedanken daran. Wozu erniedrigte ich sie, wenn ich sie mir an diesen Orten vorstellte? Und mich nackt mit ihr in diesen Betten sah? Aber kam es darauf an? Nein, der Ort war letzten Endes unwichtig. Ein Ort war eine absolute Notwendigkeit. Der Unterschied lag darin, wie, in welcher geistigen und körperlichen Verfassung man an einen solchen Ort ging. Und wenn sie jemand sähe? Zumindest derjenige, der die Tür öffnete, würde sie sehen. Ich konnte aber auch erst allein hingehen, alles arrangieren und ihr selbst aufmachen, ohne daß sie jemand zu Gesicht bekam. Aber wie sollte ich sie dorthin bringen? Ob sie überallhin ginge, wo ich sie haben wollte? Und wenn sie sich weigerte? Wenn sie es als Vorwand nahm, um ihr Versprechen nicht zu halten? Da erinnerte ich mich an ein kleines Haus in Buarcos, wo man Zimmer mieten konnte, und ich sah die kleine Frau in Schwarz vor mir, im weiten Rock und mit schwarzem Kopftuch, wie sie vorsichtig die Tür öffnete und dann über den gefliesten Korridor verschwand. Ich war an einem Nachmittag dort gewesen, mit einem Mädchen, das ich am Strand kennengelernt hatte. Vor zwei Jahren. Ob es die Frau in Schwarz noch gab? Und das Haus? Am besten ging ich sofort dorthin und verabredete den Zeitpunkt. Obwohl ich schon fast beim Haus von Onkel und Tante angelangt war, änderte ich meine Richtung und nahm eine Abkürzung durch einen Wirrwarr halbverfallener, geduckter und verrammelter Häuser. Ob ich das Haus wiedererkennen würde? Langsam ergriff mich Panik, weil mir dies plötzlich als einzige Möglichkeit erschien, nichts anderes wollte mir mehr einfallen, und ich befürchtete, es nicht wiederzufinden, oder daß die Frau umgezogen war oder daß es das Haus, selbst mit einer anderen Frau in Schwarz, gar nicht gab. Aber es hatte doch existiert? Oder brachte ich da in meiner Erinnerung etwas durcheinander? Ich sah das hohe Eisenbett vor mir, die halbgeschlossenen Fensterläden aus Holz, den Waschbottich auf einem Dreifuß in einer Ecke, die Wasserkrüge auf dem Boden mit seinen großen, blankgewischten Fliesen, ja, ich hörte das Gackern der Hühner im Innenhof, zu dem das Fenster hinausging. Und wenn ich im voraus bezahlen mußte? Ich hatte gar nicht genug Geld bei mir. Damals war das nicht nötig gewesen. Aber die Frau in Schwarz kannte das Mädchen, mit dem ich dort erschien. Und wenn sie, aus Angst vor der Polizei, mir die Tür vor der Nase zuwarf, weil sie nicht wußte, wer ich war?

Ich blieb vor einer Reihe völlig gleich aussehender Häuser stehen, die zu beiden Seiten der Tür ein kleines Schiebefenster hatten. Eins von diesen Häusern war es. Aber welches? Ich schaute mich um, kein Mensch auf der Straße. Ich entschied mich für ein Haus und ließ den Türklopfer fallen, der die Form eines Händchens hatte. Nichts. Ich klopfte wieder. Nichts. Und noch einmal. Im Nebenhaus öffnete sich die Tür einen Spalt, gerade weit genug für den Kopf unter seinem schwarzem Tuch, und eine Stimme flötete: »Suchen Sie jemanden? Dort wohnt keiner.«

Ich trat näher, der Kopf zog sich zurück, der Türspalt wurde noch schmaler.

»Ich suche in dieser Straße ein Haus, das Zimmer vermietet.«

Die Tür öffnete sich weiter, der Kopf erschien wieder: »Zimmer? Wozu?«

»Na ja, Zimmer…«

»Ach so, Zimmer... Das ist hier. Es kostet hunderttausend Réis im Monat.«

»Aber monatlich wollte ich gar nicht. Ich bräuchte... Ich war schon einmal hier.«

»An Sie kann ich mich gar nicht erinnern.«

»Das ist schon länger her, vor zwei Jahren... An einem Nachmittag... Eine Frau hat mich mitgenommen, sie hieß...«

»Sie hieß...?«

»Ach, es fällt mir nicht ein.«

»Und ich soll mich erinnern, oder wie?«

»Aber ich brauche das Zimmer dringend. Heute um fünf. Tun Sie mir den Gefallen. Ich bezahle. Wollen Sie es sofort?«

Sie öffnete noch weiter und musterte mich genau. In ihrer Halsbeuge hatte sie ein behaartes Mal.

»Um fünf geht es nicht. Kommen Sie um halb sechs. Klopfen Sie dreimal, dann noch einmal.« Schon war die Tür wieder zu.

Es war nach halb drei. Ich machte mich auf den Heimweg. Noch gut zwei Stunden bis zur Verabredung mit Mercedes. Und wenn sie nicht kam? Ich würde um Punkt fünf Uhr an Ort und Stelle sein, eine Viertelstunde warten und dann gehen, wenn sie nicht kam. Und was dann? Aber ich war mir sicher, daß sie mich nicht versetzen würde. Und wenn doch? Ihr konnte etwas dazwischenkommen. Das mußte nichts heißen, wenn sie es diesmal nicht schaffte. Doch dann würde der andere zurückkehren, alles würde noch komplizierter, sie würde mir *nicht rechtzeitig* gehören, selbst wenn sie es wollte. Und sie wollte es doch. Wollte sie es auch genug? Und wenn sie sich weigerte, mich zu jenem Haus zu begleiten? Vielleicht würde sie sich weigern und wäre dennoch bereit, sich mir an einem anderen Ort, bei einer anderen Gelegenheit hinzugeben. Wenn ich in derselben Pension wohnte wie sie, vielleicht würde sie mich nachts in ihr Zimmer lassen. Ach, und den anderen etwa nicht? Wer weiß, ob sie schon nachts ihre Tür angelehnt ließ, für ihn? Daß ihr Bruder mir gesagt hatte, seit Porto sei nichts mehr zwischen ihnen gewesen, hieß doch gar nichts: vielleicht wußte er es nicht, oder er log. Vielleicht stimmte aber auch, was er gesagt hatte. Womöglich hatte sie sich nicht deshalb so schnell auf meine Forderung eingelassen, weil sie mich liebte, sondern weil sie gern mit einem Mann schlief, und mit dem anderen hatte es sich nicht wieder ergeben. In diesem Fall würde sie ganz bestimmt zur Verabredung kommen. Das heißt, im Grunde würde ich mich dann gar nicht mit ihr, mit dem tiefsten Inneren von Mercedes vereinigen. Abwarten. Wenn es mir gelang, im Bett mehr für sie zu sein als irgendein Mann, wenn ich sie wahrhaftig erobern konnte, dann wäre sie auch mein, sie wäre die Frau, die ich so heftig begehrte. Doch, sie liebte mich. Sie hatte sich in meine Arme geworfen, obwohl sie den anderen hatte, ihn demnächst heiraten sollte, sich ihm schon hingegeben hatte. Daß sie sich nun auch mir hingab, diesen Beweis ihrer Liebe hatte ich von ihr gefordert. Sie hatte, von mir bedrängt, nachgegeben. Würde sie kommen?

Zu Hause fand ich meine Tante in der Küche, im Gespräch mit einer der Hausangestellten. Ich war verblüfft und sagte nur, ich hätte schon zu Mittag gegessen. Mein Onkel und die beiden Spanier saßen oben in der Bibliothek am grün bezogenen Spieltisch, Karten in der Hand.

»Da unten ist das Dienstmädchen und redet mit der Tante«, meldete ich.

Aufs Spiel konzentriert, brachte mich mein Onkel mit einer Bewegung zum Schweigen und verdoppelte den Einsatz, die anderen mußten aufdecken. Während er die Bohnen einsammelte, schaute er lächelnd zu mir und erklärte: »Stimmt. Sie ist vorbeigekommen, um zu sehen, ob wir schon zurück sind, und das sind wir.«

»Und nun?«

Die beiden Spanier zuckten die Schultern und machten ein resigniertes Gesicht. Mein Onkel antwortete: »Ich habe schon mit ihr gesprochen und gesagt, wenn sie den Mund hält, bekommt sie einen Anteil, sobald die Schmuggelware sicher ihr Ziel erreicht hat.«

»Und die andere? Kommt sie auch zurück?«

»Natürlich. Sie wird sogar von der ersten benachrichtigt. Auch sie bekommt einen Anteil von der Schmuggelware.«

Mit niedergeschlagener Miene, sein Blatt musternd, seufzte der alte Don Juan: »Jetzt sind wir schon Schmuggler.«

»Ich habe mit Ramos gesprochen.«

Keiner zeigte Interesse. Ich wiederholte: »Ich habe schon mit Ramos gesprochen.«

Mein Onkel ließ sich zu der Frage herab: »Und?«

Ich war furchtbar enttäuscht. Auf einmal war mein ganzes Leben in diese Sache verwickelt, und sie wollten ihres anscheinend hier beim Kartenspiel verbringen. Trocken gab ich zurück: »Er sagt Bescheid, wenn es soweit ist.«

»Hat er noch mal von Geld gesprochen?« fragte mein Onkel, doch meine verneinende Antwort hörte er gar nicht, weil er mit einem Ausruf des Triumphs den anderen sein Blatt entgegenstreckte und die Bohnen an sich raffte.

Ich ging auf mein Zimmer. Auf dem Tisch lagen die Postkarten und der halb geschriebene Brief. Ich setzte mich auf die Bettkante. Ich fühlte mich müde, wie aufgeweicht, all meine Gedanken zerrannen mir. Ich legte mich hin und schaute an die Decke. Es war halb vier. Am Kabel der Lampe entlang verfolgte eine Fliege hartnäckig eine andere, die mit kleinen Hüpfern vor ihr floh, sich ein Stückchen zum Fluge erhob und etwas weiter wieder hinsetzte. Plötzlich setzte ich mich erschrocken im Bett auf, warf einen schlaftrunkenen Blick auf die Uhr, und es war zehn nach fünf.

Ich stand auf, zog panisch eine Jacke über, schaute nach, ob ich genug Geld in der Tasche hatte, und stürzte die Treppen hinunter. In der Küche schrie mir meine Tante nach, wo ich denn so schnell hinwolle, ich gab ihr keine Antwort und hetzte durch die Palmenallee. Der Hund sah mich rennen, lief neben mir her und bellte. Ich raste die Straße hinab, ohne an irgend etwas zu denken, ohne auf die Uhr zu schauen. Auf der Straße zum Kasino blieb ich stehen, um mich zu orientieren, und stieß mit Macedo und Oliveira zusammen. Ich schubste sie beiseite, rannte bis zur Kreuzung und blieb, nachdem ich um die Ecke gebogen war, damit sie mich nicht mehr sehen konnten, keuchend an einer Wand stehen. Ich schaute mich um. Mercedes war nicht zu sehen. Entweder war sie nicht gekommen oder schon wieder gegangen, und ich war schuld. Es war zwanzig nach fünf vorbei, fast fünf vor halb schon. Ich schloß die Augen, vor Erschöpfung und Ärger. Da spürte ich eine Hand auf meinem Arm, und ihre Stimme sagte: »Gehen wir.«

Ich schlug die Augen auf, sah sie dankbar an. Sie fragte mich: »Bist du gelaufen?«

»Ja, ich habe mich zu Hause verspätet. Entschuldige. Aber wo warst du? Ich dachte zuerst, du wärest nicht gekommen oder hättest nicht auf mich gewartet.«

»Ich war im Laden.«

Plötzlich fiel mir ein, daß wir so schnell wie möglich fortmußten, damit uns niemand sah. Und wenn mir Macedo und Oliveira gefolgt waren? Ich durfte auch die Zeit nicht vergessen. Am Ende vermietete die Frau das Zimmer an einen anderen, wenn man zu spät kam.

»Gehen wir, schnell. Komm mit.« Und ich stürzte mich auf den Fußgängerüberweg zu den kleinen Gassen vor uns. Ab und zu atmete ich tief durch und sah mich hastig nach ihr um. Sie folgte mir, tat so, als schlenderte sie nur. Als ich eine Ecke erreicht hatte, von wo aus man das Haus sehen konnte, blieb ich stehen. Als sie mich einholte, zeigte ich es ihr. Ich würde hingehen, anklopfen und drinnen warten, bis sie kam.

»Nein. Ich gehe zusammen mit dir hinein.«

Ich sah sie an. Ihr Gesicht war zugleich ganz gelassen und angespannt. Sie gab mir die Hand: »Los.«

Gemeinsam gingen wir die Straße hinab. Ich klopfte dreimal an die Tür, dann noch einmal. Ich wagte keinen Blick zu den Nachbarhäusern hin. Ich klopfte erneut. Und wagte keinen Blick zu Mercedes neben mir. Die Tür öffnete sich einen Spalt, das Gesicht der Alten lugte hervor, und schon standen wir beide im dunklen Korridor, hinter uns fiel die Tür zu, und sie schloß eines der Zimmer mit Fenster zur Straße auf. Mercedes trat ein, das Halbdunkel darin war strahlend hell im Vergleich zum Flur. Die Alte nahm mich am Arm und sagte: »Das macht zwanzigtausend Réis, aber Sie können bleiben, so lange Sie wollen.« Sie zeigte mir den innen steckenden Schlüssel und schloß die Tür hinter sich, nachdem sie den Schein genommen hatte, den ich ihr in die Hand legte. Ich drehte den Schlüssel um und wandte mich dem Zimmer zu. Sie stand vor dem Bett und fragte: »Was hat sie gesagt?«

»Daß wir so lange bleiben könnten, wie wir wollen.«

Ich trat zu ihr, sie blieb reglos stehen und musterte mich.

Ich sagte: »Aber wenn du willst, kannst du wieder gehen...«

»Ach Jorge...« Mit einem Schluchzer fiel sie mir in die Arme.

Ich küßte sie zärtlich aufs Gesicht, den Mund. Sie ließ sich in meine Arme sinken, ergriff aber meinen Kopf und hielt ihn zwischen den erhobenen Händen. Und plötzlich schob sie mich entschlossen zurück.

»Ich muß dir etwas sagen. Ich...«

Ich legte ihr die Hand auf den Mund: »Nein, sag nichts.«

XVII

Es war schon lange dunkel, als wir verstohlen nach draußen schlüpften, und ich begleitete sie bis in die helleren Straßen. Sie gab mir einen flüchtigen Kuß. Noch ein Händedruck, dann verlor ich sie zwischen den Passanten aus den Augen. Am nächsten Tag wollten wir uns um dieselbe Uhrzeit in Buarcos treffen. Frühmorgens würde ich bei der Alten vorbeigehen und es ausmachen. Nichts anderes war mehr wichtig. Wir würden jeden Tag zusammensein. Nur am Strand mußte ich ihr ausweichen, so gut es ging, denn es würde uns kaum gelingen zu verbergen, daß wir ein Liebespaar waren. Das wollten wir erst vor aller Augen sein, wenn das Boot mit den anderen abgefahren war. Sie hatte sich mir hingegeben. Und ich hatte nicht darauf bestanden, daß sie sich sofort von Almeida trennen sollte. Die Trennung war unvermeidlich, sobald er von uns erfuhr. Und die Folgen würden wir beide zu tragen haben, je nachdem, wie vernünftig er reagierte. Doch nichts von alledem zählte mehr. Gleich nach den Ferien würde sie mit mir nach Lissabon kommen, und wir würden heiraten. Ich wußte nicht, wovon wir leben sollten, wollte es auch nicht wissen. Leben, bei mir zu Hause. Aber das würde sich alles weisen. Jedenfalls war es eine vollendete Tatsache.

Auf dem Heimweg mied ich das Bairro Novo und schlenderte überglücklich durch die Stadt. Ungläubig, daß so viel Glück überhaupt möglich war. Ich spazierte dahin, und zugleich war mir, als sähe ich weder Straßen noch Menschen, als existierten Straßen und Menschen nur, damit ich sie vor lauter Seligkeit nicht sähe, während sie jedoch die Freude spürten, die ich verströmte. Es war so besonders gewesen! Und zugleich so schlicht. Ich hatte mir in meinen kühnsten Träumen nicht vorgestellt, daß die Liebe eine solche Fülle sein könnte. Niemals, nicht einmal in den Augenblicken höchster Befriedigung, hatte ich etwas gespürt, das dieser Empfindung absoluter Macht gleichkam, denn das hatte ich gefühlt, als ich mit ihr schlief. Während wir gemeinsam zitterten und stöhnten, war es, als hätte sich ihre Jungfernschaft wiederhergestellt, und zwar genau als und weil ich in sie eindrang. Vertrauen, Stolz, Zärtlichkeit, Befriedigung, grenzenlose Erschöpfung und dazu frisch aufloderndes Begehren, wenn ich nur an sie dachte, nicht allein an das gemeinsam Erlebte: all das fühlte ich, und es verlieh mir einen leichten Schritt, fast tanzend, ich war ein neuer Mensch. Bei anderen Gelegenheiten hatte ich schon das eine oder andere davon empfunden, aber niemals alles zusammen und so intensiv, ohne auch nur annähernd das Geschehene in der Phantasie erneut durchzuspielen. Das brauchte ich jetzt gar nicht mehr, ja, ich konnte es nicht mehr, als gehörte es zu diesem großen Glück, daß alles in mir versank und sich in meinem Fleisch, meinem Blut und der Tiefe meines Begehrens auflöste. Die Lust pochte sanft durch meinen ganzen Körper. Selbst der Hunger, den ich plötzlich spürte – mir fiel ein, daß ich den ganzen Tag praktisch nichts gegessen hatte –, gesellte sich zu meiner Euphorie. So ist es manchmal im Leben, wenn man nach einer neuen Erfahrung entdeckt, daß man ein Stück gewachsen ist, daß man immer noch ein Kind war, in dessen Innerem unendliche Möglichkeiten der Fülle gewartet haben. Man wächst ja nicht oft über das Kindsein hinaus, auch nicht bei jeder neuen Erfahrung. Im Grunde war es auch keine neue Erfahrung gewesen, sondern vielmehr etwas mir Bekanntes, das sich *wie neu* anfühlte. Darin lag der Unterschied, der mir das Gefühl vollständiger Männlichkeit gab, denn wie jedesmal bei einem solchen Erlebnis ließ die neue Ebene von Bewußtsein und Empfindung alle früheren Erfahrungen in die Ferne rücken und unbrauchbar werden. Nicht weil sie unnütz wären, sondern weil ich sie überholt hatte. Sogar meine gesteigerte Fähigkeit zur scharfsichtigen Analyse all dessen, was sich in mir abspielte, war neu. Doch auch blinde Begeisterung gehörte dazu, die sich in Selbstbetrachtungen gefiel. Der Hunger jedenfalls ließ nicht locker. Ich mußte darüber lächeln und betrat eine Kneipe, um etwas zu essen. Als ich am Tisch saß und tatsächlich aß und trank, merkte ich, daß mein Hunger geringer war, als ich geglaubt hatte. Rauchend lehnte ich mich in meinem Stuhl zurück und ließ den Blick im Licht und den verschwommenen, bewegten Gesichtern versinken.

Als wir nackt nebeneinander im Bett lagen, hatte sie, den Kopf auf meiner Brust, darauf bestanden, mir alles zu erzählen. Das wollte ich aber gar nicht hören, und ich ließ es auch nicht zu einer zusammenhängenden Geschichte werden, denn ich erstickte ihre Worte an meiner Haut, in Küssen, die sich bis zum Mund emporarbeiteten. Schließlich richtete sie sich ein wenig auf und sagte: »Ich habe dir alles gegeben. Jetzt habe ich nichts mehr.«

Ich küßte sie voller Gier, die uns ein weiteres Mal mitriß, und sagte: »Doch, du hast mich.« Und sie umschlang mich so fest, daß ich sie gar nicht nehmen konnte, denn diesmal wollte sie mich nehmen. Ich schloß genüßlich die Augen, spürte ihre Hände wieder auf meinem Rücken. Die Erinnerung daran war so lustvoll, daß es fast weh tat, und ich stand auf und machte mich auf den Weg zu ihrem Hotel.

Ich schlenderte am Eingang vorbei und hielt etwas weiter, auf der anderen Straßenseite, inne. Hier zu stehen war absurd. Falls mich jemand sah, welche Erklärung hätte ich dann parat? Doch die Absurdität verstärkte noch mein Vergnügen, das Hotel anzuschauen, sie dort drinnen zu wissen. Vielleicht dachte sie gerade an mich. Was heißt hier vielleicht? Sie dachte gerade an mich. Ich mußte über mich selbst lächeln, daß ich mich aufführte wie ein verliebter Milchbubi, der schüchtern das Fenster seiner Unerreichbaren anstarrt. Und in diesem Zustand bemerkte ich Oliveira und Matos, die über die Straße kamen, weil sie mich erkannt hatten. Ich stand voll gemischter Gefühle da, teils besorgt, teils beglückt.

»Was machst du denn hier, um diese Zeit?« fragte Oliveira.

»Gar nichts.«

»Dann komm doch mit uns.«

»Wohin?«

»Durch die Gegend«, meinte Matos.

Ich begleitete sie, wir plauderten unbestimmt daher, bis Oliveira fragte: »Heute nachmittag hast du Macedo und mich ja fast umgerannt. Ging es um Leben oder Tod?«

»Um Frau oder Tod«, sagte ich. Sie lachten, und während Oliveira Matos von der Szene erzählte, bereute ich schon, einen Witz gemacht zu haben, der Mercedes mitbetraf. »Ich war verabredet«, fügte ich hinzu, »hatte mich zu Hause hingelegt und bin aufgewacht, als ich schon hätte dasein sollen.«

Matos bemerkte, mit todernstem Gesicht und ohne einen anzusehen, wie immer, wenn er einen Scherz machte: »Das ist das Problem, wenn sich einer vor dem Rendezvous hinlegt. Man sollte sich nur beim Rendezvous hinlegen oder danach, damit man nicht zu früh einschläft.«

Oliveira meinte: »Na ja, kommt drauf an. Ich war mal die ganze Nacht auf, bei einer Orgie, hatte sich so ergeben. Am Morgen ging ich direkt zum Unterricht, ich mußte hin, weil ich schon viel zu oft gefehlt hatte. Nach dem Mittagessen schaute ich auf die Uhr und dachte, kurz hinlegen kannst du dich noch bis zu deinem Rendezvous. Aber dann befürchtete ich, wenn ich einmal eingeschlafen wäre, würden mich nicht mal die Domglocken wachkriegen, geschweige denn der Wecker. Also schlug ich die Zeit tot, tigerte auf und ab, und als es so weit war, fand ich mich im Haus meiner Angebeteten ein, die übrigens sterbenshäßlich war.« Er drehte sich zu mir: »Du kennst sie...« Dann fuhr er fort: »Sie empfing mich mit großer Geste, zog mich nackt aus und streifte mir ihren japanischen Kimono über, das gehörte zum Ritual, ebenso wie ein Glas Portwein. Aus Vorsicht hatte ich zum Mittagessen nur Wasser getrunken. Ich glaube, ich habe nur noch nach dem Glas gegriffen, nicht mal getrunken. Ich wachte erst wieder auf den Stufen meiner Wohngemeinschaft auf, in den Kimono geschlungen, und meine Sachen lagen in einem Bündel neben mir. Sie hatte mich wutentbrannt vom Chauffeur und dem Hausdiener dort abladen lassen.«

»Das war also in Coimbra?« fragte ich.

»Ja. Keiner weiß von der Geschichte. Sie war mir so peinlich, daß ich bisher niemandem davon erzählt habe. Am nächsten Tag knüllte ich den Kimono zu einem Häufchen zusammen und ging hin. Als ich an die Tür klopfte, erschien der Hausdiener in seiner gestreiften Weste. ›Was wünschen der Herr?‹ ›Ich will das hier abgeben, die Senhora könnte es noch brauchen.‹ Damit ließ ich das Stoffbündel in seinen Krallen.«

»Aber den Kimono hat sie niemandem mehr angezogen«, sagte Matos.

»Woher weißt du das?« fragte Oliveira.

»Weil ich schon von dem Kimono gehört hatte, und mit mir war sie immer ganz nackt, auf ihrem Diwan.«

Oliveira und ich fingen an zu lachen, aber Matos fragte sich:

»Was sie wohl mit dem Kimono gemacht hat? Ob sie keinen anderen hatte? Bestimmt besaß sie eine ganze Sammlung.«

»Wahrscheinlich hatte sie danach Angst, die Kimonos könnten eine einschläfernde, anti-aphrodisische Wirkung haben.« Oliveira lachte immer noch. »Ich glaube nämlich, sie tat einem was in den Portwein. Hast du auch Portwein gekriegt?«

»Stimmt. Aus einer Karaffe aus geschliffenem Kristall. Aber sie trank auch davon.«

»Klar. Ist doch gar keine Frage!« rief Oliveira, und übergangslos: »Mensch, Matos, was für eine erstaunliche Frau, wenn sie einen zum Höhepunkt brachte, oder? Ich habe noch nie eine getroffen, auch nicht für Geld, die auch nur die Hälfte dessen mit mir gemacht hätte, was die sich einfallen ließ. Einmal wollte ich, Geldscheine in der Hand, eine Nutte dazu zwingen, und die hat das halbe Haus zusammengeschrien.«

Ich war so glücklich, daß mir dieses Gespräch sogar Spaß machte, und ich ließ sie reden. Aber dieses grobe Wort, diese Frau, die sich nicht dazu bringen lassen wollte, dasselbe zu tun wie die Senhora, schockierte mich. Ich hörte den beiden mit wachsendem Unbehagen zu. Schließlich schuldete ich der Frau Respekt, wenn auch indirekt, und meine Freunde mir.

Oliveira sagte: »Wißt ihr, auf wen die ein Auge geworfen hat? Auf Rodrigues. Es heißt, sie hat ihm schon einmal ihren Chauffeur als Boten bis vor die Tür geschickt. Entweder hat sie's erraten, oder irgendwer hat ihr von seiner legendären Ausstattung erzählt. Aber er streckt nicht die Waffen. Er verteidigt sie sogar, wenn einer über sie redet. Was nebenbei gesagt in Coimbra, wo sie jeder kennt, einfach albern ist. Und aus seinem Mund erst recht. Jeder weiß doch, daß er sich höchstens abholen läßt, um die Nächte im Haus von Pousada zu verbringen, ihrem Pendant bei den warmen Brüdern. Und der hat ihn dafür bezahlt. Also, wenn er für Geld Pousada trösten konnte, dann gibt es doch keinen Grund, nicht auch die arme Alte glücklich zu machen.«

»Er wird schon seine Gründe haben«, sagte ich schneidend. Sie tauschten einen Blick. Und Matos sagte: »Entschuldige. Wir hatten wirklich nicht vor, dich oder deine Familie zu beleidigen. Außerdem ist sie ja nicht deine Großmutter. Es wäre doch viel schlimmer, wenn wir all das wüßten und darüber redeten, aber nicht vor dir, und du wüßtest das. Was ich nicht verstehe, ist, wie deine Tante, die doch auch alles weiß, noch hinfahren und sie besuchen kann. Das tut sie nämlich, ich habe sie einmal gesehen. Es kann gar nicht sein, daß sie nichts weiß. Dein Onkel erzählt es doch laut und vernehmlich überall herum. Sogar im Unterricht sagt er, daß seine Schwiegermutter mit der ganzen Universität von Coimbra schläft. Was nicht ganz zutrifft, denn wirklich geschlafen hat, soweit ich weiß, noch keiner bei ihr. Aber deine Tante weiß ganz bestimmt, daß zwei bis drei am Tag keine Seltenheit sind.«

»Sie ist ihre Mutter.«

»Das ist richtig. Aber wenn die Alte mit uns zu tun hat, scheint sie nicht besonders intensiv daran zu denken.«

Schweigend schlenderten wir weiter. Ich merkte, daß mein glückliches Gefühl verfliegen würde, wenn ich weiter bei ihnen blieb, und so schob ich Müdigkeit vor und verabschiedete mich.

»Kein Wunder«, sagte Oliveira, »nach dem Gerenne. Und danach noch Gymnastikübungen... Schlaf dich aus, genieße deine wohlverdiente Ruhe. Wenigstens kannst du nicht im Kimono vor deiner Wohnungstür aufwachen. Und nichts für ungut, ja?«

Gemächlich machte ich mich auf den Heimweg.

In mir spürte ich eine Traurigkeit, die mein Glücksgefühl verblassen ließ, es verdüsterte. Nicht daß es weniger wurde. Aber die Trauer hatte sich darin eingenistet, sickerte langsam in das Glück hinein, und mir war, als könnte ich die dunklen Adern sehen, die sich verzweigten, wie bei einer gläsernen Tasse, wenn der Kaffee und die Milch ineinanderfließen, bevor sie verrührt werden. Es war nicht die Verderbtheit dieses Lebens, was mich schockierte und traurig machte. Ich sah die Reinheit auch nicht als bedrohte, aber letztlich uneinnehmbare Festung. Vielmehr begann ich aus Erfahrung zu lernen, daß beides, Reinheit und Verderbtheit, nebeneinander existierten, und zwar auf die ungewöhnlichste und unerwartetste Weise. Auch in Situationen und bei Menschen von schlimmster Verworfenheit lag ein Stück tiefer Reinheit; und die Reinen waren nie so rein, daß nicht irgendeine Ausschweifung sie reizen und verführen konnte. Aber das schmerzte und beunruhigte mich gar nicht, sondern daß sich Reinheit und Verworfenheit so ununterscheidbar vermengten, so eng voneinander abhingen, daß man manchmal nicht sagen konnte, ob nicht die Beweggründe der einen ganz logisch auch diejenigen der anderen waren, ja, ob nicht Reinheit und Verworfenheit eigentlich zusammenfielen. Schlimmer noch: Ließ sich beides überhaupt erkennen, auseinanderhalten? Daß Reinheit wie Verworfenheit sein oder erscheinen mochte, war schon schlimm genug, aber daß man in einer konkreten Situation nicht auseinanderhalten konnte, was man gerade vor sich hatte – gab es etwas Schlimmeres? Offenbar war immer beides da und beeinflußte mal mehr, mal weniger unsere Beweggründe und Taten. Aber daß man nicht mit Sicherheit sagen konnte, ob Reinheit oder Verworfenheit die Oberhand behielt, machte mir angst. Und den anderen auch. Meine Freunde, alle Menschen, die ich kannte, hatten davor genausoviel Angst. Anders ließ sich gar nicht erklären, daß sie, während sie etwas Schmutziges taten oder zuließen, zugleich darüber lachten, als wären sie ganz unbeteiligt. Und daß sie mit diesem Lachen der Außenstehenden das gedankenlose Verhalten der anderen Beteiligten verurteilten, als wären nur diese in das Geschehen verwickelt. Es schien, als wären nicht Reinheit und Verworfenheit zwei verschiedene Welten, sondern als würden erst die Menschen diese Welten schaffen: einerseits diejenigen, die alles tun konnten, ohne daß sie vom Bösen gezeichnet wurden; und andererseits diejenigen, die der geringste Fehltritt auf alle Zeiten brandmarkte. Dabei trugen die »Gebrandmarkten«, so als fügten sie sich in ihr Schicksal, eine Schuld, die gar nicht allein ihre war, sie stellten diese Schuld geradezu aus, um ihr eine äußere Wirklichkeit zu verleihen, während die »Unversehrten«, entlastet durch diese schuldaufsaugenden Schwämme, sich nicht von ihnen (oder von sich selbst) kompromittieren ließen. In dem Punkt unterschied sich meine Angst deutlich von der ihren. Für sie bedeutete Reinheit lediglich, sich nicht zu kompromittieren, wie eine Möwe, die ganz nah über der Wasseroberfläche fliegt und nur, urplötzlich und kurz, eintaucht, um einen Fisch zu fangen; für mich aber war das gelegentliche Essen eines solchen Fisches untrennbar damit verbunden, daß man ihn aus dem Meer, über dem man schwebte, gefischt hatte. Doch worin unterschied ich mich von ihnen? Wenn ich zu den »Unversehrten« gehörte, dann war das, worin ich den Unterschied sah, genau der Punkt, den ich mit ihnen teilte: die Überzeugung nämlich, anders zu sein, nicht zur Welt der »Gebrandmarkten« zu gehören. Wenn ich aber, ohne es zu wissen oder ohne daß die anderen es bereits wußten, zu den »Gebrandmarkten« zählte, machte mich auch hier der Unterschied den anderen gleich: die tiefe Überzeugung, alle anderen außer mir entkämen unversehrt dem Bösen im Leben. Und gerade als ich das Haus meines Onkels erreichte, wurde mir klar, was in dieser Weltsicht der Leute mitschwang: Alle hielten sich für »unversehrt«, bis zu dem Augenblick, da sie die eigene Schuld oder die der anderen auf sich nahmen. Schuld auf sich zu nehmen hieß aber nicht, sich schuldig zu bekennen; die Menschen begannen sich lediglich so zu verhalten, wie es die anderen von ihnen erwarteten. Ich blieb stehen. Das stimmte nicht ganz, denn so machten es im Gegenteil die Unversehrten. Die waren es doch, die sich nicht übers Normalmaß hinaus kompromittierten, auch wenn sie genau dasselbe taten wie die anderen. Es war vielmehr eine Frage der Persönlichkeit, in der sich jeder vom anderen unterschied. Doch plötzlich begriff ich, daß in diesen wenigen Tagen, in dem Zusammentreffen aller möglichen Dinge, die über mich hereinbrachen, noch etwas zutage getreten war: Alles mündete in eine Unordnung ohne genaue Grenzziehungen, und das einzelne Detail hatte nur den Wert, den jeder ihm zumaß. Diesen aber behielt vorläufig jeder für sich.

Ich trat ins Haus. Das Licht brannte, aber unten war niemand. Ich ging die kleine Treppe zur Bibliothek hoch. Der erste, den ich sah, war Zé Ramos.

XVIII

Die beiden Spanier und mein Onkel, die ihm zuhörten, schauten zu mir. Zé lächelte mich liebenswürdig an. Ich sagte: »Ach, hier steckst du also?«, und mir fiel gleich auf, wie überflüssig die Bemerkung war, hinter der weniger die Überraschung steckte, ihn hier anzutreffen, als eine besorgte Erkundigung danach, wieviel er wohl von seiner Schwester und mir wußte. Doch sein Lächeln, wenngleich eher förmlich, gab meiner Floskel noch einen anderen Sinn: Es war, als bestünde zwischen uns eine geheime Komplizenschaft, die durch den Liebesakt mit Mercedes am selben Nachmittag besiegelt worden war. Während ich zuhörte, setzte schon meine innere Reaktion ein. Was geschehen war, ging nur mich und sie etwas an, Zé stand dabei völlig außerhalb. Ich durfte nicht zulassen, daß die gewohnheitsmäßigen, konventionellen Formen des Umgangs miteinander sich wie eine Maske über diesen Liebesakt legten, ihm ein bestimmtes Aussehen verliehen und Besitz davon ergriffen; denn er bedeutete nichts anderes als ihre Hingabe, ihr Geschenk an mich. Selbst wenn ich sie heiratete. Ich erschrak. Ich würde sie doch heiraten. Komme, was wolle. Da hörte ich Zé sagen: »... Sie brauchen keine politischen Bedenken gegen Ihre Beteiligung an dieser Flucht zu haben. Ich kann Ihnen garantieren, daß die Partei der Flucht zugestimmt hat, auch wenn man sie für verfrüht hält. Das bedeutet nur, daß die Partei keine Verantwortung übernimmt und die Beteiligten, die mit der Partei in Verbindung stehen, die Flucht auf eigene Faust wagen. Sollte sie scheitern und die portugiesische Polizei irgend jemanden als Kommunisten identifizieren, wird die Partei erklären, daß die fragliche Person niemals zu ihren Kadern gehört hat und ein Agent provocateur sein muß. Dies alles betrifft Sie gar nicht, meine Herren. Und auf diese Weise kann man Sie auch mit keinem der Kontakte in Zusammenhang bringen, die in Spanien hergestellt worden sind. Sie haben drei Alternativen: mitfahren, hier versteckt bleiben oder wieder auftauchen. Da Sie gesucht werden, unter anderem weil Sie untergetaucht sind, liefe die letzte Möglichkeit darauf hinaus, sich an der Grenze den Aufständischen auszuliefern. Auf unbegrenzte Zeit hierzubleiben ist unmöglich, überdies sieht es ja so aus, als verlöre der Kampf keineswegs an Kraft. Ihre einzige Chance ist die Flucht in einem Boot, das den Norden Spaniens zu erreichen versucht. Nein, es gibt noch eine Alternative, die ich bisher nicht erwähnt habe: Sie könnten versuchen, die Grenze im Alentejo zu erreichen, die von den aufständischen Truppen noch nicht besetzt worden ist, und sie irgendwo zu überschreiten. Doch unsere Regierung hat überall in der Gegend die Wachtposten verstärkt. Sie könnten schließlich auch versuchen, in Lissabon ein Schiff mit irgendeinem anderen Zielort zu nehmen, doch dafür würden Sie falsche Pässe benötigen. Da Sie also nun einmal hier sind und da unser Boot fährt, sieht es so aus, als hätten Sie wirklich keine andere sinnvolle Alternative. Wie ich anfangs schon sagte, Ihr Fall ist nicht der einzige. Und in der Nachricht, die ich von Don Marcelino Quiroga mitbringe, mit dem Sie« – er zeigte auf Don Juan – »versucht haben, Kontakt aufzunehmen, spricht er sich ebenfalls für die

Flucht aus. Bleibt noch ein Detail, das ich anzusprechen bevollmächtigt bin, nämlich die Geldfrage. Die Partei legt Wert auf die Feststellung, daß sie lediglich ihren Beistand anbietet, ansonsten aber weder direkt noch indirekt einen Beitrag leisten wird. Da jeder Beitrag einen Ausdruck der Solidarität darstellt, um die es ja auch uns geht, hängt er allein von der Großzügigkeit des Beitragenden ab: je mehr, je besser. Das Boot ist bereits gemietet worden, und wir haben auch jemanden, der es steuert. Es wird an einem Strand nördlich von Kap Mondego in See stechen, in drei oder vier Tagen, vielleicht noch früher. Sie müssen sich für den Wagen bereit halten, der Sie gegen elf Uhr abends abholen wird. Die Aktion findet in jedem Fall statt, mit Ihnen oder ohne Sie. Und das fehlende Geld muß bis übermorgen zwölf Uhr mittags an mich übergeben werden: zehntausend Escudos. Ich warte im Hotel.«

Mein Onkel fragte nach: »Aber Ramos, wenn die Aktion sowieso stattfindet, mit ihnen oder ohne sie, was sollen dann die zehntausend Escudos?«

Er blieb ungerührt, als hätte er mit dem Einwand gerechnet, ganz unpersönlicher Botschafter, als den ich ihn zum ersten oder zweiten Mal erlebte: »Weil dieses Geld die beste politische Garantie für die Herren ist, nicht mit der Partei in Verbindung gebracht zu werden, denn wir übernehmen keine eventuellen Mehrkosten.« Er stand auf. »Verzeihen Sie, wenn ich darauf bestehe. Ich brauche eine endgültige Entscheidung, und zwar jetzt.«

Die beiden Spanier tauschten einen Blick. Der Baske antwortete: »Wir kommen mit. Was das Geld betrifft...«

Mein Onkel mischte sich ein: »Das kriegen wir schon hin.« Er und ich begleiteten Ramos schweigend zum Ausgang. Der angekettete Hund bellte. Am Tor sagte Ramos: »Erlauben Sie, Herr Leutnant, daß ich kurz unter vier Augen mit Jorge spreche?« Er zog mich ein Stück beiseite und sagte nur: »Mercedes hat mit mir gesprochen. Danke.«

Mein Onkel und ich gingen wieder ins Haus. Er fuchtelte mit seinem Stock herum und fragte: »Wo sollen wir nur das Geld herbekommen? Das ist die reinste Erpressung... findest du nicht?«

»Onkel, Zé macht Politik«, sagte ich, »und er hat uns eine politische Lektion aufgesagt, die er sehr gut gelernt hat. Erpressung ist das nicht.«

»Er läßt die Spanier zwischen Scylla und Charybdis wählen. Mir ist es egal, ob sie ihr ganzes Leben hierbleiben. Aber wenn sie sich verpflichten, ihm das ganze Geld zu bezahlen, wann wollen sie dann ihre Spielschulden bei mir begleichen? Außerdem habe ich nicht soviel Kredit. Wenn doch nur diese verfluchte Alte über den Jordan ginge!... Eine solche Summe kann nicht mal deine Tante aus ihr rausholen.«

Ich hatte plötzlich einen furchtbaren Einfall, so furchtbar, daß ich über mich selbst lachen mußte: »Läßt du mich dieses Problem lösen, Onkel?«

»Dich? Wie denn?«

»Sag der Tante, sie soll ihrer Mutter einen Bittbrief schreiben, daß sie das Geld dringend für einen Notfall braucht. Ich organisiere einen Boten, der nach Coimbra fährt und das Geld herbringt.«

»Aber sie wird es nicht rausrücken.«

»Versuchen wir's doch.« Ich schaute ihn halb kalt, halb listig an. »Kommt auf den richtigen Boten an.«

Seine Augen funkelten, im Nu war er wieder im Haus und rief nach seiner Frau. Auf dem Weg zur Bibliothek blieb er auf jeder Treppenstufe stehen, abwechselnd schreiend und Kommentare von sich gebend: »Was für ein toller Witz! Daß die Alte dafür bezahlt! Kommt auf den Boten an, wie?« Und er lachte genüßlich, ganz Feuer und Flamme für die Idee.

Meine Tante, im Morgenmantel, die Haare von einem blauen Band zusammengehalten, kam die große, geschwungene Treppe herab. »Was soll dieses Gebrüll mitten in der Nacht? Bist du verrückt geworden, Justino? Muß das sein, daß du so laut nach mir rufst?«

»Schweig, Frau! Komm und schreib einen Brief an deine Mutter, du mußt sie um zehntausend Escudos bitten!«

»Zehntausend Escudos?«

»Ja, zehntausend, so viel kostet das Boot, mit dem die Spanier fliehen.«

»Du mußt verrückt geworden sein! Ist dein Onkel verrückt geworden? Seid ihr alle verrückt geworden?«

»Keiner ist verrückt geworden. Aber deine Mutter muß bezahlen.«

»Meine Mutter wird dir dieses Geld nicht geben. Das hat doch alles weder Hand noch Fuß!«

»Ach nein? Ha, ha… Vier Hände und vier Füße…« Er stieß mir in die Rippen. »Kommt auf den Boten an, wie?«

»Auf den Boten?« fragte sie.

Ich senkte die Augen. »Ich werde einen Boten besorgen, damit es schneller geht.«

»Ich schreibe keinen Brief«, sagte meine Tante.

»Du schreibst ihn nicht? Ach wirklich? Macht gar nichts. Wir schreiben ihn. Du mußt ihn nur in deiner schönen Handschrift abschreiben.«

Meine Tante gab keine Antwort und ging wieder nach oben.

Er brüllte: »Komm runter! Sofort hierher!«

Sie hörte nicht auf ihn. Mein Onkel wollte ihr schon wutentbrannt nachsetzen, aber ich hielt ihn zurück. Mit blitzenden Augen beschloß er: »Soll sie doch zum Teufel gehen da oben. Wir werden schon sehen, ob sie den Brief nachher abschreibt.«

In der Bibliothek warteten die beiden Spanier auf uns, sie standen besorgt und bekümmert da.

Don Juan sagte: »Wie albern, Don Justino… und alles ist unsere Schuld.«

»Von wegen, Ihre Schuld! Diese Gauner sind dran schuld, die Generäle und Pfaffen, und dieser Spitzbube, der noch Geld haben will! Machen wir uns an den Brief.«

Er verließ den Raum, überquerte den Flur und setzte sich in sein Arbeitszimmer. Es wurde niemals benutzt, außer wenn er Briefe schrieb, was aber selten vorkam. Bevor ich ihm folgte, erklärte ich den Spaniern in Kürze, daß wir versuchen wollten, das Geld zu besorgen, indem wir die Schwiegermutter meines Onkel darum baten. Sie versuchten abzulehnen; das ergäbe doch keinen Sinn, was die Familie meiner Tante denn damit zu tun hätte, sie wollten auf gar keinen Fall… Mein Onkel steckte seinen Kopf durch die Tür: »Das geht nur mich etwas an, nicht Sie, meine Herren. Meiner Schwiegermutter Geld abzuluchsen ist ein Vergnügen, das ich mir von niemandem nehmen lasse.«

Sie verbeugten sich, wünschten gute Nacht und gingen nach oben auf ihre Zimmer. Mein Onkel rückte den Spazierstock auf seinem Arm zurecht und rief: »Los, wir haben keine Zeit zu verlieren. Jetzt wird der Brief geschrieben.«

Das mit dunklen Teppichen ausgelegte Arbeitszimmer war bis auf halbe Höhe mit Kastanienholz getäfelt, darüber war »Granat«-

Damast gespannt. An den Wänden standen große, hochlehnige schwarze Stühle, Sitz und Lehne aus Rohrgeflecht, deren geschwungene Beine in Klauen endeten, die auf einer Kugel ruhten. Zwei hohe Bücherschränke mit roten Vorhängen hinter den Glastüren standen an den beiden Wänden links und rechts vom Eingang, genau gegenüber. Zwischen den beiden Fenstern mit ihren schweren, dunkelroten Schabracken thronte ein riesiger, schwarzer, bauchiger Schreibtisch, dessen Füßchen denen der Stühle glichen, nur kleiner. Mein Onkel setzte sich auf den dazugehörigen Stuhl, nachdem er seinen Stock an die Lehne gehängt hatte, welche noch höher war als bei den anderen Stühlen und zur Verzierung große, über seinem Kopf prangende Wappen und Früchte aufwies.

Er zog die Schublade auf, holte große weiße Bögen heraus und legte sie sorgfältig in einem geraden Stapel vor sich. Dann zog er das doppelte Tintenfaß aus Silber näher zu sich heran. Dessen bauchige Vorderseite war von einer Plakette geschmückt, auf der unter seinem Namen die ewige Dankbarkeit der Schüler des Jahrgangs 1930 vom São-José-Kolleg, seiner Schule, eingraviert stand; darüber ragten die beiden Schnäbel der eigentlichen Tintenfässer empor. Mein Onkel stand auf und stellte mit einem Griff fest, daß sie eingetrocknet waren. Also schob er sie wieder fort, holte aus der Schublade einen Bleistift und sagte: »Reicht ja, um ins unreine zu schreiben.« Aus der Jackentasche zog er den Füllfederhalter und legte ihn neben den Papierstapel: »Damit kann deine Tante später abschreiben. Also, fangen wir an. Du diktierst, und ich schreibe.«

»Ich diktiere?«

»Na klar! War es nicht deine Idee? Außerdem kennt sie meine Ausdrucksweise, nachher passiert mir noch, daß ich ›alte Hexe‹ in den Brief schreibe, und deine Tante schreibt's ab.«

»Aber sie kennt doch auch die Ausdrucksweise der Tante.«

»Und? Du doch auch. Die Sprache deiner Tante ist sie selbst. Also, los geht's. ›Meine liebe Mutter‹. Nein. ›Maman‹. Sie sagt immer Maman zu ihr. Und dann? ›Ich weiß, daß du uns nicht helfen willst, weil es Justino dir gegenüber an Respekt fehlen läßt.‹ Das ist doch gut, oder? ›Weil es Justino dir gegenüber an Respekt fehlen läßt‹. Stimmt, ich respektiere sie ja auch nicht. ›Doch die Sorgen einer stets treuen Tochter können meiner

Maman nicht gleichgültig sein.‹ So. Möglichst viel in der dritten Person, so schreiben Töchter oft an ihre Mütter. ›Ich bin das Opfer einer schrecklichen Erpressung.‹ Das ist doch ein guter Witz, findest du nicht? Wir müssen bloß aufpassen, daß die Alte nicht glaubt, wenn sie Erpressung liest, daß deine Tante mir Hörner aufgesetzt hat. Dann gibt sie ihr nämlich kein Geld, weil sie hofft, der Erpresser würde mir die Beweise des Ehebruchs schicken und ich mich von ihr trennen... Nein... Laß dir was Besseres einfallen. Du hast schließlich noch gar nichts gesagt. Diktier, Mensch.«

Ich lag fast quer über der Schreibtischplatte, um lesen zu können, was er schrieb. »Sag doch mehr oder weniger die Wahrheit.«

»Die Wahrheit? Und wenn der Bote den Brief liest? Und uns dann bei der Polizei anzeigt?«

»Der Bote liest den Brief nicht. Und deine Schwiegermutter wird ja wohl nicht wollen, daß ihre Tochter in diesen Fall verwikkelt wird.«

»Hmm... Na, dann sag mal an.« Er legte den Bleistift beiseite, um sich sorgfältig eine Zigarette zu drehen.

»Du könntest hinschreiben, daß ein Flüchtling bei uns ist und daß ein Polizist zehntausend dafür verlangt, daß er ihn nicht verhaftet.«

»Das wirkt nicht«, sagte eine Stimme von der Tür des Arbeitszimmers her. Meine Tante.

Mein Onkel zündete sich die Zigarette an, nahm gemächlich einen Zug, betrachtete die Glut, schnippte mit dem kleinen Finger etwas Asche ab und sagte: »Komm her, Frau, setz dich.« Dann rutschte er mit dem Stuhl ein Stück zurück, ohne jedoch aufzustehen.

Sie kam, die weißen Puschel ihrer Pantoffeln schauten vorne unter dem Morgenmantel hervor, und blieb neben seinem Stuhl stehen. Dann beugte sie sich vor und las, was er bisher geschrieben hatte.

»Bis ›meiner Maman‹ ist es gut. Aber diese dritte Person, das geht nicht, das ist zu kindlich. Meine Mutter kriegt Wutanfälle, wenn wir nicht so elegant und weltläufig schreiben, wie sie uns für teures Geld hat beibringen lassen.«

»Schreib nur, Frau, schreib du.«

Sie setzte sich auf seinen Schoß und begann zu schreiben. Ich hatte die beiden noch nie so gesehen. Ich hatte bereits etwas Abstand zum Schreibtisch eingenommen, um meine Tante durchzulassen, und rückte jetzt noch weiter weg. Meinem Onkel fiel das auf: »Du bringst dich in Sicherheit, was? Tja, aber manchmal weiß deine Tante es auf dem Schoß des Knaben hier durchaus zu schätzen.«

Sie biß sich wie eine Gymnasiastin auf die Zunge, die an einem Mundwinkel zwischen ihren Lippen hervorschaute, und schrieb eifrig.

»Morgen«, sagte ich, »weckt mich früh, damit ich den Brief rechtzeitig hinbringen kann.«

Meine Tante fragte, ohne den Kopf zu heben: »Wieviel Uhr?«

»So gegen sieben«, sagte ich und ging.

Langsam stieg ich die Treppe hoch in mein Zimmer. Wieder sah ich auf dem Tisch den angefangenen Brief liegen, die Postkarten. Es war, als wären seit gestern nachmittag um fünf Uhr Jahre vergangen. Ich nahm den Brief und die Postkarten, zerriß sie und ließ die Schnipsel aus dem Fenster flattern. Es hatte keinen Sinn, sie zu Ende zu schreiben und abzuschicken. Was ich sagen wollte, wem konnte ich es schon sagen? Ich lehnte mich aus dem Fenster, schaute in die Nacht hinaus. Je mehr man das Leben als selbstbestimmt empfindet – und je mehr es so ist –, desto mehr Menschen spielen darin eine Rolle. Und je mehr Menschen darin vorkommen, desto mehr hat man zu sagen, ohne daß man wüßte, zu wem. Denn es ist unmöglich, anderen von seinem Leben zu erzählen, ohne offenzulegen, wie viele es außerdem gibt, die darin verwickelt sind, zum Teil, ohne daß sie es wissen. Vielleicht redeten viele Leute deshalb so viel, ohne etwas auszusagen, weil sie verbergen wollten, wieviel sie wußten, und nicht einmal sich selbst die Geheimnisse verraten wollten, die ihnen anvertraut worden waren. Oder sie unterwarfen sich anderen, einer Kirche, einer Gruppe oder wen auch immer sie für angebracht hielten, um sich der schwerwiegenden Verantwortung für das Leben der anderen zu entziehen. Oder sie gaben sich der Liebe hin… Und mit einem Schlag fiel mir auf, daß ich Mercedes vergessen hatte. Seit einiger Zeit hatte ich nicht mehr an sie gedacht, beschäftigt, ein Gewebe zu spinnen, dessen Zentrum sie war. Ich hatte sie vergessen, oder etwa nicht?, weil ich ihr alles andere untergeordnet hatte. Alles und alle. Skrupellos. Alles, sogar sie selber in mir. Ich lehnte mich an den offenen Fensterflügel. Oder umgekehrt, hatte ich sie mir in ihr untergeordnet? Oder der Freiheit, die sie verloren und durch mich wiedergefunden hatte? Denn ich hatte sie befreit, daran bestand kein Zweifel. So hatte auch sie es empfunden, schließlich hatte sie zu mir gesagt: »Ich habe dir alles gegeben. Jetzt habe ich nichts mehr.« Jawohl: Als sie mir ganz gehörte, sich mir vollkommen hingab, legte sie alles andere ab, und nun gab es nichts mehr, das sie noch hielt.

Ich trat wieder ins Zimmer und zog mich langsam aus. In meinen Kleidern hing so etwas wie der Morgentau unseres Zusammenseins. Auf meiner Haut schwebte ein Duft, der von ihr stammte, doch auch ein Geruch, der von uns beiden gemeinsam herrührte. Ich legte mich nackt aufs Bett. Ich atmete ein, langsam, leicht. Nein, ich würde vor dem Schlafengehen nicht mehr duschen. Ich würde so liegenbleiben, ihre Gegenwart um mich her spüren, eine Gegenwart, die mich nicht nur umfaßt hielt, sondern aus mir hervorkam, da sie in mir wohnte. Ich löschte das Licht und legte mich wieder hin. In der Dunkelheit des Zimmers materialisierte sich ihre Gegenwart in aufeinanderfolgenden Gesichtern, Momentaufnahmen, die ich nicht gesehen hatte, als sie in meinen Armen lag, aber die meine Augen, ohne daß ich es gemerkt hätte, wie bezaubert im Gedächtnis gespeichert hatten. Ich sah sie lächeln, mit geschlossenen Augen, gerade hatte sie sich noch aufgebäumt. Ich sah sie blinzeln, mich betrachten. Ich sah sie mit seitwärts gebeugtem Kopf, die Haare senkrecht herabfallend. Ich sah sie mit halbgeöffnetem Mund, mal mit aufblitzenden Zähnen, mal mit geschürzten Lippen. Ich sah ihr Profil, im Schatten und im Gegenlicht. Und ich sah ihr Gesicht, das ich im Dunkeln mit meinen Fingerspitzen erspürt hatte. Wenn das Leidenschaft war, was ich spürte, in dieser Friedlichkeit, als ich sie sah, ohne sie mir vorzustellen, dann war ich leidenschaftlich verliebt. Und nicht wie ein kleiner Junge, der von der unmöglichen Liebe träumt, sondern wie ein Mann, der in der Liebe der Frau, mit der er sich vereinigt, seine eigene Leidenschaft erkennt.

XIX

Die Schläge an die Tür weckten mich nicht sofort auf. Ich rekelte mich, die Morgenkälte ließ mir Schauer über den Rücken laufen; erst dann hörte ich die Mitteilung: »Es ist sieben Uhr.« Ich stand auf, ging ins Bad und danach hinunter in die Küche. Von der Tür aus sah ich die Hausangestellten und daß meine Tante nicht bei ihnen war, sondern im kleinen Eßzimmer. Lächelnd wünschte sie mir guten Morgen und zeigte auf einen weißen Umschlag, der auf dem Tisch lag: »Da ist der Brief. Wenn dein Bote Geld bringt, sollten es fünfzehntausend sein.«

»Fünfzehn?«

»Ja, fünfzehn. Wenn wir sie schon anbetteln, warum nicht die Gelegenheit nutzen?« Sie richtete sich das Haar.

Ich trank schnell meinen Kaffee aus, nahm den Brief und sagte im Gehen: »Wenn ich nicht sofort zurückkomme, bin ich noch an den Strand gegangen.«

Die strahlende Morgensonne und eine kalte Brise verliehen der Luft einen durchscheinenden Schimmer. Auf den leeren Straßen waren ab und zu ein paar Kinder zu sehen, die, gefolgt von ihren Hausmädchen, zum Strand unterwegs waren. Ein Fischhändler kam in meine Richtung getrottet, barfuß, dunkel gekleidet, und auf den Schultern trug er seine Fische in zwei Eimern an den Spitzen einer Stange, die sich unter dem Gewicht bog. Am Eingang der Pension wischte ein Hausdiener mit hochgekrempelten Hosen und bloßen Füßen den Mosaikfußboden. Seine Haare waren graumeliert und kurzgeschnitten. Ich fragte ihn nach Rodrigues. Der Herr Rodrigues? Dieser aufgeschossene Junge, der immer solche Witze erzählte? Ach so, ja. Aber der schlief doch bestimmt noch, zu dieser frühen Stunde. Und er schloß: »Falls er überhaupt zu Hause übernachtet hat.« Dann musterte er mich mit einem unangenehmen Blick und meinte: »Gehen Sie ruhig nach oben und klopfen Sie an seine Tür. Nummer sieben.«

Ich tat es, suchte im dunklen Korridor nach dem Zimmer und klopfte an. Die Sätze, die ich ihm sagen wollte, hatte ich mir zurechtgelegt. Doch hier, vor seiner Tür, kamen sie mir allesamt absurd vor. Nun würde es eben laufen, wie es gerade kam. Ich hörte drinnen Schritte, der Schlüssel drehte sich einmal im

Schloß, und sein Gesicht, verschlafen und mit blinzelnden Augen, tauchte auf.

»Du bist das? Um diese Zeit? Komm rein«, und er schloß hinter mir wieder ab. Dann riß er beide Fensterflügel auf. Bis auf seine Pyjamajacke war er nackt. »Ich hab schon überlegt, wer das sein könnte, als ich es klopfen hörte. Mir sollte nämlich erst um neun der Kaffee gebracht werden.« Er fegte lauter Kleider, die sich auf einem Stuhl türmten, zu Boden. »Setz dich da hin.« Er legte sich aufs Bett. Für ihn war sein Exhibitionismus ein so instinktiver Impuls, daß er schon zwischen seinen Beinen herumfingerte, als er mich fragte: »Was ist denn in dich gefahren? Du hast mich noch nie so früh besucht. Das muß ja was Ernstes sein. Auch wenn nie ein Mensch ernste Dinge mit mir bespricht.«

»Es ist tatsächlich etwas Ernstes, und nur du kannst bei der Lösung helfen.«

Er drehte sich zu mir, betrachtete mich aufmerksam und stützte den Kopf auf seinen Arm, unter den er ein Kissen geklemmt hatte: »Worum geht's?«

»Du mußt nach Coimbra fahren und einen Brief überbringen.«

»Einen Brief? Nach Coimbra? Und warum ausgerechnet ich?«

»Der Brief stammt von meiner Tante.«

»Von deiner Tante!« Er schrak auf, wobei sich seine Füße im Laken verfingen; er zerrte es hoch und deckte sich zu.

»Ja. Ein Brief an ihre Mutter.«

Er kniff die Augen in stillem Erstaunen zusammen und setzte sich, immer noch in das Laken gewickelt, auf die Bettkante. Schließlich ein Murmeln: »Und warum ich?«

»Weil sie dich darum bittet.«

Er schlug die Augen nieder und betrachtete seine Hände, die sich in das Laken krallten: »Sie erinnert sich an mich?«

»Es ist eine ganz dringende Bitte um Geld, das sie braucht. Ich denke, du weißt, wie die Alte ist« – er warf mir einen Blick zu, da er etwas anderes verstanden hatte, was in meinem Satz gar nicht vorkam –, »eine geizige Hexe, die ihrer Tochter keinen roten Heller gibt. Da nützt es gar nichts, zu telefonieren oder zu telegrafieren. Oder den Brief mit der Post zu schicken, selbst wenn genug Zeit dazu wäre. Oder einen Boten zu fragen, den die Alte nicht kennt...«

Er unterbrach mich, während er sich wieder ausstreckte, die Augen an die Decke gerichtet: »Aber mich kennt sie doch nicht...«

»Ich glaube schon. Sonst wäre meine Tante sicher nicht auf dich gekommen.«

Er blieb stumm, reglos. Dann wandte er mir das Gesicht zu, die Augen glasig vor Tränen, was mich beinahe davontrieb: »Ich bringe also den Brief hin und das Geld wieder mit, nicht wahr?«

Ich nickte bestätigend.

»Das muß ja eine schlimme Geschichte sein...« Über seine Lippen huschte ein schwaches Lächeln. »Wer weiß denn davon?«

»Nur ich und sie. Und du.«

»Und ich. Aber ich weiß den Grund dafür nicht, will ihn auch gar nicht wissen. Schwörst du mir, daß es wirklich deine Tante ist, die mich darum bittet?«

»Ja.«

Er stand auf, zog das Bettlaken hinter sich her und trat ans Fenster. Und dann baute er sich vor mir auf, so nah, daß ich mich auf dem Stuhl zurücklehnte. Er legte mir eine Hand auf die Schulter und beugte sich hinunter: »Jorge... daß sie... von allen Menschen auf der Welt... mich darum bittet.«

Ich wandte die Augen ab. Vor mir schaute sein Unterleib lächerlich unter der kurzen Pyjamajacke heraus.

Er drehte sich um und begann Kleidungsstücke aus der Kommodenschublade zu holen. Ein bitteres Lächeln, ein Stirnrunzeln. Während er Unterhosen miteinander verglich und Hemden, sagte er: »Ich muß mich anständig anziehen, nicht wahr? Um den allerbesten Eindruck zu machen. Sonst gibt sie mir das Geld nicht. Wieviel ist es überhaupt?«

»Fünfzehntausend.«

»Fünfzehntausend?!... Dann bin ich ja doch mehr wert, als ich dachte.«

Ich machte Anstalten zu gehen.

»Warte. Geh noch nicht. Treffe ich mich mit dir, wenn ich zurück bin? Wann soll ich überhaupt zurück sein?«

»So schnell wie möglich.«

»Na ja... So etwas dauert seine Zeit. Aber wenn ich gleich aufbreche, kann ich heute abend wieder hier sein. Spätestens.«

»Ich komme um zehn bei dir vorbei. Ist dir das recht? Wieder hier?«

Er überlegte, inzwischen in der Pyjamahose, aber ohne Jacke, mit Handtuch und einigen Utensilien für seine Toilette in der Hand: »Und wenn die Alte gar nicht da ist?«

»Soweit meine Tante weiß, müßte sie aber da sein.«

Ich zog den Brief aus der Tasche und hielt ihn Rodrigues hin. Er nahm ihn vorsichtig und drehte ihn hin und her. »Der ist ja offen. Mach ihn zu.« Und er gab ihn mir zurück.

Ich leckte den Umschlag, schloß ihn und reichte ihn zurück. Rodrigues legte ihn auf die Kommode.

»Dann bis nachher«, sagte ich und schloß die Tür auf.

Er kam hinter mir heraus, unterwegs zum Badezimmer. Im Korridor blieb er stehen, um einen Pantoffel, der ihm entschlüpfte, wieder anzuziehen: »Hör mal...«

»Was denn?«

Das Licht von der Tür beleuchtete sein Gesicht, in deutlichem Kontrast zum Halbdunkel, das im Korridor herrschte. Seine verschatteten Augen fielen mir auf, umgeben von kleinen Fältchen, die ihn älter aussehen ließen, so wie andere Falten an den Mundwinkeln seinem Lächeln etwas Mechanisches gaben. Ich wiederholte: »Was ist denn?«

»Ach, nichts... Gar nichts.« Dann verschwand er in den Tiefen des Korridors.

Ich lief die Treppen hinunter und an dem Hausdiener vorbei, der immer noch den Eingang wischte, und trat auf die Straße. Sollte ich nach Hause gehen und Bescheid sagen, daß alles geklappt hatte? Es war mir widerwärtig, erneut darüber zu sprechen, vor allem jetzt. Also an den Strand? Ich hatte Mercedes versprochen, das nicht zu tun. Aber ich wollte sie sehen. Ich bog in die Straße der Cafés ein und setzte mich an einen Tisch. Hier würden sie vorbeikommen. An den Tischen saßen einige Gäste, wenige nur, die meisten vor ihrem Morgenkaffee. Hinter mir unterhielten sich drei Spanier. Die kommunistische Republik war verloren. Die Marine war komplett zu den Nationalisten übergelaufen. Das Guadarrama-Gebirge war erobert. Die Truppen standen schon auf dem Universitätsgelände, vor den Toren Madrids. Ganz Galicien war gefallen. Italien und Deutschland wollten massenhafte Unterstützung schicken. Frankreich und England rührten sich nicht. Rußland genausowenig, weil Stalin bei sich zu Hause anderes zu tun hatte, als sich um spanische Anarchisten zu kümmern. Verdammtes Gesindel das, sollte man alle an die Wand stellen. Und ihre Greueltaten? Dafür würden sie bezahlen müssen, für alles, was sie schon seit den Tagen der Republik begangen hatten. Allein in Barcelona wurden damals mit ungehemmter Brutalität zweitausend Mönche und Schwestern nackt durch die Straßen gejagt und dann ermordet, nachdem die Schweine vor allen Leuten eine ganze Reihe Nonnen vergewaltigt hatten, tugendhafte Bräute des Herrn! In Madrid fuhren Lastwagen eine Straße nach der anderen ab, auf der Jagd nach allen respektablen und bekannten Persönlichkeiten, um sie abzuschlachten; und die Täter, die Kommunisten, zwangen Frauen und Kinder, selbst Kleinkinder, bei dem Massaker zuzusehen. Über Radio Sevilla nannte Queipo de Llano diese Kanaillen bei dem Namen, den sie verdienten. In Madrid hatten sie an einem Tag Jacinto Benavente, die Brüder Quintero, Ramiro de Maetzu und noch andere glorreiche Größen Spaniens hingerichtet.

»*Qué barbaridad!*« rief einer von ihnen aus und fragte, ob Benavente nicht jener bekannte Schriftsteller sei, der Zarzuelas verfaßte. Der andere, der zuerst gesprochen hatte, widersprach: Er sei wohl Dramatiker, aber ein ernsthafter, sogar den Nobelpreis habe er schon bekommen. Ach, der Nobelpreis, rümpfte der Zarzuela-Kenner die Nase. Dann kam ihm aber doch ein Zweifel: War Benavente denn Chemiker? Der erste klärte ihn auf: Es gebe für alles einen Nobelpreis, auch für Literatur. Dann grübelten sie, wie viele Preise von alldem schon an Spanien gegangen seien. Sie wußten es nicht. Aber es war ein sehr wichtiger Preis, der nur den großen, weltberühmten Persönlichkeiten verliehen wurde, deren Verdienste allgemein anerkannt waren. Einen spanischen Nobelpreisträger zu ermorden, das war im höchsten Maße unzivilisiert und ein Verrat am Vaterland. So was brachten aber wirklich nur die Republikaner fertig. Einer der anderen verkündete, er sei Falangist und insofern Republikaner. Er wolle nicht zulassen, daß Republik und Kommunismus miteinander verwechselt würden. Die Falange kämpfe für eine einheitliche Republik, die alle iberischen Völker unter der Leitung eines Führers versammeln sollte, welcher den Geist des Volkes vertrat. Das sei der einzige Weg, und den verfolgten auch alle Völker Europas, die den wahren Sinn ihres Ruhmes wiedergefunden hätten: man brauche nur nach Deutschland zu schauen, nach Italien und nach Portugal... Der andere erklärte, Italien sei eine Monarchie. Na, was das denn wohl damit zu tun hätte! Ob Monarchie oder Republik, auf das Denken des Oberhaupts käme es an, des Duce, des Führers. Nun fragte die dritte Stimme, wer überhaupt in Spanien die Führung übernehmen sollte: Mola? Queipo? Oder Sanjurjo, wenn er nicht gestorben wäre? José Antonio, den die Kommunisten gefangengenommen hatten und wohl kaum lebendig wieder laufenließen? Keiner von ihnen. General Franco würde der Führer sein, an der Spitze der Afrika-Armee. Die anderen beiden brachen in Gelächter aus. Franco? Ob er verrückt geworden sei? Franco sei ein Unentschlossener, der gar keine politische Haltung habe. Nun spielte sich der erste, vom Ton seiner Stimme her, als diplomatischer Experte auf. Es gebe bekanntlich Monarchisten und Republikaner, Falangisten und *Requetés* und Tod und Teufel, ganz abgesehen von den anderen Generälen – und wer sollte das alles wohl anführen? Das könne doch nur einer, der keinem Lager angehörte. Aber ob er der Mann war, welcher den Duce Spaniens abgeben konnte? Ein General! Also. Nur das Militär und die Kirche standen für die Einheit Spaniens. Und wer, wenn nicht das Militär, konnte Spanien vereinen? Ob sie dächten, daß die Portugiesen, die ja noch gewöhnlicher seien als die Galicier, ein Spanien »von Meer zu Meer« hinnehmen würden? Das ginge doch nur mit Gewalt. Aber England würde das nicht zulassen. Genau deshalb, genau deshalb. Ein starkes faschistisches Spanien könne es sich nicht leisten, daß das portugiesische Tor England weiterhin offenstehe. Darum würden sich schon Deutschland und Italien kümmern. Früher oder später, wenn die »Demokratien« den Schwanz einzogen, war die Sache erledigt. Und eine der Stimmen schloß: »Und dann, Don Valentín, braucht es keinen Paß mehr, um nach Figueira zu kommen.« Befriedigt lachten sie alle drei. ›Diese Hornochsen‹, dachte ich und stellte mir ihr Gesicht vor, wenn sie den Krieg verlieren würden. Sie mußten ihn unbedingt verlieren. »Spanien von Meer zu Meer«, wie? Mehr wollten sie ja gar nicht. Da kam mir Rodrigues, der unseren Brief nach Coimbra brachte, schon fast vor wie ein Märtyrer im Dienste eines unabhängigen Vaterlandes.

In diesem Moment sah ich Macedo und seinen Bruder vorbeigehen und winkte ihnen zu. Sie kamen an meinen Tisch.

»Schon hier, so früh?« bemerkte er. »Kommst du mit an den Strand?«

»Erst mal noch nicht.«

»Wartest du auf jemanden?«

»Nein.«

»Dann komm doch.«

Ich bereute es, sie gerufen zu haben, und behauptete, hier auf meinem Stuhl fühle ich mich sehr wohl. Darauf sagte Macedo zu seinem Bruder: »Geh schon mal vor, ich komme gleich nach.« Er setzte sich an meinen Tisch. Zu mir gebeugt, flüsterte er: »Alles ist bereit. Vergiß nicht, daß ich dir den Kleinen ans Herz gelegt habe, wenn er in Lissabon ist, weißt du noch? Und wenn du, bevor du zurückfährst, auch hier ein Auge auf ihn haben könntest, wäre ich dir dankbar. Laß ihn nicht mit Rodrigues losziehen.«

»Wieso?«

»Hast du nicht gesehen, in was er uns neulich reingezogen hat? Er wollte uns alle mit seinen Angewohnheiten anstecken und den Jungen blenden. Und Luís war auch prompt begeistert. Er achtet nur noch auf ihn, auf das, was er sagt und meint. Wenn ich daran denke, daß ich mitgemacht habe, und obendrein mit dem Kleinen dabei… das kann ich Rodrigues nicht verzeihen.«

»Aber er hat dich doch zu nichts gezwungen.«

»Nein, nein. Das macht ihn ja gerade so bösartig. Du kennst ihn nicht so gut wie ich. Er ist zu allem fähig, um sich an mir zu rächen.«

»An dir? Warum?«

»Weil ich ihm immer alles ins Gesicht gesagt habe. Nie habe ich mich mit ihm verbündet.«

»Und warum tust du jetzt nicht dasselbe?«

»Dafür reicht die Zeit nicht mehr. Und wer weiß, was aus mir wird.«

»Ein Grund mehr.«

»Aber ich darf ihn doch nicht merken lassen, daß ich womöglich zum letzten Mal mit ihm spreche.«

»Nein, das darfst du wirklich nicht. Aber es gibt immer einen Weg, sich auszudrücken. Und er ist intelligent. Ich glaube sogar, daß er kein schlechter Mensch ist. Wenn du offen mit ihm redest, auch ohne daraus eine Art Appell in letzter Sekunde zu machen, dann kann es gut sein, daß er auf dich hört. Und wenn er erfährt, daß dein Appell letzten Endes etwas Abschließendes hat, mit weitreichender Vorbedeutung, dann wird er sich um so mehr daran halten.«

»Meinst du wirklich?«

Ich schaute ihn lange an. Sollte er auf Rodrigues eifersüchtig sein, was den Einfluß auf den Bruder betraf? Oder war es wirklich nur brüderliche Sorge, die ihn umtrieb? Oder... Und ich fragte: »Seit wann hast du dich nicht mehr mit ihm ausgesprochen?«

Er begriff mich nicht: »Wie, seit wann?«

»Du wußtest doch schon an der Schule, als die Rufininhos hinter ihm her waren, daß er bei solchen Sachen mitmacht, oder?«

»Ja. Aber das konnte auch Kinderkram sein, diese Schweinereien, die ich immer gräßlich fand, wie jeder gesunde Mensch. Das habe ich ihm auch gesagt. Er weiß ganz genau, daß ich nichts vergesse. Deshalb ist er böse auf mich.«

»Und du auf ihn.«

»Ich?«

»Allerdings.«

Er war sprachlos. Dann meinte er: »Du könntest doch mit ihm reden.«

»Worüber? Daß er deinem Bruder nicht als Vorbild dienen soll? Das kann ich ihm sagen. Aber daß er sich nicht nach deinem Bilde entwickelt hat, das kann ich ihm nicht vorhalten, weil mir das nicht entspricht.«

»Das finde ich sehr kompliziert. Ich begreife dich nicht.«

»Besser für dich.«

»Nimmst du mich etwa auf den Arm?«

»Keineswegs.«

Mercedes kam daher, zwischen ihrem Bruder und Almeida. Ich grüßte sie herzlich, und sie blieb ein wenig zurück, um den Gruß besonders lange zu erwidern. Es war wie ein Signal der Bestätigung, das sie aber nicht vollendete, da Macedo sich umdrehte.

»Kommst du jetzt nicht mit an den Strand? Ich gehe mit ihnen.« Er stand auf und wiederholte, die Hände auf den Tisch gelegt: »Gibst du auf meinen Bruder acht?« Ich nickte, und er drückte meine Hand, hielt sie fest und murmelte: »Weißt du, wer das Boot besorgt hat? Das war ich. Von diesen Schmugglerfischern, die ich kenne. Alles verläßliche Leute. Aber leicht war es nicht.« Nun packte ich seine Hand: »Wieviel hat das gekostet?« Er zögerte einen winzigen Augenblick und sagte: »Ein Heidengeld.« »Wieviel genau?« Er schwieg. Ich fragte: »Du hast das Boot besorgt und weißt es nicht?« Er wandte den Blick ab und zog die Hand zurück: »Du brauchst nichts davon zu wissen.« »Da irrst du dich gewaltig. Im Gegenteil.« Er sah mich an und setzte sich wieder hin: »Die da hinten können uns hören.« »Die verstehen nichts, das sind Spanier.« »Was willst du denn wissen? Komm, gehen wir hier weg.« Ich bezahlte meine Rechnung, und wir bogen gemeinsam um die nächste Ecke.

»Na?«

»Um es genau zu sagen, kostet das Boot gar nichts. Die Jungs haben sich für das Abenteuer begeistert. Das Boot ist gestohlen. Aber es gibt eine Reihe anderer Dinge, die Geld kosten.«

»Was zum Beispiel?«

»Lebensmittel, Waffen... Vieles.«

»Sonst nichts?«

»Findest du das wenig?«

»Ja.«

»Wir müssen doch auch Geld mitnehmen. Ohne Geld können wir nicht einfach losfahren.«

»Das heißt, alle fahren umsonst mit?«

»Wie, umsonst?«

»Das Geld ist nicht dazu da, um jemanden zu kaufen? Der Steuermann macht es auch umsonst?«

»Der Steuermann ist doch Almeida.«

»Deshalb frage ich ja.«

»Natürlich macht er es umsonst. Was glaubst du denn! Ich kenne Almeida seit vielen Jahren. Diesem Mann kann man vollkommen vertrauen. Er ist von der Sache so überzeugt wie wir.«

»Und die Sache steht fest?«

»Bombenfest. Es hängt nur davon ab, wann die anderen aus Porto eintreffen.«

»Ach, es kommt noch wer aus Porto dazu?«

»Ja, das ist ein Riesencoup. Du wirst sehen.«

»Und warum wird das Ganze nicht von Porto aus gemacht? Warum besorgen die nicht dort ein Boot?«

»Weil wir es hier getan haben. Damit werden die Spuren verwischt.«

»Na schön.«

»Kommst du jetzt mit an den Strand?«

»Noch nicht. Geh du zu ihnen.«

Er machte ein paar Schritte, dann drehte er sich um: »Kann ich dir vertrauen?«

»Hast du Zweifel?«

»Was meinen Bruder und meine Bitte betrifft.«

»Verlaß dich drauf.«

Er gab mir die Hand und ging. Ich setzte mich Richtung Buarcos in Bewegung, um uns für den Nachmittag dort anzumelden. Ich sagte zu der Alten, sie solle uns, falls sie nichts anderes höre, um fünf erwarten. Dann kehrte ich nach Hause zurück.

Meine Tante saß im kleinen Eßzimmer mit einer Näharbeit am Tisch. Sie erschrak, mich so früh wiederzusehen: »Bist du schon zurück? Ist der Bote aufgebrochen?«

»Er hat ja gesagt. Also muß er unterwegs sein.«

»Dein Onkel schläft noch. Sie sind in die Bibliothek gegangen, um Radio zu hören. Wenn sie nicht mit deinem Onkel spielen, ist das ihre Hauptbeschäftigung.«

Sie hatte mich weder gestern abend noch heute morgen danach gefragt, wer der Bote war. Er mußte jemand Besonderes sein, das war klar. War sie nicht neugierig, hatte sie es gar nicht begriffen, oder tat sie nur so harmlos? Was hatten sie und der Onkel sich wohl in dem Brief ausgedacht? Sie nähte weiter, ohne jegliches Anzeichen von Gesprächigkeit. Angesichts meines Schweigens sagte sie schließlich: »Der Witz bei der Sache ist, daß die Spanier jetzt gar nicht mehr fahren wollen. Erst schreiben wir einen Bettelbrief für sie und schicken extra einen Boten nach Coimbra, und nun überlegen sie, ob sie lieber nach Lissabon sollen. Ich möchte mal das Gesicht deines Onkels sehen, wenn er aufsteht und sie erzählen ihm von ihren neuesten Plänen.«

»Sie wollen nicht mehr fahren?«

»So habe ich es verstanden.« Nach einer Pause, in der das Nähen ihre Aufmerksamkeit beanspruchte, fragte sie mich: »Wie ist der Bote denn aufgebrochen? Mit dem Zug? Mit dem Bus? Mit dem Auto? Und wann kommt er zurück?«

Ich erwiderte, ich wisse gar nicht, womit er fahre, darüber hätten wir nicht gesprochen und wir seien heute abend um zehn verabredet.

»Hast du ihm denn Reisegeld gegeben?«

»Nein. Er hat mich auch nicht darum gebeten.«

Ohne die Augen von ihrer Näharbeit zu heben, fragte sie: »Ist es einer deiner Freunde?«

»Ja.«

Sie legte den Stoff auf den Tisch, betrachtete prüfend das Voranschreiten ihrer Arbeit und sagte: »Ich glaube, du solltest besser mit ihnen reden. Auch wenn sie nicht fahren. Fünftausend kämen mir schon sehr zupaß, aber fünfzehn wären natürlich vorzuziehen. Hauptsache, sie bleiben nicht ewig im Haus...«

Dann lächelte sie mich an wie ein unschuldiges Mädchen. Ich ging ohne ein Wort nach oben in die Bibliothek.

Don Juan saß rauchend in einem der Sessel. Der andere hatte seine Nase und seine Ohren in das knisternde Radio gesteckt, drehte sich aber um und wünschte mir im Chor mit Don Juan einen guten Morgen.

»Meine Tante hat mir gesagt, Sie denken daran, nach Lissabon zu fahren. Ist das wahr?«

Sie wechselten einen Blick, und Don Juan antwortete: »Ja, es ist wahr. Wir haben noch mal über alles nachgedacht und halten es für ein absurdes, gefährliches Abenteuer. Von Lissabon aus können wir schlimmstenfalls die Grenze im Alentejo überschreiten, das Risiko würden wir eingehen. Und selbst wenn wir untertauchen müßten, wären wir in Lissabon weniger isoliert als hier.«

»Und das ist Ihnen jetzt erst eingefallen?«

Don Juan setzte eine verlegene Miene auf, denn mein Ton hatte verärgert geklungen. Die Antwort kam von dem zweiten: »In der augenblicklichen Situation wird es das Boot nicht bis zur Küste im Golf von Biscaya schaffen. Entweder die portugiesische Marine oder die Schiffe der Aufständischen werden es aufbringen. Aber an der Südgrenze sind die Stellungen der republikanischen Regierung noch stabil. Wenn ich im Süden ins Land komme, kann ich später, über Frankreich, mein Dorf erreichen. Und Don Juan möchte gern nach Madrid.«

»Wenn Sie den Norden über Frankreich erreichen können, dann wird Don Juan auf demselben Wege nach Madrid gelangen.«

Don Juan sagte: »Und unsere Familien? Wenn sie nicht nach Spanien hineingekommen sind, müssen sie jetzt in Lissabon sein, ohne von uns zu wissen, und wir wissen genausowenig von ihnen.«

»Haben Sie denn nicht gehört, wie Ramos sagte, Sie würden gesucht? Wie wollen Sie hier in den Zug steigen und bis Lissabon kommen?«

»Wir könnten mit dem Auto zu einem anderen Bahnhof fahren und an irgendeinem Haltepunkt des Schnellzugs vor Lissabon ein anderes Auto mieten, um in die Stadt zu kommen.«

»Und von welchem Geld wollen Sie das tun, wenn Sie die Frage entschuldigen?«

»Ihr Onkel würde uns welches leihen«, antwortete Don Juan.

»Und das besorgte Geld?«

»Das kann Ihr Onkel ja Ihrem Freund geben, wenn er will«, sagte der andere.

»Aber es wurde für Sie verlangt.«

»Sie irren sich, Señor. Für die Kosten der Reise, nicht für uns hat Ihr Freund es verlangt«, erwiderte Don Juan.

»Haben Sie schon mit meinem Onkel gesprochen?«

»Das tun wir, sobald er kommt.«

»Und wenn er mit dieser Lösung nicht einverstanden ist?«

Wieder war es der Baske, der mir antwortete. »Ihr Onkel kann uns nicht zu einer Lösung zwingen, bei der wir unser Leben aufs Spiel setzen.«

Und Don Juan, die Hände auf den Knien, fügte hinzu: »Das ist ein Abenteuer... ein Abenteuer...«

Ich ging hinaus, die Treppe hoch und klopfte an die Tür meines Onkels. »Wer ist da?« »Ich bin's, Onkel.« »Was willst du?« »Mit dir reden.« »Komm rein.«

In seinem Zimmer, das ich, seit ich das Haus kannte, vielleicht zum zweiten oder dritten Mal betrat, herrschten Dreck und Unordnung. Zigarettenstummel, Bücher und Hefte, Schmutzwäsche, hingeworfene Anzüge, ein Kleiderschrank mit offenstehenden Türen, an dessen Boden sich weitere, von den Bügeln gefallene Anzüge türmten, all das sammelte sich, umwölkt von einem üblen Geruch, rund um das Bett an, das makellos sauber war, weil meine Tante mehrmals täglich die Laken wechselte; es kam nämlich vor, daß er sich zur Siesta ins Bett legte, ohne die

Schuhe auszuziehen. Er setzte sich auf die Kante, seine Knie ragten spitz unter der Decke hervor, und fragte: »Na, ist unser Mann unterwegs?«

»So sind wir verblieben. Aber die Spanier wollen das Boot jetzt gar nicht mehr nehmen.«

»Ach nein? Wer hat dir das gesagt?«

»Sie selbst. Sie wollen mit dem Zug nach Lissabon.«

»Sind die wahnsinnig? Da arrangiert man ihnen eine dermaßen hübsche Fluchtmöglichkeit, und jetzt wollen sie nicht mehr? Ich schröpfe meine Schwiegermutter ihretwegen, und sie wollen nicht mehr? Das wollen wir mal sehen. Die fahren, und ob die fahren.«

»Aber sie sagen, du kannst sie nicht zu einem Abenteuer zwingen, bei dem sie ihr Leben aufs Spiel setzen.«

»Ach nein? Die kennen mich schlecht. Sie fahren auf jeden Fall, wenn's sein muß, mit Gewalt und an Händen und Füßen gefesselt. Aus diesem Haus kommen sie nur mit dem Boot heraus. Was stellen die sich eigentlich vor? Denken die, so eine spektakuläre, sensationelle Flucht organisiert sich so einfach alle Tage? Wo sind sie? Hängen sie wieder am Radio? Dreh dich mal um, ich will aufstehen.«

In Hosen und Schuhen, die Pyjamajacke und den Stock überm Arm, blieb er mitten auf dem Flur stehen: »Um wieviel Uhr kommt der Bote meiner Schwiegermutter zurück? Denn wenn er zurückkommt, ist er bestimmt *ihr* Bote… Du hast doch einen von den Jungs beauftragt, die sie aus Coimbra kennen, oder? Hmm… Warte mal. Wenn sie das Geld nicht schickt, nur mal angenommen, dann steht es den Spaniern frei, nicht zu fahren. Wenn sie es aber schickt und die beiden nicht fahren wollen, dann sagen wir den anderen einfach, daß kein Geld da ist, schließlich sind wir ja nicht dazu verpflichtet, für die Spanier zu bezahlen. Hmmm… Am besten belassen wir die Dinge, wie sie sind, bis wir wissen, ob das Geld kommt oder nicht. Um wieviel Uhr kommt der Mann? Um zehn?… Aber wer weiß, ob die es sich wieder anders überlegen. So eine hübsche Flucht, die könnte international wirklich für Aufsehen sorgen, noch schöner als meine Flucht nach Holland damals… Es tut einem in der Seele weh. Aber wenn wir das Geld nicht zahlen, scheitert nachher noch das Ganze in letzter Sekunde, und nur deshalb! Fünfzehntausend, das ist ein Heidengeld. Da behalten wir, falls das Geld kommt, fünftausend für uns, das ist gar nicht mal so wenig. Wenn das Geld kommt, gebe ich dir eine Provision. Nein, nein... natürlich nimmst du das an, klar geb ich dir eine Provision. Fünfhundert Escudos sind für dich.«

»Und die Provision für den Boten?« fragte ich.

»Wie bitte? Er hat eine Provision verlangt? Wollen jetzt alle einen Anteil haben? Seine Provision kriegt er von meiner Schwiegermutter bezahlt, und zwar in Naturalien. Sag deiner Tante, sie soll mir einen Kaffee bringen lassen. Aber nicht von der alten Schachtel, sonst fliegt alles in hohem Bogen raus.« Und er schloß sich wieder in sein Zimmer ein.

Ich ging ins Erdgeschoß hinunter und richtete es meiner Tante aus. »Fast schon Zeit fürs Mittagessen«, bemerkte sie. »Dein Onkel will doch nur den Hahn im Korb spielen und sich an die Maria ranmachen«, aber sie schickte das Mädchen trotzdem mit dem Kaffee zu ihm. Dann fragte sie mich: »Hast du mit ihm gesprochen? Was hat er gesagt?«

»Daß wir am besten abwarten sollen, ob das Geld kommt oder nicht.«

»Das Geld kommt bestimmt. Wir haben geschrieben, sonst könnten wir uns nicht trennen; dein Onkel will mich nämlich verlassen und nach Porto gehen, da wir nach dem Skandal hier nicht weiter zusammenleben können.«

»Was für ein Skandal?«

Sie lachte: »Daß ich mir einen Jungen ins Haus geholt habe und mit ihm leben will.«

»Das hast du geschrieben, Tante?«

»Sicher. Das wirkt bei meiner Mutter garantiert.«

»Und dann noch schwarz auf weiß... Aber wenn sie den Brief jemandem zeigt?«

»Das macht sie nicht. Wem denn auch? Und beim nächsten Mal, wenn ich in Coimbra bin, nehme ich ihr den Brief wieder ab. Das Beste dabei ist, daß sie den Boten für meinen Liebhaber halten wird.«

»Das steht in dem Brief?«

»Na ja, wortwörtlich nicht. Aber sie wird es so verstehen.« Sie warf mir einen amüsierten Blick zu.

Ich erwiderte ihr Lächeln verlegen und ging auf mein Zimmer.

»Die Maria« räumte es gerade auf. Der Besen lehnte an der offenen Tür, der Staublappen lag auf dem Tisch, und sie machte das Bett.

»Soll ich rausgehen und das Zimmer nachher zu Ende machen?«

»Nein... Tu es ruhig gleich.«

Ich blieb neben dem Tisch stehen und sah ihr zu, wie sie um das Bett herumwirbelte. Wenn sie sich, mir zugewandt, bückte, hingen ihre runden Brüste herab. Wandte sie mir den Rücken zu, saß ihr das Kleid eng am Hinterteil. Ich preßte mich an sie. Sie wich nicht aus, während sie das Bettzeug feststeckte. Dann machte sie sich los und tat dasselbe auf der anderen Seite des Bettes. Von dort aus schaute sie mich an. Ich drehte mich um und stieß unwillig die Tür zu. Doch der Besen geriet dazwischen, und ich mußte ihn aus dem Weg stellen. Sie zupfte weiter gebückt an den Bettlaken herum, und ich drückte mich wieder an sie. Sie unternahm nichts dagegen, richtete sich auch nicht auf. Ich beugte mich über sie und griff nach ihren Brüsten. Sie verharrte bewegungslos. Ich stieß sie aufs Bett, und sie wehrte sich stumm, bloß um ihr Gesicht zu wahren. Aber eindringen ließ sie mich wirklich nicht. Nachher nahm sie ein Kleidungsstück aus meiner Schmutzwäsche, die auf dem Boden lag, und wischte erst sich selbst damit ab, dann meine Hose. Sie brachte ihre Kleidung wieder in Ordnung und ging ins Bad. Als sie zurückkam, hatte sie das Kleidungsstück angefeuchtet und säuberte mich, auf dem Bett sitzend, noch mal sorgfältig. Schließlich schaute sie sich die Hose an und lachte: »Die muß wohl gewaschen werden.« Sie hatte ein häßliches Gesicht mit plumpem Mund und einer platten Nase. Ich packte sie am Hals. »Lassen Sie mich los.« »Auf heute nacht?« »Nein, mein Herr, Sie entehren mich.« »Ich entehre dich nicht, das verspreche ich.« »Versprechen Sie, daß wir nur so herumschmusen?« »Versprochen.« »Also, sobald Sie zu Bett gegangen sind und alle anderen auch schlafen, komme ich. Aber jetzt muß ich, sonst denken die sich was.« Und damit nahm sie die schmutzige Wäsche, den Staublappen, der noch auf dem Tisch lag, den Besen und ging hinaus. Ich zog mich aus, schlüpfte in meinen Pyjama und nahm ein langes Bad. Als ich, in einer frischen Hose, zum Mittagessen nach unten ging, war noch keiner im Eßzimmer. Ich betrat den Garten und sah, wie mich Maria von der

Küchentür aus beobachtete. Der Hund sprang an seiner langen Kette hoch und bellte. Ich umrundete das Haus. Müll, leere Kartons, die der Hund zerfetzt hatte, Zeitungen, ein aufgeplatztes Kissen lagen hinter dem Haus auf der Erde herum. Mittendrin erhob sich dichtbelaubt und imposant der große Baum. Ich hob den Blick zu den großen, üppig grünen Ästen, die beinahe die Fenster des Hauses berührten. Hie und da hingen Reste von Sachen darin, die heruntergefallen waren, weggeworfen und vergessen. Die Sonne sickerte zwischen den Blättern hindurch, das Laub zitterte in der leichten Brise, die die herabhängenden Fetzen jedoch nicht bewegte. Vögel, die sich vor der Hitze versteckten, zwitscherten mit ausgelassenen Rufen dort oben. Wie ließ sich dieser Baum erklettern? Ich ging um ihn herum und sah nicht, wie das möglich sein sollte. Aber es mußte einen Weg geben. Ich verspürte eine Beklemmung, die mich von diesem Ort zurück ins Haus jagte. Ich ging wieder hinein. Als ich um die Ecke bog, blieb ich noch einmal stehen und betrachtete den Baum. Und im Gegensatz zu dem, was ich erwartet hätte, erschien er mir aus dieser Entfernung zwar nicht mehr so schmutzig und voller Müll, aber auch nicht mehr so grün: lauter Schatten ließen ihn fast schwarz aussehen. Von der Küchentür aus rief mich Maria zum Mittagessen. Im Vorbeigehen rieb ich mich demonstrativ an ihr, unter Micaelas gestrengen Blicken, deren schwarzes Damenbärtchen über den Schüsseln hing. Maria spielte das Unschuldslamm: »Also wirklich! Dieser Deibel! Kommen Sie sofort her!« Ich drehte mich in der Tür zum Flur lachend um. Micaela nickte mir nachgiebig zu und musterte die andere tadelnd.

XX

Das Mittagessen verlief schweigsam, mein Onkel, meine Tante, die Spanier und ich ließen uns nicht anmerken, daß uns alle dasselbe beschäftigte, nämlich ihre Reise. Es gab flüchtige Blicke, ab und zu einen Satz, demonstrative Ungezwungenheit vor allem von Onkel und Tante, aber die langen, stummen Pausen waren am schwierigsten. Maria trug auf, ihr Körper wirkte grazil, ihr Gang aber war schwerfällig, und nicht ein einziges Mal sah sie mich an. Irgendwann fragte ich mich sogar beunruhigt, ob die

Episode mit ihr in meinem Zimmer nicht auch ein Grund für dieses Schweigen war, das immer wieder aufkam. Obwohl manches dafür sprach, verflog meine Unruhe bald, denn mein Onkel und meine Tante waren in diesen Dingen nicht besonders streng… Ich lächelte insgeheim bei dem Gedanken, was Maria wohl damit gemeint hatte, daß ich sie entehren könnte. Wahrscheinlich wurde eine Liebelei für sie ehrlos oder gefährlich, wenn sie sich auf Dauer und im Liegen fortsetzte. Ein Mädchen wie sie, halb vom Lande, halb aus der Stadt und nicht mehr minderjährig, war ohne Zweifel schon oft in die Situation gekommen, für irgendwelche Männer den Rock zu heben, schließlich hatte sie bei mir erstaunlich wenig Umschweife gemacht. Und es war kaum anzunehmen, daß der Widerstand, den sie mir entgegengesetzt hatte, weil der Augenblick nicht so geeignet für angemessenere Vorbereitungen und Befriedigungen gewesen war, in anderen Fällen mehr gefruchtet hatte. Natürlich war sie keine Jungfrau mehr. Sie hatte sich gewehrt, um ihr Gesicht zu wahren und weil sie die Gelegenheit unpassend fand. Aber auch aus dem Aberglauben heraus, daß die vollkommene, gemächliche Hingabe eine Voraussetzung dafür war, schwanger zu werden: Wenn du mit einem Mann im selben Bett schläfst, dann wird es gefährlich… Plötzlich beschäftigten mich zwei ganz verschiedene Gedanken gleichzeitig: daß Maria keine Jungfrau mehr war und daß Mercedes schwanger werden könnte. In meiner jähen Leidenschaft und meiner Freude, mit Mercedes zu schlafen, hatte ich gar nicht daran gedacht. Die Sprachlosigkeit bei Tisch ließ meine Befürchtungen unversehens zu einer Besessenheit werden, wobei es sich jedoch nicht um eine lineare Gedankenfolge, sondern eine allgegenwärtige fixe Idee handelte. Dank des allgemeinen Schweigens konnte ich, als das Mittagessen zu Ende ging, ohne weitere Umstände aufstehen und mich auf mein Zimmer zurückziehen. Doch angesichts der Gefahr, daß Mercedes schwanger wurde… Wenn ich nur daran dachte, verdoppelte sich meine Angst. Angst davor, daß sie schwanger wurde und ich imstande war, mich darüber zu freuen, weil ich sie so sehr liebte. Dabei konnte ich sie doch lieben, sie zutiefst begehren und heiraten wollen, ohne daß wir uns deshalb unbedingt Kinder wünschen mußten oder daß das Leben uns Kinder schenkte. Bekäme sie ein Kind von mir, bevor wir geheiratet hätten, oder müßten wir deshalb heiraten, so würde sie sich zwangsläufig an mich als Vater ihres Kindes gefesselt fühlen. Würde unsere Liebe dann nicht immer mehr von äußeren Bedingungen bestimmt und letztlich zu einer Pflicht werden? Würden diese Bedingungen nicht bloß zu Verbitterung, zum Verlust dieser Liebe führen? In unserer Welt bedeuteten sie eine Einschränkung, ob wir es wollten oder nicht; und wenn ich diese Zwänge fürchtete, hieß das nicht in Wahrheit nur, daß ich mich nicht in dieser Weise an Mercedes gebunden fühlen wollte? Wenn mich diese Vorstellung erschreckte, was war meine Liebe zu ihr dann? Was war meine Sehnsucht danach, sie immer mein zu nennen und noch viel mehr? Was war meine Zärtlichkeit, die mich so sehr erfüllte, daß ich nicht einmal darüber nachdachte, wie wenig ich sie kannte, und daß ich gar nicht wußte, wer diese Frau wirklich war? War das alles etwa keine Liebe? Und wie konnte ich, in dem Schwebezustand zwischen dem ersten Mal, als ich mit Mercedes geschlafen hatte, und dem zweiten Mal, das mir wieder Stunden der Verzückung beschert hatte, wie konnte ich mich nur an die Hausangestellte heranmachen und sie derart heftig begehren, sie, die mir nur eine unreife, halbherzige Befriedigung bot? Wie konnte ich, nur wenige Stunden, nachdem ich eine Frau in den Armen gehalten hatte, die nicht bloß mit mir zusammen war, sondern die ich am meisten von allen liebte, die meine Geliebte geworden war, wie konnte ich diese plumpe Kuh umklammern, in die ich auch eingedrungen wäre, wenn sie sich nicht gewehrt hätte? Und jetzt wünschte ich mir obendrein, sie sei noch Jungfrau, damit ich sie entjungfern konnte? Alle meine Freundinnen, alle Prostituierten, denen ich je begegnet war, trugen heute, wenn ich mich an sie zu erinnern versuchte, die Züge von Mercedes. Nur dieses Mädchen hier nicht. Etwa, weil sie sich in der Nähe befand und die anderen so weit weg waren, von mir entfernt durch mein jetziges Desinteresse an ihnen und die kurzzeitige Befriedigung von früher? Oder weil Maria, bei dem Gedanken daran, daß sie möglicherweise noch Jungfrau war, weder der Vergangenheit angehörte, wie die anderen, noch der Gegenwart, wie Mercedes? Mercedes hatte sich mir doch hingegeben, als ob sie noch Jungfrau wäre, mit einer Reinheit, einer mutigen Schüchternheit, einer schmerzlichen Zärtlichkeit, deren *als ob* ihr in meinen Armen die Unberührtheit zurückgab. Immerhin, die Unberührtheit hatte ein anderer ihr genommen. Selbst wenn jeglicher Gedanke an ihn, der in ihrer Liebe zu mir mitschwingen mochte, nunmehr die Züge meines Gesichts trug und sich mein Körper in das Gedächtnis ihres Körpers eingeprägt hatte, so konnte ich deshalb noch lange nicht vergessen – und zwar nicht etwa, daß ich nicht der erste gewesen war. Vielmehr konnte ich nicht vergessen, daß sie bei unserem Liebesakt jenen kleinen physischen Widerstand in sich ebensowenig gespürt hatte wie ich mit meinem Glied, den Schleier, den es immer zu zerreißen gilt, auch wenn sich die Frau voller Leidenschaft hingibt und ihr einziges Zögern dem äußersten Gefühl entspringt, daß sich in diesem Augenblick die große Liebe vollzieht. So hatte sich Mercedes mir hingegeben. Dem anderen dagegen bestimmt nicht. Ich stellte mir vor, daß sie mit ihm eher ein körperliches Schwindelgefühl empfunden hatte angesichts seines männlichen Selbstbewußtseins, schließlich war er es gewohnt, Frauen zu faszinieren, zu nehmen und wohl auch zu entjungfern. Was er aber nicht aufgebracht hatte, nämlich eine instinktive Fähigkeit, sie voller Respekt zu lieben, das hatte Mercedes bei mir gesucht und gefunden, ihm zur Strafe. Doch was für ein Respekt lag in meinem brutalen Fordern, zu dem ich mich nur durch mein Wissen ermutigt fühlte, daß sie schon einem anderen gehört hatte? Und was suchte ich in der erhofften Jungfräulichkeit der Hausangestellten? Jene körperliche Jungfräulichkeit, die Mercedes nicht mehr besaß, und den kleinen Akt körperlicher Gewalt, den der andere mir unmöglich gemacht hatte? Ich war entsetzt bei der Vorstellung, diese Hausangestellte mit ihren wulstigen Lippen, ihrer platten Nase und ihrem ungewaschenen Geruch könnte womöglich das wahre Gesicht meiner animalischen, archaischen Frustration darüber sein, daß ich Mercedes nicht höchstpersönlich entjungfert hatte. Mich entsetzte keineswegs, daß ich mir bei ihr eine vorübergehende Befriedigung holte, auf Kosten eines anderen Menschen, wie ich es bei allen anderen Frauen empfunden hatte; bei Maria konnte das nicht zutreffen, denn zur gleichen Zeit hatte ich doch Mercedes, die mehr für mich war als ein Wunschbild des Begehrens, nämlich eine Geliebte, die man begehrt, weil man sie bereits erobert hat. Als ich mich an mein Liebesgefühl erinnerte, an Mercedes' hingebungsvoll ausgestreckten Körper, den ich vorher und nachher lange betrachtet hatte, da wurde mir klar, daß gerade deshalb meine Liebe zu ihr um so tiefer war. Ich hatte sie nicht bekommen, weil ich sie gezwungen, sondern weil ich sie zurückerobert hatte. Das Grausame und Animalische in der Liebe bedurfte einer anderen Frau, um sich auszudrücken, auf einem Niveau, auf dem sich mein Begehren, meine Liebe zu Mercedes weder befinden konnten noch wollten. Aus diesem Grunde begehrte ich sie beide so heftig. Und wenn sie nun schwanger wurden? Bei dem Hausmädchen wäre das eine lächerliche Katastrophe, die Mercedes' Vertrauen in mich zerstören konnte. Und bei Mercedes? Ich mußte von nun an vorsichtig sein. Doch wie würde sie darauf reagieren? Ist eine Liebe, die Vorsichtsmaßnahmen ergreift, nicht eine Beleidigung? Mich schauderte bei der Vorstellung, aus Liebe dieselben Vorkehrungen zu treffen, wie man es bei einer Prostituierten tut, um eine schmutzige, schändliche Krankheit zu vermeiden. Ein furchtsames, trauriges Erstaunen packte mich. Würde Mercedes es nicht genauso sehen? Wäre sie nicht für immer verletzt? Aber gestern hatten wir uns wirklich wie unverantwortliche Kinder benommen. Und sie, was für Vorsichtsmaßnahmen hatte sie ergriffen? Schon im voraus? Und welche konnte sie überhaupt ergreifen? Voller Verzweiflung merkte ich, wie furchtbar unwissend ich in diesen Dingen war, und bestimmt auch sie. Überdies blieb es ja nicht beim Unwissen. An wen konnte man sich wenden, und wie?... Falls irgend etwas passierte, gab es Mittel und Wege, alle machten das so. Und das Risiko? Als ich klein war, schwebte meine Mutter einmal in Lebensgefahr. Sie besuchte manchmal eine Hebamme, die ich erst viel später, als mir das Schild an der Tür dieser dicken Dame mit ihrem männlich auftrumpfenden Gehabe wieder einfiel, als solche erkannte. Dann mußte ich immer auf einem gepolsterten Stuhl im Vorraum warten, in Gesellschaft einer Freundin meiner Mutter oder einer meiner Tanten. Meine Mutter erlitt schwere, lebensgefährliche Blutverluste, und ich spielte auch noch ahnungslos mit den Ampullen eines Medikamentes, die ich als Kanonen benutzte, ein »Hämo«-Irgendwas, das sie fast jede Stunde einnehmen mußte. Doch meine Mutter tat dies im heimlichen Einverständnis und im Schutz der Familie. Würde Mercedes dasselbe tun, nur von ihr und mir gewußt und geschützt? Dabei konnte sie sterben. Daß sie womöglich starb, in direkter Folge unserer Liebe, das machte mir angst. Ich hatte die blutgetränkten Tücher vor Augen, die unsere

Hausangestellten wortlos und auf Zehenspitzen aus dem Zimmer meiner Mutter brachten und die ich danach im Wäschekorb suchte. Ich legte mich aufs Bett und bedeckte die Augen. Warum konnte im Leben nicht alles einfacher, leichter sein? Warum mußten Mercedes und ich womöglich einen so hohen Preis für unsere Liebe zahlen wie ihr Leben? Ich wollte sie doch nicht verlieren, das war unvorstellbar: sie zu verlieren, weil das Leben mit dem Blut aus ihr herausströmte, das sich mit meinem vermischt hatte. Das durfte nicht geschehen. Dasselbe konnte aber auch Maria zustoßen, falls sie noch Jungfrau war und ich sie entjungferte. Ich liebte sie zwar nicht, begehrte sie allerdings heftig, vermischt mit einigem Abscheu, der sie noch reizvoller für mich machte. Selbst falls sie schon entjungfert war. Normalerweise waren Begehren und Abscheu nicht Vorbedingung füreinander, außer in Konstellationen, wo es der Liebe nicht bedurfte. Dieser Gedanke machte mir noch einmal richtig klar, wie unabhängig die Dinge der Liebe und des Fleisches voneinander sind und wie sie sich gegenseitig ergänzen, wobei die geliebten und die begehrten Menschen nicht ein und dieselben sein müssen. Schon der Gedanke, daß ich Mercedes verlieren könnte, tat mir quälend weh. Wenn es sie nicht mehr gäbe, welche Arme würden mich dann trösten? Und aus welchem Grund sollte ich sie verlieren, wenn nicht durch den Tod? Doch wenn sie sich plötzlich von mir abwandte und mich nicht mehr sehen wollte? Welche Arme würden mich dann trösten? Würde ich es hinnehmen können, sie zu verlieren? Läge auch in der Vereinigung mit anderen Frauen die Vereinigung mit ihr, so wie vor unserem ersten Mal, bevor mir klar wurde, daß ich sie so liebte? Würde eine Maria, und wäre sie noch so schön, rein und kultiviert, sie mir ersetzen können? Und da ich nun einmal wußte, daß Mercedes' Gesicht und Körper unabhängig von mir und nicht allein meinetwegen existierten, würden andere Gesichter, andere Körper augenblickslang ihren Platz einnehmen können? Ganz gleich, denn nun, da sie mir gehörte, würde mich nichts von Mercedes trennen können. Und ich brauchte an nichts anderes mehr zu denken, als daß sie mit mir zusammen gewesen war, daß sie es jetzt war und auch nachher und in Zukunft sein würde. Dem würde ich alles und alle opfern. Womit ich ja auch schon begonnen hatte.

Meine Hand wurde berührt, und ich erblickte Maria an meinem Bett. Sie lächelte einfältig. Ich stand auf und sagte leise: »Bist du wahnsinnig? Jetzt? Wir sind doch für heute nacht verabredet!« Doch sie gab keine Antwort und umklammerte mich mit tastenden Fingern. Ich schüttelte sie. Mit halb ausgestreckten Händen blieb sie stehen, verständnislos. »Wir spielen doch nur ein bißchen herum.« »Und wozu das? Nachher, aber dann richtig«, erwiderte ich. Ich begriff, was sie vorhatte, wohl aus Gewohnheit, nämlich die Männer zu »erschöpfen«, bevor es gefährlich wurde. Ich wiederholte: »Nachher ist Gelegenheit, wie verabredet. Jetzt geh.« Im selben Augenblick schob sich Mercedes' Bild, wie geschändet, zwischen mich und dieses Trampeltier, und ich wünschte, es hätte Maria nie gegeben. Doch ich umarmte sie und fragte: »Hast du Angst, mit einem Mann zu schlafen? Hast du noch nie mit jemandem geschlafen? Hast du noch nie...« Ich ließ den Satz unvollendet. Sie schüttelte verneinend den Kopf. »Und das soll ich glauben?« Sie schaute entrüstet zu mir hoch: »Für wen halten Sie mich denn?« Ich wich der Antwort aus: »Eine Frau, die Männer mag und die die Männer mögen.« »Sie mögen mich ja gar nicht. Ich weiß genau, was Sie wollen.« Ich ergriff ihren Kopf: »Paß auf, du, genau das will ich auch.« Sie wandte ihren Blick ab: »Ich weiß wohl, alle wollen das.« »Irgendwann mußt du mal damit anfangen. Einer muß der erste sein.« »Sie wollen doch nur das eine, danach gehen Sie fort und denken nicht mehr an mich.« Ich spielte mit der Wahrheit: »Ja, danach gehe ich fort und denke nicht mehr an dich.« Vielleicht ohne es zu merken, schmiegte sie sich an mich. Ich strich ihr über die Haare und das Gesicht: »Du willst es doch, oder?« Als ich sie aufs Bett legen wollte, wehrte sie sich ein bißchen und meinte: »Wenigstens belügen Sie mich nicht.« Dann ließ sie sich gehen und begann zu stöhnen. Mit meinen Händen, die überall hineinschlüpften, steigerte ich ihre Erregung noch. Aber ich wollte sie nicht jetzt nehmen, jetzt nicht, und ebensowenig zulassen, daß sie dasselbe Spiel mit mir trieb wie am Morgen. Sie war zittrig und benommen, und ich half ihr auf: »Jetzt nicht. Ich muß gleich gehen. Komm nachher, dann wirst du sehen, wie es ist.« Sie lehnte sich an die Tür. Ich schob sie nach draußen, zwang ihr mit geschlossenen Lippen einen Kuß auf. Ich fühlte mich erleichtert, aus Liebe zu Mercedes, die ich bald in die Arme schließen würde, und zugleich beklagte sich mein ganzer Körper, daß ich die Gelegenheit nicht genutzt hatte. Andererseits fürchtete ich insgeheim, immer noch aus Liebe zu Mercedes, daß Maria womöglich heute nacht nicht kam. Ich würde auf sie warten; und wenn sie nicht kam, würde ich nach unten gehen, um sie zu holen, auch wenn ich dadurch einen Skandal riskierte. Im übrigen konnte ein drohender Skandal nur dafür sorgen, ihre letzten Widerstände zu überwinden. Dann brauchte ich sie nicht mal mit nach oben zu nehmen, der Ort war das geringste Problem, ich würde mit ihr in den Garten gehen, zum Pavillon beispielweise. Ja, genau, zum Pavillon. Oder unter den Baum.

Und wenn sie jetzt gleich wiederkam? Diese Sorge trieb mich an, ich machte mich fertig und verließ eilig das Haus. Bevor ich Mercedes traf, mußte ich noch in der Apotheke vorbeigehen. Das Bild der Apotheke hatte sich übrigens, wie mir jetzt bewußt wurde, genau wie Mercedes vor meinem inneren Auge zwischen mich und diese Frau gestellt, die sich mir zur Unzeit hingeben wollte.

Es war noch früh; doch sobald ich aus der Apotheke trat, konnte ich es kaum erwarten, Mercedes zu sehen, und befürchtete zugleich, jemandem zu begegnen, der mir wieder neue Scherereien machte. Mir war nur noch danach, zu dem Haus der Alten zu laufen und dort allein voller Vorfreude auf sie zu warten. Aber es war noch früh, und ich verlangsamte meine Schritte. Allmählich war mein unbefriedigtes Gefühl, daß ich mich der Hausangestellten verweigert hatte, in eine brennende Sehnsucht nach Mercedes übergegangen. Sie zu sehen und zu spüren. Und wenn sie nicht erschien? Gar nicht kam? Ich erreichte die Straßenecke, immer noch voller Unruhe, die alles in mir dämpfte. Es war noch lange nicht halb fünf. Kein Mensch zu sehen. Und wenn das Zimmer belegt war? Wo sollte ich dann warten? Ohne stehenzubleiben, ging ich an dem Haus vorbei und schlenderte durch die Nebenstraßen. Dort liefen lauter Kinder und Katzen umher, die es anscheinend in der anderen Straße nicht gab; in den Türen standen Fischersfrauen und unterhielten sich, während einige Männer an der Wand lehnten und mich mißtrauisch betrachteten. Ich ging zum Strand hinunter und wanderte ziellos umher, nur einen Gedanken im Kopf: zu dem Haus zurückzukehren. Schließlich machte ich mich auf. Als ich um die Ecke bog, öffnete sich die Tür, und auf die nach wie vor verlassene Straße trat ein Junge, den ich flüchtig vom Sehen kannte; als er mich bemerkte, machte er sich bergauf davon, ohne sich umzudrehen. Ich blieb, wo ich war. Es dauerte nicht lange, und wieder schaute ein Gesicht aus der Tür. Rufininho. Er kam hüftenschwingend die Straße hinunter, sah mich und strich ganz nah an mir vorbei, ohne mich eines Blicks zu würdigen. Ich traf mich also mit Mercedes in demselben Haus, wohin er seine Eroberungen schleppte. Vielleicht sogar im selben Bett. Es war, als überschwemmte aller Schmutz dieser Welt sie und unsere Liebe. Ich hätte am liebsten dort auf sie gewartet, nur um sie sogleich weit weg zu bringen, an einen Ort, wo niemand uns sehen, niemand uns etwas anhaben konnte, wo kein Gegenstand jemals von jemand anderem benutzt worden war. Doch wohin? Ich kannte keinen anderen Ort (und dabei dachte ich nicht einmal an das Ende der Welt, nur an irgendein Zimmer für uns beide), und jeder Ort war bereits benutzt worden. Überall hatten andere schon geschlafen oder gelegen, Prostituierte, Ehebrecher, Gigolos, Homosexuelle, Lesbierinnen, Alte und Junge, Gesunde und Kranke, aus Lust, aus Verzweiflung, aus Liebe. Und angenommen, ich hätte zu Hause ein Zimmer ganz für mich, für mich und Mercedes, würde ich etwa anfangen, mir Gedanken darüber zu machen, was für Leute vor meinen Eltern und mir dort gewohnt und was sie in unseren, in ihren vier Wänden gemacht hatten? Nur in einem neuen Haus, mit neuem Mobiliar, nagelneu und extra für uns gebaut, nur dort wären die Dinge nicht von den Händen, den Körpern der anderen befleckt. Doch auch das entsprach nicht der Wahrheit, irgendwer hatte sie schließlich hergestellt, und ob dessen Hände sauber genug waren? Hatte ich mir etwa jetzt gerade die Hände gewaschen, nachdem ich die andere Frau berührt hatte? Ich betrachtete meine Hände. Ich würde eintreten, mir die Hände an einem Waschbecken waschen, wo das Wasser auch für andere lief, und sie an einem Handtuch abtrocknen, das vielleicht frisch gewaschen war, aber nur, weil andere es benutzt hatten. Das Wasser wäscht alles ab, hatten wir gesagt, Rodrigues und ich, an jenem Morgen am Meer, der mir vorkam, als läge er Jahrhunderte zurück. Die Zeit war im Grunde wie das Wasser, allerdings mit der Berichtigung, die Macedo hinzugefügt hatte: »Fast alles.« Doch zugleich bezeichnete dieses *fast* genau das, was uns vom Leben bleibt, als sein Bodensatz. In uns und den benutzten Dingen. Das Meer mochte Rodrigues von seinen Sünden reingewaschen haben; doch ich hatte, um desto sicherer meine Mercedes bekommen zu können, ihn losgeschickt, auf daß er die einzige Sünde beging, die er hatte vermeiden wollen; es stand nicht einmal fest, ob sein Opfer wirklich nötig gewesen war, damit ich in diesem Haus auf sie warten und sie dort lieben konnte, so wie am selben Ort Rufininho sich seinen Gelegenheitseroberungen widmete. Ich klopfte an die Tür.

Die Alte machte mir auf und kräuselte den Mund zu einem beflissenen Lächeln, gleichsam als Verlängerung der hurtigen Bewegung, mit der sie mich vorbeiließ, um hinter mir die Haustür abzuschließen. Ich spähte schnell durch die angelehnte Tür unseres Zimmers. Sie trat mir sofort in den Weg, zog sie zu und sagte: »Da nicht, das ist noch nicht aufgeräumt. Warten Sie einen Moment hinten, wenn Sie dieses wollen, kommen Sie«, und sie ging mir voraus. Am Ende des kleinen Flurs, an der Tür des Zimmers, in dem ich früher einmal gewesen war, über Eck zur Küchentür, wo kurz ein Gesicht aufschien, das sich zum Garten hin abwandte, blieb ich stehen und antwortete: »Da vorne nicht. Es geht doch auch hier, oder?« »Schon, aber das vordere ist besser, ich mache es Ihnen sofort fertig, wenn Sie hier einen Augenblick warten. Das vordere« – das Lächeln schlich wieder über ihre Züge – »ist für meine Stammkunden...« Ich öffnete die Tür zum hinteren Zimmer und erwiderte: »Nein... Ich warte hier, und wir nehmen auch dieses hier.« Sie zuckte die Achseln und sagte: »Wie Sie meinen, der Herr.« Doch kaum hatte ich die Tür geschlossen, klopfte sie und öffnete einen Spalt: »Wenn das Mädchen kommt, bringe ich sie her.« Auf eine unmerkliche Bewegung meinerseits fügte sie hinzu: »Wenn Sie allerdings im vorderen Zimmer warten wollen, können Sie selbst ihr die Tür aufmachen.« Ich zögerte, unentschieden zwischen dem Zimmer, das wir schon einmal gehabt hatten und das offenbar auch Rufininho benutzte, und dem anderen, welches ich damals mit einer Prostituierten genommen hatte. Ich folgte ihr zum vorderen Zimmer, und erst jetzt fielen mir die blütenweißen Handtücher auf, die sie überm Arm trug. Das Zimmer sah kaum benutzt aus, das Bidet war neben den Waschtisch gezogen worden, neben dem Bidet lag ein Stapel säuberlich zusammengefalteter Handtücher, auf dem Bett ein Durcheinander von Laken und Kissen, und in der Luft schwebte ein säuerlicher Geruch nach Ausscheidungen, der mich schaudern ließ. Die Alte riß emsig die Fenster auf und lehnte die Tür wieder an, drehte die Matratze um und strich sie glatt, schüttelte die Kissen aus und bezog sie frisch mit Bettwäsche, die sie aus dem Spiegelschrank nahm; dann legte sie die Handtücher auf den Waschtisch, schubste das Bidet mit einem Lächeln zu mir unters Bett und hob die zusammengefalteten Handtücher vom Boden auf. Als sie fertig war, blieb sie in der Tür stehen: »Jetzt ist alles soweit. Wenn Sie mögen…« Ich sagte knapp, ich würde hier warten, dann aber das andere Zimmer nehmen. Darauf zeigte sie sich ernstlich verärgert: »Also, beide Zimmer können Sie mir nun nicht belegen, da müssen Sie schon entschuldigen, mein Herr, das geht nicht. Sie sind ja nicht der einzige mit Ihrem Mädchen, den ich um diese Uhrzeit habe. Ist Ihnen die Dame in der Küche nicht aufgefallen, die dort wartet? Wenn der Herr vor Ihrer Freundin kommt, werden die beiden in das hintere Zimmer gehen. Und dann müssen Sie hierbleiben. Wenn Sie später gekommen wären, hätten Sie auch dieses Zimmer genommen, oder? Sie haben doch die Jungen gesehen, die gerade gegangen sind.« Sie schaute sich im Zimmer um, die Hände vor dem Bauch gefaltet. »Einer von ihnen ist mein bester Kunde, ein guter Junge, der hat mir schon oft in der Not geholfen, und er bringt nur anständige Leute zu mir, von guter Herkunft, weil er mein Haus achtet. Außerdem weiß er, wenn er mir irgendein Gesindel von der Straße anschleppen würde, bräuchte er gar nicht mehr zu kommen. Dies ist ein anständiges Haus, müssen Sie wissen. Glauben Sie nur nicht, daß hier die Dirnen ein und aus gehen. Nur wenn sie vernünftig und anständig sind. Und was die Leute hinter verschlossenen Türen tun oder nicht tun, das geht niemanden etwas an, solange sie anständige Menschen sind. Mein Haus ist sauber, und das da ist ja auch nicht ansteckend. Mein Mann, Gott hab ihn selig« – sie bekreuzigte sich – »hat es immer gesagt: Das ist nicht ansteckend. Stimmt doch, oder? Sie kommen hierher, weil Sie nicht wissen, wo Sie sonst mit Ihrer Freundin in Ruhe etwas Zeit verbringen können, nicht wahr? Wenn Sie es wüßten, würden Sie ja nicht kommen. Und so ist es auch bei den anderen. Alle kommen zu mir, weil dies ein anständiges und sicheres Haus ist und weil sie auf mein Wohlwollen angewiesen sind. Und ich muß mein täglich Brot verdienen, wo mein guter Mann mir doch nur dieses Haus hinterlassen hat. Es tut einem in der Seele weh, wenn man den Bedürftigen nicht helfen kann. Wollen Sie etwa, nur weil Sie Vorurteile über das Leben der anderen haben, daß ich meine Tür denen verschließe, die mich am meisten brauchen und die mir am meisten helfen, im Leben durchzukommen? Jawohl, mein Herr, die Jungen waren in diesem Zimmer, Rufininho kommt immer in dieses Zimmer hier. Wenn Sie dasselbe Bett nicht benutzen wollen, weil Sie meinen, das da wäre ansteckend, dann gehen Sie eben in das hintere Zimmer. Aber machen Sie den anderen nicht das Leben schwer. Bleiben Sie nun hier, oder gehen Sie nach hinten? Nur mitten auf dem Flur können Sie nicht bleiben, Ihre Freundin ist ja nicht die einzige, die nicht gesehen werden will oder darf, und den anderen Leuten wäre es auch nicht recht, wenn sie von Ihnen gesehen würden. Rufininho ist so was egal, aber die mit ihm herkommen, wollen auch nicht gesehen werden. Also, gehen Sie oder bleiben Sie?«

Ich zog einen Schein aus der Tasche, drückte ihn ihr in die Hand und sagte: »Ich bleibe hier.« Sie schloß das Fenster und lehnte die Innenläden wieder an, und als sie das Zimmer verließ, bemerkte sie mit einem maliziösen Lächeln: »Wenn Ihre Kleine kommt, haben Sie all das doch gleich vergessen. Machen Sie es sich gemütlich, so lange Sie wollen. Das Zimmer gehört Ihnen.«

Ich blieb allein, wartete. Gerade wollte ich mich aufs Bett setzen, als es an die Haustür klopfte. Ich spähte durchs Fenster, und während die Schritte der Alten vorbeitappten, erblickte ich einen Mann an der Tür, die im selben Moment aufging. Die Schritte durchquerten das Haus, dann hörte ich, wie die Tür des anderen Zimmers geschlossen wurde, erst vorsichtig, dann energisch. Das Haus wurde still. Ich setzte mich aufs Bett und dachte nach. In einem solchen Zimmer hatten Mercedes und ich nichts, was uns vor den Dingen, den anderen Menschen und vor uns selber schützen konnte, außer unserer Liebe. Gerade in einem Zimmer, einem Haus, wo die Liebe das Beiläufigste von der Welt sein konnte, ein Begehren, das nicht mehr brauchte als die Bereitschaft eines anderen, sich zu befriedigen, gerade dort waren wir am meisten davon abhängig, daß unsere Liebe stark war, rein, entrückt und zugleich ein rückhaltloses Geschenk aus tiefstem Herzen. Uns zu begehren und zu vereinigen war ein Akt, den wir überall vollziehen konnten. Und ich begehrte sie so sehr! Uns aber im Begehren und in der Vereinigung zu lieben, das war etwas anderes. Alles um mich her erschien mir plötzlich feindselig, weil meine Liebe allem und jedem noch ein bißchen mehr abverlangte, das unmöglich war, feindselig und auch träge-komplizenhaft, weil unsere Liebe sich ohne Komplizen nicht erfüllen konnte. Der Alpdruck, der auf diesen Tagen lastete – so wunderbar sie auch waren –, würde bald vorüber sein. Nichts würde mich daran hindern können, mit Mercedes in aller Öffentlichkeit zusammen zu sein, sie zu heiraten, ganz gleich, was geschah. Da verspürte ich einen nadelfeinen Schmerz: Die unvermeidliche und elende Heimlichkeit unserer Liebe war zugleich eine Voraussetzung für ihre Reinheit, Unversehrtheit und Größe. Ob sie nun skandalös öffentlich oder in aller Ruhe legitimiert wurde (welche echten Voraussetzungen brachten wir überhaupt für die eine oder die andere der beiden Lösungen mit?), in jedem Fall verlor unsere Liebe unweigerlich etwas, weniger die Faszination des heimlichen Abenteuers, die ich unwürdig fand, als vielmehr die Besonderheit, uns ganz allein zu gehören, mit niemandem geteilt zu werden, im Guten oder im Schlechten. Gerade die geschäftsmäßige Verkommenheit dieser Alten, teils feindselig, teils komplizenhaft, war eine Garantie für die Einsamkeit zu zweit, die unser erstes Treffen dort bestimmt hatte und das intimste Gefühl unserer Liebe darstellte. Mercedes und ich würden einander nie gestehen, wie rund und vollständig wir uns fühlten, seit unsere Lebenswege sich berührt hatten, oder in welchem Maße der eine von den Gedanken und Gefühlen des anderen Besitz ergriffen hatte, als hätte er ihm im Gegenteil etwas geraubt. Und keiner von uns konnte sich an die zufallsgebundenen Gegebenheiten der Welt um uns halten, weder an die Menschen, die uns kannten und von unserer Liebe nichts wußten, noch an die Alte, die uns für einige Stunden ein Zimmer verkaufte, wo wir uns ausziehen und zueinander legen konnten. Schließlich konnten hier gerade eben die schrecklichsten Dinge passiert sein, wie ich mir in einem quälenden Aufbäumen meiner Phantasie blitzschnell ausmalte. Dabei war in dem anderen Zimmer überhaupt nichts Schreckliches zwischen mir und der Frau vorgefallen, die mich zum ersten Mal in dieses Haus gebracht hatte und der ich und Mercedes indirekt unsere leidenschaftliche Vereinigung zu verdanken hatten. Fast sah ich, ohne mich bewußt an sie zu erinnern, jene Frau wieder vor mir, wie sie auf der Bettkante saß, ihr Hemd und ihre Strümpfe anzog, viel schamhafter, als die lächelnde Mercedes gestern gewesen war. Bei diesem Gedanken fing ich vor Schreck an zu zittern, und nur die Erleichterung darüber, daß immerhin nicht beide Erlebnisse im selben Zimmer geschehen waren, dämpfte mein Entsetzen ein wenig. Die wahre, die verzweifelt wahre Liebe hatte – das erkannte ich sofort, während ich mich schon bemühte, mein Bild von Mercedes wiederherzurichten – etwas Schamloses, auf das keine Erfahrung mich vorbereiten konnte. Die völlige Gleichgültigkeit der Beteiligten macht die größte Orgie zu etwas Unschuldigem. Und die geringste Geste liebender Hingabe schokkiert denjenigen, der noch nie so geliebt hat wie ich. Nein, nicht weil wir bereits Geliebte waren, hatte mir Mercedes so ungerührt ihre Nacktheit dargeboten, ungenierter, als es andere gewesen wären, die sich nach dem Liebesakt schamhaft bedeckten. Da sie mich in aller Reinheit liebte und sich mir ganz geschenkt hatte, erschien uns alles natürlich, auch die geheimsten Stellen des Körpers. Und ich hatte mich ebensowenig vor ihr verborgen, anders als früher vor anderen Frauen, die sich mir hingegeben hatten und so taten, als wüßten sie nicht, womit ich in sie eindrang oder sie befleckte. Nein, Mercedes hatte sich aus reiner Liebe zu mir so natürlich verhalten und außerdem, weil meine Liebe und mein Körper im Liebesakt für sie durch die Begegnung mit einem anderen nicht mehr jenes imaginäre Geheimnis mit sich brachten, jenen Schrecken, jene Angst, keinen Genuß empfangen oder bereiten zu können, wie sie wohl jede Frau empfindet, die zum ersten Mal mit einem Mann zusammen ist. Andererseits hatte ich mich vor ihr so verhalten können – ohne die exhibitionistische Aufdringlichkeit der Unsittlichkeit und ohne den falschen Anstand des befriedigten Liebespaares –, weil sie mich durch ihre Ungezwungenheit nicht nur schockiert, sondern auch befreit hatte von der insgeheimen Furcht, ihren Erwartungen nicht zu entsprechen, womit ich nicht ihre möglichen Träume von der körperlichen Liebe meinte, sondern ihre mögliche Erinnerung daran. Ich lächelte zynisch vor mich hin bei dem Gedanken, wieviel ich diesem Idioten Almeida verdankte, der ihr erster Mann gewesen war, nur um sie genau deshalb und genau dafür zu verlieren. Ein dumpfes Geräusch ließ mich hochschrecken und auf die Uhr schauen. Sie war schon fast zwanzig Minuten zu spät. Ob sie nicht kommen konnte? Oder hatte das, was gestern geschehen war, gar keinen Wert? Welche Entschuldigung hatte sie gestern für ihr spätes Heimkommen vorgebracht? Welche andere, glaubwürdige mochte sie heute erfinden oder schon erfunden haben? Da waren ihre Eltern, ihr Bruder und Almeida und überdies die Leute, denen sie auf der Straße begegnete, und allen gegenüber mußte sie erklären oder jegliche Erklärung vermeiden, warum sie am Nachmittag allein verschwand und erst Stunden später wieder erschien, wenn es schon dunkel war, mit derart erschöpften und strahlenden Augen, daß es nur einem Unaufmerksamen entgehen konnte. Wer weiß, vielleicht war heute alles mißlungen; vielleicht war sie gestern aufgrund einer Reihe schützender Zufälle nicht aufgeflogen, dafür aber heute, bevor die Wiederholung unseres Erlebnisses uns um so fester aneinander binden konnte? Was sollte aus uns werden? Wie sollten wir uns wiedersehen? Wir würden fliehen müssen. Wohin? Mit welchem Geld? Und wenn sie nicht fliehen wollte? Aber das wollte sie doch, sie dachte an nichts anderes. Bevor mir einfiel, daß ich selbst Angst vor einer Flucht hatte, berührte mich ihre Leidenschaft, die alles stürmisch hinwegfegte, als hätte ich ein ganz kleines Feuer entzündet, das plötzlich durch den Windhauch außergewöhnlicher Umstände zu einem Großbrand aufflammte. Sie hatte sich mir ja nicht von einem Tag auf den andern hingegeben. Ohne sich dessen bewußt zu sein, kostete sie mit mir nur all das aus, was sie sich erträumt hatte, seit sie mich kannte. Im Grunde war ich auch der Mann gewesen, der sie entjungfert hatte, denn solche wie Almeida, die alle Frauen erobern und von einer zur andern ziehen, haben nichts Eigenes an sich, nicht einmal beim Liebesakt: Es ist immer ein anderer – der die Frau nie berührt hat –, mit dem sie sich dabei in Wahrheit vereinigt.

Ans Fenster gelehnt, spähte ich immer noch nervös durch den Spalt der Innenläden auf die Straße. Ein Gesicht kam ganz nah vorbei, ich hatte keine Zeit, es zu erkennen. Einige Sekunden lang harrte ich erwartungsvoll, bis mich das Geräusch eines Schlüssels, der die Tür öffnete, enttäuschte. Dann fiel die Tür wieder zu, und behutsame Schritte waren im Haus zu hören. Jemand, der einen Schlüssel besaß. Oder bei der Alten wohnte. Vielleicht ein Verwandter. Das waren die Schritte eines Mannes gewesen. Womöglich stand Mercedes schon an der Ecke und wartete nur, daß dieser Mann an ihr vorbeiging und eintrat. Falls es so war, mußte sie bald kommen. Ich konnte es nicht erwarten, sie zu sehen. Aber sie kam nicht. Andauernd schaute ich auf die Zeiger der Uhr und wunderte mich, daß sie trotz meiner ständigen Blicke weiterrückten. Ich konnte an nichts mehr denken, die Gedanken in meinem Kopf versiegten. Dort war nur noch die Angst, daß sie nicht kam, daß wir uns nie mehr wiedersahen, daß ich sie unwiederbringlich verloren hatte. Im ganzen Körper durchzuckte mich eine wilde Lust, sie zu umarmen, zu küssen, zu lieben. Ihr Körper erschien nicht etwa vor mir wie ein Trugbild, im Gegenteil, ich sah ihn gar nicht. Es war eher, als befände ich mich im Innern dieses begehrten Körpers, und das Pochen des Blutes in meinen Schläfen und meinem Glied gehörte zu ihrem Fleisch, zu ihrem festen Körper. Und so vernahm ich erst nach den Schritten im Flur das schüchterne Klopfen richtig, welches schon vorher erklungen war. Ich wandte mich um und sah Mercedes, die an der hinter ihr geschlossenen Zimmertür lehnte. Außer Atem und tiefernst ließ sie sich in meine Arme und meine Küsse sinken, während ich sie zum Bett trug. Sie erwiderte meine Umarmung so fest, daß ich sie nicht entkleiden konnte. Mit geschlossenen Augen, ohne ein Wort, ohne eine Antwort auf meine Fragen. Erst allmählich, unter meinen Liebkosungen, die sie heute ebenso entspannten, wie sie sie gestern erregt hatten, konnte ich sie ausziehen, und sie öffnete sich mir ganz. Es war, als wäre ihre Sehnsucht nach meinen Umarmungen größer als ihre sexuelle Lust, so groß, daß das lustvolle Verhindern jeglichen Vorspiels schon zur Befriedigung wurde, aber anders, als ich erwartet hatte. Sie gab sich mir hin und liebte mich so hellwach, so genau, so konzentriert, daß sie ihre Augen zusammenkniff und ihre Fingernägel in meinen Rücken grub, damit ich mich auch keine Sekunde lang von ihr löste, und sei es, um von neuem zu beginnen. Darin lag eine Aufmerksamkeit all ihrer Sinne und zugleich eine Abwendung, eine Distanz, als wollte sie in ihrem Innern Raum schaffen, wo sie mit den Augen der Erinnerung alle Momente aufbewahrte, die ihre Haut spürte und sich begierig einverleibte. Ich richtete mich auf und sah ihr verzerrtes, bleiches Gesicht, dessen verkrampfte Lippen und Nasenflügel ein getrübtes Vergnügen ausdrückten, einen Schmerz fast. Ich bedeckte diese Züge mit meinen Küssen, und indem ich sie küßte, sah ich sie nicht mehr. Doch auch ohne sie zu sehen, spürte ich sie mit meinen Lippen, grub neue Linien hinein, die ihre schmerzliche Verkrampfung lösten.

Als wir nebeneinander lagen, zuerst auf dem Rücken, später einander zugewandt, und unsere Hände mit ruhigen Liebkosungen den Körper des anderen erkundeten, fixierten mich ihre ausdruckslosen Augen. Immer wenn sie mein Gesicht streichelte, spürte ich, daß sie durch ihre Hände zu mir sprach und so den verlorengegangenen Ausdruck ihrer Augen ersetzte. Etwas auf meiner Haut, ein instinktives Zusammenzucken, das ich kaum merkte oder gar verstand, mußte ihr angezeigt haben, daß ihre wortlose Botschaft angekommen war, eine Botschaft der Angst. Dabei war ich unendlich weit weg, an jenem merkwürdigen Ort, wohin das Glück der Befriedigung einen versetzt, wenn man neben dem Grund für sein Glück liegt und spürt, es ist greifbar, für mich da. Die Botschaft ihrer Hände aber hatte ich gefühlt und verstanden – und meine Haut antwortete ihr, beunruhigt. Ich selbst saß ganz hinten wie ein amüsierter Zuschauer, der in aller Ruhe und Sicherheit einer Vorstellung beiwohnt, die nur für ihn aufgeführt wird. Ich registrierte mit Verwunderung, wie ich aus den dämmrigen Tiefen des Glücks wieder auftauchte, herbeigerufen durch ihre Signale. Aber noch war ich nicht zurückgekehrt, wehrte mich auch innerlich dagegen, als sie, mit einer Bewegung ihres Fingers an meinem Hals entlang, sagte: »Ich hätte nicht kommen sollen.« Ich legte mich auf den Rücken und schaute an die Decke, eine Hand auf ihrem Bauch: »Wieso?« Sie zögerte mit ihrer Antwort, und ich begann, langsam in eine Schläfrigkeit hineinzusinken, durch die ich in meinen Glückszustand zurückkehren, mich dagegen wehren wollte, von ihr geweckt zu werden.

Doch sie sagte: »Glaubst du, es war leicht zu kommen? Glaubst du, ich könnte einfach so stundenlang verschwinden? Und keiner würde es merken?«

»Wer hat es gemerkt?«

Sie gab keine Antwort.

»Laß mal. Wenn sie es merken, um so besser.«

Sie schwieg weiter, schaute ebenfalls an die Decke, und ich glaube, unsere Blicke trafen sich bei demselben dunklen Fleck auf dem grün gestrichenen Holz, ein bläßliches, schmutziges Grün.

Der Fleck bewegte sich, breitete sich aus, wurde dann wieder schmaler und schließlich dichter, dunkler. Ich schloß die Augen.

»Jorge... Morgen kann ich nicht kommen.«

Ich wandte mich ihr zu: »Warum nicht?«

Sie antwortete nicht und schaute weiter an die Decke.

»Morgen fahren sie also?«

Sie sagte immer noch nichts, und ich kniff ihr in den Bauch, während ich die Frage wiederholte.

»Ich weiß es nicht.«

»Du weißt es nicht?«

»Frag mich nicht. Du kannst dir nicht vorstellen, wie glücklich ich bei dir bin, wenn ich an nichts und niemanden denke und von nichts und niemandem rede. Ich wünschte nur...« Und sie wandte sich mir zu.

Später vollendete sie den Satz, als wäre nichts gewesen: »... ich wünschte nur, es wäre nichts geschehen und wir wären noch so, wie wir waren, als wir uns zum ersten Mal sahen.«

Ich umschlang sie und sagte: »Das wünschte ich auch... Aber das ist falsch, mein Liebling. Wenn nichts geschehen wäre, lägen wir heute auch nicht hier, wären nicht füreinander da, würden nicht einander gehören. Und weder du noch ich wüßten wirklich, wie sehr wir uns lieben, ja, daß es überhaupt Liebe ist, was wir fühlen.«

Da murmelte sie: »Ich werde dich niemals vergessen, niemals.«

Ich beugte mich über sie: »Und ich werde dich nicht verlassen, Mercedes. Warum solltest du mich vergessen? Ich werde immer bei dir sein, du wirst immer bei mir sein, wir werden immer im Herzen des anderen sein.«

Sie umarmte mich, küßte mich leicht und liebevoll: »Du verstehst das nicht, mein Schatz, du verstehst es nicht. Und es ist so schwer zu erklären... Als du verlangt hast, ich solle dir gehören... ja...«

»Habe ich dich beleidigt?«

»Nein. Das wollte ich doch auch, seit wir uns geküßt hatten.« Sie wandte lachend ihren Blick ab und fügte hinzu: »Das ist das Schlimmste.«

Ich kniete mich aufs Bett, neben sie, die sich auf die Kante gesetzt hatte: »Das Schlimmste, wieso?«

Sie stand auf: »Komm, gehen wir.«

Ich war mit einem Satz an ihrer Seite und hielt sie fest: »Es ist noch früh. Und was ist morgen, willst du immer noch nicht kommen? Nein? Und übermorgen?«

Sie zog sich langsam an, als wäre ich nicht da. Vor dem Spiegel kämmte sie sich. Auch ich begann mich anzuziehen. Dann wiederholte ich die Frage: »Und übermorgen?«

»Wie soll ich das wissen? Wir werden sehen.«

Ich zog die Jacke glatt, die ich übergestreift hatte, steckte aus Gewohnheit die Hände in die Taschen und erschrak.

»Hast du etwas verloren?« fragte sie und sah mich an.

»Nein, ich habe nichts verloren.«

»Was ist denn los?«

»Nichts, nichts.«

»Was hast du da in deiner Tasche gefunden, daß du ganz blaß geworden bist?«

»Nichts.«

»Zeig mal.«

»Es gibt nichts zu zeigen.«

»Zeig her.« Sie streckte ihre Hand nach meiner Jackentasche aus.

»Ich habe nichts zu zeigen.«

»Ist es etwas, das ich nicht sehen darf?«

»Ja.«

»Und was für Dinge darf ich nicht sehen?«

Ich zog aus der Tasche, was ich in der Apotheke gekauft hatte: »Das hier zum Beispiel.«

Sie zog die Hand zurück und schlug die Augen nieder. Mir hatte es die Sprache verschlagen, und ich schaute das Päckchen, nicht sie an. Dann überraschte sie mich mit einer langen Umarmung und suchte meinen Mund. Noch in der Umarmung sagte sie, ganz nah an meinem Gesicht: »Danke, daß du das vergessen hast.«

»Aber du weißt doch, was das ist? Er hat es auch benutzt, oder?«

Sie löste sich von mir, mit gesenktem Blick: »Du hast nicht das Recht, mich danach zu fragen. Aber ich kann es dir beantworten. Er hat es nie benutzt.« Die Hand am Schlüssel, fügte sie hinzu: »Auf Wiedersehen.«

Ich umarmte sie, bat sie um Entschuldigung: »Verzeih mir. Ich bin verrückt nach dir.«

Zuerst erwiderte sie meine Umarmung nicht. Dann umhalste sie mich und küßte mich leidenschaftlich. »Bitte mich nicht um Entschuldigung. Ich habe dich so lieb.« Weg war sie.

Ich blieb auf der Türschwelle stehen, wie lange, weiß ich nicht. Die Stimme der Alten ließ mich hochschrecken: »Na, ist alles gut gelaufen? Sind Sie zufrieden? Kommen Sie morgen wieder? Um dieselbe Uhrzeit?«

Ich stürzte Mercedes nach und meinte nur eilig: »Morgen nicht. Ich sage Ihnen Bescheid.«

Ich ging die Straße hoch und bog um die Ecke. Sie war nicht zu sehen. Ich rannte von einer Straße zur nächsten, den Weg entlang, den sie wahrscheinlich eingeschlagen hatte. Mir war, als würde ich von ihren Spuren vorangetrieben. Ich mußte mit ihr reden. Vor allem mußte ich sie sehen. Warum war sie nur so gerannt? Wie war sie so schnell verschwunden? Als hätte sie sich in Luft aufgelöst. Und immer noch zog mich ein Ruf an, der durch diese Straßen hallte, auf der Flucht vor mir und zugleich so, als würde sie entführt und riefe verzweifelt nach mir. Aber nicht vor mir floh sie. Und ich war schon hinter ihr hergelaufen, bevor ich mich von dieser Kraft angezogen fühlte, dieser rufenden Stimme. An einer Ecke blieb ich stehen, dann an der nächsten, zögernd. Und wieder weiter. Ich mußte mit ihr reden und sie sehen, sofort, bevor sie das Hotel erreichte. Wenn sie dort ankam, ohne daß ich mit ihr gesprochen hatte… Panik ergriff mich, sie nicht rechtzeitig einzuholen. Rechtzeitig wozu? Ich hatte sie beleidigt, ihr weh getan, ich würde sie verlieren. Aber noch vor allem anderen hatte sie gesagt, sie werde morgen nicht kommen. Vorher. Also würde ich sie nicht deshalb verlieren. »Bitte mich nicht um Entschuldigung. Ich habe dich so lieb.« In den belebteren Straßen meinte ich sie zu sehen. Ich rannte die Leute um, verringerte den Abstand. Verlor sie aus den Augen. Und erblickte sie wieder. Es gelang mir, sie am Arm zu packen, indem ich meine Hand zwischen zwei vorbeikommenden Gestalten hindurchstreckte. Erschreckt drehte sie sich um, sie war es gar nicht. Ich lief weiter und betrat das Hotel. Sie stand gerade an der Rezeption und bekam ihren Schlüssel ausgehändigt. Mit einem jähen Erschrecken, das sie sogleich unterdrückte, sah sie mich neben sich und lächelte mich liebenswürdig an. Ich sagte: »Warum bist du weggelaufen?« Sie schüttelte mit demselben aufgesetzten Lächeln den Kopf: »Ich bin nicht weggelaufen. Es war schon spät. Bis morgen.« Doch sofort verbesserte sie sich, streckte mir höflich die Hand hin: »Morgen nicht. Später.« Ich ergriff ihre Hand. Sie zog sie zurück und flüchtete zur Treppe. Auf dem Treppenabsatz, der von der Rezeption aus nicht zu sehen war, hielt sie inne und winkte mir verstohlen zum Abschied zu. Erst da fiel mir auf, daß vorhin, vor mir, neben mir, während der ganzen Szene ihre Augen tränennaß gewesen waren.

Ich stand auf der Straße. Bisher hatte ich gar nicht bemerkt, daß es schon dunkel war. Neun Uhr vorbei. Ich würde etwas essen und dann nach Hause gehen. Nach Hause? Und Rodrigues? Vielleicht war er schon zurück. Bestimmt war er schon zurück. Wir hatten nur zehn Uhr gesagt, um ganz sicher zu gehen. Ich betrat ein Café, bestellte ein Sandwich und etwas zu trinken. Dann machte ich mich auf den Weg zu Rodrigues.

XXI

Bei Rodrigues' Pension stand derselbe Hausdiener wie am Morgen vor der Tür und sagte mir in demselben zynisch-maliziösen Ton, ich könne eintreten und nach oben gehen, *er* warte bereits im Zimmer auf mich. Und mit einer Schulterdrehung wiederholte er den letzten Satz noch einmal laut und deutlich, während ich schon hineinging, knapp an ihm vorbei, denn er hatte sich kein bißchen gerührt, um mich durchzulassen. Im Zimmer brannte Licht. Ich klopfte an, und Rodrigues rief: »Komm rein.«

Er lag splitternackt auf dem Bett, die Arme hinter dem Kopf verschränkt, ohne mich beim Sprechen anzuschauen. »Ach, du bist's. Das Geld liegt da drüben.«

Ich nahm einen weißen, offenen Briefumschlag in die Hand, prüfte den Inhalt aber nicht nach.

»Zähl nach. Es sind zehntausend drin. Außerdem eine Nachricht von ihr, ich wollte, daß sie erklärt, warum sie nicht mehr zahlt. Als Botschafter bin ich nicht mehr als zehntausend wert. Steht es nicht auch so da?«

Ich zählte das Geld nach und sah den Zettel.

»Aber in meiner Jackentasche sind noch fünftausend von ihr,

die ich im Schweiße meines Angesichts und noch anderer Körperteile verdient habe. Nimm sie auch.«

»Aber die gehören doch dir.«

»Nein, sie gehören nicht mir. Sie gehören deiner Tante. Nimm sie mit. Ich brauche das Geld nicht.«

Ich suchte in den Taschen der Jacke, die über der Rücklehne eines Stuhls hing, und fand die Scheine.

»Zähl nach. Stimmt's?«

Ich gab keine Antwort.

»Du übergibst den Brief mit den zehntausend und der Nachricht, und danach überreichst du ihr in meinem Namen die anderen fünftausend, hast du gehört?«

Ich nickte.

»Weißt du, was mir leid tut? Willst du's wissen? Daß ich deinem Onkel keine Hörner aufgesetzt habe. Ich hätte wissen müssen, daß sie auch nicht anders ist als die anderen. Ich war ein Tier, ein Engel, ein Pferd mit Engelsflügeln. Hätte ich getan, was ich wollte, dann hätte sie die Liebe gefunden, die ihr dein Onkel niemals geschenkt hat, und mich nicht die ganze Zeit täuschen müssen, jawohl, mich, denn sie mußte doch wissen, daß da jemand war, der sie anbetete. Statt dessen treibt sie sich herum und bändelt mit allen an, bis sie in der Klemme sitzt wie jetzt. Und dann soll sich der junge Mann hier verkaufen, damit Ihre Exzellenz mit weißer Weste davonkommt.«

»Sie hat mit alldem nichts zu tun.«

»Ach ja? Das glaubst du? Hältst du mich für einen Narren? Glaubst du, ich hätte ihren Brief nicht gelesen? Ich wollte erst nicht. Aber diese Alte ist teuflisch. Sie hat mir den Brief vorgelesen und mich gezwungen, mir alles anzuhören. Weißt du, was in dem Brief steht, weißt du es? Ich, der Bote, sei der Mann, von dem deine Tante immer geträumt habe, und ich sei auch derjenige, der das Geld verlange. Da glaubte die Alte, sie könnte zwei Fliegen mit einer Klappe schlagen: indem sie erstens mich kompromittierte und ihre Tochter von einem Gauner befreite und zweitens genau diesen Gauner von Kopf bis Fuß abschleckte, auf den sie schon lange ein Auge geworfen hatte. Na, lachst du nicht? Findest du das nicht witzig?«

Er stand auf und schüttelte mich: »Lachst du nicht? Findest du das nicht witzig? Hast du jemals einen so guten Witz gehört?«

»Nein.«

Er setzte sich aufs Bett und ließ den Kopf hängen: »Ich auch nicht.«

Mir fehlten die Worte. Selbst wenn ich ihm erzählte, was hinter all dem steckte – wie sehr ich mir wünschte, daß diese Fahrt stattfinden und Almeida zur Hölle befördern würde, und wie sehr meine Tante gelogen hatte, um ihrer Mutter das Geld zu entlocken –, selbst wenn ich hinzufügte, daß es mir vorkam, als wären wir alle – ich, Mercedes, der Bruder, die anderen, mein Onkel, meine Tante, alle miteinander – ein Haufen unverantwortlicher Kinder im Vergleich zu ihm: ich konnte nicht wiedergutmachen, daß ich ihn für diese Mission ausgewählt hatte, und ihm ebensowenig erklären, daß zwischen dieser Wahl und dem unglaublichen Brief, den er überbracht hatte, nur ein zufälliger Zusammenhang bestand. Statt dessen fragte ich ihn: »Hast du den Brief gelesen, oder hat sie ihn dir vorgelesen? Oder hast du ihn dir nur eingebildet? Oder hat die Alte beim Vorlesen alles erfunden?«

Er streckte sich wieder auf dem Bett aus: »Ist doch egal.« Dann warf er sich verzweifelt auf dem Bett herum: »Verstehst du nicht, daß das egal ist? Merkst du nicht, was da passiert ist? Was mir passiert ist?«

Er streckte mir die linke Hand entgegen, an der ein schöner Diamantring aufblitzte.

»Wenn ich deiner Tante die fünftausend schenke, verliere ich noch nicht alles, was ich verdient habe. Begreifst du? Hübsch, nicht wahr? Der ist bestimmt ein paar Tausend wert. Und weißt du, wem dieser Ring gehörte? Dem Vater deiner Tante. Ahnst du, was ich mir anhören mußte? Ahnst du, wie sie sich freute, mich zu sehen? Ahnst du, daß sie sich noch mehr freute, weil sie mich nicht nur ergattert hatte... und was für Worte der Leidenschaft hat sie mir gesagt, während sie vor Wonne sabberte... weil sie mich nicht nur ergattert hatte, sondern auch noch ihrer Tochter wegnahm? Ich brauche nur an ihre Tür zu klopfen, wann immer ich will. Noch nie hätte sie so viel bezahlt, noch nie hätte sie irgendwem so viel Geld gegeben, das hat sie gesagt. Ich könnte alles haben, was ich wollte. Ich bräuchte sie nur darum zu bitten. Ich könnte ihr lieber Sohn sein. Und sie wäre zu mir wie eine Mutter. Dieses Ungeheuer. Sie sieht meiner Mutter sogar noch ähnlich, der Blitz soll sie alle beide erschlagen. Die Alte hat mir alles angeboten. Aber jetzt ist Schluß.«

Er stellte sich aufs Bett, packte seinen Schwanz mit beiden Händen und schüttelte ihn: »Jetzt ist Schluß, verstanden? Ich bin frei. Frei! Jetzt kann ich mich ganz verkaufen. Alles geben, alles!« Dann tanzte er auf dem Bett herum, wiegte sich in den Hüften und zog mit den Händen seine Pobacken auseinander.

»Bist du verrückt geworden?« sagte ich.

Er hielt inne und beugte sich zu mir herab, mit einem wirren Blick, der unvermittelt ins Weinerliche kippte: »Ja, das bin ich. Kennst du jemand, der nicht verrückt ist?«

Er ließ sich aufs Bett fallen und schluchzte: »Ich habe immer geglaubt, das Böse wäre in mir, eine Wut, die mich erfüllt, ein Elend, unter dem alle zu leiden haben. Aber jetzt weiß ich, daß das nicht stimmt. Es ist weder in mir, noch erfüllt es mich, noch haben alle darunter zu leiden. Das Böse gibt es nicht. Hörst du? Gibt es nicht. Und da es das Böse nicht gibt, kann ich auch niemanden anbeten, der mich davon erlösen könnte. Es gibt nichts zu erlösen, es gibt niemanden zu erlösen, und es gibt keinen, der erlösen kann. Gibt es nicht.«

»Was gibt es dann?«

»Nur Unwichtiges. Das einzige, was existiert, ist das Unwichtige.« Er drehte sich zu mir um: »Weißt du, was ich tun werde? Nein? Ich gehe nach Lissabon.«

Ich lachte, wenn auch gezwungen, um die gedrückte Stimmung zu heben: »Ach, am Ende dieser ganzen Tragödie fällt dir als Epilog nur ein, daß du nach Lissabon gehen willst?«

Er schaute mir in die Augen: »Findest du das wenig?«

»Daran hattest du schon früher gedacht«, sagte ich und setzte mich auf den Stuhl.

»Stimmt, aber diesmal ist es anders. Ich werde mir eine Visitenkarte machen lassen, mit meinem Namen, meinen Maßen und folgendem Text: ›Sämtliche Dienste, aktiv und passiv, für beide Geschlechter und alle Altersstufen. Preis Verhandlungssache.‹ Wie findest du das?«

»Ich finde, du solltest eine Preisliste aufstellen.«

»Ach, eine Preisliste?«

»Ja, dann ersparst du dir die Mühe, in jedem besonderen Fall den Preis neu auszuhandeln. Wenn du es recht bedenkst, ist jeder

Fall ein besonderer. Also solltest du entweder mit einem Festpreis arbeiten, unabhängig von dem zu leistenden Dienst, oder mit einer Preisliste.«

»Nicht mal du nimmst mich ernst, stimmt's?«

»Doch, doch. Nur was du da redest, das nicht.«

»Glaubst du nicht, daß auch ich leiden kann?«

»Aber ja. Ich glaube, du bist von all den Menschen, die ich kenne, derjenige, der am meisten leidet.«

»Und was habe ich verbrochen, kannst du mir das sagen? Du bist doch mein Freund, oder?«

»Ja.«

»Weißt du, daß ich niemandem vertraue außer dir?«

»Warum?«

»Ach, vielleicht deshalb, weil du in meinem Leben ein Außenstehender bist, du kommst nur in den Ferien her, du kennst mich nur so, wie ich heute bin, nicht wie ich früher war. Alle anderen gehören entweder zu meiner Familie und diesem verdammten Hotel, oder sie sind ehemalige Schulkameraden von mir. Alle denken, sie kennten mich, entweder weil sie mich mal bei so was erwischt haben oder weil sie jemand kennen, der mich mal erwischt hat. Ich möchte dich etwas fragen. Egal, was ich bin und was aus mir wird: Würdest du mir deine Freundschaft aufkündigen?«

»Nein.«

»Schwörst du mir das?«

»Ich schwöre es.«

»Soll ich dir mal was sagen? Ich mag dich wirklich.«

Ich zuckte zusammen.

»Siehst du? Du bist erschrocken. Obwohl du mein Freund bist, hast du gedacht, ich hätte dir eine Liebeserklärung gemacht. Dabei war es genau das Gegenteil. Ich habe noch nie jemandem eine Liebeserklärung gemacht. Ich habe auch noch nie jemanden geliebt, und ich glaube, das wird sich nicht ändern. Nicht einmal Wertschätzung habe ich je empfunden. Nur Wut. Und der einzige Mensch, in dessen Gegenwart ich keine Wut empfinde, bist du. Auf dich habe ich keine Wut. Das ist der Grund, warum ich dein Freund bin. Ich glaube, selbst wenn du mich verraten würdest, könnte ich dir verzeihen und mich auch noch bei dir bedanken.«

»Dann wirst du genau das tun müssen.«

Er schrak hoch: »Warum?«

»Weil ich dich bereits verraten habe.«

»Du?«

»Ja. Auf die Idee, dich nach Coimbra zu schicken, bin nämlich ich gekommen.«

Er setzte sich auf die Bettkante und knetete mit niedergeschlagenen Augen seine Hände. Dann fragte er, ohne den Kopf zu heben: »Ist das wahr? Du warst es?«

»Jawohl.«

Er blieb in derselben Haltung sitzen, mit denselben Bewegungen. Dann schaute er auf, mit feuchten Augen und einem schwachen Lächeln: »Das Leben ist schon komisch, oder?«

»Kommt drauf an.«

»Die Frau, die ich liebe, der einzige Mensch, den ich je geliebt habe, und der einzige Freund, den ich je hatte, tun sich zusammen, und ausgerechnet dafür... Der Fehler liegt bei mir, kein Zweifel.«

»Wie, der Fehler?«

»Nein, nein, nicht so, wie du jetzt denkst. Genau wie sie nichts mit der Liebe zu tun hatte, die ich für sie empfand, hast auch du nichts mit meiner Freundschaft zu dir zu tun. Es ist meine Sache. Ganz allein meine Sache.«

Er begann sich anzuziehen und fragte mich: »Weißt du, warum ich nackt war? Sie hat mich von ihrem Chauffeur im Auto heimfahren lassen. Als ich ankam, war mir, als spürte ich ihren Mund noch überall an meinem Körper. Ich habe gebadet. Das hatte ich schon bei ihr zu Hause getan, nachdem alles vorüber war. Sie hat mich selbst gebadet, höchstpersönlich. Aber ich fühlte mich, als könnte ich mich nie wieder anziehen. Als müßte ich für den Rest meines Lebens hier nackt liegen. Meine Haut brannte am ganzen Körper. Und jetzt, siehst du, jetzt kann ich meine Kleider wieder anziehen. Meine Haut brennt noch immer. Wahrscheinlich wird sich das nie mehr ändern. Aber ich kann mich wieder anziehen. Letzten Endes wird das mein Schicksal sein: mich an- und auszuziehen, zu jeder Zeit. Hast du schon etwas gegessen?«

»Ja.«

»Und wo gehst du jetzt hin?«

»Nach Hause.«

»Das Geld abliefern, nicht wahr?«
»Na sicher.«
»Vergiß nicht, es genauso zu machen, wie ich dir gesagt habe.«
»Ist gut.«
»Kommst du danach zurück?«
»Nein.«

Er stand reglos mitten im Zimmer und fragte noch: »Sehen wir uns morgen?«

»Von mir aus.«

Er lächelte und streckte mir die Hand hin: »Da, nimm.«

Ich nahm seine Hand. Er umfaßte die meine: »Wenn du wirklich mein Freund bist, dann wirst du sehen, welchen Preis die Freundschaft hat. Das wirst du von nun an sehen. Dies alles wirst du mir teuer bezahlen. Warte, ich komme mit nach draußen.«

Wir gingen gemeinsam die Treppe hinunter und durchquerten den kleinen Innenhof, wo zwei Frauen und irgendein Mensch saßen. Der Diener lehnte immer noch an der Tür und machte mit einem anzüglichen »Gute Nacht« Platz. Rodrigues schoß herum und fixierte ihn mit verärgertem Stirnrunzeln: »Was soll das Gerede?«

Der Mann duckte sich gespielt: »Gerede?… Ich habe doch nur eine gute Nacht gewünscht.«

»Dann bitte noch einmal.«

»Gute Nacht«, wiederholte der Mann.

Er packte ihn bei den Schultern. »Und noch einmal.«

»Gute Nacht…«

»So ist's recht. Jawohl. Mein Freund hier ist ein Mann, der es verdient, von Ihnen höflich behandelt zu werden, merken Sie sich das. Und ich« – damit wandte er sich zum Innenhof hin – »ich, der ich jedem zur Verfügung stehe, der mich bezahlt, sogar denen, die mich nicht bezahlen, ich kann dem Kerl hier erst recht jeden Gruß abverlangen, dazu seine Zunge und was sonst noch alles nötig sein mag.« Worauf er ihn hineinschubste.

Er holte mich wieder ein, da ich schon weitergegangen war, und begleitete mich ein Stück: »Ich mag ja alles sein, was sie nur wollen, aber höflich behandeln müssen sie mich, diese Kanaillen… Also. Geh du deinem Leben nach und ich meinem. Morgen treffen wir uns? Ja? Morgen vormittag am Strand? Wir können doch zusammen Mittag essen. Wenn wir uns am Strand nicht begegnen, treffen wir uns da drüben im Café, wo wir schon mal waren.« Damit ließ er mich stehen.

Ich machte mich auf den Heimweg, müde und voller Ekel vor mir selbst und den anderen, voller Kummer über Mercedes und Mitleid mit Rodrigues, und meine quälende Verzweiflung wuchs nur, als ich den Umschlag in der Jackentasche spürte. Ich konnte meine Gedanken nicht ordnen. Alles kam mir sinnlos und verworren vor. Doch zugleich war alles miteinander verwoben und von einer eigenen Logik bestimmt, wie bei einer ansteckenden Krankheit. Als wäre ein Gift, ein Übel, ein gefährlicher Virus in mein Leben und das aller Menschen um mich her eingebrochen, ohne daß sich feststellen ließ, wo der Infektionsherd saß. Das Leben eines jeden wurde durch das Leben der anderen verseucht, und ich konnte noch nicht einmal sagen, wann all das begonnen hatte, seit wann es alles und alle beschmutzte wie ein sich ausbreitender Fleck. Andererseits war mir, als hätte ich durch eine geringfügige, unachtsame Bewegung eine Kettenreaktion der Katastrophen um mich herum ausgelöst, und das nicht nur einmal. Doch die Bewegung, mit der ich Rodrigues hineingezogen hatte, war weder geringfügig noch unachtsam gewesen. Was ich von Mercedes verlangt hatte, ebensowenig. Daß ich die Spanier im Hause meines Onkels nicht hatte geheimhalten können, ging vielleicht auf Unachtsamkeit zurück, geringfügig war das aber auch nicht. Wer hatte Lust auf eine Orgie gehabt, auch wenn sie keine so ungeheuerlichen Ausmaße annehmen sollte? Ich. Wer hatte das Hausmädchen bedrängt, obwohl es Mercedes gab? Ebenfalls ich. Da fiel mir ein, angewidert und lustlos (und auch verärgert über diese beiden Regungen), daß ich Maria für heute nacht auf mein Zimmer bestellt hatte. Auch das noch, nach allem anderen... Und sie würde sich am Ende ebenso in dem Gespinst verstricken, das bereits... wie viele Menschen umfaßte? Mich, Mercedes, Rodrigues, Almeida, Mercedes' Bruder, die beiden Macedos, die beiden Spanier, meinen Onkel, meine Tante und Gott weiß wen noch. Mindestens ein Dutzend Leute. Hatte denn wirklich ich all das ausgelöst? War nicht Mercedes von sich aus auf mich zugekommen? War nicht Almeida mein Vorgänger gewesen? Hatten nicht Ramos und die anderen die Flucht geplant, noch bevor sie von unseren beiden Spaniern erfuhren? Hatte nicht mein Onkel die Spanier in seinem Haus aufgenommen? Hatte nicht er zusammen mit meiner Tante den Brief geschrieben, den Rodrigues der Alten überbracht hatte? Auch die Alte gehörte zu den Menschen, die in dem wuchernden Gespinst verfangen waren, dabei kannte ich sie nicht einmal. Und es waren ja noch mehr. Doch nicht ich hatte all das getan, nur einiges davon. Genauer gesagt, ich war nach Figueira gekommen, und eine Reihe von Umständen und Personen, die in der Schwebe hingen und auf den erstbesten Vorbeikommenden warteten, waren beim zufälligen Kontakt mit diesem ins Rutschen geraten. Diese Umstände und Personen waren wie jene Spinnweben, die an einem kleben bleiben, wenn man vorbeikommt, und die man dann mit sich reißt. Wenn sich alle derart ziellos ineinander verhedderten, brauchte ich mich noch lange nicht verantwortlich dafür zu fühlen. Ich war schließlich in den Ferien. Alle waren in den Ferien. Nur das Leben machte keine Ferien. Eigentlich stimmte das gar nicht. Die einen machten Ferien, die anderen nicht. Die Ereignisse und die Menschen jedoch schienen, obwohl sie sich gegenseitig aus ihren Bahnen warfen, nur verschiedene Aspekte ein und derselben vielschichtigen Wirklichkeit zu sein, der sie augenblickslang ihr Gesicht liehen. Oder war das Gegenteil der Fall? War es nicht so, daß eine allgemeine Unordnung ihnen dieses Gesicht verlieh oder für eine gegenseitige Anziehungskraft sorgte, der sie alle verfielen, nur um noch mehr Verwirrung zu stiften? Oder kam am Ende alles daher, daß ich, ich allein, in mehreren parallelen Ereignisketten zum Zeugen und zum Handelnden geworden war? Doch die Position der anderen, zumindest einiger anderer, blieb davon unberührt. Nur die Ereignisse waren für sie nicht immer dieselben wie für mich. Es gab Dinge, von denen ich wußte, einige andere aber nicht, und ebenso mußte es Dinge geben, die mir unbekannt waren. Was genau wußte ich denn? Wußte ich, was wirklich zwischen Mercedes und Almeida vorgefallen war, zwischen ihr und ihrem Bruder? Wußte ich, was sich wirklich zwischen Rodrigues und der Alten abgespielt hatte? Kannte ich den Brief meiner Tante? Wußte ich, was Zé Ramos ausgeheckt hatte? Und selbst wenn ich etwas wußte, gab es drei verschiedene Arten und Weisen, von etwas zu wissen: entweder hatte es mir jemand erzählt, oder ich hatte es gesehen, oder ich hatte mitgemacht. Und falls ich nicht mitgemacht, sondern nur etwas gesehen oder gehört hatte, woher sollte ich wissen, ob das, was mir erzählt oder vor meinen Augen getan wurde, wirklich die Wahrheit war? Und war es um das Wissen der anderen nicht ebenso bestellt? In diesem Fall wußten auch sie eigentlich nichts oder fast nichts und taten nur so als ob. Welchen Sinn ich einer Sache beimaß, die ich lediglich sah oder erzählt bekam, konnte sich von dem Sinn, den andere darin erkannten, sehr wohl unterscheiden. Das galt im übrigen für jede Interpretation der Dinge. Was mir da aufging, war schlimm, wesentlich schlimmer als vorhin Rodrigues' Erkenntnis vom Wesen des Bösen und daß es nicht existierte. Die Ereignisse hatten keine *Ursache* und die Menschen keine *Beweggründe*. Beiden wurde erst a posteriori eine Kausalität zugeschrieben. Wenn man, absichtlich oder unabsichtlich, ein Ereignis auslöste, so nicht aus eigenem Willen oder gelenkt von irgendeinem Schicksal. Erst die Vorstellung von einer Kausalität schuf das Dilemma von Autonomie und Schicksalhaftigkeit. Wo es weder Ursachen noch Beweggründe gibt, existiert auch kein zwingender Zusammenhang zwischen der auslösenden Tat und dem ausgelösten Vorgang. Die Vergangenheit eines Menschen mag ihn so prägen, daß er unter diesen oder jenen Umständen etwas Bestimmtes tut, aber diese Prägung kann auch zum genauen Gegenteil führen. Die Ereignisse in ihrer Aufeinanderfolge ließen sich ebensogut in ihrer chronologischen Ordnung sehen wie umgekehrt, von hinten nach vorne. Nur die mögliche Doppeldeutigkeit war eine Erfindung meiner Vorstellungskraft. Da diese jedoch schon vor den Ereignissen da war, welche sie hervorrief oder interpretierte, erschienen die Ereignisse, so zufällig sie sich eben ereigneten (was von vielen anderen Dingen abhing, von denen ich nichts wußte, niemals wissen würde), wie eine *Verantwortlichkeit* meinerseits. Da es für nichts Ursachen oder Beweggründe gab, ereignete sich alles so, als wäre jeder Mensch allein verantwortlich für Dinge, für die er nicht die geringste Verantwortung trug. Das war der Sinn des Lebens. Woraus folgte, daß ich, auch auf Kosten anderer, aus dem Leben machen konnte, wozu ich Lust hatte, solange ich bereit war, als einen Teil dieser Lust auch deren Folgen zu akzeptieren, die unvorhergesehen über mich hereinbrechen konnten. Und im selben Augenblick verstand ich überhaupt nichts mehr. Vor lauter Verwirrung und Verblüffung schloß ich kurzerhand, daß Verstehen und Nichtverstehen ein und dasselbe waren. Nicht zu verstehen, das bedeutete, genau zu verstehen, daß ich nicht verstand; und ebenso bedeutete Verstehen, nicht zu verstehen, daß ich verstand. Pure Wortspielerei. Der Fehler aber, denn plötzlich war mir ein Fehler aufgegangen, der Fehler lag darin, etwas verstehen zu wollen – was zwangsläufig über Wörter vor sich ging –, das nicht zur Ordnung der Wörter gehörte. Wörter aber waren dazu da, daß sich Menschen untereinander verständigten, oder nicht? Doch auch wenn sie zur Verständigung zwischen Menschen dienten, die untereinander ihre Beweggründe nicht kannten (welche ja nicht existieren), erklärten sie noch lange nichts, sie dienten allein zur Mitteilung von Dingen, deren einzige Erklärung darin bestand, daß sie in Worte gefaßt werden konnten oder auch nicht. Die Lebenserfahrung, welche aus dem Verständnis der Beziehung zu den anderen und zu sich selbst erwächst, lehrt etwas, das sich kaum in Worte fassen läßt, aber trotzdem wichtig ist: daß die eigene Gangart auf die der anderen abzustimmen ist. Deshalb wird die Kenntnis der anderen viel stärker durch das beeinflußt, was man von ihnen nicht zu sehen und zu hören bekommt, durch das nämlich, was man nicht genau wissen kann und was die anderen oftmals selbst nicht wissen. Aus diesem Grunde erfüllt die Sprache zwei entgegengesetzte Funktionen zugleich: Sie ist eine formulierte Vorhersage des Wahrscheinlichen und zugleich eine Andeutung des stummen Möglichen. Es kann keine Formel geben, um einen Menschen auf sich selbst festzulegen, es sei denn, die Menschen würden sie erfinden, aus Angst, die Gewißheit der Kausalität zu verlieren, und sich Beweggründe unterstellen, die sie gar nicht haben. In dem Falle gäbe es auch keinen Unterschied zwischen Schwachköpfen und Hellsichtigen, Anständigen und Lumpen. Höchstens einen: den Wunsch, hellsichtig oder anständig zu sein. Also bleibt nur sehr wenig: eine stets unvollkommene Hellsichtigkeit, ein Anstand ohne Gewißheit seines Gegenstands.

Als ich das Gartentor erreichte, wurde mir bewußt, daß ich nicht nur in meinen Gedanken, sondern auch auf dem Heimweg ausgiebig abgeschweift war, als gäbe es eine Entsprechung zwischen dem Entwirren meiner Erkenntnisse und der Zeit, die ich brauchte, um mir wieder bewußt zu machen, daß ich jetzt diesen Briefumschlag nach Hause bringen und mich einer weiteren Reihe unvorhersehbarer Ereignisse stellen würde. An der anderen

Seite des Gitters sprang der Hund hoch. Ich öffnete und schloß es sorgfältig, damit er nicht nach draußen lief. Die Küchentür stand halb offen, sicher für mich, aber drinnen war keiner. In der Bibliothek rauschte das Radio. Ich ging zuerst nach oben zu meiner Tante, wo noch Licht brannte. Sie fragte, ob ich es sei, und ließ mich eintreten.

Sie saß im Morgenmantel am Toilettentisch und schaute voll lächelnder Unschuld von ihren Fingernägeln auf: »Ist das Geld gekommen?«

Ich überreichte ihr den Briefumschlag, aus dem sie die Scheine und den Zettel hervorzog. Sie las ihn, lachte und meinte: »Nur zehntausend?...«

»Die anderen fünftausend habe ich hier.« Ich gab sie ihr. »Der Bote hat sie persönlich bekommen und schenkt sie dir.«

»Mir?«

»Ja.«

»Das ist aber sehr nett von ihm.«

»Das finde ich auch.«

Sie machte sich mit einem Scherchen an der Seite eines Fingernagels zu schaffen. »Dein Onkel hätte es verdient, daß diese ganze Geschichte wahr wäre.«

Ich sagte nichts.

»Und da wir es aufgeschrieben haben, ist es beinahe, als wäre das alles auch passiert. Zu seiner Strafe.«

Sie griff nach der Nagelfeile.

»Ach Junge, wie habe ich mich die ganzen Jahre über verhalten... Weißt du, was ich gewesen bin? Eine dumme Kuh. Jawohl, eine dumme Kuh. Ich hätte alle Männer haben können, die ich wollte, ich hätte mich verehren und lieben lassen können wie keine zweite. Und mit irgendeinem von ihnen hätte ich, ein paarmal zumindest, glücklich sein können. Statt dessen habe ich mein Leben damit zugebracht, deinem Onkel treu zu sein, dem einzigen Mann, der mich weder achtet noch mir treu ist.«

»Aber er ist dein Mann. Und er hat dich nie im Stich gelassen.«

»Ja, das ist er, mein Mann. Glaubst du etwa, das reicht? Er hat mich nur deshalb nie im Stich gelassen, weil er keine andere finden konnte, die sich so versklaven ließ wie ich.« Sie machte eine Pause, ganz vertieft in den Glanz ihrer Nägel, und sagte dann: »Das Seltsamste ist, daß meine Mutter die Schuld an alldem trägt.«

»Deine Mutter?«

»Ja. Wenn sie nicht so wäre, wie sie ist, und ich nicht schon als kleines Mädchen gesehen hätte, daß die Männer in ihrem Leben kamen und gingen wie die Fahrgäste einer Straßenbahn... Ach, der Vergleich trifft nicht einmal, weil die Fahrgäste in der Straßenbahn zumindest bezahlen, nicht dafür bezahlt werden, daß sie sie nehmen... Jedenfalls hätte ich mich dann nicht so verhalten. Ich mußte unbedingt meinen Kopf durchsetzen. Sie hatte ja schon alles getan, was ich je hätte tun können, und tut es noch. Da blieb für mich nichts und niemand übrig, bis heute.«

Sie stand auf, wobei sie mit ausgestreckten Armen ihr Haar richtete: »Aber noch ist deine Tante nicht alt. Von weitem sieht sie doch noch ganz gut aus.«

»Jeder Mensch, den man sich gern anschaut, sieht von weitem und aus nächster Nähe gut aus.«

»Ganz nah und im Dunkeln, sagt dein Onkel immer.« Sie nahm die zehntausend: »Bring ihm das Geld. Das Briefchen und den Rest behalte ich. Letzten Endes ist es ja mein Geld, oder?«

»Das mußt du wissen, Tante«, sagte ich und ging mit dem Geld hinaus.

Ich begab mich in die Bibliothek. Die drei saßen da und spielten, abgeschirmt vom Lärm des knatternden Radios. Mein Onkel hob den Kopf aus den Karten: »Na? Ist das Geld da?«

Die anderen beiden rührten sich nicht, und ich antwortete: »Hier ist es«, und übergab es ihm.

»Ja, was soll das denn? Nur die zehntausend hier? Und der Rest? Hat die Alte nicht mehr herausgerückt als zehntausend? Man könnte meinen, sie hätte es erraten, diese Teufelin. Des Teufels Großmutter, aber wirklich!«

»Die anderen fünftausend sind auch gekommen, allerdings separat. Deine Schwiegermutter hat sie dem Boten persönlich gegeben, und der schenkt sie der Tante.«

Er sagte, wobei er seine Worte mit entsprechenden Handbewegungen begleitete: »Die Alte hat sie dem Boten gegeben, der Bote hat sie deiner Tante gegeben, deine Tante wird sie mir geben, und ich...« Er ließ die Hand in der Luft schweben und brach in Gelächter aus: »Kommt einem vor wie ein Kettenbrief des Glücks. Und deine Provision? Wer zahlt die? Oder hast du sie schon bekommen?«

»Ich habe sie nicht bekommen und will sie auch nicht.«

»Na aber! Du bringst es fertig, soviel Geld an einem Tag zirkulieren zu lassen, und willst keine Provision? Du bist ja nicht zu retten.«

»Reden wir nachher darüber.«

»Nachher, nachher... Wenn das Pferd tot ist, kommt der Hafer zu spät. Aber bitte. Dann ist ja alles klar.« Und er wandte sich an die beiden Spanier: »Nun haben die Herren das nötige Geld, um das Boot zu nehmen. Morgen früh überbringt es mein Neffe hier, und damit keiner reingelegt wird, läßt er sich eine Quittung geben, die ich gut aufheben werde. Nennen wir es einen Kredit für acht Tage, als wären es Spielschulden, denn das Ganze könnte ja auch ein Riesenschwindel sein, am Ende gibt es gar kein Boot, oder es kommt nicht. Wenn alles ein Schwindel ist, erstatte ich Anzeige bei der Polizei.«

»Und wenn wir gar nicht fahren?« fragte Don Juan und befingerte seine Karten.

»Ah...« sagte mein Onkel. »Das ist mir schon zu Ohren gekommen... Das wäre ein ganz trauriger Fall, den ich mir überhaupt nicht vorstellen will.«

»Traurig, wieso, Don Justino?« fragte der andere.

»Es wäre ein Fall von Feigheit, und daran hätten die Feiglinge früher denken sollen. Aber ich weiß ja, daß Sie keine Feiglinge sind und sich an die Verabredung halten werden.«

Die Spanier sagten keinen Ton.

»Sollten Sie sich nämlich nicht daran halten und, nur mal angenommen, beschließen, daß Sie das Haus verlassen und den Zug nach Lissabon nehmen wollen...«

»Was wäre dann?« hakte Don Juan mit starrem Blick nach.

»Dann würde Sie die Polizei verhaften.«

»Das Risiko müssen wir wohl eingehen.«

»Das Risiko lasse ich Sie aber nicht eingehen.«

»Soll das heißen, wir sind Gefangene in Ihrem Haus?« schnaubte der baskische Patriot, worauf Don Juan ihn am Arm packte.

»Mehr oder weniger. Hier kommen Sie nur mit dem Boot weg, falls es kommt. Sie können nur noch zu Ihren Heiligen beten, daß es ausbleibt. Dann lasse ich Sie gern gehen, wohin Sie wollen. Sie sehen doch, daß ich hierbei eine völlig selbstlose Position vertrete, denn wenn alles platzt, verdiene ich noch zehntausend mehr, nicht wahr? Wenn Sie jedoch fahren...« Er ließ den Satz unvollendet.

Die beiden Spanier standen auf. Don Juan setzte an: »Don Justino...«

»Nichts da, Don Justino. Ich bin Leutnant, und bei uns in Portugal gibt es seit 1910 keine Dons mehr. Es ist schon spät... Sicher wollen Sie sich zur Ruhe begeben. Nun denn. Gute Nacht.«

Sie wollten schon die Bibliothek verlassen, als er hinzufügte: »Noch etwas... Nur noch eines... Ich rate Ihnen, meine Freunde, keine Flucht von hier zu versuchen. Wie Sie wissen, ist der Hund äußerst bissig. Doch was noch schlimmer ist als der Hund: Ich habe bereits meine Vorkehrungen getroffen.«

»Vorkehrungen... Leutnant?« wiederholte Don Juan.

»Ja... Aber Sie werden mich jetzt sicher nicht fragen wollen, was für welche, oder?«

»Das Schlimmste, was uns passieren kann, ist eine Verhaftung durch die Polizei.«

»Das glauben Sie. Es gibt Schlimmeres, viel Schlimmeres.«

Don Juan lächelte und hielt den Jüngeren zurück: »Sie werden uns wohl kaum umbringen wollen?«

»Ich? Was Sie für Einfälle haben! Kennen Sie nicht die Geschichte von dem Burschen, der festgenommen wurde, nachdem er mehrere Kugeln auf seinen Widersacher abgefeuert hatte? Als er verhaftet wird, betrachtet er seine Hand und sagt: ›So bist du also, wie? Du machst vielleicht Sachen...‹«

Don Fernando schnitt ihm brüsk das Wort ab: »Gut, wenn Sie uns nicht gehen lassen, bleiben wir eben in Ihrem Haus.«

»Von wegen bleiben. Sie kommen hier weg, so oder so. Bloß im Augenblick noch nicht.« Beim Aufstehen breitete er seine Arme aus, daß der Spazierstock baumelte. »Sie verlassen das Haus nicht, bis die Männer kommen, die Sie abholen. Sie werden mir Ihr Ehrenwort geben, daß Sie diesen Zeitpunkt abwarten. Oder sind Sie keine Männer? Sagen Sie denen doch selber, daß Sie nicht fahren wollen. Oder haben Sie dafür nicht genug ›Saft in den Eiern‹, wie ihr Spanier sagt?«

Sie waren sprachlos ob dieser Grobheit, und es kam mir vor, als könnten sie sich nicht entscheiden, ob sie ihm an die Gurgel gehen oder sofort die Flucht ergreifen sollten. Schließlich aber antwortete Don Juan knapp und voller Stolz: »Sie haben recht,

Leutnant. Wir warten ab, bis wir selbst mit ihnen sprechen können.«

Der andere fügte hinzu: »Ich gebe Ihnen mein Wort, ich werde warten. Aber eines sage ich Ihnen, ängstlich bin ich nicht. Vorsicht ist das eine, Verrücktheit etwas anderes.«

»Ohne Verrücktheit tut sich gar nichts«, erwiderte mein Onkel. »All das ist doch verrückt, und wir stecken mittendrin, genau wie Ihr ganzes Land.«

Kaum waren sie draußen, drehte er sich zu mir um: »So, und du willst keine Provision? Na, um so mehr bleibt übrig, ich muß ja auch noch die Hausangestellten bezahlen.«

Die Erwähnung der Hausangestellten war mir auf widersprüchliche Weise unbehaglich. Ich hatte völlig vergessen, jedenfalls was die bewußte Ebene der Erwartungen betraf, daß Maria nur darauf harrte, daß alle schlafen gegangen waren, um in mein Zimmer zu kommen. Einerseits begehrte ich sie gar nicht mehr (weil ich nach diesem Tag zu müde war, weil ich lauter Komplikationen fürchtete, weil sie mich abstieß), andererseits wünschte ich mir mit einem jähen Aufwallen, daß sie käme, daß sie noch Jungfrau wäre und daß ich mit ihr stellvertretend der Dummheit der ganzen Welt Gewalt antun könnte.

Meinem Onkel jedoch stand der Sinn gar nicht nach Schlafengehen, sondern nach einer Unterhaltung. Er rollte sich sein Zigarettchen, zupfte daran und leckte es besonders ordentlich ab, um es schließlich ebenso gemächlich anzuzünden. Dann schaltete er das Radio ab, das die ganze Zeit gefiept und geknattert hatte. Ich wartete, daß er nun, in der leeren Stille, die in der Luft hing und der ganzen »Bibilothek« plötzlich eine dunstige Stimmung von Fremdheit und Verlassenheit verlieh, etwas sagte. Er setzte an: »Hast du schon mal solche Esel gesehen? Nisten sich in meinem Haus ein, schulden mir eine Stange Geld vom Kartenspiel, dann tut sich eine Fluchtmöglichkeit auf wie aus dem Bilderbuch, man spinnt eine wüste Intrige, um ihnen die Flucht zu bezahlen, man kommt sogar tatsächlich an das Geld, und mit einemmal wollen sie nicht mehr... Aber die fahren. Da kannst du Gift drauf nehmen. Sie werden es nicht wagen, das Haus zu verlassen, und sobald sie einmal in dem Wagen sitzen, der sie abholt, werden sie sich nicht trauen, einen Rückzieher zu machen.«

»Findest du denn nicht, daß sie recht haben?«

»Recht? Was heißt das schon, recht oder unrecht zu haben, kannst du mir das sagen? Sicher gibt es viele Gefahren. Wer weiß, vielleicht fahren sie ungern mit dem Boot, weil sie seekrank werden. Als ich nach Frankreich kam, mit dem Schiff, das mein Kontingent dorthin brachte, da habe ich gespuckt wie ein Reiher. Aber das ging der gesamten Soldateska so, die haben das Stroh vollgekotzt, auf dem sie im Laderaum schliefen, und noch auf die Kotze gepißt, wem wäre da nicht übel geworden? Und auf der Rückfahrt... aber ich bin ja aus Holland zurückgekehrt, mit dem Zug. Und in Gretas Flugzeug... Wußtest du, daß sie Greta hieß, meine Entführerin? Verteufelt, dieser Name, ich hab ihr erklärt, daß er auf portugiesisch ›Spalte‹ bedeutet. Und in dem Flugzeug wurde mir wieder schlecht, das war der witzige Teil meiner Flucht. Ich glaube, in Deutschland gab es kein einziges Fleckchen Erde, das ich beim Überfliegen nicht vollgekotzt habe. Hör mal«, er redete übergangslos weiter, »in was für einem Schlamassel steckst du eigentlich?«

»Ich?«

»Ja, du. Glaubst du, das sähe man dir nicht an?«

»Na, in demselben wie wir alle.«

»Erzähl mir nichts, davon rede ich gar nicht.«

»Sondern?«

»Davon, was in deinem Gesicht geschrieben steht, in deinen Augen... Du denkst wohl, wenn ein Junge wie du bis zum Hals in der Patsche steckt, bis über beide Ohren sogar, dann sieht man ihm das nicht an?«

»Und was ist damit?«

Er lachte und ließ sich in einen der Sessel fallen: »Gar nichts... Bloß, in deinem Alter bringt man noch alles durcheinander, und wenn man es am wenigsten erwartet, hält man sich für unsterblich verliebt und entdeckt erst, wenn alles zu spät ist, daß das gar nicht stimmt, oder man nutzt eine Gelegenheit, ohne im geringsten verliebt zu sein, und ist dann plötzlich doch verliebt, wenn die Sache längst nichts mehr hergibt.«

»Jedenfalls...«

»... gibt es keinen Ausweg, willst du sagen? Aber sicher doch, du irrst dich gewaltig. Dieser Irrtum ist aber typisch für dein Alter.«

Ich blieb vor ihm stehen, während sich das Gespräch in die

Länge zog, was die Begegnung mit Maria hinauszögerte und zugleich meine Lust genüßlich auf die Spitze trieb. »Und welchen Ausweg gibt es?«

»Den Ausweg, zu erkennen, wann es Zeit ist, dem Ganzen ein Ende zu setzen, Mensch.«

»Das tun doch sowieso alle, wenn sie den anderen nicht lieben und ihn körperlich satt haben.«

»Und wenn sie glauben, den anderen zu lieben?« Er stieß eine Rauchwolke aus.

»Dann ist es egal. Gibt es einen Unterschied, ob man liebt oder ob man es nur glaubt?«

»Allerdings. Paß auf. Wenn du eines Tages eine große Wut in dir spürst, weil du an eine Frau gebunden bist, und du würdest dich die ganze Zeit am liebsten von ihr befreien, doch je mehr du dich anstrengst, sie loszuwerden, desto weniger kommst du von ihr los – dann liebst du. Aber wenn du nur eine große Leidenschaft verspürst und an nichts anderes denkst, dann bist du davon überzeugt, sie zu lieben, aber du liebst sie nicht.«

»Also gilt das Gegenteil von dem, was alle Leute sagen? Und fühlen?«

»Ach, was sollen die Leute schon sagen? Oder fühlen?«

Das Ganze kam mir unwirklich vor, nicht die Philosophie meines Onkels an sich, sondern die Tatsache, daß er über diese Themen philosophierte. Ich wußte nicht, wieviel Wahrheit darin lag, aber sein unzweifelhafter Scharfsinn beunruhigte mich. Oder war dieser Scharfsinn gar nicht so scharfsinnig, sondern nur das übliche Gerede von Erwachsenen, die ihr Leben schon hinter sich hatten? Wieviel Scharfsinn konnte darin liegen, dasselbe zu sagen wie alle anderen oder genau das Gegenteil?

Mein Onkel stand auf: »Nun gut, es wird Zeit, schlafen zu gehen. Morgen früh bringst du Ramos das Geld, nicht wahr? Nimm es jetzt schon mit. Aber geh nicht ohne die Quittung los, die ich noch schreiben muß, hast du gehört?«

Ich hörte nur das plötzliche, wütende Bellen des Hundes, begleitet von dem Knurren, das er immer von sich gab, wenn er jemanden anzugreifen versuchte, der sich verteidigte. Wir wechselten einen Blick. Dann liefen wir über den Korridor auf die Treppe zu, von deren oberem Ende die beiden Spanier im Schlafanzug herunterspähten. Unten erblickte ich die beiden bleichen

Gesichter der Hausangestellten im Nachthemd. Mein Onkel ging auf sein Zimmer und kam ganz munter mit einer Pistole in der Hand wieder nach unten, an seinem linken Arm baumelte wie immer der Spazierstock. Die beiden Spanier kamen hinterher. In der Küche, wohin ich ihnen folgte, schaltete mein Onkel das Gartenlicht ein, eine Lampe auf der Rückseite des Hauses. Er ordnete an, die Spanier sollten in der Küche bleiben, wo ich sie flüchtig erspähte: eine undeutliche Einheit mit den beiden Hausangestellten (Maria schaute in meine Richtung). Als wir nach draußen kamen, hatte der Hund aufgehört zu bellen. Er lag hinter dem Haus, und aus seiner durchgeschnittenen Kehle strömte Blut. Jemand war in den Garten eingedrungen und hatte ihn getötet. Es herrschte völlige Stille. Mein Onkel durchkämmte den hinteren Teil des Gartens. Ich nicht. Ich schaute an dem großen Baum hoch, der sich durch das Licht der auf halber Höhe hängenden Gartenlampe noch dunkler und dichter zu erheben schien, abgesehen von der dem Haus zugewandten Seite des Baumes, wo undeutlich grüne Reflexe aufschienen, als wäre er eine Pappkulisse. Meine Tante zeichnete sich vor dem Licht in ihrem Fenster ab. Ich stellte mich so hin, daß sie mich gut erkennen konnte, und fragte nach oben: »Hast du etwas gesehen, Tante?« Sie beugte sich herunter, um mir zu antworten: »Nein. Ich habe nur den Hund bellen gehört. Was war denn los?«

»Jemand ist reingekommen und hat ihn getötet. Schau mal«, und ich zeigte auf den toten Hund.

Sie beugte sich noch weiter vor: »Wie entsetzlich! Und jetzt?«

Mein Onkel kehrte zurück und sagte zu mir: »Geh da drüben hin, an die andere Ecke, während ich beim Pavillon nachschaue. Und wenn du jemand siehst, der zu fliehen versucht, schreist du!«

Ich gehorchte, und als ich an der beleuchteten Küche vorbeikam, wo sich die vier Gesichter bei der Tür drängten, sagte ich zu den beiden Spaniern, sie sollten sich schleunigst drinnen verbergen. Im Dunkeln erkannte ich die Gestalt meines Onkels, hörte seine Schritte durchs Gebüsch trampeln. Einige Zeit verging, die mir endlos erschien, dann kam er zurück und sagte: »Da ist niemand. Aber irgendwer muß dagewesen sein, denn der Hund ist tot. Höchstens…«

»… daß er schon wieder geflüchtet ist«, ergänzte ich.

Er gab keine Antwort und umrundete das Haus noch einmal, bis er an dem Baum stand. Der herumliegende Müll schien in dem Flimmerstaub des Zwielichts zu schweben. Mein Onkel schaute zu dem Fenster hoch, wo meine Tante stehengeblieben war. Plötzlich richtete er die Pistole in den Baum und sagte mit zusammengebissenen Zähnen: »Wer immer da oben ist – runterkommen, sonst knallt's!«

Niemand kam herunter. Er wiederholte den Befehl.

Eine lange Pause folgte, ohne einen Laut, dann erklang aus dem Baum eine Stimme, zornbebend und mit dem Mut der Verzweiflung: »Schieß ruhig, bis ich tot bin, du Dreckskerl, aber runter komme ich nicht.«

Mein Onkel hob den Arm ein Stück höher.

»Bring mich um«, sagte die Stimme. »Hol mich runter, wenn du es schaffst.«

Für den Bruchteil einer Sekunde hätte ich meinen Onkel beinahe am Arm gepackt. Aber vielleicht hätte er dann geschossen.

Die Stimme wiederholte: »Knall mich ab, na los, knall mich ab, schieß nur, hol mich runter.«

Mein Onkel senkte langsam den Arm und sagte: »Bleib doch da oben, bis du verrottest«, und schickte eine Beleidigung hinterher, die Rodrigues bis ins Mark treffen mußte. Meine Tante stand immer noch reglos im Fenster. Da sagte mein Onkel zu mir: »Schaff den Hund in das Wäldchen beim Pavillon. Geh auf der anderen Seite entlang.«

Ich tat es, und als ich zurückkam, stand er in aller Ruhe an der Küchentür. Die anderen waren fort. Er sagte: »Warte auf ihn und wirf ihn raus.« Damit verschwand er im Haus.

Ich blieb am Baum stehen; meine Tante hatte ihr Fenster inzwischen geschlossen, und das Licht zeichnete sich nicht mehr im Laubwerk ab. Ich rief: »Komm da runter.«

Rodrigues antwortete nicht; kein Blättchen rührte sich. Gerade wollte ich meine Aufforderung wiederholen, als er sagte: »Mach das andere Licht aus.«

Ich knipste die Lampe in der Küche aus und kehrte zurück. Er war bereits unten und hüpfte im Dunkeln, schlank und gekrümmt, von einem Bein aufs andere, auf der Suche nach seinen Turnschuhen, die er irgendwo in der Nähe gelassen hatte. Wir sprachen kein Wort miteinander. Stumm verschwand er in der Dunkelheit.

Ich ging wieder ins Haus und schloß die Küchentür. Dann löschte ich nacheinander alle Lichter, ohne jemandem zu begegnen, bis ich mein Zimmer erreicht hatte. Im oberen Korridor war alles dunkel. Es schien, als hätte dieses Anziehen der Turnschuhe, so flink es vonstatten gegangen war, Jahrhunderte gedauert. Ich knipste meine Lampe an und begann mich auszuziehen, ohne an irgend etwas zu denken. Dann machte ich das Licht aus und legte mich aufs Bett. Die Tür quietschte. Ich blieb still, jäh aus meiner Schläfrigkeit gerissen. In dem diffusen Halbdunkel stand Maria neben meinem Bett und beugte sich über mich. Ich richtete mich halb auf und ohrfeigte sie. Sie gab ein überraschtes Murren von sich. Doch als sie zurückwich, auf die Tür zu, packte ich sie und warf sie aufs Bett, meine Hand über ihrem Mund. Sie wand sich unter mir. Nein, sie war keine Jungfrau mehr. Wirklich nicht. Ich zog mich aus ihr zurück, die Enttäuschung hatte meine heftige Lust vollkommen erstickt, und sagte zu ihr: »Raus mit dir.«

Kaum war sie draußen, sank ich in einen bleiernen Schlaf.

XXII

Als ich am nächsten Morgen zum Frühstückskaffee nach unten ging, traf ich die anderen im Eßzimmer an, als wäre nichts geschehen, und Maria bediente uns bei Tisch. Ich hatte inzwischen durch die absurde Vervielfachung der Ereignisse jegliches Zeitgefühl verloren, es interessierte mich nicht einmal mehr, ob etwas wirklich oder im Traum geschehen war. Das wurde mir bewußt, als ich merkte, wie sehr mich diese vorgespielte Natürlichkeit überraschte, eine Überraschung, die sich auch nicht durch die auf meinem Kopf lastende Wolke von Verwirrung und Vergessen erklären ließ. Das Gespräch plätscherte dahin, die Kaffeekannen machten die Runde, genauso Brot, Butter, Marmelade und Kekse, von Hand zu Hand und mit einem Lächeln. Nur einen eisigen Augenblick lang hielt alles inne, als mein Onkel sagte: »Daß du mir auch ja die Quittung vergißt.« Doch das Gespräch ging gleich weiter. Ich nahm nicht daran teil, konnte ihm nicht einmal folgen: Ich schwebte in der Ferne, nichts von dem, was um mich herum geschah, erreichte mich. Bis ich jäh abstürzte, als mein Onkel mit einer Scheibe Brot warf und brüllte: »Nein! So nicht! Was hat denn Portugal mit Ihnen zu tun? Eine Union? Die Föderation der iberischen Republiken? Sonst haben Sie keine Wünsche? Seit Jahrhunderten existiert Portugal innerhalb seiner Grenzen! Nicht wie die spanischen Königreiche, die nie so genau wußten, wo ihre Grenzen eigentlich verliefen! Wenn Spanien nicht die Pyrenäen hätte und das Meer drumherum, dann hätte es dieses Land doch nie gegeben. Ein Glück für euch Spanier, daß ihr eine Grenze zu Portugal habt, die ihr überqueren könnt, sonst wüßtet ihr gar nicht, wer ihr seid. So wißt ihr immerhin, daß ihr keine Portugiesen seid.« Er rief mich zum Zeugen an: »Hast du solche Leute schon mal gesehen? Die einen wollen ein Spanien von Meer zu Meer, das habe ich gestern noch im Radio gehört, die anderen sind für ein Spanien von Land zu Land... Und das, während sie in einem zweigeteilten Spanien sitzen, wo sich die Leute gegenseitig umbringen. Unglaublich, was?« Dann wandte er sich wieder ihnen zu: »Und so reden Sie in meinem Haus? Wahrscheinlich glauben Sie, es wäre eine besondere Ehre, Spanier zu sein, und wir würden nur auf Englands Erlaubnis warten, stimmt's?«

»Aber, Don Justino...« setzte Don Juan an.

»Ich sagte Ihnen bereits, daß ich Leutnant bin, ohne Don davor. Sie brauchen mich gar nicht zum Spanier zu machen, mit einem Titel, den ich nicht habe.«

»Aber, Leutnant«, fuhr Don Juan fort, »davon hat unser Freund hier überhaupt nichts gesagt. Er hat kein Wort davon gesagt, daß Spanien Portugal schlucken würde. Das wollen die faschistischen Aufständler. Er hat nur gemeint, daß Spanien eine Föderation von Staaten ist, zu der Portugal ebenso gehören könnte wie Galicien, Katalonien, das Baskenland. Das wäre der einzige vernünftige Weg...«

»Vernünftig, Blödsinn! Unser jetziges Verhältnis zu Spanien ist eines von gleich zu gleich. Dann würden wir ja mit Spaniens Provinzen auf einer Stufe stehen. Als würde man vom Pferd zum Esel befördert!«

Jetzt war der andere an der Reihe, ihm zu antworten: »Beruhigen Sie sich bitte, darum geht es doch gar nicht. Vielmehr unterdrückt Spanien Nationen, die eigentlich unabhängig sein müßten.«

»Sind sie aber nicht. Und was hat Portugal mit den Problemen dieser Nationen zu schaffen? Warum haben sie es nicht gemacht wie wir? Auch wir waren unter dem Joch, aber dann haben wir uns aufgebäumt und waren wieder frei.«

»Frei...« lachte Don Fernando auf. »Das nennen Sie Freiheit, wie Sie leben?«

»O nein, mein Herr, Freiheit nenne ich das nicht. Aber wieso sollte ich es gegen irgendeine absurde Föderation eintauschen?«

»Damit die soziale Revolution möglich wird, die Ihr Land braucht. Denken Sie, wenn Portugal zu einer iberischen Föderation gehörte, könnten die Machthaber seine politische Weiterentwicklung verhindern?«

»Das bräuchten sie gar nicht. Darum würden Sie sich schon kümmern, meine Herren.«

»Mit Ihnen kann man nicht über Politik reden.«

»Über diese Politik nicht. So, jetzt muß ich die Quittung vorbereiten.« Er stand vom Tisch auf. Ich folgte ihm in sein Arbeitszimmer, wo er nach mehreren Anläufen mit großer Geste eine Quittung verfaßte. Er reichte sie mir mit den Worten: »Du übergibst Ramos das Geld erst, wenn er dieses Papier unterschrieben hat, verstanden?« Dann kam ihm ein plötzlicher Einfall: »Warte mal eben...« Er fuhr sich mit den Fingern durchs Haar. »Geh lieber erst zu Macedo, ja? Gib ihm das Geld und laß ihn unterschreiben. Das ist sicherer.«

Ich war in Gedanken immer noch bei dem vorherigen Gespräch. Es kam mir bemerkenswert vor, daß dieses Streitgespräch mit meinem Onkel nicht schon früher ausgebrochen war, wenn sie so über die iberische Föderation dachten. Oder hatte es sich heute nur wiederholt? Ich fand es jedenfalls urkomisch, daß ich mich über die Typen aus dem Café aufgeregt und sie wegen derselben Absichten, die auch von den Antifaschisten vertreten wurden, für Faschisten gehalten hatte. War das nicht in Wirklichkeit alles ein und dasselbe? Mein Onkel wiederholte seinen Geistesblitz und fügte hinzu: »Hörst du mir überhaupt zu?«

»Ja, Onkel«, und erst da hörte ich wirklich, daß er Carlos Macedo genannt hatte. »Aber wieso Macedo?« Als ich meinem Onkel zum erstenmal von der Sache erzählt hatte, war Macedos

Name nicht gefallen. Hatte ich ihn wirklich nicht erwähnt? Inzwischen war ich mir bei gar nichts mehr sicher.

»Genau, Macedo. Wer ihn kennt, weiß, daß er nichts verbergen kann. Gestern bin ich ihm begegnet, und ich habe keinen Zweifel, daß er auch in diese Sache verwickelt ist. Mir tut bloß sein armer Vater leid... Einer seiner Söhne flieht nach Spanien oder steckt bis zum Hals in der Patsche, und der andere geht nach Lissabon. Dona Micaela geht nämlich nach Lissabon, das steht mal fest. Zur Seefahrtschule, wenn ich mich nicht irre. Sein Bruder hat mir sogar erzählt, daß sie dich darum bitten wollten, dem Jungen ein bißchen zu helfen.«

»Ja, er hat mich schon gefragt, ob Luís bei uns wohnen kann. Ich weiß nicht, ob meine Eltern das wollen.«

»Das wird sich finden. Ich schreibe an deinen Vater. Also, du gibst das Geld nur Macedo, hast du gehört? Das ist viel besser.«

Mir schauderte bei der Erkenntnis, daß noch ein Mensch unfreiwillig in das Gespinst verstrickt wurde, noch eine Geisel der Ereignisse, und ich wandte ein: »Wo soll ich Macedo denn treffen? Ich habe nichts mit ihm verabredet. Ramos dagegen wartet auf mich, aber nicht länger als bis zwölf Uhr mittags.«

»Unsinn, bis zwölf Uhr mittags! Denkst du, davon glaube ich ein Wort? Das hat er sich doch aus den Fingern gesogen, um uns mit einer Frist unter Druck zu setzen, wir sollen ihm bloß das Geld besorgen, das er braucht. Nach zwölf Uhr sitzt er noch genauso da, und je länger, desto mehr wird er sich sorgen, daß du womöglich nicht mit dem Geld auftauchst. Du kannst natürlich bei ihm auftauchen, klar. Nur ohne das Geld. Darüber müssen sich dann die beiden einigen.«

Angeekelt machte ich mich auf den Weg zum Haus der Macedos und klopfte an die Tür. Weder er noch sein Bruder waren da. An den Strand gegangen. Sollte ich sie dort suchen, oder würde ich am Strand nur Luís antreffen, weil sein Bruder lediglich zur gleichen Zeit wie er das Haus verlassen hatte? Und wenn ich statt dessen zu Ramos' Pension ging? Vielleicht war Macedo dort vorbeigekommen. Vielleicht war er sogar da. Und vielleicht, selbst wenn ich Gefahr lief, dabei Ramos und Almeida zu begegnen, vielleicht wäre es am Ende Mercedes, die ich dort traf. Eine Woge der Zärtlichkeit und Sehnsucht überschwemmte mich und spülte die Unruhe fort, mit der ich an sie dachte und die einen großen, stillen Raum in mir hinterließ, wo zusammenhanglos Fakten, Stimmen, Menschen widerhallten. Sie wollte ich treffen, sonst niemand. Bestimmt war sie am Strand. Als ich die Kabinen erreichte, fand ich sie leer vor, und die Nachbarn hatten bislang weder die Macedos noch die Ramos gesehen. Ich kehrte ins Bairro Novo zurück und betrat Ramos' Pension. Der Hausdiener am Eingang erkannte mich, nein, sie waren nicht heruntergekommen, sondern hatten Besuch auf dem Zimmer, ich solle ruhig nach oben gehen.

Mit weichen Knien stieg ich die Treppe hoch, und mit noch weicheren Knien blieb ich unentschlossen vor den Türen stehen. Das da mußte Mercedes' Zimmer sein. Ganz leicht, mit den Fingerknöcheln, klopfte ich an. Ich lauschte, schaute von rechts nach links, erwartete fast, daß plötzlich eine der Nachbartüren aufging. Der Schlüssel drehte sich einmal, und sie spähte durch den geöffneten Spalt: »Du?« So blitzschnell gesehen, erschien sie mir schöner denn je, mit ihren weit aufgerissenen Augen und halb verwuschelten Haaren. Ich schubste sie nach drinnen und schloß die Tür hinter mir.

»Bist du verrückt geworden?« Aber sie sank mir in die Arme, ganz zerbrechlich in ihrem langen Nachthemd, das sie immer noch trug.

Und gleich löste sie sich aus dem Kuß, um die Tür abzuschließen. Sie sagte: »Das ist doch wahnsinnig. Was willst du? Geh weg, schnell, jeden Augenblick kann einer anklopfen und mich rufen.«

Ich umarmte sie und fragte leise: »Warum bist du heute nicht an den Strand gegangen, sondern um diese Uhrzeit noch im Nachthemd hier?«

Sie legte ihren Kopf auf meine Schulter und strich mir mit einer Hand über die Brust. »Ich hatte keinen, der mit mir ging... Keiner ist heute an den Strand gegangen.«

Ich hob ihren Kopf, um ihr in die schwimmenden Augen zu schauen: »Was ist passiert? Hat uns jemand entdeckt?«

Sie schüttelte mit einem Lächeln den Kopf: »Nein, ich bin gestern und vorgestern bei der Schneiderin in Buarcos gewesen, mit einer von den Silvas. Mach dir keine Gedanken. Der Silva habe ich erzählt, ich würde mit meinem Bräutigam spazierengehen.« Sie machte eine Pause und schmiegte sich an mich: »Wir lügen uns was zusammen, hm?«

Dann straffte sie sich und legte mir die Arme um den Hals: »Küß mich noch einmal und geh.«

Ihr Kuß war wie ein zerrissener Abschied. Ihre Lippen, ihre Zunge, ihr Körper schmiegten sich, angespannt vibrierend, an mich, und zugleich spürte ich darin etwas seltsam Kaltes, das mich erschreckte. »Kommst du denn nachher?« fragte ich.

Ihr »Ich kann nicht«, mit den Lippen und der Zunge an meine Lippen, meine Zunge gemurmelt, hörte ich im Innern meines Mundes.

»Du kannst nicht, wieso?« beharrte ich.

»Weil sie heute fahren. War es das, was du wissen wolltest?«

Es klopfte an der Tür. Wir blieben starr umschlungen stehen. Eine Stimme rief: »Mercedes.« Es war Almeida. Sie antwortete: »Was ist, Manuel?«

»Bist du bald fertig?« Und ich küßte sie auf die Haare, als sie erwiderte: »Nein, noch nicht.«

Er fragte, leise, nah an der Tür: »Darf ich nicht rein?«

»Nein«, und ich nahm ihr Gesicht in meine Hände, bohrte meine Augen in ihre Augen, die sich verdüsterten.

»Ich muß jetzt weg und komme erst am Nachmittag zurück«, und ich küßte sie auf die Augen.

Mit erstickter Stimme fragte sie: »Um wieviel Uhr?«, und ich preßte ihr Gesicht an meines.

»So gegen drei. Soll ich dir keinen Kuß geben?« Da machte sie sich verzweifelt und angstvoll von mir los, um nach dem Schlüssel zu greifen. Ich umklammerte ihre Handgelenke mit aller Kraft, aber sie entwand sich und drehte den Schlüssel um. Ich blieb hinter der Tür stehen, die sie öffnete, und brachte es nicht fertig, die Augen zu schließen, um die Arme nicht sehen zu müssen, die sie in einen Kuß zogen, den ich nur erraten konnte.

Ich hörte ihn murmeln: »Ich hole dich um drei Uhr ab.« Sie hielt die Tür fest, die er in der Umarmung aufstoßen wollte, um ins Zimmer zu kommen. Macedos Stimme, die sich über seine Wirkung auf die Frauen lustig machte, hallte in meinen Ohren. Als sie, unter Geflüster, das ich nicht hören konnte, die Tür wieder schloß, standen wir schweigend voreinander, bis sie schließlich sagte: »Jetzt geh.«

Ich nickte. Auf der Schwelle fragte ich sie: »Wohin gehst du um drei mit ihm?«

»Weiß nicht. Wohin er will.«

»Weißt du, was du bist?«

Sie hielt mir mit der Hand den Mund zu: »Sag nichts. Das bin ich nicht. Und das weißt du genau. Morgen fliehe ich mit dir.« Sie streckte mir die Lippen hin.

Ich zog mein Taschentuch hervor: »Mach dich erstmal sauber!«

Ihr schmerzverzerrter Gesichtsausdruck tat mir weh. Aber sie nahm es, wischte sich die Lippen ab und küßte mich leicht. Dann gab sie es mir mit Tränen in den Augen zurück. Ich schaute sie reglos an, sie und das Taschentuch, das weiß in meiner halb erhobenen Hand leuchtete.

»Steck das Taschentuch ein«, sagte neben mir Ramos' Stimme.

Sie schloß sich in ihrem Zimmer ein. Ich steckte das Tuch weg und fragte: »Bin ich zu früh gekommen?«

»Viel zu früh. Komm hier rein.«

Ich folgte ihm in sein Zimmer, wo auch Macedo war. An ihn wandte ich mich auch sofort. »Mein Onkel hat das Geld besorgt. Ich habe es dabei.« Sie wechselten einen Blick. »Aber er will eine Quittung, von dir unterschrieben.«

»Von mir? Hatte nicht Ramos mit ihm gesprochen?«

»Doch. Aber das soll ich ausrichten.«

»Was für eine Quittung will er denn? Hast du die dabei?« fragte Ramos.

»Ja. Von ihm vorbereitet.« Ich zeigte sie ihm.

Er studierte sie und gab sie an Macedo weiter: »Halte ich für ziemlich belanglos. Das kannst du unterschreiben! Schließlich...« – er musterte mich mit seinen hellen Augen – »...hinterlasse ich einen Brief an Hauptmann Macedo, in dem ich die persönliche Verantwortung für die Teilnahme von Carlos an unserem Vorhaben übernehme. Also unterschreib die Quittung«, schloß er, an Macedo gewandt.

Er tat es. Ich steckte den Zettel ein und holte das Geld aus der Tasche: »Hier sind die zehntausend.«

Ramos zählte nach, gab die Scheine Macedo und sagte: »Tu das zu dem restlichen Geld. Alles weitere wird bis drei Uhr hier sein. Dann kannst du die Hälfte der ausgemachten Summe übergeben. Aber nur die Hälfte.«

»Wann fahrt ihr denn?« fragte ich.

Bevor Macedo etwas sagen konnte, erwiderte Ramos: »Das steht noch nicht fest. Vielleicht morgen. Aber es ist wichtig, daß sie sich schon ab heute abend um elf Uhr für alles bereithalten. Sag das den Leuten bei dir zu Hause.«

»Woher wußte dein Onkel eigentlich von mir?« fragte Macedo. »Hast du ihm etwas erzählt?«

»Nein. Er ist von selbst darauf gekommen, als ihr neulich miteinander geredet habt.«

Er stand mit gesenktem Kopf da, dann richtete er einen flehentlichen Blick an Ramos: »Ich weiß nicht, was das ist. Ich erzähle nie etwas, und alle verstehen immer genau, was ich nicht sage.«

Ramos lächelte kalt: »Deshalb sollten wir so bald wie möglich fahren.« Er setzte sich aufs Bett und fragte mich: »Sag mal, falls das nicht zu indiskret ist, wie habt ihr denn soviel Geld besorgt? Um ehrlich zu sein, ich habe zwar versucht, die Kuh zu melken, wie man so sagt, aber ich hätte nicht erwartet, daß ihr alles zusammenbekommt.«

»Das ist eine komplizierte Geschichte. Lohnt sich nicht, sie zu erzählen. Aber ich muß dich in einer Hinsicht noch warnen. Die Spanier wollen jetzt nämlich doch nicht fahren. Mein Onkel hat sich sogar mit ihnen gestritten, er ist nämlich ganz begeistert von dieser Flucht. Sie wollten nach Lissabon und dann über den Alentejo in den regierungstreuen Süden. Mein Onkel hat sie beinahe mit dem Tod bedroht oder damit, sie bei der Polizei anzuzeigen, falls sie sich aus dem Staub machen, und er hat ihnen das Versprechen abgenommen, daß sie dir, wenn du sie abholen kommst, selber absagen. Mal sehen, meinte er, ob sie den Mumm dazu haben.«

»Ich komme aber gar nicht. Ich hole sie nicht ab.«

»Ich genausowenig«, sagte Macedo.

»Wer denn dann? Woher sollen wir wissen, daß das Ganze kein Schwindel ist?«

»Das wollte ich eben jetzt mit dir verabreden«, antwortete Zé Ramos. »Es wird jemand zu euch kommen, den du kennst. Einer unserer Freunde, mit einem Wagen. Sag aber nichts davon. Es kann nämlich doch sein, daß ich in dem Wagen sitze. Auf jeden Fall, und das ist nicht gelogen, sag ihnen, daß gestern hier und in Porto eine weitere Anzahl Leute verhaftet worden sind. Und in Lissabon auch, heißt es.«

»Spanier?«

»Spanier und Portugiesen.«

»Seid ihr auch in Gefahr?«

»Und wie. Einer der Festgenommenen in Porto gehörte zu unserer Gruppe. Er war an der Sache mit dem Boot beteiligt.«

»Und wenn er redet?«

»So einer ist das nicht. Aber man weiß nie.«

Macedo sagte: »Ich habe das Gefühl, wenn die mich unter Druck setzen, dann sage ich erst recht nichts.«

»Solltet ihr nicht besser die Abfahrt vorverlegen?« fragte ich.

Fast hätten sie sich angeschaut, als Ramos antwortete: »Keine schlechte Idee.« Dann fügte er hinzu: »Du, Macedo, ich muß mal unter vier Augen mit Jorge reden.«

Der andere erwiderte: »Ich auch, aber das braucht nicht unter vier Augen zu sein. Einen Moment nur.« Und zu mir gewandt: »Könntest du heute nachmittag bei uns zu Hause vorbeikommen? Mein Vater würde gern mit dir reden, über meinen Bruder.«

»Um wieviel Uhr?«

»So gegen drei, nachher muß ich nämlich weg.«

»Später geht es nicht?«

»Wenn es dir besser paßt. Um sechs?«

»Ich bin da.«

Er verabschiedete sich und ging hinaus. Ramos stand auf, schloß die Tür ab, sah mich an und fragte: »Was hast du vor?«

»Womit?«

»Mit wem! Mit meiner Schwester.«

Ich gab keine Antwort. Ich saß mit übereinandergeschlagenen Beinen auf einem Stuhl und betrachtete aufmerksam meinen Schuh.

»Gestern und vorgestern hast du den ganzen Nachmittag mit ihr verbracht.«

»Hat sie dir das gesagt? Und heute nachmittag wird sie mit Almeida zusammensein.«

»Ich würde nicht mit dir darüber sprechen, wenn ich wüßte, daß ich noch eine andere Gelegenheit hätte. Aber es wird wohl kaum dazu kommen. Ja, sie hat es mir gesagt. Heute morgen. Aber ich hatte es selbst schon geahnt. Nur eins verzeihe ich dir nicht, auch wenn das vielleicht ein Vorurteil ist: an welchen Ort du sie gebracht hast.«

»Wohin denn sonst? An den Strand? In die Felder?«

Er machte eine sichtliche Anstrengung, sich zu beherrschen. In den Muskeln seines Gesichtes wechselten Zuckungen und plötzliche Verhärtungen ab. Ich fuhr fort: »Sie ist für ihre Handlungen doch selbst verantwortlich, oder? Wie es aussieht, kommt es in dieser Sache auf den Ort nicht an. Sie war allein mit mir, keiner hat sie gesehen. Hat sie dir das nicht gesagt?«

»Und was hast du nun vor?«

»Das weiß ich im Augenblick noch nicht.«

»Wenn du nicht aufgetaucht wärst, wäre all das nicht passiert.«

»Stimmt. Aber auch dann hätte sie diesen Almeida nicht geheiratet, der sich eine heroische Lösung ausgedacht hat, um sich seinem Heiratsversprechen zu entziehen.«

»Er entzieht sich doch gar nicht.«

»Ach nein? Und warum haben sie dann nicht früher geheiratet?«

»Weil sie keine Zeit dazu hatten.«

»Genauso war es bei mir. Ich hatte auch keine Zeit zu verlieren.«

»Du hattest doch so viel Zeit, wie du wolltest. Du hättest nur zu warten brauchen.«

»Worauf? Daß sie wieder in seine Arme sinkt? Falls sie die überhaupt jemals verlassen hat.«

Er war kurz davor, auf mich loszugehen, bremste sich aber. Ich blieb bewegungslos sitzen, ich wußte innerlich genau, daß er nichts dergleichen tun würde, weil er noch einen Rest unserer Freundschaft bewahren wollte, die sich in mir längst auflöste. Mit zusammengebissenen Zähnen sagte er: »Ich bin mir vollkommen sicher, daß das nicht stimmt.«

»Da habe ich meine Zweifel. Vollkommen sicher weiß ich dagegen, daß es zumindest für heute nachmittag stimmt, denn ich habe gehört, wie sie sich verabredet haben. Und zwar zu diesem Zweck.«

»Wie hast du das gehört?«

»Ich war in ihrem Zimmer, als er vorbeikam, um sich zu verabschieden«, und mir war, als verriete ich ein höchst intimes Geheimnis, als verriete ich unser beider Schamgefühl, indem ich ihm das sagte.

»Du warst da drinnen?«

»Nur ein paar Minuten lang, als ich herkam. Ich wollte mit ihr sprechen. Ich wollte wissen, warum sie mir gestern gesagt hatte, wir könnten uns heute nicht sehen. Gestern hatte sie ja noch nicht mit dir gesprochen.«

»Aber sie war schon mit dir im Bett gewesen.« Auf der Bettkante sitzend, vergrub er sein Gesicht in den Händen.

»Eben. Die Tatsache allein, daß ihr mehr zu tun habt und die Abreise näherrückt, kann ja kein Grund für ihre Weigerung sein, ihr müßt schließlich weiter einen Alltag von Sommerfrischlern simulieren, wie ihr es auch in diesen Tagen getan habt. Oder habt ihr vor, zum Abschied ein Familientreffen zu veranstalten?«

»Begreifst du nicht«, er hob sein leichenblasses Gesicht zu mir, »daß sie deinetwegen die Achtung vor sich selbst verloren hat?«

»Wenn sich eine Frau dem Mann hingibt, den sie liebt, oder den Mann liebt, dem sie sich hingibt, dann scheint mir das kaum ein Grund dafür zu sein, daß die Selbstachtung Schaden nimmt. Schon gar nicht nach deinen Kriterien.«

»Nein. Aber sein Wort zu brechen, das schon.«

»Welches Wort? Die Vereinbarung, Almeida zu heiraten, den Mann, der sie entjungfert hat?«

»Die Vereinbarung, vor der Heirat mit niemandem mehr zu schlafen, auch mit ihm nicht.«

»Wem hat sie das denn versprochen, dir etwa?«

»Sich selbst.«

»Aber sie hat sich nicht irgendwem hingegeben, sondern demjenigen, den sie in Wahrheit liebt. Sonst wäre es gar nicht dazu gekommen. Manchmal entdeckt man, daß ein gegebenes Wort ein Irrtum war, ein Versprechen, das man gemacht hat, ohne an etwas anderes zu denken. So war es mit uns, als wir uns begegnet sind. Wenn du mir nicht von ihr und Almeida erzählt hättest, wäre ich auch nicht darauf gekommen, von ihr zu verlangen, was ich verlangt habe. Ich habe es nämlich verlangt, ich. Und sie war einverstanden und ist mit mir gekommen.«

»Du meinst, sie hat deinem Drängen nachgegeben.«

»Ich hätte sie doch gar nicht drängen können, wenn ich sie nicht liebte, und sie hätte nicht nachgegeben, wenn sie mich nicht liebte, und zwar mehr als alle Versprechen.«

»Weißt du, was sie zu mir gesagt hat?«

»Nein.«

»Da sie aus Liebe zu dir ihr Wort, ihr Versprechen Almeida gegenüber gebrochen hat, hat sie auch kein Recht mehr, sich ihm zu verweigern, wenn er endgültig fortgeht.«

Genau das hatte ich befürchtet und mir insgeheim nicht vorstellen wollen. Ich begriff, daß er mir gar nichts Neues erzählte, daß ich von Anfang an dieses Dilemma gespürt hatte. Dabei gab es dieses Dilemma nur, weil ihre Liebe zu mir nicht alle anderen Empfindungen beiseite fegen konnte, die sie innerlich zerrissen. In mir bäumte sich etwas auf, gegen sie, und ich wünschte die ganze Geschichte und sie zum Teufel. Doch im selben Augenblick überfiel mich die Angst, sie zu verlieren, die schreckliche Furcht, ihre Liebe zu verlieren, die mir alles war. Der Teufel sollte holen, was er wollte, alle Sorgen und Eifersüchte, alle Worte, die gegeben worden waren. Ich wollte, daß sie mein wurde, um jeden Preis. Doch ich verschanzte mich erst mal: »Und was hältst du davon?«

Er senkte den Kopf: »Ich finde, das ist ihr Problem.«

»Ach, und meins nicht?«

»Doch, deins auch.«

»Und genauso ist es ein Problem für dich und dieses ganze Abenteuer, meinst du nicht? Erzähl mir nicht, daß du keine Angst davor hast, Almeida könnte, weil sie ihn betrogen hat, dich in letzter Sekunde ebenfalls betrügen!«

Nach einem Moment des Schweigens meinte er: »Was soll ich denn tun, sag es mir!«

»Auf jeden Fall sollst du verhindern, daß sie einen Fehler macht, einen Fehler, der sie zerstören kann. Wenn sie heute mit ihm zusammen ist und nicht mit mir, dann ist alles vorbei. Und sie hat weder dich noch ihn, um sie zu retten, falls nötig.«

»Wovor zu retten?«

»Davor, die Achtung und die Liebe des einzigen Menschen zu verlieren, der ihr noch bleibt und an dem sie hängt. Des einzigen Menschen, der hierbleibt. Ich.«

»Du willst mich dazu bringen, meine Schwester mit dir zu verkuppeln?«

»Nein. Wir reden hier als zwei Männer, die einander nichts verschwiegen haben von einer Frau, die des einen Schwester und des anderen Geliebte ist, wenn du gestattest. Aber ich will deine Schwester gar nicht zur Geliebten. Ich will sie zur Frau. Und ich kann es nicht hinnehmen, daß sie, nachdem sie sich mir hingegeben hat und bevor sie zu meiner Frau wird, mit einem anderen zusammen ist. Wenn sie das nicht begreift, dann muß man sie eben daran hindern.«

»Wie denn?«

»So gut kenne ich dich nicht, du wirst schon wissen, was du tun kannst. Was mich betrifft, ich werde um drei Uhr hier vor der Tür stehen.«

»Und wenn ich nichts unternehme?«

»Wenn du nichts unternimmst und ich nichts durchsetzen kann... ich weiß es nicht... Aber dann würde ich mich nicht an deine Schwester gebunden fühlen, obwohl sich an meiner Liebe zu ihr nichts ändern würde.«

»Du willst also... wenn sie nachher gehen...«

»Wir werden sehen, was passiert.«

Ich stand auf und ging zur Tür. Er folgte mir. Ich hatte sie schon geöffnet, als ich sagte: »Ramos, falls wir uns nicht mehr sehen, ich wünsche dir viel Glück für alles, ja?« Und ich streckte ihm die Hand hin.

Er schüttelte sie: »Ich hätte so gerne, daß du...«

»Ja?«

»...daß du...«

Seine germanische, unnahbare Art, die er in feierlichen Augenblicken annahm, unfreiwillig oder gar widerwillig, fiel allmählich von ihm ab. Er drückte meine Hand noch fester: »Was soll denn aus Mercedes werden, ohne dich?«

»Sie hat ja ihre Eltern.«

»Ach, die Eltern... Was zählen in solchen Dingen schon die Eltern?«

Ich war schockiert, denn mir waren viele Beweise seiner Sohneszuneigung noch gut in Erinnerung, er hatte sie auch stets deutlich gezeigt, obgleich Mercedes' Vater nur sein Stiefvater war. Dann fiel mir ein, daß bei den Ramos sein eigener Vater wie der Stiefvater behandelt wurde. So wie manche, die keine Eltern mehr hatten, sich Illusionen darüber machten, wie es wohl wäre, welche zu haben. Dies alles schoß mir durch Kopf, und so erwiderte ich seinen Händedruck und sagte nicht mehr als »Gute Reise«, ohne ihn anzuschauen.

Auf der Straße wußte ich erst nicht, wo ich hingehen sollte. Dann überlegte ich, daß mein Onkel verrückt genug war, um anzunehmen, ich sei, wenn ich mich mit der Quittung verspätete, mit dem Geld auf und davon gegangen. Hatte er mir nicht vom Gesicht abgelesen, daß ich in der Klemme saß? Dabei hätte ich genau das eigentlich tun sollen: mit diesem Geld fliehen, dessen Vermittler ich wegen Mercedes in doppelter Hinsicht war. In dem Augenblick, als ich in ihrem Zimmer gestanden hatte, hätte ich sie herausfordern, locken, zur gemeinsamen Flucht überreden sollen. Sie dagegen hatte die konkrete Möglichkeit einer Flucht mit diesem Geld erwogen, eigentlich verspätet im Hinblick auf die Gelegenheit, aber früher als ich, der ich erst jetzt, ohne das Geld, darauf kam. Sie hatte sie nur auf »morgen« verlegt, wenn dieses Geld für uns nicht mehr existierte, ja wenn unter Umständen sie für mich nicht mehr existierte. So durchschaut man das Leben: indem man es betrachtet, wie es gewesen ist und nicht mehr wird sein können. Und falls man damit recht behält, so deshalb, weil das, was man nicht getan hat, dieses Durchschauen erst ermöglicht. Erst ohne das Geld in der Hand kam ich darauf, daß wir damit hätten fliehen können. Warum nicht früher? Aus Ehrlichkeit, weil es nicht mir gehörte? Gehörte es denn überhaupt jemandem? Oder weil ich in Wirklichkeit gar nicht mit ihr fliehen wollte und nur eine Entschuldigung suchte und erst dann an die Flucht dachte, als mir das Nötige dazu fehlte? Andererseits, wozu brauchten wir eigentlich Geld? Um irgendwo anders hinzugehen und uns dort niederzulassen. Brauchte ich nicht sogar in Figueira Geld, um mich mit ihr in ein Bett legen zu können? Ohne Geld ließ sich überhaupt nichts machen. Oder wir waren so verwöhnt, daß wir es nicht besser wußten. Alles ließ sich kaufen und verkaufen, und es gab äußerst subtile Formen des Kaufs und Verkaufs, auch wenn es eine Schande war. Inwiefern waren wir alle, ich, Mercedes, Ramos, Rodrigues, mein Onkel, meine Tante, Almeida, die beiden Spanier, die beiden Macedos, der Besitzer des Bootes, die Schwiegermutter meines Onkels, gekauft oder verkauft worden und hatten es zugleich selbst getan? Im Grunde ließ sich das jetzt, bei dieser komplexen Verkettung der Beziehungen, die einige der Beteiligten selbst gar nicht als solche erkannten, nicht mehr klar sagen. Dabei versuchte ich mit diesen Gedanken nur einige Bilder aus meinem Kopf zu vertreiben, die sich immer wieder vor mein geistiges Auge drängten: Mercedes an ihrer Zimmertür, im Nachthemd, wie sie sich die Lippen mit meinem Taschentuch abwischte, Almeidas Arme um ihren Rükken und ihre Taille, Rodrigues am Fuß des Baumes, auf einem Bein balancierend, um seine Turnschuhe anzuziehen, die beiden Spanier, wie sie meinen Onkel musterten, der sie in ein Abenteuer hineinziehen wollte, meine Tante, ein regloser Umriß in ihrem Fenster, eine grauenhafte Alte, die sowohl Züge der Wirtin des Hauses in Buarcos als auch jener Prostituierten trug, die sich in der Nacht der Orgie an mich herangemacht hatte und einen Körper ableckte, der zugleich Rodrigues, Matos und Oliveira gehörte, dann ein riesiger Kirchplatz, von Autoscheinwerfern erleuchtet, auf dem ein Junge neben einem alten Mann kniete, der ausgestreckt an einem Strand lag, vor ihm die in der Morgensonne glitzernden Wellen der Brandung, wo eine Horde nackter Jungen herumsprang. Unter den Bildern, denen immer neue folgten, hoben sich, voller Anziehungskraft, weil sie alle anderen Bilder an sich zogen, am deutlichsten zwei ab: Mercedes, die sich über mein Bett beugte und die ich mit meinem weißen Taschentuch ohrfeigte, und Rodrigues (als wäre er mein Onkel, Macedo, Ramos, Almeida). Mit ihm, in seiner Person, hatte ich das Gefühl einer reinen Bewunderung aus der Ferne herabgewürdigt, wie ich sie für Mercedes nicht empfinden konnte; doch durch die Vereinigung mit Mercedes hatte ich mir alles erobert, was zu diesem Gefühl gehörte, und überdies einen Körper, den ich so leidenschaftlich begehrte, weil ihn ein anderer bereits gehabt hatte. Es war, als hätte ich Almeidas Geschlecht zu meinem gemacht und er würde mir alles andere rauben. Im Grunde war all das aber unwichtig. Wichtig war nur, daß Mercedes ganz allein mir gehörte. Ohne jeden Zweifel würde ich dafür alles und jeden opfern. Und ich würde sie auch in meine Arme schließen, wenn sie gerade aus den Armen Almeidas käme. Das also, wurde mir klar, ist Leidenschaft: das atemlose und umfassende Bedürfnis, den anderen als einziger zu besitzen, und zugleich die halb verzweifelte, halb glückliche Erkenntnis, daß die anderen mit einem identisch werden. Denn der Augenblick, in dem man sich durch seine Leidenschaft am meisten eins mit sich selbst fühlt, tritt ein, wenn im Innern alle anderen Menschen mit einem zusammenfallen. Doch wenn das so ist, wenn man sich selbst durch die Leidenschaft ganz kennengelernt hat, aber letztlich weniger mit dem Objekt dieser Leidenschaft identifiziert als mit allen anderen Menschen in der

Umgebung, dann zerstört sich die Leidenschaft selbst, oder vielmehr man zerstört in ihr sich selbst und die anderen. Mir wurde ganz schwindlig. Und dann begriff ich, daß man die Leidenschaft selbst erfindet. Mercedes war in meinem Leben zu einer »femme fatale« geworden. Doch ich selbst war es gewesen, der sie dazu gemacht hatte, der dieses »Fatale« geschaffen hatte, wovon nun alles überschwemmt und befleckt wurde. Wenn ich sie verlöre, würde ich sie in allen anderen Frauen suchen; und wenn ich sie endgültig gewänne, würde ich sie in mir verlieren. Wer wäre in der Liebe eines anderen Menschen nicht die Summe aller Personen, von denen dieser andere je geträumt hat? Wer war schon er selbst in den Bildern der anderen? In Wahrheit sucht man doch in dem anderen nicht nach der idealen Frau oder dem idealen Mann; vielmehr idealisiert man sich selbst und wird idealisiert, herbeiphantasiert in Gestalt derer, die nur Traum sind, keine reale Eroberung, oder umgekehrt derer, die zwar erobert werden, aber keinem Traumbild entsprechen. Diese Idealisierung hatte nichts mit Reinheit, Unschuld oder Selbstlosigkeit zu tun. Sie war im Gegenteil eine Summe, eine Anhäufung, eine wirre Mischung aus allem Schmutz, den man nicht mit den anderen zu träumen oder in sie hineinzuphantasieren wagte, bis zu dem Augenblick, da man sich in einer Umarmung, einem Kuß, einem Blick, einer Vereinigung, auch gedankenverloren, in etwas verwandelte oder verwandelt wurde, das man selbst in der Phantasie des Menschen, mit dem man sich vereinigte, noch gar nicht geworden war. In solch einem Augenblick bestand man lediglich aus einer Reihe fremder Situationen und Erfahrungen, denen man sich willfährig anschloß, um in dem anderen zu sich selbst zu finden. Und mit all dieser trüben Theorie im Kopf, die eigentlich nur meine Entscheidung umkleidete, Mercedes um nichts in der Welt preiszugeben, betrat ich das Haus meines Onkels.

XXIII

Beim Mittagessen gab ich meinem Onkel die Quittung, die er aufmerksam studierte, als wollte er prüfen, ob es auch wirklich dieselbe war, die er geschrieben hatte. Und ich überbrachte Ramos' Nachricht, daß der Aufbruch unmittelbar bevorstehe und die Spanier sich bereithalten sollten; ein Wagen würde sie abholen, dessen Fahrer ich kennen würde, falls Ramos nicht darin sei. Alle gaben sich reserviert, die Stimmung war längst nicht mehr so sorglos wie am Frühstückstisch. Aber ich hatte wenig Lust, mir noch mehr Sorgen anderer Leute aufdrängen zu lassen. Die meinen reichten mir vollkommen, und im übrigen waren auch sie ein Teil des Ganzen. Ohne weitere Gespräche verzog ich mich, so schnell es ging, auf mein Zimmer. Doch dann fiel mir ein, daß Mercedes und Almeida womöglich ihre Verabredung vorverlegten. Und schon war ich wieder draußen, rannte fast in Richtung Bairro Novo. Was sollte ich tun? In die Pension gehen? An der Tür warten? Mich etwas entfernt halten, damit mich keiner vom Eingang aus sehen konnte? Würden sie zu zweit herauskommen? Oder erst sie, dann er? Sollte ich Mercedes ansprechen? Den beiden folgen? Was wäre besser, wirksamer? Und wenn sie gar nicht ausgingen? In der Pension bestand jedenfalls keine Gefahr, dort mußten sie ja Diskretion wahren. Mehr als am Morgen konnten sie da nicht miteinander anstellen. Keine Frage also, sie würden ausgehen. Und wenn nicht, dann hieße das nur, daß nichts vorgefallen war. Und später? Vielleicht harrten sie ja so lange aus, bis ich das Warten leid war, um dann loszuziehen. Sollte ich den ganzen Nachmittag hier Wache stehen? Schließlich konnte auch Ramos ihr Verbündeter sein. Oder die beiden hatten sich verbündet, gegen mich und gegen Ramos. War mein Gefühl etwa Eifersucht? Wenn ich ihr zutraute, durch und durch doppelzüngig zu sein, wozu ich jeden Grund hatte, dann war es Eifersucht. Wirklich Eifersucht? Oder schob ich nur Eifersucht und verletzte Eitelkeit vor, um mich meiner Verantwortung gegenüber einem Mädchen zu entziehen, das ich ohne Zögern gezwungen hatte, mit mir ins Bett zu gehen, weil ich wußte, es hatte vor mir einen anderen gegeben? Aber hingegeben hatte sie sich – schon als sie mich zu der Balustrade am Ende des Strandes lockte, wodurch ich später für sie zu etwas werden sollte, wovon ich wie viele andere träumte (der Mann ihres Lebens), und sie für mich zu der Frau, die ich in allen anderen stets begehrt hatte. Ich hatte sie weder in jenem Augenblick noch später erobert, als ich sie dazu zwang, mir das zu geben, was sie schon einem anderen gegeben hatte (vielmehr: weniger als das). Sie war mit mir gekommen, und zwar aus freien Stücken: ich war ihr nicht nachgelaufen, hatte sie nirgendwohin gezerrt. Sonst hätte ich sie kein zweites Mal treffen wollen. Doch dann hatte sie ohne jeden Zweifel, als sie mich sah, entdeckt, daß sie den anderen in Wahrheit nie besonders geliebt hatte, oder jedenfalls nicht so sehr, wie sie dachte, und daß ich ihr als der erste Mann lieber gewesen wäre. Wer weiß, vielleicht hatte sie meinem Fordern nachgegeben, weil ich in ihr die Lust auf einen anderen Körper wieder weckte, die sie seit dem ersten Mal in sich unterdrückt hatte, und nun verwandelte sich in der Erinnerung daran ihr unbefriedigter Genuß in die Möglichkeit, die Liebe mit dem anderen zu genießen, der sie bisher nur indirekt, in ihrer Phantasie, hatte erregen können. Wie konnte ich also ihre Liebe zu mir anzweifeln? Das konnte ich nicht. Alles, was an den letzten beiden Nachmittagen zwischen uns geschehen war, wäre nicht möglich gewesen, wenn sie mich lediglich als Instrument eines übertragenen Begehrens ansähe, als ein verbotenes Abenteuer. Sie hatte sich mir ganz hingegeben. So sehr, daß es zu einer gegenseitigen Hingabe wurde; ich war in sie eingedrungen, hatte sie umarmt und mit meinem Körper bedeckt, hatte mit meinem Gewicht und meiner Kraft jenen Körper gehalten, in dem sie wohnte, und sie hatte meine Umarmung erwidert und mich in sich empfangen, mich ganz mit ihrem Körper umschlossen. Das ist gemeint, wenn es heißt, zwei Liebende umschlingen sich: ein Ineinander-Eindringen, das einem gegenseitigen Umfassen gleichkommt, ein Band aus ihrer beider Fleisch, jedoch nicht, um den anderen zu fesseln, sondern um sich im anderen zu verankern. Ja, es war Eifersucht, was ich empfand. Doch eine ebenso eigentümliche Eifersucht, wie unsere Situation eigentümlich geworden war. Ich spürte weniger Wut über die drohende Gefahr, daß sich Mercedes wieder dem anderen, den ich in ihr ersetzt hatte, hingab, sondern Verzweiflung, weil ich ihn nicht so gründlich ersetzt hatte, daß er sich einfach in Luft auflöste. Und mehr noch: weil ich sie womöglich teilen sollte, weil ich mit dem anderen gleichgesetzt, lediglich mit den gleichen Rechten ausgestattet werden könnte in ihrer Phantasie, die darüber entschied, wem sie gehören wollte. Ich merkte, daß ich mich in meiner Leidenschaft durch diese Gleichsetzung, diesen Vergleich gedemütigt fühlte. Es war keine Demütigung in körperlicher Hinsicht, etwa weil ich nicht in der Lage gewesen wäre, ihn physisch auszuschalten, nachdem ich einmal ihre Einwilligung und Hingabe errungen hatte, sogar mehr als einmal, was für meinen körperlichen Stolz eine ausreichende Garantie darstellte; es war vielmehr eine Demütigung unserer Liebe, die offenbar nicht genug Macht besaß, um die Täuschungsmanöver, die wir betreiben mußten, zu verhindern. Hinter ihrer Zimmertür hatte ich mich benommen wie ein heimlicher Liebhaber, der sich vor dem zum unpassenden Zeitpunkt erscheinenden Ehemann versteckt, während sich der andere, wenn ich mich an ihrer Seite gezeigt hätte, zwangsläufig als zurückgewiesener Ehemann oder abgelegter Liebhaber hätte erkennen müssen. Indem ich im verborgenen geblieben war, hatte ich sie zwar nicht vor ihm bloßgestellt, den Plan nicht gefährdet, von dem das Leben vieler Menschen abhing, ob sie es wußten oder nicht. Vor ihr und mir aber hatte ich unsere gemeinsame Liebe bloßgestellt und damit gefährdet. Diese Liebe, die es in Kauf nahm, sich vor den anderen zu verbergen, was wir wohl auch ohne »den anderen« hätten tun müssen (auch wenn seine Existenz unser Versteckspiel ausgelöst hatte); und die es ebenso in Kauf nahm, die anderen zu betrügen (darunter vor allem denjenigen, der dazu beigetragen hatte, dieser Liebe und ihrer körperlichen Befriedigung den Weg freizumachen). Doch eine Liebe, die zum Betrug derjenigen bereit ist, von denen sie abhängt, baut auf dem in Kauf genommenen Selbstbetrug auf. Ich liebte oder begehrte sie nicht weniger: im Gegenteil, mehr denn je. Aber ich liebte sie, wie man eine Katastrophe liebt; und sie würde, wenn es zum Betrügen den anderen nicht mehr gab, in mir die Katastrophe lieben, die der andere nicht gewesen war, und mich, ohne es zu wollen oder zu wissen, mit der Leere betrügen, die ich, hinter der Tür verborgen, hinterlassen hatte; sie würde mich betrügen, sobald sich diese Tür schloß und unsere Intimität schützte, sobald wir allein mit unseren Körpern waren oder, noch schlimmer, sobald wir vergaßen, wie sehr wir unter der Tür zwischen uns gelitten hatten, unter dem Taschentuch zum Abwischen der Lippen, und wie tief wir uns gegenseitig verletzt hatten, daß selbst die Erschütterungen der körperlichen Vereinigung nicht daran reichten; es sei denn, in jenen fernen Gängen der Erinnerung hatte eine Beleidigung ihre Spuren hinterlassen, hatte die Liebe gekämpft und sich gewehrt, bedrängt von messerscharfen Schranken, die sie aufzuschlitzen drohten und deshalb ignoriert wurden, damit sie überleben konnte. Widerstehen. Und sich als Liebe ernst nehmen. Ja, ich liebte Mercedes, und – doch plötzlich entdeckte ich Almeida, der auf die Pension zuging. Ich überquerte die Straße, in seine Richtung. Er bemerkte mich erst, als ich direkt vor ihm stand. Er erschrak, erkannte mich dann aber, und nachdem er mich begrüßt hatte, schaute er sich instinktiv um, ob er etwa verfolgt oder erwartet wurde.

»Kann ich mit dir reden?« fragte ich.

»Jetzt?«

»Ja, jetzt gleich.«

Wir standen voreinander, als erwartete er, daß ich an Ort und Stelle begann. Und tatsächlich, er sagte: »Wir können uns hier unterhalten«, und ging in den Innenhof der Pension voraus.

Wir setzten uns hin, und ich fiel gleich mit der Tür ins Haus: »Ich bin der Geliebte deiner Braut.« Er sprang auf und sackte wieder auf seinen Stuhl, starrte mich mit idiotischem Gesichtsausdruck an, als könne er nicht begreifen, was er gerade gehört hatte. Mit großer, kalter Ruhe oder vielleicht nur mit der aufmerksamen, bebenden Panik eines Kindes, das eine Fliege quält, betrachtete ich die dünne, glatte Haut seines verzerrten Gesichtes, die gebrochenen Funkelaugen eines bis eben noch selbstbewußten Hengstes, die verwirrt blinzelten, seine langen, derben Hände, die einen Augenblick in der Luft schwebten, bevor sie wieder auf die Stuhllehnen plumpsten. Ich wiederholte: »Ich bin Mercedes' Geliebter, sie ist mein, sie gehört mir, laß sie in Frieden.«

Ich stand auf, baute mich vor ihm auf und fügte hinzu: »Du hättest sie ja doch nicht geheiratet. Du hattest genug Zeit dazu. Jetzt gehört sie mir. Mir. Frag sie mal, wo sie gestern und vorgestern nachmittag war.«

Er wollte ebenfalls aufstehen, doch ich hinderte ihn sanft daran: »Du hast nicht den geringsten Anspruch auf sie. Was zwischen euch geschehen ist, gehört der Vergangenheit an. Außerdem wirst du aus ihrem Leben verschwinden, denn heute oder morgen reist du ab und weißt nicht, ob du zurückkehren wirst. Sie liebt dich nicht, sie will dich nicht, also laß sie ein für allemal in Ruhe.«

Mit einem heftigen Schwung stand er auf und schubste mich ein ganzes Stück fort; als ich mich von der Überraschung erholt hatte, lief er schon die Treppe hoch zu den Zimmern. Ich folgte ihm, einen weiteren Gast und einen Angestellten auf den Fersen. Er blieb im Flur stehen und erblickte sie. Mich starrte er wütend an: »Du Kanaille... du Schuft...« und klopfte an Ramos' Tür. Ich wandte mich den beiden zu, die hinter mir standen, und sagte: »Es ist nichts. Gehen Sie wieder.« Aber sie packten mich und versuchten, mich nach unten zu zerren. Ramos erschien, sah Almeida und die Szene am Ende des Flurs: »Lassen Sie diesen Herrn los.« Verblüfft ließen sie von mir ab. Ramos fügte hinzu: »Bitte gehen Sie nach unten, das ist eine Privatangelegenheit.« Sie zögerten, entfernten sich dann aber. Almeida fragte ihn: »Ist das wahr?« Ramos schlug die Augen nieder: »Ja.« »Das hast du gewußt?« »Ja, seit gestern.« »Warum hast du mir nichts gesagt?« »Weil ich dir diesen Ärger für so kurze Zeit nicht zumuten wollte.« »Findest du das gut?« »Weder gut noch schlecht. Es ist passiert.« All das kam mir rasend schnell vor, wie ein Dialog auf einer Theaterprobe, von den Schauspielern noch ganz ohne Ausdruck aufgesagt, oder jedenfalls ohne den passenden Ausdruck. Nun schauspielert man im Leben ja auch nie gut, es sei denn, man hätte die Szene vorher geprobt, und wenn *ein* Schauspieler seine Rolle gar nicht kennt, fällt auch die Darbietung aller anderen ab. Spontan klopfte ich an Mercedes' Tür. Sie trat auf den Flur, aber aus dem Zimmer ihrer Eltern.

Als ich sie hinter Ramos und Almeida erblickte, die sich halb nach ihr umdrehten, begriff ich mit einem nadelstichfeinen Schmerz, wie müßig alles war; diese Leere machte mich ganz benommen in dem diffusen Licht des Flurs, die drei lösten sich beinahe auf wie Trugbilder, und ihre Abwesenheit hinterließ mich in einer beängstigenden, ruhigen Einsamkeit. Mercedes machte Anstalten, auf mich zuzugehen, und instinktiv wandten sich die beiden etwas zur Seite, um sie vorbeizulassen. Mein ganzer Körper tat mir weh, und dieser weit mehr als nur vorgestellte Schmerz verdichtete sich zu einem hektischen Pulsieren, im krassen Gegensatz zu der Ruhe, die mich gleichzeitig überall dort durchströmte, wo der Schmerz sich ausbreitete oder verzweigte. Ich rührte mich nicht. Ich glaube, selbst wenn ich es versucht hätte, wäre mir jede Bewegung unmöglich gewesen. Mercedes sah mich lange an, nach einem kurzen Seitenblick zu den beiden. Ich starrte zurück, bohrend, leidenschaftlich, obwohl ich in mir nur eine Leere verspürte, die mich entsetzte. Danach drehte ich ihr den Rücken zu, ging auf die Treppe zu und langsam nach unten. Ich weiß nicht, ob ich ihrer aller Augen auf mir spürte, und noch weniger weiß ich, ob sie meinen Namen rief. Vielleicht wünschte ich es mir, diesen Ruf zu hören, trotz aller Kälte und Leere in mir. Ich möchte gern glauben, daß sie mich rief und daß ich sie hörte. Doch ich trat auf die Straße, ebenso langsam, wie ich mich von ihnen entfernt hatte.

Dort kam mir die Sonne außergewöhnlich gleißend vor, mehr als ich beim Übergang vom Halbdunkel ins Tageslicht erwartet hatte. Eine schroffe morgendliche Helligkeit hob alle Oberflächen und Konturen überdeutlich hervor und ebnete zugleich ihre Dreidimensionalität ein. Wenige Menschen waren unterwegs, vollkommen schattenlos, von Stille umschlossen. An der Ecke blieb ich stehen und versuchte festzustellen, ob es an mir lag, daß ich meine Umgebung nicht scharf sehen konnte, ob es das war, was die materielle Wirklichkeit für mich verloren hatte. Da vernahm ich, über ein verschwommenes Stimmengewirr hinweg, ein fernes Dröhnen. Mir war noch nie aufgefallen, daß man an dieser Stelle das Meer hören konnte. Vielmehr hatte ich immer geglaubt, daß man es gerade hier nicht hören konnte. Ich machte mich auf den Weg zum Strand. Wenige Kabinen waren in Gebrauch, und ihre Stützpfosten und Querbalken hoben sich genau wie die Stützen der Sonnendächer schwarz und winzig ab, verbrannte Streichhölzer, liegengelassen auf einer weiß glänzenden Decke. Das Meer im Hintergrund sah ebenfalls weiß aus, mit jähen schwarzen Falten. Allmählich, schwebend in der wattigen Distanz, die mich umhüllte, erreichte ich die Terrassen am Ende des Strandes, die ich eine nach der anderen abging. Als mein Blick auf die Flußmündung fiel, brach in mir ein quälende Verzweiflung auf. Auf welcher der Terrassen war ich mit Mercedes gewesen? Ich erkannte sie nicht wieder. Ich war daran vorbeigegangen, ohne es zu merken. Langsam kehrte ich um, als schleppten meine Füße Bleigewichte vor lauter Müdigkeit. Mein Gedächtnis verweigerte völlig den Dienst, ich konnte mich nicht daran erinnern, wo ich mit ihr gewesen war. Ich reagierte panisch, lief von einer Terrasse zur anderen. Hier? An diesem Geländer? Auf der Bank dort? An dieser Mauer? Der nächsten? Noch einer anderen? Als gäbe es unendlich viele davon, und alle sähen gleich aus. Ich setzte mich auf eine der Bänke und lehnte den Kopf an die Mauer. In der gleißend weißen Luft schloß ich die Augen. Und so blieb ich lange sitzen.

XXIV

Als ich aus etwas erwachte, das kein Traum gewesen war, hatte das Weiß des Tages Schattierungen von schmutzigem Zinn angenommen, der Meereshorizont war tiefschwarz, und eine silbrige Linie trennte Himmel und Meer. Ich beugte mich über die Balustrade und sah das Wasser ölig und trüb vor sich hinplätschern, dann ging ich zum Strand hinab, der leergefegt war wie am Ende der Sommersaison. Ich schlenderte an der Ufermauer entlang, die Augen gedankenverloren auf ein vorgestelltes Bild meiner eigenen Schritte geheftet. Ich dachte an nichts und niemanden. Vollkommene Leere erfüllte mich, eine große, etwas zittrige Ruhe. Der Strand zu meiner Linken verschwamm hinter einem langsamen Schaukeln, wo verlassene Boote und die eine oder andere winzige, schwarze Gestalt aufschienen. Dann endete der Strand, und ich ging zwischen Häusern mit geschlossenen Fensterläden entlang, die unvermittelt auf- und wieder zugingen. Ein gelber Hund tauchte an einer Ecke auf und hielt mißtrauisch äugend inne. Ich ging an ihm vorbei, er knurrte. Dann bog ich um die Ecke, blieb an der Tür des Hauses stehen und klopfte an. Der Hund kam und setzte sich hinter mich. Die Tür ging auf, und die Alte streckte ihren Kopf heraus. Als ich sie sprechen hörte, mit einer Stimme, die aus dem spitzen Kinn zu kommen schien, merkte ich erst, wo ich war und daß ich mir von diesem Ort nichts erwartete oder erhoffte. In ihrer Stimme schwang Überraschung mit und auch eine gewisse süßliche Leutseligkeit. Ich hätte doch gar nicht vorher Bescheid gesagt, wie sie das jetzt einrichten solle? Aber immer hereinspaziert, wenn ich mich nur einen kleinen Augenblick gedulden wolle, würde sich alles finden. Und plötzlich, ich weiß nicht wie, saß ich in ihrer Küche auf einer Bank; auf der anderen Seite des Kiefernholztisches hockte ein dunkelhaariger Junge, der mich durchdringend musterte, während er aß. Brot und Wurst und das Messer, mit dem er sie schnitt, tanzten vom Tisch in seine Hände und wieder auf den Tisch, wenn er die Stücke nahm und zum Mund führte, der sich beim Kauen aufblähte. Ein schwarzer Schopf fiel ihm in die Stirn. Und als säßen sie nicht in einem Kopf, der so mit dem Essen beschäftigt war, starrten mich die Augen unverwandt an, mal ruhig, mal mit einem komplizenhaften Blinzeln, das mich allmählich zu stören begann, nachdem ich bemerkt hatte, wie unangenehm er mich anglotzte. Die Alte fragte, ob ich etwas essen wolle, und entschuldigte sich für den Jungen, der so unerzogen sei, zu essen, ohne mir etwas anzubieten. Er lächelte und zuckte die Achseln, streckte mir aber die Hände entgegen, in der einen das Brot, in der anderen die Wurst. Ich lehnte ab. Er zuckte wieder die Achseln und aß demonstrativ weiter, ohne mich zu beachten, als hätte ich mich in Luft aufgelöst. Ich hatte selbst ein Gefühl, als wäre ich gar nicht da, wußte ich doch gar nicht so recht, was ich hier wollte. Doch mit einem Satz holte mich die Alte wieder in ihre Küche zurück: »Bestimmt kommt sie bald, Sie können ruhig schon im Zimmer auf sie warten. Achten Sie nicht auf diesen Taugenichts. Ich weiß selber nicht, warum ich ihm meine Tür öffne und zu essen gebe. Wenn er nicht auf dem Boot meines Neffen arbeiten würde und arm wäre wie eine Kirchenmaus...«

Er zwinkerte mir zu, unterbrach sein Essen und schob Messer, Brot und Wurst von sich: »Die Ärmste, weiß nicht, warum sie mir die Tür öffnet und zu essen gibt... Und was ist mit der Kundschaft, die ich dir bringe, he, Tante Mariana?« Er rekelte sich obszön auf der Bank, richtete sich wieder auf und lehnte sich an die Wand: »Alles erstklassige Kunden...« Und wieder ein Rekeln. »Wenn ich nicht selber hier Dienst schiebe und auf die Kunden warte, die schon mit mir rechnen, stimmt's, Tante Mariana?«

»Halt's Maul, du Teufelsbraten! Was soll der Herr von meinem Haus denken? Wenn mein Neffe nicht wäre...«

»Na, na... Wenn dieser Herr zu dir kommt, dann weiß er genau, was dein Haus ist. Und dein Neffe... Diese Geschichte von deinem Neffen hat so einen Bart. Wissen Sie, wer ihr Neffe ist?... Ihr Neffe bin nämlich ich.«

Die Alte stützte die Hände auf den Tisch und beugte sich zu mir, als wollte sie sich zwischen mich und das, was er sagte, werfen: »Glauben Sie diesem Strolch nichts, mein Herr. Ich verfluche den Tag, an dem ich ihm zum erstenmal die Tür geöffnet habe. Mein Neffe ist ein anständiger Junge.«

»Ich bin doch ein anständiger Junge. Finden Sie nicht, daß ich ein anständiger Junge bin?«

Ich gab keine Antwort. Und die Alte sagte: »Verschwinde hier, verdammter Bengel, du hast hier nichts zu suchen. Nur gut, daß du heute meinem Haus den Rücken kehrst. Umbringen sollen sie dich da draußen, du hast nichts Besseres verdient.«

»Aber Tante Mariana, du weißt doch ganz genau, daß ich nie jemandem den Rücken gekehrt habe, von hinten hat mich noch keiner gesehen. Im Gegenteil: Ich habe schon viele von hinten gesehen.« Er lachte. »Und was das Umbringen betrifft...« Plötzlich zögerte er einen Moment. »Das Leben dauert sowieso nur zwei Tage, und wer nicht wagt, der nicht gewinnt.«

Die Alte stand am Kamin und wischte sich mit ihrer Schürze eine Träne ab. Er umarmte sie: »Komm, hör auf, du hast doch nur Angst um mich. Wer Angst hat, soll sich einen Hund kaufen.« Da brach sie hemmungslos in Tränen aus: »Lieber sollst du tot sein als dieses traurige Leben führen... Nein... Nein... Wenn ich dich verliere, habe ich doch niemanden mehr... Ach je... Laß mich nicht allein... Aber geh nur, geh mit Gott, Er soll einen Mann aus dir machen...« Damit machte sie sich von ihm frei und setzte sich seufzend neben den erloschenen Petroleumkocher am Kamin.

»Das hat Er bereits getan«, sagte der Junge, der im Augenblick gerade mir den Rücken zuwandte, und fügte hinzu: »Ich kann jetzt keine Tränen gebrauchen, ein Glas Wein wäre mir lieber, damit Brot und Wurst nicht so allein sind. Gib mir ein Glas, komm.«

Sie schaute zu ihm hoch: »Ein Glas? Wein kommt mir nicht ins Haus.«

»Hol doch die Flasche, die du unter dem Bett versteckt hast, na los. Komm, der Herr hier trinkt bestimmt eins mit.«

Die Alte senkte den Kopf und murmelte: »Da ist keine Flasche.«

»Aber sicher. Unterm Bett. Für die Gelegenheiten, wenn du einen Schwips brauchst. Hol sie schon.«

Sie erhob sich gebückt, die Hände auf die Knie gestützt: »Nur an den Tagen, wenn mir nicht wohl ist...«

»Natürlich. Jetzt ist dir doch nicht wohl, so traurig, wie du bist. Also hol den Wein.«

Von einigen übertriebenen Seufzern begleitet, ging sie hinaus. Der Junge drehte sich zu mir, die Hände in den Hosentaschen: »Und Sie warten hier auf Ihre Kleine?«

Ich betrachtete ihn wortlos, und im selben Augenblick verspürte ich den scharfen Schmerz der Enttäuschung am ganzen

Körper. Er redete weiter: »Nehmen Sie es mir nicht übel, mein Herr, aber Ihre Kleine ist wirklich sehr hübsch. Aus feinem Hause, das sieht man gleich. Ich weiß auch, wo sie wohnt.« Er wippte auf den Fersen.

Die Alte kam zurück, mit der Flasche, aber ohne Seufzer. Aus dem Schrank holte sie zwei Gläser, die sie neben die Flasche auf den Tisch stellte.

»Stell ruhig auch eins für dich dazu, genier dich nicht«, sagte der Junge.

»Ich will aber nicht.«

»Für den, der nichts will, ist immer genug da.« Er goß die beiden Gläser voll, reichte mir eines und nahm sich das andere: »Trinken Sie, der ist gut. Also, auf Ihr Wohl.« Er kippte es auf einen Zug.

Ich stand mit dem Glas da. Und plötzlich erhob ich es und sagte: »Auf Ihre Reise.«

Er starrte mich lange an, das leere Glas in der Hand, und bemerkte dann: »Ja... Wer hat Ihnen denn gesagt, daß ich verreise?«

»Sie selbst. Und Ihre Tante auch.«

»Ach, das haben wir gesagt?«

»Genau.«

»Hast du das gehört, Tante? Wir haben also von einer Reise gesprochen? Da haben Sie sich verhört, mein Herr.«

»Nein, nein, ich habe es ganz genau gehört.«

Er baute sich vor mir auf: »Sie haben gar nichts gehört... Und sollten Sie irgend etwas gehört haben oder herumerzählen...«

Ich schob ihn sanft zurück und stand auf: »Was ist dann?«

Die Alte schaltete sich ein: »Achten Sie nicht auf ihn... Das ist ein armer Teufel, der keiner Fliege was zuleide tut...«

»Nein, nein, das tue ich nicht... Aber die Eltern der Kleinen könnten erfahren, was da vor sich geht...«

Eine Zimmertür ging auf und im gleichen Augenblick auch die Haustür, so daß die Alte zögerte, ob sie in den Flur gehen und uns allein lassen sollte. Was jemand anders genug Zeit gab, um auf leisen Schritten zur Küche zu kommen, den Kopf hereinzustrecken und zu flöten: »Bis später, Tante Mariana... Oh...« Rufininho stand auf der Schwelle, wie festgenagelt. Er schaute uns alle nacheinander an und sagte: »Verzeihung, ich wollte nicht stören.« Zu mir gewandt sagte er: »Warten Sie auf jemanden?«

»Auf Sie bestimmt nicht«, gab ich zurück und schob ihn beiseite.

»Das glaube ich... He, Alberto, du läßt es zu, daß er so unhöflich zu mir ist?«

Kurz sah ich noch den Jungen, der offenbar beleidigt über Rufininhos Bemerkung war. Dann ging ich den Flur entlang, verfolgt von der Alten, während in der Küche schrilles Gelächter ertönte. An der Haustür hielt sie mich auf: »Warten Sie doch... Machen Sie sich nichts draus... Und wenn das Mädchen kommt?«

»Sie kommt nicht«, sagte ich.

»Sie kommt nicht? Was haben Sie denn dann gewollt?«

Ich schaute sie an: »Daß sie käme.« Und schon stand ich draußen.

Gemächlich schlenderte ich durch die Seitenstraßen ins Bairro Novo. Wann würde sich das Knäuel entwirren, das immer mehr Menschen in die Ereignisse meines Lebens verstrickte? Begegneten mir alle Leute, die mir über den Weg liefen, nur deshalb, weil sie schon verwickelt waren, oder wurden sie verwickelt, weil sie über die Kette der Ereignisse stolperten, von denen jedes einzelne weitere Geschehnisse hervorbrachte, die ihrerseits mit einigen oder allen bereits vorgefallenen Dingen verkettet waren? Gab es keine anderen, vollkommen Außenstehenden mehr? Mußte sich mein ganzes Leben aus Menschen zusammensetzen, die in diese Geschichte verstrickt waren oder die ich in sie verstrickte oder in noch ganz andere Dinge hineinzog? Mußte ich mich unablässig von Personen und Dingen bestürmen lassen, die nur durch einen Zufall mit meinem Leben in Zusammenhang standen? Wann würde dieser Tanz zu Ende sein, bei dem die Paare herein- und hinauswirbelten und untereinander die Partner wechselten? Oder neue Tänzer mitbrachten, die ich nicht kannte und die eigentlich schon vor mir dabeigewesen waren? Wenn ich jetzt die Straße überquerte und diesen Alten um Feuer bäte, der dort vor seiner Tür saß, würde auch er in die Geschichte hineingezogen werden, würde er mich wiedererkennen? Figueira war eine kleine Welt, wo sich alle Fäden kreuzten. Dabei stammte ich gar nicht von hier. Also gab es zwei Möglichkeiten: Entweder bildete jeder Mensch sein eigenes Figueira um sich herum, das irgendwann eigenständig zu handeln begann (was diesen Menschen augenblicklich in die Angelegenheiten der anderen verwickelte); oder das Schicksal hatte aus mir eine Art Katalysator gemacht, der keinen Schritt tun, sich mit niemandem treffen oder besprechen konnte, ohne eine Kettenreaktion auszulösen, die ohne ihn nicht möglich gewesen wäre, die geradezu auf ihn gewartet zu haben schien. Allerdings keine beliebigen Kettenreaktionen, sondern von allen, auch den unvorhersehbarsten Kombinationen nur diejenigen, die mit den anderen, an denen der Katalysator bereits beteiligt gewesen war, etwas gemeinsam hatten. Geschah dies nun aufgrund einer selektiven Fähigkeit des Katalysators, der ich war, oder wäre das auch mit jedem anderen so möglich gewesen, den der Zufall mitten in diese wilde Mischung aus allzeit umordnungsbereiten Bestandteilen geschleudert hätte? Diese Frage brachte mich zu einer anderen Überlegung zurück: Ein kleines Umfeld war klein oder konzentrierte sich jedenfalls, wie groß es auch sein mochte, in Abhängigkeit von seiner Größe um einen Menschen herum; das Figueira einer Person bildete sich also ihrem Maßstab entsprechend. In Wirklichkeit hatte ich alles, was mir geschehen war, selbst geschehen lassen oder aber entdeckt, daß es von Voraussetzungen und Umständen abhing, die schon vor mir dagewesen waren. Keiner war erst in dem Augenblick zur Welt gekommen, da ich oder jemand anders sich seiner bediente; und die Funktion, die er erfüllte, hing strikt von dem ab, was er zuvor gewesen war und getan hatte. Aber blieb er derselbe? War ich derselbe wie bei meiner Ankunft in Figueira, zu Beginn der Ferien? Was passierte da wirklich? Veränderten sich die Menschen, weil sie von Zwischenfällen verändert wurden, oder machten es die Zwischenfälle erst möglich, daß sie sich endlich so verhielten, wie sie wirklich waren? Geschah das irgendwann allen, oder war es eher so, daß sich für alle die Kombinationsmöglichkeiten zu einem halben Dutzend bündelten, oder meinetwegen auch zu ein paar Dutzend weiteren, die plötzlich einen frenetischen Tanz begannen, zum Klang eines Begleitorchesters aus vielen anderen Menschen? Aber wie viele Tänze dieser Art gab es überhaupt gleichzeitig? Nur einen, dem sich die einzelnen Gruppen anschlossen, oder galt für jede Gruppe, daß der einzelne Tänzer darin den Tanz aller für den seinen hielt? Wenn es aber so wäre, dann mußte es überall andere, angrenzende Gruppen geben, die bis an den Horizont weiterwucherten. Und nicht nur bis an den räumlichen, sondern auch an den zeitlichen Horizont. Meine Freunde und Bekannten, deren Freunde und Bekannte und immer so weiter, sie bildeten in einer Vervielfachung, die irgendwann die ganze Menschheit umfaßte, aufeinanderfolgende, gleichzeitige Gruppen. Was durch sie geschah, war einerseits immer das Ergebnis eines neu hinzukommenden Tänzers, eines neuen Katalysators, der all sein Wirkungsvermögen von der Vergangenheit bis zur Zukunft mitbrachte; genauso, wie jeder sein Wirkungsvermögen gewissermaßen im Kontakt mit den Gruppen erwarb, die dieses allmählich zutage förderten. Es war so, als wäre jeder Mensch zugleich allein auf der Welt und in schlechter Gesellschaft. Letzteres, weil sich nichts vorhersehen ließ, es sei denn in Form von mehrdeutigen Hypothesen; und wenn ein bestimmter Prozeß erst einmal in Gang war und durch mein Hinzukommen eine neue Richtung nahm, gehörte er dennoch in erster Linie zur Vergangenheit anderer, wurde nur teilweise, durch mein Mitwirken, zu meinem.

Ich blieb stehen, verspürte wieder diesen scharfen Schmerz, tief in meinem Kopf, wo meine Sexualität saß. Ich hatte Mercedes gehabt und wieder verloren. Aber hatte ich sie verloren, weil ich sie gehabt hatte, oder hatte ich sie bekommen, weil sie schon vorher für mich verloren war? Hatte ich irgendwann einmal aufrichtig daran gedacht, sie zu heiraten? Begehrte ich sie aus Liebe, um ihre Liebe zu mir zu spüren, oder nur weil ich sie mit all den Vorurteilen der Welt, in der ich lebte, für zugänglich hielt? Und sie, hatte sie, als sie sich mir hingab, es wirklich aus Liebe getan, oder nur weil sie in sich die Liebe zu mir, von der sie nichts wußte, zerstören wollte? Oder wußte sie doch davon? War sie imstande, zwei Männer gleichzeitig zu lieben, alle beide tief zu lieben, wenn auch in anderer Weise?

Und da begriff – oder argwöhnte – ich etwas Schreckliches: Wir alle leben in verschiedenen kleinen Figueiras, was uns bis zu einem entscheidenden Augenblick, (den wir vielleicht selbst provozieren, *um es zu erfahren*), gar nicht klar ist. Einige davon existieren latent am Grunde unserer Seele, andere ganz offensichtlich (und wer noch keine Lebenserfahrung hat, hält diese offensichtlichen Figueiras für ein einziges, schlichtes, begrenztes). In jeder dieser Umgebungen kann man einen Menschen lieben, aus Gründen, die ein Teil dieser kleinen Welt sind. Man kann sich sogar rückhaltlos diesem Menschen hingeben. Doch dann wechselt man plötzlich die Umgebung. Und in der neuen kleinen Welt kann man sich erneut hingeben, einem anderen Menschen, mit derselben oder sogar größerer Leidenschaft. Doch die beiden kleinen Welten in uns und um uns her sind verschieden, sie existieren im Raum und in der Zeit nebeneinander als verschiedene Einheiten. Und ohne ihre Unterschiede zu verlieren, prallen sie manchmal aufeinander, oder die Menschen wechseln plötzlich die Umgebung, weil die allzu vielen Nachbarwelten, die sie zu sehen bekommen, ihnen diesen Sprung erlauben (oder gar nahelegen). Und wenn das geschieht (manchmal auch, wenn sich andere kleine Welten offenbaren, in denen man ebenfalls gelebt hat, ohne es zu ahnen oder deutlich zu wissen), dann ist die Treue in der einen Welt plötzlich Verrat in der anderen oder wird es sogar in derselben Bezugswelt, eben weil der Beweggrund oder die Person oder der Gegenstand, womit der Verrat zusammenhängt, die Welten gewechselt hat, um dort eine Treue zu finden, die nur in der anderen, vorherigen Welt Treue gewesen war. Wenn das geschieht, hat man längst verloren, was man erobert hatte, und nur erobert, was längst verloren war.

Aber, so fragte ich mich, wenn das so ist, gibt es denn gar nichts, was man nicht verliert, es sei denn, man erobert es gar nicht? Welchen Sinn hatte die Liebe überhaupt noch? Liebte ich Mercedes etwa nicht? Hatte ich sie nie geliebt? Oder würde ich sie, furchtbare Vorstellung, erst jetzt lieben? Ich liebte sie, jawohl, und zwar heftig, nie hatte ich so geliebt, und nie wieder würde ich so lieben, in dieser Weise und so tief, so schnell und heftig wie in diesen wenigen Tagen. Nur daß die Liebe letzten Endes gar nichts mit alldem zu tun hatte, was ich begriffen hatte, begriffen zu haben glaubte oder befürchtete. Oder hing sie doch damit zusammen, als Verneinung jener absoluten inneren Wandelbarkeit, in der sich alles auflöst und neu zusammensetzt? Die Liebe stellte einen verzweifelten Versuch dar, aus den möglichen gleichzeitigen Welten diejenige herauszulösen, in der man gerade bleiben wollte. Und am Ende konnte sie doch nicht mehr sein als eine Art an die Füße geschmiedeter Kette, mit der man sich an eine verschwindende Welt fesselte (um ihr Dasein zu verlängern), die man jedoch nicht zu halten vermochte; man schaffte es höchstens, den Übergang von einer Welt in die andere, zu der diese Liebe nicht gehörte, zu verzögern und Ruhe und Ordnung dieser anderen Welt zu stören. Nicht, daß man einen anderen Menschen nicht vollkommen besitzen oder dieser sich einem nicht vollkommen hingeben konnte. Nur bezog sich diese Vollkommenheit allein auf die Welt, in der sie stattfand, in einer anderen war sie unvollständig oder sinnlos. Doch keine der kleinen, unterschwelligen oder offensichtlichen Welten, die gleichzeitig im Innern der Menschen existierten, war gleichbedeutend mit dem, was man das Bewußtsein oder das Wesen nennt. Sie bestanden allesamt aus mehreren solcher Einheiten. Das mögliche Bewußtsein eines lebendigen Wesens erwuchs fließend aus kleinen Teilen der Einheiten, die es zusammensetzten. Die Liebe war, wie die politische Leidenschaft, ja wie die Gleichgültigkeit oder Bosheit, ein Versuch, verschiedene Bewußtseinsanteile miteinander zu verschmelzen, ohne sie aufzugeben; weshalb sie auch nach dem Tod noch bestehenblieben, der sie jedesmal bedrohte, wenn durch den Wechsel von einer kleinen Welt in die andere alles seine ursprüngliche Daseinsberechtigung verlor. Ich konnte Mercedes wiederbekommen. Ich konnte es mir wünschen. Ich konnte sie immer mehr lieben. Sie konnte mich begehren wie niemanden je zuvor. Sie konnte sich wünschen, sich mir vollkommen hinzugeben. Sie konnte mich immer mehr lieben, auch wenn sie, an einem anderen Ort der Dinge und des Bewußtseins, einen anderen Menschen liebte. Unsere Verbindung konnte vertrauter, vollständiger und tiefer werden, als sie je gewesen war. Und doch würde unsere Liebe in dem Augenblick, da dies geschah und sich gar verfestigte, überhaupt nicht existieren, sie wäre schon gestorben, bevor sie die unermeßliche Liebe wurde, die gerade erst begann.

Ich schaute hoch, nicht nur aus meinem Innern, sondern von der Straße, auf die ich gestarrt hatte, und sah Mercedes vor mir. Im ersten Moment kam sie mir irreal und absurd vor, eine Erscheinung, von meinen Gedanken heraufbeschworen. Ich glaubte, sie wäre gar nicht da. Doch sie war es, und sie sprach mit mir.

»Wo bist du gewesen?«

»Unterwegs.«

»Wo gehst du hin?«

»Zum Haus der Macedos.«

»Warum hast du nicht auf mich gewartet?«

»Wozu?«

Ich ging weiter, und sie lief neben mir her. Sie suchte nach meiner Hand und hielt sie fest. Dann fragte sie: »Warum wartet man denn wohl auf jemanden?«

»Weiß nicht.«

»Weißt du nicht oder willst du nicht wissen?«

»Ist doch egal.«

»Nein. Hast du schon mal daran gedacht, daß der Wille eines Menschen auch der eines anderen sein kann?«

»Wie, eines anderen?« Ich bereute sofort, mich auf ein Gespräch eingelassen zu haben, das ich gar nicht führen wollte.

»Manchmal wünscht man sich den Willen eines anderen, und dann wieder, daß der Wille eines anderen der eigene wird.«

»Hast du dir schon mal gewünscht, daß mein Wille deiner wird?«

»Immer. Und noch viel mehr, seit wir uns geliebt haben.« Sie drückte meine Hand.

»Aber viel hat es nicht geholfen, stimmt's?... Oder war ich etwa daran schuld?«

»Nur du, mein Schatz.«

Ich riß mich los: »Ach, das auch noch?«

»Was soll das heißen, das auch noch?« fragte sie mit Tränen in den entsetzten Augen.

»Als reichte nicht, was heute geschehen ist.«

»Aber alles, was heute geschehen ist, hast du geschehen lassen, mein Liebling.«

»Ich? Habe ich dich vielleicht umarmt, als ich hinter der Tür stand?«

»Nein, aber hinter der Tür hast du gestanden.«

»Willst du sagen, ich hätte dort nicht stehenbleiben sollen? Oder gar nicht erst dort sein? Oder hätte ich später nicht verhindern sollen, daß du dich als Abschiedsgeschenk einem Mann hingibst, dem du nicht mehr gehörst?« Schon während ich all das sagte, spürte ich, wie zwecklos es war, wie vollkommen sinnlos, es so zu sagen.

Sie senkte bekümmert die Augen: »Du begreifst gar nichts.«

»Was begreife ich nicht?«

»Alles.«

»Alles? Bist du dieses Alles, das ich nicht verstehe? Was muß ich denn noch verstehen?«

Sie schwieg eine Weile. Dann meinte sie: »Willst du mich nicht mehr lieben?«

»Was heißt hier wollen!«

»Also willst du?«

Nun war es an mir, die Augen niederzuschlagen. »Ich weiß nicht.«

»Und wann weißt du es?«

»Wieso, hast du es eilig? Kannst du nicht warten? Wartet da wieder ein anderer, und ich versäume womöglich meine Gelegenheit zwischen heute abend, wenn der eine vielleicht von der Bildfläche verschwindet, und morgen, wenn vielleicht ich verschwinde?«

Sie warf mir einen Blick voll kalter Wut zu und ohrfeigte mich.

»Bist du jetzt zufrieden?« fragte ich sie.

»Und du?«

»Lebwohl.« Ich ließ sie stehen, entfernte mich mit schnellem Schritt von der Stelle, wo sie immer noch mit erhobener Hand stand.

Sie rannte ein Stück, bis sie wieder neben mir war: »Du wirst mich nicht loswerden.«

»Das weiß ich am besten.«

»Verzeih, das habe ich nicht so gemeint.«

»Es gibt eine Menge Dinge, die du nicht so gemeint hast, aber trotzdem getan und gesagt hast.«

Sie packte mich heftig am Arm, ich schüttelte sie ab, mußte aber stehenbleiben.

»Dazu gehört aber nicht, daß ich mit dir geschlafen habe.«

»Bist du dir sicher?«

»Ja. Vollkommen.«

»Ich habe dich doch dazu gezwungen.«

»Ja. Aber ich habe alles Nötige dazu getan, oder?«

»Welche Schuld trifft dann mich?«

»Warum fragst du so viel?«

»Hast du nicht gesagt, ich allein wäre schuld?«

»Was kümmert's dich? Und jetzt bist du mich so schnell wieder leid?«

»Dazu habe ich ja auch allen Anlaß. Findest du nicht, daß wir ein bißchen viele Leute auf einmal sind? Wenn ich mit dir ins Bett gehe, weiß ich doch gar nicht, wer da noch alles bei uns liegt.«

»Bist du verrückt geworden?«

»Hätte ich nicht mehr als genug Gründe dafür?«

»Und ich? Ob du wohl auch mal an mich denken kannst?«

»Ich denke an nichts anderes als an dich.«

»Willst du wirklich, daß wir uns trennen?«

»Das liegt bei dir. Das mußt du wissen.«

»Ich?«

»Oder wir beide, wenn dir das lieber ist. Aber es sieht so aus, als brächten wir keine Entscheidung zustande. Vielleicht liegt das an der schlechten Gewohnheit, immer andere Leute zwischen uns zu dulden. Versammle doch deinen Kriegsrat und laß darüber abstimmen.«

»Du weißt genausogut wie ich, daß mein Kriegsrat heute nacht abfährt, falls du darauf anspielen willst. Morgen habe ich niemanden mehr als dich.«

»Aber heute hast du noch genügend andere.«

»Jorge, ich habe niemanden.«

»Und was soll ich da sagen?«

»Du hast mich.«

»Ach ja?«

»Ja. Und zwar für immer, ob du willst oder nicht. Deshalb habe ich eben gesagt, daß du mich nicht loswirst.«

»Dann habe ich deshalb ja wohl auch zugestimmt, oder?«

Sie lächelte traurig. »Aber wie es aussieht, nutzt deine Zustimmung wenig. Jorge, wozu diese endlose Diskussion? Wenn du Schluß machen willst, dann machen wir eben Schluß. Wenn du bis ans Ende aller Tage mit mir diskutieren willst, dann haben wir das ganze Leben dafür Zeit.«

»Du bist mir nachgelaufen. Ich habe dich nicht gerufen.«

»Aber natürlich. Du tust nichts anderes, als mich zu rufen. Und du hast keine Ahnung, wie unerträglich das ist.«

»Dann antworte nicht, geh weg, hör nicht hin.«

»Jetzt hör du mir mal zu. Ich hätte mich dir hingeben können, ohne dich zu lieben. Und danach hätte ich genauso weitermachen können, ganz gleich, wie sehr ich in dich verliebt war. Begreif das endlich. Ich hätte sogar glauben können, daß ich dich vorher liebte, hätte nachher feststellen können, daß es gar nicht stimmte, und weiter mit dir schlafen können, allein der Lust wegen, die du mir bereitet hast, und zwar nicht nur, weil du ein

Mann bist, sondern weil du außerdem du bist. Begreif das ein für allemal.«

»Ich begreife es ja.«

»Dann sollst du auch begreifen, daß ich dich geliebt habe und dabei war, dich immer mehr zu lieben. Und das hatte nicht das geringste mit irgendeinem anderen Menschen zu tun, jedenfalls sehr bald nicht mehr. Ebenso wie die Wut zu Ende ging, die ich hatte, weil du mich zu etwas gezwungen hast, was ich selber wollte, weil du mich ins Bett geschleppt hast, als wäre ich eine beliebige Frau, die du irgendwo aufgegabelt hast und die sich gern erobern lassen wollte.«

»Wut?«

»Ja, Wut. Eine riesige Wut. So groß, daß ich es kaum ertrage, dich zu sehen.«

»Dann mach doch die Augen zu.«

»Das habe ich auch immer getan, wenn du mit mir geschlafen hast. Und ich muß es weiterhin tun, wenn ich mich an dich erinnern will und daran, daß du mich in deinen Armen gehalten hast. Und wenn ich mir wünsche, daß du dich an mich erinnerst und traurig bist, mich verloren zu haben.«

»Gedankenübertragung, wie?«

»Nenn es, wie du willst.«

Wir standen uns feindselig gegenüber.

»Also«, sagte ich langsam, »habe ich dich verloren, weil ich dich bekam, und bekommen, weil ich dich verloren hatte?«

»Mehr oder weniger.«

»Und aus demselben Grund habe ich dich, da ich dich schon verloren hatte, nicht verlieren können, und als ich dich bekommen habe, gar nicht bekommen können?«

»Du kannst mich doch haben, wann immer du willst.«

»Wenn die anderen gerade Pause machen?«

Sie sah mich herausfordernd an: »Nein. Weil ich dich liebe, wird es andere nur geben, wenn du gerade Pause machst.«

»Und allen wirst du dasselbe sagen?«

»Wenn du mich fallenläßt, ja. Denn ich werde sie brauchen, um dich nicht zu vergessen. Was nicht heißen muß, daß es wahr ist, sondern nur, daß ich ein Leben ohne dich nicht ertrage und daß es mir nicht reicht, nur an dich zu denken. Wenn man so miteinander geschlafen hat wie wir, kann man nicht damit aufhören.«

»Das ist in meinem Fall ja auch so gewesen. Und wie hast du es dem anderen erklärt?«

»Du tust alles, um mich zu verletzen, aber du verletzt nur dich selbst damit. Darüber brauchte ich ihm keine Rechenschaft abzulegen. Rechenschaft werde ich, ehrlich gesagt, allein dir ablegen. Du weißt ganz genau, daß es so ist. Oder willst du, daß alles nichts sein soll?«

»Ich will, daß alles nichts sein soll.«

»Ist das schon das Ende?«

»Vielleicht der Anfang.«

Wir standen bei Hauptmann Macedo vor der Haustür. Sie fragte mich: »Gibst du mir einen Kuß?«

Wir traten in den Eingang und standen im Schatten, der die lange Treppe hoch immer dunkler wurde. Ich umarmte und küßte sie lange. So wünschte ich es mir: sie so zu küssen, ohne Gründe und Folgen, für immer. Aber ein Kuß dauert nicht ewig an, so wie die Vereinigung nicht ewig andauert, auch wenn man in und beim Körper der Geliebten bleibt. Diesen Gedanken hatte sie auch, denn sie sagte, ihre Blicke in meine gebohrt, als unsere Lippen sich voneinander trennten: »Ich wünschte, es bliebe immer so. Immer in deinen Armen, dein Mund auf meinem, ohne ein Wort, in der Schwebe und frei von allem, aber zusammen mit dir. Wenn man miteinander spricht oder sich voneinander trennt, stellen sich sofort die anderen Dinge und die anderen Leute dazwischen.«

Ich streichelte sie und sagte: »Sogar wir selbst.« Und sie küßte mich wieder, so wie sie es gern tat, indem sie meinen Kopf festhielt.

Dann machte sie sich von mir los, und als sie auf die Straße trat, sagte sie: »Ich werde immer dir gehören, wann immer du willst, geschehe, was wolle. Vergiß das nie.« Damit verschwand sie.

XXV

Einige Augenblicke lang blieb ich im Eingang stehen, dann stieg ich die steile Steintreppe hoch, die ohne Absatz zur Haustür der Macedos führte. Ich war noch nie dort gewesen. Erst als ich oben stand, erinnerte ich mich daran, aus welchem Grund sie mich hierhergebeten hatten. Was sollte ich ihnen eigentlich sagen? Ich würde nein sagen; ich hätte über die ganze Sache nachgedacht und würde Luís in Lissabon gern als Anlaufstelle dienen, um ihm bei allem zu helfen, was er brauche; aber die Verantwortung, falls er bei uns wohnte, wolle ich nicht übernehmen. Außerdem wisse ich gar nicht, wie meine Eltern in diesem Punkt dächten, letzten Endes sei alles sowieso von ihnen abhängig. Meine Eltern sprächen oft von ihrer Verantwortung und hätten immer so viele Sorgen und Verpflichtungen, daß sie sicher keine weitere Verantwortung übernehmen wollten... Nun kannten sie ja weder Luís noch Hauptmann Macedo persönlich; und wenn sie eines fürchteten, dann Leute, die sie nicht kannten, die nicht zu dem gehörten, was sie argwöhnisch als ihre Welt betrachteten. Der Vorschlag war ohnehin absurd; und ich wollte um keinen Preis, daß eine noch größere Verwicklung von Personen und Dingen mir diese höllischen Tage, die ich gerade durchlebte, verlängerten. Diese Tage und die zugehörigen Personen sollten in dem Figueira bleiben, das sie sich geschaffen hatten. Bis hierhin war ich selbst verwickelt; aber in Zukunft sollten sie, wenn sie nach Lissabon umziehen wollten, dort ihre eigenen Figueiras aufbauen und mich gefälligst in Ruhe lassen. Bei diesem Gedanken fiel mir plötzlich Rodrigues ein, wie er zusammengekauert unter dem großen Baum im Garten meines Onkels gehockt hatte und mit Schimpf und Schande davongejagt worden war. Ich hatte ihn seither nicht mehr gesehen. Wieviel Schuld trug ich daran? Hatte ich überhaupt Zeit gehabt, ihn aufzusuchen, zu erfahren, in welchem Zustand er, der schon vorher so verzweifelt gewesen war, sich jetzt befand? Heute konnte ich nicht mehr nach ihm schauen; aber morgen würde ich es als erstes tun. Ich klopfte an die Tür.

Hinter dem Hausmädchen, das mir aufmachte, stand die Tante, ich erkannte sie. Sie wies mir unnahbar und trocken den Weg in ein Arbeitszimmer, das nach Kaserne aussah, so kahl und unpersönlich war es eingerichtet. Doch um den Anschein konventioneller Häuslichkeit zu wahren, hatte man den Granaten und den kleinen Modellgeschützen zahlreiche Deckchen untergeschoben, deren Spitzenbordüren trostlos über den Sekretär und die Konsolen lappten. Sie bat mich, einen Moment zu warten, der »Herr Hauptmann« sei noch nicht da, aber Luís, der zu Hause sei, werde gleich kommen. Noch während sie das sagte, setzte sie sich bereits, um mir Gesellschaft zu leisten, und bot mir einen Stuhl an. Sie redete von meinem Onkel in den höchsten Tönen, aber mit einem Hauch von Mißbilligung und einer Prise Moralismus (sie machte eine Anspielung auf seine Spielleidenschaft und seine Frechheiten), als Luís hereinkam. Neben seiner Tante kam er mir viel erwachsener vor; und als ich merkte, daß ich ihn bisher immer als kleinen Jungen gesehen hatte, schaute ich genauer hin. Während die Tante weitersprach und ich mir ansah, wie erwachsen er sich gab, ging mir zugleich die Erinnerung an die Orgie in der verlassenen Kirche durch den Kopf; und sein angedeutetes Lächeln ließ mich vermuten, daß er mir meine Gedanken von den Augen abgelesen hatte. War das ein Lächeln des Einvernehmens zwischen zwei Jugendlichen, die sich austobten? Oder vielmehr der schüchterne Versuch eines Jungen, vor dieser unablässig redenden Frau eine Art männlicher Verbrüderung herzustellen? Oder, noch anders, der zaghafte, widersprüchliche Versuch, über mich eine Brücke zu seinem ersehnten Lissabon zu schlagen? Genau davon sprach seine Tante gerade, und aus ihren Worten klang eine gewisse Bitterkeit über das Leben auf See, das sich der Junge beharrlich zum Ziel gesetzt hatte. Sie erwähnte sogar, ihm sei es besonders darum gegangen, seine Ausbildung in Lissabon zu machen, nirgendwo sonst. Wieder huschte das Lächeln über Luís' Lippen, und ich konnte nicht umhin, mit ihm zu lächeln, als sie, wenn auch nicht offen, von Lissabon zu reden begann, als wäre die Hauptstadt das reinste Babylon. Mir kam eher Figueira wie Babylon vor, doch sie wähnte sich in der Heimstatt provinzieller Friedlichkeit, bestens zur Erziehung Heranwachsender geeignet. Ich wies sie darauf hin, daß, ganz gleich, welches Fach jemand wähle, der Ortswechsel nach Lissabon, Porto oder Coimbra unerläßlich sei, da Figueira nun einmal keine Universität habe. Erst in dem Moment wurde mir klar, daß für sie ein Studium gar nicht in Frage kam, die einzig würdige Karriere stellte in ihren Augen das Militär dar, ganz gleich, ob es sich um trockene oder feuchte Waffen handelte, also Heer oder Marine (die Luftwaffe betrachtete sie nicht als echte Waffengattung, eher als Phantasterei von Verrückten). Und da die jungen Männer bei ihrer militärischen Ausbildung in Lissabon kaserniert wurden, mußten sie sich auch einer eisernen Disziplin unterwerfen, die sie als unerläßlich für die Prägung des Mannes ansah. Darauf brach Luís, der bisher nahezu völlig geschwiegen hatte, in eine Suada gegen das Militär und die Internatserziehung aus. Sie schnitt ihm scharf das Wort ab und erklärte, »das Leidige mit euch« (sie meinte ihre beiden Neffen) sei gerade, daß sie nie im Internat gelebt hätten. Schlimmer noch, sie seien auf eine Schule gegangen, an der es auch Interne gegeben habe, sie selbst jedoch hätten nicht dort gewohnt. Dadurch seien sie nur von den Klagen der Internen beeinflußt worden – die sich immer über etwas beklagen würden, das nur zu ihrem Besten sei –, ohne von der Disziplin zu profitieren. Ich merkte an, ihre Neffen seien, soweit ich wisse, vernünftige Jungen und ich sähe keinen Grund dafür, daß sie sich Sorgen wegen einer Disziplin mache, an der es den beiden gar nicht mangele. Luís' Züge strahlten vor Befriedigung, während sie ärgerlich zurückgab, wir seien doch alle gleich, Jungen wie Männer. Wenn man ihr glauben wollte, war das Militär mit seiner Disziplin geradezu eine weibliche Erfindung, ursprünglich ein Vorrecht ausgewählter Amazonen, zu denen sie sich selbst zählte, zumindest in wehmütiger Erinnerung. Im Grunde konnte sie, Tochter und vielleicht sogar Enkelin von Militärs und Schwester des erzmilitärischen Schnauzbarts Hauptmann Macedo, es ihren Neffen nicht verzeihen, daß sie eine Laufbahn anstrebten, welche sie für weniger männlich hielt. Für sie war das männliche Geschlecht erst dann vollkommen und zweifelsfrei, wenn es in einer Uniform steckte. Doch mein Eindruck von alldem war genau das Gegenteil dessen, was sie annahm und theoretisch erörterte. Für die jungen Macedos konnte das Heer nichts anderes bedeuten als das seßhafte und lächerliche Leben ihres Vaters, bei dem ihnen höchstens noch die enge, keineswegs strenge Verbrüderung mit den alten Zollpolizisten einfiel, die er befehligte und die sich ihrerseits fröhlich mit den Schmugglern verbrüderten, besser gesagt mit den echten oder vorgeblichen Fischern, die regelmäßig schmuggelten. Ein Lebensziel konnte das unmöglich sein, für sie entbehrte diese Tätigkeit jeglicher Faszination, abgesehen von den Seiten, die laut den Theorien der Tante (welche sie bestimmt rund um die Uhr bis zum Überdruß predigte) gerade nicht typisch militärisch waren. Wahrscheinlich rächte sie sich dafür, daß aus ihrem Bruder sein Leben lang nicht mehr geworden war als ein Provinzhauptmann statt eines stolzen, ordensdekorierten Generals. Unvermittelt fragte ich sie: »War Ihr Vater eigentlich General?«

Sie unterbrach ihren Redefluß und beäugte mich vollkommen verstört, so als hätte ich sie mit einer Unverschämtheit überrumpelt. Dann erwiderte sie, die Augen gesenkt, während eine ihrer Hände an dem Medaillon herumspielte, das an einem Goldfädchen auf ihrer flachen Brust baumelte: »Unser Vater, Gott hab ihn selig, war bei seiner Pensionierung Oberst.«

»Ah, Oberst, das ist ja sehr eindrucksvoll«, rief ich aus.

Ihre Blicke waren eine Hinrichtung: »Wesentlich eindrucksvoller als Leutnant!« Ganz offensichtlich wollte sie mich durch diesen Angriff auf meinen Onkel treffen.

»O ja, selbst Hauptmann ist eindrucksvoller als Leutnant«, bemerkte ich, was ihr die Sprache verschlug. Dann fuhr ich fort: »Ist Hauptmann Macedo eigentlich der Kommandant am Platz?«

»Am Platz?« wiederholte sie.

»Ja, genau. Bei mir zu Hause erzählen sie immer, mein Urgroßvater sei Kommandant am Platz gewesen, das heißt, der ranghöchste Offizier in seiner Stadt. Ist der Herr Hauptmann nicht Kommandant am Platz von Figueira?« Insgeheim mußte ich über mein Lissabonner Wortspiel lachen, da ich den Hauptmann gerade zum Kommandanten des größten Marktes von Lissabon befördert hatte, welcher an dem nach Figueira benannten Platz lag. Sie antwortete, immer noch mit gesenktem Kopf: »Das weiß ich gar nicht...«, während ich vor meinem geistigen Auge den Hauptmann, stolz wie ein Generalissimus, mit seinem Schnauzbart zwischen Bergen von Blumenkohl und Hühnerkäfigen einherstolzieren sah. Luís amüsierte sich königlich, nicht weil er das Wortspiel begriffen hatte, sondern weil ihm meine Ironie nicht entging. Mir war klar, daß er die Tante ebenso haßte wie den Vater. Na ja, ihn wohl nur im Augenblick, da er auf ihrer Seite war. Wahrscheinlich legte sie deshalb eine so demonstrative Feindseligkeit mir gegenüber an den Tag, in der auch einiger Neid darüber mitschwang, daß ich aus Lissabon stammte. Doch ihre Feindseligkeit machte es mir nur leichter, von jeglicher Zusage Abstand zu nehmen. Auch Luís spürte das, weshalb er seiner Tante gleich das Wort abschnitt, die mich inzwischen nur noch schlangengleich attackierte, was mir so sehr zupaß kam, daß ich gar nicht genau hinhörte. Er verkündete: »Tante, du weißt genau, daß ich an die Seefahrtschule gehen will, um Offizier der Handelsmarine zu werden. Und falls ihr mich nicht gehen laßt, packe ich meine Sachen und gehe ohne eure Erlaubnis.«

Ich zuckte zusammen. Durch seine Anspielung auf eine Flucht waren plötzlich all die anderen und mit ihnen der ganze Krieg in Spanien zur Tür hereingekommen, selbst Mercedes war da und ergriff von meinem Herzklopfen Besitz. Am heutigen Tag würde ihr Bruder einen ganz ähnlichen Schritt tun, aber so weitreichend, daß er ihn in den Tod, ins Gefängnis oder sonstwohin bringen konnte.

Die Tante pochte auf ihre Autorität: »Halt den Mund und werd nicht unverschämt. Wohin willst du schon gehen? Und mit welchem Geld?«

Unter all den Leuten, die da hereingeplatzt waren, erkannte ich meinen Onkel, meine Tante, Rodrigues, die Schwiegermutter meines Onkels, den Neffen der Alten vom Stundenhotel, die Alte, Rufininho, ein wirres Durcheinander. Luís' Tante sagte: »Wissen Sie, den beiden Jungen bin ich stets wie eine Mutter gewesen. Aber sie wollen nur fort von mir. Und ihr Vater? Statt ihnen der Vater zu sein, den sie brauchen, hat er immer alles mitgemacht, hat sie behandelt wie ein älterer Bruder, und jetzt will im Grunde auch er, daß sie von hier verschwinden, damit er mich nicht mehr braucht und sich austoben kann.« Sie brach in heftiges Schluchzen aus.

Ein solches Geheule paßte überhaupt nicht zu einer Feldwebelnatur wie ihr; vor allem, weil sie kaum Tränen von sich gab, sondern eher eine Art Schleim, den der Kummer aus ihren Nasenhöhlen holte. Im übrigen: Kannte sie mich etwa näher, um sich derartige Szenen mit mir erlauben zu können? Es kam mir vor, als infizierte ich alle Menschen, denen ich begegnete, und triebe sie zu unpassenden Verhaltensweisen, oder besser: zu Verhaltensweisen, die nicht zu ihrer eigenen Welt paßten, sondern vielmehr eine – unbewußte und durch mich verknüpfte – Gemeinsamkeit zwischen ihrer Welt und den Welten anderer herstellten, welche ebenso intim und ebenso in der Krise waren. Angesichts dieser Szene, von der Luís peinlich berührt die Augen abwandte, und der Tatsache, daß der ganze Raum plötzlich von zahllosen Menschen wimmelte, die meiner Phantasie entsprungen waren und sich im Takt des Tantengejammers bewegten, fragte ich mich, ob das wirklich ein ansteckendes Virus war, das ich in mir trug, oder ob sich dies alles nicht vielmehr als ein Tanz zu einer okkulten, mißtönenden Musik betrachten ließ, der Musik der Welt, die durch mich hindurchklang, während ich, aus dem Schlaf der Kindheit und Jugend erwacht, entdeckte, daß ich gar nicht mit meinem neu entdeckten Bewußtsein der Mannwerdung lebte, sondern mich eher fühlte, als mischten sich lauter Statisten in eine Theateraufführung, in der ich mich bisher allein auf der Bühne wähnte. In diesem Augenblick kam Macedo herein, und ich erkannte plötzlich, daß der Bürgerkrieg, in den er und seine Genossen ziehen wollten, nichts anderes war, nichts anderes sein würde als die furchtbare Demonstration der Tatsache, daß alle von allen abhängig sind, besonders wenn es ums Töten und Getötetwerden geht, und daß nicht ich der Virusträger war, sondern das Leben an sich, das man von nun an eigentlich nur noch wie eine böse, zum Tode führende Krankheit leben konnte, bei der sich jeder seines Nächsten bediente, um die eigene Illusion zu nähren, daß der Mensch nicht allein zum Dienen auf der Welt sei. All dies spürte ich eher, als daß ich es innerlich entzifferte; es ging ganz schnell und setzte sich in meinem Kopf noch fort, auch nachdem sich die Szene durch den Auftritt meines Freundes verändert hatte.

Denn Macedos Hereinkommen veränderte alles vollkommen. Seine Tante schluckte ihre Schluchzer herunter. Luís kehrte zu seinem Verhalten als jüngerer Bruder zurück. Und ich lächelte den Neuankömmling liebenswürdig an, wie einer, der alten Bekannten einen netten Besuch abstattet, um vom Wetter zu reden. Macedo bat mich um Entschuldigung für seine Verspätung und fügte hinzu, sein Vater komme bestimmt gleich. Dann forderte er mich auf, mit ihm und seinem Bruder schon mal hineinzugehen, solange der Vater noch nicht da sei. Die Tante blieb hinter uns zurück, plötzlich degradiert zu einem Möbelstück oder einem der Spitzendeckchen, die wahrscheinlich sie unter das gründlich mit Solarina polierte Messing der Dekorationsgranaten gelegt hatte. Viel später erst erfuhr ich, daß sie im Gegenteil diese Deckchen haßte, weil sie nicht zu dem kriegerischen Ambiente paßten, das sie in dem Arbeitszimmer so liebte, und außerdem weil es Votivreliquien ihrer verstorbenen Schwägerin waren, der sie vorwarf, sich als Mutter der Neffen zwischen sie und die faszinierenden Schönheiten des hochglanzpolierten Militarismus gestellt zu haben, ähnlich wie die Deckchen bei den Granaten.

Sie nahmen mich mit in ihr Studierzimmer, wo es neben Tischen und Stühlen und Büchern auch Strandbälle, Angelruten und Schiffsmodelle auf einem Schrank gab, die ich mir genauer anschaute. Ich fragte Luís, ob sie ihm gehörten. Er bejahte und zeigte sie mir eins nach dem anderen, sicher mehr, um die Stimmung zu vertreiben, die von der Predigt der Tante und ihrer Verschnupftheit noch in der Luft hing; er zeigte sich erleichtert über diese Gelegenheit und zugleich kindlich-stolz auf seine Sammlung. Die Fischer bauten solche Modellboote, geduldig brachten sie das hauchdünne Tauwerk an (das manchmal weniger dünn war, als es der kleine Maßstab verlangt hätte) und bemalten die Boote mit liebevoller Sorgfalt. Hinter uns hörte ich seinen Bruder kommen, der offenbar über einer Frage brütete und sie mir schließlich auch stellte: »Hat meine Tante irgend etwas zu dir gesagt? Hat sie dir die Liste ihrer Beschwerden aufgezählt? Hat sie sich beklagt, daß alle das Haus verlassen und nicht auf die Militärakademie gehen wollen? Weißt du, daß mein Großvater nur Feldwebel war? Hat sie erzählt, er wäre Oberst gewesen? Alles gelogen. Er war nicht mehr als Feldwebel, genau wie sie ihr ganzes Leben lang. Mein Vater hat es bis zum Hauptmann geschafft. Wir sind diejenigen, die nach ihrem Wunsch bis zum Oberst aufsteigen sollen, da kennt sie kein Pardon, in der militärischen Laufbahn muß man befördert werden, und sei es von Generation zu Generation.«

»Da wirst du ihr aber eine Freude machen«, sagte ich.

Er lachte etwas bitter und wechselte das Thema. Ich hatte den Eindruck, daß Luís von allem wußte, sie den Fall aber nicht »offiziell« untereinander besprochen hatten, so daß sie sich stillschweigend verhielten, als wüßte er tatsächlich von nichts. Im Hinblick darauf hielt ich mich mit Anspielungen zurück. Luís meinte: »Sie hat mit ihrem üblichen Gerede angefangen, und ich habe sogar gesagt, wenn sie mich nicht nach Lissabon auf die Seefahrtschule gehen lassen, fliehe ich eben.«

»Ach, hör doch auf damit. Wenn du diese Ausbildung machen willst, machst du sie. Vater ist auch gar nicht dagegen, genausowenig, wie er dagegen war, daß ich nach Porto ging, wo ich ebensogut auch Coimbra hätte wählen können, was nicht so weit weg liegt. Das einzige Problem ist, daß wir niemanden in Lissabon kennen.«

»Aber in Lissabon frißt mich doch keiner«, sagte Luís.

»Kommt drauf an. Es ist immer günstig, wenn man in der Fremde jemanden hat, auf den man sich verlassen kann, wenn Not am Mann ist.«

Das Gespräch klang für mich wie eine gut eingeübte Szene, denn ihr Tonfall blieb ruhig. Beide erfüllten eine bloße Formalität, kaum daß das Thema angeschnitten wurde. Die Gründe für und wider waren längst ausgereizt, und die beiden akzeptierten sie gegenseitig. Der Ältere mit der Überlegung, daß man nicht auf sich allein gestellt sein sollte, weil er mögliche schlechte Einflüsse auf seinen Bruder fürchtete. Und der Jüngere in seiner Rolle des Mannes, der niemandes Hilfe braucht, um sich durchs Leben zu schlagen, und der sich für stark genug hält, um allein den »schlechten Einflüssen« zu widerstehen, an die er, Ehrensache, auch gar nicht recht glaubt.

Macedo sagte: »Ich weiß sehr wohl, daß Vater dich gehen lassen und nichts dagegen sagen wird, wenn du die Ausbildung machen willst, von der du immer geträumt hast. Aber er würde sich, genau wie ich, natürlich weniger Sorgen machen, wenn du bei jemandem wärst, den wir kennen und von dem wir wissen, daß du dich an ihn wenden kannst, wenn du etwas brauchst. Das ist immer noch besser, als sich von Zufallsbekanntschaften weiterhelfen zu lassen. Am Ende taucht noch einer auf, der dir Hilfe anbietet, nur um dich ins Verderben zu ziehen.«

»Das geht dir wohl nicht aus dem Kopf«, sagte Luís. »Du hast nur Angst, daß jemand einen Angriff auf meine Unschuld unternimmt...«

»Es gibt viele Wege, um die Unschuld eines Menschen zu gefährden. Einer davon besteht darin, den Menschen davon zu überzeugen, daß nichts Schlimmes dabei ist, Dinge zu tun, die man nicht tun sollte, mit dem Argument: Hauptsache, es macht Spaß, oder noch schlimmer: Das ist doch alles nicht so wichtig, weil gar nichts wichtig ist, und man kann es auch aus Jux tun, weil man weder damit noch mit irgendwas ein Risiko eingeht.«

»Und neulich, wer hat uns da überredet? Wer hat dich dazu überredet, bei dieser Orgie in der Kirche mitzumachen?« fragte Luís.

»Keiner«, antwortete Macedo. »Aber genau deshalb darf man eben nicht bei Sachen mitmachen, von denen man vielleicht weiß, wie sie anfangen, aber nicht, wo sie hinführen.«

Ich sagte: »Aber das kann man doch von gar nichts sagen. Oder weißt du etwa, wie der Bürgerkrieg in Spanien ausgehen wird? Hängt es am Ende von dir ab?«

»Das ist nicht dasselbe. Bei so etwas macht man mit, um eine Sache zu verteidigen, die größer ist als man selbst; und was man uns dabei antut oder was man anderen antut, hat allein mit diesem Ziel zu tun, für das man sich engagiert. Es kommt auf das Engagement und das Vorbild an. Und selbst wenn all das nichts bedeutete, könnte man immer noch darauf bauen, daß man sich einer Sache verbunden weiß, die größer ist als man selbst.«

»Aber wenn du denkst, der Ausgang hängt nicht von dir ab und du hast keinerlei Einfluß auf irgendwas, woher weißt du dann, daß du zu einer Sache beiträgst, die größer ist als du?« fragte ich.

»Jede Sache, die nicht nur mich umfaßt, ist größer als ich. Das ist eine Garantie für die Reinheit meiner Ideale und meines Engagements.«

»Auch für deine persönliche Reinheit, wenn du die Dinge schon so siehst? Kann es nicht gerade passieren, daß dein Opfer genau aus dieser Reinheit besteht, an der dir letztlich am meisten liegt?«

Er warf einen Seitenblick auf seinen Bruder, bevor er antwortete: »Meine persönliche Reinheit ist, genau wie die jedes anderen, nur dann in Gefahr, wenn ich mich verkrieche, in meinem Innern oder im Leben der anderen, die mir begegnen. Wenn ich allein bleibe.«

»Aber«, sagte ich, »wenn du solche Angst vorm Alleinsein hast oder davor, daß jemand anders allein ist, warum machst du dir dann solche Sorgen darum, daß jemand in schlechte Gesellschaft geraten könnte, während du selbst findest, daß *dein* Heil nicht von schlechter Gesellschaft abhängig ist?«

»Wann habe ich das gesagt?« rief er aus.

»So habe ich dich verstanden«, erwiderte ich.

»Aber so war es überhaupt nicht gemeint. Wenn ich mit mir selbst allein bin, gehe ich jedes Risiko ein. Wenn ich in Gesellschaft bin, kann ich besser entscheiden, was ich tun darf und was nicht.«

»Und wenn du in schlechter Gesellschaft bist?«

»Ich kann doch gar nicht in schlechter Gesellschaft sein, wenn ich mit Leuten zusammen bin, die dasselbe denken wie ich.«

»Dann wirst du auch nicht in schlechter Gesellschaft sein, wenn du dich von jemandem zu einem Leben verführen läßt, das du selbst in deinem Bewußtsein für schlecht hältst, für einen Angriff auf deine Reinheit. Im übrigen«, ich warf einen boshaften Blick auf Luís, »kann sich doch, abgesehen von Ausnahmefällen, keiner zu etwas verführen lassen, das er im Grunde nicht will, und seinen Abscheu, der ihn bisher schützte, ablegen, oder?«

»Nein.«

»Was, nein?«

»Das Böse ist außerhalb von uns, und wir bekämpfen es.«

»Ach, es ist nicht in unserem Inneren, und wir müssen uns dagegen wehren?«

»Das Böse ist anders.«

»Wie meinst du das?«

»Das Böse ist nichts Abstraktes, das in unserem Innern Gestalt annimmt.«

»Und ebensowenig in den anderen, deren schlechten Einfluß du doch fürchtest, jedenfalls in bestimmten Fällen.«

»Siehst du denn nicht, daß das Böse nicht existiert? Daß es nur Umstände gibt, die uns dazu bringen, Böses zu tun und zu zerstören, was wir sind?« Er brüllte fast.

»Wie kann man denn Böses tun, wenn das Böse nicht existiert? Und wie kann man jemanden zerstören, wenn es, da das Böse nicht existiert, die Reinheit ebensowenig gibt?«

»Die Reinheit existiert sehr wohl, sie ist unser Wunsch, daß wir – und alles andere – besser sein mögen, als wir es sind.«

»Selbst auf Kosten der Reinheit der anderen?« Ich wandte mich zu Luís um und bat ihn: »Luís, könntest du mal nachschauen, ob dein Vater schon gekommen ist? Ich möchte allein mit deinem Bruder reden.«

Der Junge zögerte, dann ging er hinaus. Kaum war er draußen, sagte ich zu Macedo: »Weißt du, wer das Geld besorgt hat, um das Boot zu bezahlen, mit dem du die spanische Republik retten willst? Nein? Es war Rodrigues. Und weißt du, wie er das geschafft hat? Nein? Er hat sich an die Schwiegermutter meines Onkels verkauft, die schon seit langem auf seinen Körper scharf war. Und weißt du, wie es dazu kam? Ich habe ihn mit einem Brief meiner Tante zu der Alten geschickt, in dem sie ihre Mutter bat, ihr wegen einer Erpressung mit Geld auszuhelfen. Und weißt du, wer den Brief geschrieben hat? Mein Onkel und meine Tante. Weißt du auch, daß Rodrigues schon immer in meine Tante verliebt war und geweint hat, als ich ihm sagte, daß sie ihn darum bitte, den Brief nach Coimbra zu bringen? Weißt du, daß er, wie ein kleiner Junge, ein letztes Mal in den Baum bei meinem Onkel im Garten geklettert ist, um meine Tante zu beobachten und meinen Onkel herauszufordern, und dabei erwischt und von meinem Onkel wie ein Hund davongejagt wurde? Und weißt du auch, warum ich all das getan habe? Weil ich der Geliebte von Mercedes bin und auf jeden Fall verhindern wollte, daß Almeida hierbleibt, weil euch womöglich das Geld fehlt. Weißt du, daß Almeida nicht nur mit Mercedes verlobt ist, sondern sie in Porto auch zu seiner Geliebten gemacht hat? Weißt du, daß ich Mercedes mehr als einmal in ein Haus in Buarcos mitgenommen habe? Und weißt du, daß in dieses Haus, das du bestimmt kennst, auch Rufininho mit seinen Liebhabern geht? Weißt du, daß der Neffe der Wirtin dieses Hauses zur Besatzung deines Bootes gehört und nicht nur einer deiner Schmugglerfreunde ist, sondern auch Rufininhos Liebhaber? Weißt du…«

»Sei still«, bat er mich, das Gesicht in den Händen vergraben, die auf dem Tisch lagen.

»O nein. Weißt du, daß Ramos von meiner Beziehung zu Mercedes wußte? Und daß er mich bat, weitere Treffen mit ihr bis nach eurer Abfahrt zu verschieben, damit Almeida nicht den Kopf verliert und womöglich als Steuermann ausfällt? Weißt du, daß die beiden Spanier, die im Haus meines Onkels sind, nicht mehr mit dem Boot fahren wollen? Und daß mein Onkel sie dazu zwingt, indem er ihnen mit der Polizei droht? Und daß auch ich befürchtet habe, ihre Weigerung oder irgendwelche Probleme mit dem Geld könnten dazu führen, daß ihr alle nicht mehr fahrt?«

»Ich wußte von vielen dieser Dinge«, murmelte er.

»Wenn du davon wußtest, wo bleibt dann deine berühmte Reinheit? Nenn mir einen, der in dieser Geschichte rein geblieben ist, nur einen von uns. Haben wir uns nicht allesamt verkauft, auf die dreckigste und elendigste Weise?«

»Ich wußte nicht, daß Rodrigues auch damit zu tun hat.«

»Und seiner Prostitution des Reinsten, was er tief in seinem Innern trug, verdankst du das Geld, mit dem du an einer Sache teilnehmen kannst, die größer ist als du.«

»In ihm gibt es gar nichts Reines. Das ist eine Riesenlüge. Er macht nur Theater, um sich zu rechtfertigen.«

»Und du? Ist das, was du tust, nicht deine Art Theater, um dich zu rechtfertigen? Gibt es irgendwas, das wir aus einem anderen Grunde täten? Oder um zu bekommen, was wir wollen?«

»Oder um sich an jemandem oder etwas zu rächen, Jorge. Ich bitte dich um alles in der Welt, paß auf Luís auf. Sonst wird sich Rodrigues an ihm rächen. Jetzt mehr denn je. Wenn er erfährt, wozu das Geld gebraucht wurde, wird er bei seiner Wut auf die Spanier alles daran setzen, meinen Bruder ins Verderben zu stürzen, aus Rache.«

»Wieso Rache, an wem denn?«

»An mir. Erinnerst du dich, daß ich dir erzählt habe – das habe ich doch, oder? –, wie er mir mal sein ganzes Leben gebeichtet hat? Aber nicht nur das. Schwörst du, niemandem weiterzuerzählen, was ich dir jetzt sage?«

»Ich schwöre.«

»Vor allem meinem Bruder nicht? Gut. Kannst du dir vorstellen, was mir dieser Junge bedeutet? Ich spüre in ihm eine Kraft, eine Selbstsicherheit, eine Gewißheit, die ganz wunderbar ist. Es kommt mir vor, als wäre er mein Sohn, nicht mein Bruder, ein Sohn, wie ich mir einen Sohn wünsche. Ein Mann, wie ich gern einer wäre. Seinetwegen habe ich mich in diese Schweinereien ziehen lassen, die Rodrigues seinet- und meinetwegen provoziert hat. Damit Luís ohne mich nichts macht oder auch nur zusieht. Wenn ich mich vor all den Leuten geweigert oder versucht hätte, ihn da rauszuholen, hätte er sich vielleicht gewehrt und gedacht, ich fürchte mich, und dann wäre alles verloren gewesen. Oder er hätte sich ewig nach etwas gesehnt, das er versäumt hatte, verstehst du?« Er sprach nicht weiter. Ich wartete, bis er fortfuhr.

Aber er sagte nichts. Nach einer langen Pause setzte er noch einmal an: »Das Leben ist ein einziger Schmutz… Wie viele Menschen, wie viele Sauereien stecken hinter alldem. Und am schlimmsten ist das Gefühl, wenn man eine derartige Bescherung aufgedeckt hat, nicht zu wissen, was versauter ist, die Menschen oder die Dinge.«

Er tat mir leid. Ich sagte: »Die Dinge werden von den Menschen gemacht, versaut sind also nur die Menschen. Oder es ist gar nicht die Sauerei, wovor du eigentlich Angst hast.«

»Eine schreckliche Angst, das kannst du dir nicht vorstellen«, und plötzlich brach er los: »Mit Rodrigues und mir war das so. Am Anfang waren wir dicke Freunde, auf der Schule. Mit den Schamlosigkeiten, die da vorkommen, hatten wir nichts zu tun. Eines Tages sagte Rodrigues zu mir, er wünsche sich, sein ganzes Leben niemanden je zu berühren, nicht mal sich selbst – an der Seite eines Freundes wie mir. Eine Freundschaft unter Männern, durch dick und dünn. Andererseits bildete er sich unheimlich viel auf die Neugier und das Interesse der anderen an seinem Körper ein. Er entblößte sich dauernd, aus Spaß. Ich habe mich deshalb mit ihm gestritten. Da meinte er, ich wäre nur auf die anderen eifersüchtig. Und um ihm zu beweisen, daß das nicht stimmte, daß meine Freundschaft über jede Eifersucht und jedes bösartige Begehren erhaben war, habe ich ihn sogar dazu verleitet, die anderen auszunutzen, zum Beispiel Rufininho, der schon damals ein kleiner, verzärtelter Schwuli war, aber noch nicht so wie heute.«

»Und dann?«

»Dann warf Rodrigues mir vor, ich wollte meine Reinheit auf seine Kosten erhalten.«

»Weil du niemals daran gedacht hattest, bei solchen Sachen mitzumachen.«

»Niemals, das schwöre ich dir. Aber er genausowenig. Ich war derjenige, der befürchtete, die anderen Jungen könnten bei unserer Freundschaft etwas Schlechtes denken.«

»Und er?«

»Er sagte immer: Zwei Freunde haben vor niemandem Angst, auch nicht davor, was die anderen denken.«

»Aber wenn du ihn selber dazu angetrieben hast, aus welchem Grund ist er so wütend auf dich und du auf ihn?«

»Ich habe ihn einmal, als ich dachte, langsam kommt er wohl auf den Geschmack, angeschwärzt. Und er wurde in flagranti erwischt.«

»Das halte ich immer noch für keinen hinreichenden Grund. Schließlich gab es wirklich solche Dinge an der Schule, und mir war immer klar, daß euch das alles ziemlich egal war, auch das Risiko, erwischt zu werden. Sicher, es ist schwerwiegender, daß du ihn angeschwärzt hast. Aber war er wirklich nur deshalb böse auf dich, wie du sagst?«

»Nein. Ich hatte ihm schon mehr als einmal gedroht. Und ich tat es, weil er mich dazu herausgefordert hatte.«

»Und das verzeihst du ihm nicht.«

»Ich weiß nicht.«

»Und was er dir nicht verzeiht...«

»Was ist das?«

»Ach, das weißt du doch. Aber für mich ist das kein Grund, deinen Bruder zu verfolgen. Dein Bruder mag die Faszination geerbt haben, die Rodrigues auf dich ausgeübt hat.«

»Hat er tatsächlich.«

»Dagegen kann ich nicht mit denselben Waffen ankämpfen.«

»Aber mit anderen. Luís mag dich sehr. Und nun ist er fest davon überzeugt, daß du die *conditione sine qua non* für meinen Vater bist, ihn nach Lissabon gehen zu lassen.«

Ich stand auf. »Dein Vater müßte schon da sein. Eins will ich dir noch sagen. Ich bin alles und alle genauso leid wie du, vielleicht noch mehr. Ich übernehme keine Verantwortung für deinen Bruder. Er ist ein Mann, er soll selber für sich sorgen. Es reicht mir jetzt schon, wie sehr mein Leben und das der anderen ineinander verstrickt sind. Entschuldige die Frage, aber bist du schon mal verliebt gewesen? ... Nein. Aber ich. Mitten in dieser Geschichte bin ich in Mercedes verliebt. Und das ist keine Liebelei, so wie wenn zwei miteinander gehen. Ich weiß noch nicht, wohin das führt. Wir unterhalten uns hier, und ich weiß nicht, ob ich dich jemals wiedersehe. Bitte mich um keine feste Zusage, was deinen Bruder betrifft. Ohne Verpflichtung aber werde ich tun, was ich kann. Mehr nicht.«

»Aber er könnte doch bei dir wohnen.«

»Meine Eltern wissen nicht mal, was es heißt, Gäste zu haben, und noch viel weniger, wie es ist, wenn jemand zu Besuch kommt, den sie nicht schon vor seiner Geburt gekannt haben. Damit brauchst du nicht zu rechnen. Aber ich kann eines tun, wenn ich wieder in Lissabon bin, ich kann ihm eine Unterkunft besorgen. Und ihn dann meinen Eltern vorstellen. Da ich auch nicht mehr der kleine Junge bin, den meine Eltern erzogen haben, kann es durchaus passieren, daß sie ihn annehmen, daß sie ihn mögen und freundlich empfangen. Das ist alles. Komm, wir sehen mal nach, ob dein Vater schon da ist.«

Er stand ebenfalls auf und folgte mir. Auf der Türschwelle fragte ich ihn: »Was hältst du eigentlich von Ramos?«

»Von Ramos? In welchem Zusammenhang?«

»Allgemein.«

»In gewisser Hinsicht ist er...«

»So wie du gern wärest?«

Er senkte den Kopf und antwortete nicht.

Hauptmann Macedo war mit Luís im Arbeitszimmer und begrüßte mich überaus freundlich, mein Onkel habe schon viel von mir erzählt. Er strich sich über den Schnauzbart und meinte nachdenklich: »Auch meine Söhne hier haben oft von Ihnen gesprochen. Nur, wenn ein Onkel von seinem Neffen oder die Kinder von einem Freund erzählen, ist das eine Sache; den Menschen mit eigenen Augen zu sehen ist etwas anderes. Der eigene Eindruck ist ungemein wichtig.« Und er musterte mich schweigend, wie ein Kommandant, der die Fähigkeiten eines Freiwilligen, den er noch nicht kennt, für eine schwierige Sondermission prüft.

Ich bestand die Prüfung. »Mir scheint, Sie sind ein guter Junge.«

Ich lächelte.

»Lachen Sie nicht. Sind Sie ein guter Junge?«

»Ich denke schon.«

»Die Art und Weise, wie ein Mann erklärt, ein guter Junge zu sein, ist sehr wichtig. Daran sieht man, ob man ihm vertrauen kann.«

»Aber wieso müssen Sie mir vertrauen können, Herr Hauptmann?«

Er stockte, schaute seine Söhne an, strich sich über den Schnauzbart: »Ja, äh...« Und dann fragte er abrupt: »Gibt es Marineoffiziere in Ihrer Familie?«

»Ein paar wird es schon geben.«

»Wird es? Das wissen Sie gar nicht?«

»Ach, so sehr hat mich das bisher nicht interessiert.«

»Aha... Unser Luís will ja Offizier der Handelsmarine werden.«

»Ein schöner Beruf«, sagte ich.

»Finden Sie?«

»Aber ja. Und vor allem ist es das, was er werden will, nicht wahr?«

»Also finden Sie es gar nicht so schön?«

»Das ist eigentlich egal, oder? Es kommt nur darauf an, daß er den Beruf ergreift, den er sich wünscht.«

Ich hörte Luís erleichtert aufatmen und fuhr fort: »Dazu muß er nach Lissabon. Es sei denn, er ginge gleich hier aufs Schiff, um erst mal Kurs zu nehmen oder wie die das nennen.«

»Aber ich will nicht, daß er Offizier eines Kabeljauschiffes wird, er soll einen Passagierdampfer unter sich haben. In der Fischerei kann man viel Geld machen, aber es ist eine Drecksarbeit. Und unglaublich hart, Monate über Monate, ohne einen Fuß an Land zu setzen. Nehmen Sie nur diesen Almeida, den ich kenne, seit er ein kleiner Junge war. Kennen Sie ihn?«

»Nie gehört.«

»Ach nein? Er soll doch eine Schwester von einem der Freunde meiner Söhne heiraten. Hervorragend, der Junge. Hervorragend, sage ich Ihnen, ohne Sie damit geringzuschätzen.«

»Vielen Dank.« Ich dachte die ganze Zeit darüber nach, warum ich so unfreundlich zu diesem Herrn war.

»Also, dieser Almeida verbringt sein Leben beim Kabeljaufang, er hat viel Geld verdient, und wissen Sie, was er damit macht?«

»Keine Ahnung.«

»Keine Ahnung? Aber ich. Im Urlaub, wenn er sich amüsieren geht, haut er alles auf den Kopf. Und das soll ein Leben sein? Der einzige Mensch, den er respektiert, ist seine Mutter. Das ist eine gute Frau, immer gewesen. Meine Söhne haben jetzt keine Mutter mehr. Deshalb will ich auch nicht, daß Luís, unser Luís hier, auf ein anderes Schiff geht. Nur Passagierdampfer.«

»Es gibt ja auch noch Frachtschiffe. Und viele andere.«

»Nicht so viele, wie nötig sind, wie sie unser Land braucht. Wir brauchen dringend eine starke Handelsflotte.«

»Dann wird es an Gelegenheiten für Ihren Sohn ja nicht mangeln.«

»Das denke ich auch. Essen Sie mit uns zu Abend?«

»Nein, vielen Dank. Ich werde zu Hause erwartet.«

»Ihr Onkel wartet auf jemanden? Das wäre neu.«

»Kommt drauf an. Wenn Sie mich jetzt entschuldigen wollen...«

Er war sprachlos, schaute zwischen mir und seinen Söhnen hin und her, auf der Suche nach einem Stichwort. Ich gab es ihm:

»Falls ich Ihrem Sohn in Lissabon irgendwie behilflich sein kann, stehe ich zu Ihrer Verfügung.«

»Ah, vielen Dank, vielen Dank. Kommen Sie doch wieder, wann immer Sie mögen. Wollen Sie wirklich nicht mit uns essen?«

»Ein andermal.« Womit ich mich empfahl.

Am Ausgang ließ sich noch die Tante blicken: »Hat er Ihnen den Jungen schon anvertraut?«

»Jawohl.«

»Na, wohl bekomm's! Undankbares Pack!« Und sie rauschte den Flur entlang.

Ich verabschiedete mich mit einem langen Händedruck von Macedo. »Entschuldige, wenn ich dich gekränkt habe. Viel Glück bei allem.«

Mit einem Lachen auf den Lippen klopfte ich Luís auf die Schulter und ging. Als ich zu Hause ankam, war es schon stockdunkel.

XXVI

Es kam mir vor, als wäre ich schon seit Ewigkeiten nicht mehr dagewesen; nur mit Mühe fiel mir wieder ein, daß ich an diesem Tage um drei Uhr – war es drei Uhr gewesen? – im Eiltempo hinausgelaufen war, um mich an den Eingang der Pension zu stellen. Und die Würfel waren noch nicht gefallen, wie es so schön heißt. Was würde heute nacht geschehen? Was würde noch alles geschehen? Da stand noch vieles aus. Die Spanier sollten abgeholt werden, aber würden sie auch mitkommen? Und dann? Würde die ganze Gruppe mit dem Boot fahren? Wie? Und wie würden diejenigen, die zurückblieben, zurechtkommen? Und ich mit ihnen? Plötzlich hatte ich Mercedes' Bild vor Augen, aber eher wie eine scheue, flüchtige Erscheinung, die nichts als Spuren des Schmerzes hinterließ. In der Eingangshalle war niemand, aber als ich sie durchquerte, erschütterte ein Donnern das ganze Haus. In der Diele, wo der Durchgang zur Küche, die Treppe nach oben und der Flur zu den anderen Zimmern des Erdgeschosses zusammenliefen, rammte ich beinahe Maria, die ein Tablett trug. Es geriet kräftig ins Schwanken, allerdings mehr durch den Donner und den Schreck des knapp vermiedenen

Zusammenstoßes als durch die schnelle Bewegung, mit der ich ihr meine Hand aufs Hinterteil legte; und ich spürte ein Art Befreiung, die sowohl von dieser Bewegung als auch von dem Donner kam, dessen fahle Spannung ich den ganzen Tag über gespürt hatte. Alle saßen bei Tisch, als ich ins kleine Eßzimmer trat, immer dem Hinterteil nach, das ich wie ein ungezogener Junge betätschelt hatte. Mein Onkel begrüßte mich überschwenglich, ich solle mich hinsetzen und essen. Doch seine Überschwenglichkeit, die weitgehend auf die leeren Flaschen neben ihm am Boden zurückzuführen war, hob meine Stimmung auch nicht: im Gegenteil, um so deutlicher vernahm ich den Regen, der schon auf das Laub der Bäume und den Kies im Garten prasselte und klatschend gegen die Fenster schlug, ein Getöse, das durchs Treppenhaus bis zu uns nach unten drang. Als ich den Regen und erneutes Donnergrollen hörte – dabei erinnerte ich mich, daß es schon beim Nachhauseweg in der Ferne gedonnert hatte, ohne daß es mir besonders aufgefallen war – und die Spanier beim Essen sah, bekam ich Angst, daß das ganze Abenteuer von dem Gewitter behindert oder gar verhindert würde. Und gleich darauf blieb meine Hand mit dem Suppenlöffel auf halbem Wege in der Luft stehen, als mir klar wurde, daß es mir vollkommen gleichgültig war, ob das Unternehmen scheiterte oder nicht. Die Frage, ob ich wieder mit Mercedes schlief oder nicht, hing von niemand anderem mehr ab als von ihr und mir. Davon, ob wir uns liebten und Gelegenheit hatten, uns zu treffen. Mein Onkel redete, meine Tante ebenfalls, aber ich hörte sie nicht. Ich musterte die Spanier und hatte, da ich die beiden genausowenig hörte, den Eindruck, daß auf ihren Gesichtern eine heitere Erleichterung über dieses störende Unwetter lag (dabei wußten sie, anders als ich, gar nichts von Tag und Stunde der geplanten Abfahrt). Mein Onkel hatte bei seinem begeisterten Redeschwall den Regen anscheinend noch gar nicht bemerkt, und ich spürte, wie sich alles in mir sträubte.

Nach dem Abendessen merkte ich, daß mein Onkel Regen und Donner sehr wohl gehört hatte und daß seine gute Laune dadurch nur gestiegen war. Als er nämlich aus Deutschland geflohen war, hatte es auch geregnet, verteufelt viel. Er erzählte:

»... in einer solchen Nacht bin ich zusammen mit Greta aus dem Krankenhaus geflohen. Bis wir Holland erreichten, hat es unablässig geregnet, mal starker Regen, mal feiner Nieselregen, von dem nur die Dummen naß werden, wie man so sagt, und mal etwas, das kein rechter Regen und auch kein dichter Nebel war, eben alle möglichen Sorten von Regen. Wenn ich Regen auf meiner Haut spüre, dann ist mir, als wäre ich wieder auf der Flucht. Für mich hängt die Freiheit wirklich mit Regen zusammen, glaube ich. Ohne Regen keine Freiheit!« Er lachte, schenkte sich vom Wein nach und den anderen ebenso, die lächelnd schwiegen. Für die Spanier bedeutete der Regen in diesem Augenblick auch Freiheit, aber im umgekehrten Sinne; und sie fühlten sich so sicher unter diesem Dach, auf das der Regen prasselte und das der Donner erzittern ließ, daß sie sich sogar ein gönnerhaftes Lächeln über eine Fluchtgeschichte gestatteten, ausgerechnet aus dem Munde des Mannes, der sie in seinem Haus festhielt, um sie zu einer ganz bestimmten Flucht zu zwingen. Mein Onkel fuhr fort: »Ich wurde an jenem Tag im April gefangengenommen, als überall nur noch Verrat herrschte... Besonders die armen Teufel wie ich wurden verraten, die seit Monaten erschöpft und verlassen an der Front saßen. Keine Frage, daß die Deutschen nicht aus reinem Zufall unsere Einheit angriffen. Sie wußten genau, daß wir nicht ausgewechselt worden waren und keinen Nachschub hatten, weder Munition noch Essen. Das wußten sie bestimmt dank ihrer Spione in Lissabon, und die mußten gar nicht viel ausspionieren, um alles zu erfahren, es war doch überall bekannt, daß die Regierung Sidónio nur an der Macht war, um uns aus dem Krieg rauszuziehen, ganz gleich mit welchen Mitteln.«

Don Juan unterbrach ihn, um zu fragen, wer denn Sidónio gewesen sei, an den er sich nicht genau erinnere. Mein Onkel erklärte: »Sidónio war zuerst Militärattaché in Berlin, dann stand er an der Spitze eines Aufstandes, der sich die Angst der Mehrheit, in einen langen Krieg hineingezogen zu werden, zunutze machte; die Monarchisten und die Oppositionellen, also die Gegner der Regierungsparteien, die unseren Kriegseintritt provoziert hatten, attackierten diesen Krieg in ihrer Propaganda als ein politisches Manöver der Regierung, um ihre Macht zu festigen und das Land im Griff zu behalten. Klar, daß sie alle für Sidónio waren. Und die meisten dieser Leute unterstützen auch die derzeitige Regierung, wenn sie nicht sogar selber dazugehören. Das sind

Zeitgenossen, die in der Lissabonner Baixa im Straßenkrieg gekämpft haben, beim Terreiro do Paço und so. Dieselben, die mir meine Dienstzeit nicht anerkannt haben und meinten, ich wäre ja aus der Gefangenschaft geflohen und hätte mich nachher nicht wieder zum Dienst gemeldet. Ich! Dabei war ich einer der wenigen, die beim Zusammenbruch der Front in ihrem Abschnitt noch standhielten, als die Engländer uns sitzenließen, weil es ihnen besser in den Kram paßte, wenn wir geschlagen wurden und aus dem Krieg ausschieden, in den wir gar nicht hätten eintreten sollen, wenn's nach ihnen gegangen wäre. Wir wollten unsere Kolonien verteidigen, die sie sich schon längst im stillen mit den Deutschen aufgeteilt hatten. Und als die Deutschen uns angriffen, waren wir ja durch den Schlendrian der portugiesischen Regierung schon auf alles vorbereitet, durch die Diktatur von diesem Sidónio, dem die Weiber mit hängender Zunge nachliefen, weil er ein echtes Mannsbild war, eine Freude fürs Auge und auch noch andere Körperteile, sogar eine ganze Reihe Männer lagen ihm zu Füßen, das können Sie mir glauben. Als er ermordet wurde, gab es welche, die weinend an seiner Leiche zusammenbrachen, und seine Beerdigung soll unglaublich gewesen sein – ich war selber nicht dabei, weil ich erst später nach Portugal zurückkehrte –, weinende Menschenmengen und Herumgerenne und Tod und Teufel. Also, als die Deutschen über uns kamen, das war vielleicht ein Tag und eine Nacht! Wir saßen da, drei Monate Schützengraben hinter uns und keine frischen Truppen. Es war eine Katastrophe, eine fürchterliche Katastrophe, so steht es in den Büchern, aber die Verantwortlichen, die den Krieg gewollt und diese Katastrophe heraufbeschworen hatten, die feiern heute die Niederlage wie einen großen Sieg... Sie halten riesige, angeberische Militärparaden ab und legen Kränze nieder am Kriegerdenkmal auf der Avenida da Liberdade... Ich finde, diese Blumen sind auch für die armen Teufel, die ich in dem ganzen Durcheinander umbringen mußte. Jawohl, ich. Die Kompanie war schon auf die Hälfte reduziert, als wir von den Deutschen gefangengenommen wurden. Ich sehe die Szene noch vor mir, überall explodierten die Granaten, und die Soldaten saßen in den Schützengräben, die mittlerweile weder Schützengräben waren noch irgendwas sonst, Überlebende im Schein der Leuchtraketen, die Bajonette auf mich gerichtet, weil sie nämlich fliehen wollten, aber ich ließ sie nicht weg, denn auf der Flucht wären sie noch schneller gestorben, wie die Fliegen. Da der Weg zu den hinteren Linien abgeschnitten war, hätte ein Sprung aus den Löchern ihren sicheren Tod bedeutet. Es waren sehr gute Freunde von mir dabei, aber die Angst, die Panik macht die Männer verrückt. Sie wollten mich umbringen und dann fliehen. Da habe ich meine Pistole gezogen und zwei von ihnen an Ort und Stelle erschossen, bevor sie mich töten konnten, das war zum Besten aller. Die anderen warfen sich gleich zu Boden. Und ich lehnte mich an das, was von der Grabenböschung übrig war, ich konnte nur noch auf die Pistole in meiner Hand starren und die beiden Toten, die da übereinanderlagen. Dann hörte plötzlich das Bombardement auf, und wir wußten gleich, jetzt greifen sie an. Aber wir rührten uns nicht, keiner konnte sich mehr auf den Beinen halten. So fanden uns die Deutschen vor, als sie in den Graben sprangen, wo sie gleich über meine beiden Männer stolperten; einer spießte sich sogar noch auf einem aufgestellten Bajonett auf. Sie fingen an, auf uns einzustechen, als müßten sie tote Hunde zerstückeln. Ich schoß das Magazin meiner Pistole leer. Und dann kam ich erst wieder auf einem Leiterwagen zu mir, ich war ganz krank von dem Gas, das ich abgekriegt hatte. Auf diesem Wagen lag noch ein Haufen anderer Männer, und die Deutschen brachten uns zu ihrer Nachhut. Alles Offiziere, und die anderen befanden sich im selben Zustand wie ich oder waren schwer verwundet. Auf beiden Seiten der Straße zogen lange Reihen Gefangener, die uns nicht anschauten. Wir wurden in ein Feldlazarett gebracht und dort getrennt: die Verwundeten auf die eine Seite, die Gesunden auf die andere. Da gab es ein Wiedersehen zwischen denen, die sich aus dem Krieg oder von der Militärakademie her kannten. Ich kam in ein Konzentrationslager im Süden Deutschlands, wo Offiziere aller Ränge und Sorten saßen. Zu essen gab es nichts als Fraß, Kartoffelschalen, Möhrenschalen, Schweinefutter, und in den Holzbaracken kamen wir fast um vor Kälte. Obendrein wurden wir Portugiesen von den Engländern schlecht behandelt, die mit uns dort gefangen waren, und sie bekamen besseres Essen als wir, wenn auch nicht so gutes wie die Deutschen, die das Lager bewachten. Die behandelten uns wie Hunde, sie sagten immer: ›Man könnte meinen, ihr wärt Neger.‹ Und einer der beliebtesten Sprüche der Engländer war die Antwort: ›Wieso, das sind sie doch!‹ Wir zahlten es ihnen heim, indem wir nach ihrem Rock fragten, als wären sie alle Schotten. Wissen Sie eigentlich, was passierte, wenn sich an der Front ein Schotte in seinem Schottenrock in unseren Abschnitt wagte und unter unsere Soldateska fiel? Der konnte sich eine Woche lang nicht hinsetzen. Halt den Mund, Frau, so ist das Leben. Ich war zu schwach, um durchzuhalten, und wurde krank, ich holte mir eine schlimme Bronchitis und Dysenteritis und jede andere Itis, die man sich vorstellen kann. Als ich schon kaum noch Lebenszeichen von mir gab und Tag und Nacht in meiner Koje liegenblieb, vor mich hinphantasierte und mich vollmachte, da tauchte schließlich ein Arzt vom Roten Kreuz auf und sorgte dafür, daß ich in ein Offizierskrankenhaus verlegt wurde, wo ich viele Tage zwischen Leben und Tod schwebte. Die Schwestern und Pfleger verstanden kein Wort von dem, was ich redete, und ich verstand sie genausowenig. Aber sie behandelten mich sehr gut. So laufen die Dinge nämlich. Wenn ich auf dem Felde gefallen wäre, hätte es keinen gekümmert. Aber bei ihnen wurde ich, obwohl ich rein zufällig dort gelandet war, geradezu wie ein Deutscher behandelt. Und dann, eines Tages...« Er setzte mit versonnenem Lächeln einen Ellbogen auf den Tisch, stützte das Kinn auf eine Hand, und die andere fuhr, trotz baumelndem Spazierstock, durch sein Haar. »Und eines Tages tauchte Greta auf. Sie war wie ein Engel. Oder sagen wir, ein Erzengel, wenn man von der Größe ausgeht. Und das war sie auch: sie konnte fliegen.«

Es gab eine Pause, und wir lauschten dem Regen, der noch immer auf das Haus prasselte. Gewitter und Donner schienen aber aufgehört zu haben. Mein Onkel nahm den Faden wieder auf: »Sie war blond, unglaublich blond. Und wirklich eine Fliegerin. Sie hatte einen Bruder als Patienten im selben Krankenhaus, sie sprach Französisch, und wenn sie durch die Krankenstation ging, grüßte sie alle Offiziere, die dort lagen. Ich war der einzige Portugiese, und sie kam, um nach mir zu schauen. Da hat sie was zu sehen gekriegt, das sag ich euch... Von nun an besuchte sie mich immer und brachte selbstgebackene Brötchen mit, die sie auf mein Bett warf, sie hatte so etwas von einer Soldatin in Zivil an sich... Aber das war nur der äußere Schein, damit niemand merkte, daß sie in Wahrheit ein Engel in Verkleidung war. Ich sagte zu ihr: *Mademoiselle, vous êtes un ange, je ne savais pas qu'il* *y avait des anges comme ça en Allemagne.** Da lachte sie lauthals und antwortete: *Et moi qui pensais que les Portugais étaient tous comme des singes. Est-ce que vous n'êtes pas un vrai Portugais?* Und ich darauf: *Si je le suis? Venez donc voir de plus près.* Sie lachte und meinte: *Mais non, parce qu'il y a des singes très dangereux.* Ich erwiderte: *Mais je ne suis pas un singe, Mademoiselle, je suis un Portugais.* Und sie: *On dit que c'est bien pire.* Und ich wieder: *Pire que quoi, Mademoiselle? Nous faisons tout exactement comme les autres. Seulement, nous sommes des experts, et nous le faisons plus bien que tout le monde. Même les Allemands ne sont rien auprès de nous.* Da lachte sie wieder. Wenn ich aufstand, um mich an die Sonne zu setzen, in Decken gewickelt wegen der verfluchten Kälte, leistete sie mir manchmal Gesellschaft, später stellte sie mir sogar ihren Bruder vor, der auch Flieger war und ein Bein verloren hatte, als sein Flugzeug abgestürzt und in Flammen aufgegangen war. Sie war Fliegerin aus Leidenschaft, aber er war außerdem Offizier. Dieser Bruder warf mir vielleicht Blicke zu... Dann, als ich schon besser zurecht war und im Sonnenschein spazierenging, begleitete sie mich in den Garten. Manchmal drehte ihr Bruder ein paar Runden in seinem Rollstuhl, um uns von weitem im Auge zu behalten, es tat einem in der Seele weh. Ich hatte nur einen einzigen Gedanken, einen Wunsch im Kopf, nämlich mit ihr zu schlafen, und ihr armer Bruder hatte genau begriffen, worauf ich aus war, um so mehr Grund also, mich zu belauern. Sie pflegte ihn zärtlich, aber natürlich ebenso hochmütig, stolz und nüchtern wie mich. Und er, obwohl er furchtbar wütend auf mich und auf sie war und in seinem Rollstuhl hin und her kurbelte, um uns immer mit den Augen folgen zu können, er sagte nichts. Wir beschlossen, nach Holland zu fliehen. Nicht ich hatte diese Idee, sondern sie. Ich wollte ja nur mit ihr ins Bett, es war mir noch gar nicht eingefallen, daß ich versuchen könnte, von dort zu fliehen. Für mich war der Krieg zu Ende, und im übrigen konnte man selbst im Krankenhaus den Gesichtern der Leute und auch den Andeutungen in den Nachrichten, die sie mir übersetzte, anmerken, daß der Krieg nicht mehr lange dauern würde und daß Deutschland ihn verlor. Aber ich war all das leid, die Vorstellung, wieder in ein Konzentrationslager zu kommen, wieder zu hungern und zu leiden, machte mir angst. Von dem Augenblick an, als sie mir mit diesem Vorschlag kam, war ich wirklich in sie verliebt. Und in die

Idee der Flucht, was auf dasselbe hinauslief. Eines Nachts brachte sie mir die Uniform, die ihrem Bruder gehört hatte, ich zog sie im Garten an und ging mit ihr fort. Sie brachte mich in das kleine Hotel, wo sie wohnte; das wurde vielleicht eine Hochzeitsnacht… du lieber Gott!«

»Justino!« unterbrach meine Tante.

»Halt den Mund! Das ist kein Gespräch für Frauen. Wenn du dich nicht wohlfühlst, kannst du ja gehen. Aber um die Wahrheit zu sagen, einfach war das nicht… Alles im Leben erfordert ständige Übung, und ich hatte seit Monaten keine Frau mehr gesehen, all die Monate im Schützengraben, ohne Ersatztruppen, dann die Monate im Lager und im Krankenhaus… Und davor, wie lange war es her, daß ich keine solche Frau mehr gehabt hatte, so sauber, anständig, hübsch und verliebt wie Greta? Nun war Ende September, und ich war seit April Gefangener. Na gut, im Krankenhaus hatte es ein paar schnelle Sauereien mit ein, zwei Krankenschwestern gegeben. Aber schlecht gemacht. Schweig, Frau, unterbrich mich nicht. So stand ich also vor ihr, ganz gerührt, und im Bett war ich überglücklich, wie ein Narr, und brachte überhaupt nichts zustande. Sie mußte mich sogar ausziehen.«

»Justino, mußt du das alles erzählen?« bemerkte meine Tante.

»Halt den Mund! Eine Geschichte erzählt man ohne Auslassungen, sonst versteht sie keiner. Danach… schlief ich ein wie ein Säugling. Das merkte ich erst, als es Morgen war, ich erwachte, und sie beugte sich über mich wie ein großer Schutzengel, der mich im Schlaf beobachtete. Das Zimmer war so bequem, daß es mir vorkam, als wäre der Krieg vorbei, es gab nichts anderes mehr als uns beide an diesem Ort. Aber dann fiel mir ein, daß ich ja geflohen war, daß wir beide flüchten wollten, jeden Augenblick konnte jemand an die Tür klopfen, dann wäre alles vorbei. Ich klammerte mich an sie, und plötzlich ging es ganz schnell, sie hatte nicht mal mehr Zeit, piep zu sagen. Fast habe ich mich geschämt…« Er verstummte, nachdenklich. »Dann gingen wir nach draußen, nahmen ihren Wagen und fuhren über die Landstraße davon. Überall waren Soldaten und salutierten vor mir. Ich werde nie vergessen, wie wir am selben Nachmittag durch einen Wald fuhren, der wie im Märchen war, mit großen Bäumen und Farnen, die mir bis an die Brust reichten. Wir hielten an und legten uns mitten in diese Vegetation, alles war grün, braun, gelb, rot, und das Sonnenlicht sickerte durch die hohen Äste. Da war es so schön... auch wenn die Schönheit plötzlich von einem Förster unterbrochen wurde«, jetzt sprach er mehr zu mir und meiner Tante, »einem großen Mann mit einem Schnurrbart wie Hauptmann Macedo«, auf einmal fiel mir ein, daß »sie« jeden Augenblick an die Tür klopfen konnten, falls der Regen ihre Pläne nicht durchkreuzt hatte, und gleich darauf wunderte ich mich, daß in der Geschichte meines Onkel gar kein Regen vorkam, wo er doch das Gegenteil angekündigt hatte, »er rief uns etwas zu und geriet dann vor Schreck ins Stottern, als ich aufstand und meine Hose zuknöpfte und er meine Uniform sah. Ich nahm sie selber erst in diesem Augenblick richtig wahr. Im Auto flüsterte Greta mir zu: *Tu ne sais pas que tu es un colonel?* Und ich befahl dem Förster mit großer Geste ›Rührt euch‹, er war nämlich in Habachtstellung neben dem Wagen stehengeblieben. Tage später kamen wir zu ihrem Haus, eigentlich dem Haus ihrer Eltern, das abgeschlossen war, nur die Dienstboten waren da, ein altes Ehepaar, das sich um das Haus kümmerte, und sie kriegten furchtbare Angst, als sie mich sahen. Aber Greta schärfte ihnen ein, niemandem ein Wort zu sagen. Die beiden behandelten Greta, als wäre sie ein kleines Mädchen und ich eins ihrer Spielzeuge. Ihre Eltern waren in Berlin, schon seit Kriegsbeginn. Irgendwann zeigte sie mir einen großen Schuppen hinter dem Haus, der reinste Palast, mit vielen Kronleuchtern und Statuen und endlos langen Tischen. Da stand auch ihr kleines Flugzeug. Von dort bis nach Holland war es per Luftlinie ein Katzensprung. Ich war noch nie im Leben geflogen, ich kannte nur die Flugzeuge über den Schützengräben. Seitdem bin ich auch nie wieder geflogen. In jener Nacht, nach dem Abendessen, schlief ich in einem über und über goldenen Zimmer, in einem Himmelbett mit derart dicken Daunenkissen, daß man schier darin erstickte. Und dann kam sie zu mir, im Kamin brannte ein Feuer, sie trug ein langes Nachthemd, das über den glänzenden Boden schleifte, und wir stürzten uns in die Kissen. Am Morgen schüttete es wie aus Eimern. Wie sollten wir bloß starten? Aber sie brachte das Flugzeug in die Luft, und wir sind nach Holland geflogen. Ich habe gekotzt wie ein Weltmeister. Von dem Regen wurde ich pitschnaß, und mit mir ein gebratener Truthahn, den ich auf dem Schoß hatte, eingewickelt in ein Handtuch, daß bloß die gerupften Beine herausschauten.

Schließlich ließ der Regen nach, bis es nur noch eisig nieselte. Danach kam Nebel auf, kein richtiger Regen, aber trocken auch nicht, und wenn er kurz aufriß, konnte ich unten einen dunklen Fluß erkennen, an dessen Ufern Dörfer und Städte mit spitzen Kirchtürmen lagen, so dicht unter uns, daß mir die Haare zu Berge standen. Vor dem Truthahn, den mir die alten Dienstboten auf den Schoß gelegt hatten, ekelte ich mich ziemlich, weil ich ihn vollgekotzt hatte, aber ich wußte auch nicht, was ich damit machen sollte. Doch dann flogen wir über ein Feld voller Leute, und ich warf ihn ab. Sie rannten in alle Himmelsrichtungen, weil sie dachten, er wäre eine Bombe. Eine Truthahnbombe. Stellt euch mal vor, welche Wirkung ein gebratener Truthahn hat, der vom Himmel fällt!« Er unterbrach seine Erzählung und lachte herzhaft. Aber nur kurz. »Gleich nachdem ich den Truthahn abgeworfen hatte, tauchte aus dem Nebel ein anderes Flugzeug auf. In meinem Bauch tobten die Krämpfe, doch nicht lange, und das Ganze verdünnisierte sich, daß es nur so eine Freude war. Bestimmt befanden wir uns kurz vor der holländischen Grenze, da mußte dieser Teufelsbraten uns das Leben schwermachen! Ich sah das eiserne Kreuz auf seinen Flügeln. Ein deutsches Militärflugzeug. Wir waren verloren. Ich klopfte Greta auf den Rücken, ich befürchtete, sie hätte es nicht gesehen. Aber sie machte mir ein Zeichen, ruhig zu sein, und flog weiter, als wäre nichts gewesen. Bei dem Nebel, der um uns herumwaberte, kam es mir so vor, als verfolgte uns ein ganzes Geschwader. Doch dann kam der andere an unsere Seite geflogen und blieb dort. Meine Piloteuse, so geht doch die weibliche Form von Pilot, oder?, sie zeigte nach hinten auf mich. Da begriff ich. Ich setzte die Mütze auf, die auf meinen Sitz gerutscht war, und während ich sie mit einer Hand festhielt, zeigte ich mit der anderen auf meine Abzeichen. Der andere Pilot salutierte, daß sein Flugzeug böse ins Taumeln geriet, und ließ uns in Frieden. Das klingt, als hätte ich es erfunden, aber es ist die reine Wahrheit. Und das Beste kommt noch. Wir gingen langsam runter, und ich sah Felder mit Windmühlen und Kühen und dazwischen eine Menge Kanäle, es war wirklich unübersehbar, daß wir Holland erreicht hatten. Ich fing an zu zittern bei dem Gedanken, daß wir vor lauter Kanälen, die wie silberne Streifen aussahen, und Windmühlen und Kühen keinen Platz zum Landen hatten. Und so war es tatsächlich. Schließlich versuchten wir es auf einem Feld, das so glatt war, daß wir immer weiter rutschten, bis das Flugzeug kippte und uns in einen Kanal warf. Ich strampelte panisch herum, doch im Nu stand ich wieder auf den Füßen, das Wasser ging mir nur bis zur Hüfte. Ein Stück weiter stand Greta ebenfalls hüfthoch im Kanal und lachte sich schief. Da haben wir uns erstmal auf die Uferböschung gesetzt, uns angelacht und geküßt. Durch ihre Hosen, ihre Fliegerkluft und das schulterlange blonde Haar sah die Szene aus, als würde ich mit einem Piloten herumknutschen, der sich seit längerem die Haare nicht mehr geschnitten hatte. Als nächstes erschienen, bewaffnet mit Mistgabeln und Dreschflegeln, ein paar Bauerntrampel, die genauso aussahen, wie man die Holländer von den Stichen her kennt, mit ihren Holzpantinen und den weißen Stoffhäubchen der Frauen. Greta redete mit ihnen, und sie brachten uns zur Polizeistation im nächsten Dorf. Von dort kamen wir nach Rotterdam, und wir wurden nicht einmal interniert, weil sie Leute vom deutschen Konsulat dort kannte. Doch zuvor kam das Beste an der ganzen Geschichte. In Rotterdam wurden wir in einem Hotel unter Arrest gestellt. Und in derselben Nacht erwachten wir völlig verwirrt, weil wir zwei Männer in unserem Zimmer hatten. Was glaubt ihr wohl, wer das war? Zwei verkleidete Engländer, die felsenfest davon überzeugt waren, ich sei Gott weiß welcher deutsche Oberst, den sie erwartet hatten, um erste Gespräche über die deutsche Kapitulation zu beginnen! Greta und ich hatten eine Riesenmühe, bis ihnen klar war, daß sie weder einen Oberst noch einen Deutschen vor sich hatten, sondern nur einen portugiesischen Leutnant, der mit Greta nach Holland geflohen war. Als sie es endlich begriffen hatten, wurden sie fuchsteufelswild und bedrohten uns mit Himmel und Hölle, falls wir irgend jemandem ein Sterbenswörtchen davon erzählten. Und das habe ich auch nicht, bis heute. Aber in dem ganzen Durcheinander kam ich mir vor, als hätte ich höchstpersönlich die Friedensverhandlungen zwischen England und Deutschland in Gang gesetzt, während meiner Flitterwochen in Holland. Denn Flitterwochen waren es, auf der ganzen Linie. Wir gingen spazieren, schliefen, aßen im Restaurant, besuchten die Museen und taten sonst überhaupt nichts. Ich sagte zu Greta, das könne doch so nicht weitergehen, ich könne nicht mein ganzes Leben auf ihre Kosten zubringen, ich hatte ja keinen roten Heller in der Tasche, und das portugiesische Konsulat wollte nichts von mir wissen. Außerdem hatte ich wegen der Flitterwochen gar keine Zeit, mir Arbeit zu suchen. Was konnte ich in Holland auch tun außer dem, was ich schon mit ihr tat? Ich glaube, obwohl ich mich maßlos gedemütigt fühlte, war das die schönste Zeit meines Lebens. Und dann kam der Frieden. Greta wartete nur darauf, daß sich alles wieder normalisierte, damit ich mit ihr nach Deutschland zurückgehen konnte. Aber ich sagte ihr, das sei nicht möglich, ich hätte sie sehr lieb, aber es hätte doch weder Hand noch Fuß, wenn ich mit ihr nach Deutschland ginge. Da fing sie an zu weinen, schon komisch, eine Walküre wie sie in Tränen zu sehen. Sie sagte, auch egal, dann würden wir eben in Holland bleiben und unsere Papiere so weit in Ordnung bringen, daß wir heiraten könnten. Doch eines Tages ging alles ganz schnell, aus den Augen, aus dem Verkehr gezogen. Denn mich packte irgendeine Laune, ich brüllte im portugiesischen Konsulat einen Fatzke an, und im Nu wurde ich repatriiert. Von Greta habe ich nie wieder gehört. Als ich hier ankam, haben sie mir mein Leben kaputtgemacht. Ich wurde zum Kriegsversehrten erklärt und frühpensioniert, und ich habe niemals bekommen, worauf ich ein Anrecht hatte. Obendrein habe ich diese blonde Frau hier geheiratet, die nicht mal Greta heißt, und ihre größte Leistung ist nicht etwa, daß sie fliegt, sondern daß sie einem kleinen Schwuli die Augen verdreht, bis er in die Bäume steigt, um sie zu beobachten.«

Meine Tante stand auf und ging hinaus, und die Erzählung endete in einem peinlich berührten Schweigen, auch weil die Spanier die Anspielung höchstens im Ansatz verstanden hatten. Es regnete weiterhin, schwach, aber unbeirrt, was mir erst jetzt wieder auffiel. Und in diesem Augenblick hörten wir mit regenklarem Ton die Türglocke. Unmißverständlich.

Die Spanier und ich wechselten einen besorgten Blick. Mein Onkel erhob sich triumphierend: »Meine Herren, die Zeit ist gekommen. Jetzt werden Sie abgeholt. Zu dieser Stunde kann es wohl kaum jemand anders sein, oder?«

Ich sagte: »Ich geh mal nachschauen« und trat hinaus in den Regen. Von der Palmenallee aus war ein Auto zu sehen, das vor dem Tor stand. Mein Herz pochte laut, als ich mich näherte. Und im Regen, der im Schein der Ecklaterne diffus glitzerte, stand, einen Koffer neben sich am Boden, mein Cousin, derselbe, mit dem ich mich letzten Sommer so gestritten hatte. Ich war enttäuscht und wütend. Konnte der sich keinen anderen Tag, keinen anderen Moment aussuchen, um hier aufzutauchen? Was hatte er in Figueira zu suchen?

»Mach mir das Tor auf«, brüllte er und gab dem Taxi ein Zeichen, es könne losfahren. Ich öffnete. Atemlos rannten wir über die Palmenallee zurück, und während er mir sagte, in Lissabon seien noch gar keine Nachrichten von mir eingetroffen, das gehe doch nicht, erscholl die Türglocke abermals.

Mein Cousin blieb stehen. Als ich mich zum Tor umdrehte, sah ich dort jemanden, den ich im Regen nicht richtig erkennen konnte. Ich zögerte einen Augenblick, wie ich mit meinem Cousin umgehen sollte. Wenn er zum Tor zurückginge oder hier stehenbliebe, würde er sehen, wer gekommen war; wenn er plötzlich ins Haus träte, hätte mein Onkel keine Zeit mehr, die Spanier vor ihm zu verstecken. Was war schlimmer? Ich mußte mich entscheiden. »Geh schon rein, ich seh mal nach, wer da ist.« Er lief auf die Helligkeit zu, die aus der Seitentür im Erdgeschoß nach draußen drang. Am Tor stand Carvalho, das wartende Auto war seines. Ich sah, daß er jemandem im Wagen hatte, und beugte mich vor; auf dem Beifahrersitz hockte Ramos und winkte mir zu. Carvalho fragte: »Kommen diese Leute jetzt oder nicht? Wir haben keine Zeit zu verlieren. Wir müssen noch fast eine Stunde über schlechte Straßen fahren...«

Ich antwortete: »Ich weiß es nicht. Ich muß noch Bescheid sagen, daß ihr da seid, eben ist nämlich mein Cousin überraschend angekommen, ihr kennt ihn. Als er läutete, dachte mein Onkel, ihr wärt es. Ich bin gleich wieder da.«

Ich rannte ins Haus und sah als erstes die beiden Spanier, meinen Onkel und meinen Cousin, alle beisammen in der Eingangshalle. Mein Onkel, auf seinen Stock gestützt, sagte gerade: »Ja, der hier ist auch mein Neffe, der Sohn eines meiner Brüder. Natürlich bin ich mir bei ihm etwas weniger sicher, daß er mein Neffe ist, als bei dem anderen, dem Sohn meiner Schwester. Aber keine Angst. Einen Neffen behandele ich wie mich selbst. Wer ist es? Sind sie jetzt da?«

Ich bejahte und sah meinen Cousin an, der vollkommen verwirrt war, vom einen zum andern schaute und nichts kapierte.

Mein Onkel wandte sich direkt an ihn: »Diese Herren waren meine Gäste, und nun reisen sie ab.« Zu ihnen sagte er: »Das tun Sie doch, nicht wahr? Und auf was für eine schöne Reise Sie gehen!« Er legte ihnen die Hände auf die Schultern und schob sie sanft auf den Ausgang zu. Sie hatten nicht einmal ihre Koffer in der Hand, mit denen ich sie hatte ankommen sehen. Doch abgelenkt von der Überraschung, daß mein Cousin erschienen war, und dem auf der Straße wartenden Auto gehorchten sie dem milden, aber festen Druck meines Onkels, der hinter ihnen hinausging und mir zurief: »Jorge, komm und verabschiede dich von unseren Freunden. Und Ramiro, geh du nach oben und sag deiner Tante guten Abend.«

Ich folgte der Gruppe, die unter den Palmen entlang dem Ausgang zustrebte, wie drei Freunde beim Spaziergang an einem stillen, sonnigen Nachmittag, mein Onkel in der Mitte, die Arme auf ihre Schultern gelegt. Am Tor blieb Don Juan stehen und sagte, sie hätten ihre Koffer vergessen. Mein Onkel hob mit baumelndem Spazierstock die Hände: »Aber Don Juan, wozu brauchen Sie denn Gepäck? Ich wurde in Flandern gefangengenommen und in ein Konzentrationslager gebracht, kam in ein Krankenhaus und floh von dort nach Holland, wo ich eine Zeitlang lebte, bevor ich nach Portugal zurückkehrte: alles ohne Gepäck. Gepäck beschwert das Leben, sonst nichts. Und wenn wir sterben, müssen wir es ohnehin zurücklassen.«

Don Juan und der andere weigerten sich aber. Sie wollten ihre Koffer. Worauf mein Onkel anfing, mit ihnen herumzustreiten, und im gleichen Moment hatte er auch schon Carvalho erkannt und unterhielt sich ganz zwanglos mit ihm. »Wie geht's deinem Vater, mein Junge, und was macht die Wissenschaft? Ach, er ist in Coimbra? Sie sind verrückt, meine Herren. Sie wollen an irgendeinem Strand aufs Meer hinaus, egal in welchem Zustand es ist, und dann wollen Sie noch Ihre Köfferchen mitschleppen? Gehört das Auto deinem Vater, Junge? Das wird ja ganz schön ärgerlich für ihn, wenn sie dich damit erwischen. Und was wollen Sie mit den Koffern? Lassen Sie das jetzt. Oder glauben Sie, ich wollte Ihre Koffer behalten? Ach, das glauben Sie? Fahrt ihr von hier direkt los, oder holt ihr noch jemanden ab? Nein? Sind alle schon da?« Er beugte sich vor, um ins Auto zu spähen. Als er Ramos sah, rief er: »Na, ist das Sümmchen schon auf dem Konto?« Und zu unseren beiden: »Was sollen also die Köfferchen?! Aber bitte, nehmen Sie sie ruhig mit, nehmen Sie mit, was Sie wollen, und lassen Sie es dann am Strand liegen, setzen Sie eben alles aufs Spiel. Jorge, geh und hol die Koffer unserer Freunde hier, sei so gut. Wo hat man so was schon gesehen, eine spektakuläre Flucht mit dem Koffer in der Hand? Da nimmt man doch nicht mal die Zahnbürste mit. Na geh schon.«

Der jüngere der beiden Spanier machte eine Kehrtwendung: »Sie haben recht. Wir brauchen nichts. Vielen Dank für alles. Leben Sie wohl.«

Don Juan pflichtete Don Fernando bei: »Sie kümmern sich um alles, Herr Leutnant, ja? Vielen Dank.«

Mein Onkel wurde sentimental und umarmte sie: »Gehen Sie mit Gott und mit dem Teufel, man weiß ja nie, wer gerade die Oberhand hat. Möge Ihnen alles gelingen, wie Sie es sich wünschen. Gute Reise.«

Sie stiegen ein, Carvalho setzte sich ans Steuer, und der Wagen fuhr los. Es regnete immer noch. Doch mein Onkel trat mitten auf die Straße, verließ den Schutz des Tores mit seinen hohen Pfeilern und winkte mit seinem Spazierstock einen zerzausten Abschiedsgruß.

Dann kam er wieder zu mir, legte mir eine Hand auf die Schulter und sagte: »Die Armen... Wenn dein Cousin nicht aufgetaucht wäre, hätten wir sie nicht überrumpeln können, und sie wären nicht gefahren. Aber nun sind sie weg, und damit basta.«

Er beschleunigte seine Schritte im Regen, auf mich und seinen Stock gestützt: »Ich werde alt. Es kommt mir vor, als hätte mich dieser ganze Witz um Jahre altern lassen.« Er krümmte die Schultern. An der Tür zum kleinen Eßzimmer schüttelte er die Tropfen ab, fuhr sich mit den Fingern durchs Haar, lächelte und sagte: »Weißt du, wie viele Tausend Bohnen sie mir schulden? Du kannst es dir nicht vorstellen. Aber ich habe einen Schuldschein mit ihrer Unterschrift. Jawohl. Das sind schließlich Ehrenmänner. Wenn sie nicht umkommen, zahlen sie.«

Er steuerte die Küche an: »Komm, wir trinken erst mal einen schönen heißen Kaffee, bevor wir uns schlafen legen. Wo soll dein Cousin eigentlich schlafen? Ach, darum wird sich deine Tante kümmern. Weißt du was? Ich finde, dein Cousin ist ein Langweiler. Aber jetzt, wo Ramos und Macedo fort sind und Rodrigues nur noch ein Wurm, kann er dir ein bißchen Gesellschaft leisten. Oder brauchst du gar keine?... Wie läuft's denn mit der Liebe? Ja, ich weiß, daß du verliebt bist, das sieht man dir doch an, man braucht dich nur anzuschauen. Weißt du, was ich an deiner Stelle täte?« Er fixierte mich mit gereckter Kaffeetasse.

»Nein, Onkel.«

»Ich würde heute mit der Maria schlafen. Aber weil sie mit der anderen in einem Zimmer ist, würde ich sie in mein Zimmer rufen.«

»Findest du wirklich, Onkel?«

»Aber ja, mein Junge. Wenn man solche Dinge tut wie wir in diesen Tagen und womöglich noch die Leute in den Tod geschickt hat, dann gibt es nichts Besseres, als mit der Erstbesten ins Bett zu gehen. Ich werde sogar mit deiner Tante schlafen. Wenn sie mich läßt natürlich. Gute Nacht.«

»Gute Nacht.« Langsam stieg ich hinter ihm die Treppe hoch.

Er blieb stehen: »Du weißt, was du zu tun hast. Ruf die Maria, aber du mußt sie wecken, sonst kommt sie nicht, sie schläft wie ein Murmeltier.«

»Glaubst du, sie schaffen es loszufahren?«

»Das Boot werden sie schon aufs Meer kriegen. Die Schmuggler sind solche Nächte gewohnt. Im Grunde ist das Wetter ein Glück. Aber ob sie ankommen... das ist eine andere Frage. Sie haben eine lange Reise vor sich, und die portugiesische Marine kollaboriert bei der Küstenüberwachung sicher mit der spanischen, die sich den Aufständischen schon angeschlossen hat. Aber wenn sie Glück haben, ist alles möglich. Diese Boote fahren doch sogar bis in den Golf von Biskaya.«

»Und wie sollen wir das erfahren?«

»Ach, früher oder später erfährt man alles.«

Genau das war mein großer Zweifel im Leben.

VIERTER TEIL

Figueira da Foz

XXVII

Der nächste Morgen war sonnenüberflutet und klar, ideal für den Strand, wäre der Boden nicht so naß vom Regen des Vorabends gewesen, der noch in der kalten, schleichenden Brise zu spüren war, auch wenn die Sonne die meiste Feuchtigkeit in der Luft verdunsten ließ. Der Kies im Garten glitzerte. Ich hatte den Rat meines Onkel nicht befolgt und schlecht geschlafen. Im Schlaf waren lauter Automobile und Boote durch die Dunkelheit gebraust, durch stürmische Wellen und über verlassene Dünen, vom Regen gepeitscht. Aber als ich erwachte und mich fertigmachte, fühlte ich mich glücklich und wie neugeboren, als hätte ich nach einem wirren Alptraum eine ruhige Nacht verbracht. Das Ganze kam mir vor wie eine uralte Geschichte, an die ich mich nur undeutlich erinnerte und für deren ungewissen Ausgang ich höchstens eine sportive, dilettantische Neugier ohne Unruhe oder Hast empfand. Es war zudem, als hinge von diesem Ausgang nicht das geringste ab: Ob die Sache Erfolg hatte oder scheiterte oder gar in einer Katastrophe gipfelte (diese Möglichkeit war keineswegs auszuschließen), änderte nichts an meiner Situation. Auch wenn sie gar nicht hätten losfahren können oder ihnen etwas Schlimmeres zugestoßen wäre, die Personen und die mit ihnen zusammenhängenden Tatsachen schienen zu einem abgeschlossenen Zyklus zu gehören, zu einer Vergangenheit, die keine Verbindung mit der neuen Gegenwart dieses Sonnentages hatte. Angenommen, überlegte ich, alles wäre gut gelaufen – die Personen, die am unmittelbarsten, wenn nicht völlig an mich gebunden waren (oder ich an sie), nämlich Mercedes, Rodrigues und Luís, waren immer noch hier. Doch nicht einmal dieser Gedanke konnte meine morgendliche Vision trüben. Die Verbindung zwischen diesen dreien und mir hing so sehr von all dem ab, was geschehen war und seinen Höhepunkt in der möglicherweise gescheiterten Flucht der gestrigen Nacht gefunden hatte, daß ich sie ebenso distanziert sah wie alle anderen. Ich mußte insgeheim über all die großen, schmerzvollen Szenen lächeln, die mich jetzt nur noch sehr entfernt berührten. Jetzt würden endlich meine Ferien beginnen; und ich betrachtete sogar die unerwartete Ankunft meines Cousins mittlerweile recht wohlwollend, schließlich hatte sein Eintreffen im entscheidenden Moment zum

Ausgang der Dinge beigetragen. Und plötzlich ertappte ich mich dabei, daß mir die Leichtigkeit, mit der letzten Endes alles vonstatten gegangen war, auch nicht recht paßte, daß mein Bedürfnis nach Dramatik nicht genug befriedigt worden war. Im Rückblick kam es mir vor, als hätte weder ich noch sonst jemand genug gelitten, als wären die Ereignisse dafür nicht tragisch und melodramatisch genug gewesen. Bei genauerer Betrachtung enthüllten die Geschehnisse auch ihre kleinliche und lächerliche Seite. Ob in Wahrheit wohl nichts sich so gestaltet, wie es unser Leidensdünkel gern hätte, und das Leben sich nicht nach unserer sentimentalen Lust am Spektakulären und Bedeutenden richtet? Oder konnten wir die Dinge, nachdem sie geschehen waren, nicht mehr in ihren wahren Dimensionen erkennen, die ausschließlich von den Gefühlen des Augenblicks bestimmt wurden? Oder erkannten wir sie schon, mußten sie aber, damit sie nicht allzu lange größer als wir waren, länger als unbedingt erträglich oder ihnen angemessen, auf kleinere Dimensionen zurückstutzen, aus einer Art feiger List, nur um sie auf Distanz zu bringen, damit weder die Dinge noch die Personen uns, nachdem wir sie einmal erlebt hatten, beeinträchtigen konnten? Aber war das nicht ein Trick, der das Erlebte annullierte, als wäre es nie geschehen? Machten wir damit nicht das wirklich Geschehene dem potentiell Möglichen, das aber nicht geschehen war, gleich? War das nicht ein Kniff unseres Geistes, um der Wirklichkeit den hypothetischen Charakter einer Möglichkeit zu geben, immer wenn sie uns wegen unserer Verantwortung besonders belastete? Und was bedeutete dann so eine Enttäuschung, wie ich sie gerade spürte, weil die Ereignisse sich letztlich nicht von anderen, gewöhnlicheren unterschieden, aber nicht einmal deren Auswirkungen hatten: war das eine echte Enttäuschung, in der sich die Tatsache spiegelte, daß man von den Dingen und den Personen mehr verlangt, als sie geben können (und zwar genau weil man sich selbst davor drückt, zu einem solchen Mehr beizutragen), oder war es ein Schuldgefühl, weil man im nachhinein, der Bequemlichkeit des Geistes folgend, die Personen und Dinge, die mit einem verstrickt waren, auf nichts oder fast nichts reduzierte? Dies weckte in mir wieder das Bedürfnis, nun doch zu erfahren, was weiter passiert war, auch wenn es bei jener sportiv-dilettantischen Neugier blieb. Aber war sie wirklich sportiv oder doch eher eine defensive Haltung, da ich mich letztlich kein bißchen für die Konsequenzen meines Tuns interessierte, die sich meiner Gegenwart, meinem Handeln, meiner tatsächlichen Beteiligung entzogen? Wenn ich weder mitgemacht noch zugesehen hatte, obwohl ich ein entscheidender Auslöser gewesen war, dann kümmerte mich all das nicht, ich simulierte höchstens flüchtiges Interesse. Es erschien mir wie eine Revanche, daß die Dinge und Personen, die man manipuliert, einem aus den Fingern oder durch die Finger gleiten; und die eigenen Augen, das eigene Talent zur Intrige reichen nicht so weit wie diese Personen und Dinge. An einem bestimmten Punkt hatten sie mein Leben verlassen – auch wenn mir einige geblieben waren (falls sie noch da waren) –, mit einem Auto in einer Regennacht, und ich konnte nicht glauben, daß es erst gestern gewesen sein sollte. Das konnte ich ihnen, trotz der großen Erleichterung, die ich zugleich verspürte, einfach nicht verzeihen. Dabei hatte nicht ich diese Dinge und Personen dirigiert, jedenfalls nicht ich allein. Man konnte unmöglich wissen – zum Verzweifeln unmöglich, wie mir klar wurde –, welche Rolle jeder gespielt hatte, welche Rolle jeder für jeden anderen gespielt hatte, welche Rolle jeder für die Rolle jedes anderen gespielt hatte. Es gab auf der Welt keine größere Promiskuität als die des Lebens. Als schliefe einer mit vielen Menschen gleichzeitig, ohne genau zu wissen, mit wem. Man konnte höchstens einzelne von ihnen bewußt auswählen und annehmen, daß weder sie noch man selbst mit irgendwem anders schliefen. Vielleicht war man eines Tages reif genug, daß eine solche Annahme mit der Wirklichkeit übereinstimmte. Die Entscheidung für einen anderen Menschen war von grundlegender Bedeutung, weil sie den anderen zu einer entsprechenden Entscheidung zwang. Ebenso grundlegend, oder zumindest mit ebenso einschränkenden Folgen, die einen ebenso binden konnten, war die periodische Monogamie, bei der man sich ab und zu als Abhängiger erkannte, der sich nach dem Gefängnis sehnte, aber ohne eine Sicherheit, daß diese Sehnsucht erwidert wurde. So standen die Dinge zwischen Mercedes und mir, die ich schon an mich gebunden hatte, für immer, wie es aussah, doch nicht ausschließlich, da ich von ihr im falschen Augenblick etwas verlangt hatte, das sie mir im rechten Augenblick hatte geben wollen.

Ich mußte drei Dinge erfahren: ob die Flucht gelungen war; ob sich Mercedes nach dieser Flucht weiterhin mir zugehörig fühlte und in welcher Weise; und ob Rodrigues das, was ich in Gang gesetzt hatte, zum Vorwand nahm, um sich und die anderen ins Verderben zu stürzen. Aber jetzt hing all das offenbar nicht mehr allein durch mich zusammen, sondern sah aus wie drei neue Möglichkeitsfolgen, die sich vielleicht kreuzten, mich aber, falls ich mich nicht wehrte, zerreißen würden. Die Flucht betraf mich eigentlich gar nicht mehr, ganz gleich, ob sie Erfolg gehabt hatte. Warum sollte mich auch das Leben der anderen beiden betreffen, oder das Leben von Luís, den sein Bruder mir ans Herz gelegt hatte? Kein Mensch konnte mir verbieten, aus der Vergangenheit, selbst der näheren Vergangenheit ohne Verantwortlichkeiten hervorgehen zu wollen, den einen zu bemitleiden, den anderen zu beobachten und mit Mercedes zu schlafen, ohne daß mich das zu irgend etwas verpflichtete. Sie alle waren eine Art Überlebende dieser wenigen Tage, dieses Schiffbruchs; oder besser, sie gehörten zu den Personen, die am Kai geblieben waren und, nachdem die Tränen geflossen und die Taschentücher geschwenkt waren, ihr Tuch wieder einsteckten und sich auf den Nachhauseweg machten. Warum sollten wir auch alle in einem Boot sitzen oder ich im Boot von einigen anderen? Wozu mußte ich etwas über ihr Schicksal erfahren? Schließlich waren sie alle nicht mehr als Ferienfreunde, und ich kannte sie kaum. Sie hatten nie einen Fuß in unser Haus gesetzt, waren nicht meine Klassenkameraden gewesen und nie mit mir durch Lissabon gezogen. Was hatte ich mit alldem zu schaffen? Nichts. Aber dieses Nichts ergab ein Alles, wie mir jetzt klar wurde. Die wahre gegenseitige Abhängigkeit lag darin, daß wir außer den Umständen, die uns zusammenführten, nichts gemeinsam hatten. Diese Abhängigkeit war viel stärker und tiefer als meine Verbindung zur Familie, zu meinen alten Freunden, zu allem, was immer einen bestimmten, gewohnheitsmäßigen Platz in meinem Leben gehabt hatte, was jedoch keineswegs das Leben selbst darstellt, sondern nur einen Vorwand, hinter dem man sich versteckt, damit das Leben einen nicht attakkiert. Das eigentliche Leben ist dieser Angriff von außen, durch die Hand des Zufalls, und er zwingt einen, wenn man erkennt, daß man nicht »man selbst« ist (trotz allem, was einen umgibt und einem diese einheitliche Sicherheit verleiht), sich in einem kollektiven Wir wiederzuerkennen, den anderen oder der Mehrheit, je nach dem Blickwinkel. Ich war nicht einfach ich, sondern ich-Mercedes, ich-Rodrigues, ich-Macedos, ich-alle, die nicht irgend eine zeit- und ereignislose Vergangenheit waren. Sobald ich nach Hause, zu meinen Freunden zurückkehrte, würde ich sehen, daß alle in Lissabon nur in dem Maße »ich« waren, wie sie auf ihr eigenes Ich verzichteten, auf jenes undeutliche Bewußtsein, das einen Zwischenschritt darstellte zwischen dem kindlichen Noch-nicht-Dasein (wenn es keine anderen gibt) und dem wirklichen Dasein (wenn es nur die anderen gibt, und man ist nur einer davon, in Beziehung zu ihnen). Das galt eigentlich für alles, es war der Sinn dieses Abenteuers, das sicher auch ohne mich stattgefunden hätte, aber es hätte ohne mich nicht alle Personen durch die Geständnisse, zu denen ich sie gebracht hatte, einbezogen und verändert. Alle hatten geredet oder bestimmte Dinge verschwiegen (und andere gerade nicht, ganz nach Belieben). Sprechend und handelnd hatten sie sich verwandelt. In was? In nichts. In weniger, als sie dachten. In etwas anderes als ihre Illusion von sich selbst. Was geschehen war – und uns alle in eine brutale, unmittelbare Wirklichkeit gerissen hatte –, hinderte sie daran, in aller Ruhe weiterzumachen wie bisher, ob unschuldig oder nicht. Der Bürgerkrieg in Spanien hatte dafür gesorgt. Meine Motive, die meines Onkels und meiner Tante, die der Ramos und der Macedos, die Almeidas und aller anderen waren dabei vollkommen zweitrangig. Die Motive aller hatten sich immer mehr verstrickt, was der Krieg in zweierlei Hinsicht beschleunigte: Diese Verwicklung war sein Reflex und eine entscheidende Scharnierstelle. Keiner konnte sein Leben in einem faulen Frieden weiterführen. Und zu einem sauberen Frieden würde es nicht kommen. Dies war ein Krieg, mit aller Fäulnis und allem Unrat, der dazugehörte. Mein Krieg fing gerade erst an, darin ging es mir wie den gestern nacht Abgereisten (falls sie denn losgekommen waren). Doch gegen wen? Wofür? Das durchschaute ich nicht so klar, aber sicher zugunsten meines Rechts, in ihnen und durch sie ich selbst zu sein, und dasselbe galt auch für die anderen. Aber noch einmal: gegen wen? Ganz einfach: gegen den Zwang, eine vermeintlich ideelle Einheit zu sein. Und was hatte das mit jenem Krieg zu tun, der Mercedes in meine Arme geworfen und Rodrigues dazu gezwungen hatte, sich selbst gegenüberzutreten? Bei den vielen anderen, die in sicherer Entfernung geblieben waren, hatte dieser Irrsinnsplan der Politik dasselbe bewirkt. Das Leben meines Onkels und meiner Tante etwa würde auch nicht mehr dasselbe sein wie früher. Ob schlimmer oder besser, anders jedenfalls, selbst wenn es erst einmal nur nach dem üblichen Desaster aussah. So änderten sich die Dinge, ohne sich zu verändern. Sie gingen weiter wie immer und waren doch nicht dieselben. Bei genauerem Überlegen hatten zwei Faktoren die Ereignisse in Gang gesetzt, an denen ich mitgewirkt hatte: Mein Onkel hatte zwei Spanier auf der Flucht in sein Haus aufgenommen; und Ramos hatte, zusammen mit einigen anderen, eine spektakuläre Flucht nach Spanien beschlossen. Doch nicht politisches Mitfühlen hatte meinen Onkel dazu bewogen, sondern wesentlich komplexere Gründe: Er wollte die Spanier beim Kartenspiel ausnehmen, so wie er es immer mit den spanischen Sommerfrischlern machte; und er empfand Ressentiments gegen die herrschende Ordnung. Was aber hatte Ramos, Macedo und Almeida angetrieben? Nur die politische Leidenschaft, das Bewußtsein, ihre Pflicht zu tun? Nicht allein. Aber ebensowenig hatten sie nur persönliche Beweggründe. Ich begriff, daß die Menschen ihre Handlungen nicht erklären, auch wenn sie es vielleicht könnten; ebenso hat ein Krieg oder ein politisches Ideal nicht allein deshalb eine Wirkung, weil man so sehr davon mitgerissen wird, sondern weil es zu einer Erschütterung kommt, die bestimmte andere Ereignisse erst ermöglicht. Unfaßbar, was alles geschehen war; ich brauchte es nur mit den gemächlichen Sommerferien früherer Jahre zu vergleichen, die von den anderen und ihren Familien stets durch strengste Konventionen abgesichert worden waren. Hatten wir, die Jugend, nun plötzlich zufällig das Erwachsenenalter erreicht, in dem, zumindest hinter verschlossenen Türen, andere Dinge möglich waren? Oder war das Gegenteil der Fall? War alles dank der Umstände allmählich ins Rutschen geraten, und hatte uns das eine Freiheit beschert, die vorher, auch für Jugendliche unseres Alters, undenkbar gewesen wäre? Daß sich ein Mädchen hingab, daß eine Bande Jungen flüchtete, daß sich die Menschen gegenseitig verrieten, das alles war nicht neu. Was also war das Neue an dem, was ich erlebt hatte und erst jetzt langsam begriff? Nun, ich sah meine Persönlichkeit und die der anderen mit neuen Augen, und außerdem empfand ich die Welt nicht länger als etwas *außerhalb* von mir Liegendes, das mir aufgezwungen wurde, sondern umgekehrt, ich konnte sie den anderen aufzwingen, in jedem Augenblick, bei jedem Ereignis, das mich oder die anderen betraf. Aus diesem Grund war all das möglich gewesen: In einem provinziellen Badeort, wo das Kasino und ein paar Prostituierte den Gipfel der Lasterhaftigkeit darstellten und eine Gruppe Jungen einen tiefsitzenden Groll auf ihr Leben und die Schule meines Onkels pflegten, waren nicht nur die Schrecken zutage getreten, die unter der Oberfläche lagen wie überall sonst, sondern es war zu einem Zusammenbruch gekommen, der uns alle in einen Wirbel des Grauens riß. Wirbel? Grauen? Eigentlich weder das eine noch das andere; vielmehr hatten wir den Sinn für das Grauen verloren, indem wir praktisch alles als möglich und wahrscheinlich hinnahmen und uns zugleich weigerten, genau das für möglich und wahrscheinlich zu halten, was wir getan hatten und weiterhin taten: uns gegenseitig zu verraten, in exakt den Punkten, die wir gemeinsam hatten.

Meine Neugier, zu erfahren, was geschehen war, wurde immer heftiger. Aber wen sollte ich danach fragen? Wer dageblieben war, wußte von nichts. Carvalho vielleicht, der hatte ihre Abreise mitorganisiert. Aber durfte ich ihn aufsuchen? In die Pension, zu den Ramos oder ins Haus der Macedos konnte ich nicht gehen. Ich beschloß, es am Strand zu versuchen. Wen wollte ich dort finden? Ich verließ mein Zimmer.

Unten traf ich schon niemanden mehr an. Ich ging in die Küche, wo die beiden Hausangestellten saßen und mich kichernd begrüßten. Bestimmt hatten sie schon ihr Bestechungsgeld wegen der »Schmuggler« bekommen... Maria schien gar nichts mehr zu wissen von dem, was sich zwischen uns abgespielt hatte, es herrschte eitel Sonnenschein. Ich trank Kaffee und fragte nach Onkel und Tante. Sie waren noch oben. Und mein Cousin, der gestern angekommen war? Der hatte Kaffee getrunken und war früh aus dem Haus gegangen. Ich ging hinauf und klopfte bei meinem Onkel an die Tür. Keine Antwort. Wo war er bloß? Mir fiel wieder ein, was er gestern nacht gesagt hatte. Und dann, als hätte ich gerufen, was ich aber nicht gewagt hatte, öffnete sich die Tür bei meiner Tante, die mein Klopfen sicher gehört hatte, und sie erschien im Morgenmantel, fertig frisiert. Auch sie lächelte unablässig, wie die Hausangestellten.

»Ach, du bist es? Was willst du denn?«

»Ich wüßte gern, was ihr Ramiro erzählt habt.«

»Ramiro? Welchem Ramiro?«

»Deinem Neffen, der gestern abend angekommen ist.«

»Ramiro ist gestern angekommen? Das ist ja ein Ding. Dein Onkel hat mir gar nichts davon gesagt.«

»Dann tu mir doch den Gefallen und frage ihn, wie er Ramiro erklärt hat, daß die Spanier hier waren und ohne ihre Koffer abgereist sind. Falls er mich danach fragt. Er ist also gestern nacht nicht nach oben gekommen, um dich zu begrüßen?«

»Nein.« Sie machte mir die Tür vor der Nase zu. Kurz darauf streckte sie ihren Kopf durch den Türspalt: »Dein Onkel sagt, er hätte ihm nichts erklärt, nur das, was du gehört hast. Und am besten sollten wir gar nicht weiter über die Sache reden. Dein Onkel hat die Koffer schon verwahrt, gleich gestern nacht. Sie sind in seinem Zimmer. Und was deinen Cousin betrifft...«

Mein Onkel schrie von drinnen: »Er war im Bad, und ich habe ihn gleich ins Bett geschickt, in eins der leeren Zimmer. Jetzt komm schon, Frau!« Und sie verschwand.

Ganz offensichtlich herrschte ein stillschweigendes Einverständnis nicht nur darüber, daß sie die Dinge auf sich beruhen lassen und zum normalen Alltag zurückkehren wollten, als wäre nichts geschehen, sondern sie wollten die Ereignisse nutzen, ja ausnutzen, um ein neues, tieferes Glück aufzubauen, was dieser Morgen der ehelichen Freuden aufs schönste versinnbildlichte: Mein Onkel blieb weiter im Bett meiner Tante liegen, die er wie ein König mit seinem Körper beehrt hatte, während sie sich verjüngt und wohlfrisiert präsentierte, um mich hinauszuwerfen wie ein störendes Gespenst. Ob die anderen es genauso machen würden? War ich etwa fester an die Vergangenheit gebunden, als sie alle es sein wollten, war ich für sie nur der Überrest einer Vergangenheit, die sich erst gestern nacht vollendet hatte? Aber warum sollte ich mehr als sie selbst ein solcher Überrest sein? Vielleicht ja, weil ich ein aktives Bindeglied zwischen ihnen und den Ereignissen gewesen war, zwischen ihnen und ihren eigenen Handlungen, weshalb sie schon meine Gegenwart daran hinderte, zu einer alltäglichen »Normalität« zurückzukehren, die mit der früheren nicht identisch sein konnte, sosehr sie es auch wollten. Ich war derjenige, der von allem wußte, und sei es nur vage, jedenfalls mehr als sie. Deshalb verkörperte ich in dieser Geschichte das, was über die anderen hinausging und sie verantwortlich machte. Aber vielleicht war das auch übertrieben, und schon meine Rolle als Agierender, was mehr war als ein schlichtes Bindeglied, beeinträchtigte meine Bemühungen erheblich, mich in den gewöhnlichen Alltag wiedereinzugliedern, der, und sei er noch so ungewöhnlich, die Reichweite der eigenen Privatsphäre oder den üblichen engen Freundeskreis nicht überschritt und schon allein deshalb für etwas Besonderes gehalten werden mochte. Dieses Gefühl, plötzlich *einer zuviel* zu sein – zuvor war ich nicht entbehrlicher gewesen als all die anderen, oft weniger –, erfüllte mich mit tiefer Kälte und einem großen, verschwommenen Mißtrauen. Ich wurde ausgeschlossen. Aber wovon? Von allem oder nur von der Normalität? Oder war im Gegenteil ich derjenige, der sich ausschloß, weil ich das Spielchen »Was passiert ist, ist passiert, und damit basta« nicht mitmachte? Ich mußte mich sofort mit Mercedes treffen. Und zu ihr war ich ja auch gerade unterwegs, an den Strand. Aber was hatte ich da vor? Ich merkte, in die Pension konnte ich nach den vorgefallenen Szenen nicht gehen, selbst wenn ich mit meiner Anwesenheit dort die Flüchtigen nicht in Gefahr brachte oder – der Gedanke ließ mich schaudern – mich selber in den Augen der Polizei verdächtig machte, falls diese schon von allem wußte und uns überwachen ließ. Ich drehte mich um, ob mir jemand folgte. Nichts, es sei denn, mich beschattete diese Frau dort, die mit einer Tasche voll Gemüse die Straße entlangging. Ich mußte lachen. Im übrigen konnte es gut sein, daß das Verschwinden der anderen noch gar nicht bemerkt worden war. Ein Boot, das in See sticht, ist an sich nicht verdächtig; Macedo, Ramos und Almeida hatten durchaus einen nächtlichen Ausflug erwähnen können, von dem sie noch nicht zurückgekehrt waren. Vielleicht würde die durch unmerkliche Metamorphosen verlaufende Verwandlung dieses »Ausflugs« in eine überstürzte Abreise, einen plötzlichen Abbruch der Sommerfrische (manchmal reisen die Leute ja ganz überstürzt ab, nicht wahr?, und keiner weiß, wie und wann genau) dem Abenteuer noch das große Echo rauben, das die Flüchtigen sich erträumt hatten. Wenn alle so bemüht waren, diese Tatsache (und damit auch die Beteiligten) aus ihrem Leben zu streichen, war die Wahrscheinlichkeit ziemlich groß. Der Strand war belebt und strahlend, obwohl durch den Exodus der Spanier schon die etwas öde, ausgedünnte Atmosphäre des zu Ende gehenden Sommers herrschte. Als ich dieses fröhliche Treiben sah, vollkommen gleichgültig gegenüber den Ereignissen, die mein Leben und das vieler anderer in zwei Teile gerissen hatten, versöhnte es mich nicht etwa mit mir selbst und schon gar nicht mit den Leuten, sondern es versetzte mir einen Schock. Es quälte und empörte mich, das Gefuchtel und Geschrei und Gerenne der im Sand Spielenden zu hören und zu betrachten. Das Geschehene war »etwas«, bedeutete »etwas«, hatte »etwas« bewirkt, es konnte, es durfte doch nicht einfach ignoriert und verdrängt werden. Das vor allen Dingen nicht. Doch wer konnte sich schon darum kümmern, daß etwas nicht sein durfte, ohne gleich sämtliche Geschehnisse in Zweifel zu ziehen, die jedoch unberührt davon blieben, was irgendwer für den Ausgang der Dinge eingesetzt oder besser: versetzt hatte, wie gelungen oder mißlungen, bewußt oder unbewußt auch immer. »Versetzt« war genau das Wort, das mir einfiel, und ich erschrak, als ich gleich eine Pfandleihe vor Augen hatte, und all die beteiligten Menschen waren Gegenstände, die man versetzt hatte, verpackt und mit kleinen Schildchen ins Schaufenster gestellt, wie Vasen, Bettwäsche oder Nippes, kurz, alles, was man versetzen konnte. Aber genauso war es doch: die Menschen und ihre Handlungen standen verpackt und etikettiert in den Auslagen, in ihrem Elend eingestaubt, und andere gingen zur Tür hinaus, einen Pfandschein in der Tasche, den sie verfallen lassen wollten, höchstens als verschwommene Erinnerung an einen Gegenstand aufhoben, der verlorengeht, weil man aus kalkulierter Nachlässigkeit überfällige Zinsen nicht bezahlt hat. Doch das Geschehene war wichtig, und es setzte sich aus vielen Ereignissen und Personen zusammen. Es war von Bedeutung. Wie viele aber gaben, wie ich, vor, überhaupt nichts von dem Geschehenen zu wissen? Und dabei war mein Vorspiegeln anders als bei meinem Onkel und meiner Tante. Ich verbarg die Ereignisse gegenüber anderen, die nicht darauf vorbereitet waren, sie zu erfahren; die beiden verbargen sie vor sich selber. Ich hatte eine große Liebe errungen und wieder verloren; sie aber... Vielleicht hatten sie ja eine verlorene Liebe wiedergewonnen, und das erklärte, warum ihre Haltung der meinen entgegengesetzt war. Selbst unter einem anderen Blickwinkel stieß mich dieser Vergleich ab. Ich fand den ehelichen Beischlaf der beiden würdelos und niedrig. Was zwischen mir und Mercedes gewachsen war – bei allem, was ich getan hatte und lieber hätte unterlassen sollen, und bei aller Verwechslung zwischen mir und anderen auf ihrer Seite (war ich etwa frei davon?) –, das war nicht *irgendwas*, das war eine große Liebe. Plötzlich, schon bei den Kabinen angelangt, erstarrte ich und fragte mich, wie ich nur *in der Vergangenheitsform* an meine Liebe zu ihr, an ihre Liebe zu mir denken konnte. An unsere Liebe. Eine große Liebe. Ja? War es wirklich eine große Liebe? Gewesen? Würde sie es noch werden? Eine große Liebe – diese unsagbare Leere, wo zahllose widersprüchliche Regungen von Anziehung und Abstoßung miteinander kämpften? Tatsächlich verabscheute ich Mercedes und verzehrte mich nach ihr. Nein. Ich liebte sie zutiefst, und wenn ich sie begehrte, dann nur, um in ihren Armen zu vergessen, daß ich sie liebte. So sehr. Voller Schmerz. Voller Eifersucht. Voller Stolz. Voller Scham, daß ich sie weiterhin liebte und begehrte. Ich mußte wieder mit ihr schlafen, noch heute, um jeden Preis. Ich mußte erleben, wie es um die Wahrheit unserer Liebe bestellt war, jetzt, da die anderen uns nicht mehr im Wege standen. Taten sie das wirklich nicht mehr? Und wenn ich, bei »ihren« Kabinen angekommen, sie gleich alle im Sand sitzen sähe, mit Wurfnägeln spielend wie die Kinder? Bei diesem Gedanken verlangsamte ich meine Schritte, bis ich fast stehenblieb. Meine unruhige Eile, nur bald sicherzugehen, daß die anderen nicht mehr da waren, hing mir wie Blei an den Füßen. Und da merkte ich, daß ich den Strand von vornherein an einer Stelle betreten hatte, die bewußt weit von ihren Kabinen entfernt war, als läge im langsamen Abschreiten der anderen Kabinen eine größere Garantie für das Verschwinden der Gruppe. Ich ärgerte mich über mich selbst, fast so, wie ich mich über die Gleichgültigkeit oder Unwissenheit der anderen geärgert hatte. Ich wollte, daß ihre Flucht Erfolg hatte, ich wollte, daß ein Abenteuer, in das wir alle verwickelt waren, in der Welt Aufsehen erregte. Doch nicht deshalb fürchtete ich, sie wären vielleicht gar nicht gefahren; ich hatte dasselbe Motiv wie »die anderen« für ihr Vergessen oder Übersehen: auch ich verdrängte sie, wünschte sie mir fort und verschwunden, egal was wirklich passiert war.

In »unseren« Kabinen jedoch war niemand: nur aufgehängte Kleider bei den Macedos. Ich ging hin, es war Männerkleidung, von drei Personen, weil drei Hosen da hingen. Luís, Rodrigues... und vielleicht mein Cousin, an den ich erst jetzt wieder dachte. Die Verpflichtung, die ich in gewisser Hinsicht dem älteren Macedo gegenüber eingegangen war, nämlich nicht zuzulassen, daß sich Rodrigues seines Bruders bemächtigte, fiel mir ein, während ich mich umzog und meine Sachen neben ihre hängte. Aber darin lag noch das geringste Risiko, fast kam es mir lächerlich vor. Im Augenblick konnte es viel gefährlicher werden, wenn sich Luís Rodrigues anvertraute oder wenn dieser geschickt Einzelheiten aus ihm herausholte, mit seinem Instinkt für die Geheimnisse der anderen. Sobald Rodrigues zwei und zwei zusammenzählte, konnte er vor Wut durchdrehen (und er hätte Grund genug dazu gehabt) und, ohne es zu wissen, großen Schaden anrichten, alles und alle in Gefahr bringen. Mein Cousin wiederum hatte die beiden Spanier gesehen und ihre Abreise registriert; er wußte nur nicht, wie schwerwiegend der Zusammenhang zwischen dem Vorfall und anderen Dingen und Personen war. Sollte sich Rodrigues' geschickte Nachfrage in seiner Gegenwart abspielen, könnte auch Ramiro ihm unabsichtlich Informationen liefern, wodurch er noch genauer erführe, in was ich ihn verwikkelt hatte. Wenn Rodrigues entdeckte, daß meine Tante und ich ihn noch schamloser benutzt hatten, als er sich bislang gedacht hatte, würden sein Zorn und seine wütende Niedergeschlagenheit nur wachsen. Ich hätte Rodrigues nicht sich selbst überlassen sollen. Ich hätte ihn nach der traurigen nächtlichen Szene im Haus meines Onkels besuchen sollen. Und zwar weder aus Berechnung noch aus Freundschaft, sondern aus Mitgefühl und außerdem aus meiner Verpflichtung heraus, denjenigen nicht fallenzulassen, den ich noch mehr verraten hatte, als ihm bisher schon klar war. Bei der ersten Gelegenheit mußte ich ihm die ganze Wahrheit sagen, um zu verhindern, daß er die Dinge per Zufall erfuhr. Vielleicht würde er gar nicht wütend, vielleicht überlebte das Bild meiner Tante am Grunde seiner unzerstörbaren Illusionen: der Anblick jenes reglosen Gesichtes, umrahmt von einem beleuchteten Fenster... Vielleicht würde er sich auch – nun, da er wußte, daß er indirekt Macedo bei dem spanischen Abenteuer von Nutzen gewesen war – von Luís, einem weiteren Mitwisser des Verrats an ihm, abwenden, statt noch heftiger, angetrieben von neuen, zusätzlichen Motiven, Rache an ihm nehmen zu wollen. Damit dies gelang, mußte ich Luís ein bißchen mehr hineinziehen und beschuldigen, als tatsächlich zutraf, denn seine Schuld war gleich null. Ich mußte vorsichtig abklopfen, was die drei an diesem Morgen miteinander besprochen hatten. Und danach mußte ich mit Luís und mit Rodrigues einzeln reden. Was meinen Cousin betraf, war es, falls er nichts erzählt hatte, besser, sein Gedächtnis nicht aufzufrischen, denn er würde seine Beobachtungen, statt sie in einem rückblickenden Gespräch noch hervorzuheben, in seiner Erinnerung als eine neuerliche Verrücktheit meines Onkels einordnen. Und nichts war einfacher, als Verrücktheiten zu vergessen, wenn man sie als solche einschätzte. Ja. Aber ebenso war nichts einfacher, als von ihnen loszuplappern, falls die Person meines Onkels in einem unbefangenen Gespräch erwähnt wurde.

Dies alles dachte ich, im Sand sitzend, an einen der äußeren Pfosten der Kabine gelehnt, während meine Augen zu erkennen versuchten, ob sie sich näherten oder wenigstens einer von ihnen. Plötzlich verspürte ich das Bedürfnis, im Meer zu baden, ins Wasser zu gehen, durch die strahlend blauen, verlockenden Wellen zu springen. Doch wenn ich jetzt fortging, riskierte ich, sie zu verpassen. Und Luís war im Augenblick für mich die beste Quelle, um herauszufinden, was geschehen war. Nein. Die beste Quelle war Mercedes, die ich so schnell wie möglich finden mußte. Um mit ihr zu reden und sie eventuell – nur eventuell, falls sie sich dazu bereit fand – mit nach Buarcos zu nehmen. Wie würde sie sich verhalten, ohne Almeida? Sein Verschwinden war für sie viel entscheidender als für mich. Ohne ihn war ich ich und alles, was ich immer und er nie gewesen war, oder umgekehrt, auch das, was ich nie und er immer gewesen war. Er war nicht länger ihr naher Bezugspunkt, den ich ergänzte oder ersetzte. Aber – und bei dieser Möglichkeit schauderte mir – das genaue Gegenteil konnte ebenso eintreten: daß er mich mitgenommen hatte, daß ich in ihren Gedanken und ihrem Begehren *mit ihm* fortgegangen war! Hatte nicht die Art und Weise, wie sie mit mir sprach, wie sie traurig eine Unterbrechung erwähnt, die mir bevorstünde, genau dies vorweggenommen? Verwirrt an diesem Punkt meiner verzweifelten Gedanken angekommen, sah ich mit ausgesprochenem Mißvergnügen die drei auf mich zukommen, so als hätten sie mich bei etwas ganz Intimem gestört. Sie winkten mir unbeschwert zu, und vielleicht ärgerte mich diese Unbeschwertheit besonders an Luís und Rodrigues. Keiner von ihnen hatte das Recht, nicht vor mir und nicht vor sich selbst, mir an diesem Morgen so zuzuwinken, auch wenn mein Cousin neben ihnen herging. Doch das Winken verstimmte mich nur einen kurzen Augenblick, dann beruhigte es mich. Ein solches Winken besagte, daß zwischen ihnen nichts beredet worden war. Mir fiel auch wieder ein, wie wenig Luís eigentlich von der ganzen Geschichte wußte. Es war nicht zu erwarten, daß ihm die politischen Untergrundaktivitäten seines Bruders bekannt waren, höchstens durch seine eigenen Schlußfolgerungen. Und wenn er begriffen hatte, daß sie geheim waren, würde er nicht so dumm sein, unvorsichtig mit seinem Wissen umzugehen. Deshalb beschäftigte mich vor allem Rodrigues' Blick.

Die drei setzten sich zu mir, und meine Abneigung gegen meinen Cousin flammte sofort wieder auf. Auch wenn ich in diesem Augenblick über nichts und mit niemandem reden konnte, machte die Tatsache, daß Ramiro da war, ihn mir noch unerwünschter, als er ohnehin immer gewesen war. Neben ihnen störte er einfach, mehr denn je. Ich spürte Rodrigues' Blick auf mir lasten, obwohl er es mit Gelächter und belangloser Witzelei zu überspielen suchte, und attackierte meinen Cousin – wo er gestern abend abgeblieben sei, wieso er unerwartet in Figueira aufgetaucht sei, wieso er es am Morgen so eilig gehabt hätte? Meine Bissigkeit war so offensichtlich und ungewöhnlich, daß er nur mit der Antwort reagieren konnte, im Haus von Onkel und Tante sei er ebenso willkommen wie ich und er dürfe sie genau wie ich in den Sommerferien besuchen. Wodurch mir wieder einfiel, daß er durch sein unangekündigtes Auftauchen eine unbewußte, aber möglicherweise entscheidende Rolle bei der Abreise der Spanier gespielt hatte, also beim Erfolg – Erfolg, wußte ich das denn? – des Abenteuers, das wir vorbereitet hatten. Er mußte glauben, er hätte mich mit der prompten Replik eingeschüchtert; und ich bekam nicht übel Lust, darüber zu lachen, daß ich ihm genau deshalb dankbar war, weswegen ich ihn angegriffen hatte, und daß ich aus eben dieser plötzlichen Dankbarkeit nicht zurückgeschnauzt hatte, einer Dankbarkeit, die ihn allerdings wie einen Trottel dastehen ließ. Für mich war damit die Verstimmung bereinigt, und das Gespräch verlief sich in fröhlichen Banalitäten.

Unvermittelt fixierte mich Rodrigues: »Heute nachmittag fahre ich mit dem Auto nach Coimbra. Ich habe ganz früh einen Anruf bekommen, und der Wagen holt mich ab. Was meinst du, soll ich hinfahren?«

»Das mußt du wissen«, gab ich zur Antwort, während die anderen beiden intuitiv Blicke wechselten, weil sie etwas Ernstes hinter unseren Worten spürten, von dem sie nichts wußten.

»Ich hatte daran gedacht, jemanden mitzunehmen, geteiltes Leid ist halbes Leid«, fuhr Rodrigues fort.

»Schaffst du sie nicht allein?« fragte ich.

»Ach, schaffen schon. Aber...« – und er lachte die anderen beiden an – »ich kann einfach nichts für mich allein behalten. Es scheint mir sogar fast, daß alles, was ich mit anderen teile, noch mehr mein eigenes wird. Fällt dir niemand ein?«

»Weißt du was«, sagte ich langsam, »nimm doch Rufininho mit.«

Die anderen beiden lachten etwas gezwungen, wie mir schien, und er erwiderte kalt: »Daran hatte ich auch schon gedacht.«

»Na, wenn du schon dran gedacht hast, brauchst du ja keinen mehr zu fragen.«

»Stimmt. Das Schlimme ist nur, er wird vor Angst sterben, wenn sich die Alte auf ihn stürzt«, und wieder wandte er sich den beiden zu: »Es handelt sich nämlich um eine reiche Alte, die junge, gut bestückte Männer zu schätzen weiß, nicht was ihr denkt. Nun ist Rufininho, nebenbei bemerkt, auch nicht schlecht ausgestattet, bloß funktioniert es bei ihm entweder auf eigene Faust oder als Reaktion.«

»Als Reaktion?« Luís verstand ihn nicht.

»Ja«, erläuterte Rodrigues ganz ernst. »Wenn Rufininho von hinten mit einem Knüppel berührt wird, geht seiner vorne hoch.«

»Na, da hast du doch deine Lösung«, sagte ich in das Gelächter der anderen hinein. »Du kannst ihn als Mittler dazwischenschieben.«

»Diese Rolle hat er auch schon gespielt, öfter als du denkst«, bemerkte Rodrigues. »Vor wenigen Tagen habe ich ihn zufällig getroffen, und da habe ich eine ganze Reihe interessanter Dinge erfahren.«

Ich war wohl aschfahl geworden, weil mir die Andeutungen einfielen, die er selbst mir gegenüber gemacht hatte, von wegen

Leidenschaften für die Frauen der anderen, und Rufininhos schrille Stimme, als er mit dem Neffen der Alten aus Buarcos sprach. Kein Zweifel, er wußte von meiner Beziehung zu Mercedes. Wußte er auch von der Flucht und wer sie vorbereitet hatte? Ich hakte gleich nach: »Eine Reihe interessanter Dinge? Was hast du denn erfahren?« Ich war mir sicher, er würde nur so viel andeuten, wie nötig war, damit ich verstand. Und wegen meines Cousins war es sicherer, keinen Rückzieher zu machen.

»Nun, eine ganze Menge.«

»Zum Beispiel?« Ich spürte, wie mich Luís' angstvolle Blicke durchbohrten.

»Ach komm, du weißt doch mehr als genug und besser als ich, ich werde doch einer Schwuchtel wie Rufininho nicht ihren ganzen Klatsch abkaufen.«

Das war ein klarer Rückzieher, ich hatte ihn mit meiner frontalen Attacke dazu gezwungen. Deshalb beharrte ich: »Ist denn irgendwas dabei, was mich betrifft?« Und Luís schwankte zwischen Erleichterung und neuer Unruhe.

»Allerdings. Wer Frauen in Stundenhotels mitnimmt, läuft Gefahr, daß auch die Rufininhos sie sehen. Schließlich kann jemand, der solche Zimmer vermietet, schlecht zwischen Männern und Rufininhos wählen, wenn er davon leben will, oder? Hauptsache, die Kundschaft zahlt.«

»Willst du damit sagen, Rufininho hätte mich gesehen? Das weiß ich selber.«

»Die Frau«, und er betonte das Wort erstaunlich scharf, »die Frau hat er nicht gesehen. Auch wenn er viel und gerne klatscht, Rufininho saugt sich nichts aus den Fingern. Aber einer seiner Liebhaber hat sie gesehen und identifiziert.«

Ich hörte die Stimme des Neffen der Alten, wie er einübte, was er sagen wollte, um mich zu erpressen, und fragte: »Ach, so gut kennst du seine Liebhaber?«

Seine Augen blitzten: »Nein. Aber wenn er mir von einem Jungen erzählt, den er kennt, ist es bestimmt einer, denn andere kennt er nicht.« Als Reaktion auf die Verblüffung, die er bei uns und bei sich selbst spürte, fügte er hinzu: »So ist es ja auch in meinem Fall. Alle Welt weiß doch, daß ich derjenige war, der ihn... entjungfert hat! Dafür ist er mir heute noch dankbar.« Und er lachte, als sei das alles nur ein Witz gewesen.

Der Kommentar meines Cousins, halb lachend, halb angewidert – »Wo bin ich hingeraten, was seid ihr denn für welche!« –, enthüllte mir, daß sich eine Nachsicht, ein Einverständnis, eine kollektive Schamlosigkeit, eine abscheuliche Verwilderung mit den edlen Zielen der einen und dem heftigen Opportunismus der anderen in unserer Gruppe vermengt hatte. Das hatte ich immer gewußt und gefühlt; doch wenn es ein Fremder anprangerte, war das etwas ganz anderes. Und was weitaus schlimmer war, mir ging auch auf, daß sich keiner von uns mehr durch irgend etwas schockieren ließ, jedenfalls an den üblichen Verboten der Gesellschaft gemessen. Inzwischen bewerteten wir alles nach anderen Maßstäben, unabhängig davon, wie sittlich oder unsittlich es wirklich war. Unerwartet gab Luís als erster Antwort, ohne mir Zeit zu lassen: »Und worin bist du besser als die anderen?« Da fragte ich mich allerdings, wen er in Wahrheit zu verteidigen trachtete, und ich wurde noch mißtrauischer gegenüber Rodrigues' möglicher Anziehungskraft auf ihn.

Mein Cousin Ramiro drückte seine Empörung nun ganz offen aus: »Besser? Darum geht es nicht. Ich bin nie mit einem Rufininho gegangen, zu so was gebe ich mich nicht her, und selbst wenn, dann würde ich niemals in Gegenwart anderer darüber reden. Und ich würde es auch nicht fertigbringen, keine Miene zu verziehen wie ihr, während Rodrigues so redet. Alles hat seine Grenzen. Aber ich sehe schon, seit dem letzten Jahr habt ihr euch alle sehr entwickelt. Ich sollte mich wohl lieber in andere Gesellschaft begeben, bevor mir noch einer auf offener Straße den Hintern tätschelt.«

Ich kam nicht mehr dazu, irgend etwas zu sagen, weil sich Rodrigues und Luís schon auf ihn stürzten und mit einer Heftigkeit auf ihn eindroschen, die, wie ich bemerkte, von den benachbarten Sonnenschirmen aus lachend beobachtet wurde, als wären das nur etwas brutale Kraftspielchen. Ich wurde unbeteiligter Zuschauer einer Exekution, bei der sie ihn fast im Sand erstickten. Das Ganze endete damit, daß Ramiro bäuchlings dalag, während Rodrigues obszön auf ihm ritt (jetzt genossen die Nachbarn demonstrativ das Meerespanorama) und mit zusammengebissenen Zähnen zischte: »Damit du mich respektierst, du Wichser, damit du weißt, was dir blüht, wenn du deine Zunge nicht im Zaum hältst.« Dann stand er auf, und Luís ließ Ramiros Handgelenke los. Der Gedemütigte schäumte: »Und du da, Jorge, du schaust einfach zu, während die so was mit mir machen?« und säuberte sich Augen und Mund, die voller Sand und voller Wut waren. Ich gab keine Antwort, die ganze Szene fand ich nur absurd komisch, als würden erwachsene Männer Halbstarke spielen oder wären, wie im Fall von Rodrigues und Luís, noch nicht aus dem Halbstarkenalter heraus. Das brachte mich meinem Cousin etwas näher, als Luís ihm seine Kleider in die Hand drückte, mit den Worten: »Mach, daß du hier wegkommst, und laß dich nicht mehr bei uns blicken«, obwohl mir ein Bruch zwischen ihnen auf der ganzen Linie gelegen kam, da er Ramiro zwangsläufig isolierte.

»Jetzt hört aber mit diesem Unsinn auf. Für einen solchen Krach gibt es keinen Grund«, sagte ich, doch meine Worte klangen matt und unpassend. Was mein Cousin wohl auch fand, denn er machte sich unter haßerfüllten Grunzern und Flüchen, die uns alle einschlossen, von dannen. Als er zwischen den Kabinen verschwand, bemerkte ich: »Aber zu Hause aushalten muß ich ihn.«

»Ist dein Cousin vielleicht ein unsympathischer Idiot«, sagte Rodrigues und schüttelte sich. Er löste die aufgerollte Plane an der Vorderseite der Kabine, um sie zu schließen und sich umzuziehen. »Ich konnte ihn nie ertragen. Weißt du noch, letztes Jahr, diese Geschichte mit Odette?«

Ich erinnerte mich genau daran und wurde ganz wehmütig bei dem Gedanken an eine Zeit, die mir unvorstellbar fern erschien, ohne jegliche Verbindung mit der Gegenwart. Damals waren wir noch Jungen. Und die Dinge, zu denen es gar nicht erst kam, waren furchtbar wichtig. Doch jetzt war es plötzlich, als bedeuteten die Dinge, die tatsächlich geschahen, nichts mehr. Ich saß vor der Kabine, an derselben Stelle an den Pfosten gelehnt, während die anderen drinnen ihre Badehosen aus- und ihre Kleider anzogen, sichtbar durch den Spalt der nur unten festgemachten Plane, die sich im Wind blähte. Rodrigues sagte zu mir: »Hörst du? Ich fahre wirklich nach Coimbra, das war kein Quatsch. Bleibst du noch am Strand?«

»Ja.«

»Wär doch witzig, wenn du mitkämst.«

»Bist du verrückt?«

»Das weißt du doch. Und anders will ich auch gar nicht sein.«

»Na, wohl bekomm's.«

Sie kamen beide hervor, die Plane anhebend. Während er die Schnüre festband, meinte Rodrigues: »Ich glaube, ich werde Luís einladen, mitzukommen.«

Der lachte und fragte: »Worum geht es denn?«

»Um eine Alte, die ich in Coimbra sitzen habe. Wenn ich ihr einen Kleinen wie dich mitbringe, dreht sie durch.«

Ich fragte Luís brüsk: »Wo steckt eigentlich dein Bruder, daß er sich nicht am Strand blicken läßt?«

Luís kniff die Augen zusammen, stotterte, wechselte die Farbe. Zu meiner Überraschung gab mir Rodrigues Antwort: »Ach, weißt du das nicht? Diese reinen Seelen haben letzte Nacht die Orgie von neulich wiederholt. Mit Autos und allem. Aber uns haben sie nicht eingeladen. Genauer gesagt, uns drei. Aber ich habe sie auf frischer Tat ertappt, gestern nacht, als Ramos und Macedo sich mit Matos und Carvalho trafen. Luís sagt, heute morgen seien sie immer noch nicht zurück gewesen.«

Wem log der hier etwas vor? Mir? Luís? Oder hatte er wirklich nicht zwei und zwei zusammengezählt? Hatte er von Rufininho vielleicht weniger als zwei und zwei erfahren? Hatte Rufininho ihm nichts von der unmittelbar bevorstehenden Abfahrt erzählt, die auch den Neffen der Hauswirtin von Buarcos betraf? Wie waren die anderen Rodrigues wohl losgeworden, wenn er sie wirklich in dem Augenblick getroffen hatte, als das Abenteuer losgehen sollte? Ich mußte jetzt vor allem mit Luís reden, und mit Mercedes auch. Aber wie sollte ich Luís und Rodrigues voneinander trennen, die auf dem Sprung waren, sich von mir zu verabschieden, während ich noch in der Badehose dasaß und gerade gesagt hatte, ich bliebe hier? Ich fragte Rodrigues: »Um wieviel Uhr holt dich der Wagen ab?«

»Um zwei.«

»Dann bleibt dir ja nicht mehr viel Zeit, um zu essen und dich vorzubereiten, damit du hübsch angezogen und parfümiert hinkommst.«

»Parfümiert? Ah, du kennst sie nicht... Was sie am meisten wild gemacht hat, war mein Geruch. Sie hat an mir geschnüffelt, als wäre ich eine Rose. Aber es wäre eine gute Revanche, wenn ich unsere Dona Micaela mitbrächte.«

Ich reagierte instinktiv auf den Beinamen, fast unfreiwillig, als fühlte ich mich wirklich seinem Bruder verpflichtet, Luís auf der ganzen Linie zu verteidigen: »Laß diesen dummen Witz, ein für allemal. Oder du wirst eines Tages, wenn du am wenigsten damit rechnest, von Dona Micaela bestiegen, und dann siehst du mal, wie weh das tut, was du mit den Rufininhos machst.«

»Ich weiß. Wenn es ihnen nicht weh tut, macht es mir auch keinen Spaß«, sagte Rodrigues.

»Ich habe dir schon mal gesagt, du sollst über diese Dinge keine Witze reißen«, bemerkte ich und sah ihn streng an. »Es besteht nämlich ein großer Unterschied, ob die Jungen aus Scherz darüber reden oder ob du deine Witze darüber machst. Die einen reden von dem, was sie nicht machen...«

»Und ich mache Witze mit der Wahrheit, meinst du? Aber die große Verwirrung entsteht doch« – er hockte sich vor mir hin – »weil ich gar keine Witze mache, ich rede ganz ernsthaft. Und ich werde jetzt auch zu einem ganz ernsthaften Leben übergehen. Oder findest du, dazu hätte ich kein Recht?« In seiner Stimme schwang Verbitterung mit.

»Aber ja. Es hängt allerdings von der Ernsthaftigkeit ab. Und was meinst du damit, daß es eine gute Revanche wäre, Luís mitzunehmen?«

Luís zögerte, ob er sich hinsetzen sollte. Rodrigues spürte das und zog ihn herunter: »Hock dich hin, Kleiner.« Erschrocken hörte ich in seiner Stimme den Tonfall meines Onkels. »Jetzt rede ich von Dingen, die dich betreffen. Ist es etwa keine Revanche, wenn ich ihre Mutter von dem Burschen rannehmen lasse, den ihr Mann gedemütigt hat, indem er ihn als Schwuchtel behandelte?«

»Wessen Mutter?« fragte Luís.

»Die Mutter meiner Tante«, antwortete ich.

»D...deiner Tante?« stotterte Luís.

»Ja«, sagte Rodrigues. »Sie ist die Alte, die ich in Coimbra sitzen habe.«

Die verschiedenen Rachegefühle, die in ihm zusammenströmten, verwandelten sich paradoxerweise in eine Rehabilitation von Luís' Männlichkeit. Aber was für ein Racheakt sollte das sein? Ob damit nicht auch Carlos Macedo zusammenhing? Wenn Rodrigues Luís' Männlichkeit so lobte, lief das nicht eigentlich darauf hinaus, ihn auf sein eigenes, niedriges Niveau hinabzuziehen? Und erniedrigte er sich durch diese lobpreisende Erniedrigung nicht in Wahrheit selbst? Und riß alle und alles dabei mit? Steckte nicht alles, was wir getan hatten, voller Erniedrigung? Konnte unsereiner den ersten Stein werfen? Aber...

So schnell mir all dies auch durch den Kopf ging, es war langsamer als die verschiedenen Stadien von Luís' Entsetzen, die sich unübersehbar an seinem Gesicht ablesen ließen. Und während ich noch nachdachte und versuchte, meine Gedanken mit dem zu verbinden, was ich sagen wollte, erwiderte er mit blitzenden Augen: »Das wäre ein guter Witz. Du mußt schon entschuldigen, Jorge, aber es wäre wirklich ein guter Witz, wenn ich mitkäme. Schon weil dein Onkel dauernd von seiner Schwiegermutter redet.«

Meine Entrüstung war mehr als deutlich, aber im Grunde eine Formsache, denn auch mich hatte die Gewissenlosigkeit getroffen, mit der Onkel und Tante sich verhalten hatten, und wie unumwunden sie vorspiegelten, sie hätten ihre eigenen Handlungen schon vergessen: »Luís, ich erlaube es nicht, daß du auch nur daran denkst, hast du verstanden?«

»Was soll denn schon sein, wenn er mitkommt«, sagte Rodrigues. »So viele, die wir kennen, waren schon mit der Alten im Bett. Mit der zu schlafen ist doch geradezu gut für die Gesundheit. Als würde man nicht mit der Mutter, sondern mit der Oma ins Bett gehen.«

»Gut«, sagte ich. »Es wird Zeit, daß du deinem Alltag nachgehst, oder deiner Alten. Luís, warte bitte noch einen Augenblick, ich will mit dir reden.«

»Willst du ihm eine Moralpredigt halten? Ihm erklären, daß...«

»Ich werde ihm gar nichts erklären. Ich will mit ihm reden, sonst nichts.«

Rodrigues stand auf: »Ach, du schickst mich weg, damit du mit Dona Micaela allein bleiben kannst?« Seiner Stimme war anzumerken, daß er mich und auch Luís provozieren wollte.

»Ja, ich schicke dich weg, zu deinem Besten, damit du dir das Geschäft nicht entgehen läßt, mit dem du deinen Umzug nach Lissabon bezahlen kannst.«

»Ja...« Und er ging fort. Doch gleich kam er zurück und sagte: »Wir könnten zusammen essen, irgendwo in der Nähe... Wenn ihr bei mir bleibt, fahre ich nicht. Mein ganzes Leben lang hat meine Mutter mich bezahlt, und jetzt soll diese Alte mich bezahlen? Ist alle Welt nur noch dazu da, mich zu bezahlen? Gibt es niemand, der mich mal umsonst läßt?«

»Du willst doch bezahlt werden, oder?«

»Schon. An dem Tag, wenn ich nichts bekomme oder nichts verlange, bin ich verloren. Dann falle ich endgültig vom Baum. Aber eigentlich wünsche ich mir, daß auf dieser Welt alles gratis wäre, vor allem das sexuelle Vergnügen. Du kennst doch diese Muscheln, alle auf einen Spieß gesteckt, mit Pfeffersauce? Dieser Spieß wäre ich gern.«

»Aber den wirft man nachher weg.«

»Stimmt. Die Muscheln werden gegessen, und ich werde weggeworfen. Hör mal, Luís, ich...«

»Was ist?« Luís schaute hoch, er hatte die Augen gesenkt gehalten.

»Nichts, nichts. Aber glaub nicht, daß ich immer so bin.«

»Wie, so?«

»So ›Nur zu, ich mache alles mit‹. Bis gleich.« Und er ging.

Kaum war er weg, fragte ich: »Sind sie gefahren? Ist alles gut gelaufen?«

»Ich weiß nicht, was gut oder schlecht gelaufen ist, weil mein Bruder mir nichts Eindeutiges gesagt hat. Aber weg sind sie, denn heute morgen war er noch nicht zurück, und es ist auch keiner zu meinem Vater gekommen. Sie sind mit dem Boot nach Spanien geflohen, stimmt's? Und losgefahren sind sie nördlich vom Kap, oder? Weil sie am Strand ein Treffen mit den Flüchtlingen aus Porto hatten, hab ich recht?«

»Flüchtlinge aus Porto?«

»Ja, das weiß ich, weil ich einmal ein Gespräch zwischen meinem Bruder und Zé Ramos mit angehört habe. Die Leute, die in Porto verhaftet worden sind, konnten fliehen und wollten sich mit ihnen treffen. Tag und Stunde der Abfahrt hingen wohl von deren Flucht ab, vermute ich.«

Mir fielen einige Halbsätze von ihnen wieder ein, außerdem die Fahrten nach Porto. Das kam also noch dazu. Der Coup war weitreichender, komplizierter, wagemutiger, als ich bisher gedacht hatte.

»Das ist alles, was du weißt?« fragte ich.

»Ja. Das Boot hat mein Bruder besorgt, über einen Jungen aus Buarcos, der uns Schmuggelware verkauft hat. Wenn Almeida gegangen wäre, hätte das Ganze zu verdächtig gewirkt.«

»Wie sieht dieser Junge aus?« Die Beschreibung paßte genau auf den Neffen der Alten aus Buarcos, so daß ich mich nicht zurückhalten konnte: »Und weißt du, wer dieser Knabe ist? Derselbe, der mich im Haus seiner Tante gesehen hat.«

»Einer von denen, die mit Rufininho rumziehen, das wußte ich schon. Und das Haus kenne ich auch.«

»Bist du schon mal hingegangen?«

Er errötete und sagte: »Nein... Weißt du was... Bis neulich hatte ich noch nie...«

»Noch nie?«

»So... also ganz bis zum Schluß, nach Herzenslust... nein.«

»Aber das war keine besonders gelungene Premiere, oder? Viel zu viele Leute dabei.«

Er wunderte sich, mit vor Aufregung geröteten Wangen: »Nein? Ich fand es prachtvoll.«

»Wieso prachtvoll? Mit ein, zwei Frauen zu schlafen? Das vor allen Leuten zu tun? Oder diesen infamen Zirkus mit dem Alten und dem Burschen? Was davon fandest du so prachtvoll?«

»Alles. Denk doch mal... ich, ein Junge, mitten bei so was, mit euch allen, die ihr schon Männer seid. Und der Alte auf Knien vor uns allen. Und in einer Kirche. Da hat nichts gefehlt.«

»Nichts wovon?«

Was für uns ein schmutziger Rausch gewesen war (oder für Rodrigues ein Mittun der anderen bei seinen Ausschweifungen), stellte für Luís eine triumphale Erfahrung dar. Ich begriff, wieviel Auflehnung in diesem ruhigen, großen, zierlichen Jungen steckte, der so zurückhaltend war, daß mein Onkel ihn als Dona Micaela hänselte. Und die Bestätigung folgte sogleich: »Mein Bruder, der mir zeitlebens Moralpredigten gehalten hat, war auch dabei. Und nur meinetwegen.«

»Wieso?«

»Na klar. Hat sich Rodrigues nicht alles ausgedacht, um mich auf die Probe zu stellen und um meinen Bruder zu demütigen?«

»Darauf wäre ich nicht gerade stolz.«

»Stolz, nein, das nicht. Aber als ich den Alten vor mir sah... Das war, als ob die ganze Welt vor mir niederkniete.«

»Und warum hättest du gern, daß die ganze Welt vor dir niederkniet?«

Er schaute mich lange an, ohne seine Beweggründe oder die Worte dafür finden zu können. Schließlich meinte er: »Ich bin es leid, herumkommandiert zu werden. Von meinem Vater, der nie an mich denkt, von meiner Tante, die nicht meine Mutter ist, von meinem Bruder, der nur von Reinheit reden kann, von den Lehrern, die mich beleidigen, von meinen Klassenkameraden, die wollen, daß ich so oder so bin, von...«

»Du hast eine Riesenangst vor den Dingen und vor dir selber, wie?«

»Ich habe vor gar nichts Angst.«

»Aber sicher, vor allem. Sonst fändest du das ganze Theater von neulich nicht so bewundernswert.«

»Und wer hätte keine Angst? Du etwa? Rodrigues? Mein Bruder? Ramos?«

»Das ist schwer zu sagen, Luís. Dein Bruder und Zé Ramos zum Beispiel setzen im Augenblick ihr Leben aufs Spiel.«

»Das tun wir doch alle, oder?«

»Das ist nicht dasselbe. Die einen setzen ihr Leben aufs Spiel und überleben vielleicht. Daß man jederzeit sterben kann, ist etwas ganz anderes.«

»Glaubst du, daß sie sterben könnten?«

»Du bist gut! Wo hast du denn deinen Kopf? Wer weiß schon, ob die Polizei nicht den Flüchtlingen aus Porto auf der Spur war und sie abgefangen und massakriert hat. Auch wenn sie mit dem Boot losgekommen sind, kann es untergehen, denn die Reise ist lang und gefährlich; Kriegsschiffe können es angreifen und versenken; oder sie können es aufbringen, und dann stellen die Spanier sie alle an die Wand. Sollten sie trotzdem heil und gesund ankommen, können sie immer noch im Krieg fallen. Da ist nämlich Krieg, begreifst du? Findest du das alles wenig?« Als ich die Risiken aufgezählt hatte, wurde mir selber zum erstenmal klar, wie gefährlich die Unternehmung tatsächlich war.

Luís zeigte sich beeindruckt: »Daran hatte ich nicht gedacht. Es ist ein Wahnsinn, was sie gemacht haben, und an allem ist Ramos schuld, das weiß ich, weil er die anderen herumkommandiert. Aber wenn es gelingt, wird es Aufsehen erregen.«

»Selbst wenn es schiefgeht. Alles hängt von den Umständen ab.«

Ich stand auf und begann mich anzuziehen, über der Badehose, die nicht einmal naß geworden war: »Wenn du etwas Neues erfährst, sag mir gleich Bescheid.«

Als ich fertig war und ihn nachdenklich dastehen sah, sagte ich zu ihm: »Komm, gehen wir. Ich bin nur hiergeblieben, um mit dir zu reden.«

»Wirklich? Oder auch, um mich von Rodrigues zu trennen? War das nicht die Vollmacht, die mein Bruder dir erteilt hat? Und die mein Vater, ohne es zu wissen, ebenfalls mitträgt?«

»Nein. Ich wollte erfahren, was passiert ist. Und was die ›Vollmacht‹ betrifft, wie du es nennst, bin ich fest entschlossen, das ganz allein von dir abhängig zu machen. Du kannst sie benutzen, wenn du willst. Aber vergiß nicht, mit oder ohne sie hängt dein Plan, nach Lissabon zu gehen, mit mir zusammen. Und vermutlich noch viel mehr, sobald dein Vater entdeckt, daß dein Bruder verschwunden ist, und zwar für lange Zeit, wenn nicht für immer.«

»Wird Carlos denn lange fortbleiben?« Er kam mir vor wie ein kleines Kind, das nach jemandem fragt, der aus seinem Blickfeld verschwunden ist.

»Wer weiß... Schau... Selbst wenn der Krieg nicht lange dauert, ganz gleich, ob die spanische Regierung siegt oder nicht, kann dein Bruder nicht zurückkehren, solange bei uns keine andere Regierung an der Macht ist. Wenn er trotzdem kommt, muß er damit rechnen, im Gefängnis zu verrotten.«

»Was, er kann nicht zurückkommen?... Aber sie werden den Krieg gewinnen, und dann ist die Regierung hier auch am Ende, du wirst sehen.«

»Du willst also, daß dein Bruder bald zurückkehrt? Bist du nicht froh, daß du von ihm befreit bist?«

Wir gingen inzwischen nebeneinander die Straße entlang, und er blieb stehen, um mir zu antworten: »Das ist etwas anderes.«

»Ganz etwas anderes«, wiederholte ich, und wir gingen schweigend weiter, wobei er mich auf meinem Weg begleitete (was mir auffiel, als ich merkte, daß ich gar nicht wußte, wohin ich wollte) und sich immer mehr von dem seinen entfernte. An einer Ecke hielt ich inne: »Hör mal, Luís, geh nach Hause. Und falls du etwas hörst, treffen wir uns heute nachmittag da drüben im Café. Solange wir noch nichts wissen, dürfen wir uns nicht von hier fortrühren, hast du verstanden?« Und ich starrte ihm streng in die Augen.

Er senkte den Kopf und fragte nur: »Um wieviel Uhr?«

»So gegen fünf oder sechs«, und wir verabschiedeten uns mit einem kühlen »Bis nachher«.

Was sollte ich jetzt tun? Rodrigues suchen, ihm alles erzählen, verhindern, daß er diese alberne Affäre mit der Alten fortsetzte? Das konnte ich nicht, solange wir nicht wußten, was geschehen war. Mercedes suchen? Wieder tat mir weh, daß ich sie vergessen hatte. Sollte ich sie besser vorher von irgendwo aus anrufen?

Ich betrat ein Geschäft und fragte, ob ich telefonieren dürfe. In der Pension wurde sie gerufen, es dauerte Ewigkeiten, schon überlegte ich, ob sie überhaupt da war, ob sie vielleicht gar nicht mit mir sprechen wollte, ob gerade etwas Schlimmes geschah, das sie daran hinderte, an den Apparat zu kommen. Ich wollte schon widerstrebend auflegen, begleitete fast mit dem Ohr das Niedersinken des Hörers zur Gabel, da kam sie: »Ja bitte?«

»Ich bin's, Jorge.«

»Ach, du... Was willst du?«

»Dich treffen.«

»Jetzt gleich?«

»Wenn's geht.«

»Aber jetzt kann ich nicht.«

»Wieso?«

»Nicht jetzt. Ruf später noch mal an. Dann erklär ich es dir.«

»Ist was Schlimmes passiert?«

»Nein... nein... Aber ruf mich nachher an.« Flüsternd fügte sie hinzu: »Komm nicht her.«

»Warum? Wegen dem, was neulich auf dem Korridor passiert ist?«

»Auch deshalb.«

»Warum noch?«

»Laß mich, bitte, laß mich.«

»Wie, laß mich? Willst du nicht mehr mit mir reden? Willst du mich nicht mehr sehen?«

»Ich habe dich doch gerade darum gebeten, mich nachher noch mal anzurufen«, wisperte sie mit müder, trauriger Stimme.

»Liebst du mich?«

»Ja. Sehr sogar. Und du?«

In meiner Stimme gab es ein kaum merkliches, ganz kurzes Zögern, bevor ich erwiderte, daß ich sie sehr liebte, und sie wurde still am andern Ende. Dann sagte sie: »Ruf mich an. Ich will...«

»Was willst du?« fragte ich, während ich mir plötzlich brennend wünschte, nicht mit ihr zu schlafen, sondern sie sanft und heiß zu umwerben, auf langen Spaziergängen Hand in Hand am Strand entlang, bei einem stillen, milden Sonnenuntergang, der unsere Schritte in trauliches Schweigen hüllte. Ich wiederholte: »Was willst du?«

»Hab ich doch schon gesagt.«

»Ich habe es nicht gehört. Ich habe an dich gedacht und dich nicht gehört. Was sagtest du?«

»Nichts... nichts... Ruf mich an.«

»Gib mir einen Kuß.«

Nach einer kurzen Stille sagte sie: »Schon geschehen. O Jorge, Jorge... wenn du wüßtest...« Sie legte auf.

Ich trat wie benommen auf die Straße. Liebte ich sie nun oder nicht? Begehrte ich sie oder nicht? Was sollte sie für mich sein?

Diese letzte Frage hallte in meinem Kopf wider. Was sollte sie für mich sein? Das Mädchen, das mit mir ging (das war doch schon gar nicht mehr möglich, außerdem war für mich die halbstarke Phase der keuschen Verliebtheiten vorbei, seit die Mädchen für uns zum Vorwand für »Schweinereien« geworden waren)? Meine Frau? Meine Geliebte? Würde ich sie lediglich als Geliebte lieben und begehren können? Würde ich, wenn ich sie liebte und respektierte, wieder mit ihr schlafen können, immer wieder? Oder würde ich sie allmählich wie ein Ding behandeln, nicht wie eine Person? Und sie, was wollte sie von mir? Daß ich sie heiratete, schien sie inzwischen aus ihrem Kopf gestrichen zu haben. Und ich? Nein, ich wollte sie nicht heiraten, ich wollte niemanden heiraten, am allerwenigsten sie. So sah die Wahrheit aus. Nein, eigentlich noch ein bißchen anders: Ich wollte sie nicht heiraten, um sie lieben zu dürfen; und ich wollte niemand sonst heiraten, um weiterhin sie zu lieben. Denn es war offensichtlich (jedenfalls für mich, jetzt), daß sie mich liebte und begehrte. Aber sie wollte sich nicht an mich binden, oder besser: mich nicht an sie binden. Was es zwischen uns gab, gegeben hatte und geben würde, hing von vielen Menschen und Ereignissen ab, von zu vielen, wodurch ihr Leben und meines unweigerlich sehr eng verbunden und sehr distanziert zugleich waren. Die Wunden, die wir uns mit dem Hin und Her dieser Liebesgeschichte geschlagen hatten, waren viel tiefer, als ich zu dem Zeitpunkt selbst empfunden hatte. Oder sie gingen so tief, weil unsere Liebe in unserem Innern wie eine offene Tür war, ein öffentliches Haus, ein Bett, in dem viele Leute schliefen, und zwar miteinander. Aber nicht weil viele andere davon wußten. Sollten sie ruhig. Sie war entstanden oder gewachsen, und wir hatten miteinander geschlafen, weil da noch mehr Menschen waren. Und diese Menschen beanspruchten, auch wenn sie außerhalb unseres Lebens standen, einen Raum, den jederzeit auch andere Leute besetzen konnten, um zu wiederholen, was die ersten dort bewirkt hatten. Aus diesem Grund liebte sie mich weiterhin. Und aus diesem Grund wollte ich sie nicht heiraten (nein, ich wollte es wirklich nicht). Eher gar nicht heiraten, vielleicht würde ich ja nie heiraten. Sie vielleicht. Und wenn ich Junggeselle bliebe und sie verheiratet wäre, dann könnte ich sie immer haben (oder sie mich), wenn einer von uns es wollte. Denn egal wen sie heiraten mochte, ihr Ehemann würde immer genug mit mir gemeinsam haben, daß sie nur mich mit ihm betröge, ihn aber nicht mit mir. Im übrigen, war ich überhaupt in der Lage zu heiraten? Konnten wir vielleicht ein paar Jahre lang Gelegenheitsgeliebte bleiben und erst heiraten, sobald ich für uns beide genug zum Leben verdiente? Was sollte das wohl für eine Hochzeit werden? Wie bei den Männern, die erst heiraten, wenn sie alt sind und ihre Frauen auch, und die Hausangestellte haben, die ihnen die Strümpfe stopfen und das Essen kochen und außerdem noch ihr Bett teilen? Ich konnte mir Mercedes gar nicht als Hausfrau vorstellen; wenn ich das nur versuchte, bekam ich schon eine Gänsehaut. Alle Bilder von Häuslichkeit, die ich kannte, fand ich schmutzig: meine Mutter, meine Tanten, die Mütter meiner Freunde. Schmutzig nicht aus Gründen mangelnder Sauberkeit, sondern weil diese Frauen bereit waren, dort anzufangen, wo sie auch aufhören würden, und sich geringschätzen zu lassen als Mädchen für alles. Mercedes verkörperte für mich eine so schmerzliche, umfassende Liebe, daß es mir nicht gelingen wollte, die Größe dieses Gefühls wirklich zu ermessen. Ich konnte mir nicht vorstellen, neben ihr im Bett zu liegen, nachdem ich ein von ihr angerichtetes Abendessen verzehrt hatte. In der Welt dieser Gewöhnlichkeiten existierte sie nicht. Freilich, sie lebte in einer Welt voller Dinge, Personen, Ideen, schrecklicher Ereignisse, wo sich Edelmut und Schmutz nicht voneinander trennen oder unterscheiden ließen (was nur eine elegante Form war, mit einiger Erleichterung zu denken, daß doch nicht alles schmutzig war). Vielleicht war sogar das Gewöhnliche nicht gewöhnlich, und vielleicht war – trotz aller Ungewöhnlichkeiten, die mir in jenen Tagen ein furchtbares Bild vom Leben vermittelt hatten – mein Eindruck das Allergewöhnlichste von allem, und er war schrecklich. Doch bei alldem, trotz alldem, war Mercedes anders, eine anders gefärbte Blüte, ein seltsam schmeckender Körper, ein Wesen, das, selbst wenn es mich verriet, ein Vorbild darstellte, neben dem die ganze Menschheit immer klein aussehen würde. Es gab Dinge an ihr, die ich verabscheute. Ihre Lippen. Ihre Art, die Hände zu falten. Das Verschweigen eines Gedankens, dessen Windungen mir entgingen. Ihre Angewohnheit, die Schenkel um mein Glied zusammenzupressen oder sie zu öffnen, wenn das Zusammenpressen mich gerade ganz wahnsinnig machte. Ihre Art, durch mich hindurchzuschauen. Die konzentrierte Leidenschaft, mit der sie mich aufsog, als wäre ich nicht ich, sondern ein Instrument. Aber – das entdeckte ich erst jetzt – ich verabscheute an ihr genau das, was mich auch am meisten erregte und an sie band, was aus ihr die erste Frau machte, die ich, ohne sie zu kennen, zutiefst kannte, und die letzte, die ich kennen würde, denn keine andere konnte mir je etwas bedeuten, das nicht schon zu Mercedes gehörte. Und das war Liebe. Es war Liebe. Wirklich. Aber – insgeheim mußte ich lächeln – so schwierig und unbequem! Und vor allem: Sie entstand nicht im Zusammenleben, sondern aus Zufall! Ich schauderte. Wir waren ein Zufall, unsere Begegnungen waren zufällig; wie wir einander kennengelernt und erlebt hatten, würde immer ein Zufall bleiben, eine zusammenhanglose Summe aus widersprüchlichen Einzelteilen, unstet. Eine Gesamtheit, aus der niemals eine Summe, ein Endergebnis werden konnte, sondern höchstens eine Traumexistenz, aus der wir manchmal in den Armen des anderen erwachen würden (vielleicht auch, wer weiß, in den Armen anderer). Unser Leben – ich konnte nicht einmal »unser Leben« sagen, denn es war nicht eines, wir hatten zwei Leben, jeder für sich –, unser Leben würde keine heitere Wirklichkeit sein, in der sich ab und zu fröhliche Träume auftaten, in der wir, umarmt und vereinigt, füreinander das eroberten, was jeder allein nicht erlangen würde. Sondern das genaue Gegenteil. Wir würden alles, was wir hatten, in den Armen des anderen verschwenden, ab und zu, immer wieder. Wir würden einander in gar nichts nützlich sein. Wir konnten sogar, was am wahrscheinlichsten war, einander schaden: Wir würden uns im anderen erkennen wie in einem Spiegel. Und jedesmal, wenn wir uns so sähen, von einer Begegnung zur nächsten, wäre der Anblick schlimmer. Dabei hätten wir in Wirklichkeit gar keine anderen Gesichter außer in dieser gegenseitigen Spiegelung, die uns zeigen würde, daß wir jedesmal weiter von dem entfernt waren, was wir hätten sein können, und jedesmal näher an dem, was wir in der Zwischenzeit geworden waren. Und das sollte Liebe sein? Konnte man das so nennen? Liebe, diese gelegentliche Zerstörung des wenigen, mit dem wir uns voreinander zu schützen versucht hatten? Liebe, dieses Unglück, wie an einen elenden Zauber gekettet zu leben, ohne Reinheit noch Würde?

Ich hatte das Tor zum Haus meines Onkels fast schon erreicht, als ich über »Reinheit« und »Würde« lachen mußte. Wer waren überhaupt diese beiden Damen? Was waren sie wert? Wie teuer ließen sie sich bezahlen? Ich wußte nur eine Lösung: diesen Ort schleunigst zu fliehen und nach Lissabon zurückzukehren, bevor ich anfing zu glauben, es gebe keine anderen Menschen mehr auf der Welt als diejenigen, von denen ich umgeben war und deren Leben ich oder sie durcheinandergebracht hatten. Wollte ich Mercedes überhaupt wiedersehen? Was kümmerten mich all die anderen? Wollte ich Mercedes nur ihretwegen wiedersehen? Warum war sie mir am Telefon ausgewichen? Aber war nicht ich derjenige gewesen, der sie plötzlich nicht gehört hatte, als sie sich mir ganz offensichtlich angeboten hatte? Was war da geschehen? Nichts furchtbar Ernstes, soviel stand fest, das hatte sie selbst gesagt. Was war also der Grund für ihr telefonisches Gemurmel? Stand jemand in ihrer Nähe? Und wenn der unangenehme Zusammenprall zwischen mir und Almeida nicht der einzige Grund dafür war, daß ich sie nicht aufsuchen sollte, was sonst?

XXVIII

Im Eßzimmer traf ich auf meinen Cousin. Er sah mich scheel an und fauchte: »Findest du, daß du dich heute morgen anständig verhalten hast? Warum hast du daneben gestanden und zugeschaut?«

»Du beleidigst mich genauso wie die beiden anderen, und dann willst du von mir verteidigt werden? Was du dir eingebrockt hast, mußt du selber auslöffeln.«

Ramiro studierte Jura, er war klein, breitschultrig und dicklich und legte immer das großspurige Gebaren eines Tribuns an den Tag. Die Tracht Prügel und daß Rodrigues ihn niedergerungen hatte, mußte für ihn die schlimmste aller Demütigungen gewesen sein. Wie sie es für jeden anderen wohl auch gewesen wäre. Aber mich amüsierte es, wie sein Gesicht vor Ärger brannte und ein seidiger Schimmer auf den rötlichen Backen und dem vorstehenden Kinn glänzte. Es zitterte, und mir kam es vor, als schüttelte ihn die spöttische Hand Odettes, um die wir damals gestritten hatten, mit der Zärtlichkeit einer Prostituierten. »Ich werde ein halbes Dutzend Leute zusammentrommeln, die sich Rodrigues schnappen und ihm eine Lektion erteilen, darauf kannst du dich verlassen. Der wird sich wundern.«

»Willst du mit ihm die Anekdote vom Chinesen nachspielen?«

»Von welchem Chinesen?«

»Kennst du die nicht, von dem Kolonialverwalter, der sich danach erkundigte, was es denn für verfügbare Frauen in dem Grenzdörfchen gebe, wohin er versetzt worden war? Er bekam die Antwort, Frauen gebe es keine, aber den Chinesen. Man bräuchte allerdings sechs Männer, um ihn festzuhalten.«

»Sehr witzig.«

»Ja, finde ich.«

»Na, dann will ich doch mal sehen, ob Rodrigues das auch findet.«

»Wer weiß, vielleicht tust du ihm sogar einen Gefallen? Vielleicht findet er es am Ende wirklich witzig.«

»Der ist doch verkommen. Die Regierung hat recht, es wird wirklich Zeit, mal ordentlich sauberzumachen. Salazar wird jetzt endlich aufräumen.«

»Ach, du bist auf der Seite der Saubermänner?«

»Allerdings. Und wie ich sehe, hast du dich dem Pöbel angeschlossen.«

»Was suchst du dann in Figueira, wo die Regierung dich jeden Augenblick als Straßenfeger brauchen könnte? Gut möglich, daß in Lissabon schon ein großer Besen auf dich wartet. Und ich habe mich keineswegs dem Pöbel angeschlossen.«

»Ich habe dasselbe Recht wie du, hier zu sein.«

»Stimmt. Aber das Recht, den Idioten zu spielen, solltest du nicht überstrapazieren.«

»Wenn Onkel und Tante zum Mittagessen nach unten kommen, werde ich dir schon zeigen, wer hier der Idiot ist.«

»Ach, willst du petzen? Ich dachte, du machst dir nicht mehr in die Hose.«

»Nein, das nicht. Aber ich werde jeden anscheißen, der sich mit mir anlegen will, du wirst schon sehen.«

»Du bist erst gestern angekommen, viel Zeit für deinen Durchfall hattest du ja noch nicht.«

»Ein Morgen hat mir genügt, um eine Menge zu erfahren.«

»Zum Beispiel?«

»Wenn sie gleich kommen, wirst du es erfahren.«

»Geht es um mich?«

»Mehr oder weniger.«

»O, ich zittere schon.«

»Ja, mach mal, dann sieht man nachher den Unterschied nicht so.«

»Das Schlimmste für dich wäre doch, wenn sie schon wüßten, was du ihnen erzählen willst…«

»Vielleicht wissen sie es aber noch nicht.«

»Mag sein. Aber ob es sie interessiert? Sie sind nämlich gar nicht übermäßig am Leben der anderen interessiert. Nicht mal an ihrem eigenen, wenn man es recht bedenkt.«

Das war zu subtil für seine platte Rhetorik, die er allerdings für ausgeprägte Finesse hielt. Ich konnte, selbst überrascht, an seinem Gesicht ablesen, wie sehr ich mich verändert hatte mit meiner Art, die anderen zu durchschauen und es auch zu formulieren. Ich lächelte, mehr für mich als ihm gegenüber, in einer etwas kindischen, befriedigten Überlegenheit, die ihm nicht entging: »Lach nur, lach nur, *rira bien qui rira le dernier.*«

Dieses Französischgetue ging mir unglaublich auf die Nerven: »Jeder Trottel kann einen französischen Spruch klopfen.«

Mein Onkel und meine Tante betraten das Eßzimmer, gefolgt von Maria mit der Suppenterrine. Sie wirkten eher wie ein Ehepaar, das auf der Hochzeitsreise in den Salon des Hotels kommt, als wie die Hausherren. Sie setzten sich und tauschten liebevolle Blicke, die sich kaum auf uns erstreckten, höchstens der Form halber. Meine Tante teilte die Suppe aus. Mein Onkel nahm die Serviette – merkwürdigerweise zögerte er, ob er sie sich auf den Schoß legen oder um den mageren Hals binden sollte –, und während er seinen Löffel eintauchte, fragte er: »Na, Ramiro, alles wohlauf in Lissabon?«

»In der Familie geht es allen gut. Und es ist eine Menge los in der Stadt. Alle sind begeistert über die feste Haltung der Regierung im spanischen Krieg.«

Mein Onkel setzte den Löffel ab, fuhr sich mit den Fingern durch das Stirnhaar, musterte Ramiro und sagte: »Alle? Welche Leute sind denn so begeistert? Doch höchstens das Militärgesindel, das mit großen Sprüchen im Radio Krieg führt.«

Ich grinste und schaute mir aus den Augenwinkeln den verdatterten Ramiro an, der nicht dazu neigte, den anderen offen entgegenzutreten, wenn er sie aus irgendeinem Grund als Autorität ansah. Er steckte seine Nase in die Suppe und bereitete die Kehrtwende des Volksredners vor. Als er wieder fest im Sattel saß, hob er sein verwandeltes Gesicht: »Ach, die... Die nimmt doch keiner ernst. Aber es gibt wirklich viele, die begeistert sind.«

»Bist du es denn?« fragte mein Onkel und brach ein Stück Brot.

»Und wie. Ich halte das für die einzig richtige Position.«

»Ich wußte gar nicht, daß du so klare politische Ansichten vertrittst. Hast du schon eine feste Arbeit im Blick?« Mein Onkel tunkte das Brot in die Suppe.

»Arbeit? Das möchte ich meinen, Onkel! Aber ich finde es sehr richtig, von den Leuten zu verlangen, daß sie sich erklären. Wer nicht für uns ist, ist gegen uns.«

»Uns? Wen?«

»Uns, die Patrioten, die das Land nicht den Kommunisten überlassen wollen. Du glaubst ja gar nicht, Onkel, was das für ein Netz ist. Eine furchtbare Verschwörung.«

»Glaube ich, glaube ich. Also, wer nicht für uns ist, ist gegen uns?«

»Na klar.«

»Frau!« brüllte mein Onkel. »Wird mir endlich dieser Saufraß abgeräumt! Ich habe sogar von meinem Brot reingetunkt. Frau!« Meine Tante warf einen anklagenden Blick auf Ramiro, und Maria räumte schleunigst den Teller ab. »Dein Neffe ist ein Trottel. Gegen uns, wie? Hör mal zu, du Dummbeutel! Bist du zum Baden nach Figueira gekommen, oder willst du in meinem Haus sitzen, meine Suppe essen und mir dazu deinen Blödsinn servieren?«

»Also, Justino...« begann meine Tante.

»Halt den Mund, Frau, du bist eine Idiotin. Nur eine Idiotin kann solche Neffen haben wie den hier.«

»Das sind doch deine Neffen, Mensch!«

»Meine? Das sind sie nur, wenn sie keinen Blödsinn reden. Sonst sind es deine, Frau!«

Ramiro beschloß, zum Angriff überzugehen und attackierte zur Ablenkung in eine andere Richtung: »Und wenn sie Blödsinn *anstellen*, sind es dann auch nicht deine?«

Meine Onkel sah ihn an, zwinkerte mir zu und sagte: »Wenn sie Blödsinn anstellen, sind es meine, jawohl. Alle Männer stellen Blödsinn an. Nur wer kein Mann ist, arbeitet lieber mit der Zunge.«

»Justino, sagt man so was?« mischte sich meine Tante ein.

»Man sagt es, und man tut es. Weißt du das nicht am allerbesten?« Mit gerecktem Löffel und in strengem Ton fragte er Ramiro: »Hast du irgendwelchen Blödsinn angestellt?«

»Nicht daß ich wüßte. Aber...«

»Aber was?«

»Aber andere.«

»Laß das, mir mit den Augen Zeichen zu machen, daß du deinen Cousin meinst«, rief mein Onkel. »Was hat er denn für einen Blödsinn angestellt, der dich so furchtbar stört? Hat er eine Jungfrau defloriert, ja? Hat er sie in ein Stundenhotel mitgenommen, ja? Und jetzt hängt er in der Sache drin und weiß nicht, wie er sie wieder loswerden soll, ja? Glaubst du vielleicht, du bist gestern angekommen und hast bis heute schon lauter Dinge erfahren, von denen sonst keiner weiß? Und das mit dem heuchlerischen

Grinsen eines Hintertreppenheiligen? Da beißt du bei mir auf Granit. Frau, wo bleibt meine Suppe?«

Ich hatte gemischte Gefühle. Mich amüsierte, daß Ramiro ordentlich eingeheizt wurde, mich beunruhigte, daß mein Geheimnis schon kein Geheimnis mehr war, und mich verärgerte, daß ich Mercedes nicht entjungfert hatte und die anderen mir ein Vergnügen zuschrieben, dessen Verlust mich wütend machte. Woher hatte Ramiro das überhaupt erfahren? Bestimmt von Rodrigues. Und mein Onkel, woher hatte der es? War es inzwischen stadtbekannt? Mich bestürmte so vieles, daß ich mir der Bedeutung meiner Gefühle nicht mehr sicher war: Mißfiel mir eher, daß mein und Mercedes' Privatleben breitgetreten wurde, oder schreckte ich vor der möglichen Verantwortung zurück, die daraus folgen konnte und die ich nicht übernehmen wollte, wozu ich auch gar keinen Anlaß sah? Aber wenn ich es nicht wollte und keinen Anlaß dafür sah, was war das dann für eine Liebe? Es konnte doch nicht eine Frage der Verantwortung sein, die anzunehmen oder abzulehnen war, sondern allein eine Frage der Liebe, oder? So gingen meine Gedanken, ohne daß ich irgend jemanden anschaute, während nach dem Ausbruch meines Onkels peinliche Stille herrschte.

Dieser legte seinen Löffel auf den leeren Teller (er war inzwischen mit der Suppe fertig, die meine Tante ihm noch einmal serviert hatte) und sagte: »Jorge… Nach dem Essen möchte ich mit dir reden.«

»In Ordnung, Onkel.«

»Ich…« stotterte Ramiro, »ich… entschuldige, Onkel, ich hatte es nicht böse gemeint.«

»Das glaube ich, mein Junge, das glaube ich. Wenn ein Tier beißt, geschieht das auch nicht aus böser Absicht. Es liegt in seiner Natur zu beißen. Oder auszuschlagen. Nun hast du ausgeschlagen, jetzt iß in Ruhe auf. Es gibt also viele Leute in Lissabon, die sehr zufrieden sind? Hier auch. Bestimmt wirst du dich melden, sobald die Rekrutierungsbüros öffnen, stimmt's?«

»Ich?« erschrak Ramiro.

»Wenn man sich für einen Krieg begeistert, meldet man sich freiwillig, wußtest du das nicht?« Mein Onkel zerdrückte lachend die Kartoffeln, die es zum Schmorfleisch gab. »Bei den großen Kriegen braucht man sich nicht zu begeistern, weil alle einberufen werden, da kümmert sich die Regierung um unsere Begeisterung. Ich zum Beispiel, ich war ja beim Militär, und ich brauchte kein bißchen Begeisterung dazu. Vielmehr, meine Begeisterung blieb rein professionell. Aber ein Bürgerkrieg, das ist ein besonderer Leckerbissen für die Begeisterten. Wenn ich du wäre, würde ich mich freiwillig melden. Und falls es keine Rekrutierung gibt, würde ich nach Spanien fliehen.«

Meine Tante und ich tauschten einen schnellen Blick, unangenehm berührt und erschrocken, als Ramiro ansetzte: »Aber wir haben auch bei uns im Lande vieles zu bekämpfen…«

»Gut, gut«, sagte mein Onkel. »Nur keine Sorge, ich werde dich nicht zwingen, deine kleine Haut zu Markte zu tragen. Hauptsache, du zitierst mir nicht das *Diário de Notícias*.«

»Ich merke schon, du hast dich sehr verändert, Onkel«, sagte Ramiro. »Neuerdings interessierst du dich für Politik.«

»Ich?« sagte mein Onkel. »Das habe ich noch nie, auch jetzt nicht, da irrst du dich gewaltig. Die Politik ist was für Politiker. Aber es gibt Dinge, die müssen alle Leute wahrnehmen.«

»Das finde ich auch«, pflichtete Ramiro bei.

»Mag sein«, fuhr mein Onkel fort, »wir denken alle so. Nur die Dinge sind unter Umständen nicht dieselben.«

»Die grundlegenden Dinge sind immer dieselben«, verkündete Ramiro altklug, »findest du nicht, Onkel?«

»In den heutigen Zeiten… was denkst du, Jorge?«

»Hm?«

»Findest du, daß für alle Leute die grundlegenden Dinge dieselben sind?«

»Kommt drauf an.«

»Fressen, schlafen, sich kratzen«, sagte mein Onkel, »das ist bei allen gleich. Aber dann…«

»Aber dann?« echote Ramiro beflissen.

Mein Onkel schwieg, in sich gekehrt und meditativ, musterte ihn dann und sagte: »Dann, mein Kleiner, fängt die Geschichte wieder von vorne an: Es sterben die Kühe und bleiben die Ochsen. Wichtig ist nur, keine Kuh zu sein.«

Ramiro versuchte, geistreich zu sein: »Jeder Ochse, der stirbt, ist eine Kuh.«

»Stimmt…« sagte mein Onkel. »Und darin unterscheiden sie sich von den Menschen, durch die Hörner tun sie es nämlich nicht. Justino!« Er legte seine Hand auf die meiner Tante und fügte hinzu: »Siehst du, was für ein aufmerksamer Ehemann ich bin? Bevor sie mich noch bei den Hörnern gekriegt hat, habe ich ihr die Mühe erspart, mich zur Ordnung zu rufen. Oder wolltest du gar nichts sagen?« Und zu uns: »Vielleicht nicht, weil eure Tante in Sachen Hörner weniger sensibel ist. Mit der Zeit gewöhnt man sich dran.«

Meine Tante zog ihre Hand weg und machte Anstalten, den Tisch zu verlassen. Er hielt sie fest: »Bleib doch, Frau, wie sieht das denn aus, wenn du aufstehst, während deine Neffen noch essen?« Nur Ramiro aß noch. »Das ist die Sache gar nicht wert, die größte Banalität der Welt. Wer auf dieser Welt hat noch nie Hörner aufgesetzt oder getragen? Und nie weiß man genau, ob es die eigenen oder die der anderen sind.«

Mein Onkel stand auf und bedeutete mir, ihm zu folgen. An der Tür drehte er sich um: »Hör zu, Ramiro, geh an den Strand, iß und schlaf im Haus deines Onkels, leiste deiner Tante Gesellschaft, wozu Jorge nie Zeit hat, aber was die Politik in Lissabon betrifft, hältst du den Schnabel. Hier sind wir in Figueira da Foz, verstanden?«

Er ging nach oben in sein Arbeitszimmer, setzte sich auf den Thron, rollte sich sorgfältig ein Zigarettchen und schaute mich erst an, als ich ihm mit schief gehaltenem Kopf Feuer gab. Er wartete wohl darauf, daß ich zuerst sprach, aber ich schwieg still.

»Was ist das für eine Geschichte, in der du steckst, die dieser Mistkerl mir erzählen wollte?« fragte er schließlich. »Was hast du ihm getan, daß er so sauer auf dich ist?«

»Heute morgen am Strand war er mit Rodrigues und Luís Macedo zusammen. Rodrigues ließ wie immer seine Grobheiten vom Stapel. Da fing Ramiro an, uns alle zu beleidigen. Die beiden haben ihm eine Tracht Prügel verpaßt, und ich habe sie nicht daran gehindert.«

»Hm... Und diese Geschichte, die er erzählen wollte? Das hätte mir gerade noch gefehlt, einem solchen Intriganten Gehör zu schenken, einer Dona Micaela, und das vor deiner Tante!«

Durch die Tracht Prügel, die Luís Ramiro verpaßt hatte, war offenbar der Titel weitergegeben worden, wie bei einem umgekehrten Wettkampf. Ich lachte darüber, daß Ramiro nun zur Dona Micaela befördert worden war, was bestens zu seinem runden, rotbackigen Gesicht paßte. Mein Onkel aber beharrte: »Was ist das für eine Geschichte? Da ist doch etwas, gar keine Frage.«

War es möglich, daß er nichts oder fast nichts wußte und nur mit hypothetischen Schlußfolgerungen geantwortet hatte, um Ramiro zum Schweigen zu bringen? Deshalb beschränkte ich mich darauf, zu sagen: »Ich habe keine Jungfrau defloriert.«

»Nein? War sie keine Jungfrau?«

»Sie, wer?«

»Was weiß ich! Ich weiß nicht wer, und ich will es auch nicht wissen. Aber steckst du in irgendeiner Klemme?«

»Nein, Onkel. Nicht in diesem Sinne. Ich habe eine Geliebte, ich habe sie mit in cin Stundenhotel genommen und werde das auch wieder tun. Und ich will sie nicht loswerden.«

»Bist du dir ganz sicher?«

»Ja.«

»Weißt du, was du tun solltest? Den Zug nehmen und nach Lissabon zurückkehren. Sie ist doch nicht aus Lissabon, oder? Und sie kann dir auch nicht nachkommen, oder kann sie das?«

»Wieso soll ich vor ihr weglaufen? Warum soll ich nicht die Gelegenheit nutzen, solange sie andauert?« Es tat mir in der Seele weh, so zu reden.

»Klar kannst du das, du sollst es sogar. Der Mann hat die Pflicht, jede Gelegenheit zu nutzen, damit er nicht nachher sein Kissen vollheult, denn im Bett ist es nur warm, wenn es nicht leer ist. Aber...« Er dachte einen Moment nach. »Wenn sie älter ist als du, nutze es aus, dann besteht keine Gefahr, da gehen alle Jungen durch, es gibt eine Zeit, da muß man sich älter und erwachsener fühlen, als man ist. Aber wenn sie in deinem Alter ist, dann mach, daß du fortkommst, sonst bist du verloren.«

»Verloren, wieso?«

»Aha, sie ist in deinem Alter... das hatte ich mir gedacht. Mach dich davon, Junge, mach dich davon. Oder du verliebst dich in das einzige, worein sich ein Mann nicht verlieben darf. Du weißt nicht, was das ist? Das Loch, das sie zwischen den Beinen hat. Das ist das Beste, was sie hat, es ist dazu da, daß wir Männer Vergnügen empfinden und welches bereiten. Sonst nichts. Aber sich zu verlieben, das ist etwas anderes. Hast du letzte Nacht meinen Rat befolgt? Nein, stimmt's?«

»Nein.«

»Siehst du?«

»Ich habe es nicht getan, weil sie mich nicht interessiert.«

»Was soll das heißen? Da gibt es eine Frau, die bereitwillig die Beine breit macht, und obwohl sie nicht abstoßend ist, soll sie einen Mann nicht interessieren? Unsinn... Du willst nur im Augenblick keine andere. Und genau darin liegt die Gefahr.«

»So ist es gar nicht, Onkel.«

»Und wieso nicht?«

Wie konnte ich ihm das erklären? »Man kann die beiden nicht vergleichen.«

»Ach nein? Stehen dir nicht beide zur Verfügung? Oder reicht's bei dir nicht für beide?«

»Klar reicht es.«

»Oder findest du, daß du deine Geliebte beschmutzt, wenn du etwas in sie reinsteckst, das schon in einer anderen drin war? Das Wasser wäscht alles ab.«

Ich sah mich mit Rodrigues und Carlos Macedo bei Tagesanbruch in der Brandung stehen und erwiderte: »Fast alles.«

»Stimmt... Eigentlich hast du recht... Es wäre zu ärgerlich.«

Ich sah ihn überrascht an. Er verfolgte einen neuen Gedankengang: »Ja... Du kannst nie sicher sein, daß dir die Maria nicht irgendeine Krankheit anhängt, und dann...« Doch plötzlich erschrak er: »Hör mal, du wirst doch nicht so dämlich gewesen sein... Aber natürlich, ist ja sonnenklar, daß du so dämlich warst. Das sind wir immer. Hör mal, wenn du ihr ein Kind gemacht hast...«

»Du bist ja Geburtshelfer...«

Er lächelte freundlich über die Schärfe in meiner Stimme und gab zurück: »Stimmt, wesentlich mehr, als du denkst. Keiner unterrichtet straflos viele Jahre lang an einer Jungenschule, so wie ich. Und du kannst mir glauben, das sind viel schwierigere Geburten.«

Rodrigues fiel mir ein, und ich sagte: »Manchmal stirbt das Kind auch.«

Er kniff die Augen zusammen, und seine Brauen wölbten sich mit theatralischem Entsetzen empor: »Aber Jorge... Wenn Jungen gebären, stirbt das Kind immer.«

Ich dachte nach, voller Zuneigung zu ihm. Schließlich sagte ich: »Wenn ich etwas brauche, wende ich mich an dich.«

»So ist es recht«, sagte er und erhob sich von seinem Thron hinter dem Schreibtisch, ging um ihn herum und legte mir die Hand auf die Schulter: »Weißt du was?... Eines Tages wirst du dich wehmütig an die aufgewühlte Zeit erinnern, die du jetzt durchlebst. Wirst schon sehen. Mit der Zeit wird man bei allem wehmütig und sehnsüchtig.« Er lächelte und fügte hinzu: »Das Leben ist unglaublich schamlos.«

Ich holte Luft: »Weißt du, Onkel... Wie es aussieht, sind sie losgefahren.«

Er nahm die Hand von meiner Schulter: »Wer, sie?«

»Sie.«

»Diese Geschichte ist erledigt. Reden wir nicht mehr davon. Schluß damit. Hast du etwas erfahren?«

»Noch nicht. Aber Luís sagte mir, sein Bruder sei nicht wieder aufgetaucht. Wenn ich etwas höre, sage ich dir Bescheid.«

»Das kannst du machen. Aber es interessiert mich nicht. Bis nachher«, und er wartete, bis ich draußen war, und schloß feierlich die Tür seines Arbeitszimmers.

XXIX

Kurz darauf ging ich nach draußen, um Mercedes anzurufen. Ich schlenderte die Straße entlang, auf der Suche nach einem Geschäft, von wo aus ich telefonieren konnte, aber mir war bald klar, daß ich alles tat, um ihr körperlich näherzukommen. So erschienen mir denn auch die zwei oder drei Läden mit Telefon, an denen ich vorbeikam, höchst unpassend, und vermutlich war es derjenige, von wo aus ich sie anrief – schon am Rand des Bairro Novo gelegen –, kein bißchen weniger.

Sie war gleich am Apparat, was mich verwunderte und verblüffte (denn ich hatte mich, paradoxerweise, schon darauf gefreut, ihr Kommen abzuwarten; dieses Vergnügens war ich nun beraubt, dafür genoß ich aber die Vorstellung, sie habe neben dem Telefon gesessen und nichts anderes getan, als auf meine Stimme zu warten): »Bist du's?«

»Ja. Na? Hast du auf mich gewartet?«

»Ja. Wenn du willst…«
»Wo treffen wir uns?«
»Dort… Meinst du, es geht?«
»Um wieviel Uhr? Ich gehe zuerst hin.«
»Um fünf.«
»Gibt es Neuigkeiten?«
»Erzähle ich dir nachher.«
»Meine Geliebte…« Es folgte ein Schweigen von ihr, als hätte sie die Augen geschlossen, um meine Stimme besser in sich einzulassen.
»Bis nachher«, sagte sie schließlich und legte auf.
Es war halb drei. Ich konnte Rodrigues besuchen und eine Erklärung von ihm verlangen, wer ihn darum gebeten habe, meinem Cousin alles mögliche zu erzählen; denn bestimmt hatte er Ramiro noch mehr gesagt, als dieser mir gegenüber angesprochen hatte, sonst wäre mein Cousin nicht mit so drohender Selbstsicherheit aufgetreten. Die Information, daß mich Rufininho mit einer Frau in einem Stundenhotel gesehen hatte, reichte nicht für Ramiros Angriffsversuch. Oder war es Luís gewesen? Aber wieso? Ich ging zu Rodrigues' Pension, unsicher, ob ich ihn noch antreffen würde, ob die Geschichte von der Alten, die ihn mit dem Wagen abholen ließ, überhaupt stimmte. Es war längst nach zwei.
Aber ich sah ihn schon von weitem am Eingang stehen, in nervöser Erwartung. Als ich näher kam, sagte er gleich: »Ah! Bietest du dich doch an, mich zu begleiten? Du hast Glück, der Wagen verspätet sich. Wahrscheinlich will sie mich auf die Probe stellen, mal sehen, ob ich warte oder nicht. Aber ich rühre mich nicht von der Stelle, wie du siehst.«
»Rodrigues, könntest du mir bitte mal sagen, was du Ramiro von mir erzählt hast?«
»Von dir?«
»Lenk nicht ab.«
»Nichts.«
»Nichts außer dem, was du in meinem Beisein gesagt hast?«
»Bist du deshalb hergekommen?«
»Ja, und weil er so tut, als wüßte er wunder was. Nur du kannst ihm davon erzählt haben. Er hat sogar versucht, bei meinem Onkel gegen mich zu intrigieren, um sich für die Tracht Prügel zu rächen.«

»Ich habe gar nichts erzählt. Nur daß du inzwischen um keine Odette mehr mit ihm streiten würdest, daß er sich keine Sorgen machen müsse, die Nutten könne er alle haben.«

»Und er weiß, wer meine Freundin ist?«

»Ja.«

»Wer hat ihm das gesagt? Du oder Luís? Er ist gestern nacht angekommen, und am Morgen war er gleich mit euch zusammen.«

»Aber das wissen doch alle.«

»Im Augenblick interessiert mich nicht, wer es weiß oder woher. Mich interessiert nur, wie er es erfahren hat.«

»Ich habe es ihm nicht gesagt. Und solange ich dabei war, auch Luís nicht.«

»Schwörst du, daß das die Wahrheit ist?«

»Na ja... das ist nicht ganz die Wahrheit. Aber ich kann schwören, daß er mich gefragt hat und ich geantwortet habe, es sei wahr.«

»Hattest du irgendeinen Grund dafür, ihm das zu bestätigen? Wenn er weder mein Freund ist noch deiner, mußtest du dich ihm anvertrauen?«

Er lächelte böse, wobei er, an den Türsturz gelehnt, die Hände in seinen Hosentaschen bewegte: »Ich muß mich doch immer jemandem anvertrauen... Und erst nachher merke ich, daß ich mich in dem Menschen geirrt habe...«

»Woher weiß er es denn nun? Und woher wissen es alle Leute? Wer weiß es?«

»Also, wenn du wirklich alles erfahren willst... Paß auf, Rufininho hat dich gesehen... Und sein kleiner Freund hat sie gesehen und sich vorgenommen, euch zu erpressen, weil er euch gefolgt ist und erfahren hat, wer sie ist. Rufininho ist zu mir gekommen, um euch sagen zu lassen, daß ihr nicht mehr dorthin gehen sollt.«

»Wann war das?«

»Gestern abend. Ich habe zu Rufininho gesagt, falls irgendwas passieren sollte, würde er es mir teuer bezahlen, mit seiner eigenen Haut.«

»Und daher wissen es alle, so daß heute morgen Ramiro, der gestern erst eingetroffen ist, bereits alles erfahren hat? Glaubst du das wirklich?«

»Dieses verdammte Auto kommt nicht... Die Alte hat mich sitzenlassen... Wie? Ja, es ist wirklich unwahrscheinlich... Vielleicht hat dein Cousin Rufininho getroffen, und der hat es ihm erzählt?«

»Ramiro redet nicht mit Rufininho. Keiner von uns redet mit ihm. Nicht mal du, früher jedenfalls.«

»Stimmt. Tu ich auch heute noch nicht. Nie. Selbst wenn er... na ja... Dann rede ich noch weniger.«

»Schäm dich was!«

»Vergiß nicht, daß ich dank deiner Mithilfe den letzten Rest von Schamgefühl verloren habe, du bist Zeuge.«

»Also, wie hat Ramiro davon erfahren?«

»Frag ihn doch.«

»Dem traue ich kein bißchen.«

»Dann...«

»Du weißt noch etwas, das du mir nicht sagen willst.«

»Und du? Weißt du nicht vielleicht auch noch etwas, das du mir nicht sagen willst?«

Im selben Augenblick hielt ein riesiges schwarzes Automobil vor uns, über und über mit Staub bedeckt. Darin saß eine alte Frau, die sich aus dem Fenster, dessen Scheibe herunterging, beugte und Rodrigues ein maliziöses Lächeln zuwarf, das mich mit einschloß. Sie ließ es langsam und gemächlich versickern, mit einer mißmutigen Aufmerksamkeit, wie die reichen Leute, die vor einem Schaufenster stehen und verächtlich betrachten, was sie problemlos kaufen könnten. Aber in ihrem Blick, den ich wachsam und neugierig parierte, lag auch ein wäßrig-gieriges Flackern, vibrierend vor ungeduldiger Unsicherheit. Hellblonde Haare ringelten sich lockig um das dick weißgeschminkte Gesicht, in dem sich ein schmaler Mund, breiter ummalt vom roten Lippenstift, zusammenkniff. Die Hand, die auf der heruntergekurbelten Scheibe lag, hatte lange Finger und rosig-ovale Nägel, und an jedem Finger saßen zwei oder drei Ringe mit ausladenden Juwelen. Sie mußte früher schön gewesen sein, viel schöner als meine Tante je, aber sie kam mir vor wie eine Ausgabe meiner Tante, deren Gesicht und Gesten die Aura zerstreuter Reinheit verloren hatten und die sich statt dessen als eine Karnevalsharpyie oder eine Theodora von Byzanz maskierte, welche schon mehrere Generationen von Stallburschen verschlissen hatte und sich das

Gesicht mit dem weißen Schmutz ungewaschener Vorhäute verspachtelte. Ihre Zunge, die zwischen den halb geöffneten Lippen hervorschaute, wirkte gespalten, aber nicht schlangenhaft, sondern so, als wäre sie durch Abnutzung gesplissen. Sie war ein faszinierendes Wesen und verströmte etwas parfümiert Abstoßendes, das in seiner Intensität auch den Wagen und den livrierten Chauffeur umhüllte, der ausstieg und Rodrigues den Schlag öffnete. Als Rodrigues beim Einsteigen über ihre Beine hinwegkletterte, um sich neben sie zu setzen, umfaßte sie seinen gebeugten Oberkörper, als überhäufte sie ein verwöhntes Hündchen mit Zuneigung; und als er mir im Sitzen noch sein verstörtes Gesicht zuwandte, legte sie ihm die andere Hand auf den Oberschenkel und lächelte mir liebenswürdig zu, ein Abschied, der mir auf geradezu professionelle Weise andeutete, ein andermal könnte dieser Oberschenkel, von dem sie Besitz ergriff, ebensogut der meine sein. Das Auto fuhr mit einem Kavaliersstart an, und als ich mich etwas umwandte, um ihm mit dem Blick zu folgen, sah ich den Hausdiener der Pension, der verblüfft im Eingang stand, voll ehrfürchtigem Schrecken angesichts der Ringe, des Autos, der blonden Locken. Und mit einem komplizenhaften Lächeln, das auch seine Achtung vor Rodrigues' (und indirekt meinem) Aufstieg ausdrückte, ging der Schrecken in neidische Anerkennung über: »Der hat's raus... Der schafft sie alle...« Ich entfernte mich und nahm in meiner Phantasie die strahlenden Zähne der Alten mit, die sie zwar nicht gezeigt hatte, aber die bestimmt weiß und spitz waren und grüngefleckt wie die Zähne eines Vampirs. In meiner Vorstellung tat sich ihr Mund zu einem düsteren, tiefroten Schlund mit weißen Schleimfäden auf, lauwarm, keuchend, und auf den messerscharf geschliffenen Zähnen hinter den Schneidezähnen (ebenfalls geschliffen und gebogen) waren, wie Brotstückchen, blutige, schwammige Fetzen all der Penisse aufgespießt, die sie verschlungen hatte, nachdem sie von ihren beringten Händen gestreichelt worden waren. Das Auto kam mir vor wie ihr Mund. Drinnen mit Fleisch gepolstert; oder umgekehrt, der Mund war ebenfalls ausgepolstert und öffnete sich, an Türangeln hängend, über einer schwarzen Karrosserie, die ihrem zinkweißen Gesicht entsprach. Als Rodrigues in das Auto einstieg, wurde er zu einem der geopferten Kinder, die man einst in den glühenden Bauch menschenfressender Götter schleuderte.

Als sich die Tür des Autos schloß, war sie das Messer, das ihn kastrierte. Und ich war es gewesen, der ihn an das da verkauft hatte. Ich bebte vor Entsetzen und vor Sehnsucht nach der sanften Zärtlichkeit an Mercedes' Brust und machte mich auf den Weg zu dem Haus der anderen Alten.

Plötzlich ließ mich Rufininhos Warnung, von der Rodrigues erzählt hatte, innehalten. Doch dann fiel mir wieder ein, daß mit den anderen natürlich auch der Junge fort war, und seine erpresserischen Absichten hatte er mitgenommen. Erst danach dachte ich daran, daß uns keiner erpressen konnte, wenn sowieso alle (wer?) von uns wußten. Aber wer wußte es denn nun? Vielleicht wußte Mercedes etwas. Ich klopfte an die Tür.

Die Alte brauchte lange; und als sie endlich kam, nachdem sie, wie ich merkte, zuerst am Fenster gespäht hatte, öffnete sie die Tür nicht, um mich einzulassen.

»Was wünschen Sie?«

»Ein Zimmer um fünf.«

»Es gibt kein Zimmer um fünf. Gehen Sie woandershin«, und ihr Gesicht zog sich abwehrend zusammen.

»Aber ich bin schon verabredet.«

»Dann sagen Sie eben ab.«

»Wollen Sie mich jetzt vielleicht reinlassen, oder soll ich der Polizei erzählen, was ich weiß?«

Sie beäugte mich beunruhigt und verwirrt: »Was wollen Sie erzählen?« Und gleich verteidigte sie sich: »Wollen Sie etwa, daß ich erzähle, daß Sie anständige Mädchen in mein Haus gebracht haben, um sie zu entehren?«

Ich bekam gerade noch den Fuß in die Tür, so daß sie ihn mir, im Versuch, die Tür zuzuschlagen, heftig einklemmte. Als der schlimmste Schmerz vorüber war, sagte ich: »Lassen Sie das Theater. Machen Sie auf. Ihr Neffe ist gestern nacht gefahren, nicht wahr? Ich weiß davon. Ich wußte es schon, als ich ihm hier begegnete.«

Sie machte flugs auf und seufzte: »Mich verfolgt auch immer das Pech. Diese Männer haben nicht mal vor meinem Haus Respekt«, dann machte sie hinter mir wieder zu.

Ich folgte ihr in die Küche, wo sie sich mit gesenktem Kopf an den Tisch setzte, ohne ein Wort zu sagen. Das Gespräch eröffnete ich: »Ich weiß, daß Ihr Neffe, zusammen mit einigen anderen, ein

Boot gestohlen hat und daß sie gestern nacht damit geflohen sind.«

»Die haben gar nichts gestohlen. Das Boot ist gemietet.«

»Aber es hat eine weite Fahrt vor sich und kehrt vielleicht nicht zurück.«

»Wie, es kehrt nicht zurück? So Gott will, wird es zurückkehren. Das Boot ist nicht weiter hinausgefahren als sonst schon mal.«

»Und Ihr Neffe gehört zu denen, die mit ihm zurückkehren?«

»Das hat er mir geschworen, bei seinem Augenlicht.«

»Was ist das für eine Geschichte, daß er mich erpressen wollte? Davon weiß ich nämlich auch. Er hat es neulich schon geprobt, wußten Sie das? Ist das der Stil Ihres Hauses? Empfangen Sie die Leute und verfolgen sie nachher? Glauben Sie, das zieht bei mir? Daß ich mit meiner Freundin herkomme, ist für niemanden ein Geheimnis.«

»Dieser Junge ist ein Schurke, ein Gauner, ein Elender, er ist mein Kreuz. Das macht er immer, wenn er kann. Eines Tages wird er irgendwo tot liegen, eine Schande für mich.« Daran, wie ihre Stimme ins Trudeln geriet, merkte ich, daß sie betrunken war und bislang, nur um mir zu widersprechen, ihre Sinne und Rede beieinandergehalten hatte. Zwei Flaschen standen neben dem Kamin.

»Aber Sie bekommen doch einen Anteil von dem, was er rausholt, oder?«

»Er gibt mir alles Geld, was er verdient. Ich weiß nicht mal, warum er das tut. Er kann ein so guter Junge sein!« Sie greinte. »So gut! Er sagt, die andern sind alle Kanaillen, und wenn sie Geld haben, sollen sie auch für ihre Laster bezahlen.«

»Und wer bezahlt für seine Laster?«

»Er hat kein einziges Laster. Nur das Böse steckt in ihm.«

»Und wenn er mit Rufininho oder einem von dessen Freunden hier aufs Zimmer geht, also mit Ihren und seinen Kunden, ist das etwa kein Laster?«

»Nein, mein Herr. Lasterhaft sind die anderen. Sie haben ihn vom rechten Weg abgebracht. Aber er bekommt sein Geld. Sogar von Rufininho, der uns so beschützt, bekommt er immer welches. Nur wenn er keins dafür bekäme, wäre es ein Laster. Rufininho, das ist auch ein Guter, der Ärmste. Und er mag meinen Jungen so gern, er sagt immer, sie sollen zusammen nach Lissabon gehen. Aber mein Junge lacht ihm ins Gesicht und verlangt den ausgemachten Preis.«

»Den ausgemachten Preis?«

»Ja, den Preis, den er mit Rufininho ausgemacht hat.« Sie wandte mir ein Gesicht zu, das der anderen Alten hätte gehören können, wenn die ihre Laster hätte abwerfen können. Ihre Lippen hingen bis zu den faltigen Mundwinkeln herab. Die Augen konnte sie nur mit Mühe einen Spalt öffnen. Die Runzeln im Gesicht waren tief eingegraben, nicht nur vom Alter, auch vom dunklen Talg. Wenn die sich waschen wollte, mußte sie bestimmt erst einmal die Falten säubern, eine nach der anderen, mit dem langen Nagel ihres kleinen Fingers. Ihre lilafarbene Zunge hing unentschieden aus dem Mund, und ihr Kopf, den sie beim Aufstehen vor lauter Anstrengung schief hielt, erinnerte an einen Gehenkten. Sie hing mit ihrem Leben aber auch wirklich wie an einem Galgen. Wie wir alle eigentlich, dachte ich schaudernd.

»Das Zimmer ist sauber und aufgeräumt, verzeihen Sie. Ich bin so aufgewühlt, daß ich gar nicht mehr weiß, was ich sage. Ich habe Ihnen den Fuß eingeklemmt, bitte entschuldigen Sie. Es hat doch nicht wehgetan, oder? Wissen Sie, wo das Boot hingefahren ist?«

»Nein.«

»Aber das haben Sie vorhin gesagt.«

»Ich sagte, ich weiß, daß sie weggefahren sind, aber nicht wohin. Sie müssen es doch wissen, denn Sie haben vorhin behauptet, es sei nicht weiter hinausgefahren als sonst auch.«

»Ich weiß nicht... ich weiß nicht... Normalerweise fahren sie bis Vigo, sogar bis La Coruña, habe ich gehört. Manchmal noch weiter, übers Meer da oben.«

»Na, dann sind sie wohl übers Meer da oben gefahren.«

Sie schwieg. Dann sagte sie: »Wissen Sie... falls Ihr Mädchen irgend etwas braucht... reden Sie ruhig mit mir, gehen Sie nicht woandershin.«

»Was soll sie brauchen?«

»Na ja«, sie machte eine Anstrengung, um zu lächeln, »manchmal, wenn die Leute nicht aufpassen, passieren Dinge... Viele Frauen kommen zu mir... Und ich mache alles ganz sauber.«

»Sind Sie etwa...«

»Na ja... Wenn es ganz billig sein soll, dann mache ich es selbst... Aber wenn es mehr kosten darf, habe ich da eine Hebamme, die ist ein Juwel für solche Sachen.« Sie nahm eine geradezu verliebte Flatterhaftigkeit an: »Sie kommen doch nicht hierher, um Kinder zu zeugen, oder? Sie und Ihr Mädchen kommen hierher, um Spaß zu haben, weil Sie jung sind, weil Sie einander lieben, wegen der Liebe... Ist doch so, oder?«

Ich nickte.

»Wollen Sie etwa, daß Ihr Mädchen mit einem Kind auf dem Arm dasitzt? Will die Kleine etwa ein Kind von Ihnen im Bauch haben? Ihr Männer glaubt immer, es ginge bloß ums Reinstecken und Abschießen und Rausziehen, aber das Schlimmste ist das, was drinbleibt. Daran denken die Mädchen nie, wenn das Fest am schönsten ist«, ihr glitzerten die Augen, »und ein Fest ist es doch, oder? Ein Fest...« Wollüstig erinnerte sie sich daran, mit verschwommenen, weit aufgerissenen Augen. Dann schloß sie, mit harten Gesichtszügen: »Ein Fest, das schlecht endet.«

»Wieso das denn?«

»Ach... Das wissen Sie nicht? Alles, was gut anfängt, endet schlecht, und alles, was schlecht anfängt, endet gut. So ist das. Sie haben Ihr Mädchen, alles läuft gut, alles läuft wunderbar, so richtig zum Genießen, nicht wahr? Und dann wächst ihr Bauch, und noch ein Unglücklicher wird in Christi Welt hineingeboren. Wollen Sie mir mal sagen, wozu, mein Herr?«

»Ich weiß es nicht.«

»Wozu kommt man auf die Welt? Ja, wozu? Ich weiß es... ich weiß es. Um zu leiden. Wir leiden alle, alle. Und wissen Sie auch, warum? Weil alle Leute genießen und nicht nachdenken. Und nachher kommt das dicke Ende. Wenn die Leute nachdächten, kämen sie gar nicht auf die Welt.«

»Und machten keine Kinder.«

»Und machten keine Kinder, Sie sagen es. Aber wenn sie doch kommen, dann werden sie eben abgetrieben.« Ihre Augen funkelten vor wilder Fröhlichkeit: »Wir treiben sie ab, wir treiben sie aus, wir bringen sie ins Waisenhaus, aus. Alles aus!« Sie lachte und wiederholte: »Alles aus... alles aus...« Und bekräftigte noch einmal: »Schluß aus.«

Mir lief es kalt den Rücken hinunter, wenn ich daran dachte, daß es auch für mich hätte heißen können, alles aus, ab in den

Mülleimer (wie andere Geschwister, die meine Eltern nicht gewollt hatten). Instinktiv kam mir der boshafte Gedanke, wie gut es wäre, wenn man im Rückblick sagen könnte, wer rechtzeitig in diesen Mülleimer hätte verfrachtet werden sollen. Diese Alte zum Beispiel. Und wenn es Mercedes so ergangen wäre? Aber damals war sie ja noch nicht Mercedes, sondern nur ein ekliger Fötus. Da hörte ich es an die Tür klopfen, mit glücklicher Ungeduld, als kämen ich, Mercedes, die ganze Welt oder nur dieses Klopfen aus einem schmutzigen Mülleimer hervor und fielen einander in die Arme.

Die Alte sagte: »Gehen Sie, machen Sie auf, das ist sie... Heute erwarte ich sonst niemanden um diese Uhrzeit.« Als wir schon im Flur standen, fügte sie hinzu: »Vergessen Sie nicht, ich stehe zur Verfügung, wenn Not am Mann ist«, und kicherte ausgiebig, worauf ein Rülpser folgte, der mich lächeln ließ.

Ich öffnete die Tür einen Spalt, und es war wirklich Mercedes, die hereinkam, mich flüchtig auf die Lippen küßte und in das Zimmer schlüpfte, wo wir schon gewesen waren.

Drinnen drehte sie sich zu mir um und sagte: »Weißt du, daß ich verloren bin? Meine Eltern wissen alles. Sie wissen sogar, daß ich jetzt hier bei dir bin.«

»Und das macht dir etwas aus? Wenn du hier bei mir bist, auch wenn alle Welt es weiß, was kümmert uns das?«

Sie klammerte sich an mich, preßte ihren Bauch an meinen, küßte und streichelte mich: »Es kümmert mich nur, wenn sie uns daran hindern wollen, uns wiederzusehen, oder wenn sie dich dazu zwingen wollen, mich zu heiraten.«

»Na und?«

»Ich will nicht, daß du zu irgend etwas gezwungen wirst. Und ich will selber zu nichts gezwungen werden. Ich will mich nur mit dir treffen können.«

Ich half ihr, sich auszuziehen, sie zog mich aus, und unsere Münder ließen nicht voneinander ab. Nackt standen wir voreinander, sie legte mir ihre Hände auf die Schultern und sagte: »Ich möchte dir gehören, in aller Freiheit. Wenn ich dich irgendwann einmal brauchte, auch wenn ich die besten und die schlimmsten Männer der Welt hätte, wenn ich dich riefe und du kämst nicht... Weißt du, was ich dann tun würde?«

Ich umschlang sie, aber sie stieß mich ein Stück zurück. Die

Spitzen ihrer Brustwarzen kitzelten meine Brust, ihre Hände gingen nach unten und packten mein aufrechtes Glied, und ich hörte kaum, wie sie zu mir sagte: »Ich würde mich umbringen.«

XXX

Später, als wir ausgestreckt nebeneinander lagen und Mercedes' Hand sanft über meine Brust, meinen Bauch und meine Taille strich, als ich langsam mit der Hand über die Mittelfurche ihres Rückens fuhr und Mercedes halb über mich zog, fragte ich: »Sind sie losgefahren?«

Kaum hatte ich es gesagt, merkte ich, daß ich ihr diese Frage gar nicht hatte stellen wollen. Doch ohne ihr Streicheln zu unterbrechen, antwortete sie: »Ja, sie sind weg.«

»Weißt du das sicher?« Auch das war eine Frage, die ich nicht hatte stellen wollen, und im gleichen Moment merkte ich, daß es mir letztlich egal war zu erfahren, ob sie wirklich gefahren waren, denn für mich war es ohnehin so, genau wie für andere auch.

»Ja, ganz sicher.«

»Und woher?« Wie ein Frage-Antwort-Spiel.

»Weil mich Carvalho wie verabredet angerufen hat, als er von der Fahrt zurück war.«

»Dich?«

»Ja, mich.«

»Was soll das heißen?«

»Nichts. Wenn er mich anrief, bedeutete das, alles ist gutgegangen.«

»Aber es war doch bestimmt spät. Hast du die ganze Zeit gewartet?«

»Ja.«

»Und deine Eltern sind nicht mißtrauisch geworden?«

»Nein. Aber jetzt wissen sie Bescheid.«

Statt sie zu fragen, woher sie es wußten, erinnerte mich der Satz an ein anderes Thema: »Und wie haben sie von uns erfahren?«

»Gestern nacht, bevor es losging, hat Almeida ihnen alles erzählt.«

»Dreckskerl.«

Sie hörte auf, mich zu streicheln, was ich bei ihr längst getan hatte: »Ist er nicht. Er hat gesagt, er würde mich auch jetzt noch heiraten, trotz allem, was geschehen sei.«

»Aber sicher ist er das. Er ist ja weggefahren...«

Sie richtete sich halb auf und sah mir in die Augen: »Jorge... Er ist nicht weggefahren.«

Ich setzte mich mit einem Ruck auf. »Nein?«

»Nein.« Mechanisch strich sie sich durchs Haar. »In letzter Sekunde ist er doch geblieben, eben weil er all das erzählt hatte.«

»Und du?«

»Ich habe gesagt, daß ich weder ihn noch dich heiraten will.«

»Und er?«

»Wie, er?«

»Wo ist er?«

»Er muß heute abgereist sein.«

»Wohin?«

»Weiß ich nicht. Interessiert mich auch nicht.«

»Es interessiert dich nicht?«

»Weißt du, was er gestern gemacht hat? Er hat im Kasino einen Riesenskandal gemacht, vor Unmengen von Leuten, er hat laut und vernehmlich herumgebrüllt, ich wäre eine...«

»Still. So ein Dreckskerl.«

»Nein. Er hat recht. Das bin ich.«

»Sag das nicht.«

»Wieso? Ist dir das unbequem? Hast du nicht genau das aus mir gemacht?«

Ich packte sie am Arm: »Wenn du nicht schweigst...«

»Was dann? Willst du mich etwa schlagen?«

Ich ließ die Hände sinken. Wir saßen nebeneinander auf der Bettkante. Ich sagte, kaum hörbar: »Wenn du nicht schweigst, dann bist du das.«

Danach hockte ich da, unfähig, sie anzuschauen, mich zu rühren, meine Gedanken zu ordnen, einen vollständigen Satz herauszubringen. Lange saß ich so. Bis ich schließlich sah, ohne zu begreifen oder begreifen zu wollen, wie sie sich herumrollte, vor mir niederkniete und meine Hüften umschlang, den Kopf zwischen meinen Beinen vergraben. Als ich nach unten schaute, sah ich ihre Haare, die über meinem Schoß lagen, und spürte ihren Mund, der mich sanft biß. Ich versuchte, sie hochzuheben, aber sie weigerte sich. Dann ließ ich mich nach hinten fallen, zog sie auf mich zu und drehte sie herum, bis ich sie am Po umfaßte, blind unter ihrem Geschlecht, während sie sich auf meinen Hüften abstützte. Als sich etwas später unsere Münder wieder fanden, wußte keiner von uns mehr, wo der eine aufhörte und der andere anfing.

Und während die einbrechende Dunkelheit ins Zimmer drang und sich mit schwarzem Dunst aus den Ecken erhob, nur knapp über unsere weißen, umschlungenen Körper hinweg, erzählten wir einander alles, in einem Wirrwarr von Einzelheiten und Andeutungen, die der andere oft nicht genau verstehen konnte, aber im Innersten begriff. Alles, was sich in uns beiden abgespielt hatte. Sie beschrieb mir die Szenen, bei denen ich nicht dabeigewesen war: und es war, als säßen ihr Bruder, Almeida, die Eltern still und kläglich neben uns. Genauso berichtete ich von meinem Onkel, meiner Tante, den Macedos, Rodrigues, der Schwiegermutter meines Onkels. Sie alle waren nichts weiter als Statisten unserer Liebe. Und unsere Liebe, ganz fern und befriedigt, war nichts weiter als eine Statistin ihrer selbst, und nichts tat uns weh.

Als wir aufstanden, uns wuschen und anzogen, sagte sie: »Morgen fahren meine Eltern weg. Sie wissen auch von der Flucht nach Spanien.«

Zuerst begriff ich nicht: »Weg? Wohin?«

»Wir fahren nach Hause.«

»*Wir* fahren? Du auch?«

»Wohin soll ich denn? Soll ich bleiben? Wie?«

»Ich möchte, daß du bei mir bleibst.«

»Wo?«

Auf mein verzweifeltes Schweigen fügte sie hinzu: »Siehst du, daß ich das bin, was ich gesagt habe? Du hast nicht mal einen Ort, wohin du mich bringen kannst.«

»Sag das nicht.« Ich stand bewegungslos bei ihr. »Ich habe nur deshalb keinen Ort, wohin ich dich bringen kann, weil ich nichts habe, das mir gehört.«

»Ich genausowenig.«

»Wir beide haben nur uns, sonst nichts.«

Sie sagte langsam: »Und jeder von uns ist im Leben des anderen zuviel.«

Ich umarmte und küßte sie und sagte: »Nein… nein… Das nicht.«

»Aber es stimmt doch. Willst du es nicht begreifen?«

»Nein.«

Sie hielt mir die Augen mit den Händen zu und sagte zärtlich: »Dann eben nicht, aber hör zu. Kann ich zu deinem Onkel nach Hause? Nein. Kann ich mit dir nach Lissabon? Nein. Kann ich in der Pension bleiben? Nein. Kann ich hier wohnen, in diesem Zimmer? Nein. Kannst du mich an irgendeinem Ort unterhalten? Nein.«

»Aber wir könnten arbeiten und zusammenleben.«

»Arbeiten, was denn? Höchstens das, was wir immer zusammen tun… Ach, mein Liebling, wie wünschte ich, die Dinge lägen anders… Aber so kann ich doch nur dein Leben ruinieren… Weißt du was?… Wir haben uns zu früh kennengelernt, oder zu spät. Und du hast dich nur getraut, mich auf diese Weise zu erobern, weil schon ein anderer vor dir da war. Und ich habe mich dir, den ich liebe, nur hingegeben, weil ein anderer mich schon zur Hingabe gebracht hatte. Wären wir uns früher begegnet, hätten wir uns nicht so geliebt wie jetzt, oder? Und jetzt ist es zu spät, um noch einmal von vorn anzufangen. Wir haben keinen Anfang gehabt, mein Liebling. Und wir können nur eines tun: in unserer Liebe auch kein Ende zulassen. Alles, was wir für unsere Liebe tun könnten, was wir opfern könnten, würde ihr Ende nur beschleunigen oder das Leben beenden, in dem wir uns lieben können.«

»Wie kannst du nur so heiter all das sagen und denken?«

»Ich bin doch nicht heiter, mein Liebster, wirklich nicht. Im Gegenteil.«

»Glaubst du, unsere Liebe kann das aushalten? Und immerwährend andauern, auch wenn wir nicht jeden Tag und jede Stunde beieinander sind?«

»Falls sie nicht andauert, selbst wenn andere sich dazwischenstellen, dann ist sie eben nicht die Liebe, für die wir sie halten.«

»Und du meinst, die anderen würden das akzeptieren?«

»Sie brauchen nichts davon zu erfahren.«

»Aber wenn sie es nicht erfahren, sind wir ihnen doch nicht mehr treu.«

»Ich schulde niemandem Treue außer dir und mir selbst. Aber du denkst ja schon daran, ob du eine andere heiraten und mit ihr

Kinder haben kannst und mich trotz ihrer Existenz ab und zu triffst und das bleibst, was du für mich bist.«

»Gar nicht wahr.«

»Das glaube ich dir. Aber du brauchst mich nicht.«

»Ich brauche dich immer, jeden Augenblick.«

»Ich bin aber nicht immer und jeden Augenblick bei dir. Nur jetzt, in diesem Augenblick. Ich kenne deinen Körper so genau, wie nie eine andere Frau ihn kennenlernen wird, und ich gehöre dir so sehr, als wäre ich eine Frau, die du gekauft hast.«

»Nein.«

»Doch... Du bezahlst mich mit deiner Liebe. Nicht nur mit deinem Fleisch oder deinen Gedanken. Wenn du in mir bist, denkst du an nichts, an nichts mehr, stimmt's? Weder an dich noch an mich? So ist deine Liebe, das, was ich als deine Liebe empfinde. Du könntest mir niemals mehr geben als das, was du mir schon gibst.«

»Ach, du findest, ich gebe dir zuwenig und bin nicht imstande, dir mehr zu geben.«

»Nein. Ich habe mich nicht klar ausgedrückt, das tut mir leid, mein Liebling. Ich wollte sagen, für mich ist dies das Größte, mehr als alles andere.«

Sie gab mir einen hingehauchten, flüchtigen Kuß: »Gehen wir.«

Wir traten auf den stockdunklen Korridor, und ich hielt ihr die Tür auf, um sie durchzulassen. Aber ich ergriff ihre Hand: »Und jetzt?«

»Ich werde dir schreiben.«

»Schwörst du?«

»Ich schwöre.«

Die Alte tauchte aus dem Dunkel neben mir auf: »Kommt sie nicht wieder? Fährt sie ab? Aber Sie kommen doch, mein Herr, kommen Sie nur immer wieder. Fühlen Sie sich wie zu Hause«, und sie steckte den Schein ein, den ich ihr gab.

Als ich schon auf der Straße war, Mercedes auf den Fersen, um sie doch noch zu erwischen, rief mich die Alte. Ich blieb stehen und drehte mich um. Sie winkte mir freundlich zu, den Mund zu einem Schnütchen gespitzt, was im Licht der Straßenlaterne einen Schattenflecken auf ihrem Gesicht ergab. Ich kam ein paar Schritte näher.

»Verzeihen Sie die Bitte, mein Herr... Aber da Ihre Kleine anscheinend nicht wiederkommt... Wenn Sie irgend etwas erfahren... eine Nachricht von dem Boot... Verstehen Sie... Sagen Sie mir dann Bescheid? Und kommen Sie nur immer, wann Sie wollen... mit wem Sie wollen... Und falls es Probleme gibt, zahlen Sie ruhig, wann es Ihnen paßt...«

Ich war bereits um die Ecke gebogen, im Laufschritt, als ihre letzten Sätze noch in meinem Kopf nachhallten. Was wollte sie damit andeuten? Daß sie weiterhin zur Verfügung stand, falls Mercedes schwanger werden sollte? Oder daß ich mich auch bei meinen nächsten Abenteuern ihres Hauses bedienen konnte, da die Geschichte mit Mercedes nun beendet schien? Vielleicht meinte sie auch beides zugleich, was für sie, da sich alles um das Bett drehte, das sie zu vermieten hatte, keinen großen Unterschied machte. Außerdem wollte sie den Kontakt zu jemandem, der ihr Nachricht von ihrem Neffen bringen konnte, nicht verlieren. Ich mußte nicht lange laufen, um Mercedes einzuholen. Aber ich hatte solch einen Schwung, daß ich sie beinahe überholt hätte, ohne sie zu sehen, denn sie war stehengeblieben, an eine Wand gelehnt. Sie war es, die nach mir rief, als ich vorbeikam.

Sie weinte. Ich trocknete ihre Tränen. Ich stellte ihr die absurde Frage, was sie habe, als wollte ich sie idiotischerweise trösten. Und genau wie bei einem Kind, das aus einem Grund weint, den man kennt, brachte die Frage sie zum Lächeln, wie ein Kind darüber lächelt, daß man so tut, als wüßte man etwas nicht, das man genausogut wie das Kind weiß, während im selben Augenblick die Überlegenheit, die das Kind durch die Frage über einen hat, den Kummer vertreibt oder zumindest seine Ursache auf die Ebene der belanglosen, albernen Dinge verweist. Sie nahm meine Hand und schlug vor: »Gehen wir zurück? Hast du Lust? Bleiben wir einfach da?«

Wir kehrten zurück. Die Alte empfing uns ohne Überraschung, als wäre unsere Rückkehr das Natürlichste von der Welt. Vielleicht war sie so daran gewöhnt, daß sich die Paare die Klinke in die Hand gaben, daß sie sie gar nicht mehr unterscheiden konnte. Sie bot uns ein Abendessen an. Ich wollte kategorisch ablehnen, doch Mercedes erklärte, sie hätte Hunger, gerne, vielen Dank. Wir setzten uns an den Küchentisch, und die Alte, die im Stehen, den Teller auf der Hand, von derselben Fischsuppe aß wie wir, betrachtete uns und sagte (mit einem kräftigen Schuß Wein in die Suppe) liebevoll: »Wie zwei kleine Täubchen...« Ich hingegen, hin und her gerissen zwischen dem Hunger, den auch ich verspürte, und einem gewissen Ärger über Mercedes' Appetit (ich hatte sie noch nie bei Tisch essen sehen), aß und sprach kaum. Es verschlug mir beinahe die Sprache, zu beobachten, wie sich eine weibliche Vertraulichkeit zwischen den beiden einstellte, lauter Lächeln und verständnisinnige Blicke, die mich vereinnahmten und kränkten. Die Alte sagte, junge Leute wie wir müßten doch anständig essen, es gebe nichts Besseres als die Liebe, um den Magen zu öffnen, und nichts Besseres als einen vollen Magen, um die Liebe anzustacheln. Und sie endete mit dem Spruch: »Ein hungriger Magen macht gar nichts gut, nicht mal das.« Was Mercedes zu einem offenen, hemmungslosen Lachen reizte, das mich wiederum fuchsteufelswild machte. Ihre beim Lachen weiß schimmernden Zähne blitzten auf eine Art, daß ich mich, bei alldem, was ich diesem gezähnten Körper von dem meinen gab, plötzlich wie eine Fischsuppe fühlte, fett und flüssig.

Ein Klopfen an der Haustür scheuchte uns in »unser« Zimmer, und die unordentlichen Laken und die Waschschüssel erinnerten uns bei der Rückkehr, anders als erwartet, nicht an unser Vergnügen, sondern brachten uns mit einem Schmutz in Berührung, den nicht wir, sondern x-beliebige Vorgänger hier hinterlassen hatten. Mir wurde klar, daß uns der Schmutz der anderen eigentlich immer vorausging, eine Art Verheerung und Müll, die wir durch unser bloßes Existieren selbst genauso verursachen. Der Ekel, den wir angesichts von Schmutz und Unordnung der anderen empfinden, ändert sich nicht dadurch, daß wir selbst diese anderen sind oder einmal waren. Doch zugleich facht der Ekel, der uns mit den anderen gleichsetzt, die Lust an – so auch jetzt –, uns wieder in die zerwühlten Laken zu stürzen, als entfaltete sich die Freiheit dieser Rückkehr, gegen alle und alles und ungeachtet aller Konsequenzen, erst so richtig inmitten der schmutzigen Unordnung, die unsere Liebe verursachte. Die schmutzigen Handtücher, das schmutzige Wasser, alles, was dieses Zimmer zu einer Liebeshöhle machte, die nur durch vorübergehendes Aufräumen getarnt werden konnte, all das entsprach letztlich genau unserer Leidenschaft. Ich preßte Mercedes an mich, wir wälzten uns wieder nackt auf dem Bett, und unsere Liebe hatte etwas von einem folgenlosen Scherz an sich, wie ein Aufbäumen überschäumender Lebenslust, wie herumtollende Kinder am Strand. Wir hatten, im Leben wie im Bett, jegliches Schamgefühl voreinander verloren, jenen letzten Rest von Zurückhaltung, den Hände, Münder und Geschlechtsteile innerhalb der erwachsenen Übereinkunft, verschiedene Körperteile zu sein, immer noch behalten. Und so waren wir wie Kinder, die im Matsch spielen, ganz zu schweigen von all den Dingen, die selbst Kinder im Matsch nicht tun. Der Geruch unserer Körpersäfte, die an Hände und Mund und Nase kamen, ein Geruch, den wir aufschleckten, jeden Widerwillen vergessend und doch nicht so tollkühn, wie wir am Nachmittag alle Schranken niedergerissen hatten, dieser Geruch schwebte als ein untrennbares Gemisch über uns. Und es war nichts Widerliches mehr an ihm: denn widerlich ist nur, was zu einem einzelnen gehört. Wir waren nichts als Kinder, die verblüfft entdecken, daß es auch noch andere Kinder gibt, wir entdeckten uns im anderen als Kind, erforschten uns tiefer, als es das Leben Kindern oder Erwachsenen sonst erlaubt. Wir erlebten, wie das Wesen des einen dem anderen begegnete, nicht in dieses eindrang. Demnach war das, was uns am meisten erregte, was uns schier darüber verzweifeln ließ, daß unsere Zungen nicht so heftig küssen konnten, wie wir gewollt hätten, also nicht unser gemeinsamer, aufgeheizter Geruch. Unser Überschwang entsprang der ruhigen und atemlosen Sicherheit, daß wir einander besaßen, ohne Besitz zu ergreifen, daß dies weniger Eroberung als Hingabe war, weniger ein Vorstoß, bei dem sich der Körper bis an die Grenzen seines Fleisches ausdehnt, als vielmehr ein Zurücksinken in den eigenen Körper, weil er dem anderen seine physischen Grenzen nicht mehr aufdrängt.

Irgendwann wurden wir wieder ruhig. Ich genoß das Gefühl, weich und schlaff und ganz von ihr erfüllt an ihrem harten Bauch zu liegen, und dachte an nichts. An die Stelle meiner Gedanken war die Empfindung getreten, die ihre Haut an meinen Händen hinterließ, immer wenn ich sie sanft und langsam berührte, und ihr Atmen, fast unmerklich und weich. Als ich mich ein wenig aufrichtete, merkte ich, daß sie in meinen Armen eingeschlafen war. Sie schlief so ruhig, so heiter, so tief, als wäre sie tot. Da fiel mir mit einem Schaudern ein, wie sie gesagt hatte, sie würde sich umbringen, wenn ich mich je ihrer Liebe entzöge. Doch wenn ich sie anschaute mit ihren ruhenden Wimpern, den leicht geöffneten Lippen, der schweißfeucht gespitzten Nase, den runden Brüsten und dem schwarzen Dreieck ihres Bauches, konnte ich da je aufhören, sie zu lieben? Würde ich mich ihr je verweigern können? Nein. In der Stille des Zimmers, des Hauses und der Straße hörte ich Schritte auf dem Flur, eine Tür öffnete und schloß sich wieder. Da gingen welche fort, nach vollzogener Befriedigung. Sie würden sich nicht mehr treffen, entweder weil ihre Begegnung gescheitert oder weil sie zufällig war, und sie würden auf der Straße die Augen abwenden, wenn sie sich über den Weg liefen, bis sie womöglich der Zufall wieder zusammenführte oder sie, aus Gier oder trügerischer Erinnerung, das Scheitern des ersten Males vergessen hatten oder es gar in ein süßes, triumphales Gedenken umwandeln wollten. Oder sie waren Geliebte aus purer Lust und sättigten sich hastig aneinander, wann immer sie hierher flüchten konnten, jeder des anderen mißglückter Ersatz, hinter geschlossenen Augenlidern. Voll erneuter Zärtlichkeit ließ ich meine Augen über jede Einzelheit dieses Körpers gleiten (aufmerksam, aber ganz leicht, damit mein Blick sie nicht aus dem Schlaf riß, in dem sie so sehr mir gehörte), und erst durch die Langsamkeit meines Betrachtens begriff ich, daß ich nicht Mercedes vor mir sah, sondern meinen eigenen Körper, der in einem anderen Gestalt angenommen hatte. Nicht die andere Idealhälfte, nach der »man« sucht. Nicht die Frau, um deretwillen jeder Mann in seinem Innern Mann ist. Und noch weniger der Mann in Gestalt einer Frau, außerhalb von einem selbst. All dies, ich spürte es an der Schärfe, mit der ich sie betrachtete, war nicht sie und auch nicht meine Beziehung zu ihr und ihrem Körper. Ich schaute mich selbst als fleischgewordene Liebe an, als räumliche, geformte Wirklichkeit, als Sexus, der die Einsamkeit des Instruments verlor und zur Unabhängigkeit einer autonomen, unvorhersehbaren Einsamkeit fand, in der er nicht ein Werkzeug zum Formen und Beherrschen eines anderen Körpers ist und ebensowenig die Achse, um die sich das Leben dreht, sondern ein Mittelpunkt, wo das Leben verweilt, ein Ganzes, in dem sich das Leben als Lebendiges, nicht als Gelebtes konzentriert. Ich fühlte, daß niemand, nur weil er ein Ding ist oder so behandelt wird, aufhört, in Freiheit zu existieren oder überhaupt zu existieren. Das geschähe nur, wenn er nicht die Würde der Dinge erlangte und damit die flüchtige Zerbrechlichkeit verlöre, die uns allen eigen ist. Dieser Körper war nicht Mercedes, sondern ein Ding, genau wie ich, weil wir alles andere abgeworfen hatten, um genau das sein zu können. Die Liebe war keine spirituelle Wesenheit, die körperlich wurde. Sonst wäre sie falsch, eine ärmliche Imitation ihres eigenen Wesens. Die Liebe war und konnte nur eines sein, um wahre Liebe zu sein, nämlich diese Verdinglichung in einem anderen Körper, der nicht nur begehrt, nicht nur besessen, nicht nur von den Augen bis ins letzte erkannt und verschlungen wurde, der nicht nur die unbefriedigte Vereinigung vervollständigte, sondern der, über Blicke und Träume hinaus, von den Bewegungen und Handlungen des Liebesaktes verwirklicht und nachgeschaffen wurde. Ein Ding, ein herabgewürdigtes Ding war die Liebe höchstens als menschliches Begehren, dem man nachgeht, das man stillt. Nur wenn man die Schwelle nicht überschritt, jenseits deren man sich in der Liebe verliert, bestand sie aus nicht mehr als den zwei Menschen. Doch die Würde der Form, des Daseins, der Schöpfung, des Gegenstands, der sich nicht seelenvoll mit falschen Gedanken von imitierter Liebe aufzuwerten brauchte, all das hatte der Körper erreicht, der da neben mir schlief. Es war ein Körper und auch wieder nicht. War sie und auch wieder nicht. Nicht weil sie sich aufgelöst hätte und ihr Körper als solcher (und als ihrer) dazu, sondern weil meine Liebkosungen ihn geschaffen, geformt hatten, ohne daraus ein Phantasiebild zu machen, in dem sich andere, ewig begehrte Körper vereinten. Im Gegenteil, er war zu etwas so Wirklichem geworden, weil kein anderer Körper, kein anderes Bild an seiner Komposition teilhatten. Alles war durch diesen Körper ausgeschlossen worden, in ihm und für ihn. Selbst Mercedes. Selbst ich. Absolut alles. In genau diesem Augenblick wurde mir klar, warum ich sie nicht lieben konnte, und ich schlief gelöst neben ihr ein, merkte nur noch, wie ich wegdämmerte.

Auch im Schlaf, in der Entspannung, die mein Bewußtsein sogar von dem befreite, was ich gerade gedacht hatte, spürte ich weiterhin Mercedes' Kopf auf meinem Arm, ihre Schamlippen an meiner Hand. Ich erlebte wie mit offenen Augen einen Traum, den ich mich träumen sah. Mercedes stand auf, zog sich an, küßte mich auf die Stirn und ging lautlos hinaus. Doch in der offenen Tür blitzte ihr Körper noch einmal auf, nackt. Die Alte kam herein, auf sie folgte ihr Neffe, dann Carlos Macedo, Rufininho, Rodrigues, die Schwiegermutter meines Onkels, meine Tante, dann erneut Rodrigues, Luís Macedo, der Junge aus der Kirche, der Alte aus der Kirche, Carvalho, dann wieder die Schwiegermutter meines Onkels, mein Onkel, mein Cousin Ramiro, Odette, Helena, Almeida, Zé Ramos, das Dienstmädchen meines Onkels, die Freundin Mesquitas (am Telefon), dann Mesquita selbst, die Frau von den Azoren, die mit Puigmals Mutter befreundet war, dann Puigmals Mutter, Puigmal, Don Juan de Diós, darauf das Gesicht, das ich kurz im Auto erspäht hatte, dann Don Fernando, die Tante der Macedos, Hauptmann Macedo, mein Vater, meine Mutter und schließlich ich selbst. Nach mir kamen noch weitere Onkel und Tanten von mir, Matrosen und Fischer, Soldaten und Polizisten und eine blonde Person, die ein Strand voller Boote war. Im Zimmer wimmelte es von Menschen, und alle begannen sich langsam und sorgfältig auszuziehen, trotz der Enge, in der sie einander anrempelten, und sie lächelten sich gegenseitig zu. Äußerst sorgfältig legten sie ihre Kleider zusammen und warfen sie dann in eine Ecke des Zimmers, wo sie von allein zappelten und zuckten, bis sie sich schließlich in Beine und Arme und Haare verwandelten. Je nackter die Menschen waren, desto mehr verschwanden ihre Körper, und ich konnte durch sie hindurch die Möbel im Zimmer sehen. Dieses wiederum war zugleich das Haus meines Onkels von außen, der Schlafsaal meiner Schule von innen und außerdem ein nächtlicher Strand, mit Laternen, die im Dunkeln Zeichen gaben. Im selben Augenblick fuhren zwei Autos am Anfang des Strandes vor, und heraus kletterten, obwohl sie doch schon im Zimmer waren, ein weiteres Mal Carvalho, Ramos, Carlos Macedo, der Neffe der Alten und Almeida. Letzterer aber zog eine Pistole, richtete sie auf die Reifen und schoß lautlos hinein, so daß die Luft entwich. Darauf kam ein drittes Auto, dem die Spanier und andere Leute in Uniform entstiegen. Mitten auf dem Strand befand sich die Bar des Kasinos, hell erleuchtet, und der Strand war der Vorplatz der Kirche. Dort aber befand sich keiner von all den Leuten, nur ich saß da, im Restaurant, und aß gekochten Fisch, den mir der Kellner vorlegte. Währenddessen schlenderte sein Chef, kugelrund und in Unterhosen, durch die Kammern des Schlafsaals in der Schule. Plötzlich hatten ganz viele einen Stock in der Hand und zerrissen damit das Bettlaken, aus den Rissen quoll Blut, das den Sand des Strandes durchnäßte, den gekochten Fisch und den Treppenläufer in Mercedes' Pension. Da kehrte Mercedes zurück, und ich sah den Freund von Puigmals Vater weinend im Salon neben unserem Studierzimmer sitzen. Das Dienstmädchen meines Onkels spreizte die Beine, und ihr Bauch war von innen zu sehen, wie ein gefegter, gewachster Korridor. Plötzlich verschwanden alle. Ich hörte Schüsse, obwohl sie lautlos waren, und ein vierter Wagen kam angefahren, der quietschend neben dem Bett zum Stehen kam. Drinnen saßen Rodrigues und die Schwiegermutter meines Onkels. Mercedes stieg ein, und das Auto versank langsam im Meer. Dann lag Zé Ramos ganz nah am Wasser, tot. Ich beugte mich über ihn und hörte Almeida in der Bar des Kasinos, der Mercedes beschimpfte, und Zé Ramos grinste und zwinkerte mir zu, und ich versank im Tiefschlaf, in einem grünlichen, meerartigen Dunkel, das nach Fischsuppe roch und durch das einige Schatten sich, kaum erkennbar, bewegten. Als nächstes öffnete ich die Augen einen Spalt und spürte schreckliche Schmerzen, während mir die Fischsuppe in den Mund stieg. Mercedes lag schlafend neben mir, aschfahl wie der Morgen, der durchs Fenster sickerte. Eine Kälte erfaßte mich, und ich deckte Mercedes etwas zu. Dann stand ich ganz langsam auf, mit einem ungeheuren Druck auf der Blase, als hätte ich sie seit Tagen nicht geleert. Ich griff nach dem Nachttopf, doch als ich ihn in Händen hielt und gerade Mercedes den Rücken zukehren wollte, um Wasser zu lassen, merkte ich, daß es nicht ging, weil ich mir ihren Körper vorstellte, und außerdem schämte ich mich gar nicht vor ihr. Also drehte ich mich zu ihr und schaute sie dabei an. Sie rutschte mit einem Seufzer hin und her. Ich legte mich wieder ins Bett und entblößte sie, betrachtete ihren Körper und ihre Beine, die sich im Schlaf spreizten. Dann stieg ich über sie, auf Hände und Füße gestützt, und wir berührten uns nur zwischen den Beinen. Sie regte sich, stöhnte, wand sich, riß erschrocken die Augen auf, voller Leidenschaft. Als ich in sie eindrang, sagte sie: »Ich habe geträumt, du würdest mich vergewaltigen.« Dann, alles war sehr schnell gegangen, stand sie auf und hockte sich lachend auf den Nachttopf. Wieder im Bett, rekelte sie sich und ließ sich dann quer über mich fallen. Mir war mein Traum noch lebhaft vor Augen, und ich fragte: »Wie war das, als du geträumt hast, ich würde dich vergewaltigen?« Sie antwortete: »Genauso wie beim ersten Mal.« In einer anderen Situation hätte ich geglaubt, sie träumte vielleicht immer noch. Doch jetzt nicht. Sie war der unberührte Körper unserer Liebe. Und immer würde ich ihm Gewalt antun und ihn körperlicher machen denn je. Almeida hatte einen ganz anderen Körper aufgebrochen. Ich betrachtete das Laken, mit dem wir uns zugedeckt hatten, und es war unversehrt, nur im Traum zerrissen.

Sie stand auf und zog sich an. Während sie sich kämmte, dachte ich, daß ich sie wirklich nicht lieben konnte. Sie selbst war meine Liebe, und mir blieb nichts mehr, womit ich hätte Zuneigung für sie empfinden können. Ruhig schloß ich die Augen, in der Gewißheit, sie für immer so zu haben, genau so, wie sie für immer mir gehören wollte.

Wir gingen hinaus, ohne Lärm zu machen und ohne der Alten zu begegnen. Die Sonne strich über unsere Köpfe und über die Dächer der niedrigen Häuser. Ein Geruch nach Seetang stieg brennend in die Nase. Wir gingen Hand in Hand, ohne daran zu denken, daß dies vielleicht das letzte Mal für wer weiß wie lange war, daß wir zusammensein konnten. Schritt für Schritt schlenderten wir zum Strand hinunter, ab und zu flüchtig lächelnd. Das Meer lag still da. Auf dem Strand, der in ganzer Breite leer war, hatte sich nur an einer Stelle eine Menschenmenge versammelt, dem Anschein nach Fischer, die sich über ihre Netze beugten. Wir näherten uns gemächlich. Zwischen den nackten Beinen der Umstehenden hindurch war auf dem Strand ein dunkles, längliches Ding zu erkennen, wie ein monströser Fisch, der die Menschen angelockt und in Erstaunen versetzt hatte. Dann sahen wir, daß die Menge gar nicht so erregt war, wie es zunächst ausgesehen hatte, sondern sich eher mit einer fast feierlichen Langsamkeit bewegte. Das war kein Fisch, sondern die Leiche eines Menschen. Und sie war nicht dunkel, sondern ganz hell.

Ich packte Mercedes am Arm und sagte: »Gehen wir fort.«

Mit zusammengebissenen Zähnen, die Augen gebannt auf die Leiche gerichtet, riß sie sich von mir los: »Nein. Ich muß das sehen.« Fast rannte sie auf die Ansammlung zu. Es kam mir vor, als stünde ich auf Treibsand, als würden meine Füße immer tiefer versinken. Der halbnackte Körper lag auf dem Rücken, war obszön aufgebläht und voller Verfärbungen, wahrscheinlich die Bisse von Fischen und der Beginn einer grünlichen Fäulnis auf der fahlen Haut.

Es war José Ramos, und die Menschen ließen uns gleichgültig durch, damit wir ihn besser sehen konnten.

XXXI

Mercedes wich zurück, die Augen auf ihn geheftet, die Hand vorm Mund, und aus der Menge kamen Stimmen, das sei aber nichts für eine Frau, was sie überhaupt so früh am Morgen am Strand verloren habe? Ich zog sie bei den Schultern ein Stück fort.

»Das war er doch, oder?« fragte sie mich, innehaltend, mit leerem Blick.

»Das war er.«

»Das hatte ich erwartet.«

»Wieso?«

»Das war kein Unfall, da bin ich mir ganz sicher. Er hat sich umgebracht oder einfach untergehen lassen. Unseretwegen.«

»Sei nicht albern.«

Sie setzte sich weinend auf die Strandmauer: »Nein, ich bin nicht albern. Er wußte, daß er uns aneinander verkauft hatte. Und daß es sich nicht gelohnt hat.«

»Sag das nicht.«

»Aber es ist doch wahr. Letzten Endes ist doch alles gut gelaufen, und das andere wäre gar nicht nötig gewesen.«

Trotz ihrer Tränen schwang in unserem Gespräch ein Ton von gleichgültiger Kälte mit, der mich entsetzte. Sie fuhr fort: »Er hat sich aus Rache an uns umgebracht.«

»Wieso das denn?«

»Du hast ja keine Ahnung, wie grauenhaft er es fand, wenn ein Mann auch nur in meine Nähe kam, welchen Haß er hatte... auf Manuel... und auf dich.«

»Ist doch ganz verständlich, daß er die Männer haßte, die er aus anderen Gründen nicht zur Rechenschaft ziehen konnte... für das, was sie dir angetan hatten.«

»Nein, das ist es nicht. Du irrst dich. Oder zumindest nicht nur das. Er spielte immer den Freidenker, dabei steckte er voll der dämlichsten Vorurteile. Er schien zu glauben, die ganze Welt sei auf einem Irrweg, weil sie nicht das Hohelied der Reinheit war. Weißt du, was ihn dazu gebracht hat, sein Leben so zu führen, wie er es tat, und warum er alle um ihn her mit sich gerissen hat? Es ging los, als die Deutschen zu Nazis wurden, während er sich immer deutscher fühlte. Das größte Problem für ihn war, daß wir dieselbe Mutter und zwei verschiedene Väter haben, auch wenn keiner in unserer Familie je einen Unterschied deshalb gemacht hat.«

Ich hörte ihr zu, die Augen auf die Menschenansammlung gerichtet, und es grauste mich immer mehr, daß wir hier saßen und uns unterhielten, als wäre José Ramos' Leiche schon lange begraben und nicht da drüben der Anziehungspunkt für diesen Schwarm Aasgeier.

»Du kannst dir nicht vorstellen, mit welchem Einsatz er diese Flucht organisiert hat, sogar gegen den Willen der Partei. Er wollte etwas Aufsehenerregendes erreichen, das uns alle unwiderruflich verpflichtete. Aber nun, da Almeida nicht mitfuhr und du sowieso hierbliebst, konnte er weder den einen aus der Welt schaffen noch den anderen umgehen. Weißt du, was mir seine Freundin mal gesagt hat?«

»Er hatte eine Freundin?«

»O ja. Sie sagte, er mache ihr angst, weil er sie mit solcher Härte ansah, wenn er davon sprach, wie er sie zum ersten Mal nehmen würde. Fällt dir jetzt vielleicht ein Grund ein, warum er sich umgebracht hat?«

»Aus Traurigkeit darüber, daß er nicht aufhören konnte, an dich und mich zu denken, also eigentlich, weil wir beide für ihn wichtiger waren als alles andere, was er vorhatte«, sagte ich, ohne zu überlegen.

Sie riß die Augen auf: »Stimmt. Du hast es erraten.«

Ich stand auf: »Gehen wir von hier fort.«

Sie stellte sich an die niedrige Mauer, warf noch einen Blick auf die Menschengruppe und sagte: »Wenn du wüßtest, wie sehr ich meinen Bruder geliebt habe…«

Ich nahm ihren Arm: »Ich weiß es.«

»Und jetzt lebt er nicht mehr. Ich werde ihn nie wiedersehen. Das da ist er nicht mehr.«

Wir gingen schon, da sagte ich: »Jetzt irrst du dich. Das ist er.«

»Nein.«

»Doch. Und er hat sich nicht an uns gerächt. Nicht er hat die Leiche dorthin gebracht. Nicht er hat uns an den Strand geholt, um sie dort zu finden. Er hat sich nur an sich selbst gerächt. Der Rest ist reiner Zufall.« Plötzlich fiel mir ein, wie ich ihn in meinem Traum als Toten gesehen hatte.

»Zufall, sagst du... Der Zufall ist das Schrecklichste, was es gibt.«

»Eben weil es oft aussieht, als wäre er gar keiner.«

Wir gingen weiter, eine Zeitlang schweigend. Dann meinte sie: »Und nun? Was machen wir jetzt?«

»Nichts. Er ist gestorben. Angeschwemmt worden. Wir haben ihn nicht gesehen.«

»Was?«

»Nein. Du gehst in die Pension und auf dein Zimmer, legst dich schlafen, schläfst und fertig. Spiel nicht das Spiel des Zufalls. Das soll er allein tun.«

»Wer, er?«

»Dein Bruder oder der Zufall. Egal.«

»Glaubst du, das könnte ich?« Ihr Gesicht wirkte plötzlich gealtert.

»Das wirst du, weil ich es dir sage.«

»Du hast mir nichts zu sagen.«

»Bisher nicht. Jetzt ja. Zum ersten und zum letzten Mal.«

Sie blieb stehen, schlug die Hände vor den Mund, mit Tränen in den Augen: »Ach Jorge... Verzeih... Aber ich bin so glücklich... Es ist erschreckend... So glücklich... Ich bin nur, nur, nur...«

Wir hatten die Pension erreicht. Die Tür war noch verschlossen. Bevor sie klopfte, sagte sie: »Ade... auf immer... Jetzt heißt es wirklich: Auf immer. Wir haben gewonnen.«

Ich umarmte und küßte sie: »Ja. Wir haben gewonnen.«

Sie ging hinein, ich entfernte mich schnell. Ein paar Straßenecken weiter blieb ich stehen und rief laut: »Was haben wir denn gewonnen?« Und mir selbst gab ich die Antwort, daß es in diesem Augenblick nur darauf ankam, gewonnen zu haben, ganz gleich, ob wir wußten, was es war. Der Tod von Zé Ramos war absurd und zugleich voller Bedeutungen, oder seine Bedeutung steckte voller Absurditäten. Aber wirklich war er nicht, so empfand ich ihn nicht. Wir hatten die Leiche gesehen, wir hatten seinen Tod besprochen, wir hatten uns dadurch noch befreiter voneinander getrennt, aber wirklich war nichts an diesem Tod. Weil er so unerwartet war? Stimmte das überhaupt? Oder unpassend? Stimmte das? Oder ungereimt? Aber stimmte das etwa? Er war unwirklich, weil der Tod unwirklich ist. Der Tod ist, trotz seiner ewigen Wiederholung, so entsetzlich anormal, daß er nichts Wirkliches an sich hat. In dem Augenblick, da er wirklich wird, für den Sterbenden nämlich, verliert er auch schon seine Wirklichkeit, denn der Sterbende stirbt; für die anderen ist nichts Wirkliches an ihm, außer der Leere, die er hervorruft, der Störung, die er verursacht. Vielleicht nicht einmal das. Zé, der gestorben war, weil er sterben wollte oder weil er zufällig genau so starb, wie er es sich vielleicht gewünscht hatte, rief keine Leere hervor, störte gar nichts für uns. War es nicht seltsam, daß am Ende nur ein schlichtes Nichts unser Leben und das vieler anderer manipuliert hatte? Nein. Entweder hatte er uns in der verzweifelten Bemühung manipuliert, mehr als ein Nichts zu sein; oder das Manipulieren der anderen verwandelt einen in ein Nichts, je mehr man das Leben der anderen zu dem seinen macht. Weil das Leben... Und ich betrat eine Kneipe. Während ich meinen Kaffee trank und in das gebutterte Brot biß, dachte ich: Das genau ist das Leben, ein Stück Brot, das man verschluckt und das schwer im Magen liegt, zusammen mit dem Kaffee, der es leichter macht. Diese Wärme im Bauch. Und das Magengurgeln vom Kaffee. Ich bat den Wirt, die Toilette benutzen zu dürfen; sie war unglaublich schmutzig. Auch das war das Leben, der nie ganz überwindbare Abscheu, in die Scheiße der anderen zu treten. Ich wich zurück. Doch unerträgliche, quälende Bauchkrämpfe hielten mich dort fest. Die Wände, beleuchtet von der Deckenlampe, waren mit Bleistift vollgeschmiert. Auf der Tür, die ich anlehnte, prangten mit dem Messer eingeritzte Sprüche. Da standen Schimpfwörter, Nieder mit der Regierung, Es lebe die Republik, Der Wirt ist ein Hahnrei, dann Zeichnungen von Männern und Frauen, von Männern mit Männern, in den verschiedensten obszönen Positionen, Prahlereien, daß irgend einer, der seinen Namen nannte, dieses oder jenes mit einem anderen gemacht hätte, poetische Empfehlungen à la »Singst du dich beim Scheißen aus, kommt die Kacke tanzend raus«, selbstbewußte Maße von Penissen und Hoden, offen proklamierte sexuelle Vorlieben, Porträts (sogar Selbstporträts, unter einem stand: »Das bin ich«) und schließlich Überraschungsspiele (ein Strich, der ringsum an der Wand entlangführte und mit einer Beschimpfung dessen endete, der ihm mit den Augen gefolgt war). Diese Wände waren ein Klo des Lebens, ich saß auf einem Klo des Lebens. Die Köpfe entleerten sich an die Wand, so wie die Körper in die Schüssel. Plötzlich sah ich vor mir, als schwämme er in einer Fischsuppe, den entblößten, verwesenden Körper Zés. Ich beugte mich vor und übergab mich auf den verpißten Boden voll besudelter Papierfetzen.

Danach saß ich lange da, benommen dem widerlichen Geruch dieser kleinen Zelle entgegengebeugt, deren Wirklichkeit mir in die Nase stieg. Als ich die Augen aufschlug, waren Benommenheit und Krämpfe vergangen und mit ihnen, aufgelöst im beißenden Gestank um mich her, der Anblick des dahintreibenden Zé Ramos. Ich stand auf, säuberte mich, brachte meine Kleidung in Ordnung. Mit einem Dankeschön an den Wirt trollte ich mich. Draußen war heller Morgen, und ich machte mich auf den Weg zum Haus meines Onkels. In meinem Kopf flatterten, rings um den Anblick von Mercedes' strahlendem Körper, die Zeichnungen und Sprüche auf den Wänden.

Ich drückte das Tor auf, das nur angelehnt war, und ging langsam die Palmenallee hinauf. Unter meinen Füßen hörte ich den Kies knirschen. In der Küchentür stand die ältere Hausangestellte und beäugte mich scheel, kopfschüttelnd... Ich ging in mein Zimmer hoch, riß mir die widerlichen Kleider vom Leib, schlüpfte in meinen Pyjama und zog mich ins Bad zurück. Dort stellte ich das warme Wasser an, für ein Bad, ein langes Bad, schön heiß, in dem ich dahintreiben konnte... Nein. Nicht so viel Wasser, daß ich darauf treiben konnte, es brauchte mich nur zu bedecken. Und viel Schaum. Ich setzte mich auf den Wannenrand und sah an meinem nackten Körper herab. Dann ging ich zum Schrank, an dessen Innentür ein Spiegel angebracht war. Ich hatte mich schon lange nicht mehr darin betrachtet. Seit ich kein Kind mehr war, benutzte ich den Badezimmerspiegel zu Hause, um mich in diversen Posen anzuschauen. Aber heute gelang mir nur ein kurzer Seitenblick, dann schloß ich die Tür wieder. Alles, was ich da sah, meine ganze Gestalt, würde eines Tages verfaulen. Nur was nicht zu sehen war, würde länger überdauern, das gelenkige Stützsystem dieses Wesens, das ich war. Die Sinne und das Geschlecht, alles, was fühlte und das Leben bejahte, alles, was genoß und sich der Lust entgegenrecken konnte, würde rasch verschwinden. Zuerst stinkendes Aas, dann eine klebrige Masse und am Ende nur noch ein Staub, der sich von der übrigen Erde nicht mehr unterschied. Alles, wodurch man existierte, fühlte, erkannte, lebte und womöglich ein strahlender Körper wurde, endete mit einem selbst, überlebte nicht: Überdauern würde nur das Gestell all dessen, aber es konnte sich nicht einmal alleine aufrecht halten. Ich hatte das Skelett aus der Schule vor Augen, an einer Eisenstange aufgehängt wie ein Gehenkter, die einzelnen Knochen durch kleine Drähte verbunden. Das war das Leben: die Dauer der Fleischmasse, in der das Bewußtsein, die Fähigkeiten, das »Ich« jedes einzelnen existierten. Mir wurde klar, daß mein Entsetzen sinnlos war: Ein Mensch war aus Fleisch, und so konnte das Geschlechtsteil, das den Menschen zeugte, auch nur aus Fleisch sein, empfindlich, vergänglich, wie das Leben selbst.

Ich stieg in die Wanne und wusch mich sorgfältig und gründlich, als vollzöge ich ein heiliges Ritual. Nicht eine Hautfalte meines Körpers ließ ich aus, seifte mich mehrmals ein, wie ein lustvolles Streicheln. Dann legte ich mich mit wohliger Schläfrigkeit ins Wasser, der Zeit und dem Dasein entrückt. Bewegungen an der Türklinke weckten mich, gefolgt von Klopfen. Ich rief, ich sei gleich fertig, es dauere nicht lang. Dann duschte ich mich ab, zog den Pyjama an und machte auf. Keiner war im Korridor. So kehrte ich in mein Zimmer zurück, schloß die Fenster und legte mich ins Bett. Ich verspürte eine große Trägheit und Entspannung, eine tiefe Ruhe erfaßte mich, die sich nicht vom Dunkel, sondern vom diffusen Licht im Zimmer übertrug, das die Decke unendlich hoch erscheinen ließ. Ich konnte mich an niemanden erinnern, aber ich fühlte mich nicht allein. Ich war allein, nichts und niemand fiel mir ein, das Gefühl der Ruhe war allumfassend, und ich fühlte mich nicht allein. Auf dem Rücken liegend, betrachtete ich die Zimmerdecke. Und allmählich stieg in mir eine Art Schluchzen auf. Ich rollte mich zusammen, zur Seite, und merkte, daß das Schluchzen ein Weinen war, das mich schüttelte, das mich nur langsam wieder losließ und in ein beinah heiteres Strömen der Tränen überging, bis es mich hinab in einen ruhigen Schlaf trug.

Dann erwachte ich. Mir war, als hätte ich stundenlang geschlafen. Ich fühlte mich zugleich leer und schwer, aber nicht unwohl. Das lastende Gefühl im Kopf kam gerade von dieser Leere. Als beschwerte mich die Erleichterung, mich an nichts und niemanden zu erinnern, und umgekehrt, als gäbe mir die Schwere ohne Namen und Bilder ein Gefühl angenehmer Leere. Doch die Empfindung eines anonymen Vakuums nahm, genau wie mein allgemeines Wohlgefühl (ähnlich wie bei einem, der lange schläft, nachdem er sich bis zum letzten erschöpft hat), dieser Schwere ihre Unruhe, ihr fließendes Bewußtsein von schuldbewußter Selbstsucht. Während ich mich ausgiebig rekelte und entspannte, kehrte dieses Bewußtsein ein wenig zurück, als ließe es sich nur durch völlige Unbeweglichkeit vermeiden; nichts durfte in irgendeiner Weise an das erinnern, was mein Gedächtnis, um mir Ruhe zu schenken, unterdrückte. Gleichzeitig mit dieser Rückkehr, deren Verweigerung ich registrierte, ohne sie zu erkennen, verstärkte sich aber auch meine gleichmütige Selbstsicherheit mit ihrer befreienden Wirkung. Und ganz allmählich, mit jeder vorsichtigen Regung begriff ich, daß es mir, falls ich mich nicht Hals über Kopf in meine Bewegungen stürzte, gelingen konnte, einfach aufzustehen und weiterzuleben, ohne mich an irgend etwas zu erinnern. Oder zumindest ohne daß irgend etwas unverschämterweise eine Bedeutung zurückgewann, die mein jetziges Bewußtsein ihm verweigerte. Wie spät es wohl war? Kurz nach elf. Da hatte ich ja höchstens ein Stündchen geschlafen. Doch mein Bewußtsein weigerte sich, auch nur ungefähr zu überprüfen, wie lange es tatsächlich gewesen war. Das hätte bedeutet, womöglich festzustellen, daß ich nur kurz geruht hatte und dementsprechend weiter müde sein mußte; außerdem hätte ich mir, durch die Erinnerung an die Uhrzeit, wann ich mich hingelegt hatte, auch die Ereigniskette wieder deutlich gemacht, die dem vorausgegangen und letzten Endes für meinen kurzen Schlaf verantwortlich war.

In dieser Stimmung machte ich mich fertig und ging nach unten, wo ich im Eßzimmer meine Tante traf, die mit den Dienstmädchen die Vorbereitungen des Tages durchsprach. Als sie mich sah, sagte sie: »Dein Onkel ist im Garten. Aber trink erst mal einen Kaffee.« Ich lehnte dankend ab und ging nach draußen. Nachdem ich einmal das Haus umrundet hatte, war ich immer noch nicht auf meinen Onkel gestoßen. Schließlich entdeckte ich ihn im Aussichtspavillon. Während ich das Gebüsch durchquerte, fing ich an zu laufen, weil ein gräßlicher Gestank dort mich an alles erinnerte. Im Laufen nahm ich zur Kenntnis – mein Onkel hatte mich schon gesehen und beobachtete mich –, daß es sich um den toten Hund handelte. Mein Onkel fragte: »Was soll das Gerenne? Du bist so spät nach Hause gekommen, da rennst du jetzt?«

Ich antwortete nur mit einem flüchtigen Lächeln und setzte mich auf eine der Steinbänke. Er kam zu mir, pflanzte seinen Stock auf, um eine Stütze zu haben, und fragte mich, vornübergebeugt: »Na, glücklich und zufrieden?«

Ich schaute erschrocken zu ihm auf: »Glücklich und zufrieden?«

»Ja... Hat eine ganze Nacht denn gereicht, um dich zu verabschieden?«

»Woher weißt du das?«

»Tja... Weil ihr Vater mich gestern abend aufgesucht hat, er wollte, daß wir losziehen, um dich irgendwo zu überraschen, in einem Haus in Buarcos oder so. Zum Glück wußte er nicht ganz genau wo, und ich konnte ihn davon überzeugen, daß es auch keinen Unterschied mehr machen würde, euch eine Nacht in Ruhe schlafen zu lassen, wenn wirklich alles für sie verloren ist, so wie sie sagt. In Ruhe schlafen, das ist natürlich nicht wortwörtlich gemeint. Heute morgen müssen sie abgereist sein. Um diese Uhrzeit sind sie wohl schon unterwegs.« Er verstummte und sah mich an, abwartend, ob ich etwas sagen wollte. Doch ich schwieg, und er fuhr fort. »Du hast Glück gehabt, daß der andere Schlawiner so einen Aufstand gemacht hat, dadurch erfuhr der arme Vater, daß er dich nicht verantwortlich machen konnte, ohne einen noch größeren Skandal zu verursachen.«

»Der andere Schlawiner?«

»Ja, *der andere*. Denn der erste war er und du der zweite. Oder etwa nicht?«

Ich hatte ganz bewußt den Ausdruck aufgegriffen, um nicht daran zu denken, daß sie wahrscheinlich gar nicht abgereist waren, weil... Aber vielleicht hatte sie... Ich beschränkte mich auf die knappe Antwort: »Ich glaube nicht. Auf jeden Fall ist das doch unsinnig.«

»Ich habe auch nicht behauptet, daß es einen Sinn hat. Ich denke nur, du warst der zweite. Wobei klar ist, daß ein Mann keine Frau ablehnt, die sich unter ihn legt, egal wer es ist. Wenn sie, kaum daß man sie antippt, gleich umfällt und die Beine breit macht…«

»Red nicht so.«

»Gut, dann rede ich eben nicht so, wie dem auch sei. Liebst du sie wirklich?«

Ich starrte ihn schweigend an.

»Aha… Sie hat jedenfalls ihrem Vater gesagt, sie wolle weder dich noch den anderen heiraten. Dich nicht, weil der andere daran schuld sei, daß sie deiner nicht mehr würdig sei; und den anderen nicht, weil sie seinen Anblick nicht mehr ertragen könne. Außerdem sei der andere jetzt nicht mehr zu einer Heirat verpflichtet. Und du ebensowenig.«

»An Heirat denkt doch gar keiner.«

»Ich finde es auch zu früh für dich, jetzt zu heiraten. Das wäre sowieso Blödsinn. Aber eines sollt ihr wissen, du und sie: Wenn du willst, steht mein Haus dir zur Verfügung. Sie könnte hier wohnen. Du könntest nach Coimbra gehen. Ich würde dir eine Stelle an der Schule besorgen, zum Unterrichten. So könntet ihr ohne die Hilfe deiner Eltern durchhalten, bis du dir dein Leben aufgebaut hättest. Wenn du sie nicht heiratest, dann nur, weil ihr beide das nicht für richtig haltet, aus sonst keinem Grund, das sollst du wissen.«

»Vielen Dank.«

»Ich sage dir das nicht, damit du dich bei mir bedankst.«

»Das weiß ich.« Für mich hatte das Gespräch etwas Verschwommenes, Fernes, als sprächen wir hypothetisch über ganz entlegene Dinge. Eine längliche Gestalt hielt es von uns und von allem fern. Doch plötzlich war es, als gehörte diese Gestalt zu jenem toten Hund, dessen Gestank mir in die Nase stieg.

Mein Onkel sagte nichts. Dann setzte er sich, immer noch schweigend, auf die Brüstung, halb nach draußen gebeugt, halb mit dem Rücken zu mir. So begann er zu sprechen, wie nebenbei, als spräche er von Personen und Themen, die lange zurücklagen oder die durch gegenwärtige Ereignisse zurückgedrängt worden waren. Es war, als nähme er das Verweigerungsspiel, hinter dem ich mich verbarg, hin, mehr noch, als machte er es sich zu eigen, weil es ihm gelegen kam. Er beugte sich vor, als wollte er mit den Augen einem Passanten folgen, der um die Ecke gebogen war, und sagte: »Sieht fast so aus, als säßen wir nicht ohne Grund hier. Für mich beginnt und endet alles in diesem Aussichtspavillon. Wenn ich einen Sohn hätte, der jetzt schon ein Mann wäre wie du, wäre ich mir gar nicht so sicher, ob ich ihm mein Haus anbieten würde, so wie dir. Vielleicht nicht. Aber das wäre ein Fehler. Die Menschen geben immer leichteren Herzens, wenn sie niemanden zum Geben haben. Wer weiß... Vielleicht würde ich ihn sogar aus dem Haus jagen... Willst du sie wirklich nicht heiraten?«

»Das geht nicht. Und es ist auch egal. Wir könnten niemals verheirateter sein, als wir es jetzt schon sind.« Ich merkte, daß ich so sprechen konnte, weil sich die längliche Gestalt zurückgezogen hatte und nun eine konfuse Mischung aus Kinderleiche und Hundekadaver war. Dann hörte ich mich fragen, als Antwort auf seine vorherige Bemerkung: »Willst du, daß ich gehe?«

Er stand auf und trat zu mir. Verlegen strich er mir mit den Fingern durch die Haare. Dann legte er mir seine Hand auf die Schulter: »Nein, das will ich nicht. Du bist hier zu Hause.«

So standen wir lange da, ich spürte, daß so etwas mit meinem Vater niemals möglich gewesen wäre, daß man manchmal, vielleicht auch immer wieder, auf Väter trifft, die so sind, wie der eigene Vater nicht sein kann oder genau deshalb nicht sein darf. Diese blitzartige Erkenntnis war mir, wie ich gleich darauf begriff, nur gekommen, weil ich nicht ich gewesen war (beziehungsweise die Kette aufeinanderfolgender oder sich wiederholender Ichs, aus der ich bestand), sondern, genau in diesen Momenten, eine Reihe anderer Personen, die eher möglich als wirklich waren. Und dann begriff ich etwas Entsetzliches – das ich sofort als die Leere erkannte, die in mir herrschte –, nämlich daß die Wirklichkeit des Menschen, anders als man annimmt, nur aus dem möglichen Dasein besteht, das man in den anderen und in sich selbst hat, aus nichts anderem. Ich zuckte vor Panik zusammen, und dann erfüllte mich das Bewußtsein einer furchterregenden Freiheit: Genau das war die Freiheit des Menschen, diese hypothetische Möglichkeit, die ihn, in den anderen und in ihm selbst, davor bewahrt, zu *sein*. Mercedes' Körper schien plötzlich auf dem Boden des Pavillons ausgestreckt zu liegen, eine sanft atmende Leiche. Ich sah sie: jenes prachtvolle Ding, das wir geschaffen hatten, jenseits jeglicher Existenz. Und das war Freiheit, ja, das war sie: ein absoluter Körper, der zu etwas mehr als Menschlichem wurde, zu einem mehr als dinglichen Ding; oder die Freiheit lag in der Möglichkeit, nur das sein zu können, was einem, in der Möglichkeit der anderen, auch die Wirklichkeit einer absoluten Unwirklichkeit verlieh. Der Mensch war er selbst, weil er stets ein anderer war, nicht nur ein falsch gedeutetes Bild des Menschen, sondern wirklich *ein anderer*, möglicherweise das Fenster, das die Menschen haben, um sich durch mögliche Identifikation zu erkennen, gegenseitig und sich selbst. Der Mensch ist er selbst dadurch, daß er der andere des anderen ist. Was ihn auch daran hindert, völlig frei zu sein, er selbst in sich selbst. Der absolute Körper jedoch ist nicht dagegen gefeit, zerstört zu werden. Ebensowenig die absolute Möglichkeit, mithilfe deren der Mensch in den anderen überleben kann. Die Beziehung zwischen diesen beiden Extremen hatte ich vor mir, versinnbildlicht in der Hand meines Onkels auf meiner Schulter und noch mehr vielleicht in der Fast-Hingabe, mit der ich mich beinahe an ihn schmiegte. Weder war ich für ihn ich noch er für mich er. Doch in diesem Augenblick bildete unser Nicht-Wir-Sein unsere Wirklichkeit: wesentlich tiefer *sein* zu können, als es uns schon in wenigen Augenblicken beschieden sein würde.

Wie knapp die Zeit war, in der solche Dinge geschehen und bestehen können, merkte ich daran, wie sich die Hand meines Onkels zurückzog, die er längst hatte zurückziehen wollen, und an meiner Verwirrung, weil auch ich längst darauf wartete. Doch keiner von uns wollte den Zauber zu früh brechen und die Verantwortung dafür tragen, daß er zu etwas Geringerem als zu sichselbst-im-anderen zurückkehrte und den anderen zurückzwang. Dann fiel ihm ein, daß er etwas in der Tasche hatte, das er mir zeigen wollte; und seine Hände suchten, mit am Arm baumelndem Spazierstock, hastig nach einer Zeitung, die er mir hinhielt und die ich begierig, doch ohne jede Neugier ergriff.

Die Zeitung war aus Lissabon und von gestern, voller Schlagzeilen über »nationalistische« Siege in Spanien und mit diversen Porträts von Helden und angeblichen berühmten Opfern des »roten« Terrors, und dann war da eine ganz kleine Meldung aus Porto, daß einige Häftlinge aus dem Polizeigefängnis geflüchtet seien und daß die Umstände ihrer Flucht eine große kommunistische Verschwörung vermuten ließen. Sie seien ursprünglich zu Verhören festgenommen worden, darunter auch zwei Spanier, die man verdächtigte, Agenten der Komintern in Portugal zu sein. Unter kurzen, aber empörten Kommentaren fügte das Blatt hinzu, die Flüchtigen hätten sich allem Anschein nach Richtung Süden gewandt, um sich heimlich in irgendeinem Hafen einzuschiffen, und die Frechheit dieses »Handstreichs« zeige überdeutlich, daß die portugiesische Regierung nun öffentlich verkünden müsse, daß sie, wie im übrigen von der ersten Stunde an, bereit sei, am Sieg in der entscheidenden Schlacht mitzuwirken, bei dem nicht nur die christliche Zivilisation auf dem Spiel stehe, sondern tatsächlich die Unabhängigkeit unseres Landes, bedroht von den Mördern aus Moskau, gottlosen, vaterlandslosen, familienlosen Gesellen. Der Polizeikommandant, der dem Reporter eine Art kurzes Interview gegeben hatte, betonte, daß die erhöhte Wachsamkeit der Ordnungskräfte diese eindeutige Provokation vereiteln und ihr die verdiente Antwort erteilen würde.

Ich sah meinen Onkel an, der mich fragte: »Hast du's gelesen?« und dann bemerkte: »Zwei Agenten, zwei Komintern-Agenten in Portugal, die zu diesem Zeitpunkt in Figueira da Foz Sommerferien machen...«

»In Figueira?« Ich las die Meldung noch einmal. Mir war entgangen, daß dort stand, die beiden gefährlichen Agenten seien vor Tagen in Figueira da Foz entdeckt worden, dank dem engagierten Einsatz von Mitbürgern, die sie entlarvt hätten. Das mußten die armen Teufel sein, die in dem Durcheinander am Tag meiner Ankunft verhaftet worden waren: es war zum Lachen. Aber wenn für sie eine solch spektakuläre Flucht vorbereitet worden war, konnten sie so arme Teufel nicht sein. Oder doch? Bei den beiden Spaniern, die durch uns zu der Gruppe gestoßen waren, handelte es sich offenkundig um arme Teufel, die Angst hatten, sonst nichts.

Meinen Onkel bewegten wohl ähnliche Gedanken, denn er sagte: »An Spaniern sind allein fünf gefahren. Unsere beiden, die zwei aus Porto und der andere, der sich auch hier in Figueira versteckt hielt.«

Ich sagte: »Ob die wirklich so wichtig sind, daß man all das für sie tun mußte?«

Mein Onkel nahm die Zeitung, überflog die Meldung und sagte: »Sind wir alle einer ›Provokation‹ auf den Leim gegangen, die unsere Regierung angezettelt hat? Oder hat die Regierung beschlossen, einen Vorteil aus etwas zu ziehen, das wirklich eine Provokation war? Denk dran, das Attentat von Sarajewo, woraufhin Österreich Serbien den Krieg erklärte, hat als Vorwand für den Weltkrieg gedient, und es gibt Stimmen, die sagen, Deutschland hätte es angestiftet... Oder sogar Frankreich...«

»Meinst du, sie schaffen es bis nach Spanien, an einen sicheren Ort?« fragte ich.

»Das kommt drauf an, denn diese Meldung ist nur veröffentlicht worden, weil es die Zensur zugelassen oder sogar in Auftrag gegeben hat... Das hängt davon ab, welche Wirkung sich die Regierung von der Sache verspricht. Entweder schnappen sie sie und zwingen sie zu einem Geständnis, um einen politischen Skandal zu entfachen, oder sie lassen sie dort ankommen, weil das um so besser die Einmischung beweist, die sie vorführen wollen.«

»In jedem Fall wird er den gewünschten Effekt erzielen.«

»Wer, er?« fragte mein Onkel ironisch.

»Derjenige, der das ganze Abenteuer angezettelt hat«, antwortete ich, ohne mir klarzumachen, wer es genau gewesen war, denn hinter diesem »er« konnten viele andere stecken, die ich nicht kannte und die das Pronomen ins Unendliche verlängerten.

»Angezettelt hat Ramos das Ganze, daran habe ich keinen Zweifel. Aber wer ihn angestiftet hat, das wüßte ich gerne. Doch das kann man nie so genau wissen, ganz gleich, was einer dazu sagt. So ist die Politik.«

Jetzt war der Name ausgesprochen. Doch anders als ich befürchtet hatte, sah ich kein Gesicht, keinen Menschen vor mir. Mich schockierte vielmehr die Gleichgültigkeit, die ich unerwartet verspürte. Und um mich auf die Probe zu stellen, sagte ich: »Wer das angezettelt hat, wird nicht mehr dazu kommen, das Ergebnis zu sehen.«

»Na, das ist aber eine große Entdeckung!« rief mein Onkel aus. »Hat schon mal jemand lang genug gelebt, um das Ergebnis von irgend etwas zu sehen? Und wenn man ein Ergebnis sieht, kann man dann etwa sicher sein, daß es das erwartete Ergebnis ist oder auch nur das Ergebnis der eigenen Handlungen?«

»Das gilt für den Fall, daß man etwas sieht. Wenn einer aber vorher abtritt, besteht kein Zweifel, daß er nichts gesehen hat.«

»Das kommt aufs gleiche hinaus.« Aber nach einer Pause, in der er mich todernst musterte, fragte er: »Wer ist vorher abgetreten?«

Ich schlug die Augen nieder und sagte mit erstickter Stimme: »Ramos ist tot. Er wurde am Strand von Buarcos angeschwemmt, ertrunken.«

»Woher weißt du das?«

»Ich habe es gesehen. Mercedes und ich sind zum Strand hinuntergegangen, da hatten sich Leute um einen riesengroßen toten Fisch versammelt, und der Fisch war er.«

»Hat sie geweint und geschrien? Hat jemand gemerkt, daß ihr ihn erkannt habt?«

»Sie hat erst später geweint. Ich glaube, keiner hat es bemerkt.«

»Ist sie nach Hause gegangen?«

»Ja. Aber sie wird nichts sagen. Onkel... Er hat sich unseretwegen umgebracht oder einfach untergehen lassen.«

»Na... na...«

»Entweder weil wir für ihn wichtiger waren als all das andere oder weil er sich an uns rächen wollte.«

»Oder weil er entdeckt hatte, daß er in ein Abenteuer hineingezogen worden war, das nicht mehr als eine Provokation sein sollte, um das Gegenteil von dem zu bewirken, was er sich erhofft hatte. Wer weiß?«

»Und jetzt?«

»Jetzt reden wir nicht mehr davon. Sein Tod ändert doch nichts, oder?«

»Nein. Wir hatten schon vorher beschlossen, nicht zu heiraten.«

»Ihr werdet euch euer Leben lang immer wieder treffen, wenn es sich so ergibt, stimmt's?«

»Sie wird mir schreiben.«

»Na sicher. Und du antwortest ihr. Und dann schreibt sie zwei Wochen darauf. Und du einen Monat später. Dann schickt man sich jedes Jahr Grußkarten zu Weihnachten, während jeder sein eigenes Leben aufbaut.«

»Aufbaut, wie meinst du das?«

»Aufbaut oder abbaut.«

»Genau.«

Mein Onkel steckte die Zeitung in die Tasche, legte mir die Hand auf die Schulter und schüttelte mich jovial. Der Spazierstock schlug gegen meine Beine. Dann fragte er: »Habt ihr euch geschworen, unglücklich zu sein?«

»Nein, Onkel.«

»So sieht es aber aus. Und wenn ihr zusammen seid, seid ihr dann glücklich, richtig glücklich?«

»Ach Onkel! Ich kann dir gar nicht sagen, wie.«

Er ließ meine Schulter los, trat einen Schritt zurück und sagte, wie bei sich: »Ja... Das Glück ist etwas Furchtbares. Es macht einem geradezu angst. Ich glaube, nichts macht einem so sehr angst. Unglücklich sein ist viel einfacher... Na geh schon, Zeit fürs Mittagessen.«

Er stapfte durchs Gebüsch auf das Haus zu. Ich schloß mich langsam an, und jetzt genoß ich, beinahe mit schwelgerischer Bitterkeit, den ekelhaften Gestank, der mich noch eine Zeitlang verfolgte, bis er sich in meiner Nase aufgelöst hatte. Der Tod hatte keinen Sinn, konnte gar keinen haben; da mochten die Überlebenden sich noch so sehr anstrengen, dem Tod eines anderen einen Sinn zu unterlegen – oder, im voraus, dieser andere selbst. Ramos war gestorben, und zwar auf grausige Weise. Ich hatte ihn gesehen. Hatte ihn, der die Sauberkeit, die Gründlichkeit und Selbstdisziplin in Person gewesen war, entblößt und ekelerregend gesehen. Ihn. Denn er existierte jetzt nur noch in Form von etwas, das schon nicht mehr existierte, in Form jenes Haufens von verwesendem Fleisch. Mein Onkel wandte sich an der Tür zum Salon um: »Wir müssen diese Sauerei da noch wegschaffen. Am besten heben wir ein Grab irgendwo aus, oder gleich an Ort und Stelle, und beerdigen ihn.« Dann stürmte er hinein, lautstark wie immer, und verlangte sein Mittagessen.

Bei Tisch waren wir allein, mein Onkel, meine Tante und ich, denn Ramiro war noch nicht zurückgekommen. Eine Traulichkeit stellte sich ein, höchstens mal beeinträchtigt durch die Rundungen der Maria, die mit dem auffälligsten Hüftschwung servierte, den sie zustande brachte, die Brüste quollen ihr aus dem Ausschnitt, förmlich auf dem Präsentierteller; doch obwohl diese Stimmung auch von dem eher widerlichen ehelichen Frieden zwischen Onkel und Tante herrührte, fühlte ich mich nicht beeinträchtigt. Im Gegenteil, der Zusammenbruch aller Werte und Bedeutungen in mir erschien mir mit einemmal gewöhnlich, trivial, normal, banal, gängig, belanglos. Mehr noch: mich schmerzte nicht einmal die Tatsache, daß mich eine solche Katastrophe so wenig schmerzte. Das Essen mit ihnen, die wie ich für viele der Ereignisse verantwortlich waren (verantwortlich zumindest insoweit, als man etwas tut oder unterläßt), kam mir vor wie ein Essen auf dem Mond, und dieser Mond war der irdischste aller Orte. Mich überkam eine fast unwiderstehliche Lust, hinter meinem Teller voll Braten und Reis, den ich wie berauscht, aber ohne Appetit leermachte, zu lachen. Und worüber? Über nichts? Über das Nichts? Über die Tatsache, daß es nichts zu lachen gab? Alles war unendlich komisch, eben weil alles Lachhafte fehlte. Nur über eines konnte ich lachen: daß ich weiterhin hier saß, obwohl ich schon vollkommen jenseitig war, jenseitiger als eine Leiche. Meine Rolle des Drahtziehers und Liebhabers war beendet. Dinge wissen zu wollen, Leute treffen zu wollen... ich war jenseits davon. Und weiter dort zu bleiben, als wäre nichts geschehen... das war mir unmöglich. Mein Onkel und meine Tante lebten in diesem Haus, das ihr Zuhause war. Auch die anderen hatten alle ihr Zuhause. Darin und dadurch konnten sie vergessen. Aber ich, konnte ich in einem Haus, das nicht mein Zuhause war, an einem Ort, wo ich nicht lebte, vergessen, was geschehen war? Was war mit den Abgereisten, wie Mercedes? Und mit denen, die hierblieben und kein Zuhause hatten, wie Rodrigues? Ich konnte gar nicht abreisen, jedenfalls noch nicht. Und mein Onkel sagte mir, sein Haus sei mein Zuhause! Aber ich hatte kein Zuhause. Das wurde mir jetzt klar. Die Wohnung meiner Eltern war mir fremd, erst recht nach allem, was geschehen war, selbst wenn ich es vergessen konnte und meinen Erinnerungen gegenüber gleichgültig wurde, auch den Menschen gegenüber, die mir wieder begegnen mochten. Denn früher oder später würden Menschen und Tatsachen wieder auftauchen. Und selbst wenn weder Menschen noch Tatsachen mir, in Person oder in der Erinnerung oder durch eine Analogie, wieder begegnen sollten – verwandelt war ich trotzdem. Besser gesagt, ich hatte mich verringert oder erweitert, zu einem tieferen oder oberflächlicheren Dasein, je nachdem, wie die Chancen für ein Dasein standen, das nicht der gängigen Annahme des bloßen Da-Seins entsprach. Verringert oder erweitert auf einer tieferen Ebene. Verringert oder erweitert auf einer oberflächlicheren Ebene. Es brachte mir überhaupt nichts, herauszufinden, welche der vier Hypothesen zutraf. Diese Wahrheit hing schon nicht mehr von mir ab; und recht bedacht, auch von den anderen nicht. Ich hatte Mercedes verloren, indem ich sie gewonnen hatte, oder umgekehrt. Ich hatte Rodrigues verraten, indem ich ihn befreit hatte, oder umgekehrt. Ich hatte Schuld am Tod von Ramos, und das nicht zu knapp. Selbst an der breiteren Wirkung der Ereignisse war ich letzten Endes beteiligt, als bestünde die Politik aus aufeinanderfolgenden, zusammenwirkenden Faktoren, die nicht zur Politik gehörten. Vielleicht war aber auch alles Politik, selbst der Tod der anderen? Oder war vor allem dasjenige Politik, was man aus dem Leben oder dem Tod der anderen machte, um selbst ein Leben zu haben?

All dies ging mir durch den Kopf, während das Gespräch mit Onkel und Tante sanft vor sich hinplätscherte. Das Mittagessen kam gerade in aller Ruhe zu Ende, als plötzlich Ramiro hereinplatzte, hastig und mit einem Gesicht, als hätte er sich das letzte Stück des Weges eigens beeilt, um die Neuigkeiten, die er mitbrachte, besonders auffällig hervorzuheben. Mit dramatischem Tremolo in der Stimme und einem nicht dazu passenden Lächeln des Triumphes verkündete er: »Zé Ramos ist an den Strand geschwemmt worden, tot. Heute morgen sind alle nach Buarcos gelaufen, um ihn zu sehen. Er muß irgendwo ertrunken sein und ist dann an die Küste gespült worden. Das muß nach der durchzechten Nacht mit den anderen passiert sein. Angeblich wird jetzt nach Carvalho und Matos gesucht, um herauszufinden, was wirklich geschehen ist.«

Mein Onkel, der sorgfältig die Krümel vom Tisch klaubte und sich auch welche von den Lippen pickte, warf meiner Tante, der die Panik vom Gesicht abzulesen war, einen scharfen Blick zu und fragte: »Und du? Hast du mit irgend jemandem gesprochen?«

»Mit einer ganzen Reihe von Leuten.«

»Aber du weißt nichts. Du hast nichts gesehen.«

»Ich habe nichts gesehen?«

»Nein. Und ich dulde keinen Klatsch und Tratsch in meinem Haus. Du packst deinen Koffer und fährst mit dem Nachmittagszug nach Lissabon.« Er schaute auf seine Uhr und fügte hinzu: »Beeil dich mit dem Essen und setz dich in Bewegung. Du hast noch zehn Minuten.«

»Was habe ich denn getan? Aber Onkel…« Sein Gesicht war ganz demütiges Flehen.

»Frag gar nicht erst. Schaff dich von hier fort. Ich schreibe noch an deinen Vater und erkläre ihm, warum ich dich zurückgeschickt habe.«

»Aber…«

»Iß und halt den Mund. Ohne Wenn und Aber.« Zu mir gewandt, bestimmte er: »Du begleitest deinen Cousin zum Bahnhof.«

Ramiro sagte: »Aber dieser Zug hat keinen Anschluß in Alfarelos.«

»Was interessiert mich das? Tut es dir vielleicht weh, wenn du in Alfarelos ein bißchen auf die Weide gehst, während du auf den anderen Zug wartest, he? Du hast doch Geld für die Fahrkarte?«

»Ja«, sagte er, über seinen Teller gebeugt.

»Und eines rate ich dir. Merk es dir gut. Wenn du hier oder auf der Reise oder in Lissabon auch nur ein einziges Mal den Schnabel aufmachst und von Figueira da Foz plapperst oder von irgendwem, dann komme ich nach Lissabon oder in die Hölle, wenn es sein muß, und schneide dir den Schwanz ab, hast du verstanden?«

»Aber Justino…« sagte meine Tante mechanisch.

»Ich schneide dir den Schwanz ab, wie gesagt. Und ich mache dir einen Mordsärger mit deinen sauberen Freunden, daß du in den Knast kommst, bis du verrottest, dann läufst du nicht mehr frei herum und kannst den anderen auch nicht mehr helfen, das Vaterland zu retten. Die werden deine Hilfe gar nicht mehr haben wollen. Und dann heißt's ›Es war einmal‹ für deine schöne, schöne Karriere. Iß, beeil dich, sitz nicht da und glotz wie ein Affe, du verlierst nur Zeit.«

Ramiro legte seine Gabel hin und sagte langsam: »Aber ich war einer von denen, die Ramos erkannt haben.«

»Wie, erkannt?«

»Ich habe gesagt, daß er es war, als ich ihn sah.«

»Mach dir darum keine Sorgen, da gibt's noch andere, die ihn identifizieren können. Glaub bloß nicht, du wärst so wichtig, daß du irgendwem fehlen könntest, da irrst du dich gewaltig. Bevor du hier den Wichtigtuer spielst, schmeiße ich dich raus, laß dir das künftig eine Warnung sein. Jorge! Tu mir den Gefallen, setz ihn in den Zug und verlaß den Bahnhof erst, wenn der Zug am Horizont verschwunden ist.«

»Du schickst mich tatsächlich weg, Onkel...« murmelte Ramiro.

»Aber sicher doch. Dachtest du, ich mache Witze? Ich mache nur Witze, wenn es ernst wird. Mit Witzbolden wie dir, du Tantenneffe, mach ich doch keine Witze. Du gehst, und wie. Aufgegessen? Bist du satt, oder willst du noch was? Nein? Dann ab und Koffer packen. Jorge, du hilfst ihm beim Kofferpacken.«

Wir standen beide vom Tisch auf und gingen auf Ramiros Zimmer. Er schlich mit gesenktem Kopf vor mir her und sagte nur: »Sowas aber auch... Der ist doch verrückt geworden...« Dann begann er, seine Sachen in den Koffer zu räumen, ganz langsam. Ich meinte: »Verlier keine Zeit, beeil dich.«

Er richtete sich auf und musterte mich haßerfüllt: »Du und er und ihr alle, ihr werdet mir das teuer bezahlen.«

»Du kannst uns ja irgendwann die Rechnung präsentieren. Aber Vorsicht, er schneidet dir den Schwanz ab...«

»Der kann sonstwem den Schwanz abschneiden. Der hat doch Angst vor mir. Na, er wird schon noch sehen.«

»Das werden wir alle. Nur du nicht. Fertig mit Kofferpacken?«

»Fertig.« Er schäumte. An der Zimmertür kehrten wir um, er hatte noch Sachen im Schrank vergessen. Wir öffneten den Koffer auf dem Bett und stopften blind alles hinein. Dann stürmten wir die Treppe hinunter. Es machte mir ein besonderes Vergnügen, meinem Onkel und meiner Tante, die an der Tür zum Salon standen, mitzuteilen: »Ramiro läßt euch ausrichten, daß wir alle ihm das teuer bezahlen werden.«

Mein Onkel zerging in einem breiten, liebenswürdigen Lächeln: »Aber natürlich müssen wir alle bezahlen. Alles auf dieser Welt muß bezahlt werden. Hab ich nicht recht, Frau, daß alles bezahlt werden muß?« Dann umarmte er Ramiro, der von soviel Liebenswürdigkeit ganz benommen war, und sagte: »Herzliche Grüße an alle, gute Reise, sag ihnen, daß mein Haus stets all meinen Neffen offensteht, und erkläre ihnen, daß du jetzt leider nicht länger bleiben konntest, weil deine Tante krank geworden ist. Dein Cousin schläft deshalb schon nicht mehr im Haus.« Wieder umarmte er ihn und lachte, amüsiert über den eigenen Scherz.

Wir rannten so schnell davon, wie es das Gewicht des Koffers erlaubte. Ab und zu, wenn er die Hand zum Tragen wechselte, den Koffer abstellte, schnaufte und die Hände aneinander rieb, griff ich nach dem Gepäckstück, und er trottete neben mir her, hochrot vor Anstrengung und Wut. Auf dem ganzen Weg zum Bahnhof wechselten wir kein einziges Wort.

Als ich die Bahnhofshalle betrat, bemerkte ich eine seltsame Atmosphäre, als beäugten sich die Menschen gegenseitig und würden allesamt von unsichtbaren Augen beobachtet, deren Blick sie instinktiv spürten. Vielleicht war es nur meine Angst, unabhängig von meinem Cousin, oder Argwohn, daß er womöglich mit lauter Stimme irgend etwas Kompromittierendes sagte, oder ich hatte inzwischen tatsächlich das beklemmende Gefühl, überwacht zu werden (früher hatte es das nicht gegeben, das heißt, ich hatte früher nicht darauf geachtet, und jetzt war es entweder stärker geworden, oder in diesem Augenblick kam für mich gerade alles zusammen), und diese Überwachung schwebte über den in der Vorhalle befindlichen Menschen. Das Kommen und Gehen erschien mir ungewöhnlich, fast wie am Ende der Ferienmonate. Das Geschrei der Spanier zeigte auch die Natur des Treibens an, der Exodus ging weiter. Jetzt brachen diejenigen auf, die erst einmal die Entwicklung der Dinge hatten abwarten wollen, um zu sehen, aus welcher Richtung der Wind blies, oder andere, die es besser fanden, in ihr kriegsgeschütteltes Land zurückzukehren, bevor sie einberufen wurden oder ihr langes Fernbleiben verdächtig wirkte. Als mein Cousin in der Schlange am Fahrkartenschalter an die Reihe kam, kaufte er sein Billett, und ich sagte, über seine Schulter hinweg: »Kauf auch eine Bahnsteigkarte.« Er erstand sie und schob sie mir auf der Metallablage des Schalters zu. Wir gingen durch die Tür zum Bahnsteig, ich half ihm in sein Abteil, er setzte sich, ich stieg aus, und er sagte: »So, jetzt darfst du gehen.« Ich gab keine Antwort und blieb auf dem Bahnsteig stehen, direkt vor seinem Fenster, und teilte meine Blicke zwischen ihm und den Leuten auf, die vorbeikamen, ihre Plätze besetzten, einstiegen, wieder ausstiegen und wieder einstiegen. Mein Cousin beugte sich nach draußen, um auf die Bahnhofsuhr zu schauen, und meinte: »Es ist soweit, du darfst jetzt gehen.« Ich antwortete: »Nachher fährt der Zug noch mit Verspätung ab.« Er setzte sich unter wutschnaubenden Beschimpfungen hin. Schließlich, als ich das Bedürfnis, dort wegzukommen, kaum mehr beherrschen konnte, da mir alle Blicke, die den meinen kreuzten, voller Absicht und Argwohn erschienen, ertönte endlich ein Pfiff, und der Zug setzte sich in Bewegung. Mein Cousin beugte sich plötzlich hinaus: »Ihr Dreckskerle werdet mir das teuer bezahlen.« Ich blieb auf dem Bahnsteig stehen und winkte zum Abschied, was ihn, kaum daß er meinen erhobenen Arm erblickte, sofort wieder nach drinnen trieb.

Ich verließ den Bahnhof, sah verstohlen alle zehn Schritte hinter mich und freute mich noch immer über diesen formvollendeten Rausschmiß. Nach Lissabon befördert, konnte Ramiro zwar auch einiges Übel anrichten, aber mit Verzögerung und ohne direkte Auswirkung auf Figueira. Und was wollte er schon anrichten. Höchstens Schauergeschichten über das Leben, das ich in Figueira führte, seinen Eltern erzählen, die meinen Eltern davon erzählen würden. Und die würden gar nichts tun, das konnten sie gar nicht. Ich war groß genug. Woran sollten sie sich auch halten? Außerdem würden die Schreckensmeldungen, so schlimm sie sein mochten, sosehr er sie ausschmücken und so bereitwillig seine Eltern sie weitererzählen würden, meine Mutter gar nicht wirklich erreichen, sie würde erschrecken, wie immer, ohne sich irgend etwas vorstellen zu können. Und mein Vater würde mir nach meiner Rückkehr feierlich einige »harte Wahrheiten« mitteilen, innerlich auf dem Sprung, schnell wieder in seinen Alltagstrott zurückzukehren. Und falls es anders kam, sollte sie der Teufel holen. Diese Redensart erschreckte mich. Was hatten sie mir Böses getan? Nichts. Aber auch nichts Gutes. Sie waren mir gleichgültig. Da würde ich doch jetzt nicht zulassen, daß sie sich durch die Hintertür wieder in mein Leben drängten. Wenn sie mir auf die Nerven fallen sollten, würde ich ausziehen, fertig. Und Luís? Was hatte ich schon mit ihm zu tun? Ich sah Carlos Macedo vor mir, in einem Boot, das verloren auf dem Atlantik trieb, unter Spaniern, die er nicht kannte, und der gekauften Besatzung (unter ihnen, rudernd, der Neffe der Alten), ohne Almeida, der an Land geblieben war, und ohne Ramos, der gestorben war. Unter welchen Umständen wohl? Ich konnte darüber nachdenken, weil ich diese Umstände nicht in ihrer Beziehung zu mir betrachtete, sondern in ihrer Wirkung auf Macedo, was seinen Bitten, mich um den Bruder zu kümmern, im nachhinein eine dramatischere, schmerzlichere Eindringlichkeit verlieh. Ich sah sein Gesicht, über die Wellen gebeugt, in einer Einsamkeit, der er nicht zu entrinnen wußte, obwohl er sich sonst immer so wendig gezeigt hatte, sobald ihn die anderen dazu anregten. Das verzerrte, niedergeschlagene Gesicht eines hoffnungslos verlorenen Mannes, der seinen Freund, für ihn zugleich Chef und denkender Kopf, hatte sterben sehen (wie?). Ramos hatte mir zwar Mercedes entrissen (oder ihr zumindest empfohlen, mich zu verlassen), mir dafür aber Luís zugeführt, wie ich mit einem merkwürdigen, ja unangenehmen Gefühl erkannte. Aber konnte ich als Erbe annehmen, was er mir als Freundschaftsdienst hatte verkaufen wollen? Wie ging das zu, daß im nachhinein die Handlungen oder das Schicksal anderer einen Einfluß auf die eigenen Angelegenheiten bekamen, mit denen sie ursprünglich gar nichts zu tun hatten? Da ich wußte, daß Macedo von den anderen im Stich gelassen worden war, klang seine Bitte, den Bruder zu beschützen, im nachhinein viel flehentlicher. Nicht etwa, weil Zé Ramos eingestimmt hätte, sondern weil nun, nach Ramos' Tod, Macedo allein dastand, was die ganze Situation zuspitzte und ihm Eigenschaften zuordnete, die er nie gehabt hatte. Ihm wurde Verantwortung übertragen, wodurch auch andere Verantwortlichkeiten immer schwerer wogen, eben beispielsweise der Gefallen, um den er mich gebeten hatte. Doch wenn dies alles so war, kam es dann nicht darauf an, unter welchen Umständen Ramos gestorben war? Unfall? Freitod? Mord? Jedenfalls war nun der Tod, und zwar ein anderer Tod als das zufällige Dahinscheiden irgendeines Verwandten, abrupt in unser, in mein Leben eingedrungen. Ramos war durch seine Schwester und durch meine Beteiligung an seinem Plan zutiefst in mein Leben verstrickt. Sein Tod, so zufallsbedingt er gewesen sein mochte, hatte trotzdem nicht die Zufälligkeit anderer Tode, die man fast alltäglich nennen konnte und für die man ebensowenig verantwortlich ist wie für Sonnenschein und Regen. Zés Tod war zwar nicht zwangsläufige Folge der Ereignisse, aber doch in ihrem Verlauf vorgefallen. Wenn er ins Meer gestürzt und ertrunken war, so hatte dies nur geschehen können, weil die Flucht zustande gekommen war. Und wenn es einen gab, der daran mitgewirkt hatte, dann war ich das. Doch wie kam es, daß meine Beziehung zu Mercedes von einer rein beschützenden Freundschaft unter

Männern verdrängt werden sollte, hin zu dem Bruder eines anderen Freundes, der gar keine entscheidende Rolle in meinem Verhältnis zu den Ramos gespielt hatte? In diesem Augenblick prallten verschiedene Bilder – einige, die ich erlebt, und andere, von denen ich gehört hatte – und Sätze in meiner Erinnerung aufeinander und zeigten mir, daß die Verbindung von allem und allen durch mich noch schrecklicher und tiefgreifender war, als ich und andere es je ausgedrückt hatten: Die Macedos, die Ramos, Rodrigues, mein Onkel, meine Tante, Rufininho, alle bildeten mit mir ein Knäuel aus gegenseitigen Ersatzbeziehungen, die von Zé Ramos' Tod mit unbarmherziger Klarheit bloßgestellt wurden: stets war einer an Stelle des Verräters verraten worden. Carlos Macedo hatte, aus verwerflichen Beweggründen, Rufininho zu Rodrigues gebracht. Dieser hatte sich verteidigt, indem er meine Tante an Stelle seiner verhaßten Mutter verehrte und meinen Onkel an Stelle seines verachteten Vaters haßte. Ich hatte dafür gesorgt, daß die Schwiegermutter meines Onkels diesen Platz einnahm, um mit Mercedes weitermachen zu können, die Almeida durch mich ersetzt hatte. Ramos hatte mir seine Schwester gegeben, damit sein Abenteuer wahr werden konnte. Und Carlos hatte, damit Rodrigues in Luís nicht Carlos sah, an den er nicht herangekommen war, mir seinen Bruder gegeben. Nun, da Mercedes' Liebe für mich unerreichbar geworden war, weil sie zu tief in mir und in ihr steckte, da Zé Ramos tot und Carlos Macedo für immer (oder so gut wie) fort war, saß ich mit den anderen wie ein Haufen Schiffbrüchiger da, die auf einem engen Floß hockten und, durch die Umstände gezwungen, zum Überleben den geistigen Kannibalismus offen praktizieren mußten, den heimlich jeder längst betrieben hatte. Ich spürte, daß dieser geistige Kannibalismus (der, wie mir klar wurde, durchaus fleischlich sein konnte, wenn auch lediglich symbolisch zu verdauen) zu den Grundbedeutungen des Lebens gehörte, vom Augenblick der Bewußtwerdung an. Kinder verschlingen kannibalisch alles, was sie umgibt, um sich die Welt anzueignen, die sie betreten. Die Erwachsenen aber verschlingen sich gegenseitig, um weiter in der Welt zu bleiben, was nicht nur das Leben eines jeden, sondern vor allem sein Wesen betrifft. Wenn man jemanden durch seine Handlungen verändert, so sind diese Handlungen wie ein rituelles Bankett, an dem dieser Jemand bis dahin teilgenommen hat. Aus diesem Grund muß man allein dafür Verantwortung übernehmen, was man sich zuvor kannibalisch angeeignet hat: und jeder lebt davon, die Unschuld der anderen zu verschlingen. Die Unschuld war nichts anderes als das Dasein eines jeden, bis zu dem Zeitpunkt, da ein anderer seinen Körper oder sein Denken ausnutzte; oder das eigene Dasein bis zu dem Zeitpunkt, an dem man, und sei es nur in Gedanken, einen anderen oder sich selbst ausnutzte. Gab es da noch Unschuld? Konnte irgendwer leben, ohne sie zu verlieren? Konnte jemand überhaupt unschuldig sein, nachdem er auf die Welt gekommen war? Oder verlor man im Verlauf seines Lebens jedesmal eine andere Unschuld, bei jedem neuen Ausnutzen? Die Antwort auf diese Fragen lag im Kern der »Ersatzbeziehungen«. Diese wirkten zerstörerisch, soviel war mir schon klar, und zwar durch das Ersetzen selbst, weil man auf diese Weise den eigentlichen Beziehungen auswich, die auf dem eigenen Dasein fußten. Und wenn diese Zerstörung (bis hin zum physischen Tod, wie in Ramos' Fall) selbst ein Ersatz war? Angenommen, man existierte nur durch die anderen und in ihnen, wer sagte dann, daß man nicht genau dadurch frei war, daß man von dem verschlungen wurde, was einen daran hinderte, einer der anderen zu sein? Doch was für eine Freiheit war das, die darin bestand, daß man nur im Unwirklichen und im Tod frei war, wenn also die Freiheit letzten Endes gar keinen Sinn mehr hatte? Vor lauter Verwirrung riß mein Denkfaden jäh ab, am Rande eines schwindelnden Abgrunds, den er nicht mehr zu überspannen vermochte. Andere, frühere Gedanken, andere Fäden verwirrten ihn, verhedderten sich in ihm. Eine Frage ließ mich noch zögern: Waren diese Gedanken von sich aus ineinander verstrickt, oder bewirkte ich das in meinem widerstrebenden, erschütterten Zustand? Verweigerte ich nicht in Wahrheit das Denken? Doch. Ganz genau. Alles war zu Ende, oder es begann gerade erst. Wozu noch denken, wenn ich sowieso nicht wußte, was geschehen würde? Ich machte mich auf zu Rodrigues' Pension.

XXXII

Er war da, teilte mir der Mann am Eingang mit, und ich ging nach oben und klopfte an seine Tür. Er machte einen Spalt auf, um nachzusehen, wer es war, und kehrte ins Bett zurück; ich selbst mußte die Tür hinter mir zumachen. Wie immer war er splitternackt.

»Auf dich hatte ich schon gewartet«, sagte er, den Bauch an der frischen Luft und ein Bein übergeschlagen, als säße er auf einem Stuhl.

»Wieso?«

»Weißt du nicht, daß Ramos...«

»Doch. Ich glaube, das wissen inzwischen alle. Ich war sogar einer der ersten, die ihn am Strand gesehen haben.«

»Du warst am frühen Morgen in der Gegend, wie?«

»Ja.«

Er warf mir einen Blick zu, immer abwechselnd mich und seine Fingernägel betrachtend, die er säuberte, und fragte: »Wie groß ist deine Verantwortung bei der ganzen Sache?«

»Das wüßte ich auch gern genauer.«

»Also weißt du es nicht? Weißt du nichts von dem Skandal, den Almeida im Kasino gemacht hat? Wo ist sie jetzt?«

»Sie muß heute morgen mit ihren Eltern nach Porto gefahren sein.«

»Wegen des Skandals?«

»Unter anderem.«

»Auch wegen Zés Tod?«

»Nein. Davon wußten sie noch nichts.«

»Mercedes auch nicht?«

Nun musterte ich ihn. Schließlich antwortete ich: »Doch. Wir haben ihn beide tot am Strand liegen sehen.«

»Und jetzt?«

»Was, und jetzt?«

»Willst du sagen, für dich ist alles vorbei? Na ja, für ihn auch. Und wer begräbt ihn?«

»Dazu wird der Stiefvater wohl zurückkommen, oder? Ich bin, genau wie du, verpflichtet, ihn mitzubeerdigen. Glaubst du, nur weil ich der Geliebte seiner Schwester war und Almeida anscheinend diesen Wirbel veranstaltet hat, hätte er sich umgebracht? Denkst du das?«

»Nicht nur. Was ist das für eine Geschichte mit einem gemieteten Boot, das irgendwen irgendwohin bringen sollte?«

»Wer hat dir das erzählt?«

»Mein Informationsdienst.«

»Aber eines hat er dir nicht erzählt.«

»Nämlich?«

»Daß du derjenige warst, der das Boot bezahlt hat. Und möglicherweise ist Zé aus diesem Boot ins Wasser gefallen.«

Er setzte sich mit weit aufgerissenen Augen und offenstehendem Mund im Bett auf, am ganzen Leibe zitternd: »Ich?… Du… Dann war es ja noch schlimmer… Ihr habt mich verkauft, um das Boot zu bezahlen?«

»Ja«, sagte ich mit gesenkten Augen, ich nahm ihn am Rande meines Blickfeldes gerade noch wahr.

Er beugte sich vor, den Kopf fast auf den Knien. Und plötzlich sah er aus wie ein armer Wicht, zusammengekrümmt, verwuschelt, vor Kälte und Angst schlotternd. Aus dieser Haltung heraus fragte er erstickt: »Dann war alles Lüge? Alles Lüge?«

»Ja.«

Er sah mich tränenüberströmt an und schob die Haarsträhnen beiseite: »Und das Boot? Wozu das Boot? Hing Almeida auch mit drin? Und wer noch?«

»Wenn ich dir sage, wozu das Boot gedacht war, wird es dich noch mehr verletzen.«

»Red schon.«

Ich erklärte ihm den Plan von Ramos, Macedo und Almeida, wobei ich unsere Spanier ausließ. Die ganze Zeit war ich auf einen antispanischen Ausbruch gefaßt, der aber nicht kam. Statt dessen fragte er: »Wußte Ramos, daß Mercedes deine Geliebte war?«

»Ja.«

Er ließ sich aufs Bett fallen, schwieg eine Zeitlang, dann schüttelten ihn heftige Krämpfe, unter denen er sich wand. Es war, als hätte er einen epileptischen Anfall. Ich stand auf und beugte mich über ihn, um ihm zu helfen, und zugleich fürchtete ich einen Wutanfall, der nur gegen mich gerichtet sein konnte. Dabei war es ein Lachen, was ihn schüttelte. Dieses Lachen hob ihn etwas an, drehte ihn um, rollte ihn und trieb ihn zu geradezu mechanischen Schlängelbewegungen, als erlebte er gerade den Höhepunkt eines langen Orgasmus. Verblüfft und schockiert, empört und auch besorgt wandte ich mich ab. Sein Zustand dauerte lange an, jedenfalls kam es mir so vor. Ich lehnte wartend an der Wand und empfand einen unbändigen Abscheu vor dieser obszön zuckenden Nacktheit, geschüttelt von einem Gelächter, das allmählich abflaute, bis er schließlich rücklings dalag, nicht mehr verkrümmt, sondern auf dem Bett ausgestreckt.

Schließlich wandte er sich mir zu, betrachtete mich mit verschwommenem Blick, setzte sich auf und sagte: »Und am Ende bringt der Knabe sich um...«, was erneute Wogen der Heiterkeit bei ihm auslöste. Ich verlor die Geduld und ohrfeigte ihn, um diese Hysterie zu beenden. Es wurde schlimmer. Er lachte noch mehr. Bei jeder Ohrfeige, die ich ihm gab, lachte er heftiger, mit einem genüßlichen Vergnügen, das meine schlagenden Hände herausforderte. Bis er plötzlich meine Handgelenke packte und mit zusammengebissenen Zähnen zischte: »Nein, so leicht kommst du mir nicht davon. Entweder du oder ich, einer von uns beiden bringt das zu Ende, was du angefangen hast...« Drohend stand er auf.

Ich begann zu kämpfen: »Laß mich los.«

»Ich lasse dich nicht los. Wozu bist du hergekommen? Spielst du den Verbrecher, der an den Ort seiner Tat zurückkehrt? Du hast Ramos auf dem Gewissen, mich hast du zweimal umgebracht, Mercedes hast du umgebracht, Macedo auch, wie viele sind es? Wie viele? Was willst du noch? Soll ich dir den Arsch hinhalten? Soll ich...«

Ich konnte mich befreien. »Bist du verrückt geworden?« Doch er schlüpfte zwischen mir und der Tür hindurch und versperrte mir den Weg. »Nein, du kommst hier nicht raus, bevor du dich nicht entschieden hast. Und wenn ich dich töten muß.« Plötzlich hatte er ein Taschenmesser von seinem Nachttisch genommen und aufgeklappt.

»Leg das hin«, sagte ich.

»Ich töte dich«, er schwang das Messer, »ich steche dir die Augen aus.«

»Leg das hin.«

»Hast du keine Angst vor mir? Schämst du dich nicht vor mir?«

»Nein. Ich habe dir doch gesagt, leg das hin.«

»Aber ich töte dich.«

»Wenn du dazu fähig wärest, hättest du es schon getan. Leg das hin.«

Er näherte sich mir mit einem Satz, das Messer blitzte auf, als er mit einem schnellen Hieb meinen Jackenärmel aufschlitzte, wobei ihm das Messer herunterfiel. Wir bückten uns beide, um es aufzuheben, und stießen lächerlicherweise heftig mit den Köpfen zusammen. Benommen plumpsten wir auf den Boden, jeder auf seiner Seite. So saßen wir reglos da, das Messer zwischen uns. Vorsichtig streckte ich schließlich die Hand aus und nahm es. Er reagierte nicht. Ich stand auf, er blieb weiter am Boden sitzen. Doch als ich einen Schritt machen wollte, packte er meine Beine, und ich stürzte hin, mit ausgestrecktem Arm, damit das Messer nicht in seine Reichweite geriet. Er versuchte aber gar nicht, es mir abzunehmen. Ich wollte mich befreien und trat ihm mit dem Absatz ins Gesicht. Er ließ meine Beine los, hob instinktiv die Hände zum Kopf, und ich stand auf, klappte das Taschenmesser wieder zu und steckte es ein. Er blieb sitzen und zog die Beine an, um seinen Kopf auf die spitzen Knie zu stützen. Ich zögerte, ob ich hinausgehen oder seine Reaktion abwarten sollte. Schließlich blieb ich, weil ich den Eindruck hatte, die Szene sei noch nicht vorbei; ich fand, ich hätte nicht das Recht, zu gehen, bevor sie nicht beendet war.

Ohne den Kopf zu heben, murmelte er: »Du hast mir mit dem Absatz ins Gesicht getreten.«

»Stimmt, tut mir leid.«

»Du hast mich an deine Tante verkauft, und sie und du, ihr habt mich gemeinsam an diese widerliche Alte verkauft; du hast gesehen, wie dein Onkel mich behandelt hat, als wäre ich ein Hund, und jetzt hast du mir noch mit dem Absatz ins Gesicht getreten.«

Ich gab keine Antwort.

»Ich hätte dich töten sollen und habe es nicht fertiggebracht.«

Ich sagte immer noch nichts.

»Dabei bin ich stärker als du. Wenn ich wollte, könnte ich dich töten.«

Ich schwieg weiter.

»Aber eigentlich wollte ich es gar nicht.«

Schweigen meinerseits.

»Wenn ich dich töten würde, brächte ich den einzigen Menschen um, der weiß, wie ich wirklich bin.« Er sah auf. »Es ist, als wärest du ich. Wenn ich dich töten würde, nach allem, was du mir angetan hast, dann wäre es letzten Endes, als würde ich umbringen, was du von mir übriggelassen hast.«

»Wechseln wir das Thema. Ein Taschenmesser reicht nicht aus, um irgendwen zu töten.«

Er lächelte: »Was denn dann? Sag schon, los, darin bist du doch Experte.«

»Ich weiß es nicht. Das hängt wohl von der Situation und von den Beteiligten ab.«

Er stand auf, rieb sich das Gesicht und setzte sich auf die Bettkante: »Bei mir haben alle immer alles verdreht und vertauscht, und immer war ich austauschbar für sie. Was habe ich falsch gemacht? Warum sieht es so aus, als wäre ich nur dazu da, daß die anderen bekommen und tun, was sie wollen?«

»Und du hast nie getan, was du wolltest?«

»Nein. Nie. Nie habe ich bekommen, was ich wollte. Niemals.« Er schwieg, dann fuhr er nachdenklich fort: »Und ich habe mit meinem Schwanz und mit der einzigen Liebe, die ich je hatte, ein Boot bezahlt, damit diese Irren in den Krieg nach Spanien fahren können, nach Spanien! In das Land meines gehörnten Vaters. Das muß man sich mal vorstellen. Und du, mein einziger Freund, der einzige Mensch, zu dem ich je Vertrauen hatte, du warst derjenige, der mich verkauft hat. Eine Farce.«

Ich sagte: »Aber wenn es dir so vorkam, als wärst du frei, fühlst du dich nicht jetzt noch freier?«

»Allerdings... Das ist eine Befreiung untenherum, wie wenn man geschissen hat. Denk daran, aus Scheiße bist du gemacht, und zu Scheiße sollst du werden, steht das nicht auf den Friedhöfen?«

»Nein. Da ist von Staub die Rede.«

»Das ist die vornehme Art, dasselbe auszudrücken. Und jetzt, was wird jetzt wegen Ramos?«

»Ich weiß es nicht, und es ist mir auch ziemlich egal. Im übrigen hatte ich Mercedes schon verloren. Das einzige, was ich nicht verstehe, entschuldige bitte, ist die Sinnlosigkeit der Dinge. All das ist geschehen, damit die Flucht möglich wurde und damit ich Mercedes behalten konnte. Nun habe ich Mercedes verloren, und Zé Ramos ist gestorben. Und die Flucht hat trotzdem stattgefunden.«

»Mit dem Geld, das ich verdient habe.«

Er starrte mich mit bösem Funkeln in den Augen an: »Es gibt aber noch etwas, das du nicht weißt... Extra für dich, so wie das, was du mir angetan hast, extra für mich war... Sie hat auch mit Almeida geschlafen.«

Ich biß die Zähne zusammen: »Große Neuigkeit.«

»Allerdings, für dich. Denn sie hat es getan, nachdem sie mit dir zusammen war.«

»Du lügst.«

»Keineswegs. Ich habe es gesehen.«

»Das kann nicht sein. Selbst wenn sie gewollt hätte, sie hatte keine Zeit dazu.«

»Aber sicher. Weißt du wann? Vorgestern nacht.«

»Ich habe die ganze Nacht mit ihr verbracht.«

»Nein, die Nacht davor, da hat er die ganze Nacht mit ihr verbracht.«

»Wo?«

»In ihrer Pension. Ich habe es gesehen. Das sollte ihn ruhigstellen, nicht wahr? Er hatte sich bestimmt schon etwas gedacht.«

»Und wie hast du es sehen können? Wo warst du da?«

Er lachte, bitter, aber auch getröstet: »Jetzt glaubst du mir schon eher, wie? Ja, ich habe es gesehen, weil... Nein, ich habe gelogen, ich habe gar nichts gesehen, ich weiß von nichts.«

»Du weißt sehr wohl irgendwas.«

Sein Gesicht war ein einziges grimmiges Gelächter. Er packte sein Glied, schüttelte es und fing an, zu ihm zu sprechen: »Wir beide wissen Bescheid, nicht wahr? Sollen wir ihm erzählen, was wir wissen? Nein? Du willst nicht, daß ich es ihm erzähle? Oder doch?«

Wütend und angeekelt sagte ich: »Du kannst bloß mit dem Ding da reden.«

»Na klar. Ist Er nicht die Zunge des Mannes, spricht Er nicht die Sprache, die jeder versteht? Selbst diejenigen, die Angst haben, Ihn zu benutzen?« Er setzte den Scherz fort. »Bist du etwa nicht meine Zunge? Jorge behauptet, ich würde nur mit dir reden. Stimmt das, rede ich nur mit dir? Was meinst du?«

»Leb wohl. Wir haben uns gesagt, was zu sagen war. Du hast bereits angerichtet, was du anrichten wolltest.«

»Ach ja? Dann sind wir ja quitt. Auf gute Freundschaft!« Er schüttelte wieder sein Ding. »Warte, geh noch nicht, Er will dir noch was sagen.«

Ich blieb an der Tür stehen, die Hand auf der Klinke.

»Weißt du, was das Geheimnis ist? Ich sage es dir, an seiner Stelle. Dieser Schwanz hier wird nicht ruhen, bis er in ihr dringesteckt hat. Er und ihr Loch sind füreinander gemacht, das habt ihr alle geschafft. Als hätte man Hunger und Appetit miteinander verkuppelt.«

Ich drehte mich zu ihm um und betonte jedes einzelne Wort: »Es ist mir egal. Wenn sie mit dir schlafen will, ist mir das gleichgültig, denn sie wird nie jemand anderem als mir gehören.«

»So sicher bist du dir? Obwohl Almeida zwischendrin...?«

»Ich bin mir absolut sicher. Außerdem interessiert es mich nicht, mit wem sie zwischendrin zusammen war.«

»So sehr gehört sie dir?«

»Ja.«

Er stand auf, packte sich wieder zwischen die Beine und hob Ihn an, zu einer noch vertraulicheren Unterredung: »Siehst du? Wirklich wie Hunger und Appetit. Aber du wirst dich bemühen, so gut du kannst, nicht wahr, damit wir es diesem Knaben ordentlich zeigen, ihnen allen, ja?«

Seine Eichel nickte. Ich ging türenknallend hinaus. Schon im Korridor bekam ich Lust, Almeida umzubringen. Der hatte eine Lektion verdient. Aber wie? Ohne nachzudenken, kehrte ich um und stürmte wieder in Rodrigues' Zimmer, ohne anzuklopfen. Er lag auf dem Rücken im Bett, die Augen an die Decke gerichtet, und onanierte. Erschrocken richtete er sich auf: »Was ist los?«

»Ich will dir etwas vorschlagen.«

Er verhüllte sich mit der Bettdecke. »Was denn?«

»Daß wir Almeida aus dem Weg räumen. Wenn du mitmachst, tue ich alles, damit du Mercedes bekommst.«

»Almeida aus dem Weg räumen? Meinst du das ernst?« Doch gleich stieg er auf das Spiel ein: »Aber nicht umbringen, das nicht. Kastrieren, das wäre es doch!« Dann wechselte er abrupt das Thema: »Aber hör mal, wenn das Boot gefahren ist, wie du sagst, dann sitzt Carlos Macedo ja allein da. Der unverdorbene Saubermann, verloren auf dem weiten Ozean, mitten unter einem Haufen Schmuggler... die er im übrigen schon von klein auf kannte, vom Strand. Das ist wirklich ein Witz! Noch ein Grund mehr, Almeida zu kastrieren. Verdammtes Kommunistenpack! Alles Kanaillen.« Und jetzt kam auch der erwartete Spruch: »Um dieses Spaniergesocks zu schützen, habt ihr mich und alles andere über die Klinge springen lassen, ihr Dreckskerle!«

»Hast du schon die Zeitung von heute gelesen? Macedo ist nicht allein. Es sollen auch einige Spanier dabeisein, die in Porto geflüchtet sind.«

»Flüchtlinge aus Porto? Das sind doch nicht etwa die vom Tag deiner Ankunft, als es zu der Schlägerei kam?«

»Die Zeitung behauptet das. Da steht, sie seien geflohen und die Polizei rechne damit, daß sie sich in einem Hafen südlich von Porto einschiffen würden. Von Macedos Boot ist aber nicht die Rede.«

»Almeida wollte also Mercedes haben, dafür, daß er fuhr, und weil er Mercedes nicht bekam, die sich schon für dich entschieden hatte, ist er gar nicht gefahren? Und dann brüllt er noch überall herum, sie sei eine Hure! Dabei hat er doch erst eine aus ihr gemacht, weil er ja mit ihr geschlafen hat, nachdem sie mit dir zusammen war. Aber er tat so, als wäre seine Nacht mit ihr der Preis dafür, daß er den Mund hielt und das Feld räumte, oder?«

»So muß es gewesen sein. Er hat also wirklich mit ihr geschlafen?«

»Ja. Es ist die Wahrheit. Er hat mit ihr geschlafen. Nachdem sie mit den Autos abgefahren waren, sah ich, wie er in die Pension ging, und habe den Nachtwächter bestochen, um zu erfahren, ob Almeida wieder herauskam, aber das ist er nicht. Am nächsten Morgen hat er den Nachtwächter dann auch geschmiert, damit der für sich behielt, was er wußte. Das wollte ich dir noch sagen, aber du hast mich nicht mehr zu Wort kommen lassen.«

»Ich weiß auch gar nicht, warum ich dich danach frage. Wahrscheinlich aus schlechter Gewohnheit. Mercedes gehört mir, ganz gleich, ob sie sich allen hingibt oder nur dir. Sie gehört mir so sehr, daß ich sie dir ausleihen kann, wenn du sie brauchst, um dich als Mann zu fühlen. Ich warne dich nur vor einem: Sie wird immer mit mir schlafen, wenn ich es will. Und die anderen bekommen sie nur, wenn ich sie nicht will und solange ich sie nicht will.«

»Teufel auch! Das ist ja fast wie mit Rufininho und mir.«

»Zieh gefälligst keine geschmacklosen Vergleiche. Und ich sage dir noch etwas, das ich noch nie gesagt habe: diese Geschichte mit Rufininho glaube ich dir nicht. Wenn das stimmte, würdest du darüber kein Wort verlieren, zu niemandem, und hättest eine furchtbare Angst, daß irgendwer es herausfinden könnte. Aber weil an der Schule alle davon wußten, brüstest du dich damit, um auf diese Weise, im Scherz, den Ruf abzukassieren, der dir angehängt wurde.«

»Den Ruf und den Vorteil.«

»Aber der Ruf überwiegt den Vorteil. Ich habe dich neulich am Strand gesehen, dich und diese Typen. Du bist nichts als ein kleiner Junge, der noch nicht so groß ist wie der Lümmel, den er hat, und der die Marotte nicht ablegen kann, ihn den anderen Männern zu zeigen, damit sie ihn beneiden, ein kleiner Junge, der für die Anbetung seines Schwanzes lebt. Wenn du dich an ihn klammerst, so wie vorhin, als ich hereinkam, dann denkst du an nichts außer an ihn.«

»Da irrst du dich. Noch vor ein paar Tagen habe ich an deine Tante gedacht. Jetzt, wo ich keine Frau mehr habe, an die ich denken kann, wollte ich mal schauen, ob ich statt dessen an...«

»Halt den Mund.«

»Du wolltest es doch wissen... Verdammte Dreckskerle... Und bloß, um mit ein paar elenden Spaniern zu schmuggeln... Wahrscheinlich auch noch Scheißgalizier wie mein Alter... Schneiden wir diesem Almeida die Zunge ab?«

»Und wie?«

»Überlaß das mir. Ich werde ihn kastrieren, genau wie die anderen alle, ihr Dreckskerle.« Seine Augen loderten vor Wut. »Wenn alles bereit ist, rufe ich dich zu dem Spektakel.«

Er wirkte wie ein entfesselter Dämon. Als er aufstand, um die Tür hinter mir zuzumachen, sah ich aus dem Augenwinkel noch, wie er sich, ständig weiter onanierend, dem Höhepunkt näherte. Ob das der Überrest seiner Erregung war, die ich beim Zurückkehren gesehen hatte, oder der Vorgenuß seiner erträumten blutigen Rache, ich weiß es nicht.

Draußen lachte ein heiterer Nachmittag, es waren kaum Menschen unterwegs, und mir fiel wieder ein, daß mein Onkel auf die Nachricht wartete, ob ich Ramiro auch standesgemäß nach Lissabon verfrachtet hatte. Bis gestern abend war mir die Wirklichkeit noch wie ein irrer Kinderscherz erschienen, doch dieser ruhige Nachmittag offenbarte mir, daß sie mit meinem Leben durchging; ich brauchte nur daran zu denken, daß alles zu Ende gegangen war, damit ich wie neugeboren beginnen konnte. Aber das war kein irrer Scherz mehr, das wurde langsam ein Massaker. Ramos war gestorben. Rodrigues begehrte Mercedes. Und was würden wir mit Almeida machen? Wozu war ich in Rodrigues' Pension gegangen? Um ihm Mercedes auszuliefern, im Tausch gegen Almeida? Doch Mercedes war für mich verloren – jetzt erst begriff ich, was sich am Vorabend zwischen uns abgespielt hatte – und blieb gleichwohl meine größte Liebe; ich hätte sie niemals bekommen, wenn nicht alles so abgelaufen wäre, wie es geschehen war, mit ihrem Bruder, mit Almeida, mit dem Teufel; aus welchem Grund also kehrte ich zum Ausgangspunkt zurück und belastete Almeida mit einer Schuld, die eigentlich wir alle tragen mußten? Plötzlich merkte ich, daß ich nichts mehr wissen wollte, keinen Grund, für gar nichts mehr, lieber ließ ich mich von einem Strudel nach dem anderen fortreißen, bis die irrsinnige Gewalt, zu der die Wirklichkeit geworden war, mich und die anderen wieder losließ, ganz gleich, wo und wann. Es war, als hätte der Taumel, der die anderen zum Tanzen brachte, auch mich erfaßt. Und in der Verzweiflung, die sich vor mir auftat wie ein Schlund voll kalter Nebelschwaden, diente dieser Taumel auch zur Befreiung, mehr noch, zu einer paradoxen, heiteren Gelassenheit. Daß wir nun wie in einer Art Bürgerkrieg übereinander herfielen...

Dieser Vergleich durchdrang mich mit einer solchen Klarheit, daß ich verblüfft mitten auf der Straße stehenblieb. Wenn das Leben und die Dinge eine unerträgliche Spannung erreichten, mußte jemand umgebracht werden, auch wenn das kein Freibrief war. Wenn die Dinge so standen, daß man sich beraubt fühlte; wenn man entdeckte, daß man schon beraubt war, bevor man es wußte, und einem nicht mehr gehörte, was einem zustand; wenn sich einer aufführte, als gehörte er einer Herrenrasse an, die sich zum Raub geboren fühlte, und man selbst, auch wenn man andere beraubte, den verlorenen Besitz nicht wiedererringen konnte: dann wurde ein Bürgerkrieg entfacht, und sei es nur schwelend, unterschwellig, als Reflex eines Aufstands, bei dem andere für einen sterben würden. Die Welt, in der ich lebte, stand in Flammen. Zumindest ihre Fassade. Durch den Aufstand in Spanien hatten sich tiefe Risse in unserem Leben aufgetan, zu Beginn nur wie bei einem Erdbeben in weiter Entfernung von seinem Epizentrum. Doch mittlerweile war es schon kein fernes Beben mehr, sondern der Bürgerkrieg hatte auf unsere Welt übergegriffen, auch ohne daß bei uns die Waffen geschwungen wurden, auch ohne daß die Politik Partei ergriff, und dieser Krieg spaltete die falsche Ruhe unserer Welt, falsch wie der ruhige Nachmittag um mich her, von oben bis unten. Wir alle würden uns für die eine oder für die andere Seite entscheiden, und selbst unsere privaten Probleme, unsere Kümmernisse und unser Verrat hatten keinen Sinn mehr, jedenfalls nicht mehr denselben klaren Sinn wie zuvor, alles war nur noch im Zusammenhang mit dem Bürgerkrieg von Bedeutung. Umgekehrt spürten wir den Bürgerkrieg in uns wie ein privates Problem, wie den Verlust einer Mercedes, den Tod eines Ramos, den Verrat an einem Rodrigues, die Weigerung eines Almeida, sich die Hörner aufsetzen zu lassen, die er verdient hatte. Trotz all der Klarheit in meinem Kopf blieb ein einziger, hartnäckiger Schatten bestehen, und ich mußte darüber lachen, wie er immer weiter wucherte. Dieser Schatten war ein diskreter Wink, dessen Sinn ich nur erraten konnte: Die Wahrheit war noch eine andere, doch vorläufig konnte sie sich nicht offenbaren, ich und all die anderen sollten sie erst später erkennen. In der Zwischenzeit würde Almeida bezahlen müssen. Und eines Tages, wenn es schon keinen mehr interessierte, würden wir den Grund dafür erfahren. Ob Ramos mit seinen festen politischen Überzeugungen es wohl gewußt hatte? Das sollten sie einander mal im Jenseits erläutern, in der anderen Welt. Es sei denn, es gab keine andere Welt für sie und ihre Erläuterungen. Davon war ich nämlich fest überzeugt. Und deshalb war es so wichtig und so zwecklos zugleich, den Grund der Dinge zu erfahren, und so belanglos, sich für die Beweggründe der Menschen zu interessieren. Nur deren Handlungen zählten: nur sie ließen uns genießen, leiden oder andere quälen. Andere töten, willentlich oder unwillentlich. Oder sie in einen Zug nach Lissabon stecken. Oder sie vom Baum des Lebens jagen, hinab auf den müllverdreckten Boden der Tatsachen.

XXXIII

Meine Tante saß bei ihrer Näharbeit am Eßtisch. Das vom Garten her eindringende Licht legte einen goldenen Schimmer über die glänzenden Möbel und ihre Haare, die wie zum Kontrast eine nachdenkliche, verschattete Mattheit annahmen. Sie schaute lachend auf und sagte: »Dein Onkel mußte noch weg. Hast du Ramiro auf den Weg gebracht?«

Ich bejahte ihre Frage und merkte, daß selbst Ramiros Vertreibung, auf die sie anspielte, den häuslichen Frieden nicht beeinträchtigen konnte, der über allem schwebte wie vor langer Zeit, sich aber erst jetzt, durch Unverantwortlichkeit oder rauschhaften Taumel, wieder eingestellt hatte.

Sie schüttelte ihre Näharbeit und breitete sie aus, um ihr Werk genauer zu betrachten (was sie wohl so viel zu nähen hatte, fiel mir plötzlich ein, als wären es die Schleier, hinter denen sie den häuslichen oder vielleicht nur ihren eigenen Frieden wiederherstellte). »Dein Onkel hat gemeint, du und Maria, ihr solltet besser den Hund vergraben, man hält den Geruch ja nicht mehr aus.«

Nicht einmal der tote Hund veränderte ihre ruhigen, heiteren Gesichtszüge; nicht daß ihr etwas Bestimmtes hätte durch den Kopf gehen sollen, aber unabhängig von jeglicher Ursache mußte doch der Geruch an sich schon unangenehm sein. Für mich jedenfalls war der tote Hund zuviel.

»Rodrigues hat neulich den Hund getötet«, sagte ich.

»Das muß wohl so gewesen sein«, nickte sie ungerührt.

»Weißt du, daß er weiter nach Coimbra fährt?«

»Das wundert mich nicht, aber lange wird es nicht dauern. Oder glaubt er das etwa?«

»Ich habe ihn nicht danach gefragt.«

»Solltest du auch nicht. Das Leben der anderen geht uns nichts an.«

»Findest du, Tante? Aber wir waren es doch, die das eingefädelt haben, nicht wahr?«

Sie betrachtete mich mit ihren klaren, hellen Augen: »Aber weder sind wir nach Coimbra gefahren, noch tun wir es weiterhin, und wir sind auch nicht diejenigen, die das wünschen, oder? Seit dem ersten Mal geht uns das nichts mehr an.« Damit kehrte sie zu ihrem Stoff zurück.

»Bei dem, was wir getan haben, mußten wir doch auch an die Beteiligten denken und wie sie sich verhalten würden.«

»Aber verhalten haben sich die Beteiligten von alleine, oder?«

»Findest du nicht, daß wir verantwortlich sind?«

»Verantwortlich? Weißt du was, mein Junge, wenn geschwindelt wird, ist derjenige, der schwindelt, nicht verantwortlicher als derjenige, der dran glaubt. Die Menschen glauben nur das, was sie glauben wollen.«

»Und du hast gar kein Mitgefühl?«

»Mitgefühl, womit?«

»Mit Rodrigues zum Beispiel. Denk daran, was hier passiert ist.« Ich musterte sie in offener Herausforderung.

»Nein. Warum sollte ich so etwas empfinden? Er ist mir immer ein bißchen lachhaft vorgekommen, ich fand ihn witzig.«

»Und jetzt hat er seinen Witz verloren?«

»Männer sind weder witzig, noch verlieren sie ihren Witz. Entweder sind sie Männer, oder sie sind es nicht.«

»Und er ist kein Mann?«

»Vielleicht ist er das. Aber das kann bis auf ganz eindeutige Fälle keiner so genau wissen. Nur derjenige selbst.«

»Und wenn er jemanden braucht, um sich sicher zu sein?«

»Wenn jemand sich einer Sache nicht sicher ist, gibt es keine Hilfe. Entweder er weiß es oder nicht.«

»Aber keiner ist sich je einer Sache wirklich sicher. Dafür sind doch die anderen da, ob sie das wollen oder nicht.«

»Und das sorgt für Gewißheit?« Sie stieß ein feines Gelächter aus, begleitet von einem maliziösen Seitenblick, als sprächen wir von amüsanten, leicht obszönen Dingen, die uns bestätigten, daß das Leben nichts als eine groteske, alberne Oberflächlichkeit ist.

Ich hatte mich während des Gesprächs hingesetzt. Nun sprang ich auf und sagte: »Ich gehe den Hund begraben. Letzten Endes bringt man sein Leben vor allem damit zu, die toten Hunde der anderen zu verscharren.«

Meine Tante hob die Augenbrauen, wie um ihren nächsten Stich besonders aufmerksam zu beobachten, führte den Stich aus und bemerkte: »Weißt du was? Hunde sind immer ein bißchen herrenlos, wie die Menschen auch. Tote zu begraben, auch wenn es Hunde sind, ist eine barmherzige Tat.«

Schon an der Tür, wandte ich mich um und fragte ironisch: »Und Barmherzigkeit geht über alles, nicht wahr?«

»O ja, mehr als du glaubst.«

»Ich glaube, wenn ich mir die anwesenden Vorbilder anschaue, weiß ich nicht, was Barmherzigkeit ist.«

»Ich habe auch den Eindruck, daß du es nicht weißt. Eines Tages wirst du es lernen.«

»Ich begrabe jetzt den Hund.«

»Damit tust du mir und deinem Onkel einen Gefallen.«

Ich ging in die Küche, wo ich nur auf Micaela traf, die in den Töpfen auf dem Herd rührte. Maria räumte wahrscheinlich oben auf. Aber Micaela legte den hölzernen Kochlöffel beiseite und ging in den hinteren Teil des Gartens, um mir eine Hacke und einen Spaten zu holen: »Vergraben Sie den Hund auch tief. Hunde muß man tief begraben.«

»Wieso?« fragte ich, doch sie beschränkte sich auf ein Achselzucken, als hätte ich das gefälligst zu wissen. Dann ging sie zum Treppenaufgang und rief Maria.

Mit schwingenden Hüften und in einer Strickbluse, die ihr Busen schier zu sprengen drohte, kam sie die Treppe herunter und stellte sich neben uns, mit halb erwartungsvoller, halb einfältiger Miene. Als ich ihr sagte, wir würden den Hund begraben, lachte sie.

Mitten im Gebüsch, nicht weit von dem Hund, der von grünen Fliegen umschwirrt war und widerlich aussah, wie ein ausgedörrtes Gerippe mit ein paar matschigen Resten, die derart durchdringend und süßlich rochen, daß es noch den eigenen Speichel zu vergiften schien, markierte ich mit der Hacke eine Stelle, wo die Erde zwischen niedrigerem, spärlicherem Unkraut zu sehen war und etwas weniger hart wirkte. Ich gab Maria den Spaten und sagte ihr, sie solle graben.

»Ach, ich soll graben?«

»Jawohl, du.«

»Ich bin doch nicht Dienstmädchen geworden, um die Erde umzugraben. Graben Sie doch, wenn Sie wollen.«

»Aber dein Herr hat es dir befohlen.«

»Ich grabe aber nicht, basta«, und sie pflanzte die Hacke mit dreister Auflehnung auf. »Will doch mal sehen, ob Sie Manns genug sind dafür.« Aufreizend wiegte sie sich hin und her.

Wütend grub ich los, hielt nur inne, um mir die Jacke auszuziehen, was ich zuerst vergessen hatte. Der Schweiß rann mir über die Stirn.

»Ui, wie erschöpft er ist... Das Graben ist aber nichts für ihn...« witzelte sie.

Ich schaufelte weiter, bis mir die Grube bis zum Knie ging. Sie näherte sich, beäugte den toten Hund, dann die Grube und schließlich mich, wie ich mir den Schweiß abwischte, und sagte dann: »Das reicht schon.«

Ich stieg aus der Grube, und gemeinsam zerrten wir den Hund zum Rand und ließen ihn hineinfallen, wobei ein großer Schwarm Fliegen aufschwirrte und schwarz gewordene Eingeweide aus seinem geplatzten Bauch quollen. Wir bedeckten das Ganze, sie mit der Hacke, ich mit dem Spaten. Schließlich standen wir nebeneinander, auf die Gerätschaften gestützt. Der Verwesungsgestank hing mir weiter in der Nase, ebenso hartnäckig wie die Fliegen, die uns umschwirrten, sich auf uns und auf die Stelle setzten, wo der Hund gelegen hatte. Zu dem Gestank gesellte sich noch der Geruch unseres Schweißes. Ihre Hände ließen die Hacke los, die beim Hinfallen laut summende Bremsen aufscheuchte, und griffen mir unvermittelt und kräftig zwischen die Beine. Ich stieß sie um, und sie hob den Rock, entblößte ihre Nacktheit darunter und sagte: »Jetzt grab hier mal, aber den Samen läßt du draußen.«

Als wir fertig waren und aufstanden, schuffelte sie, während sie sich noch abklopfte und ihre Kleider in Ordnung brachte, mit dem Fuß etwas Erde auf das Pfützchen und murmelte ein Gebet.

»Was soll das denn? Warum hast du das gemacht?«

Sie hakte sich mit täppischer Zärtlichkeit unter: »Das muß sein. Sonst saugt einen die Erde aus, und man kann es nur noch so machen. Gottes Strafe.«

Ich lachte: »Dann muß er ja alle Jungen bestrafen, bevor sie eine Frau haben.«

Sie blieb ernst: »Das tut er auch.«

Als wir die Eßzimmertür erreichten, blieb ich stehen, Maria ging mit Hacke und Spaten weiter. Meine Tante schaute hoch und musterte mich von Kopf bis Fuß. Dann fragte sie: »Na, geschafft?«

»Ja.« Ich ging hinein.

»Am besten nimmst du ein Bad und ziehst dich um. Dieser verflixte Gestank klebt an dir.«

»Das wollte ich gerade tun.«

Als ich die Treppe hochging, verstellte mir Maria den Weg, hängte sich an meinen Hals und versuchte, mich zu küssen. Ich wich mit dem Mund aus. Sie kämpfte, um doch dranzukommen, und murmelte: »Nachher werde ich bei dir schlafen. Das hast du doch immer gewollt.«

Als sie von mir abließ, tauchte hinter ihr Micaela auf: »Wie die Hunde, verstecken sich nicht mal.«

Maria sagte im Vorbeigehen zu ihr: »Du bist ja bloß neidisch.«

»Neidisch, ich? Pfui Spinne. Ich begreife bloß nicht, warum ein sauberer Junge wie er mit einer Sau wie dir geht.«

Maria drehte sich um, zog ihr Kleid bis über den Bauch hoch und sagte: »Da, du verfluchte Alte, schnüffel mal, wie das riecht, laß dir das nicht entgehen, es duftet nämlich nach Mann.«

»Du schamlose Metze«, zischte Micaela.

»Ja, nenn mich ruhig Metze, aber lieber die Metze eines Mannes als die Metze seines eigenen Fingers«, gab Maria zurück, da hatte die andere sie schon bei der Gurgel.

»Was ist denn da los?« fragte mit glockenheller Stimme meine Tante aus dem Eßzimmer.

Keiner von uns dreien antwortete, sie verschwanden im Dunkel unter der Treppe, und ich ging nach oben.

Nachdem ich aus dem Bad zurück war, legte ich mich auf mein Bett. Die Sonne stand schon tief, durch das offene Fenster konnte ich den grünlich verfärbten Himmel sehen. Ich fühlte mich zutiefst elend. Ein brünstiges Weibchen derart unselig zu nehmen, auf dem Grab eines getöteten, verwesten Hundes, das war ein passendes Abbild meines Lebens. Und das geradezu exakte Abbild war der Fuß ebendieses brünstigen Weibchens, der ein paar Tropfen meines Spermas am Boden mit der Erde verrieb und verwischte. Und das, damit ich, dem Aberglauben nach, künftig dasselbe, was ich diesmal auf ihre Bitte hin und zu meiner eigenen Vorsicht draußen vergossen hatte, in andere Frauen hinein ergießen konnte. Jetzt fehlte nur noch, daß ein Rufininho vor mir niederkniete. So verkommen, wie alles war, kam mir nicht einmal das unwahrscheinlich vor, und ich erschauerte bei dem Gedanken, daß Rodrigues sich womöglich heute so etwas Ähnliches gewünscht hatte und daß ich Rodrigues dann, um Almeida zu fangen und mich und die anderen zu rächen, Mercedes angeboten hatte, die er begehrte. Ich hielt mir die Augen zu und versuchte, alles zu vergessen. Aber ich vergaß ja längst, ich konnte mich schon an nichts und niemanden deutlich erinnern. Es kam auch nicht mehr darauf an, ob ich mich erinnerte oder nicht. Im Vergessen wußte ich, daß die Qual, die ich spürte, Erinnerung war, eine Erinnerung, die nicht in meinem Gedächtnis wohnte, sondern in meinem Körper, meinen Eingeweiden, meinem Herzschlag, meinem Magengrimmen, meinem Atem, den Bewegungen meiner Hände und nicht zuletzt auch in meinem Glied, seinen Empfindungen und dem Rausch, in den es mich versetzte. Selbst bei einem Akt wie vorhin, der aus einem plötzlichen Drang geschehen war, ohne Liebe, ohne irgendeinen Gedanken an mich selbst, bei diesem wilden, tierischen Austoben hatte ich neben mir gestanden, mich gesehen, mich gespürt, mich genossen, als wäre es ein anderer, der all das zu meiner Befriedigung tat. Mehr noch, nicht nur ein anderer, sondern viele andere, alle Figuren meines Lebens, in deren Leben auch ich eine Figur war. Und nun, da meine Liebe Mercedes' Körper geschaffen hatte – und all die anderen mit mir –, begriff ich den unglaublichen Grund dafür, daß ich zu Rodrigues *gesagt* hatte, ich würde sie ihm überlassen. Denn jetzt wurde keiner mehr genommen. Alle gehörten allen, vor allem diejenigen, die man am meisten liebte. Verzweifelt drehte ich mich im Kreise, in einem Aufbäumen gegen diese endgültige Auflösung des Besitzergreifens beim Liebesakt. Alles in mir wehrte sich gegen die tödliche Promiskuität, in der mir das Leben versank. Und gleichzeitig spürte ich einen boshaften Genuß bei der Vorstellung, wie Mercedes mit gespreizten Beinen eine Prozession von erigierten Gliedern in sich aufnahm, eines nach dem andern. Es war, als würde sie, dieser absolute Körper, der mehr als nur mein war, erst ganz mir gehören, nachdem alle sie vergewaltigt hatten und verbraucht und wund liegenließen, unempfänglich für jegliche Lust, ganz gleich, wer sie ihr gab. Erst dann wären unsere Liebe, unser gegenseitiges Nehmen möglich. Oder erst wenn sie tot wäre. Letztlich war es das, was ich mir wünschte. Sie sollte sterben, sonst niemand. Ich würde nie wieder Frieden finden und ich selbst sein, solange sie nicht tot war. Dem Gedanken konnte ich nichts entgegensetzen, und zum Glück und zu meiner Erleichterung wurde es plötzlich Nacht um mich, im Zimmer und im offenen Fenster.

Dieser Augenblick kam mir unsagbar lange vor, oder umgekehrt, er war ein langgezogener Schwebezustand, der mir vorkam wie ein Augenblick. Doch eigentlich glich er dem Tod, und er wurde mir unerträglich. Entweder war mein Leben ein Alptraum, den ich verlassen wollte – und für den Schrecken eines Alptraums ist es egal, ob er schrecklich ist oder einem nur so erscheint – und auf keinem anderen Wege verlassen konnte; oder der Tod erschien mir wie ein Alptraum, der alles, alle und mich selbst in einen Zustand der Verwesung riß. Doch ich wollte nicht sterben, sondern mich vom Tod befreien, von meinem wie dem der anderen, und wenn ich dafür sterben müßte. Vielleicht gab es Menschen, die wahnsinnig geboren wurden, andere, die dumm geboren wurden, und noch andere, die ganz allmählich gegen Schmutz und Bosheit immun wurden. Doch ich gehörte zu keiner dieser Kategorien, oder die Dinge hatten sich so schwindelerregend überstürzt, daß ein Mensch allein gar nicht genug Zeit hatte, sich dagegen immun zu machen. Die Impfung würde erst wirken, wenn sie nicht mehr vonnöten war. Oder es wurde eine kollektive Impfung durchgeführt, wie einmal auf dem Gymnasium, so erinnerte ich mich, als sämtliche Schüler in einer Reihe antraten und der Arzt alle mit demselben scharfen Spatel ritzte. Doch eine kollektive Impfung konnte nicht gegen die individuelle Angst immun machen, wie ich sie spürte. Die teilte niemand mit mir. Wir alle hatten fast alles geteilt, würden dies immer mehr tun, doch die quälende Einsamkeit, die ich verspürte – denn Einsamkeit war das Gefühl –, schien, wenn sie geteilt wurde, nur zuzunehmen. Und dabei warf sie uns alle übereinander und gegeneinander – keine Ahnung, ob dies geschah, damit wir einander liebten oder einander tödlich verletzten. So waren wir alle unlösbar ineinander verstrickt, wie ein Knäuel aus Würmern oder Vipern, und jeder einzelne erlebte eine furchtbare Einsamkeit, die um so furchtbarer wurde, je überbevölkerter sie war.

Was da entstand, war eine andere Welt. Eine andere Welt, die sicher lange brauchen würde, um sich auszuprägen, und danach wiederum anders sein würde. Ich hatte offenbar noch manches Entsetzliche vor mir. Bislang wußte ich nur, daß ich entsetzt war, nicht aber, ob dies an der neuen Welt lag, in welche die alte Welt –

beziehungsweise ich – gestürzt war, oder an der Erinnerung, in der alten gelebt zu haben. Wie lange würde mich wohl alles an den faulen Frieden erinnern, der so faul war wie die ganze Aufregung jetzt? Die Menschen waren sie selbst gewesen, voller Vertrauen in Gut und Böse, fröhlich in sich selbst verschlossen, und sie fühlten sich nur allein, wenn ihnen gerade keiner Gesellschaft leistete. An Gesellschaft fehlte es jetzt nicht, und ich fühlte mich auch nicht in mir allein, sondern in den andern. Wie lange würden wir, während wir einander im Liebesrausch teilten und merkten, daß sich einer nicht ohne den andern retten konnte, wie lange würden wir unsere Einsamkeit nur in den ausgefüllten Stunden überwinden, noch nicht einmal in der freien Zeit, wie lange würde diese Leere andauern, dieses Gefühl der Isolation inmitten der entfesselten Unordnung einer Wirklichkeit, die aus uns allen und niemandem erwuchs, weil sie, von oben bis unten gespalten, nicht länger dieselbe für alle war, wie lange? Was konnte mir helfen, das zu ertragen, außer dem Tod? Ich hielt es nicht mehr aus. Blindwütig umklammerte ich das Kopfkissen, um in ihm Mercedes zu erwürgen und sie zugleich zu nehmen, als wäre sie ich selbst.

Es klopfte an die Tür, und Marias Stimme sagte: »Kommen Sie zum Abendessen, Ihr Onkel ruft nach Ihnen.«

Ich schaltete das Licht an. Benommen von der Helligkeit, der unerträglichen materiellen Präsenz der Möbel in diesem Zimmer zog ich mich an. Immer noch wie trunken stolperte ich die Treppe hinunter ins Eßzimmer, das blendendhell erleuchtet war.

Ich sah immer noch nichts, hörte aber die Stimme meines Onkels, als wäre er ein Teil dieser Blendung. Er verkündete, alles sei in Ordnung: »... hast du gehört? Setz dich, Mensch, du schaust ja drein wie ein Gespenst!«

Ich setzte mich hin, und er wiederholte seinen Satz. Er hatte mit Hauptmann Macedo gesprochen, sie waren zum Hafenmeister gegangen, der auch die Strände unter sich hatte, Ramos' Stiefvater war ans Telefon gerufen worden; Ramos befand sich bei seiner Familie in Porto, die Jungen hatten erzählt, wie sich in jener Nacht Ramos doch von ihnen getrennt und nicht an der Orgie teilgenommen hatte, die Straßenmädchen hatten berichtet, daß die Jungen bei ihnen geschlafen hätten, die Wahrheit und nichts als die Wahrheit, und keiner konnte die Leiche identifizieren, es mußte ein ausländischer Matrose von irgendeinem vorbeifahrenden Schiff sein, der über Bord gegangen war. Die Autopsie hatte erwiesen, daß die Leiche zweifelsfrei viele Tage im Wasser getrieben hatte, bevor sie an Land geschwemmt wurde.

»Aber er war es…« stotterte ich, »… er war es, ich hab's gesehen.«

»Na… na…« sagte mein Onkel und warf mir einen spöttischen Blick zu.

»Und sie hat ihn auch gesehen, das war er«, fuhr ich fort, langsam gelang es mir, meine Gedanken zu ordnen.

»Sie hat gar nichts gesehen. Sie hat einen Toten am Strand gesehen, und in ihrem Schrecken glaubte sie, es sei ihr Bruder.«

»Aber er kann nicht in Porto sein, er ist tot. Alle wissen doch, daß er tot ist.«

»Und wen kümmert es, was die Leute wissen? Es kommt nur darauf an, was sie sagen.«

»Aber wenn er tot ist, kann er nicht in Porto sein.«

»Wenn sein Stiefvater findet, daß er dort ist, was geht es dich dann noch an?«

»Aber keiner kann so einfach verschwinden!« Dabei fielen mir die anderen Verschwundenen ein. »Und Carlos Macedo? Und die Spanier?«

»Carlos ist tatsächlich verschwunden. Hauptmann Macedo hat darum gebeten, ihn in Lissabon suchen zu lassen.«

»Er ist nicht in Lissabon. Er ist mit dem Boot weggefahren.«

»Bist du dir sicher?« Um seiner Frage mehr Nachdruck zu verleihen, reckte er seine Gabel in die Luft.

»Ich bin mir bei gar nichts mehr sicher«, sagte ich mit erstickter Stimme, in mir tobte ein Aufbegehren, das keine Worte fand.

»Iß. Das Essen steht vor dir«, sagte mein Onkel, und ich sah, daß ich die Suppe schon gegessen hatte und daß meine Tante mir einen gefüllten Teller reichte. Ich griff danach und bemerkte neben mir Maria, die meinen leeren Suppenteller wegnahm. Unruhig schaute ich meine Tante an, als erwartete ich von ihr ein Zeichen, um diesen lähmenden Bann zu brechen, den ich in der Luft spürte und in mir. Mein Onkel wischte sich den Mund mit der Serviette ab und spähte unauffällig nach mir und ihr. Doch meine Tante bewegte sich, ein leichtes Lächeln auf den Lippen, ganz natürlich durch diese in meinen Augen magische Atmosphäre, gerade schälte sie einen Apfel, den sie gleich vierteln und aufessen würde. Nur ich war verhext, und sie gehörte zu der Hexerei. Ich hatte ein plötzliches Bedürfnis, vom Tisch aufzuspringen und die Flucht zu ergreifen, aber ich konnte nur zerstreut weiteressen, ohne überhaupt zu bemerken, was ich aß. Als ich fertig war, rollte mein Onkel sich seine Zigarette und leckte daran entlang, dann steckte er sie an, stieß eine Rauchwolke aus, fuhr sich mit den Fingern durchs Haar und sagte: »Ich habe dich sehr gern hier im Haus. Aber wenn ich du wäre, würde ich die Ferien als beendet ansehen und nach Lissabon zurückkehren.«

Ich sah ihn erschrocken an, ohne recht zu begreifen, was er sagte. Und er fuhr fort: »Ach, übrigens, du hast doch Ramiro in den Zug gesetzt, oder?«

Ich nickte.

»Sehr gut, sehr gut. Du könntest morgen früh fahren. Hauptmann Macedo hat mich gebeten, daß du Luís mitnimmst.«

So war das also. Sie hatten alles abgekartet. Ohne Zeit zu verlieren. Ich sagte: »Jetzt müssen wohl alle verschwinden, dem entgeht keiner.«

Mein Onkel antwortete philosophisch, zwischen zwei saugenden Zügen an seiner Zigarette: »So geht es früher oder später allen auf dieser Welt. Nun ist deine Stunde gekommen, den Planeten zu wechseln. Hast du Geld für den Zug?«

»Nein.« Wenn ich die verworrene Erinnerung an die letzten Tage durchging, hatte ich unterm Strich tatsächlich keins.

»Das ist das geringste Problem. Für die Fahrkarte reicht unser Geld noch.«

Daß »unser Geld noch reichte«, ließ es mir kalt den Rücken herunterlaufen. Erst recht, daß meine Fahrkarte davon bezahlt wurde. Doch gleich nach dem Schauder spürte ich dankbare Erleichterung, daß mein Onkel mich so aus der ganzen Sache hinausschubste. In Wirklichkeit wollte ich ja fort, ich wollte mich aus dem Verkehr ziehen, alles vergessen, ach, eigentlich ließ sich gar nicht beschreiben, was ich wollte. Ich stand auf und ging zur Tür. Dort drehte ich mich noch einmal um. Als ich die beiden sah – meine Tante war auch gerade aufgestanden –, wurde mir voller Wut klar, was ich wirklich wollte: ein Maschinengewehr, um die ganze Welt niederzumähen.

»Gehst du aus?« fragte mein Onkel, und Maria stand auf der Schwelle und schaute mich an.

»Ja.«

Das Haar meiner Tante, die neben ihm stand, glänzte schimmernd. Und mein Onkel sagte: »Verschwinde nicht zu früh. Vergiß nicht, du fährst erst morgen.« Es schien mir, als schwänge in seiner Stimme ein liebevolles und zugleich kaltes Zögern mit, das in meinen Ohren nachhallte, als ich mich schon umgedreht hatte und hinausgegangen war.

XXXIV

Ich hatte gar nicht vor, irgendwohin zu gehen, ich erinnerte mich an nichts und niemanden, ich wünschte mir gar nichts, außer die ganze Welt niederzumähen, im Ernst. Ein Massaker, das wirklicher wäre als die ganze Wirklichkeit, in der alle Menschen sie selbst waren und auch nicht, starben und auch nicht, Leichen waren und auch nicht, liebten und auch nicht, sich hingaben und auch nicht, allen gehörten und niemandem – sie selbst waren und auch nicht. Und am Ende, jenseits des Sie-Selbst-Seins, verloren sie ihre eigene Identität. In einer Welt, wo alles verkauft und geraubt wurde, war diese Identität das einzige Gut, der einzige Privatbesitz, den man für sich selbst hatte. Im Tode wurde man mit der Identität verewigt, die einen im Leben sicherte. Doch sicher war auch sie nicht, sie konnte einem weggenommen werden. Nicht vertauscht, sondern schlicht und einfach weggenommen, abgesprochen. Es war, als würde man in einem Alptraum schreien »Ich bin ich«, und rings umher würden alle, durch die man war, einen überschreien »Du bist nicht«, »Du existierst nicht«, »Du hast nie existiert«. Tatsächlich hing die eigene Identität, wenn man nur durch alle anderen man selbst war, von ihnen ab, und sie waren frei, diese nicht anzuerkennen, sie in Frage zu stellen, sie gegen eine andere auszutauschen oder sie einem beharrlich zu verweigern. Die Identität war wie ein provisorischer Paß fürs Dasein, der das ganze Leben lang gültig sein konnte, ja über den Tod hinaus, falls es den anderen so beliebte, und nur dann. Während ich bei mir wiederholte, daß die Identität nichts anderes war als das, stand ich vor dem Häuschen der Alten auf der menschenleeren Straße, und ein Hund, an den ich mich vage erinnerte, schnüffelte an meinen Hosenbeinen. Ich versetzte ihm einen Tritt auf die Schnauze. Er jaulte und flüchtete zur nächsten Straßenecke, bellte mich von dort aus wütend an. Ich ging die Straße hinab, auf die Strandpromenade zu. Dann blieb ich stehen. Dort, etwa bei den zwei Booten da drüben, dort war er aufgetaucht, dort hatte er gelegen. Ich hatte ihn gesehen. Heute morgen. Oder war es gestern gewesen, vorgestern? Nein. Es war erst ein Tag vergangen, seit ich ihn gesehen hatte, bestimmt war er noch nicht beerdigt, und nun sollte er es gar nicht sein. Unglaublich. Aber ebenso unglaublich wie sein Tod. Dort am Strand, im hellen Morgenlicht, inmitten einer Ansammlung dunkler Schatten, die sich über ihn beugten. Ungefähr bei diesen zwei Booten, wo jetzt die schäumende Brandung rauschend und weiß an den Strand klatschte, im diffusen Licht, das von den Straßenlaternen kam. Das Hin und Her der aufeinanderfolgenden Wogen, ohrenbetäubend und überschäumend, saugend und zischend, war gleichsam ein abwechselnd schwarzes und weißes Geräusch, das sich über den ganzen Strand ausbreitete, in der Ferne weniger ein Geräusch als eine klingende Helligkeit, die sich über den Sand erstreckte. Keine Spur war an dieser Stelle geblieben, auch anderswo nicht. Wofür er gestorben sein mochte, war nicht gleichzusetzen mit dem, was ihn in den Tod getrieben hatte, oder mit der Situation seines Sterbens. Ich hatte ihn tot dort liegen sehen, er war nicht in Porto, unmöglich. Er mußte – ja, wo mußte er sein? In der Kapelle des Friedhofs oder des Krankenhauses vielleicht, verlassen und nackt und noch weiter verwest; doch das war angeblich nicht er, sondern die Leiche eines bleichen, blonden Matrosen, der ins Meer gestürzt und ertrunken war. Eines Engländers oder Norwegers oder vielleicht sogar eines Deutschen, wie sein Vater einer gewesen war. Unter Umständen war wirklich irgendein Matrose über Bord gegangen, und eines Tages würde eine Familie aus dem hintersten Winkel Deutschlands Anspruch auf diese längst unkenntliche Leiche erheben. Und das ihm, der alles haßte, was mit Deutschland zu tun hatte, vielleicht sogar das Deutsche in sich selbst! Mercedes hatte einmal so etwas angedeutet. Irgend jemand jedenfalls. Oder doch nicht? Ich konnte mich nicht genau erinnern. Ein furchtbarer Schmerz, der mir fast den Atem nahm und mich zum Schwanken brachte, krampfte sich um meine Brust, den Kopf, den Bauch und erstickte auch meine beginnende sexuelle Erregung. Dinge und Personen ließen sich ersetzen und unterdrücken, ihre Identität und ihr Sinn sich übertragen, alles. Aber was sich mit ihnen ereignet hatte, ließ sich nicht rückgängig machen. Denn, ganz gleich, wer man war, was man getan, gesagt oder gewollt hatte, die Ereignisse ließen sich nicht zurückdrehen. Das war grundlegender als Leben und Tod. Weder die Erinnerung noch das Vergessen konnten etwas gegen dieses Geschehensein ausrichten, dagegen, daß nichts noch einmal oder anders geschehen konnte. Auch wenn das Geschehene den bittersten Schmerz verursachte, bis zu Verrat und Tod ging und in der Erinnerung wehmütig machte, so wie es mir gerade ging – nicht darüber, was gewesen war, sondern darüber, was hätte sein können, wenn man nur gewußt hätte, was man später erst erfuhr –, es war geschehen, gerade weil man es vorher nicht wußte. Es war grauenvoll, furchterregend, unglaublich, aber geschehen. Es hinterließ bis in die letzte Faser den Nachgeschmack eines Verbrechens aus Enttäuschung, und doch war es geschehen. Dagegen kam gar nichts an, das war der Stoff der Gewißheit, der Sicherheit. Und auch des schlimmsten Schmerzes, der sich noch einmal heftig bemerkbar machte, als müßte ich ihn von nun an nicht so sehr spüren als mich vielmehr daran erinnern, ihn gespürt zu haben. Oder mich jedesmal, wenn ich ihn spürte, daran erinnern, wie ich ihn entdeckte.

Ich schlenderte über die Strandpromenade, hörte das Meer an meiner Seite rauschen. Auf dem Mäuerchen saßen Gestalten, das Gesicht dem Strand zugewandt, an die Laternenpfähle gelehnt, im Schatten der Häuserwände und an den Ecken. Allein oder in kleinen Gruppen waren andere Gestalten in der Meeresbrise unterwegs. Undeutliche Stimmen erklangen in der Ferne, darunter ein schnatterndes Radio, womöglich mehrere. Es drang aus einer Taverne, wo sich viele Menschen versammelt hatten, um zuzuhören. Immer noch gedankenverloren, lenkte ich meine Schritte dorthin. Die rauhe, erregte Stimme griff die Feinde der christlichen Zivilisation heftig an, forderte sie auf, die Waffen niederzulegen, bevor die vereinten Kräfte des Nationalfaschismus sie vernichten würden, fiel mit ironischen Spitzen, noch näselnder als ohnehin schon, über Frankreich und England her, die sich so lau und doppelzüngig verhielten und von der verräterischen jüdischkommunistischen Demokratie die Hände binden ließen, und trillerte, nicht weniger rauh und schrill, aber mit mehr Tremolo, den heroischen Verteidigern des Alcázar von Toledo eine Ermutigung entgegen, die Welt kämpfe im Geiste auf ihrer Seite, denn am selben Nachmittag habe – dies sei allerdings keine offizielle Nachricht – die portugiesische Regierung, auf die gegen sie gerichteten Provokationen reagierend, General Mola, einem der ruhmreichen Führer der Befreiungsrevolution, ihre bedingungslose Unterstützung zugesagt. Dank der politischen Voraussicht des Regierungschefs, eines Portugiesen vom Schlage des Maats Nuno Álvares Pereira und des Infanten Dom Henrique – wie der erste hatte er nämlich sein Vaterland in einer Stunde der Gefahr gerettet, und wie der zweite hatte er es auf den Weg zu höheren Zielen gebracht, einer Karavelle gleich, die sich kühn auf das Mare Tenebrarum der dekadenten Nationen in den Klauen des roten Verbrechertums hinauswagte –, dank dieser Voraussicht, dieser aus den tiefsten Quellen des Patriotismus gespeisten Weisheit brauchte man nicht abzuwarten, bis sich die spanische Regierung formvollendet vor den Augen der Welt erklärte, »schließlich befindet sich unsere Regierung in diesem Heiligen Krieg auf der Seite der unbrüchli... vevvä... väbü... verbrüchlichen«, schloß er triumphierend, »Einheit von Waffen und Herzen.« Dann, begleitet von einem hustenzerrissenen Knattern, fügte er noch hinzu: »Heldenhafte Kadetten des Alcázar, Blüten der Jugend Spaniens, ihr könnt ruhig schlafen, den Kopf auf eure treuen Waffen gestützt. Wie eure Wachen, die mit entsetzten Blikken die Zerstörung eurer Kathedrale miterleben, in der auch ein König von Portugal liegt, und trotzdem wachen, so wacht Salazar über euch. Er steht auf eurer Seite und wacht! Kampf den Feinden unseres Vaterlandes!«

Ich entfernte mich und nahm in den Ohren das verhallte Geschrei und die martialischen Akkorde der Gesänge mit. Von welchem Vaterland redete der? Einem, das mir und den besagten Kadetten gemeinsam war? Seinem? Meinem? Dem meiner Freunde? Welchem? Doch in der Müdigkeit, die auf den Schmerz gefolgt war, einer Erschöpfung jenseits aller körperlichen Ausgelaugtheit der letzten Stunden, sah ich das Vaterland als einen Körper, Frau Patria, die sich mir hingab, ausgestreckt in einem Bett, wo sich die Fäulnis eines Kadavers ausbreitete, von den Laken wie von Sand aufgesogen. War dieser Mann etwa darauf aus? Ich ging weiter, dem Ende des Strandes zu, wo sich die Schatten der schon fernen Lichter verdichteten. Plötzlich tauchte neben mir ein Schatten aus dem Nichts auf, eine schlanke Gestalt mit weicher Stimme: »Das war furchtbar, ganz furchtbar, nicht wahr?« Ich warf ihm einen scheelen Blick zu und dachte: ›Da haben wir's, gleich fällt er auf die Knie, mit offenem Mund, die Hände nach meinem Hosenlatz ausgestreckt.‹ Ich konnte ein Lachen nicht unterdrücken, das mich in aufeinanderfolgenden Kaskaden fast erstickte. Er wich zurück, zugleich argwöhnisch und empört: »Worüber lachst du? Was ist witzig an dem, was geschehen ist?... Entschuldige, wenn ich dich gestört habe...« Und so diskret, wie er aufgetaucht war, zog er sich schon wieder in die Dunkelheit zurück, die nur wenig heller war als seine Gestalt. Doch da rief ich ihn zurück.

»Nein... Komm her, ich habe dich nicht fortgeschickt.«

Er kehrte um, mit gemächlich wiegendem Schritt und immer noch empört; vielleicht konnte er auch nur so überspielen, wie nervös ich ihn machte, was ich daran merkte, daß er sich unauffällig umschaute.

»Warum hast du gelacht? Mein Gott, das ist doch nicht witzig, so ein Greuel! Findest du nicht, daß es ein Greuel ist?«

»Was denn?«

»Das weißt du nicht? Natürlich weißt du das, erzähl mir nichts.« Selbst bei einem so dramatischen Thema hörte ich in seiner Stimme etwas Kokettes.

Mir wurde bewußt, daß ich noch nie direkt mit ihm gesprochen, ihn noch nie so aus der Nähe gesehen hatte wie jetzt. Dabei kam es mir vor, als kennte ich ihn seit langer Zeit, so tief war er in das Leben anderer verstrickt, die zu meinem Leben gehörten. Mehr noch: seine Gegenwart an meiner Seite hatte wirklich viel von der »Erscheinung« meines ersten Eindrucks; er war nämlich nicht allein tief verstrickt, sondern er war »die anderen« gewesen, an der Wurzel ihres Wesens (oder des Wesens, dem sie auswichen), und nach einer Folge von Ereignissen war er nun bei mir angelangt. Die Vorstellung, jemand könnte mich mit ihm sehen, war mir deshalb nicht weniger unangenehm; aber als ich in eine etwas dunklere Straße abbog, wurde mir klar, daß das noch verdächtiger wirken mußte, und steuerte wieder die hellerleuchteten, belebten Straßen des Bairro Novo an. Er beklagte unterdessen weiterhin Ramos' Tod, unterbrochen von Momenten des Schweigens, einem faszinierten Gedenken, und sprach dann das Boot an, den Neffen der Alten, deren Haus, seine regelmäßigen Kontakte zu Rodrigues. Es machte ihm offenbar Freude, in aller Öffentlichkeit mit einem Mann spazierenzugehen, so daß er jegliche Hintergedanken, die er vielleicht gar nicht einmal hegte, vergaß und lebhaft auf mich einredete, ohne zu merken, daß ich schwieg. Aber merkwürdig, seine Bewegungen, sein Gehabe, der geschmeidige Schwung seines Körpers hatten eine männliche Straffheit angenommen; selbst seine Stimme flötete nicht mehr so, brach nicht mehr in lauter Ausrufe und Jemines des gespielten Entsetzens aus, sondern bekam etwas Nachdenkliches und klang fast rauh. Ich spürte tief in ihm, in seinem Körper, die Kraft der Sehnsucht, ein natürlicher Mann zu sein. Nur manche plötzliche Kopfbewegung, manch langer Blick, mit dem er mechanisch andere Männer fixierte, verrieten ihn, was wohl eher eine Gewohnheit, die er in diesem Augenblick lieber unterdrückt hätte, als eine Technik war, um auch nur ja keine Gelegenheit zu verpassen; schließlich ging er schon an meiner Seite. Mir wurde nun auch der Unterschied klar, und zwar nicht zwischen ihm und Rodrigues, sondern zwischen meinen Verhaltensweisen ihnen gegenüber. Unvermittelt fragte ich ihn: »Warum ist das eigentlich so?«

Ganz vertieft in seine zufriedene Stimmung, ungeachtet seiner fortgesetzten Totenklage, verstand er die Frage erst nicht: »Was meinst du damit, so?« Er dachte, ich fragte ihn nach dem transzendenten Urgrund der Dinge.

»Na, mit dir.«

»Mit mir?«

»Ja. Warum macht es dir solchen Spaß, andauernd herumzuschwänzeln? Am liebsten wärst du doch eine Frau, oder?«

Der Schock ließ ihn erstarren, und gleich darauf blitzte die Wut in ihm auf und weichte schlagartig seine ganze Härte auf wie ein Ölbad. Eine Hand in die Hüfte gestemmt, sagte er: »Wenn ich eine Frau wäre, würden mich die Männer nicht so begehren, wie sie es tun. Weißt du was? Ich habe mich dafür entschieden.«

»Ach, wer begehrt denn dich? Und wofür hast du dich entschieden? Dafür, lächerlich zu sein? Aufzufallen? Du fällst doch nur denen auf, die dich widerlich finden.«

»Was du alles wissen willst, meine Güte, unglaublich! Du bist aber neugierig!«

Er wollte mich beleidigen, indem er so ironisch meine Neugier betonte, und aus Rache die normale Beziehung zwischen uns verdrehen, die ich mit meinen Fragen durchbrochen hatte. Dabei hatte ich gar nicht gefragt, um ihn zu verletzen, sondern weil es mich schockierte, daß er seine feminine Seite zeigte, die, wie ich spürte, keineswegs nur ihm eigen war. Neugierig war ich allerdings, als könnte seine Antwort nicht nur die Ursache mancher Dinge, sondern viel Grundsätzlicheres klären. Ich wollte ihn nicht beleidigen. »Ja, ich bin neugierig, ich wüßte es gern.«

Er lehnte sich an die Wand, folgte mit den Augen einigen vorbeikommenden Jungen. Und mit einem Schulterzucken gewährte er mir die Bitte, doch so, als wäre ich ein lästiger Verehrer, der ihn belagerte, der sein Begehren zwischen ihn und andere Männer stellte. »Was willst du denn wissen? Frag nur, ich gebe dir Antwort.«

Vielleicht bildete ich es mir nur ein, aber allmählich wurde die Situation für jeden Vorbeikommenden anrüchig, der nicht vollkommen in Gedanken war. Ich spürte Blicke, die auf uns lasteten und dann abirrten, Köpfe, die sich umwandten, um besser zu sehen, wer ich war. Ich packte ihn am Arm: »Gehen wir weg hier.«

»Wohin?« Aber er ließ sich von mir führen.

Zwei Jungen, die unseren Weg kreuzten, als wir um eine Ecke bogen, drehten sich um und lachten, und einer nahm sich die Zeit, ein paar Schimpfwörter zu brüllen.

Rufininho sagte: »Eine der besten Geschichten, die ich je erlebt habe, lief so. Jedesmal, wenn er mitkam, beschimpfte er mich, je mehr Spaß es ihm machte, desto wüster pöbelte er.«

Ich kniff ihm in den Arm und sagte: »Halt den Mund und geh weiter.«

»Wohin bringst du mich überhaupt? Was glaubst du eigentlich, wer ich bin? Denkst du, jeder Erstbeste kann mich einfach so am Arm packen und irgendwohin schleppen?« Doch er ließ sich weiterziehen.

Ja, wo brachte ich ihn hin? Ich wußte es nicht. Aber ich wollte von ihm wissen, wie Rodrigues, der ihn im Tausch bekommen hatte, aus ihm das machen konnte, was er jetzt war. Denn was er war, stand am Anfang von allem, auch wenn er nicht der Anfang von allem war. Jedes Jahr in den Ferien bewegte er sich, von Gelächter oder Spott begleitet, wie eine Art Sensation zwischen den anderen, die ihn zum Sündenbock gemacht hatten; seine Verwandlung, die äußerlich betonte, was er war, stellte einen Ausgleich für seine undeutliche Erinnerung an Handlungen dar, die man als unverantwortliche, kindische Schweinereien auch getrost vergessen konnte. Aber er hatte sich doch »dafür entschieden« – waren das nicht seine Worte gewesen?

Ich blieb stehen, brachte auch ihn zum Innehalten. Er sah mich an und sagte: »Laß mich los, ich laufe nicht weg.«

»Du hast gesagt, du hättest dich dafür entschieden...«

»Ja. Als sie mit mir anfingen, mochte ich es gar nicht. Aber die Männer mochte ich, und ich tat und ließ sie tun, was sie wollten. Danach quälte mich, daß ich nicht so war wie die anderen, nicht an Mädchen dachte, und ich wollte nicht mehr, aber sie haben mich dazu gezwungen, ließen mir keine Ruhe, andauernd kamen sie zu mir und grapschten mich an... Später bin ich auch zu Frauen gegangen, du wirst es nicht glauben, allein und heimlich, die Männer hätten mir sowieso nicht geglaubt und zusehen wollen, und wenn sie dabei gewesen wären, hätte ich bestimmt nicht mehr gekonnt.« Er machte eine melancholisch-lastende Pause, als Reflex auf die Sympathie wohl, die er hinter meiner Frage vermutete, obwohl doch nur Neugier dahintersteckte, eine Neugier, die über ihn hinausging, ungefähr so, stellte ich mir vor, wie viele Männer in ihn eingedrungen waren und dabei an andere Körper gedacht hatten. Die Pause ermöglichte mir eine weitere Frage: »Wenn es alles so war, wie du sagst, warum machst du dann mit ihnen weiter, oder mit Rodrigues, vor allem mit ihm?«

»Er hat dir erzählt, er sei der erste gewesen, nicht wahr? Und Carlos Macedo hätte mit ihm gewettet?«

»Davon hat mir auch Macedo erzählt.«

»Es stimmt aber nicht. Er wäre gern der erste gewesen, aber er war es nicht.«

»Aha?«

»Nein. Sie wußten nichts davon. Es hatte schon einen anderen Mann gegeben. Ich tat alles, was ich konnte, um mich Rodrigues anzubieten, Tag und Nacht habe ich von ihm geträumt. Es hatte mir nicht gefallen, aber mit Rodrigues, dachte ich, würde es anders sein.«

»Und, war es anders?«

»Da irrst du dich gewaltig! Er ist nicht so umwerfend, wie er von sich denkt und überall verbreitet. Viel Lärm um reichlich wenig. Ab und zu will er mir beweisen, daß es nur beim letzten Mal nicht verunglückt war... Es finden ihn gar nicht alle so umwerfend, aber er ist eben ein Blender... Die Leute können sich gar nicht an ihm satt sehen, aber das ist alles Blendwerk. Verstehst du? Er hat seine Berufung verfehlt.«

»Aber du hast deine durch ihn entdeckt, trotz allem, oder?«

»Nein. Ich habe mich dafür entschieden.« An der Formulierung lag ihm offenbar besonders. »Aber erst später. Ich glaube, ich habe immer nach dem gesucht, was er mir nicht geben konnte.«

Ich war wütend darüber, daß er sich wesentlich mehr und zugleich wesentlich weniger als Ausgangspunkt von allem entpuppte, und durch meinen Zorn wurde mir jäh bewußt, wie unsäglich dieses Gespräch war. Ich wich zurück und durchbrach erneut die Normalität, diesmal jene, die gerade mit ihm entstanden war. Doch die Wirkung war anders als erwartet: »Ich habe mich entschieden, jawohl, und weißt du auch, wofür? Dafür, genau so zu wirken, wie die anderen mich einschätzen. Das ist es, was ich deinem Freund Rodrigues zu verdanken habe. Jedesmal, wenn er mich beleidigt oder auf mich zeigt, genieße ich meinen Hüftschwung erst recht, du kannst es dir nicht vorstellen.«

»Wenn du das in Lissabon oder in Porto veranstalten würdest, hättest du im Nu die Polizei auf dem Hals.«

Er lachte bitter: »Was? Höchstens, wenn ich es nicht täte. So wie die Dinge liegen, wissen die Leute, daß es bei mir nicht die Mühe lohnt, Theater zu spielen, weil ich keine Angst habe, als das bekannt zu sein, was ich bin... Ich habe genug Geld, um alles und jeden zu bezahlen, wenn es sein muß...« Er ging weiter neben mir her, jetzt wieder mit festem Schritt und rauher Stimme. »Und ich sage dir noch etwas, jawohl. Jeder hat seinen Preis, jeder.«

»Schaff dich weg hier, bevor ich dich zusammenschlage!«

»Wenn ich jemanden noch nicht gekauft habe, dann nur, weil ich ihn noch nicht kaufen wollte...«

Ich drehte mich zu ihm um, aber er wich meinen Händen aus und zischte im Weglaufen: »Wenn du mich schlägst, dann nur, weil du mich begehrst.«

In meiner Bestürzung sah ich ihn plötzlich gar nicht mehr, aber auf der abgelegenen, verlassenen Straße, die wir eingeschlagen hatten, spähten erwartungsvoll zwei oder drei Gestalten nach uns, die ebenfalls stehengeblieben waren. Ich machte mich schleunigst fort, in die entgegengesetzte Richtung. Wer das wohl war? An der Ecke drehte ich mich kurz um. Aber die Gestalten waren verschwunden. Verfolgten sie Rufininho? Boten sich ihm an? Handelten den Preis aus? Umringten ihn und schacherten? Oder griffen sie ihn an? Konnte das überhaupt alles stimmen, was er gesagt hatte? Und was hatte ihn dazu gebracht, es mir zu sagen? Wollte er mich mit einer Wahrheit locken, von der er spürte oder vermutete, daß sie mir plausibler vorkommen würde? Oder mit Lügen, die ihm genauso plausibel erschienen? Hatte er sich durch die Gelegenheit, mit mir zu sprechen, weniger wie er selbst gefühlt oder vielmehr wie ein tieferes, wahrhaftigeres Ich? Auch er war ein Verräter. Aber hatte er am Ende, indem er sich an die anderen und an sich selbst verraten hatte, auch bekommen, was er wollte? Oder etwas, das er nicht wollte? Ein anderer war der erste gewesen... während Rodrigues und Macedo beharrlich glaubten, sie hätten ihn entehrt. Und er wandelte sich, um sich den Wünschen und Widerständen der anderen anzupassen. Hatte ich denn auch einen Preis? Mich packte ein solches Grauen, daß ich Lust bekam, ihn zu zerquetschen, wie man einen Kakerlak zertritt, aber mit einiger Vorsicht, damit er nicht ganz zerplatzt und man dieses eklige Weiße aus dem Kakerlakenbauch nicht unter dem Fuß hat. War das vielleicht mein Preis? Ich hatte ihn doch nie verfolgt oder besonders verabscheut, es hatte mich nie interessiert, ihn zu unterdrücken. Er war mir immer gleichgültig gewesen, anders als manchen anderen. Erst jetzt hatte ich Lust, ihn in einem Anfall von Wut zu vernichten. Wahrscheinlich hatte er, weil er sich an meiner Seite unwillkürlich als Mann gefühlt hatte, auch instinktiv gespürt, daß ich Rodrigues zwar duldete, ihn aber nicht aus der Nähe ertrug. Es war gar nicht die übermäßig demonstrative Männlichkeit des einen, die ihm mehr Toleranz einbrachte, und ebensowenig das aufdringlich Weibische des anderen, weshalb er auf Abstand gehalten wurde – und diesen Abstand gab er von sich aus nur auf, um perverse sexuelle Beziehungen mit Männern aufzunehmen. Meine Haltung hatte auch nichts damit zu tun, daß das Weibische des einen indirekt mit seiner passiven Homosexualität zusammenhing, während der andere sich besonders maskulin zeigen und auf diese Weise durchsetzen wollte, um an Leuten wie Rufininho Rache zu üben, nicht wegen der weiblichen Seiten, die sie hatten oder vortäuschten, sondern weil sie trotz allem oder gerade deshalb immer noch Männer waren. Doch genau das, was einen Rodrigues anzog und ihm seine Männlichkeit bestätigte (in einer, soweit ich gesehen hatte, äußerst perversen Beziehung, da er ja einen Rufininho nicht wegen seiner Zugehörigkeit oder Zuordnung zu einem virtuellen dritten Geschlecht akzeptierte oder suchte), genau das deutete Rufininho nur in Augenblicken an, da er aus natürlicher Anpassungsfähigkeit sein Anderssein, das er sich mittlerweile zu eigen gemacht hatte, vergaß. War Rodrigues, der Rufininhos Wünschen nachgab (oder ihm seine aufzwang), weniger andersartig als er? Ganz gewiß nicht. Rodrigues hätte am liebsten möglichst viele »umgedreht« und nutzte es aus, daß sie fasziniert davon waren (ob er wohl in diesem Sinne das Kind Rufino fasziniert hatte, als es noch nicht der zukünftige Rufino war?); Rufininho dagegen reichte es, selbst so zu sein. Rodrigues hatte, laut dem perfiden Rufininho, seine Berufung verfehlt. Und diese »Verfehlung«, die ihn für jeden in seiner Nähe verfügbar machte, weniger aus Schuldgefühl denn aus freiem Willen (weil einige Skrupel für Rodrigues gerade den widersprüchlichen Genuß erhöhten, der unter seiner Verzweiflung zum Vorschein kam), machte genau seinen erlangten und wieder verlorenen Reiz für Rufino aus und erlaubte Rodrigues auch, obwohl er mit Rufinos der verschiedensten Sorten zu tun hatte, weiterhin als einer von uns behandelt zu werden, wenn auch mit einem Unbehagen, das er selbst bereitwillig verstärkte. Rufino seinerseits wollte nichts weiter, als daß ein Mann ein Mann war, und zwar zusammen mit ihm, ohne daß er männlicher sein mußte, als unbedingt nötig war, um weiterhin Männer wie Rodrigues anzuziehen. Genau das, wodurch er sich zu erkennen gab, machte ihn ebenso lächerlich wie gespenstisch und schloß ihn von einer Welt aus, in der es keinen Platz für ihn gab. Dieser Ausschluß brachte ihm allerdings auch die Freiheit der Entscheidung ein; während Rodrigues darum kämpfte, nicht ausgeschlossen zu werden, indem er demonstrierte, wie er ständig wegen etwas belästigt wurde, das nur einer fordern konnte, der sich selbst deshalb belästigen ließ. Als ich zu

Rodrigues gesagt hatte, er sei nichts weiter als ein Exhibitionist, und bei anderer Gelegenheit zu Rufino, er könne sich doch nicht so exhibitionistisch entblößen, da hatte ich bei beiden den Finger in die Wunde gelegt. Auch wenn er sich in unserer Welt verbarg, würde Rodrigues als Mann, der Männer liebte, angezeigt und verfolgt werden, solange er sich nicht hinter einer mehr oder weniger eingestandenen Professionalität versteckte; Rufininho, der sich öffentlich absonderte, war kein Profi der Prostitution, selbst wenn er sich verkaufte; und unter der Verachtung, die ihn befreite, würde er eine unvorstellbare Ehrbarkeit annehmen. Unvorstellbar nicht, weil ein Wesen wie er sie erlangte, sondern weil sie damit einherging, daß er äußerlich eine hochkonventionelle Verweiblichung an den Tag legte, die Rodrigues wahrscheinlich niemals so zeigen würde, selbst wenn er in eine völlige Ähnlichkeit mit Rufino rutschen oder stürzen sollte und, wer weiß, auf die Suche nach Männern ginge, die wie Rufino waren, um insgeheim der Rufino der Stunden zu sein, in denen sie sich wie Rodrigues fühlten.

Ich war durch die Straßen geschlendert und schließlich fast bei den Balustraden am Ende des Strandes angelangt. Da erblickte ich in der Dunkelheit, vor mir in der Luft schwebend, durchscheinend und zugleich von meinem Begehren geschaffen, Mercedes' ausgestreckten Körper. Männer, die einander begehrten... ja... jetzt begriff ich meine Liebe zu ihr noch tiefer. Einige dieser Männer suchten das Weibliche, das es im Mann gibt und das jedem von ihnen fehlt; andere suchten das übertrieben Männliche in ihnen, so besessen waren sie danach, nichts Weibliches an sich zu haben. Und der Alte und der Junge von der Kirche? Plötzlich stellten sie sich zwischen meine Erkenntnis und Mercedes' leuchtenden Körper. Ich riß die Hände hoch, um das sogleich aufscheinende Bild des Alten, der vor uns niederkniete, zu verscheuchen. Mir lief es kalt den Rücken herunter, und ich wollte Mercedes nicht sehen, deren Körper ebenfalls auf die Knie ging. Aber ich begehrte sie so heftig, sowohl vergangen als auch zukünftig, daß mir beide wie phantastische Trugbilder erschienen, und nun durchschaute ich alles besser. Ganz gleich wie lasterhaft, das Tun dieser Männer hatte mit unserer Liebe nichts zu tun, nicht einmal als verzerrte Imitation. Ihnen ging es um den körperlichen Akt, vor oder nach der Liebe, der für seinen

Trieb nicht einen anderen Menschen sucht, sondern die vermeintliche oder verzweifelte Vervollständigung seiner selbst. Die Liebe zwischen zwei verschiedenen, auch körperlich verschiedenen Wesen ist keine Vervollständigung durch irgend etwas, das einem vielleicht fehlt; keine Seelenverwandtschaft... Nein. In dem identischen Geschlechtsteil des anderen suchten sie nur, was ihnen fehlte. Meine Liebe für Mercedes bestand nicht aus etwas Fehlendem, sie war kein mich vervollständigender Rest, den ich endlich gefunden, in ihr verloren, aber in mir wiedergewonnen hatte. Wenn ich ihren Körper so vollständig, so in Zeit und Raum schwebend wahrnahm, wenn unsere Liebe ihn dazu gemacht hatte und ich für sie ein ebenso für immer fixierter Körper war; wenn es in dem furchtbaren Schmerz, sie nicht zu besitzen, so gleichgültig wurde, sie nicht zu besitzen und zu verlieren, gerade als ich sie gewonnen hatte, weil ich ihr zu ihr selbst verhalf; wenn der Gedanke, daß sie mich immer wieder verraten hatte, mich erschreckte, gerade weil der Verrat eine widersprüchliche, aber zweifelsfreie Bestätigung der Liebe ist; und wenn sie, auf dem Weg zu allem, was jene Identitätslosigkeit bildete, endlich die prachtvolle Realität eines Körpers angenommen hatte, der mehr war als ein Objekt, nämlich eine Fleischwerdung von ihr und mir – dann nur, weil weder sie mich vervollständigte noch ich sie, weil aus unserer Verschiedenheit eine Liebe erwachsen war, die zum Sexus wurde und einen Sexus geschaffen hatte, der unabhängig von uns in uns lebte. Dieser Alte auf Knien, die Umkehrung von allem – statt eines in Ehren ergrauten Vaters die Frau des Sohnes, was sein Liebhaber in Wahrheit ja gar nicht war, und statt eines Mannes, der durch sein Alter über uns stand, ein Rufino, der unserer Männlichkeit bereitwillig die Ehre erwies –, er war auch (genau wie der Verrat an Rodrigues, der Verrat an Rufino, und zwar weniger an ihrer Sexualität als an ihrem Leben) ein Abbild der Welt, deren Hierarchie vor meinen Augen, ohne daß ich oder die anderen Komparsen es merkten, ins Wanken geraten war, nur damit Mercedes, jenseits von allem, diese schreckliche Leidenschaft verkörpern konnte, die ich verspürte, auch wenn mir keine alltägliche und konventionelle Ordnung diese Empfindung je erlauben würde, weder in meinem Bewußtsein noch in der Haut meines Gliedes oder in meinen Hoden, während sie sich in den geliebten Körper hinein entleerten. Diese Verwandlung (deren Größe und Transzendenz ich genau spürte, auch wenn es keinen Anhaltspunkt dafür gab, daß sie für uns bestimmt und nur mit uns möglich war) erwies sich als einziger Sinn und Zweck all der Ereignisse, und ebenso zwingend mußte alles um uns herum zugrunde gehen und verkommen. Aber diese Liebe war nicht aus Tod und Infamie entstanden, trotz alledem. Ohne Tod und Infamie – von unserer wie von anderer Seite aus – hätte sich unsere Liebe allerdings auch nicht als stärker und mächtiger erweisen können als alles, was sie umzingelte und bedrohte. Und die Freiheit wäre nicht nötig gewesen, die unentrinnbare Freiheit, die Freiheit als Fluch, der sich nicht auf irgendwelche Beweggründe der anderen und der Welt reduzieren ließ.

XXXV

Meine Vereinigung mit Mercedes war Ruhe, Befriedigung. Ein Begehren, das mehr begehrte als sich selbst. Andererseits: Kam die Befriedigung, die ich jetzt verspürte, nicht einfach daher, daß ich Mercedes eine ganze Nacht lang gehabt hatte, eine nur, und das erst vorgestern? Daher, daß ich, trotz meiner Erschöpfung durch diese Nacht und alles, was zuvor geschehen war, danach auch noch mit Maria zusammengewesen war, die ich zuvor um Mercedes' willen zurückgewiesen hatte? Ich war erschöpft und ausgebrannt, über alle Maßen. Rührten die Erleichterung und die Freiheit, die ich verspürte, oder besser, von denen ich überschwemmt wurde, nicht vielmehr daher, daß ich alle Unmöglichkeit der Liebe, um mich zu befreien, auf Mercedes übertragen hatte? Schließlich hatte ich sie Rodrigues angeboten, im Tausch gegen Almeida, und sie zugleich in die Ferne gerückt wie einen unerreichbaren, sinnlosen Traum, über den ich nach Belieben verfügen konnte.

Wie hatte es geschehen können, daß Rodrigues sie von mir forderte und ich sie ihm überließ, zuerst Gleichgültigkeit vortäuschend, dann einen Tausch vorschlagend? Es tat mir noch nicht einmal weh, daß es geschehen war. Wieso? Weil ich sie gar nicht wirklich aufgegeben hatte. Es würde von unserer Liebe abhängen, ob sie Rodrigues als Liebhaber akzeptierte – und sie würde es nicht tun. Außerdem war sie, selbst wenn sie zustimmte und mich rückhaltlos mit ihm betröge, aufgrund einer Kette von Ausschließungen und Ersatzbeziehungen nichts als das längst herabgewürdigte Bild, das er brauchte, um sich darauf zu stützen. Wenn er Frauen begehrte, dann nur die Frauen der anderen, von diesen entjungfert und geliebt. Denn nicht die Frauen erregten ihn, sondern der geflissentlich übersehene, aber mit ihnen gleichgesetzte Gedanke an das männliche Glied, das in sie eingedrungen war. Durch diesen Gedanken verwandelten sich für ihn die Frauen, die sich ihm öffneten, und zwar nur diejenigen, die ein ähnlicher Gedanke erfüllte, in homosexuelle Männer, die ihm den Rücken zuwandten und deren Glied er auf der anderen Seite wußte. Deshalb konnte Rodrigues, wenn er sich nicht mit der Männerliebe abgab, nur ein Hurenjäger sein oder einer, der es auf die Frauen der anderen abgesehen hatte. Mercedes gehörte einem anderen, sie hatte sich prostituiert, und doch entsprach sie, durch eine Reihe subtiler Verknüpfungen, seinem höchsten Bild der Frau, und zwar als extremer Gegensatz zu seiner Verkommenheit, seiner Doppelnatur, die ihm am unverrückbarsten eigen war, mehr noch als das Kindische oder Halbstarke in ihm. Mercedes war unser aller Preis gewesen, die furchtbare Verkörperung des Widerspruchs zwischen Unschuld und Jungfräulichkeit, welche eben keineswegs identisch sind oder parallel bestehen. Als ich aus einem Impuls heraus Rodrigues den Tausch zwischen ihr und Almeida vorgeschlagen und er angenommen hatte – immerhin hatte er zuvor gesagt, er begehre sie, und ich hatte erwidert, das sei mir egal, so absolut sicher sei ich ihrer –, hatte ich damit die Verknüpfung zwischen dem Verlust ihrer Jungfräulichkeit, woran Almeida schuld war, und dem Verlust ihrer Unschuld, woran wir alle in promiskuitiver Weise schuld waren, unterstrichen; und durch diese Verknüpfung, die Rodrigues verkörperte, stellte ich paradoxerweise ihre Unschuld wieder her, so wie meine Liebe ihre Jungfräulichkeit wiederhergestellt hatte. Im Grunde aber war alles ein Wahnsinn, und ich spürte das am deutlichsten. Wo wollte Rodrigues Almeida finden? Was konnte er ihm antun? Das gehörte nun vollends in den Bereich der Mutmaßungen und bloßen Möglichkeiten. Und morgen früh würde ich abreisen, alles würde zu Ende gehen und sich in eine phantastische Vergangenheit zurückziehen, wo die Menschen nahezu namen- und gesichtslos sein würden, genau wie jetzt: Mercedes in Porto, Ramos tot, mein Onkel und meine Tante ruhig und zufrieden, Carlos Macedo in einem Boot nach Spanien, Almeida auf neuen Eroberungszügen, Rufininho auf der Jagd nach Männern, Rodrigues hin und her gerissen zwischen Männern, die verkommene Männlichkeit verkörperten, und alten Frauen, die für entwürdigte Mütterlichkeit standen. Und die Beziehungen zwischen den einen und den anderen waren rein zufällig gewesen, so zufällig, daß dasselbe mit anderen Personen geschehen wäre, hätte es sich nicht zwischen ihnen und mir ereignet.

Es war spät und kalt geworden, und ich lief ziellos durch die Stadt. Die Lichter des Spielkasinos zogen mich an, wie eine Art wehmütige Erinnerung an die einfachen Ferien, die ich hätte erleben können. Ich trat ein, mit einem Gefühl des Abschieds, nicht von diesen Tagen, in denen ich um Jahre gealtert war, sondern von den Ferien, zu denen es nun nicht gekommen war: obwohl dieser Abschied in gewisser Weise so war, als hätte ich sie erlebt. Es herrschte jetzt viel weniger Betrieb, das Kasino wirkte fast leer, vielleicht weil es schon spät war. Doch das hatte nichts von der Leere nach einem Fest, von jener Unordnung, die in einem Saal oder einem Bett anzeigt, daß sich Menschen hier ausgetobt haben. Eher war es die Leere vor dem Fest, wenn alles aufgeräumt und kalt ist, in Erwartung der Menschen; oder die Leere eines mißlungenen Festes, wenn alles bereit ist, in herausgeputzter Erwartung, und ganz unmerklich und melancholisch senkt sich der Staub darauf herab. In der Bar wurde lustlos musiziert, nur zwei Paare tanzten. Die Kellner hatten sich am Tresen versammelt und betrachteten voll Überdruß das halbe Dutzend Gäste, die in der Verlassenheit des Saals eine Totenwache zu halten schienen, verstohlen murmelten, ihre Gläser und Gabeln geräuschlos ablegten. Als ich an der Tür auftauchte, kam Bewegung in die Kellner. Aber da ich nicht eintrat, sanken sie sogleich wieder in ihre unerschütterliche Pose zurück, warfen mir sogar übellaunige Blicke zu. Ich näherte mich dem Eingang des Salons, der im Halbdunkel lag, und trat an die Spieltische. Beim Roulette waren kaum Leute, noch weniger beim Pharaospiel, beim Bakkarat herrschte etwas angeregtere Stimmung. Dort war nämlich mein Onkel, von einigen Zuschauern umlagert, und drohte die Bank zu sprengen.

Die Jetons lagen in einem zerstreuten Haufen vor ihm, den er mit wirren, großspurigen Bewegungen noch mehr verteilte. Mit verwuschelten Haaren, die erloschene Zigarette im Mundwinkel und die Augen nicht von den Karten lassend, spielte und gewann er mit methodischer Konzentration, als hinge sein Glück von komplizierten Berechnungen ab oder als hörte er entscheidende Geheimbotschaften der Götter, mit denen er seine Berechnungen zu einem noch unfehlbareren Ergebnis korrigierte. Er setzte mit gelangweilt schiebenden Bewegungen Berge von Jetons, die er nicht zählte. Und sie kehrten vervielfacht zu dem Gebirge zurück, das ihn von dem Croupier trennte, welcher, von untätigen Kollegen umgeben, Karten gab und zahlte. Der Saalchef stand, die Hände auf dem Tisch, dabei und beobachtete das Spiel fasziniert. Selbst die Angestellten von der Jeton-Ausgabe kamen hinzu und vergrößerten das Publikum der Croupiers. Hinter meinem Onkel bildeten weitere Spieler oder nur Gaffer, ihre Gesichter vor Neid oder vor befriedigter Rache gegen das Kasino verzerrt, eine schweigende Claque. Und an einer Ecke des Spieltischs setzte und verlor eine weißhaarige alte Dame immer weiter, ohne irgend jemanden zu sehen oder von irgend jemandem beachtet zu werden.

Dann kam der Geschäftsführer, bahnte sich einen Weg und beugte sich zum Ohr meines Onkels herab, der nicht einmal den Kopf wandte. Die schweigende Claque schien ihn einvernehmlich zu vertreiben, und der Mann blieb unschlüssig hinter ihnen stehen, neben dem Groom, der ihn wohl gerufen hatte. Der Saalchef auf der anderen Seite des Tisches sagte: »Das Kasino ist nicht verpflichtet, das Spiel fortzusetzen.«

Mein Onkel schob fast den ganzen Berg Jetons in die Mitte des Tisches, bis auf einige, die wie verschüttete Tropfen zurückblieben.

Der Croupier sagte: »Es gibt eine Begrenzung für den Einsatz.«

Ein gedämpftes Murren kam von der Claque meines Onkels. Der Croupier erstarrte, den Blick fest auf den Berg Jetons gerichtet. Mein Onkel nahm ganz langsam seinen Stock bei der Spitze und legte den gebogenen Griff um den Hals des Croupiers. Dann zog er mit einem kleinen Ruck an dem quer über den Tisch gestreckten Stock: »Na los, du Tropf, spiel schon.«

Die Leute auf beiden Seiten des Tisches schienen kurz davor, übereinander herzufallen, nur der Stock verhinderte, daß der Damm brach.

Der Croupier beugte sich ganz leicht vor, dem Ruck gehorchend, und begann fast automatisch wieder mit dem Spiel. Ein erleichtertes Ah ging durch die Menge, ein Lächeln und gleich darauf ein Gelächter, das alle erfaßte. Mein Onkel gewann. Die Claque applaudierte, der Croupier stand auf, wobei er den grünen Mützenschirm auszog und sich den Kopf rieb, die anderen Croupiers schwankten, der Saalchef debattierte mit einem von ihnen, der Geschäftsführer bahnte sich einen Weg zu meinem Onkel. Der stützte im Sitzen nachdenklich seinen Kopf auf den Stock, den ich im Geiste immer noch um den Hals des Croupiers gelegt sah. Der Geschäftsführer sagte: »Wir können Ihnen einen Scheck geben. Aber betreten Sie das Kasino nie wieder.«

Mein Onkel stand auf und zog, auf seinen Stock gestützt, eine Schachtel Streichhölzer hervor, entzündete die erloschene, schwarz verfärbte Zigarette wieder und schnippte mit schlenkerndem Stock das verbrannte Hölzchen auf den Geschäftsführer, der erschrocken die gestärkte Hemdbrust seines Smokings ausschüttelte. »Einen Scheck? Sie wollen mich mit einem Scheck bezahlen? In bar, und zwar sofort. Und wenn Sie nicht genug haben, lassen Sie hier den Klingelbeutel rumgehen. Ich verlasse das Haus nicht ohne mein Geld.«

Die Claque skandierte im Chor mit ihm, verlangte das Geld sofort und in bar. Die Kassierer rannten zur Kasse, der Geschäftsführer verschwand, gefolgt von einigen Zuschauern und Croupiers. Am Tisch blieben mein Onkel, der Saalchef, die Alte, die immer noch am selben Platz saß, und ich. Erst jetzt, als sich der Tumult woandershin verlagerte, bemerkte er mich. Er lachte triumphierend und sagte, während schon ein leichter Schatten über sein Gesicht zog: »Jetzt schau dir das mal an... Wenn ich dieses ganze Geld vor ein paar Tagen gewonnen hätte, wie viele Leute hätte ich da in der Tasche gehabt!« Seine Augen verloren sich nachdenklich im Leeren, doch zugleich behielt er den Saalchef im Blick, der die Jetons zum Zählen zusammenschob.

Von der Kasse und aus dem Tresor der Geschäftsführung kamen, eskortiert vom Gefolge meines Onkels, stapelweise Banknoten. Alle Anwesenden – und es sah aus, als seien noch mehr

Leute aus anderen Ecken des Kasinos hinzugekommen – schauten zu, wie die Jetons gezählt und nachgezählt wurden, ehe sie in Geldpäckchen umgetauscht und von der Geschäftsführung meinem Onkel überreicht wurden. Die Stimmung war feierlich, trotz der funkelnden Augen, der nervös zuckenden Hände, der abgehackten Wortwechsel. Als alles vorbei war, schob mein Onkel mit großer Geste den Croupiers Geldbündel zu, und die Herren waren ganz Lächeln. Unter dem Gelächter der Zuschauer fing er an, sich die Stapel in alle Taschen hineinzustopfen, wobei er unter großem Gefuchtel so tat, als wäre es furchtbar mühselig, sie auch alle unterzubringen, und immer neue Taschen ›entdeckte‹, als hätte er vorher gar nichts von ihnen gewußt. Dann steckte er auch mir zwei Bündel in die Tasche. Ein weiteres legte er der Alten hin, erst jetzt fiel mir auf, daß sie immer noch dasaß. Sie zeigte keine Reaktion. Ein paar Stapel Geldscheine waren noch übrig. Aus einem zog mein Onkel mit spitzen Fingern einen Schein, reichte ihn dem Geschäftsführer und sagte: »Nehmen Sie nur, das ist für Sie.« Vor Verblüffung wie erstarrt, steckte dieser ihn weg. Und schließlich nahm mein Onkel das restliche Geld und schleuderte es mit einer kreisenden Bewegung der Arme in die Luft: »Für den, der es auffängt.« Damit gingen wir beide hinaus, er hakte sich bei mir unter und schlenkerte seinen Stock umher wie ein Dandy aus einer anderen Zeit, zwischen den hochgereckten Hinterteilen der Leute hindurch, die sich auf alle viere begeben hatten, um die Geldscheine aufzuklauben, die überall verstreut lagen.

Am Haupteingang gab mein Onkel dem Portier einen Schein: »Rufen Sie mir bitte ein Taxi.« Während wir warteten, meinte er: »Mit diesem Geld könntest du sogar heiraten...« Ich spürte einen dumpfen, quälenden Schmerz. Als das Taxi kam, stellte sich der Portier daneben und hielt meinem Onkel den Schlag auf. Mein Onkel bückte sich, um einzusteigen, richtete sich dann aber wieder auf und suchte etwas in seiner Tasche, was er vor lauter Geldbündeln nicht finden konnte. Er drückte mir einige davon in die Hand, fingerte dann einen gefalteten Umschlag heraus, hob die Arme und sagte: »Stopf sie wieder da rein. Kurz bevor du kamst, hat jemand diesen Umschlag für dich gebracht.« Er gab ihn mir, nachdem ich brav die Bündel in seine Jackentaschen zurückgesteckt hatte.

Beim Einsteigen fragte er: »Kommst du mit oder bleibst du noch?«

Den Brief in der Hand, zögerte ich kurz, erwiderte aber: »Ich bleibe noch.«

»Na, dann bis morgen. Vergiß die Uhrzeit nicht.«

Der Wagen fuhr los, und ich öffnete den Brief.

Es war eine Nachricht von Rodrigues, eilig hingekritzelt: »Wenn du die Vorführung nicht versäumen willst und dich diese Nachricht rechtzeitig erreicht, komm bis Mitternacht im Haus der Alten vorbei.« Ich schaute auf die Uhr. Es war lange nach Mitternacht. Trotzdem wandte ich mich zum Portier und wies ihn im selben Befehlston wie mein Onkel an, mir ein Taxi zu holen. Dem Chauffeur sagte ich, es gehe nach Buarcos, ich würde ihn dann dirigieren. An der Straßenecke stieg ich aus, zahlte und wartete, bis der Wagen verschwunden war. Und was wollte ich hier? Wozu war ich eigentlich hergekommen? Wollte ich mir anschauen, was ohne Zweifel auf eine Art Exekution Almeidas hinauslaufen würde oder bereits hinauslief, oder wollte ich verhindern, daß die Kette des Wahnsinns, bei der immer ein anderer schuld war, sich genauso verheerend fortsetzte? Ich wußte es nicht. Und klopfte an die Tür, mit dem erwartungsvollen Gefühl des Zuspätkommenden, der die Vorführung verpaßt hat. Aber vielleicht konnte ich sie noch unterbrechen.

Die Tür öffnete sich vorsichtig, es war Rodrigues: »Endlich kommst du, länger konnten wir wirklich nicht mehr warten.«

Ich trat ein, und es kam mir vor, als wäre das Haus voller Leute, die ich gar nicht kannte, wie bei einer Totenwache. Dieser Eindruck wurde von Rodrigues verstärkt, als er sagte: »Der Mann liegt da.«

Das tat er allerdings. Wie in einer Rachephantasie lag er ausgestreckt auf dem Bett, wo ich so oft mit Mercedes geschlafen hatte, derselben Mercedes, die er genommen und erniedrigt hatte. Nackt, geknebelt, an Händen und Füßen gefesselt, wehrlos. Wie hatten sie ihn gefangen, und wer? Wie hatten sie ihn hergebracht? Wer waren diese Leute? Als ich mich umschaute, erkannte ich einige: Carvalho, Matos, Oliveira, andere Jungen. Und mitten unter ihnen Luís. Wie hatte er sie zusammengetrommelt?

Gleich einem Zeremonienmeister oder Fremdenführer bei einem Nationaldenkmal erklärte mir Rodrigues, der Angeklagte habe bereits alle seine Sünden gebeichtet und sei auch schon verurteilt worden, nur die Strafe, die ihm gebührte, habe er noch nicht gewählt: kastriert zu werden – Rodrigues zeigte mir das bedrohlich aussehende Messer –, sich umzubringen und in einem Abschiedsbrief allem, was er gesagt und getan hatte, abzuschwören oder diesen Brief hier zu unterschreiben (sie hatten ihn schon vorbereitet) und sich vor aller Augen vergewaltigen zu lassen.

»Sich umbringen, wie denn?« fragte ich.

»Das ist das Problem. Deshalb rate ich ihm auch, sich lieber für eine der anderen Möglichkeiten zu entscheiden.« Sich dafür entscheiden, die Wortwahl ließ mich schaudern. »Aber er versucht ganz dumm, Zeit zu gewinnen. Bisher hat die Verzögerung nur dir genützt.«

Ich schaute mir die anderen an, um zu sehen, ob das alles im Ernst geschah, ob sie wirklich etwas derart Ungeheuerliches zulassen würden. Doch alle machten ein ernstes, unbeteiligtes Gesicht, sie waren bereit, diesen Mann zu vernichten. Rodrigues zeigte mir den Brief. Darin gestand er, daß er »abartig« sei, niemals eine Frau »besessen oder vergewaltigt« habe, weil er dazu nicht imstande sei, und nur zum Schein, um sich für Ramos' »angeekelte Zurückweisung« zu rächen, dem er »Anträge gemacht« habe, allenthalben behauptet habe, er sei Mercedes' Liebhaber gewesen und sie »eine Nutte«. Dieses Geständnis sei von einer Gruppe von Freunden verlangt worden – die Namen wurden aufgeführt, Rodrigues und ich standen nicht dabei –, die ihn in einem anrüchigen Haus mit einem Mann erwischt hätten. Und zum Schluß bat er Mercedes, Zé Ramos und ihre Familie um Verzeihung.

»Das ist doch alles gelogen«, sagte ich.

»Na sicher«, stimmte Rodrigues zu. »Aber wenn ihm die Wahrheit lieber ist, kommt sie ihn teuer zu stehen, das kann er sich aussuchen, Arsch oder Eier.«

Almeida zappelte.

»Der scheint was sagen zu wollen«, bemerkte eine Stimme.

Rodrigues trat ans Bett: »Du willst was sagen?«

Almeida nickte.

»Wenn er meint, wir nehmen ihm den Knebel raus, wird er nach Belieben herumschreien«, sagte eine andere Stimme.

Rodrigues kam näher: »Willst du den Brief unterschreiben? Ist es das?«

Almeida nickte.

Ein ironisches Murmeln ging durch den Raum.

»Sehr gut«, sagte Rodrigues. »Und was willst du außerdem?«

Almeida rührte sich nicht.

»Er will erst einmal den Brief unterschreiben«, sagte eine Stimme.

Sie hielten ihn fest und machten seine Hände los, damit er unterschreiben konnte. Er kämpfte ein bißchen, nahm dann aber den Stift, den sie ihm hinhielten. Er unterschrieb, dann wurden ihm die Hände wieder gefesselt.

»Und nun?« fragten einige Stimmen.

Würde er den Tod wählen?

Nein. In stummer Antwort drehte er sich auf den Bauch.

»Ihr alle seid Zeugen, daß er sich frei entschieden hat«, verkündete Rodrigues und sagte zu Almeida: »Wenn dir morgen früh einfällt, zur Zeitung zu gehen und zu erklären, du wärst betrunken gewesen und hättest alles erfunden, dann wird dieser Brief vielleicht nicht veröffentlicht. Aber vernichtet wird er auch nicht, sondern er wird immer über deinem Haupt schweben. Du bist sowieso verloren, denn du hast dich vor allen hier entschieden, alle sind Zeugen. Du hättest wissen müssen, daß dich keiner umbringt. Und das war dir auch klar. Dreh dich wieder um. Ich werde mich an dir nicht schmutzig machen. Das bin ich sowieso schon – von dir beschmutzt. Ich würde wahrscheinlich nicht mal einen hochkriegen.«

Sie machten ihn los, nahmen den Knebel heraus und legten ihm seine Kleider hin, zerrissen und zerfetzt (offenbar hatten sie ihn erst ausgezogen, als er schon gefesselt war). Er zog sich an, so gut es ging, mit gesenktem Kopf. Als er fertig war, blieb er auf dem Bett sitzen.

»Jetzt kannst du gehen«, sagte eine Stimme, die Matos gehörte, und als Almeida an ihm vorbeikam, raunte er: »Und auch von der anderen Sache kein Wort, sonst geht der Brief an die Öffentlichkeit.«

Sie machten ihm die Tür auf, und er verschwand.

Rodrigues sagte: »Jetzt auch die anderen raus, aber einzeln.«

Ich machte Anstalten zu gehen, doch er hielt mich zurück. Die anderen trollten sich schweigend. Luís sagte mit gedämpfter Stimme zu mir: »Bis morgen.« Dann nahm ich Matos, der auch zurückgeblieben war, beim Arm: »Warte. Erzähl mir, was passiert ist.«

Wir traten zu dritt nach draußen. Rodrigues sagte zu mir: »Jetzt weißt du's«, was ein Mißverständnis schuf, denn Matos glaubte nun, ich wüßte bereits, was er mir erzählen sollte (und vor Rodrigues nicht sagen wollte). Am Ende der Straße hatte Matos sein Auto geparkt. Wir stiegen ein, ich vorn, Rodrigues hinten. Als Matos still und nachdenklich den Wagen anließ, blökte Rodrigues los: »Und jetzt gehen wir drei zu den Nutten. Das ist das mindeste, was ihr mir schuldig seid.«

Ich drehte mich nach hinten um und fragte: »Wo war denn die Alte? Wer hat die Tür abgeschlossen?«

»Die Alte ist nicht da. Sie ist verreist. Aber ich habe einen Schlüssel.«

Wir zogen von Haus zu Haus, aber nirgendwo wurden wir eingelassen, es sei schon zu spät, wir sollten zum Teufel gehen.

»Zum Teufel...« bemerkte Rodrigues. »Wie sollen wir zum Teufel gehen, wenn wir ihn schon dabeihaben?«

Schließlich erbarmte sich doch ein Haus, und die »Mädchen« kamen schläfrig an, in Nachthemd und Morgenmantel.

Plötzlich fiel mir mein Geld wieder ein. Ich hielt eines der Bündel hoch und rief: »Ich will ein Fest bis morgen früh.«

Als sie das Geld sah, war aller Überdruß aus dem Gesicht der Madame verflogen, und die Mädchen erwachten wie durch Zauberhand.

Bierflaschen und Gläser tauchten auf, das Radio wurde eingeschaltet und verbreitete knatternde Stille. Dann wurden ein Grammophon und Schallplatten geholt. Sie waren zu fünft, klammerten sich an uns, tanzten. Das Radio fiepte. »Macht diese Scheiße aus, bevor noch irgendein Mistkerl zu kläffen anfängt«, sagte ich und erzählte Matos, was ich gehört hatte. Er wußte schon davon.

»Jetzt sollt nur ihr fünf tanzen«, sagte ich und ließ mich aufs Sofa fallen. Rodrigues stellte sich in ihre Mitte: »Mit mir, tanzt mit mir!« Matos setzte sich neben mich. Wenn die Platte zu Ende ging, rannte eine dicke Blondine, immer dieselbe, hin, um sie neu aufzulegen oder eine andere Platte zu holen, und setzte sich dann auf ein Bänkchen abseits des Geschehens.

Rodrigues ordnete an: »Immer zwei und zwei, und hoch die

Tassen«, als wollte er eine Truppe Tänzerinnen dirigieren. In Zweierpaaren rafften sie ihre Hemdchen und rieben sich im Takt aneinander.

»Wie ist Ramos gestorben?« fragte ich.

»Das war nicht er.«

»Ich weiß. Wie ist er gestorben?«

»Küßt die Reliquien«, sagte Rodrigues, und sie defilierten eine nach der anderen an uns vorbei.

»Als die Wagen den Strand erreichten, war es noch früh, das Auto aus Porto hatte sich noch nicht eingefunden. Aber das Boot lag schon vor Anker, die Signale wurden ausgetauscht, und dann kam das Beiboot an den Strand.«

»Und jetzt ein erster Besuch in den Katakomben«, sagte Rodrigues, doch sie verstanden erst nicht, was er meinte, nämlich daß sie sich vor uns bücken und ihr Hinterteil zeigen sollten. Matos und ich standen auf und stießen mit den hingestreckten Popos der Mädchen zusammen.

»Die Spanier stritten sich mit Ramos und Macedo und auch mit einem anderen Spanier, weil sie nicht fahren wollten. Ramos und die beiden Matrosen, die im Beiboot saßen, haben sie beinahe mit Gewalt hineingesetzt und an Bord gebracht. Das Beiboot kam zurück, und Ramos befahl den Matrosen, an den Rudern zu bleiben und sich zur Flucht bereitzuhalten, falls etwas passierte. Inzwischen war es sehr spät geworden, und das Auto aus Porto war immer noch nicht da. Am Strand standen nur ich und Ramos und Macedo, der andere Spanier war schon an Bord, und Carvalho war zurückgefahren, weil er nicht mehr gebraucht wurde.«

»Jetzt der Wasserfall des Biers.«

Eine von ihnen, dunkel und muskulös, stieg auf einen Tisch, und wir tranken von ihren Beinen das Bier, das die anderen ihr über die Brust schütteten. Dann kamen zwei mit Matos und mir aufs Sofa, und wir wälzten uns mit ihnen herum, sie grapschten uns mit spitzen Schreien zwischen die Beine und protestierten, wir würden sie ja mit unseren Fingernägeln zerkratzen. Die anderen beiden zogen Rodrigues aus, der die Beine der »Bierkaskade« umschlang, ihr das Gesicht zwischen die Beine steckte und sagte, dort sei sie ja wie ein Schwamm, vollgesogen mit *seinem* Bier. Dann schaltete sich die Madame ein, die sich seit Beginn im Hintergrund gehalten hatte: »Nein, also wenn die Mädchen nackt sind, ist das eine Sache, aber die Kunden, nein, das ist ungehörig.« Ich gab ihr einen Schein: »Gehen Sie weg, dann müssen Sie es nicht sehen. Ich zahle schon.« Darauf ging sie, und die Mädchen lachten ihr nach, sie solle doch mit dem Hund schlafen, der schon in ihrem Bett warte.

»Und dann?« fragte ich Matos und knetete die Brüste der einen, die zu mir zurückgekommen war, während die andere ihm die Hose aufknöpfte.

»Dann hörten wir den Wagen kommen. Die Spanier aus Porto saßen drin und am Steuer ein Mann, den Ramos kannte.«

»Ich will alle fünf, alle fünf«, rief Rodrigues.

»Ich hab keine Lust mehr, auf dem Tisch zu stehen«, brüllte die Dunkle.

»Eine im Mund, eine in jeder Hand, eine vor mir, die andere hinter mir. Haltet den Mund. Er bezahlt.«

Die auf dem Tisch protestierte. Nein. Das hätte sie noch nie gemacht, das würde sie nicht machen.

»Aber er bezahlt!«

»Der Bursche und die Spanier wurden wütend, als sie erfuhren, daß sie schon an Bord gegangen waren, und zwar unfreiwillig, also die anderen beiden, meine ich.«

»Kommt her, ihr zwei, für die Pyramide, zieht euch aus und kommt hinter die beiden, in denen ich meine Finger stecken habe.«

Wir zogen uns aus, und die ganze Körpermasse schwankte und taumelte, es gab einiges Gestolpere, was Rodrigues' Befriedigung ziemlich behinderte. Die Dunkle auf dem Tisch fing an zu heulen. Dann löste sich die Gruppe unter Rodrigues' Zuckungen auf, der die vor ihm Kniende hochhob und mit schlürfenden Zungenküssen bedachte. Ich sah es genau, während ich mich beim Höhepunkt gegen die Schultern der meinen preßte, die Hände unter ihren Achseln.

Ich säuberte mich mit einem herumliegenden Hemd und kehrte zum Sofa zurück, mit Matos und der Dunklen, die vom Tisch herunter über Rodrigues gestolpert war. Sie aalte sich zwischen Matos und mir herum. Rodrigues saß auf dem Boden und verlangte, die anderen vier sollten ihm, eine nach der anderen, ihre Reliquien zum Küssen hinstrecken, er würde sie alle befriedigen. Und der einen, die ihm die Katakombe geleckt hatte, würde er sich mit besonderer Sorgfalt widmen.

Matos saß zurückgelehnt auf dem Sofa, die Augen halb geschlossen, und erzählte weiter, über die Brüste der Dunklen hinweg, deren Hüften ich umschlungen hielt: »Da sagte der andere, er hätte keine Zeit zu verlieren, die Straßen würden alle schon kontrolliert, und Ramos solle mit ihm in Richtung Süden fahren.« Bei einer Bewegung der Dunklen verstummte er. Er schubste sie vom Sofa herunter und sagte: »Geh, geh und bring den da in Schwung, er hat verdient, daß ihr es ihm mit gleicher Münze heimzahlt.« Sie gesellte sich zu dem Gemenge um Rodrigues herum.

»Ramos erwiderte, er könne und werde nicht mitkommen, seine Pflicht sei es, mit diesem Boot zu fahren, er sei für alles verantwortlich. Der andere gab zurück, er sei für gar nichts verantwortlich, höchstens wenn er ihm nicht gehorchte. Ramos wollte aber nicht gehorchen, sondern in See stechen, er sei schließlich vor den anderen, die er hierhergebracht habe, verantwortlich. Macedo sagte gar nichts, die zwei Spanier auch nicht, und ich noch weniger. Da kam der andere endlich mit zum Beiboot, ebenso ich und die anderen. Die Spanier stiegen ein, und ich merkte, daß Macedo nicht wußte, was er tun sollte. Der Kerl befahl ihm, an Bord zu gehen. Und er befahl Ramos, Macedo all sein Geld zu geben und die Papiere auch, ich weiß nicht, was für Papiere, jedenfalls alles. Sollte Ramos nämlich einsteigen und nicht mit ihm kommen, dann sei er der Agent provocateur, den er schon in ihm vermutet hätte. Wir standen da zu dritt im Wasser, und die anderen im Beiboot sagten, bald würden die Wellen das Boot zum Kentern bringen. Der Kerl befahl, es solle losfahren, und es fuhr. ›Los geht's‹, sagte er und wollte mich wegschicken: ›Du hast getan, was du zu tun hattest, vielen Dank, der Rest ist eine Sache zwischen uns.‹ Aber ich hatte so ein Gefühl, daß ich Ramos nicht allein lassen durfte, wenn er ihn nicht begleiten wollte, und ich sagte, ich würde aber nicht gehen, schließlich könne Ramos zumindest mit mir nach Hause kommen, wenn er nicht mit ihm fahren wolle.«

»Jetzt sind die Damen alle bedient«, verkündete Rodrigues und zerrte die Dunkle zu sich. Er wollte, daß sie sich auf ihn setzte, und erklärte den anderen, daß sie sie an Armen und Beinen festhalten und auf ihm drehen sollten. Er zuckte unter ihr mit den Hüften, während die anderen, die im Vorbeigehen immer über ihn wegkletterten, aussahen wie Mauleselinnen am Schöpfrad.

»Ramos sagte zu mir, vielen Dank, aber diese Sache müßten sie untereinander klären. Ich solle nie vergessen, daß er kein Agent provocateur sei. Zum Beweis schicke er mich fort.«

»Und, bist du gegangen?«

»Nein, nur ein Stück zur Seite. Aber als ich hörte, wie sie sich heftig stritten, bin ich zurückgekommen.«

»So nicht«, brüllte Rodrigues. »Dreht sie richtig, sonst brecht ihr mir den Schwanz ab.«

»Als ich zurückkam, sah ich, daß der Mann eine Jacke in der Hand hielt, und stolperte über Ramos' Schuhe. ›Wo ist er?‹ habe ich ihn sofort gefragt. Der Kerl hielt mir die Jacke hin, rannte zu seinem Auto und fuhr davon.«

»Genau, ja, genau, jetzt haltet an, anhalten, laßt sie los.«

»Und dann?«

»Ich ging zu meinem Auto und fuhr nach Hause.«

»Und die Jacke?«

»Habe ich mitgenommen.«

Sie waren allesamt über Rodrigues hergefallen und juchzten in den höchsten Tönen.

»Wo ist sie?«

»Verbrannt.«

»Und die Schuhe, wo sind die?«

»Die sind dort geblieben. Ich bin an den Rand des Wassers gegangen, bis mir die Brandung an den Beinen hochschäumte, und habe nach ihm gerufen und gerufen. Keine Antwort.«

Rodrigues inmitten der Frauen lächelte selig. Dann hob er den Kopf und fragte: »Und was treibt ihr beide da so allein? Ein Techtelmechtel? Eine Totenwache?«

Die Frauen lachten, und ich sagte: »Er konnte sehr gut schwimmen.«

»Allerdings. Aber ich glaube, er hat es nicht geschafft, das Boot einzuholen.«

Erst gab ich keine Antwort, dann murmelte ich: »Ich glaube, es war ihm egal, ob er es erreichte oder nicht.«

Matos stand auf und zog sein Hemd an. Ich stand ebenfalls auf: »Warte mal… und jetzt soll es gar nicht er sein?«

»Das war das mindeste, was ich tun konnte, oder? Das Spiel mitspielen.«

Während ich mein Hemd zuknöpfte, meinte ich: »Aber wenn er leben und sich irgendwo verstecken würde, wäre er auch kein Agent provocateur, und das wollte er doch beweisen.«

»Offiziell ist er in Porto und lebt, aber der Kerl weiß, daß er in Wahrheit tot ist und im Leichenschauhaus von Figueira liegt.«

»Und wie kann die Familie bei so was mitmachen?«

»Ihr wollt mich und diese Mädchen hier also alleine lassen, wo es gerade Zeit wird, daß wir alle ins Bett gehen?« fragte Rodrigues aus dem Menschenknäuel hervor.

»Die Familie weiß gar nichts, die glauben, er wäre fortgegangen. Keiner hat ihnen etwas gesagt. Jedenfalls habe ich niemanden dort gesehen.«

Ich legte ihm eine Hand auf die Schulter und sagte, ohne ihn anzuschauen: »Mercedes weiß es, sie hat ihn am frühen Morgen gesehen, mit mir zusammen.«

»Guckt euch die mal an, legen sich das Händchen auf die Schulter, und dann soll ich derjenige sein, der auf Männer steht, ach!« Die Mädchen lachten und imitierten sein effeminiertes »ach«.

Matos fragte mich: »Willst du hierbleiben oder nach Hause?«

»Wir könnten auch hierbleiben.«

»Bei diesem Teufel?«

»Bei diesem Teufel«, wiederholte ich.

Er zuckte die Achseln und ging auf die Gruppe zu: »Dann ab ins Bett mit uns.«

Die Dunkle sagte: »Mein Bedarf ist gedeckt. Ich gehe ins Bett, aber allein.«

»Das macht vier für drei«, sagte ich. »Will noch jemand zwei?«

Eine der anderen sagte, sie würde sich auch gern allein hinlegen, wenn wir nichts dagegen hätten. Die anderen deuteten an, daß diese wohl mit der Dunklen schlafen wollte, und die beiden zogen unter obszönen Gesten von dannen, nachdem sie ihr Geld bekommen hatten.

»Gehen wir endlich«, sagte Matos. »Steh schon auf.«

Rodrigues rappelte sich auf, er wirkte blaß und erschöpft. Im Flur blieb er neben mir stehen und erklärte halblaut: »Ich schwöre dir, ich weiß nicht, warum ich ihn nicht kastriert und dir seinen Schwanz überreicht habe.«

Das sagte er mit einer so tonlosen Stimme, daß ich ihn scharf musterte, so weit es meine trunkene Müdigkeit erlaubte, die mir alles vor den Augen verschwimmen ließ. Ich war allein mit ihm, die Frauen waren inzwischen auf die Zimmer gegangen, und Matos hatte sich mit seiner eingeschlossen. Nackt, die Kleider überm Arm, standen wir voreinander, und in seinen Augen lag eine schneidende, starre Kälte. Sanft schob er mich ein Stückchen weiter den Flur entlang und kauerte sich vor mir nieder. Ich schloß die Augen und spürte, wie mir der kalte Schweiß ausbrach. Ich hörte seine Stimme: »Damit hast du *sie* also genommen?« Ich antwortete nicht. Selbst wenn ich gewollt hätte, es wäre unmöglich gewesen. Ich wartete. Nichts geschah. Erleichtert vernahm ich seine Stimme wieder auf Höhe meines Gesichtes und schlug die Augen auf.

»Du hast da unten Scheiße dran. Wasch dich vorher.«

Er ging in eines der Zimmer, ich in das andere.

XXXVI

Ich wusch mich, bevor ich mich neben die Frau legte. Es war diejenige, die ihn zuletzt geleckt hatte. Ich konnte sie unmöglich begehren, und ich konnte unmöglich schlafen, so müde und angeekelt war ich. Ich dachte, ich würde nie wieder aufwachen, wenn ich jetzt einschliefe. Sie spielte ein bißchen an mir herum, professionelle Ehrensache, und gab dazu ein paar Koseworte von sich, die aber eher meinem Geschlechtsteil galten als mir. Dann begann sie sich zu langweilen, suchte es zu überspielen und machte es sich zwischen den Laken gemütlich. »Zeit, in die Heia zu gehen. Schlaf, und mach nicht ins Bett.«

Ich lag zurückgelehnt in den Kissen, die weich und dick waren, und rauchte. Das Rauchen verstärkte noch meine Qual. Es klopfte an die Tür. Ich erschrak. Rodrigues kam herein: »Komm, wir tauschen, das hier ist meine.« Er hatte schon seine Kleider überm Arm mitgebracht.

Ohne ein Wort nahm ich meine Sachen, zog ein paar Scheine aus der Tasche, gab sie ihr und ging in das andere Zimmer. Die andere war zupackend und erfahren. Es gelang ihr, das letzte bißchen Leben, das ich noch in mir spürte, aus mir herauszusaugen, bis aufs Blut womöglich, ich weiß es nicht. In meiner Erschöpfung, die mich in einen tiefen, fast bewußtlosen Schlaf sinken ließ, konnte ich sie nur noch dankbar streicheln.

Sirenen und Pfiffe ertönten, ein Ticktack vibrierte in der Leere. Dann das Pfeifen eines Zuges, das Brausen der Räder, das Klingeln eines Weckers. Ich schlug die Augen auf, die nach der Uhr suchten. Halb acht. Ich zog mich an, stöberte nach meinen Schuhen, ich konnte mich nicht erinnern, sie ausgezogen zu haben. Ich hinterließ etwas auf dem Nachttisch und verschwand auf Zehenspitzen. Keine Ahnung, wie ich nach Hause kam. Als ich ins Eßzimmer trat, nachdem ich Marias Kopf, der sich nach mir reckte, in der Küche erspäht hatte, traf ich auf meinen Onkel, der am Tisch saß und Kaffee trank.

»Kommst ja gerade noch rechtzeitig für einen Kaffee, dann mußt du los. Ich dachte schon, du kommst nicht. Deine Tante schläft noch ihren Rausch von gestern aus.«

»Rausch?«

»Klar! Was denkst du denn, was wir gemacht haben, als ich mit dem ganzen Geld nach Hause kam? Wir haben die Korken knallen lassen. Setz dich und iß was.«

Ich tat es.

»Gut, daß du fährst«, er sprach, als hätte ich das beschlossen und nicht er für mich, »denn wenn du noch länger hierbleiben würdest, müßte ich dich als Toten an deine Eltern zurückschikken.«

Das Brot war plötzlich ein Stein, der nicht runtergehen wollte.

»Nicht nötig, daß du dich verschluckst.«

»Ich weiß jetzt, wie er gestorben ist.«

»Das weißt du? Wer hat es dir erzählt?«

»Matos.«

»Ach, der ist noch da?«

»Matos hat es fast gesehen. Als wäre er dabeigewesen.«

Er antwortete nicht, wischte sich nur den Mund mit seiner Serviette ab. Beim Rollen seiner Zigarette meinte er: »Jetzt bin ich reich, das wird lange vorhalten. Ich glaube, ich werde meiner Schwiegermutter ein Geschenk machen.«

»Gestern nacht haben wir Almeida bestraft.«

»Almeida? Warum? Weißt du, was ich tun werde?«

»Sie weiß es, aber nur sie. Der Stiefvater ist dann doch nicht gekommen.«

»Ich werde diesen Eseln ihre Spielschulden erlassen. Die ganzen Bohnen.«

»Ich habe sie verkauft.«

»Du bist mein Zeuge, da, ich zerreiße die Schuldscheine.«

Er zog die Brieftasche hervor und nahm die Zettel heraus. Akkurat riß er sie in kleine quadratische Fetzen. Wir saßen beide stumm da.

»Geh und pack deinen Koffer. Jetzt wird Hauptmann Macedo schon am Bahnhof stehen und denken, du fährst nicht.«

»Wo soll ich denn Luís hinbringen?«

»Zu dir nach Hause, in eine Pension, die du kennst, was weiß ich.«

»Hast du den Brief nicht geschrieben?«

»Wozu? Es findet sich immer für alles eine Lösung. Geh und pack deinen Koffer.«

Ich ging auf mein Zimmer. Während ich packte, kam Maria herein.

»Schön, daß Sie da waren, nicht wahr? Und jetzt gehen Sie wieder fort.«

Ich antwortete nicht und schloß meinen Koffer. Sie sagte: »Wenn ich ein Kind kriege, werden Sie schon sehen.«

»Ein Kind, wie das denn? Wann soll ich das gemacht haben? Höchstens, wenn es aus der Hundegrube geboren wird.«

»Ja, lachen Sie ruhig… Sie werden schon sehen, ob es aus der Hundegrube geboren wird oder nicht.«

Ich griff nach meinem Koffer und ging die Treppe hinunter. Sie kam hinterher und sagte: »Erst wollten Sie nicht und haben mich weggeschickt, dann wollten Sie, und wir wissen ja, wie es dazu kam, und jetzt, in der letzten Nacht, wollten Sie lieber mit Gott weiß wem zusammen sein als mit mir. Und dann fahren Sie ab.«

»Such dir einen anderen Vater für dein Kind.«

Als ich ins Eßzimmer kam, sagte mein Onkel: »Mach schon, der Wagen ist bestimmt schon da.«

»Der Wagen?«

»Ja. Ich habe gestern ein Taxi für dich bestellt.«

Wir gingen nach draußen, und er begleitete mich über die Palmenallee, deren Kies wie immer unter unseren Füßen knirschte. Maria kam hinterher wie ein Hündchen.

Der Wagen stand wartend ein Stück vom Tor entfernt. Mein Onkel drehte sich zu Maria um und sagte: »Was schnüffelst du hier herum? Geh ins Haus.«

Sie war sprachlos.

»Geh ins Haus, hast du nicht gehört? Oder dachtest du, du fährst jetzt auch nach Lissabon?«

Sie ging langsam zurück, die Hände in den Schürzentaschen vergraben.

Mein Onkel sagte: »Du und die Frauen, das ist wie Hunde um einen Laternenpfahl. Sie schnüffeln, wo die anderen hingepißt haben.«

»Auch nicht alle.«

»Dann die, an denen du dein Bein gehoben hast.«

Der Chauffeur öffnete unter umständlichen Förmlichkeiten den Schlag.

»Kommst du nicht mit, Onkel?«

»Ich? Das hättest du wohl gerne, damit ich das Taxi bezahle. Nein, ich komme nicht mit, Abschiede sind mir äußerst unangenehm.« Er stieß ein kurzes Lachen hervor.

Der Moment war gekommen, da er die rituelle Szene desjenigen spielen mußte, der jemanden fortschickt. Ich erwartete nun Umarmungen, Ratschläge, Bekundungen seiner Zuneigung. Aber nichts kam. Im Gegenteil.

»Worauf wartest du? Jetzt fahr schon.« Er stützte sich kurzangebunden auf seinen Stock.

Ich stieg ein, der Wagen fuhr an, und ich drehte mich noch einmal nach ihm um. Aber er hatte schon kehrtgemacht und war auf der anderen Seite des Tores verschwunden.

Am Bahnhof waren wenige Menschen. Ich kaufte meine Fahrkarte und betrat den Bahnsteig. Hauptmann Macedo stand stramm am Zug. Und Luís? Wo war der geblieben?

Der Hauptmann strich sich den Schnurrbart und stand mir Rede und Antwort. So drückte er es jedenfalls aus: »Ich bin nur gekommen, um Ihnen Rede und Antwort zu stehen. Vielen Dank für die Hilfe, die Sie meinem Sohn angeboten haben, aber er fährt nicht. Jedenfalls vorläufig nicht. Es ist besser so. Schlimm genug...« Er wollte bestimmt hinzufügen »einen Sohn zu verlieren«, aber er gab dem Satz eine andere Richtung: »...daß ich mich meinen Söhnen nicht viel widmen konnte, bei meinen vielen Verpflichtungen, nicht wahr? Ich wünsche Ihnen eine recht gute Reise.«

»Vielen Dank.«

Aber er ging noch nicht. Schließlich sagte er: »Falls Sie etwas erfahren sollten...«

»Ich habe gar keine Möglichkeit, etwas zu erfahren, wenn Sie das meinen.«

»Ja, aber manchmal, wenn der Zufall es will...«

»Ja, der Zufall.«

»Nochmals gute Reise.« Endlich raffte er sich auf. Ich schaute seinem Rücken nach, der leicht gekrümmt war vor lauter Flirten mit den Damen, denen er stets den Arm gereicht hatte. Ich stieg in einen der Waggons, räumte meinen Koffer auf die Gepäckablage, setzte mich, lehnte den Kopf zurück und schloß die Augen.

In diesem Augenblick ging geräuschvoll die Tür auf, und japsend und keuchend warf sich Luís auf die vordere Bank.

»Er stand an der Tür und hielt Wache, ich hatte gerade noch Zeit, auf der anderen Seite aus dem Haus zu springen und zu rennen. Meine Tante hat ein furchtbares Geschrei gemacht, aber ich bin geflohen.«

Ich murmelte: »Das sehe ich.«

»Du hast doch Geld, oder? Leihst du mir was für die Fahrkarte?«

»Ja, ich habe welches.«

Die Geräusche der Abfahrt erschollen, und der Zug setzte sich in Bewegung. Er spähte aus dem Fenster und lehnte sich dann mit einem tiefen Seufzer zurück: »Endlich, endlich fahren wir. Jetzt bin ich frei.«

»Wovon? Hat dich dein Vater schlecht behandelt?«

»Nein, hätte er es nur getan... Jetzt schlafe ich erst mal, ich habe die ganze Nacht kein Auge zugetan, bloß auf diesen Augenblick gewartet.«

Er streckte sich auf der Bank aus, machte es sich bequem, zog die Jacke aus, die er unter seinem Kopf zusammenrollte, und atmete tief auf, mit einem glücklichen Rekeln.

»Hast du gar kein Gepäck dabei?«

Er schlug die Augen auf und sah mich an: »Ich wollte einen kleinen Koffer mitnehmen. Aber meine Tante hat ihn mir aus der Hand gerissen, als ich ging.« Er lächelte und fuhr fort: »Aber das war es mir wert.«

Er machte es sich wieder bequem und schloß die Augen.

Ich sah ihn so zerbrechlich und mager vor mir liegen, ausgestreckt, bewegungslos unter seinen regelmäßigen Atemzügen, ohne Gepäck, nur die zusammengelegte Jacke unter dem Kopf. Seine Haare wurden im Luftzug vom Fenster verwuschelt, so daß ich aufstand und es schloß. Doch immer noch zog eine Kühle durch das Abteil, als wehte sie ihm ins offene Hemd hinein, auf dem er die Hände gefaltet hatte. Ich holte meinen Koffer herunter, nahm eine Jacke heraus, legte den Koffer auf die Ablage zurück und deckte Luís mit der Jacke zu.

Der Zug pfiff, als er durch einen kleinen Bahnhof sauste. Parallel zur Bahnlinie verlief die Straße, mal näher, mal weiter weg, aber stets an einer erhöhten Böschung entlang, wo plötzlich ein steiler Weg auftauchte und gleich wieder verschwand. Die Bahn umfuhr mal höher gelegenes Gelände, mal sumpfige Ebenen, wo sich nur ab und zu der Fluß zeigte, silbrige Fetzen zwischen dem Grün. Als ich mich in der Kurve ein wenig aus dem Fenster der Tür gegenüber beugte, konnte ich hoch oben ein paar weiße Wände erkennen und einen Turm, die mit einer Drehung wieder verschwanden.

Ich setzte mich gerade hin, den Kopf angelehnt, die Augen gesenkt, und betrachtete von oben bis unten diesen Jungen, der voller Vertrauen zu mir dort lag und schlief. Er bedeutete mir gar nichts, ich kannte ihn kaum, ich wußte nicht, was ich mit ihm anfangen sollte. Doch es war, als wäre er mein Sohn, ein Sohn, den alle, Männer und Frauen, in meinem tiefsten Innern gezeugt und geboren hatten. Das hatte er instinktiv gespürt. Er war, schon zu einem Jugendlichen herangewachsen, einer Grube entstiegen, in der ich einen toten Hund beerdigt hatte. Ich kannte ihn nicht. Aber ich würde ihn auch nicht besser kennen, wenn ich ihn gezeugt hätte und er an meiner Seite herangewachsen wäre, wenn er eines Tages neben mir, ohne daß ich es merkte, von einem Kind zum Mann geworden wäre.

Ich erwachte, jemand hatte mich gerufen. Auch ich war eingeschlafen. Und er rief mich: »Weißt du, was ich machen werde?«

»Nein.«
»Ich gehe nach Spanien und suche meinen Bruder.«
»Das wirst du nicht tun, das lasse ich nicht zu.«
»Du läßt es nicht zu? Schwörst du mir das?«
»Ich schwöre es.«
Er schwieg, dann fragte er: »Macht es dir etwas aus, mir deine Hand zu geben?«
Ich beugte mich vor und streckte ihm meine Hand entgegen, die er ergriff und drückte: »Es ist, als hätte ich jetzt nur noch dich, aber ich brauche auch keinen sonst.«
»Auch mich brauchst du nicht, wirst schon sehen.«
Er drückte meine Hand fester, dann lockerte er den Druck gleich wieder.
»Verzeihst du mir all das?«
»Ich habe dir nichts zu verzeihen.«
Er seufzte, schloß die Augen, saß mit ausgestrecktem Arm da und hielt meine Hand in seiner.
Freundlich sagte ich: »Luís…«
»Was ist?«
»So lange drücken sich Männer aber nicht die Hand.«
Allerdings ließ ich seine Hand noch nicht los, damit er sie nicht in einer plötzlichen Reaktion zurückzog, und sagte, genauso sanft: »Hörst du, Dona Micaela, nur kleine Jungen, die Angst haben, tun das.«
Er schaute mich mit lächelnden Augen an, zog seine Hand zurück und steckte sie unter die Jacke. Er schüttelte sich wohlig und sagte: »Ich habe vor nichts Angst.«
»Das weiß ich. Aber du mußt lernen, vor allem Angst zu haben, sogar vor dir selber, das ist am sichersten. Und jetzt laß mich in Frieden, ich habe nämlich auch die ganze Nacht kein Auge zugetan…«
Er war aber neugierig. »Was? Danach seid ihr noch irgendwo hingegangen?«
»Wir waren noch bei den Nutten.«
»Wer?« Da ich nicht antwortete, änderte er den Satzanfang: »War… das nicht toll? Der Typ ist vielleicht da rausgehetzt.«
»Das sind wir alle. Wir hetzen immer noch durch die Gegend, du und ich.«
»Aber…«

»Sei still und schlaf.« Ich streckte mich der Länge nach auf meiner Bank aus, die Hände unter dem Kopf verschränkt.

Der Zug hielt unter großem Gequietsche aller Eisenteile, jemand öffnete die Tür, steckte den Kopf herein und machte sie wieder zu. Der Zug fuhr weiter. Ich fühlte mich, als wäre ich eingeschlafen, aber ich schlief nicht.

Luís rief mich wieder: »Jorge…«

»Was willst du denn noch?« Ich wandte ihm den Kopf zu.

Er lächelte mich an und rollte sich zusammen: »Nichts.«

FÜNFTER TEIL

Lissabon

XXXVII

Als ich später in meinem Bett lag, meinte ich am ganzen Körper zu brennen. Ich erkannte niemanden, sah Gesichter um mich her, die ich nicht genauer ausmachen mochte oder die vielmehr mit anderen verschwammen, so als wollte ich sie heraufbeschwören und sie entzögen sich mir wieder. Die Wände des Zimmers drehten sich langsam, stockend, und bei jedem Ruck lief es mir kalt den Rücken herunter. Ab und zu quollen Auswüchse aus den Wänden, die hin und her wogten, sich trennten und wieder verschmolzen, dann zusammenzogen, bis sie nichts als kleine, kaum noch sichtbare Blasen waren, die sich gleich darauf an einer anderen Stelle wieder aufblähten, und dabei wußte ich genau, es waren dieselben. Manchmal prägten diese Auswüchse Mulden aus, wie Gesichter ohne Gesichtszüge, und ich ließ sie, indem ich die Augen schloß, schnell wieder verschwinden. Das Bett zitterte wie ein fahrender Zug, der überdies dicht an der Meeresbrandung entlangraste. An meinem Rücken spürte ich nicht nur die dünnen Längsbretter der Holzbank, auf der ich mich ausgestreckt hatte, sondern auch ein unangenehmes Kribbeln vom Sand. Dieses Jucken hatte aber zugleich etwas Lustvolles an sich, es gab mir das Gefühl zu existieren, eine Ruhe, die in mir oder um mich her sonst nirgendwo vorhanden war. Mein Mund, dessen Lippen ich ständig befeuchtete, schien von unsichtbaren Küssen erdrückt zu werden, die ich mit der Hand abzuwehren suchte, um tief Luft holen zu können, doch diese glühende Trockenheit verbrannte mir die Brust und den Gaumen. Die Küsse kamen von niemandem, und ich wollte auch gar nicht geküßt werden. Es war furchtbar heiß, am ganzen Körper brach mir der Schweiß aus, und hin und wieder riß ich die Bettdecke weg, die tonnenschwer auf mir lastete. Jemand deckte mich wieder zu, mit einem Laken aus Helligkeit, doch ich konnte gar nicht sagen, ob sie von der kleinen Nachttischlampe kam oder vom Fenster, dessen Innenläden angelehnt waren. Zwischendurch schlief ich ein, doch mir war, als bliebe ich wach, in einer derart munteren Schlaflosigkeit, daß Nacht und Tag mir gleichermaßen wie endlose Wüsten der Einsamkeit vorkamen. Dann lag ich tatsächlich wach, und alles versank in einer Schläfrigkeit, die sämtliche Konturen und Kontraste einebnete. Am merkwürdigsten fand ich das Verstummen der Stimmen: Im Zimmer waren keine zu hören, in meinem Gedächtnis nicht, ja nicht einmal aus meinem eigenen Mund. Als mir dies wie nebenbei auffiel und ich dieses seltsame Schweigen genauer betrachten wollte, war mir, als hätte ich verlernt, Wörter zu hören, zu sprechen oder mich an sie zu erinnern, ob als Klänge oder als Figuren. Dann versuchte ich mit großer Anstrengung, meinen Blick auf einige Gegenstände zu konzentrieren. Diese hatten ihre Form verloren und schwebten daher, weitaus größer als ich, mit einer Leuchtkraft, die förmlich mit Händen zu greifen war. Selbst wenn ich sie berührte, erkannte ich diese Gegenstände nicht wieder. Schon das Heben des Arms, das Ausstrecken der Finger nach ihnen fühlte sich an, als löste der Arm sich ab und bliebe an dem Gegenstand kleben, ohne mir zu übermitteln, daß es da etwas gab. Und das Zurückbefördern des Arms an seinen Platz erwies sich als äußerst schwierig, denn genau in dem Moment wurde das Zimmer jedesmal über alle Maßen groß. Allerdings geschah dies auf ganz unterschiedliche Weise: Mal entfernten sich die Wände (oder auch nur ein gegenüberliegendes Paar Wände), mal hob sich die Decke und verschwand in der Ferne, oder aber – was seltener vorkam – das Bett verflüchtigte sich unter meinem Körper, und mein Gewicht tat sein möglichstes, um es zu begleiten, um mit ihm zu entschwinden. Mir wurde davon ganz schwindlig, aber ich konnte es regulieren, indem ich die Augenlider fester oder weniger fest schloß. Manchmal ging es sogar so weit, daß ich aufgestanden zu sein schien und in einem dunklen Flur hin und her ging. Am Ende des Flures stand immer ein Baum, oder vielmehr nicht ein Baum, sondern der Ort eines Baums, ein Ort im Raum, der die Form eines Baumes hatte. Ich wußte nicht, daß es sich um einen Baum handelte, nur daß dies sein Ort war, das wußte ich. Wenn ich die Hände nach diesem Ort ausstreckte, stieß ich auf Dinge, an denen meine Hände sich festkrallten, manche waren glitschig, aber alle ohne Namen und ohne Form. Hitzewellen und Frösteln vermischten sich nun, das Frösteln war heiß, als zöge sich laues Wasser zusammen, Wasser, das meine Haut war, während die Hitze, eine glühende Dampfwolke, die mich umhüllte, sich frisch, mit eisigen Stellen anfühlte. Ohne Wörter und ohne Formen, allein mit dem Eindruck, dank einer Reihe von Empfindungen zu existieren, die weder Dinge noch Personen waren, wie Sand, in den ich mich legte, mitten in einem Zimmer, dessen Mitte fast immer in einer der Ecken lag und das eine polygonale Weite mit vielen türlosen Seiten darstellte, in das lediglich die Helligkeit von den angelehnten Innenläden der Fenster hereindrang, die gar keine Innenläden waren, sondern eine Art flüssiger Spalt, durch den mal Dunkelheit, mal Helligkeit sickerte – so lag ich da, ohne ich zu sein, mich nicht kennend, ich, bevor ich noch ich war, bevor ich den Abstand lernte, der das Wesen der Formen bestimmt, und die Wörter, die sie bezeichnen, bevor ich geboren wurde oder vom Tod ins Leben zurückkehrte.

Allerdings fühlte ich mich weder krank, noch wußte ich, ob ich lebte oder tot war, noch hatte dieser Zustand irgendeine Bedeutung. Selbst der Ausdruck »Zustand« trifft es nicht ganz, ergibt in diesem Zusammenhang keinen rechten Sinn, da mein Sein gewissermaßen ausgesetzt hatte. Tatsächlich läßt sich weder Zustand noch Sein dazu sagen, ich stand einfach außerhalb von Raum und Zeit (ohne daß ich es war, der das sogenannte »Ich« irgendwohin gestellt hatte). Wobei dieses »außerhalb« eigentlich gar nicht außerhalb war, sondern vielmehr »innerhalb«. Von Raum und Zeit. Ein Innerhalb, aus dem ich hervortrat, aber nicht weil ich mich bewegte, sondern weil sich Raum und Zeit zurückzogen; oder ein Außerhalb, in das ich hineingelangte, aber durch eine Wesensveränderung von Raum und Zeit, nicht weil ich mich veränderte. Währenddessen veränderten sie durch ihre Veränderung auch mich, ohne daß sich etwas an der leeren Ganzheit veränderte, die mich umgab oder von mir ausging, ins Innere eines Bewußtseins geschickt, das zu mir gehörte, aus einem anderen Bewußtsein heraus, das ich aufgegeben hatte. Und verbunden mit einem Gefühl von großer Beklemmung, erfüllte mich – oder erfüllte ich – all das mit einer angenehmen Wohligkeit. Nicht der Wohligkeit eines glücklichen Erholtseins, auch nicht der eines abgeschüttelten Alptraums. Obwohl das alles zweifellos ein Alptraum war, ja ein Gegen-Alptraum gegen einen noch größeren. Es war wie ein Alptraum, der gar nicht solche Furcht einflößte, weil er ganz allmählich einen realen Alptraum verdunkelte. Und plötzlich richtete ich mich im Bett auf und schrie:

»Mercedes!«

Eine Stimme an meiner Seite sagte: »Du hast zwei Tage lang geschlafen.«

Ich wandte mich um und sah, daß auf einem Bett neben dem meinen Luís saß.

»Was habe ich geschrien?«

»Gar nichts. Du bist aufgewacht.«

Ich erkannte mein Zimmer wieder, in dem ein zweites Bett stand, auf dem er saß. Aber der Raum kam mir anders vor, nicht nur weil für dieses Bett Platz gemacht worden war.

Ich rekelte mich unter meinem Laken: »Zwei Tage habe ich geschlafen? Wie spät ist es denn?«

Er streckte sich aus, verschränkte die Hände unter dem Kopf und starrte an die Decke: »Dein Onkel hat deiner Mutter telegrafiert und sie darum gebeten, daß ich hier bleiben kann, bis ich mein Leben geregelt habe. Er sagt, er hätte mit meinem Vater gesprochen, und alles wäre in Ordnung.«

Ich gab keine Antwort.

Er kam ein bißchen ins Stottern: »Das Telegramm... das Geld... dein Onkel...«

Ich konnte nicht anders, ich mußte lachen. Und sagte: »Du hättest dich nicht hinlegen und die Decke anstarren müssen, um mir das zu sagen. Und ein Telegramm von meinem Onkel hätte es auch nicht gebraucht.«

Er setzte sich mit einem Sprung auf die Bettkante: »Lissabon ist eine wunderbare Stadt, stimmt's? In jeder Straße so viele Häuser... Und so viele Leute wie in Figueira im Sommer.«

»Offenbar hast du nicht zwei Tage lang geschlafen wie ich.«

»Findest du, das hätte gut ausgesehen, wenn ich so lange geschlafen hätte in einer Wohnung, wo ich nicht zu Hause bin?«

»Wo ist meine Mutter?«

»Da drinnen. Eben war sie noch hier und hat hereingeschaut. Soll ich sie holen?« Schon war er draußen und machte die Tür hinter sich zu.

Kurz darauf kam meine Mutter herein, gefolgt von zwei Hausmädchen und Luís. Eines der beiden kannte ich nicht.

»Junge! Wie entsetzlich! Ich wollte schon den Arzt rufen, mein Gott! Aber Luís meinte, das sei nicht nötig, du hättest nichts, du wärst nur müde von der Reise. Na ja, wer kommt auch auf die Idee, mit dieser gräßlichen Westbahn zu fahren, die endlos lange braucht? Und dann diese Verspätungen... Alle Züge haben Verspätung, der Krieg ist daran schuld! Geht es dir denn jetzt gut?

Willst du zu Mittag essen? Bringt dem Kleinen sein Mittagessen!« Die beiden Hausangestellten gingen mit wiegenden Hüften davon, alles für diesen Mann, der unter einem Laken lag, ein kleiner Junge war und zwei Tage lang geschlafen hatte.

»Aber ich will gar nicht hier essen, ich stehe gleich auf«, sagte ich, warf das Laken beiseite, sprang auf und kippte wieder ins Bett.

»Siehst du, Luís, siehst du? Es geht ihm gar nicht gut. Wir hätten doch den Arzt rufen sollen. Ich hole ihn gleich.«

»Du rufst überhaupt niemanden. Mir fehlt nichts. Ich muß mich bloß duschen und etwas essen.«

»Du könntest doch zuerst etwas essen, im Bett, und dann aufstehen. Du mußt doch geschwächt sein... Findest du nicht auch, daß er bestimmt geschwächt ist, Luís?«

Es bestand kein Zweifel, er hatte sie erobert. Das war nur gut, es lenkte einen Teil ihrer Überbesorgtheit von mir ab. Aber seine Beförderung zum Hofberater ärgerte mich doch. Ich wollte sie gerade beide fortschicken – daß sie immer so viel Aufhebens machte, was meine Geduld früher immer auf die Probe gestellt hatte, fand ich nur noch komisch –, als ich begriff, daß ich so lange geschlafen hatte, um alles zu vergessen, auf daß nichts mehr so wäre wie früher. Meine Mutter schien irgend etwas zu ahnen, denn sie sagte: »Ich bräuchte einen jüngeren Sohn, der nicht so unnahbar ist wie du...«

»Na, da hast du ihn doch. Beschäftige dich mit ihm, und laß mich in Frieden.« Der Satz kam mir aber mit einem Lächeln über die Lippen, das sie einwickelte und beruhigte. Die Tür ging auf, dampfende Tabletts wurden sichtbar. »Schafft das wieder weg«, fügte ich noch hinzu. Doch als meine Mutter die Tabletts zurückschickte und Luís hinter ihr, schlank und zerbrechlich, mein Lächeln mit einem Hauch von Unruhe erwiderte, da merkte ich, daß ich auf sie beide eifersüchtig war: auf ihn, weil er zu mir gehörte, schließlich hatte er sich mir anvertraut; und auf sie, weil sie die Einmischung aus einer anderen Welt so leicht hinnahm, einer Welt, in der ich mich inzwischen mehr zu Hause fühlte, weil ich die Abwechslung gesucht oder die Vergangenheit vergessen hatte oder plötzlich so tat als ob, weil ich zu gar keiner Welt mehr gehören wollte. Aber ich machte den Mund nicht auf, um meinen Willen kundzutun, der mir selbst noch nicht ganz klar war: dasselbe Zurückweichen der Dinge, das ich vorher geträumt oder gespürt hatte, lähmte meine Zunge; doch anders als zuvor, denn inzwischen gewöhnte ich mich daran, und das Lächeln machte auch einen Unterschied. Ohne nachzudenken, dachte ich, daß ich nicht entscheiden konnte, welche der beiden Welten wirklicher war: die Hölle, in der ich gewesen war, oder die Erde, auf die ich zurückgekehrt war – die Verneinung der einen machte die andere nicht wirklicher. Meine Mutter und Luís schienen zu warten, daß ich etwas sagte, als harrten sie einer Erleuchtung. Traut standen sie beieinander, und ihre Traulichkeit war durch mich entstanden, durch das, was geschehen war, was ich miterlebt oder erfahren hatte. Wenn ich sie anschaute, war es vollkommen gleichgültig, ob das Geschehene wirklich geschehen war oder nicht, gänzlich oder zum Teil. Beide waren Bezugspunkte für mich: Sie hatte mich zur Welt gebracht, und er war für mich wie das Vermächtnis eines Menschen, an den man lieber nicht erinnert wird. Aber entweder waren sie unwirklich oder ich. Und tatsächlich konnte ich mich nicht erinnern. Die Zeit meines schlaflosen Schlafes hatte ihre Wirkung getan. Luís, der neben meiner Mutter stand, befand sich in genau derselben Situation wie sie. Die Gleichgültigkeit zwischen mir und meinen Eltern – das spürte ich jetzt – war viel größer, als ich angenommen hatte, so groß, daß dieser Junge (unbequemer Zeuge von verdrängten Ereignissen) mir nicht ferner war als sie. Und im Zusammenhang mit den Geschehnissen, von denen meine Eltern nichts wußten, hatte er meine Gleichgültigkeit aufgedeckt, in der auch eine widerstrebende Zärtlichkeit für ihn aufschien, wie ich beim Erwachen aus meinem Halbschlaf entdeckte. Dieses Gefühl war anders als im Zug, obgleich ich mir dort, in der Aufregung dieser unwiderruflichen Flucht, scheinbar ähnliche Dinge gesagt hatte. Nun war es eher eine Gleichgültigkeit, bei der ich mich verantwortlich für ihn fühlte und zugleich außerstande, seine Schritte zu lenken. Als ob ein Schutzengel – dieses Bild kam mir in den Kopf, und ich mußte lächeln – keine andere Macht hätte, als sich stumm zu grämen, die Hände zu ringen und irgendwann die Schultern zu zucken, am Rande des Abgrunds, den sein Schutzbefohlener umrundet und in den er garantiert bald stürzen wird. Sollte er jemals abstürzen, so gewiß nicht durch meine Schuld, aber ich würde ihn auch nicht daran hindern können, falls er durch eigene Schuld fiele. Neben meiner Mutter, die ihre Lippen schürzte und die Brauen in der elegantesten und konventionellsten mütterlichen Erwartungshaltung hob, wurde er mit einemmal wie unsichtbar. Schuld nicht. Das wirklich nicht. Wieso auch? Ich würde es eben nicht zulassen, daß er sich in mein Leben mischte.

Langsam stand ich auf, tatsächlich sehr schwach. Dann schob ich sie beide aus meinem Zimmer hinaus.

An den Bettpfosten gelehnt, seufzte ich erleichtert auf. Ich mußte allein sein, vollkommen allein, um nachzudenken. Worüber? Über gar nichts. Wieder kam das Zimmer mir seltsam vor, nicht nur, als hätte ich nicht jahrelang darin gelebt, sondern als wäre alles darin, die kleinen Dinge, die ich im Laufe meines Lebens angesammelt hatte, nur das Gerümpel auf einem Dachboden oder in einem Lagerraum, wie wenn jemand umzieht und einen Haufen zerbrochener Stühle, ausgeweideter Koffer, Lumpen und zerrissener Papiere hinterläßt, mit denen sich keine einzige Erinnerung verbindet und die keinen neugierigen Blick lohnt. Ich trat ans Fenster und öffnete die Läden, schob die Vorhänge beiseite und schaute auf das gegenüberliegende Haus, dessen weißgelbliche Zierkacheln in der Sonne glitzerten wie ein senkrechter Strand, an den der blaue Himmel brandet. Plötzlich verspürte ich ein quälendes Schwindelgefühl und mußte den Kopf an die Scheibe lehnen. Im selben Augenblick vernahm ich eine tonlose Stimme, die mir ohrenbetäubend laut etwas zuzischelte, das ich schon einmal gehört hatte. Es waren keine Worte, aber für mich klang es so. Mit merkwürdig rhythmischen Schlägen reihten sich Laute aneinander, abstrakt, vergleichbar und verschieden, wie die Geister einzelner Wörter. Manchmal bestanden die Schläge aus langgezogenen Lauten, manchmal gab es plötzliche Unterbrechungen, in denen nur noch die Erinnerung an die unhörbaren, sinnlosen rhythmischen Sequenzen weiterschwebte. Dann wurde der Schmerz heftiger, hüllte sich in ein unbestimmtes Beben, das immer angstvoller wurde, erwartungsvoller, als flehte es darum, daß die Laute niemals aufhörten. Man hätte meinen können, von diesem unverständlichen Weiterdrängen hänge nicht nur die Existenz, sondern gar der Wert des Ganzen ab, eines Ganzen, das nicht nur aus den Dingen, den Erinnerungen, den Gefühlen, der Schuld, der Verbitterung bestand, nicht nur aus Leben, Tod, Welt,

Liebe, Sehnsucht oder Enttäuschung darüber, daß all dies gewesen oder nicht gewesen war; eines Ganzen, das ebensowenig nur aus den Vorstellungen von den Dingen bestand oder dem Verständnis von Erinnerung, wodurch man die Erinnerung erkennt, oder dem geistigen Bild der Gefühle, der Schuld oder der Verbitterung, und auch nicht einfach aus der Empfindung, zu leben oder den Tod gesehen oder empfunden zu haben, nicht aus der Vorstellung von Sehnsucht oder von verlorenen Nichtdingen. Eines Ganzen, das, da es mit dem Nichts zusammenfiel, der Wert selbst war, von dem alles abhing. Allmählich, wie ein Niederschlag, der Farbe und flüssige Gestalt annimmt und am Grunde eines Reagenzglases Feststoffliches ansammelt (oder umgekehrt: wie die sich dahinschlängelnden Konturen eines Fisches, die in der Dunkelheit des Wassers auffallen und an der Wasseroberfläche mit kurzen, klaren Blitzen von Schuppen aufleuchten, deren Glitzern sich auf das von ihnen gestreifte Wasser überträgt), erlangten die abstrakten Töne und die Schläge Festigkeit, Substanz und Rückgrat, während die tonlose Stimme sich in ein stilles Nirgendwo zurückzog. Mit ihrem Greifbarwerden steigerte sich auch meine Unruhe, wurde fiebriger, fordernder, selbstbewußter, und mir war, als hätte ich, der ich nichts von mir wußte, nichts begehrte und an nichts dachte, mich noch nie so hellsichtig gefühlt. In diesem Augenblick las ich Wörter, ohne ein Bewußtsein dafür, daß ich sie geschrieben hatte, auf einem Blatt Papier, ohne Erinnerung daran, daß ich es mir beschafft hatte. »Feuerzeichen sind die Menschen, / wenn sie, erschöpft und still / Abschied nehmen von der kalten Asche / und stoßen ins Meer die Boote eines andren Lebens.« Ich starrte das Stück Papier lange an, auf dem die Zeilen schwankten, weil sie so hastig geschrieben worden waren. Doch ich las sie gar nicht noch einmal, für mich waren sie vollkommen verständlich, unabhängig von dem, was sie aussagten. Merkwürdig daran war nur, daß mein mögliches Verständnis dieser Worte weder grundlegend davon abhing, daß sie klar und logisch waren, noch davon, daß ich etwas in sie hineinlas, denn alles, worauf sie anspielten, schien durch ein anderes Bezugssystem verwandelt, das sich nicht auf der Ebene der Erinnerung oder der eingebildeten Erinnerung oder der verdrängten Erinnerung befand, sondern auf einer ganz anderen Ebene, wo die Erinnerung – oder das von ihr, was angenommen oder abgeleugnet wurde – nur ein Teil dessen war, was in diesen Zeilen stand. Es kam mir vor, als wäre alles, worauf die Worte anspielten, auch vollkommen in ihnen enthalten, während sie zugleich, in einem Paradox, das sicher von den verschiedenen Bezugssystemen herrührte, weniger als das waren, also in dem enthalten, was sie selbst enthielten, ohne daß sich diese beiden Bereiche überschnitten: Jeder der beiden Bereiche, die Wörter und das durch sie Gesagte, war im anderen enthalten und dessenungeachtet größer und umfassender als der andere.

Hier hatte ich Verse vor mir, und fast dieselben, die mir zuvor eingefallen waren, auch wenn ich mich nicht mehr genau an diese erinnerte. Aber wie auch immer, seither war einiges geschehen, und diese vier Wortfolgen konnten, der Gedanke erschreckte mich, nicht dieselbe Bedeutung tragen wie zuvor, ganz gleich, ob es noch dieselben Wörter waren oder nicht. Also war ich entweder ein Wahrsager, oder es gab zwischen den Ereignissen eine zwingende Verbindung, die sich vorhersagen ließ, oder die Zeilen hatten zum Ziel, einer Sache einen Sinn zu verleihen, die keinen hatte, oder sie waren ganz einfach ein »flatus vocis« aus Wörtern und Empfindungen, rein zufällig von den beharrlich in meiner sprachlichen Erinnerung herumschwebenden Teilchen zusammengefügt, wann immer diese sich aus irgendeinem Grund äußerte. Doch weshalb mußte sich das so äußern, in aufeinanderfolgenden Zeilen, die man Verse nennt? Und warum geschah das mir, der ich weder Ahnung von Versen hatte noch ein besonderer Freund von »Poesie« war? Daß ich das geschrieben hatte, erfüllte mich in keiner Weise mit Befriedigung. Im Gegenteil, es verblüffte mich, als erwüchse mir daraus eine neue Verantwortung, um die ich nicht gebeten hatte: die Verantwortung dafür, zu schreiben, wann immer jene ungeduldige Erwartung aus einer inneren Leere hervorbrechen wollte, und dann zu hoffen oder mich darauf zu verlassen, dies bedeute etwas für mich oder einen anderen.

In diesem Moment ging die Tür auf, Luís kam herein, und ich versteckte rasch den Zettel in meiner Schlafanzugtasche.

»Na, was ist passiert? Kommst du essen oder nicht?«

»Nichts ist passiert«, antwortete ich und dachte gleich, daß meine Lüge nicht gelogen war, denn passiert war tatsächlich nichts, oder etwas, das einem »nichts« ziemlich nahekam.

»Weißt du, was dein Vater für mich arrangieren will? Er meint, daß es besser für mich ist.«

»Was denn?«

»Ich soll zuerst als Hilfsmatrose an Bord gehen. Und dann auf die Seefahrtschule. Ich hatte schon davon gehört, daß das möglich ist. Und er hat gesagt, daß er mir das arrangiert.«

»Wie denn?«

»Er kennt jemand bei einer Schiffahrtsgesellschaft. Einen Kapitän, mit dem er befreundet ist.«

Da fiel mir Kapitän Abreu ein, dessen gezwirbelter Schnurrbart sich arrogant vor meinem geistigen Auge erhob und der uns ganz selten, wenn er in Lissabon war, seinen Besuch abstattete, mit einer Schüchternheit, die im Widerspruch zu seinem imposanten Auftreten stand.

»Das ist eine Idee.«

»Findest du nicht?«

»Doch, doch.«

Nach kurzem Schweigen sagte er: »Immer wenn ich zurückkehre, komme ich zu euch, geht das?«

»Na sicher.«

»So fange ich nämlich gleich an, Geld zu verdienen.«

»Das ist besser so.«

»Ich habe den Eindruck, du hältst das für keine gute Idee.«

»Wieso das denn?«

»Weil du nichts sagst.«

»Was soll ich denn sagen? Bist du nicht nach Lissabon gekommen, um in die Handelsmarine einzutreten? Na, dann los. Das hättest du allerdings auch in Figueira tun können.«

»Als Kabeljaufischer, oder wie? Sechs Monate in einem Kutter auf See, ohne je Land zu sehen, wie Almeida?«

»Wie wer?« Die Schärfe der Frage ließ uns beide spüren, daß ich mich benahm, als hätte er mich gebissen.

»Das will ich aber nicht werden«, erklärte er mit gesenktem Kopf.

»Nein... Nur so was Ähnliches...« Ich lächelte ihn an und fügte hinzu: »Abgesehen davon, daß du von zu Hause weg wolltest, um dich in Lissabon auszutoben, oder?«

»Das auch.«

XXXVIII

In den folgenden Tagen zeigte ich ihm ein Lissabon, das ich selbst noch nie gesehen hatte, ich kletterte zu Stellen hoch, wo ich nie gewesen war, und zeigte ihm von diesen Höhen aus eifrig Gebäude, die mir noch nie aufgefallen waren. Wir setzten zum anderen Flußufer über, wir suchten systematisch sämtliche Bordelle heim, die ich kannte, und noch einige mehr, die ich noch nie betreten hatte. Keiner meiner Freunde war in Lissabon, und diese Tage wurden zu Ferien, die auch mir neu waren, da ich gewöhnt war, die großen Ferien außerhalb zu verbringen. Zudem hatten wir Geld im Überfluß, denn meine Eltern wollten aus Höflichkeit meinem Onkel gegenüber nichts von Luís annehmen. In den Tanzclubs traten wir wie die reichen Provinzbauern aus dem Alentejo auf, schauten uns jeden Film, der in den Kinos lief, zweimal an und kamen zu Unzeiten nach Hause, müde und glücklich. Wenn wir am späten Vormittag aufstanden, flirtete Luís mit einer kleinen Blondine, die eines Tages im gegenüberliegenden Haus aufgetaucht war. Er postierte sich am Fenster unseres Zimmers und führte ihr mit vielsagender Gymnastik seinen mageren bloßen Oberkörper vor. Dann ging die Angebetete hinaus, und er dachte vor lauter Begeisterung an nichts anderes und verbrachte die ganze Zeit auf Wachtposten, lauerte auf ein Zeichen, lief für meine Mutter zum Lebensmittelladen, zum Gemüseverkäufer und so weiter – Hauptsache, die Kleine kaufte auch dort ein – und brachte uns alles mögliche nach Hause, was meine Mutter gar nicht brauchte. Die Hausangestellten verspotteten ihn nach Kräften, denn sie ärgerten sich, daß ihnen die Berge von Petersilie jeden Vorwand nahmen, es zu machen wie er, sobald sie ein bißchen an die frische Luft gehen wollten. Eigentlich war er ungemein beliebt bei ihnen, und ich fühlte mich in meiner Rolle als älterer Bruder etwas gehemmt darin, mich selber näher mit ihnen zu befassen, obgleich eine von ihnen meine Aufmerksamkeit sehr wohl verdient hätte und sich durchaus empfänglich dafür zeigte. Manchmal schlich sich Luís nachts in ihr Zimmer, nachdem er so getan hatte, als glaubte er mir, daß ich schon eingeschlafen sei. Wenn er etwas später zurückkehrte, streckte er sich auf dem Bett aus und erging sich in langem Gerekel, untermalt von den tiefen Seufzern eines befriedigten Männchens, was, zusammen mit einem Hauch von Exhibitionismus, zu den Ausdrucksformen seiner Sturm-und-Drang-Zeit gehörte. Die Tage verstrichen, einer so glühendheiß und gleißend wie der andere. Einmal fragte meine Mutter beim Mittagessen, den Löffel mit Obstsalat schon am Mund, warum wir eigentlich nicht zum Strand führen, irgendwo an der Bahnlinie Richtung Cascais.

Wir saßen links und rechts von ihr im Eßzimmer, wo im Halbdunkel das Glas und das Tafelsilber aufblitzten, welches meine Mutter täglich putzen ließ (mein Vater bemerkte dazu nur, bei dem Gerubbel müßte ja jedes Silber an Gewicht verlieren), und ihre Frage platzte wie eine Bombe über dem Eßtisch. Als der Donnerhall des ersten Schocks verklungen war, wechselten Luís und ich einen Blick.

Strände, Boote, Verstorbene und Verschwundene, all das hatten wir in stillschweigendem Einvernehmen verdrängt. Plakate und Landkarten wie jene, die mein Vater voller Fähnchen an die Wand seines Arbeitszimmers geheftet hatte; brüllende Radiostimmen überall und jederzeit (ich hatte sie sehr wohl gehört, als ich Luís von der Aussichtsterrasse von Santa Luzia aus die Alfama und den Tejo gezeigt hatte); die hitzigen Unterhaltungen mit Besuchern oder Verwandten, die allesamt unerschütterlich davon überzeugt waren, daß sie schon durch ihr Gerede zur Rettung der von Anarchie bedrohten Zivilisation beitrugen; die Zeitungen, die meine Mutter überall in der Wohnung auf Tischen und Stühlen herumliegen ließ, da sie sich inzwischen neben den Todesanzeigen und den Lokalnachrichten mit den Verbrechensmeldungen auch für die politischen Schlagzeilen interessierte – nichts von alledem konnte uns wachrütteln. Wir hatten nichts gesehen und nichts gehört seit unserer Ankunft in Lissabon, oder genauer: seit ich wieder aufgewacht war. Wir waren stets durch die Lücken im Netz der Ereignisse geschlüpft. Und plötzlich ließ der beim Dessert gemachte Vorschlag, wir sollten doch an den Strand fahren, in den Raum gestellt von jemandem, der von den Hintergründen nichts wußte, einen üblen Geruch nach Leiche, nach Verrat, Schmutz und Verkommenheit über die weiße Spitzendecke wehen. Und nicht einmal jetzt legte sich dabei auch nur der geringste Hauch von Würde auf die Erinnerung.

Meine Mutter fuhr fort: »Bestimmt hat Luís den Strand satt. Wer am Meer lebt, kann nichts Besonderes daran finden. Und er genießt Lissabon. Aber im Sommer, bei dieser Hitze, nicht an den Strand zu gehen, wie sieht das denn aus? Im Sommer gehen Jungens immer an den Strand. Das ist so wichtig für die Gesundheit. Wer im Sommer an den Strand geht, ist im Winter nicht so oft erkältet.« Worauf sie genüßlich die Früchte vom Löffel schlürfte und kaute.

Luís fragte: »Und Sie? Gehen Sie nie an den Strand?«

»Als ich noch ein junges Mädchen war, habe ich das oft getan, mußt du wissen«, antwortete meine Mutter mit einem anmutigen Lächeln, da sie befürchtete, er wolle sie nur auf den Arm nehmen. »Wir fuhren immer nach Espinho. Ach, wenn ich heute dorthin zurückkäme, würde ich nichts wiedererkennen. Espinho ist inzwischen bestimmt viel weiter ins Landesinnere verlegt worden. Jeden Winter rückt das Meer ein Stückchen weiter vor, schwemmt Häuser fort und alles. Damals gab es am Strand vielleicht Wellen... Der Bademeister nahm uns auf dem Arm mit ins Wasser, und ich und meine Schwestern klammerten uns an seinem Hals fest, machten einen Höllengeschrei und zappelten wie die Wilden, als hätten wir Angst. Hier, an den Stränden bei Lissabon, kriegt man kaum eine Welle zu sehen, es sei denn, bei einer Springflut. Aber jetzt ist noch nicht die Jahreszeit. Ihr müßt unbedingt an den Strand gehen. Ihr könntet einen frühen Zug nehmen, ein Lunchpaket mitnehmen oder dort essen gehen und nachmittags heimkommen. Ihr könntet sogar zweimal ins Wasser gehen, einmal morgens, wenn ihr ankommt, und einmal am Nachmittag. Zu meiner Zeit ging keiner zweimal am Tag ins Wasser. Nur morgens in der Frühe, und alles wurde mit der Uhr gestoppt, zehn Minuten beim erstenmal, zwölf Minuten beim zweitenmal und immer so weiter, bis zu einer halben Stunde...«

»Und dann fünfundzwanzig und alles wieder rückwärts bis Null, nein?« fragte Luís.

Meine Mutter gab ihm kokett einen flüchtigen Klaps auf den Arm: »Du willst wohl den Witzbold spielen, wie? Laß dir gesagt sein, es gab tatsächlich Leute, die diese Methode empfahlen, sie hieß... genau... ›die Rückwärtsmethode‹. Ich finde, ihr könntet morgen mal hinfahren.«

»Wohin?« fragte ich.

»Hm... mal sehen... Bis Cruz Quebrada ist alles sehr verdreckt und gewöhnlich, wie ich höre. Caxias hat nur einen kleinen Strand, das bringt nichts. Paço d'Arcos ist ein alter Strand.«

»Alt?« wunderte sich Luís.

»Ja, althergebracht, wie Cascais, da gehen nur altmodische Leute hin, aus der Zeit, als es noch Könige gab.«

»Und Estoril? Wir könnten nach Estoril fahren. Da war ich noch nie«, sagte Luís.

»O, Estoril nicht, das ist viel zu teuer. Und da ist das Kasino, ein Graus«, bemerkte meine Mutter, und Luís und ich schauten uns mit ironischem Einverständnis an. »Noch vor den Stränden von Estoril kommt Parede, aber das ist fürchterlich, da gibt es ein Sanatorium, und am Strand sitzen die ganzen Leute mit Knochentuberkulose, kein Mensch fährt da hin. Ich denke, ihr könntet nach Santo Amaro d'Oeiras oder nach Carcavelos fahren. Aber ja, in Santo Amaro wohnt dein Onkel Sarzedas«, fiel ihr ein, »wo hab ich nur meinen Kopf, er geht mit seiner Frau jetzt immer an den Strand, das ist der beste. Wenn ich an eurer Stelle wäre, würde ich nach Santo Amaro fahren. Und du, Jorge, könntest Luís deinen Cousinen vorstellen, das wäre viel netter. An der ganzen Küste gibt es einen solchen Strand nicht noch einmal. Ich werde deinen Onkel im Büro anrufen und ihm sagen, daß ihr morgen kommt.« Worauf sie sich vom Tisch erhob und hinausging.

Wir saßen da und starrten das Geschirr vom Mittagessen an; dazwischen lag eine Unmenge Abfälle, die wir nur zum Teil verursacht hatten. Luís sagte: »Warum sollen wir eigentlich nicht fahren?«

»Du hast recht. Aber zu meinem Onkel, meiner Tante und den Cousinen will ich nicht.«

»Du hast genug von Onkeln und Stränden oder Stränden mit Onkeln, was?«

»Kein Wort mehr.« Wenn der wüßte, dachte ich.

An diesem Nachmittag blieb ich allein auf meinem Zimmer, Luís war draußen unterwegs. In einer Schublade, wo ich ihn hineingesteckt hatte, suchte ich unter meinen Papieren nach dem Zettel, auf den ich die Verse geschrieben hatte. Ich las sie gleichmütig. Sie reimten sich nicht, und ich wußte nicht mal, ob das Metrum stimmte. Aber wie auch immer, so waren sie mir gekommen. Nur, was für eine Bedeutung hatte das für mich? Offensichtlich irgendeine, schließlich hatte ich sie verwahrt. Ich stand auf und suchte unter meinen Büchern auf dem Regal nach einer alten Grammatik mit Anhang, an die erinnerte ich mich noch. Aufmerksam blätterte ich in der kleinen Abhandlung über das Metrum nach. Verse hatten Silben von eins bis zwölf, mit Betonung auf bestimmten Silben, was mir theoretisch auch klar war, Reime traten paarweise und kreuzweise und was weiß ich wie noch alles auf, außerdem gab es Alliterationen, und die Verse mußten sich zu Stanzen oder Strophen gruppieren und so Gedichte bilden. Die Seiten mit ihren herausgehobenen Beispielen (Zitate, die mir furchtbar schlecht vorkamen und nichts sagten) las ich wieder und wieder, aber sie vermochten mir nicht die Antwort zu geben, die ich offenbar, an meiner Enttäuschung gemessen, von ihnen erwartet hatte. Da wurde das Verseschmieden bloß denen beigebracht, die keine zu machen brauchten. *Brauchte* ich das etwa? Warum und wozu? Weil alles für mich seinen Sinn verloren hatte und ich ihn neu erfinden oder entdecken mußte? Weil ich mich völlig allein fühlte und nach Stille verlangte und deshalb Wörter brauchte, die etwas aussagten, ohne zu sprechen? Doch wie auch immer, aus welchem Grund verfolgten mich diese Wörter, immer dieselben oder fast dieselben? Und wenn ich mich niemals für so etwas wie Verse interessiert hatte, wenn ich ein Mensch wie alle anderen war, wenn ich gelitten hatte, so wie jeder andere leiden konnte, aus welchem Grund fing ich dann an, Verse zu schreiben? Aber vielleicht hatte ich etwas Ungewöhnliches erlebt. Vielleicht war ich nicht wie die anderen (aber wer war das schon?). Jeder, der sich für Verse interessierte, hatte irgendwann damit angefangen. Der Widerstreit, der sich in mir anbahnte, war zum Lachen. Doch mein Gelächter verwandelte sich jäh in einen geradezu körperlichen Schmerz, der mich mit wütendem Biß von Kopf bis Fuß peinigte. Raserei, Verzweiflung, der Drang, die ganze Welt zu zerbrechen, Lust zu sterben und doch weiterzuleben, aus Leibeskräften zu schreien: Nichts ist nichts! und zu verfluchen, was über mich gekommen war – von diesen Gefühlen geschüttelt, ließ ich mich aufs Bett fallen. Nein, das konnte nicht sein. All das Geschehene war unmöglich, idiotisch, lächerlich, eine Verschwörung von lauter Irren, um mir mein Leben zu rauben. Damit hatte ich nichts zu tun, nur weil ich ein halbes Dutzend Tage der Geliebte eines Mädchens gewesen war, das sich in Ereignisse verstrickt hatte, die mich nichts angingen. Daß ich sie aufs Kreuz gelegt hatte, gab weder dem Leben noch irgend jemandem sonst das Recht, mich aufs Kreuz zu legen. Falls Mercedes mich betrogen und benutzt hatte, nun, ich hatte sie ebenfalls benutzt, und zwar ordentlich. Der Schmerz wurde immer schlimmer, allmählich fing ich an zu zittern und dachte, ich müßte verrückt werden. Ich warf mich im Bett hin und her, die Augen geschlossen, die Fäuste geballt, die Knie angezogen, und wimmerte und schluchzte.

Meine Mutter kam erschrocken herein: »Was hast du denn? Was hast du denn?« Die Hausmädchen spähten zur Tür herein.

Derart in meinem Weltschmerz beobachtet zu werden erleichterte mich etwas; es gab mir die tröstliche Gewißheit, daß ich nicht vollkommen allein mit mir, nein, mit weniger als mir selbst war, denn ich fühlte mich meiner selbst ja beraubt, gerade als ich entdeckt hatte, daß ich überhaupt ein Ich sein konnte.

»Nichts, ich habe gar nichts. Laßt mich in Ruhe.«

»Tut dir der Bauch weh?«

Da ich mich weiter zusammengekrümmt hin und her warf, kam blitzartig die Diagnose: »O Gott, dann ist es der Blinddarm, ich weiß es genau, das ist der Blinddarm! Ich rufe gleich den Arzt.«

Ich setzte mich auf: »Was soll das, Blinddarm, nichts da! Weißt du, was ich habe, weißt du es?... Das ist der Schmerz des Gehörnten.«

»Redet man so? Redet man etwa so... mit... seiner... Mutter? Dafür bist du noch nicht alt genug.«

»Für den Schmerz des Gehörnten oder um darüber zu reden?«

Meine Mutter ging türenknallend hinaus.

Ich streckte mich wieder aus, vollkommen erschöpft, doch der Schmerz ließ nicht nach, wurde lediglich feiner und tiefer, intimer, vertrauter, fast wie ein widersprüchliches Vergnügen, das mich von weitem mit unwiderstehlicher Faszination anzog, obwohl ich den Schmerz ganz nah spürte, an die Wand gelehnt, die ich durch ihn erst sah, durch die Willenskraft, die sich ihm verweigerte. Er rieb sich jämmerlich an jener Wand, und darin lag eine nahezu sexuelle Wollüstigkeit, die mich mit kleinen Sprüngen ergriff, im Kopf, im Unterleib, im Geschlecht. Und doch war das etwas ganz anderes als das Vergnügen, wenn man beginnt, einen anderen Körper zu begehren, den man erahnt oder erfühlt, oder wenn man sich die Vereinigung mit ihm vorstellt. Diese Wollust war voller Sehnsucht, und zugleich hatte sie etwas von erfüllter, empfangener, geschenkter Lust. Doch sie rief in mir auch den Impuls wach, aus der Haut zu fahren, aus dem Zimmer, der Stadt, der Welt, weniger als Flucht denn als langsame, berechnete Durchquerung dieser Räume, wie ein Mensch, der inmitten der anderen auf der Straße oder in einem öffentlichen Verkehrsmittel die Hand in die Tasche steckt, um darin ein Stück Papier mit einer Adresse darauf zu betasten, eine Nachricht, die er erhalten hat, ein kleines Erinnerungsgeschenk, irgend etwas, dessen einziger Wert darin liegt, geheim zu sein, unbekannt, einfach ohne Wert für jeden anderen.

Ich machte mich fertig und ging hinaus. Als ich schon auf dem Weg nach unten war, rief mir meine Mutter vom oberen Treppenabsatz aus zu: »Wo gehst du hin? Geht es dir besser?«

Ich blieb stehen und schaute sie an, wie sie über dem Geländer hing und mit vollem Ernst, aber aufgesetzt ihren mütterlichen Pflichten nachkam, welche ihr nicht reinen Gewissens erlaubten, ohne Kommentar einen Sohn fortgehen zu lassen, der vielleicht eine Blinddarmentzündung hatte, und sei es vor lauter Ärger. Doch ihre Aufgesetztheit – eine der Eigenschaften, die mich am meisten an ihr störten und hinter der sie, nicht nur vor mir, sondern vor allen, wohl auch vor sich selbst, eine abwesende Gleichgültigkeit verbarg – verletzte oder schockierte mich keineswegs. Plötzlich hatte ich so etwas wie eine Erleuchtung und erkannte, daß sie sich durch ihre Gleichgültigkeit, die sie hinter der Maske der Aufmerksamkeit versteckte, dagegen verteidigte, daß sie eigentlich noch nichts erlebt hatte und das Leben für sie seit langem schon hinter ihren Erwartungen zurückblieb: sie pflegte das Vorläufige als Haltung, wie bei einem kleinen Beamten, der eifrig, aber nur vorübergehend eine höhere Stellung ausfüllt, auf die er sich keinerlei Hoffnungen machen kann.

Meine Mutter stand immer noch auf dem Treppenabsatz und wartete auf meine Antwort, die sich nur um den geschwinden Schwebemoment meines abwesenden Blickes verzögerte. Ich schenkte ihr ein Sohneslächeln: »Ich denke schon. Ich habe Lust auszugehen, das wird mir guttun.«

»Und wenn der Schmerz auf der Straße zurückkehrt? Willst du nicht ein Aspirin nehmen? Oder ein bißchen Natron?«

»Nein danke. Ich bleibe nicht lange. Bis gleich.«

Auf der Straße meldete sich der Schmerz nicht zurück, doch in der heiteren Helligkeit, die das Ende des Nachmittags ankündigte und, aus einem blauen Himmel mit weiß ausgefransten Wolken herabsinkend, lau auf den Häusern, den wenigen gemächlichen Passanten und in der Luft lag, meldete sich etwas anderes: das Bewußtsein, daß ich leben mußte, und zwar anders als in den letzten Tagen, in denen ich so tat, als hätte ich jene schreckliche Vergangenheit nicht gerade hinter mir. Ich konnte mich nicht erinnern, aber vergessen konnte ich auch nicht. Das Leben und die Dinge mochten für mich nicht mehr denselben sinnlosen Sinn haben, wie es mehr oder weniger seelenruhig seit meiner Geburt gewesen und mir bewußt geworden war, seit ich mich als Person begreifen konnte; aber deshalb kam ich nicht um die Einsicht herum, daß diese Sinnlosigkeit nun einen provisorischen Sinn hatte. Dadurch trat jedoch nicht zwangsläufig eine Unsicherheit an die Stelle der falschen Sicherheit des Jorge, der noch nie in das Leben der anderen verstrickt gewesen war, sondern vielmehr ein Bewußtseinszustand, ein erwartungsvolles Annehmen, Entgegennehmen weiterer Teile des Puzzles. Was ich von den anderen und allmählich auch von mir selbst wußte, zeigte genau an, wieviel mir von ihnen und mir noch verborgen war. Und was man vom anderen nicht wissen kann, erfährt man auch nicht, sei es, weil es sich nicht übermitteln läßt, sei es, weil die Betreffenden nur einen durchschnittlichen gemeinsamen Nenner finden oder weil gerade das Nicht-Mitgeteilte ihre gemeinsame Daseinsform ist, in jenen kurzen Augenblicken, da die durch den einen fließende Zeit sich mit der des anderen kreuzt. Mir war, als hätte ich gerade entdeckt, daß die Menschen parallele Flüsse sind (hatte ich das nicht schon einmal gedacht?), die manchmal ineinander münden, sich aber bald wieder trennen, weil ihre Wasser, obwohl vermischt und vereint, nicht in ein und demselben Bett strömen. Je mehr (und vermeintlich analytischer) man versuchte, dies in Worte zu fassen, desto weniger vermochten sie es auszudrücken. Das rationale Bewußtsein besteht zwar aus Wörtern und Sätzen, aber das Vorbewußtsein läßt sich als eine Form des Bewußtseins nur darstellen, wenn die Worte etwas ausdrücken, ohne es zu sagen, und etwas sagen, ohne es auszudrücken. Deshalb konnte mir keine Abhandlung über das Metrum oder etwas ähnliches wirklich klarmachen, was Dichtung ist oder was die Erfahrung zu bedeuten hat, daß ungefragt Verse auftauchen. Solche Abhandlungen beruhen auf dem Prinzip, daß es Formen gibt, die der Erfahrung vorausgehen (was ja auch stimmt, wenn man in einer Welt lebt, die ihre vorgeschriebenen Formeln als gültige Erfahrungsweisen bewahrt), und daß das Auftauchen von Versen nicht unbedingt mit den inneren Motiven, sie zu schreiben, in Verbindung stehen muß. Allein andere Verse würden mir etwas sagen können, oder andere Lebensläufe, auch ausgedachte. Das Fiktive daran würde nichts an ihrem Wert ändern, im Gegenteil: Wie sollte ich die Wirklichkeit begreifen, wenn ich nicht imstande war, sie mir auszudenken? Jegliche Wirklichkeit, der das Element der Vorstellungskraft fehlte, war unweigerlich eine mangelhafte Wirklichkeit. Alles, was mir oder mit mir geschehen war, hatte sich außerhalb des Vorstellbaren bewegt – aber nur dem Anschein nach. Schrecklich war bloß, daß die Unvorstellbarkeit der Katastrophe und ihr mir ungewohntes Ausmaß mich ständig überrascht hatten. Das Erschreckende und das Ungeheuerliche sind aber notwendig ungewohnt, während die Lebenserfahrung nicht allein aus Ungewöhnlichem bestehen kann. Aber sie kann einem zeigen, daß die Grenzen des Möglichen nicht mit denen des Wahrscheinlichen oder des Vorhersehbaren zusammenfallen, wodurch einem schließlich bewußt wird, was das eigene Leben ist oder in jedem Augenblick sein kann: ein Wirbelsturm, der Unschuldige und Unvorbereitete mit sich reißt und ebenso ungerührt auf einem Berg aus Leichen und Trümmern wieder fallen läßt, wo sie einander entgeistert wiederfinden.

Während ich am Fenster der Tram saß und auf die Straße schaute, die neben mir herglitt und immer wieder innehielt, fragte ich mich weiter: Welchen Nutzen hatte das Ganze oder das Schreiben darüber? Wozu? Ja, wozu? Welchen Nutzen hatte dieses Stück Papier voller Worte mit bildlichen Bedeutungen, das ich bei mir trug? Gab es einen Nutzen für mich? Für andere? Solange die anderen nicht wissen, daß jemand anfängt zu schreiben, und ihn auch nicht darum gebeten haben, welches Interesse können sie daran haben? Und wenn ich selbst überhaupt kein Bedürfnis danach gehabt hatte, diese Worte aufzuschreiben, wozu nutzten sie mir dann? Ob das ein Weg war, den ich in meinem Innern entdeckt hatte, um den konkreten Erinnerungen und der quälenden Bewußtheit des klaren Denkens zu entfliehen? Handelte es sich nicht anstatt um gültige Symbole der Wahrheit um geschickte Formeln des Exorzismus, wie wenn einer freitags Kräuter verbrennt, um die Hexen abzuhalten, oder Novenen betet, um verlorene Gegenstände wiederzufinden? Bestimmt hatten sie auch diesen Zweck. Aber darüber hinaus erlaubten sie den konkreten Ausdruck etwa einer Angst oder eines verworrenen Ärgers, die zu tief und umfassend waren, um auf die Ebene des logischen Verstandes durchzudringen, oder zu obsessiv und erstickend, um sich in eine Empfindung zu verwandeln, eine Rührung, ein paar Tränen der Erleichterung. Nur: Würde das, was ich begonnen hatte, nicht der einen Angst die nächste hinzufügen? Wenn ich nicht mit leichter Hand geschrieben, keinen weiterführenden Weg für das Begonnene gefunden und nichts zu Ende gebracht hatte, wollte ich mir dann etwa eine zusätzliche Plage aufhalsen, indem ich immer wieder das auszudrücken versuchte, was ich nicht einmal sagen konnte? Schon der Zettel brannte in meiner Tasche, lastete schwer, und doch wußte ich das Geschriebene nicht weiterzuentwickeln. Wenn ich es nun aber erzwang, wenn ich es als Ausgangsmaterial nahm und den Wörtern weitere Wörter entriß, wie konnte ich mir da sicher sein, daß ich nicht irgendwann zu erfinden begann, nur um – fälschlich – etwas zu beenden, das möglicherweise etwas ganz anderes in mir war? Wer konnte mir garantieren, daß ich nicht das, was in mir *war*, für etwas anderes hielt, eben weil es auf einer anderen Ebene existierte und deshalb das erste nicht war und zugleich doch? Und falls dem so war, welche Bedeutung, welchen Wert konnte die Verwandlung dessen, was nicht war, in das, was es dann schließlich wurde, besitzen?

Ich stand von meinem Sitz auf und stieg aus. Im selben Augenblick, als ich auf der Halteinsel begann, mir zu antworten, erblickte ich Almeida neben mir, der von der hinteren Plattform derselben Tram gesprungen war. Er packte mich am Arm. Ich wollte mich mit einem Stoß befreien. Doch als sich schon die ersten Leute nach unserem Gerempel umdrehten und stehenblieben, sagte er: »Mach kein Theater, wie willst du das erklären?«

Ich blieb ruhig. Wir überquerten die Straße, und er hielt ein vorüberfahrendes Taxi an.

»Fahren wir.«

Im Wagen gab er dem Fahrer eine Adresse auf dem Hügel der Graça und lehnte sich im Sitz zurück: »Seit Tagen bin ich dir auf den Fersen, um dich mal allein zu erwischen.«

»Was willst du?«

Er deutete mit dem Kinn auf den Rücken und den Nacken des Fahrers und bedeutete mir durch ein Zusammenkneifen der Augen, noch zu schweigen. Während der Wagen zur Graça hochfuhr, warf ich einen flüchtigen Seitenblick auf Almeidas Profil. Ich spürte nicht nur, daß es zwecklos war, den Wagen anhalten zu lassen, um hinauszuspringen und die Flucht zu ergreifen, sondern daß es zwischen ihm und mir auch eine Anziehungskraft gab, die durch meinen Abscheu und meine Wut keineswegs gemindert wurde, eine merkwürdige Regung, die nichts mit der Frage zu tun hatte, was er wohl von mir wollte, und auch nicht mit irgendeiner Angst davor. Nein, gemeinsam mit dem ärgerlichen und unbehaglichen Gefühl, ihn neben mir zu haben, fast an mich geschmiegt (ein schwacher Druck eines seiner gespreizten Beine, hervorgerufen durch eine der bergan führenden Serpentinen, ließ mich die Knie zusammenpressen), empfand ich eine Art schicksalsergebener Identifikation mit ihm, als wäre dadurch, daß ich seine Demütigung mit angesehen hatte – die Demütigung des Mannes, der mir zuvorgekommen war und dann abwechselnd mit mir dieselbe Vagina benutzt hatte (mir schauderte bei der anatomischen Drastik dieses Bildes) –, eine Beziehung zwischen uns entstanden, die über Kameraderie oder Komplizenschaft hinausging, die ohne Zweifel unangenehm, aber unmittelbar gegenwärtig war, sobald einer von uns sich an den anderen wandte. Schon die bloße Kontaktaufnahme, unabhängig von den dahinterstehenden guten oder schlechten, aggressiven oder friedlichen Absichten, reichte aus, damit sich diese Beziehung als vorhanden, ja tragfähig erwies. Als das Auto in einer jener Straßen hielt, die bergab zum Bahnhof führen, und er sich, Portemonnaie in der Hand, nach vorn beugte und seinen Arm an der Schulter des halb nach hinten gewandten Fahrers vorbeistreckte, musterte ich sein Gesicht genauer, in dem ich, während er zahlte, eine größere Wachsamkeit las, die vielleicht der überraschenden Tatsache geschuldet war, daß ich ihn ohne jede Feindseligkeit beobachtete. Ich stieg zum Bürgersteig hin aus und überlegte, ob sich hinter der zielstrebigen Verbissenheit, mit der er um den anfahrenden

Wagen herumkam, mich sanft am Arm packte und zu einer Tür dirigierte, die er vor mir öffnete, ohne mich ein einziges Mal anzuschauen, ob sich dahinter nicht in Wahrheit Überraschung verbarg: darüber, daß er in mir dasselbe Gefühl erspürte, welches er, ebenso beklommen, mir gegenüber empfand; daß es ihn verblüffte, mir gefolgt zu sein und mich dorthin gebracht zu haben; und daß ich tatsächlich mitgekommen war. Ich stieg mechanisch die Treppe zum ersten Stock hoch, als er sagte: »Es ist im zweiten Stock, ich wohne hier, in dem Zimmer mit eigenem Eingang.« Ich hätte beinahe losgelacht, denn ein Zimmer mit separatem Eingang, »mit Tür zum Treppenhaus«, wie es damals hieß, hatte etwas Zwielichtiges an sich. Und gleich darauf erschrak ich – vielleicht war das ja ein Hinterhalt, und er würde sich gleich für das, was sie mit ihm gemacht hatten, an mir rächen, unterstützt von irgendeiner Bande Taugenichtse. Diese Angst hatte mich immer noch im Griff, als er einen Schlüssel ins Schloß steckte und die Tür zu seinem Zimmer öffnete. Doch noch bevor ich sah, daß der Raum leer war (sogar Möbel hatte er kaum), dachte ich, es müßte schon ein großer Zufall sein, wenn dort Leute auf mich warteten, schließlich hatte er ja nicht sicher sein können, mir zu begegnen. Auf jeden Fall sollte ich am besten so schnell wie möglich wieder gehen.

Als hätte er meine Gedanken erraten – vielleicht hatte ich auch meine Befürchtung weniger gut überspielt als gehofft –, sagte er beim Schließen der Tür: »Ich will dir nichts Böses. Du brauchst nicht zu denken, daß ich dich hergebracht habe, um mich zu rächen.« Dann setzte er sich auf das schmale Bett, das neben einem Stuhl mit darüberhängenden Kleidern, einem Koffer am Boden und einem unpassenden Madonnenbild an der Wand, sehr blau und in Öl, das einzige Mobiliar darstellte. Die helle Leere, die ich von dem engen, dunklen Flur aus gesehen hatte, konnte allerdings nicht darüber hinwegtäuschen, wie schmutzig das Zimmer war, und das Bett, auf dem er saß, mußte auch mal gemacht werden. Ohne aufzustehen, holte er die Kleider vom Stuhl aufs Bett und machte mir ein Zeichen, mich hinzusetzen. Ich gehorchte, zog aber instinktiv den Stuhl zurück, der mich sonst zu sehr in seine Nähe gebracht hätte.

»Was willst du von mir?« fragte ich, allzu naheliegend, als wäre es belanglos, das zu erfahren, oder als wüßte ich es schon.

»Seit ich hier angekommen bin, umkreise ich dein Haus und verfolge dich überallhin. Ich kann dir jeden Ort nennen, wo du mit dem Jungen gewesen bist. Die ganze Zeit habe ich auf eine Gelegenheit gewartet, mit dir zu reden. Ich mußte unbedingt mit dir reden. Es ging mir nicht darum, dich hierher zu bringen, nur um ein Gespräch. Erst als du nicht wolltest, dachte ich, daß es in meinem Zimmer wohl am besten wäre, ein anderer Ort fiel mir nicht ein. Aber jetzt, wo du hier bist, weiß ich nicht mehr, was ich dir sagen wollte.« Er musterte mich mit bitterem Lächeln und unbehaglicher Offenheit.

»Und woher soll ich es wissen?«

»Vergiß, was passiert ist, das war ein Dummejungenstreich.« Er senkte die Augen, was mir Zeit gab, darüber nachzudenken, welche oder welches der Ereignisse er wohl damit meinte.

»Was?«

»Was ihr mit mir gemacht habt.«

»Warum bist du dann nach Lissabon gekommen? Und mir nachgelaufen, um mit mir zu reden?«

»Ich hätte dir schreiben können, aber das liegt mir nicht so, außerdem wäre das riskant gewesen. Du mußt eines begreifen...«

»Was soll ich begreifen? Was hast du mir schon zu erklären?«

»Ich mußte sowieso nach Lissabon kommen, das war nicht deinetwegen.«

»Na und?«

»Du sollst wissen, daß die mich in all das hineingezogen haben.«

»Und was habe ich damit zu tun? Wen meinst du überhaupt mit ›die‹?«

»Die beiden Ramos.«

»Seit du dein Knie an Mercedes' Knie gerieben hast, im dunklen Kino?« Jetzt war ich es, der ihn musterte, unbarmherzig und ironisch.

»Nein, später, in Figueira. Aber jetzt muß ich weitermachen. Schließlich ist er gestorben. Deshalb bin ich nach Lissabon gekommen.«

»Willst du von hier aus nach Spanien fahren?«

Er stand auf, ging ans Fenster, dessen staubige Vorhänge das Licht des späten Nachmittags allzusehr verdunkelten, und murmelte: »Es gibt Wichtigeres im Leben als eine Frau.«

Unvermittelt hörte ich mich sagen: »Das hängt von der Situation und den Menschen ab. Für uns beide scheint es offenbar nichts Wichtigeres zu geben.«

Er drehte sich um: »Du irrst dich, und wie. Sie hat nicht die geringste Bedeutung für mich.«

»Dann«, in meiner Stimme schwang einige Überraschung mit, »verstehe ich nicht, was ich für dich bedeute. Schließlich habe ich mit den anderen Dingen gar nichts zu tun.« Ich merkte, daß es nach einer Lüge klang.

»Aber ja. Verstehst du nicht, wieviel du damit zu tun hast?«

»Was habe ich damit zu tun?«

Er setzte sich wieder. »Viel. Du bist einer, der alles weiß. Du bist sogar der einzige, der alles weiß.«

»Aber ich weiß doch gar nichts. Absolut nichts weiß ich.«

»Das glaube ich nicht. Da habe ich anderes gehört.«

»Dann hat man dir etwas Falsches gesagt. Und weißt du was, ich dachte, du wärest derjenige, der alles weiß.«

»Das stimmt nicht. Das haben sie dir gesagt?«

»Keiner hat mir irgend etwas gesagt.«

Es war, als würde die Abenddämmerung, ein immer düsterer Mantel des Absurden, sich über uns breiten, uns dort zusammendrängen. »Vielleicht gibt es sonst nichts zu wissen«, sagte ich müde, »und keiner weiß das geringste.«

»Nein, sie haben mit uns gespielt wie bei einer Partie Fußball. Mit dem einzigen Unterschied, daß sie dich nach draußen geschossen haben und mich nach drinnen.«

»Nach drinnen, in was?« Gleich bereute ich meine Frage, denn ich spürte, daß er mich auch »hinein« ziehen wollte.

Aber er antwortete nicht, knüpfte weiter das Netz, das mich einfangen sollte. Und plötzlich war es, als hätte ihn ein Schrei dazu gebracht, sich umzudrehen und das Netz loszulassen. Er senkte die Stimme: »Hast du sie sehr geliebt?«

»Und du?«

Er lächelte befreit: »Ehrlich gesagt, ich weiß es nicht. Ein Mann wie ich hat alle Frauen gehabt, die er wollte und wann er wollte, er hat manche auch zweimal gehabt oder zwei zur gleichen Zeit, aber das geht alles so schnell, ich weiß auch nicht wie… Wenn ich nur mit ihr ausgegangen wäre… Aber so war es beides gleichzeitig, und außerdem bin ich inzwischen in dem

Alter, wo man vernünftig wird und heiratet... Klar, wenn ich sie geheiratet hätte, sie oder eine andere, dann um jemand Sicheres zu haben, die einen liebt, die einem gehört und sonst niemandem, und um...«

»Und um sich bei ihr auszuruhen, wenn die anderen gerade Pause machen?« fragte ich erbittert.

»Glaubst du etwa, eine Frau allein kann einen Mann befriedigen?«

Langsam nahm das Gespräch einen akademischen, abstrakten Charakter an, wie unter zwei Freunden, die über das Leben philosophieren. Ich stand auf, ich hielt das nicht länger aus.

Auch er erhob sich, stand fast an mich gelehnt. Ich machte ein paar Schritte auf die Tür zu. Er folgte mir, und als ich sie öffnen wollte, drückte er dagegen: »Sag mir... Hast du sie geliebt?«

»Was geht dich das an?«

»Das weißt du sehr gut. Ich will es wissen.«

»Ich habe sie nicht geliebt. Ich liebe sie.«

Trotz der Dunkelheit sah ich, wie seine Augen funkelten: »Sie ist eine Wucht im Bett, oder? Die macht alles. Eine gute Nummer, findest du nicht?«

Meine Hiebe waren so heftig, daß er ins Zimmer fiel, und ich stürzte mich auf ihn. Bei dem Kampf wälzten wir uns in einer Kaskade von Schlägen hin und her, der Stuhl kam uns in die Quere, und wir verkeilten uns am Bett. Er war wesentlich kräftiger als ich, seine Arme und Beine umklammerten mich wie Zangen, und seine weißen Zähne blitzten wie die Fänge eines Wolfs. Mit einer plötzlichen Wendung lag er auf mir, und als er sich etwas aufrichtete, um meinen Hals richtig in den Griff zu bekommen, lockerte sich das Eisenbett und brach über uns zusammen.

Vor Überraschung ließ er meinen Hals los, und wir hatten erst einmal beide damit zu tun, uns wie Schiffbrüchige aus den Trümmern zu befreien. Schläge an eine andere Tür waren zu vernehmen, und eine Frauenstimme fragte beunruhigt: »Senhor Almeida! Senhor Almeida! Wer ist denn da?«

Er kletterte unter dem Bett hervor und strich sich die Haare glatt: »Es ist nichts, machen Sie sich keine Umstände, das Bett ist nur zusammengebrochen.«

Ich rappelte mich ebenfalls auf und war mit einem Satz am Ausgang. Er steckte den Kopf durch die Verbindungstür ins Haus und beruhigte die Frau: »Nein, machen Sie sich keine Umstände, das ist nicht nötig, ich komme schon zurecht.«

Hastig lief ich nach unten und auf der Straße entlang, aber er rannte hinter mir her. Bei einer Laterne, die schon brannte, drehte ich mich um und hielt mich mit einer Hand fest, um ihm einen Tritt zu verpassen, dem er aber auswich.

»Hör zu, hör zu... Es tut mir leid.«

»Laß mich in Ruhe. Ich schreie gleich um Hilfe, paß bloß auf. Hau ab.«

Er wich ein paar Schritte zurück und zögerte, ganz durcheinander, seine verstrubbelten Haare glänzten jämmerlich im Licht der Laterne. Dann streckte er mir die offenen Hände entgegen: »Hör doch, ich schwöre, das war es nicht, was ich dir sagen wollte.«

»Hau ab.«

»Du wirst noch von mir hören.«

Ich kehrte ihm den Rücken und ging weiter die Straße hinunter. Seine Schritte konnte ich noch hinter mir hören, aber ich drehte mich nicht mehr um.

»Ich bin nicht der, für den du mich hältst. Du wirst sehen.«

Darauf löste sich, genau auf meiner Höhe, eine Gestalt aus einem Hauseingang, dahinter der Schatten einer Frau, und versuchte, Almeida aufzuhalten: »Was wollen Sie denn von dem Mann? Lassen Sie ihn in Ruhe. Gehen Sie.«

Offenbar gab Almeida es dann auf, denn als ich mich an der nächsten Ecke umdrehte, sah ich niemanden mehr. Nur das Licht der Laterne erhellte spärlich die Gasse.

Hinter einer Steilkurve mündete sie gleich darauf in eine breite, dunkle Straße, an deren Ende die gelben Lichter einer vollbesetzten Tram vorbeifuhren. Unten angekommen, blieb ich verwirrt stehen, unfähig, meine Gedanken zu ordnen und eine Entscheidung zu treffen. Unter dem Licht der nächsten Straßenlaterne fiel mir dann ein, daß ich wahrscheinlich auch ordentlich zugerichtet aussah, und richtig: das Hemd hing aus der Hose, ein Kragenknopf fehlte, was noch das Geringste war, und an der Brust hatte Almeida es zerrissen. Ich stopfte das Hemd wieder hinein und wollte die Jacke zumachen, doch auch hier war etwas abgerissen, also nahm ich einen der Zierknöpfe. Der Nacken tat mir weh, und ich spürte immer noch seine Finger um meinen

Hals. Zugleich aber erfüllte mich ein großer Frieden, so überwältigend, daß ich die Augen zusammenkneifen mußte gegen all die innere und äußere Helligkeit. In der Tasche suchte ich nach meinem Zettel, fand ihn aber nicht. Ich wollte schreiben, mußte schreiben. Als ich die Hand in die Füllertasche steckte, fühlte es sich feucht an. Der Füller war zerbrochen, ich zog die Finger bekleckst wieder heraus. Alles egal: ich mußte trotz zerrissener Kleidung und Tintenflecken sofort etwas zum Schreiben auftreiben. Dann fand ich einen Bleistift. Und in meiner Brieftasche ein Stück Papier. Solange ich noch nicht schrieb, würde ich auch nicht wissen, was ich überhaupt schreiben sollte, aber nur im Geist konnte ich auch nicht schreiben. Dann, das Papier immer weiter drehend, welches auf der weichen Unterlage der Brieftasche einriß, schrieb ich:

Feuerzeichen sind die Menschen,
wenn sie, erschöpft und still,
Abschied nehmen von der kalten Asche.
Und der Wind, der sie zerstreut,
ist nicht der unsrige, er entfacht nur
andre Zeichen, brennend in der Ferne,
Augenblicke lang, Gesten und Worte,
fiebernde Glut, die gleich verlischt.

Ich hielt inne und las, was ich geschrieben hatte. Da fehlte noch etwas. Was nur? Ich konnte mich nicht erinnern. Dann sah ich ein Stück Papier vor mir, das zwischen zwei Wassern schwebte, ich sah Wasser, das von Reflexen flirrte, und Boote, die auf den Wellen schaukelten. Die Boote des andren Lebens. Welches anderen Lebens? Welche Boote? An dieser Stelle, hier und jetzt, ergaben die Boote keinen Sinn mehr. Ich hatte die Boote aus dem Gesamtsinn des Geschriebenen verbannt, obwohl sich mir, als ich die Zeilen erneut las, ein klarer Sinn des Ganzen entzog. Ich steckte den Zettel ein, ein Taxi fuhr vorbei, ich hielt es an. Der Fahrer musterte mich mißtrauisch, als er neben mir bremste. Ich ließ mich in den Sitz fallen und friedlich wiegen. »Ich habe sie nicht geliebt. Ich liebe sie.« Nein, daran würde ich nicht mehr denken. Wozu?

Zu Hause öffnete ich die Tür und betrat mein Zimmer, das im Dunkeln lag. Luís' Gestalt zeichnete sich vor dem Fenster ab, und er drehte sich zu mir um. Das Fenster gegenüber war erleuchtet, und das Mädchen floh ins Innere der Wohnung, als ich das Licht anknipste.

»Wie siehst du denn aus? Was ist passiert?« fragte Luís und kam näher.

Ich legte mich aufs Bett, nachdem ich die Jacke ausgezogen hatte, streckte mich und atmete tief durch: »Nichts. Rate mal, wen ich getroffen habe?«

»Wen?«

»Almeida.«

»Almeida ist in Lissabon?«

»Allerdings. Wir haben uns geprügelt.«

»Und jetzt?«

»Gar nichts. Ich glaube, das haben wir gebraucht.«

»Und wer hat gewonnen?«

In seinem über mich gebeugten Gesicht leuchtete eine Neugier, die mich den großen Altersunterschied zwischen uns spüren ließ, wichtige Jahre. Ich lächelte ihn an: »Ich weiß nicht. Wir beide.«

Er setzte sich auf die Bettkante und schwieg. Schließlich fragte er nach: »Das heißt, er hat auch gewonnen?«

Ich sah ihn an und ließ mich darauf ein: »Na schön, vielleicht habe ich gewonnen.«

»Und er ist stark.«

»Gar nicht mal so, wie es scheint.«

Er stand auf und betrachtete sich selbst prüfend: »Hmm... Die einen sind nicht so stark, wie sie aussehen...«

Ich lachte und vervollständigte seinen Satz: »... und die anderen sehen nicht danach aus, sind aber sehr stark«, wobei ich merkwürdigerweise gar nicht ihn ansah, dem mein Lachen galt, sondern meine tintenbefleckte Jackentasche.

XXXIX

Die Tage vergingen einer nach dem anderen, wie der Traum einer freundlichen Wirklichkeit. Meine Mutter steckte alle anderen im Haus mit ihren begeisterten Vorbereitungen für Luís' Einschiffung an, die mein Vater arrangiert hatte. Die Unterredung zwischen Luís und dem Kapitän Abreu nämlich, der eines Abends eigens deshalb gekommen war (er hatte zu meinem Vater gesagt, er wolle den Jungen zuerst einmal ganz familiär kennenlernen, als eine Art Vorprüfung, was mein Vater sinnlos und meine Mutter sogleich äußerst vernünftig und vielversprechend fand), hatte sich triumphal gestaltet, auf urkomische Weise triumphal.

Abreu kam an, aufgeplustert wie ein riesenhafter Spatz, und folgte unter ständigem Gestreichel seines schillernden Schnurrbarts meiner Mutter in den Salon, wobei er sich etwas schräg hielt, so als ließe er dieser Dame stets respektvoll den Vortritt. Als er dann auf dem Sofa saß, neben ihm mein Vater in einem Sessel, meine Mutter in einem anderen und ich auf einem etwas weiter entfernten Stuhl (es gab durchaus eine gewisse Sitzhierarchie in unserem Salon), zögerte er, wie immer, bevor er seine unvermeidliche Zigarre, die zwischen seinen Fingern zitterte, anzündete, trotz der beharrlichen Aufforderung meiner Mutter, er möge doch nach Herzenslust rauchen, das wäre ja noch schöner. Doch zurückgehalten von einer noch stärkeren Beharrlichkeit als der meiner Mutter (welcher er voll bebender Ehrfurcht lauschte), verbrannte er sich beinahe mit dem schon entzündeten Streichholz die Finger. Kurz darauf, eingehüllt von Rauchwolken, deren Dichte ihn beruhigte, wurde er etwas lebhafter und erinnerte sich zum hundertstenmal an einige Ereignisse auf der äußerst ereignisarmen Reise nach Angola, die mein Vater auf dem von ihm befehligten Schiff gemacht hatte. Dieser kannte ihn, seit sie gemeinsam die Schulbank gedrückt hatten, und lächelte geduldig, half sogar mit einigen Einzelheiten seinem Gedächtnis auf die Sprünge. Ansonsten kamen mir diese Gespräche immer wie ein Spiel zwischen ihnen vor: Der eine tat so, als könne er sich nicht erinnern, und der andere tat so, als bemerke er das nicht, damit das Ritual der gemeinsamen Erinnerung funktionierte. Und meine Mutter betätigte sich kraft ihrer bei den jahrelangen, regelmäßigen Besuchen erworbenen Weisheit als Meßdienerin; wobei es vollkommen gleich war, ob man sich an jene berühmte Reise erinnerte oder an belanglose Episoden aus der gemeinsamen Zeit auf einer Schule, die sie übrigens nicht besucht hatte. Nach diesem Vorgeplänkel wiederholte sich das Zigarrendrama, diesmal mit dem Portwein, den meine Mutter ihm aufdrängte – ein Glas, nur ein Gläschen – und den er am Ende auch trank –

einen Schluck, gnädige Frau, nur ein Schlückchen. Dann wurde geläutet (es war stets mein Vater, der sich auf ein diskretes Zeichen meiner Mutter erhob, um zu läuten, wenn sie meinte, das Gespräch habe nunmehr den von Abreu erwarteten Grad an Zeremoniell erreicht), das Dienstmädchen brachte das Tablett mit dem Portwein und den schlanken Gläsern, welches schon im Eßzimmer vorbereitet worden war, kaum daß der Kapitän vor der Tür erschien. Das Servieren übernahm meine Mutter (seit einigen Jahren durfte auch ich mittrinken), also stellte das Dienstmädchen das Tablett auf den Tisch und zog sich zurück. Nach dem ersten Schlückchen saßen wir alle mit dem Glas in der Hand da und warteten auf das konzentrierte, endgültige Urteil von Kapitän Abreu. Dieser schnüffelte vorgetäuscht genießerisch am »Bouquet« (ich war seit je davon überzugt, daß er Portwein in Wirklichkeit nicht ausstehen konnte) und erklärte den Wein für außergewöhnlich, begutachtete seine Transparenz, nahm einen weiteren Schluck, seufzte tief und stellte das Glas auf den Tisch. Bei diesem Akt kam seinen Fingern die Zigarre in die Quere, und zur großen Bestürzung des Kapitäns fiel ein wenig Asche auf den Tisch, was zu einem noch größeren Durcheinander zwischen Glas und Zigarre führte, dann zückte er sein weißes Seidentaschentuch, dessen Spitze aus der Brusttasche seines zweireihigen Jacketts geschaut hatte, und fegte damit ganz leicht über die Tischdecke, assistiert von meinem Vater, der sich schnell erhoben hatte, um zu verhindern, daß das Portweinglas des Gastes etwa umkippte. Manchmal war es auch nicht die Asche, die fiel, sondern das Glas; in diesen Fällen hielt mein Vater die Zigarre fest, während das Taschentuch zur Tischdecke flatterte und meine Mutter Abreus Schwall entsetzter Entschuldigungen mit lauter »Das macht doch nichts« erstickte. Sobald all das absolviert war, begann das eigentliche Gespräch, das sich entweder Zufallsthemen zuwandte oder einem besonderen Anlaß, der den Kapitän zu uns geführt hatte, wie an diesem Abend. Obgleich mein Vater ihn bereits informiert hatte, zog er es vor, sich die ganze Geschichte noch einmal von Anfang an erzählen zu lassen. Am Ende folgte ausgedehntes, erwartungsschweres Schweigen, der in seine Rauchwolke gehüllte Kapitän erwog lange, mit halbgeschlossenen Augen die Antwort. Und er sprach: »Nun wohl, dann wollen wir uns den Jungen einmal anschauen.«

Luís, der nebenan darauf gewartet hatte, hereingerufen zu werden, kam sofort, allerdings nicht auf ein Klingelzeichen hin (geklingelt wurde, abgesehen von der Wohnungstür, nur für die Hausmädchen), sondern weil mein Vater ihm die Salontür aufhielt. Auf Luís' Eintreten folgte ein geheimnisvolles Schweigen. Der Kapitän inspizierte ihn von oben bis unten, unter verdoppeltem Rauchausstoß und mit zusammengekniffenen Augen, so als wollte er auf einem arabischen Markt eine Sklavin kaufen. Er hatte mit seinem Schnäuzer, dem an eine Wasserpfeife erinnernden Rauch und seiner hochmütigen Haltung auch etwas von einem Scheich an sich, der sich bei Sklaven auskannte. Meine Mutter weckte ihn aus der versonnen urteilenden Betrachtung, indem sie aufstand und sagte: »Gut, ich ziehe mich jetzt zurück, ihr wollt euch sicher unter Männern unterhalten.« Prompt drehte sich Luís mit einem linkischen Lächeln halb um und folgte mit dem Blick ihrer Gestalt bis zur Tür, worauf wir alle im Chor mit dem Kapitän loskicherten, der sagte: »Setz dich, Junge, setz dich.« Neuerliches Schweigen. Dann folgte der Urteilsspruch. Mit einem Klaps auf den Oberschenkel beugte sich der Kapitän zu meinem Vater: »Ich denke, wir haben einen Mann vor uns, jawohl.«

Luís atmete deutlich hörbar auf. Und der Kapitän verfiel in eine Gesprächigkeit, die ich gar nicht an ihm kannte, auch nicht von anderen Abenden, wenn meine Mutter uns zu »Gesprächen unter Männern« alleingelassen hatte, welche über die Themen hinausgingen, von denen in ihrer Gegenwart die Rede gewesen war. Luís habe mit der Handelsmarine eine hervorragende Wahl getroffen, für einen ledigen jungen Mann gebe es keine bessere Laufbahn, und auch wenn er heiraten sollte (anders als Abreu selbst), gebe es nichts Besseres, denn bei jeder Rückkehr würde die Gattin auf ihn warten wie eine junge Braut, und seine Zeit in Lissabon dauere auch nie länger als normale Flitterwochen (Gelächter), dann kehre er dem Land wieder den Rücken zu, gehe den Steg hoch, und schon sei es, als wäre die ganze Welt verschwunden und könnte den Menschen nicht mehr ärgern, oder umgekehrt. Sicher, man bekomme es bei der einen oder anderen Fahrt schon einmal mit ernsthaften Problemen oder ärgerlichen Menschen zu tun. Aber anders als an Land. Diese Probleme mußten nach den Gesetzen des Meeres gelöst werden. Der Kapitän legte großen Wert darauf, die grundsätzlichen Unterschiede in

Qualität und Niveau zwischen den Gesetzen an Land und auf See zu betonen, zudem hätten letztere den Vorteil internationaler Gültigkeit und änderten sich nicht von Land zu Land. Was war denn schon ein Land? Ein Hafen, ein Kai, wenn es Kais gab, was bei vielen Häfen nicht einmal der Fall war. Ein eindringliches Schweigen, das lange genug andauerte, um diese Wahrheit auch richtig bei uns und vor allem bei Luís einsickern zu lassen, wurde angemessen in Rauch gehüllt. Nun ging der Kapitän dazu über, die Härten des Lebens auf See zu preisen, eine wahre Schule des Charakters und der Tugenden. Vor allem in der Handelsmarine. Er wiederholte: »In der Handelsmarine!«, was eine unausgesprochene Kritik an der Kriegsmarine darstellte, die im weiteren hinter historistischen Spekulationen verborgen blieb. Wann war Portugal denn groß gewesen? Wann? Als es eine starke Marine hatte. Und was für eine Marine war das gewesen? Na? Diese Frage ging direkt an Luís. Doch der Kapitän ließ ihn gar nicht antworten. Während er sorgfältig, eine nach der anderen die Spitzen seines Schnurrbarts streichelte erklärte er: »Die Handelsmarine, die Handelsmarine, jawohl. Kanonen hatte sie, das schon, denn die Meere waren von Piraten verseucht. Aber was hatte sie in den Laderäumen? Pfeffer, Pfeffer und nochmals Pfeffer. Das waren große Zeiten«, schloß er, als könne er das persönlich bezeugen.

Beim Gehen erlaubte sich der Kapitän, Luís seine Hand auf die Schulter zu legen. Da die Unterhaltung immer lebhafter geworden war und wir erzählt hatten, daß Luís von zu Hause ausgerissen sei, um zur Marine zu gehen, zeigte sich der Kapitän gerührt und vertraute ihm an: »Mein Junge, weißt du was, vor dir steht ein Mann, der wie du von zu Hause ausgerissen ist, um an Bord zu gehen.« Meine Mutter kam ebenfalls an die Tür, um sich zu verabschieden, dann schritt er die Stufen hinunter, als stiege er von der Kommandobrücke aufs Deck herab, und verschwand nach dem nächsten Treppenabsatz. Als sich die Tür wieder geschlossen hatte, rief mein Vater aus: »Das ist ja ein Ding! Seit wann ist der denn von zu Hause geflohen, um an Bord zu gehen?« Wir schauten uns an und wußten keine Antwort. »Wovon redet ihr eigentlich?« fragte meine Mutter. Mein Vater erläuterte es ihr. Darauf sie: »Woher willst du das wissen? Manchmal flieht jemand, ohne daß es einer merkt.« Mein Vater beharrte: »Aber ich kenne ihn, seit er ein kleiner Junge war, der ist nicht geflohen, das ist ein

Märchen.« Meine Mutter gab keineswegs auf: »Na, na, du mit deinem Dickkopf. Hast du bei ihm zu Hause gewohnt, oder warum bist du dir so sicher? Wenn er sagt, daß er geflohen ist, dann ist er auch geflohen.« Worauf sie das Hausmädchen rief, das den Portwein abräumen und die Gläser spülen sollte.

Danach begannen die Vorbereitungen. Meine Mutter stellte arglose Berechnungen über die Anzahl der Socken, Unterhemden und Unterhosen an, die für eine zweieinhalbmonatige Hin- und Rückreise vonnöten waren. Und während ich mir das etwas spöttische, aber insgeheim erleichterte Interesse anschaute, mit dem Luís sich an diesen endlosen Überlegungen beteiligte, sah ich zuweilen zwischen ihm und mir das Bild von Kapitän Abreu, wie er seine Rauchwolken ausstieß und sich über den Schnurrbart strich, und fragte mich, wie viele zweieinhalbmonatige Fahrten es wohl brauchte, bis Luís auf seine Weise wie er wurde oder wie Almeida – und seltsam, plötzlich spürte ich Almeidas Finger wieder an meiner Gurgel. Doch der Vorfall an sich, so bedrohlich er auch gewesen sein mochte, beunruhigte mich nicht. Als Luís' Uniformen vom Schneider kamen, feierten wir zu Hause Karneval. Er zog sie eine nach der anderen an, stolzierte vor meiner Mutter auf und ab (die sich nicht einmal durch die Uniformen von der Vorstellung abbringen ließ, das Leben, das ihm bevorstand, sei wie eine große Sommerfrische am Strand), ging in die Küche, poussierte mit den Hausmädchen herum, die zwitscherten und aufquiekten, als wäre eine Uniform wie ein strammer Phallus, und lief mehrmals ans Fenster seines Zimmers, damit seine Freundin von gegenüber ihn sehen konnte, die jedoch aus unerfindlichen Gründen entweder nicht zu Hause war, oder man hatte ihr von diesem Tag an verboten, am Fenster zu stehen. Luís kannte nur noch einen Wunsch: sich auf der Straße zu zeigen. Aber zu den wichtigsten Instruktionen über das Verhalten eines Offiziers der Handelsmarine an Land, die Kapitän Abreu vorsorglich bei seinem Besuch erteilt hatte, gehörte auch die Bestimmung, daß Offiziere, und schon gar Offiziersanwärter, nicht in Uniform auf die Straße gehen durften, höchstens in den Überseeprovinzen, um nicht mit den anderen, den Offizieren der Kriegsmarine, verwechselt zu werden, welche anders als ihre Kollegen vom Heer ebenfalls nur selten in Uniform auf die Straße gingen. Wie es schien, war die Uniform eng an das Dasein auf

See gebunden, mehr noch: sie war eine rituelle Bekleidung, auf die der Offizier an Land verzichtete wie ein Fürst incognito. In den Erläuterungen Abreus schwang keine Bitterkeit mit, kein Ärger darüber, daß sie an Land gezwungenermaßen in Zivil gehen mußten; im Gegenteil bekam man den Eindruck, als könnte die maritime Jungfräulichkeit der heiligen Gewänder durch die Berührung mit den Landratten nur befleckt werden. Als mein Vater am Abend nach Hause kam (er hatte eine Verabredung außer Haus gehabt), wurde die Uniform auf Bitten meiner Mutter erneut angelegt. Zuerst hatte Luís noch gezögert, als hätte sich zwischen ihm und meinem Vater eine unüberwindbare Kluft aufgetan (nur vorübergehend durch Ankertaue und Brücken, wie zwischen Schiff und Kai, überwunden): mein Vater gehörte allmählich schon zur Rasse der Landratten. Frauen, so zum Beispiel meine Mutter und die Hausmädchen, genossen in diesem Zusammenhang noch einen Sonderstatus (ähnlich wie beim Klerus war ihnen der Eintritt in die Marine ja verboten); zwar blieben sie Landratten, waren aber kraft ihres Geschlechts Vermittlerinnen zwischen Land und See. Diese Vermittlung hatte aber keine Würde, sondern zog die Frauen allesamt auf das Niveau von Hafendirnen herab, die nur dazu bestimmt waren, ohne jegliche engere Beziehung den in langen Tagen einsamer Seefahrt aufgestauten Samen zu empfangen. Daß ich mich nicht ausgeschlossen fühlte und daß Luís trotz allem Exhibitionismus sein vertrautes Verhältnis zu mir beibehielt (als ich die ersten Verhaltensänderungen an ihm entdeckte, fürchtete ich voller Eifersucht, ihn zu verlieren, wie ein Vater oder eine Mutter, deren Sohn sich unvermittelt als Mann entpuppt, mit eigener Sexualität, die eine Welt für sich darstellt und all seine Beziehungen beeinflußt), rührte mit Sicherheit daher, daß ich ein bißchen Vater, ein bißchen Bruder für ihn war, beides aber nicht in Wirklichkeit, was umgekehrt genau dafür gesorgt hätte, mich auszuschließen. Trotzdem, und zwar anders als die scherzhaft und darunter ernsthaft besorgte Frage an mich selbst, wie lange es wohl dauern würde, bis er Kapitän Abreu ähnelte, trotzdem begriff ich, daß genau die Mehrdeutigkeit und die Unwirklichkeit unserer erst so kurzen Beziehung mir wohl eine Vertraulichkeit sicherten, wie sie sich mit seiner Familie bestimmt nicht wiederherstellen würde. Über das Brüderliche und Väterliche hinaus war ich außerdem sein Kumpan bei ausschweifenden Abenteuern gewesen, die, wenn wir uns später an sie erinnerten, keinen Abgrund verletzten Schamgefühls zwischen uns aufreißen würden wie wahrscheinlich mit seinem Bruder.

Dieser Vergleich ließ mich darüber nachdenken, was wohl aus Carlos geworden sein mochte. Mich schockierte es, daß Luís ihn während all der Tage in Lissabon kein einziges Mal erwähnt hatte. Ich konnte nicht glauben, daß er alles, was geschehen war, vergessen hatte oder dies vorgab. Schließlich hatte er nicht so viel Grund dazu wie ich. Eigentlich hatte er immer ein bißchen am Rande der Ereignisse gestanden, und schon bevor sich alles überstürzte, war er ein Junge an der Schwelle zur Mannwerdung gewesen (oder vielmehr den anderen endlich als solcher aufgefallen), dessen Bruder längst ein Mann ist. Seine Freundschaft zu mir, konnte man sagen, war nicht viel jünger als diese Entwicklung. Ich war geblieben, als der Bruder fortging, und Luís hatte in seinem Vater oder seiner Tante niemanden, der die noch junge brüderliche Verbindung, die das Leben so abrupt abschnitt, hätte ersetzen, ergänzen oder festigen können. Außerdem sah er in mir den Weg nach Lissabon und zur Seefahrt, in sein neues Leben, dessen weiße Uniformhaut er stolz und zum Vergnügen auch anderer Zuschauer vor mir hertrug. Sein Bruder war schon vor all dem verschwunden, bevor Luís sich in dem Zug, mit dem er geflüchtet war, meinem Schutz anvertraute.

In diesem Augenblick spürte ich widerstreitende Gefühle: Einerseits mochte ich niemandes Hüter sein und lehnte jegliche Verantwortung ab, die mir die Umstände (welche auch mich verändert hatten) für einen anderen auferlegten, den ich mir eigentlich gar nicht ausgesucht hatte; andererseits fürchtete ich aber auch, Luís nicht genug zu behüten, so daß er sich mir womöglich entzog, auch wenn ich sein Hüter gar nicht oder nicht mehr war. Wir waren in unserem Zimmer, er musterte ein letztes Mal die geschlossenen Fenster des Hauses gegenüber, bevor er nach langem Zögern endlich seine Uniform ablegte. Ohne sie, in unauffälligerer Kleidung, wurde aus ihm wieder der magere, zerbrechliche, alleingelassene Junge. Doch sogleich fragte ich mich, ob er das wirklich war oder ob er diese Rolle vielleicht nur für mich spielte und auch für sich selbst. Seine ungewisse Überzeugung, daß er stark sein konnte (was davon abhing, daß ich im Kampf mit Almeida Stärke gezeigt hatte), überdeckte vielleicht eine echte Kraft, die nur noch keine Gelegenheit gehabt hatte, sich selbst bewußt zu werden. Vielleicht war sie wie die Kraft des Rohrs im Wind, dessen Widerstand nicht zu brechen ist, also nicht die Kraft des Schwachen, der sich erniedrigt, aufgibt, unterwirft, um dann bei der erstbesten Gelegenheit nach hinten auszuschlagen – das nicht, auch wenn die beiden Arten von Kraft sich manchmal miteinander vermischen –, sondern die Kraft der Geschmeidigkeit, weil sie zugleich schlanker Stamm und feste Wurzel ist. Seine Flucht konnte kindlicher Verantwortungslosigkeit entspringen, ebenso wie die ruhige Ungerührtheit, mit der er sich bei mir zu Hause eingenistet hatte, als hätte er immer schon hier gelebt. Andererseits sprach aus dieser Ruhe aber auch die Sicherheit desjenigen, der sich überall einzurichten weiß, weil er für sein Fortdauern eigentlich keinen festen Ort braucht. Vielleicht war ein Schiff, dessen fester Boden über Abgründen schwebte, die sich jeden Moment auftun und diese Festigkeit verschlingen konnten, wirklich genau der richtige Lebensraum für ihn.

Während ich diese Gedanken wälzte, redete er von seinem zukünftigen Leben, seinem Dienst, den Aufgaben eines Offiziersanwärters, und ich machte unbestimmte Bemerkungen dazu. Obwohl er es durchaus verdient hatte, konnte ich kein rechtes Interesse für die Nebensächlichkeiten aufbringen, die ihm so wichtig waren, was nicht nur daran lag, daß ich meinen eigenen Gedanken nachhing, sondern daß ich all das noch belangloser fand, als es ohnehin schon war, ohne jeden Wert für unsere Freundschaft. Sein Alltagsleben mit dem Beruf, den er jetzt in Angriff nahm, war mir in Wahrheit herzlich gleichgültig. Ich fürchtete zwar, eine mehr als nur brüderliche Beziehung zu verlieren, an der mir sehr wohl lag, verspürte aber zugleich kein Bedürfnis danach – wie es für Beziehungen der Zuneigung normal ist –, indirekt in einen Teil seines Lebens einbezogen zu werden, das mir an sich keineswegs gleichgültig war. Ich begriff nun, daß sich mein gesamtes Gefühlsleben durch meine Erlebnisse auf eine andere Ebene begeben hatte: tiefer als bei den erworbenen Gewohnheiten, zwischenmenschliche Beziehungen zu empfinden und einzuschätzen, oder näher an der Oberfläche (beziehungsweise mit einem Bewußtsein, daß Tiefe und Oberfläche zusammenfielen). Ich konnte mich ernsthaft für jemanden interessieren, ohne daß mich sein Leben im geringsten interessierte. Mehr noch: Das Leben der Menschen, die mich interessierten, war genau der Teil an ihnen, der mich inzwischen völlig kaltließ, und dieses Desinteresse war das Kennzeichen meines Interesses. Nur, wie sollte ich da im Leben, in meinem Leben, die Menschen, an denen mir etwas lag, von den anderen unterscheiden, die mir vollkommen gleichgültig waren? Sollte ich jegliches Interesse an den Menschen verloren haben, ohne Unterschied? Maskierte vielleicht mein Interesse an jenem Jungen, den ich in gewisser Weise protegierte, nur einen Zustand, der nicht anders als gleichgültig zu nennen war? Hatte ich etwa die Verständigung mit den anderen verloren, und zwar im schlimmsten Sinne, nämlich so, daß ich ihnen die Illusion vermittelte oder gestattete, wir würden uns weiterhin verständigen? Oder war mir, aufgrund der Erschütterungen, die ich erlitten hatte, nur ein Licht aufgegangen, und ich durchschaute nun, daß es gar keine Verständigung gab?

Oder... viel einfacher: Stellte mein Desinteresse in diesem Fall nicht nur eine scheinvernünftige Verallgemeinerung des Umstandes dar, daß Almeida ein Offizier der Handelsmarine war? Dann hatte seine Gleichgültigkeit, auf die ich mit einer ebensolchen Gleichgültigkeit antwortete, nur dafür gesorgt, daß ich in ihm, vor allem nach seiner Reaktion auf meine Handgreiflichkeiten, bloß noch den Mann sah, der eine Frau respektlos behandelt hatte, für die ich mehr und zugleich weniger als Respekt empfand, und dem es nicht gelungen war – weil er es nicht konnte oder aufgrund seiner Lebensgewohnheiten nicht wollte –, sie mehr als nur gelegentlich zu erobern. Es war, als verurteilte ich ihn genau wegen der Liebe, die er ihr nicht gegeben hatte, obwohl erst dadurch die Leere entstanden war, in die ich mit meiner Liebe eindringen konnte. Diese Wortwahl – die mir einfach so flüchtig durch den Kopf gegangen war, keineswegs bewußt – ließ mich schaudern: sie rief Bilder von körperlichen Analogien hervor, die mich furchtbar quälten. Und erst in dieser Qual hörte ich deutlich, was Luís gerade sagte.

»Wahrscheinlich werde ich ungefähr zwei Jahre lang als Offiziersanwärter unterwegs sein, bevor ich wieder an Land gehe, um die Seefahrtschule zu besuchen. Aber ich muß mich darum kümmern, ab und zu das Schiff zu wechseln, damit ich auch andere Tätigkeiten kennenlerne und die ganze Welt zu sehen bekomme.«

»Für den Anfang ist das sicher das Beste« (mir war, als befände sich die aufgerissene Leere von Mercedes' Bauch in meinem Innern, ein Gefühl, als steckte ich in einer düsteren Höhle fest und könnte nur ohnmächtig durch die enge Öffnung dem Kommen und Gehen der männlichen Glieder zusehen, die in sie eindrangen).

»Ich will unbedingt nach Brasilien und kreuz und quer durch ganz Europa, und in den Orient muß ich auch und nach Amerika. Hinterher erzähle ich dir alles, wie die Häfen sind und die Städte und die Frauen, die ich alle kennenlerne, was für ein Unterschied zwischen ihnen besteht« (mein Schreckensbild, das mir den kalten Schweiß auf die Haut trieb, war der explodierende Orgasmus, der mich überschwemmte, besudelte, ertränkte, aber es kam nur ein Ding nach dem anderen herein, mal gemächlich, mal mit Gewalt, immer ein anderes, oder es war immer dasselbe, aber der Orgasmus blieb aus), »die einen sind weit, die anderen eng, die einen größer, die anderen kleiner, und manche, das weiß ich aus einem Buch, manche sind viel besser, wenn sie es mehr so wie Katzen machen, von hinten, und mit anderen ist es besser, wenn sie die Beine zusammenpressen, weil sie so weit sind« (und da sah ich entsetzt, daß die Öffnung sich schloß, die Luft wurde schwer und roch nach Blut und verfaultem Fleisch, und neben mir wuchs eine klebrige Masse heran und drängte mich immer enger gegen die feuchten Wände), »ich muß Tagebuch führen und alles aufschreiben...«

»Damit du es lesen kannst, wenn du alt bist?« (Die Masse erstickte mich, der Druck schmerzte immer mehr, bis die Wände schließlich anfingen, sich in regelmäßigen Abständen zusammenzuziehen, unter immer heftigeren Krämpfen.) »Oder willst du eine vergleichende Studie betreiben, die niemals abgeschlossen sein wird?« (Plötzlich barst der verschlossene Eingang, und die riesige Masse, die mich erstickte, riß mich mit nach draußen.) »Das lohnt sich doch nicht, so was aufzuschreiben.«

»Doch nicht zum Aufschreiben, was denkst du denn, nur zum Registrieren.« Er lachte, die Hand zwischen seinen Beinen, und fügte hinzu: »Denn dieser Kerl hier hat kein Gedächtnis.«

(In einer Woge aus schmutzigem Wasser und Blut lag ich neben einem Säugling im Sand an einer Küste.) »Das glaubst du. Du bist noch sehr jung, und er hat nicht viel, an das er sich erinnern könnte. Aber wenn du älter bist und jemanden liebst, dann wirst du sehen, wie er sich jedesmal an all die anderen Male erinnert, auch wenn du es nicht tust.«

Er schaute sich die Uniform an, die auf dem Bett lag (und ich spürte, wie sehr mich der Wachalptraum erschöpft hatte, an den ich mich gar nicht so präzise erinnerte, in mir war nur so ein Gefühl der Erleichterung, als hätte ich mich übergeben, keine Sinneswahrnehmung): »Dann ist heute ein Tag zum Feiern. Gehen wir zu den Nutten« (aber es war, als hätte der Sand allen Schmutz und alles Blut aufgesaugt, und ich fühlte mich sauber und frei), »und ich ficke dieselbe wie du.«

»Willst du nachher oder vorher mit derselben?« (Verstand ich ihn richtig? Also nein, was dachte der sich denn?)

»Nein, nicht so. Wir drei gehen zusammen aufs Zimmer, und...« Dann schwieg er verlegen, konnte nicht weitersprechen, entweder wußte er nicht genau, was er sich wünschte, oder er fürchtete meine Reaktion.

Da fiel mir die Idee wieder ein mit einem von hinten, dem anderen von vorn (so aber nicht!), und ich sagte: »Weißt du was, solche Dinge machen doch als Trockenschwimmen keinen Spaß.«

»Was heißt hier Trockenschwimmen? Wenn ich nur daran denke, fange ich schon an zu triefen.«

Ich stand auf. »Komm.« Wir waren schon im Begriff zu gehen, als ich noch antwortete: »Wenn man bei solchen Dingen vorher drüber nachdenkt, ist es immer Trockenschwimmen.«

Vor der Haustür erschrak ich über die heiße Luft und die Dunkelheit, trotz der Lichter auf der Straße. Es war, als wäre er bei mir, wüchse neben mir in der dunklen Höhle heran.

XL

Doch in der Tram, mit der wir in die Baixa fuhren, verflüchtigte sich mein Unbehagen mit der Brise, die mir ins Gesicht wehte, oder besser, es schrumpfte zu einem kleinen, stillen Knoten unter der Erregung, die sich allmählich unserer bemächtigte. Es war wie die Unruhe und die furchtsame Anspannung, die ich vor Jahren gespürt hatte, als ich, ebenfalls mit einer Tram, zum ersten

Mal unterwegs in ein Bordell gewesen war. Ich unterhielt mich lebhaft mit Luís, lächelte insgeheim ein wenig – man hätte wirklich meinen können, es wäre das erste Mal –, ohne daß dieses Lächeln meinen unveränderten Argwohn hätte vertreiben können. Es lag ohnehin etwas Aufgeregtes in der Luft, das mir erst nach und nach auffiel. Gelegentlich verfolgte Luís mit dem Blick draußen etwas, und ich genauso, also war irgend etwas Besonderes im Gange. Die Tram fuhr nahezu leer, aber auf der Straße, wo auch nicht mehr Leute unterwegs waren als an einem gewöhnlichen Sommerabend, ließ sich eine eigentümliche Bewegung nicht übersehen, und die aufmerksame Erwartung der Herumstehenden stand im Gegensatz zu der flüchtigen Hast einiger Gruppen, die unterwegs waren.

»Was ist denn heute los?« fragte ich schließlich, ebenso mich selbst wie Luís.

»Keine Ahnung, aber...« Er drehte sich mit erhobenem Kopf hin und her und spähte auf beiden Seiten aus der Tram.

Als wir in der Baixa ankamen und die wenigen Fahrgäste aufstanden, um auszusteigen, blieb ich beim Zugführer stehen, der sich auf der Plattform mit dem Bremser unterhielt.

»Was ist denn los?«

Sie tauschten einen Blick und musterten uns reserviert. Der Bremser antwortete schließlich: »Die Kundgebung auf dem Campo Pequeno. Es hat schon angefangen.«

Das Wort »Kundgebung« gehörte damals so wenig zum Alltagsvokabular, klang so sehr nach prähistorischen Unruhen, daß ich es fragend wiederholte.

Der Bremser, ein dunkler, stämmiger, untersetzter Mann im mittleren Alter (der Zugführer, groß und schlank, war jünger), sagte: »Ja, es ist eine Kundgebung. Haben Sie es nicht in der Zeitung gelesen oder im Rundfunk gehört? Heute versammeln sich alle, die für die Revolution in Spanien sind.«

Der Zugführer fügte mit vielsagendem Lächeln hinzu: »Wir sind nicht hingegangen, wir sind im Dienst.«

»Auf dem Campo Pequeno? Wo ist das?« fragte Luís.

»Das ist die Stierkampfarena«, erklärte ihm der Zugführer und hakte gleich nach: »Kommen Sie nicht aus Lissabon? Sind Sie von außerhalb gekommen?«

»So ist es«, antwortete ich.

»Dann sind Sie wohl nicht wegen der Stiere gekommen«, bemerkte er mit wütendem Blitzen in den Augen.

»He, 273,« sagte der Bremser, »halt deine Zunge im Zaum.«

»Ist ja auch schon zu spät, um hinzugehen«, fuhr der Zugführer fort.

»Wir wollen gar nicht hin«, sagte Luís. »Wir wollen zu den Nutten.«

»Na, immerhin kriecht man denen nicht so weit in den Arsch«, sagte der Zugführer und fragte den Bremser: »Aber nach der Kundgebung wird es bald knallen, oder was meinst du, 1460?«

»Jetzt?... Jetzt halt endlich den Schnabel.«

Ich sagte: »Uns können Sie vertrauen. Guten Abend noch.« Damit entfernten wir uns.

Der Zugführer beugte sich von der Plattform herab und rief uns freundlich nach: »Gehen Sie wirklich zu den Nutten? Mist, daß ich noch drei Stunden Dienst habe... Aber passen Sie auf, daß es Ihnen nicht an den Kragen geht. Da draußen ist was los, die meinen es ernst.«

Schweigend überquerten wir den Rossio in Richtung Avenida da Liberdade. Die Bürgersteige waren von Menschentrauben verstopft, die einen starrten neugierig, die anderen brüllten hemmungslos herum. Aus scheppernden Lautsprechern übertönte eine rauhe, sich vor patriotischer Erregung überschlagende Stimme das Getöse. Kleine Nationalflaggen wurden verkauft. Aber nicht viele Passanten griffen zu, fast keiner trug eine. Wer sie unbedingt haben wollte, hatte sie sich bestimmt schon besorgt. Außerdem waren die Flaggenverkäufer sicherlich auch am Eingang der Stierkampfarena zu finden. Mir schien, es gab zwei verschiedene Typen von Gruppen, die sich bildeten und gleich wieder auflösten, zu erkennen an der unterschiedlichen Art, wie sie dastanden. Die einen gehörten zur üblichen Fauna dieses Ortes um diese Zeit, allerdings zahlreicher als sonst: Nachteulen ohne festen oder mit zwielichtigem Lebenswandel, dazu andere Gestalten, die sich nachts, aus ihrem regelmäßigen Alltag kommend, ihrem Flanieren anschlossen. Wieder andere schienen den Ort, wo sie hin und her gingen und stehenblieben, nicht so gut zu kennen und fielen als Fremde auf, vermutlich Leute, die aus anderen Städten des Landes, von Freunden eingeladen oder für billiges Geld, zum großen Aufmarsch der Stiere herbeigekommen waren, den sie als Gelegenheit nahmen, um die Hauptstadt zu besuchen. Da sie vermutlich wenig auszugeben hatten, trauten sie sich nicht nach oben ins Bairro Alto zu den Prostituierten; trotzdem waren sie angelockt und fasziniert und verspürten wenig Lust, früh schlafen zu gehen, oder wußten gar nicht wohin. Die umherlaufenden Jungen mit den Flugblättern, welche die Bürgersteige übersäten, hatten bestimmt diesen Teil der Menge im Auge. Inmitten des Getümmels auf dem Platz und des Geschreis aus den Lautsprechern war es unmöglich, sich zu verständigen. In gewisser Weise lärmten die Leute alle aus demselben Grund, aber der Zufall des heutigen Ereignisses trennte die beiden Gruppen durch eine neutrale Zone des Schweigens, wo zugleich Flaggen wehten, die keiner kaufte, und Flugblätter zertreten wurden, die keiner las.

Einer der Flaggenverkäufer hatte uns neu Hinzugekommene gewittert, kam näher und bot uns die Flaggen zum halben Preis an, »die letzten, dann ist Schluß«, wie er sagte. Wir verscheuchten ihn mit betonter Feindseligkeit, aber paradoxerweise hängte er sich um so hartnäckiger an uns dran. Er lief neben uns her und hielt uns am ausgestreckten Arm fünf Flaggen zum Preis von einer vor die Nase. Es handelte sich gar nicht nur um die Nationalflagge, es war eine Mischung: Die portugiesische, die italienische, die deutsche und eine Flagge mit dem Kreuz von Avis drauf umkränzten die spanische Fahne. Auf dieser standen überdies diverse Sprüche. Der Verkäufer war hager, ein dunkler Typ mit ungepflegtem Bart und dem Gesicht eines Hungerleiders, in dem zornige Augen blitzten, er trug ein schmutziges weißes Hemd und an den Füßen zerschlissene Espadrilles. Er trottete neben uns her und bedrängte uns, er müsse doch auch leben, wir sollten ihn nicht so dastehen lassen, als könnte er keine Flaggen verkaufen. Schließlich ging er zur offenen Drohung über: Nur Kommunisten würden keine Flaggen kaufen.

Wir blieben an der Ecke des Glória-Aufzugs stehen, und Luís erwiderte: »Dann müssen das hier ja lauter Kommunisten sein, wo Ihnen keiner Flaggen abgekauft hat.«

Der Mann wurde böse und erhob seine Stimme: »Unverschämt... Müssen sich auch noch über einen Armen lustig machen... Gnade uns Gott, wenn diese Kanaillen gewinnen... Kennen keine Barmherzigkeit... Gauner, Mörder...«

Allmählich sammelte sich ein Kreis von Zuschauern, die aus den größeren Menschentrauben weiter weg gekommen waren. Als er merkte, daß er ein Publikum hatte, erregte sich der Mann noch mehr und sprach inzwischen nicht mehr zu uns, um uns einzuschüchtern, sondern wandte sich direkt an den Kreis der Umstehenden: den frischgebackenen Volkstribun lockten nun das öffentliche Spektakel und die Rache. Ich versuchte mich zu entfernen, versuchte die Zuschauer als Vorhang zu benutzen, hinter dem wir uns verbergen und verflüchtigen konnten. Doch weder ließ der Kreis so einfach jemanden herein (die Leute merkten wohl, daß der größte Teil des Spektakels dahin sein würde, wenn wir entkamen), noch ließ der Mann Luís in Ruhe, der ihn am Hemdsärmel gepackt hatte, um ihn zum Schweigen zu bringen.

»Gauner, Schufte... Diese jungen Leute sind die schlimmsten... Schauen Sie sich das nur an, meine Herrschaften... Da versucht man, sich seinen Lebensunterhalt zu verdienen, und bietet die Flaggen zum halben Preis an, zu weniger als dem halben Preis, zum Selbstkostenpreis, damit die Sache ein Ende hat, und die machen sich noch über einen lustig... Aber das wird sich ändern, heute wird sich alles ändern... Diese Gauner werden wir allesamt hinter Schloß und Riegel bringen. Ich habe zu Hause eine alte, gelähmte Mutter, sie wartet darauf, daß ich ihr ein bißchen Kleingeld bringe, und diese Gauner sind dran schuld, wenn ich mit leeren Händen komme. Die Ärmste betet den ganzen Tag zu Unserer Heiligen Frau von Fátima, daß sie unserem Präsidenten Gesundheit und ein langes Leben schenken möge, damit er uns von diesem Gesindel erlöst. Das ist nicht recht.«

Die Umstehenden rührten sich nicht und sagten kein Wort. Es sah auch nicht danach aus, als wollte ihm irgendwer seine Flaggen abkaufen. Aber in den Gesichtern war ebensowenig Sympathie für uns zu lesen. Wir waren feine junge Herren, gutgekleidet, wir wirkten städtisch, sahen nach einem guten Leben aus, wir waren weder aus der Provinz noch vom Stadtrand gekommen, und all die aufgestaute Feindseligkeit der sozialen Unterschiede kehrte sich gegen uns. Es lag keine Parteinahme für den Verkäufer darin, der sich allzuweit unten im Klassensystem befand, als daß sich irgendwer mit ihm identifizieren mochte; aber er bot eine Gelegenheit, um die »Gebildeten«, die »Gutgekleideten« zu demütigen, »die nicht zu arbeiten brauchen«. Es gelang mir, Luís und den Mann voneinander zu trennen und den Kreis halb zu durchqueren. Sogleich teilte sich die Menge in zwei Kreise auf, der eine umringte den Mann, der immer noch herumbrüllte und mit seinen Flaggen fuchtelte, und der andere wollte von uns wissen, was eigentlich vorgefallen sei. Diese Spaltung in zwei Kreise (die sich sogleich wieder schlossen, so daß der Übergang vom einen zum anderen schwierig wurde, wenn man nicht ganz außerhalb des Geschehens landen wollte) verfehlte ihre Wirkung nicht, und die Gruppe um uns begann mit uns zu sympathisieren, obwohl sich ihre Feindseligkeit zunächst nur in eine spöttische Neugier verwandelte.

Ich erklärte, gar nichts sei vorgefallen, der Mann sei ein aufdringlicher Spinner. Er habe uns gedrängt, ihm seine Flaggen abzukaufen, aber vergeblich. Sonst nichts. Einige hegten Zweifel und verlangten nach mehr: es konnte doch nicht sein, daß sie für nichts und wieder nichts dagestanden hatten, und sie fühlten sich nun wie betrogen in ihrer aufkommenden Solidarität. In dem anderen Kreis erhitzten sich die Gemüter, angefeuert durch den Redeschwall des Verkäufers, und wutentbrannte Gesichter drehten sich nach uns um.

Einer der Jungen mit den Flugblättern näherte sich der Gruppe der Erregten, und der Verkäufer geriet automatisch in den Hintergrund: jetzt klang aus seiner Stimme deutlich die Verbitterung des Tribuns, der seine Anhänger an einen anderen Magneten verliert. Der Junge war groß genug, um uns drohende Blicke über die Köpfe der Dämlinge hinweg zuzuwerfen, deren Kreis sich inzwischen zu einer verbogenen Ellipse verzerrt hatte, zugunsten des zweiten Mittelpunkts, den er selbst darstellte. Und es dauerte nicht lange, bis auf die Blicke der Junge selbst folgte und die beiden Gruppen wieder vereinigte. Sein gestriegeltes Haar glänzte, sein Gesicht war beherrscht von einer langen, aber nicht hervorstechenden Nase, die sich unförmig von den geschwungenen Augenbrauen bis zu den Nasenflügeln herab erstreckte, ja beinahe noch bis zu den Mundwinkeln und zum knochigen Hals weiterging, ehe sie in einem spitzen Adamsapfel, ihrer letzten Metastase, auslief. Seine Hände, die er erhob, um Schweigen zu gebieten und uns befragen zu können, ähnelten mit ihren langen und hervorstichelnden Fingern der Näselnase. Unser Kreis jedoch wogte mißbilligend hin und her, verärgert über die Einmischung durch einen amorphen, von ihm abgefallenen Kringel, dessen Existenzberechtigung unser sich autonom fühlender Kreis inzwischen bestritt. Die Debatte ergriff alle, die Stimmen wurden heftiger, dann drängten sich zwei weitere Flugblattverteiler durch die Menge, um ihrem Gefährten beizustehen, der da umringt wurde, ohne daß sie wußten warum. Die Handgreiflichkeit, mit der sie den Kreis durchbrachen, entrüstete wiederum einige der Umstehenden (ungeachtet der Frage, auf welcher Seite sie waren). Schon fragten einige spitz, warum sie überhaupt hier seien und nicht am Campo Pequeno, was sie mit all dem zu tun hätten und so weiter. Ein unsympathischer Zeitgenosse war verbissen bemüht, sich für jeden Rippenstoß umgehend zu revanchieren. Der zunehmende Tumult half Luís und mir dabei, mit einem (möglicherweise nicht ganz zufälligen) Menschenschwall aus dem Zentrum der Ereignisse herauszukommen, wo sich schon Arme erhoben und Beschimpfungen laut wurden. Im selben Augenblick erschien ein Mann im mittleren Alter mit großem Schlapphut und Künstlerschleife, packte uns, einen an jedem Arm, und zerrte uns den Bürgersteig entlang. Sein Griff war eisern, beinahe schleifte er Luís hinter sich her. Wir wehrten uns und protestierten, aber er ließ uns erst neben einem Auto wieder los, dessen livrierter Chauffeur von der anderen Seite gelaufen kam, um uns den Schlag aufzuhalten, sein Käppi in der Hand, als wären wir wichtige Persönlichkeiten, die friedlich und feierlich mit seiner Limousine zu einem Empfang aufbrachen.

»Dort hinein«, sagte er und schubste uns nacheinander in das Innere des Wagens, wo wir allein durch den Schwung seines gleich hinterherkommenden, mächtigen Leibes dazu gezwungen waren, uns richtig hinzusetzen. Sodann strich er die altmodischen grauen Handschuhe glatt und befahl dem Chauffeur mit seiner sanft gebieterischen Stimme: »António, fahren wir.« In demselben Tonfall hielt er uns ohne Umschweife eine Predigt: Ob wir verrückt geworden seien? Dort auf der Praça dos Restauradores Provokationen zu veranstalten, genau an diesem Abend, wo die Kanaillen um den Diktator nur nach Vorwänden suchten, um das Treffen der Stiere zu rechtfertigen, bei dem eine »Portugiesische Legion« zum Kampf gegen den Kommunismus gegründet werden sollte?

Luís und ich, eingezwängt in der Limousine, waren so verblüfft, daß wir uns nicht einmal anschauten. Der Gentleman (das war die angemessene altertümelnde Bezeichnung, um ihn einzuordnen) wurde ironisch: Oder seien wir, um die Sache einmal anders zu betrachten, tatsächlich bloße Provokateure? Nein? Ach nein? Nun, so sähen wir auch nicht aus. Lachend steckte er sich eine Zigarre an. Ihm zu sagen, was wir vorhatten, kam mir noch absurder vor als seine Rettungsaktion. Luís' fügsames Schweigen deutete ich als ähnliche Einschätzung unserer Situation. Nachdem unser Retter sein glänzendes Feuerzeug in der Westentasche verstaut hatte, wo eine Uhrkette aufblitzte, nahm er seinen Sermon wieder auf: Wir müßten doch vorsichtig sein, extrem vorsichtig, und dürften nicht so töricht auf uns aufmerksam machen, so, pardon, jugendlich, mit der überzogenen Kühnheit der Jugend, wir sollten unsere Kräfte lieber für den geeigneten Moment aufsparen, gerade sei der Augenblick aber ungeeignet. Oder ob uns etwa jemand weisgemacht hätte, er sei geeignet? Er wisse durchaus von Gruppen, die dieser Meinung seien und für auffällige Aktionen einträten, um das Volk zu agitieren. Das Schlimme sei nur, daß das Volk von Jahren der Propaganda und Zensur eingeschläfert worden sei, eingeschüchtert durch die Polizei und in Sorge um sein täglich Brot. Und wer nicht zum Volk gehöre, sei Staatsbeamter und könne jederzeit auf die Straße gesetzt werden. In Wahrheit leisteten nur die alten Republikaner Widerstand, und es komme darauf an, nicht zuzulassen, daß die Republik in die Spanienfrage verwickelt würde, soviel Sympathie man auch mit der rechtmäßigen spanischen Regierung empfinden mochte, gegen die Militärs, die, mit Klerus und Provinzpotentaten alliiert, heute mit blutiger Gewalt dasselbe in Spanien betrieben wie ihre Gesinnungsgenossen vor zehn Jahren hinter den Kulissen in Portugal. Den spanischen Republikanern zu helfen sei zweifellos eine Pflicht aller Demokraten, keine Frage. Sich aber zu Gegendemonstrationen hinreißen zu lassen, das spiele der Diktatur in die Hände, die auf nichts anderes warte, um alle als Kommunisten abzustempeln. Der portugiesischen Republik, der alten, glorreichen Republik mochte man vieles nachsagen… daß sie ein bißchen konfus war, das würde er sofort zugeben, aber sicher doch. Und lahmgelegt durch bedauerliche Spaltungen, kleinliche Machtkämpfe, den Verrat vieler, die heute Minister der Diktatur waren oder kurz davor standen (inzwischen hielt der Wagen an der Tür einer kleinen Villa oben in der Graça). Aber kommunistisch oder etwas derartiges war sie niemals gewesen, das sei einfach eine infame Behauptung. Sondern liberal, liberal und demokratisch, oder etwa nicht? (Wir nickten beide.) So sehe die Wahrheit aus. Er sei der Ansicht, die Republik müsse noch viel liberaler werden, sobald sie wieder hergestellt sei. Aber liberal zur Linken hin, auf moderne Weise, denn beim letztenmal sei sie mit der Rechten zu liberal umgegangen, und das Resultat sehe man ja nun, bitte sehr, die Institutionen seien am Ende, und die Monarchisten regierten eine Scheinrepublik. Er unterbrach sich, um dem Chauffeur einzuschärfen: »António, erinnere mich morgen daran, daß ich es nicht vergesse, Scheinrepublik!« Was jetzt vonnöten sei, mehr denn je, sei Vorsicht, äußerste Vorsicht. Widerstand ja, immer. Aber nicht unvorsichtig.

Überrascht hörte ich plötzlich eine andere Stimme, die Luís gehörte: »Wie soll man denn Widerstand leisten, ohne etwas zu tun?«

»António, diese Herren kommen mit auf einen Kaffee und ein Glas Portwein. Nein, das können Sie nicht ablehnen, Sie müssen sich von der Aufregung erholen. Danach wird António«, der war gerade, Käppi in der Hand, ausgestiegen, um den Schlag aufzuhalten, neben dem er in Habachtstellung stand, »Sie beide nach Hause bringen. Es kommt ja nicht alle Tage vor, daß ein alter Republikaner wie ich zwei Glaubensgenossen aus der jungen Generation kennenlernt.« Luís und ich stiegen schüchtern und verkrampft aus, und der hohe Herr, immer noch halb im Wagen, aber im Begriff, sich mit einem Ruck aus dem Automobil herauszukatapultieren, betrachtete uns mit väterlicher Überlegenheit und gönnerhafter Ironie, die zu sanfter Bestimmtheit überging, als er seine behandschuhten Hände auf unsere Schultern legte und uns auf das Portal zuschob, das sich auftat und einen uralten, buckligen Portier in Livree enthüllte, der mit mechanischer Geste eine Hand ausstreckte, um die Hüte entgegenzunehmen, die wir gar nicht trugen. Vor uns erhob sich eine imposante Steintreppe mit einem roten Läufer, viel zu schmal für die Breite der Stufen. Laternen wie von alten Kutschen, aber mit Glühbirnen versehen, halfen einem Lüster, der mitten in der Eingangshalle hing, den großen Raum zu beleuchten. Doch weder Lüster noch Laternen vermochten die düstere, modrige, hallige Atmosphäre (in der unsere Schritte mal volltönend, mal lautlos schienen) dieses pompösen und düsteren Entrees zu bannen.

»Kommen Sie doch nach oben, treten Sie ein«, sagte unser Gastgeber. Seine Bewegung die Treppe hinauf, so langsam, als genieße er jede einzelne Stufe, schien uns vor sich her zu schieben. Oben wartete ein weiterer, jüngerer Hausdiener in Hemdsärmeln und schwarzweiß gestreifter Weste, um uns und den Hausherrn durch einen schweren, vergilbten Vorhang in einen langen schmalen Salon zu geleiten, der wirkte, als bestünde er nur aus zwei Reihen ebensolcher Vorhänge, die paarweise links und rechts aufeinander folgten. In den Zwischenräumen befanden sich Konsolen mit Nippsachen darauf, vergoldete Stühle und ein goldgerahmter Wandspiegel.

»João«, sagte der Hausherr hinter uns, die wir dem Diener folgten, »serviere bitte den Kaffee in der Bibliothek.«

João hob einen der rechten Vorhänge an und ließ uns in die Bibliothek eintreten, einen runden, nicht allzu großen Raum in Blau und Gold, dessen Wände aus Regalen voller gebundener, größerer oder kleinerer, aber fast durchweg schmaler Büchlein bestanden. Auch hier gab es vergoldete Stühle, mit Rokoko-Schnecken auf den Beinen, Arm- und Rückenlehnen und mit abgewetzten Blüten auf dem Stoff der Sitzflächen und Rückenpolster. Auf einem kleinen Schreibtisch in der Ecke thronte ein Tintenfaß aus Porzellan mit Entenfedern. Dahinter ließ sich der Hausherr nieder, auf einem modernen Drehstuhl, der kein bißchen zur restlichen Einrichtung paßte. Im Hinsetzen deutete er mit einladender Geste auf die anderen Stühle, wo wir Platz nehmen sollten, und ich fand, daß auch er, wie der Schreibtischstuhl, nicht recht zu dem Interieur paßte. Ohne Handschuhe und Schlapphut, die er bei seinem Majordomus am Eingang abgegeben hatte, wirkte er nicht mehr ganz so beeindruckend. Auch seine fleischigen weißen Hände schienen nicht mehr dieselben zu sein, mit deren eisernem Griff er uns gepackt hatte. Sein schwarzes, glänzendes Haar trug er straff von der einen Seite des Kopfes zur anderen gekämmt, um seinen Haarausfall zu verdecken, was ihn von vorn aussehen ließ wie einen Säuglingskopf mit einem schwarzen Balken darüber. Schweigend, nur ab und zu humorvoll zwinkernd, musterte er uns lange. Luís und ich warteten, ohne einen Blick zu wechseln, bis sich sein Mund mit den blassen, schmalen, angespannten Lippen öffnete: »Ich möchte Sie nicht lange aufhalten. Machen Sie es sich bequem.« Wir ließen lediglich den Blick durch den Raum und über die dünnen Buchrücken schweifen. »Nach dem Kaffee und einem Glas Portwein, Sie trinken doch sicher Kaffee und Portwein?, möchte ich Ihnen nur gern eine meiner Sammlungen zeigen, damit Sie nach all der Aufregung auf andere Gedanken kommen. O, ich möchte keinen Dank hören«, wir hatten ihm überhaupt nicht gedankt, »was ich getan habe, war an einem Tag wie heute nur meine Pflicht, nämlich Sie aus Ihrer schwierigen Lage zu befreien. Sie mögen mir meine Einmischung verzeihen«, die Art, wie er das Wort betonte, zeigte, daß er sich noch nicht ganz sicher war, ob wir nicht doch Provokateure im Solde Moskaus waren, deren Manöver er im Zuge seines Kampfes gegen die Diktatur vereitelt hatte, »aber Sie werden mir zustimmen, daß die Situation ungünstig war und Sie sich in großen Schwierigkeiten hätten wiederfinden können. Auch wenn all das purer Zufall war – hätte die Polizei Sie auf die Wache mitgenommen, wären Sie womöglich in ein Komplott verwickelt und zum Sündenbock gemacht worden. Diese Burschen von der Vanguarda hätten Ihnen eine Menge Ärger machen können. Die wollen nämlich die Regierung dazu zwingen, sie als Sturmtruppe anzuerkennen. Aber sie wissen, daß die Regierung da nicht mitmacht, weil sie die Organisation solcher Einheiten nicht aus der Hand geben will, deshalb wissen sie nicht weiter. Die Gründung der Portugiesischen Legion heute ist schon ein Schlag für den Ertrag ihrer Bemühungen«, genüßlich wiederholte er den Reim: ein Schlag für den Ertrag. »Morgen wird eine Jugendbewegung aus der Taufe gehoben, o ja, ich weiß, was die vorhaben, und diese Gründung wird der Vanguarda endgültig den Garaus machen. Sie wird sich auflösen müssen. Deshalb heißt es für diejenigen, die sie anführen, jetzt oder nie«, der Diener kam mit einem riesigen Tablett herein, auf dem eine silberne Kanne, eine silberne Zuckerdose, Täßchen, schlanke Gläser und eine noch schlankere Kristallkaraffe standen, und stellte es auf einem dreibeinigen Tischchen in der Ecke ab. »Und jetzt trinken wir unseren Kaffee«, der Diener begann einzuschenken, zuerst uns, dann dem Herrn des Hauses, »und ein Gläschen Portwein, zieren Sie sich nicht, dieser Portwein verdient Ihr Lob«, und der Diener servierte den Wein. »Ich hoffe, Sie wissen ihn zu schätzen, den bekommen Sie nämlich sonst nirgendwo. Er ist selbstgemacht, den verkaufen wir nicht.« Als der Diener sich zurückgezogen hatte, fragte Luís: »Sie besitzen Ländereien am Douro?« »O, halten Sie mich nicht für einen Großgrundbesitzer, nein. Ein kleines Gut am Rio Tua, das jedes Jahr ein paar Fässer hergibt, mehr nicht, das reicht kaum, um die Freunde zu bewirten. Ich bin jedes Jahr zur Traubenlese mit meiner Familie dort.« Ich betrachtete ihn überrascht, denn er wirkte wie einer, der über dem alltäglichen Mittelmaß einer Familie stand, für die es auch keinerlei Anzeichen in der Atmosphäre seiner Wohnung gab. »Mein junger Freund wundert sich? Glauben Sie, in einer solchen Wohnung gäbe es keine Familie? Aber ja. Der Vorteil einer geräumigen Wohnung, groß will ich gar nicht mal sagen, damit Sie nicht glauben, ich würde meine bescheidene Hütte einen Palast nennen, der Vorteil ist, daß alle gemeinsam darin leben können, ohne einander auf die Füße zu treten. Übrigens... Wo kommen Sie eigentlich her? Aus Lissabon? Ah, der eine aus Figueira, der andere aus Lissabon. Sehr gut. Schöne Stadt, Figueira. Es gab eine Zeit, da habe ich im Sommer manchmal ein paar Tage dort verbracht. Ach, Sie auch? Einer meiner Söhne, der in Coimbra studiert, ich habe ja nie in Coimbra studiert, das war immer mein Traum, das Pappelwäldchen, die Serenaden, der Felsen der Sehnsucht, die alte Kathedrale, die kleinen Kneipen, die Studentenwohnungen, die ja auch ›Republiken‹ heißen, was für ein schöner Name, und so zutreffend, denn er sagt etwas über die demokratische Art des Wohnens aus, leider ist Coimbra immer das Zentrum der Reaktion gewesen, mit diesen Rechtsgelehrten, die heute die Zügel des Landes in der Hand haben, mein Sohn studiert im übrigen Jura, jawohl, na, schmeckt Ihnen der Portwein? Nehmen Sie doch noch ein Schlückchen, keine Umstände, fühlen Sie sich wie zu Hause, mein Sohn, also, ich habe zwei, mehr oder weniger in Ihrem Alter, ja, Ihre Altersstufen, und der Ältere fährt viel nach Figueira. Ich weiß, so ist die Jugend, ich war doch selber mal jung, und ich kann Ihnen sagen, wenn wir uns zu meiner Zeit austobten, dann tobten wir uns aus.« Luís und ich schauten uns an und wußten nicht, ob sein Austoben unschuldiger oder verruchter gewesen war als unseres. »Damals stellten wir die verrücktesten Dinge an, praktisch ohne Geld. Mein Sohn sieht das anders, der kann sich eine Sause nicht ohne Geld vorstellen. Er ist eben anders aufgewachsen, ihm hat es nie an etwas gefehlt. Ich habe viel arbeiten müssen, mit diesen Händen...« Er erhob sie, weiß und fleischig, man konnte sie sich kaum bei irgendeiner körperlichen Arbeit vorstellen. »Mein zweiter Sohn, der hier in Lissabon bei mir lebt, ist anders, ein stiller, fleißiger Junge, oft sage ich ihm, er soll doch mal ausgehen, sich ablenken, aber er will nicht. Ihnen müssen das die Eltern nicht extra sagen, stimmt's? Aber meinen Sohn kennen Sie sicher, er studiert in Coimbra.« »Vielleicht«, sagte ich, »wie heißt er denn?« »Ich sage immer zu ihm: Lerne was und genieße das Leben, mein Sohn, die Politik kommt erst später. Die Politik verbraucht das Leben der Menschen, das ist etwas für erwachsene Männer. Wenn ich daran denke, was ich der Politik geopfert habe, was aus mir hätte werden können!« Er ließ einen Blick schweifen, der um Mitleid mit seinem verlorenen Leben heischte... »Heute gibt es junge Leute, die sich für Politik interessieren, aber sie werden alle manipuliert, o ja«, er beäugte uns argwöhnisch, »nicht alle, das sage ich ja gar nicht. Viele haben das Feuer, die Großzügigkeit, die Begeisterung, die Hitze«, er pausierte bei jedem Wort, um nach dem nächsten zu suchen, »die Menschenliebe, wie sie für die Jugend typisch sind. Aber die Politik ist etwas anderes: eine einzige Betrügerei, wenn Sie mich fragen. Man braucht große Opferbereitschaft für die gemeinsame Sache und viel Geduld, und man muß hart im Nehmen sein, würde ich sagen, um die schmutzigen Intrigen der einen, die Kleinlichkeit der anderen und das Mittelmaß der meisten zu schlucken. Solche Männer wie zu den Zeiten der Republik gibt es nicht mehr. Wir Überlebenden haben eine Menge durchgemacht. Verfolgungen, Spaltungen, Verrat ohne Ende. Aber wir halten stand. Darauf kommt es an: standhalten. Also, meine Herren, kennen Sie meinen Sohn? Im Moment ist er in Figueira. Er hat im Oktober Prüfungen an der Universität, deshalb kommt er im Sommer nicht nach Lissabon. Er heißt Alberto, wie ich. Alberto Coelho junior.« Nein, wir kannten ihn leider nicht, aber unsere Freunde bestimmt. »Ach, wie schade. Mein Junge interessiert sich auch sehr für die Politik, und er steht treu zur Republik. Sie kennen ihn ganz sicher nicht? Wirklich schade. Er ist sehr bekannt, kein Zweifel, daß Sie ihn kennen würden, wenn Sie aus Coimbra stammten oder dort studierten. Das ist mein Sohn, er trägt denselben Namen wie ich. Aber wer kennt mich schon? Ja, wer kennt mich? Sie etwa? Nein, zerbrechen Sie sich nicht den Kopf, ich sehe ja, daß Sie mich nicht kennen. Und warum sollten Sie auch? Ich bin ein bescheidener, diskreter Mensch, der höchstens im Impressum der Zeitung auftaucht. Vor zwanzig Jahren war das anders: In der Politik und der Kultur kannte mich jeder. Aber was liegt mir schon daran? Seit Jahren überdauere ich im Impressum einer republiktreuen Zeitung. Seit Jahren habe ich keinen Vers mehr veröffentlicht und will es auch gar nicht. Wozu? Damit diese Modernisten, denen ich das Schreiben beigebracht habe und die mich imitieren, feststellen, ich sei außer Mode? Und außerdem habe ich herausgefunden, daß man nicht Republikaner und Modernist zugleich sein kann, ohne daß die Glaubensgenossen gleich argwöhnen, einen Faschisten vor sich zu haben, und meistens zu Recht. Es ist traurig. Wirklich traurig. Aber ich habe meine Zeitung. Welche Zeitung? Natürlich *Die Demokratie*, welche sonst?... Ich habe meine Bücher. Und meine Vögel. Jawohl, meine Vögel, eine Sammlung, die ich eines Tages dem Zoologischen Garten vermachen werde. Wenn Sie die Bücher gesehen haben, werde ich Ihnen die Vögel zeigen, ich besitze viele Arten. Erstausgaben und seltene Vögel sind mein Verderben. Dafür gebe ich mein Geld aus. Aber die beiden Dinge ergänzen und entsprechen sich. Ich sammle alles, was singt, was ornamental, prächtig, elegant ist. Sagen wir, ich sammle alles, was fliegt, sei es auf den Schwingen der Vögel, sei es auf den Schwingen des Geistes. Die Bücher, die Sie hier sehen, sind sämtliche Gedichtbände, die in Portugal bis heute je erschienen sind. Gute und schlechte Gedichte, gleichermaßen eingebunden, denn ob gut oder schlecht, sie stammen alle von Dichtern. Meine Vögel aber sind ausschließlich exotisch, ganz wie Gedichte in ihrer eigenen Sprache auch exotisch sind. Sehen Sie, wie die beiden Sammlungen sich ergänzen? Die Republik, die Dichtkunst, die seltenen Vögel. Republik und Gedichte ausschließlich portugiesisch, die Vögel nur aus anderen Welten. Es gibt häßliche Vögel, unglaublich häßliche, äußerst seltsame Vögel, mißlungen wie falsche Verse. Aber heutzutage kommt es überhaupt nicht darauf an, ob die Verse falsch sind. Wenn wir zu meiner Zeit einen falschen Vers schrieben, dann geschah das mit Absicht, wenn Sie heute falsche Verse sehen, können Sie keineswegs davon ausgehen. Wie kann einer auch mit Absicht einen Fehler machen, wenn er gar nicht weiß, wie es richtig geht?... Mögen Sie Gedichte, meine Herren? Das wissen Sie nicht so genau, stimmt's? Keiner lehrt einen, Gedichte zu lieben... Aber wie soll man auch lehren, was man nicht lernt? Die Dichtkunst ist die Schöpfung des Traumes und der Schönheit, die es auf der Welt nicht gibt. Der Dichter fühlt und sieht, was die anderen nicht zu sehen vermögen. Er lebt in einer anderen Welt aus Zartheit, Intelligenz und Feinfühligkeit, und von dort läßt er uns Nachrichten zukommen, nein, keine Nachrichten, eher Botschaften der Verzückung. Die Sprache des Dichters... Aber was rede ich hier von Dingen, die keinen interessieren? In der Welt von heute ist alles Brutalität und Grobschlächtigkeit, die Dichtkunst ist gestorben, sie hat keinen Ort mehr. Wäre eine Rosalía de Castro heute noch möglich? Die arme Florbela Espanca hat sich umgebracht. Und ich schreibe meine unveröffentlichten Verse weder auf, noch lasse ich sie publizieren. Wozu, ja, wozu?« Er saß nachdenklich da und betrachtete in immer gedehnterem Schweigen die Buchrücken über unseren Köpfen, bis Luís aufstand und ein Buch aus dem Regal hinter ihm nahm. Er winkte mich herbei. Ich erhob mich, um zu sehen, was er mir zeigte: das geschlossene Buch in seinem Einband, die Seiten noch nicht aufgeschnitten. Neben uns erklang die Stimme: »Es gibt Dichter, die man besser nicht aufschlägt... Kommen Sie, wir schauen uns meine Vögel an.«

Wir folgten ihm über einen langen Korridor, der dem Salon ähnelte und dessen eine Wand, unterbrochen von mehreren Vorhängen, mit Möbeln vollgestellt war, bis wir auf einen großen verglasten Balkon gelangten, wo der Gastgeber die Beleuchtung einschaltete. Im selben Augenblick erfüllte lautes Gezeter den Balkon, ja die ganze Wohnung. Vielfarbiges Vogelvolk flatterte in geräumigen Käfigen herum, und auf Dutzenden Sitzstangen schüttelten Aras, Papageien und Kakadus ihr Gefieder und sperrten unseretwegen ihre gebogenen Schnäbel auf. Ein Geruch wie im Hühnerstall wogte in der Luft. Wir schauten uns um und folgten dem Hausherrn, der den ihm näherstehenden Tieren freundlich zuwinkte, Koseworte in Richtung der Käfige sagte und schließlich am Ende der Galerie stehenblieb, bei einem Käfig, in dem ein riesiger Vogel schlief, ohne sich im geringsten von der Aufregung des restlichen Federviehs beeindrucken zu lassen.

Coelho fragte uns, ob wir wüßten, was für ein Vogel das sei. »Ein Adler«, sagte Luís. Nein, das sei kein Adler, sondern viel mehr... Ob wir es nicht errieten? Nun, es sei ein Kondor aus den Anden, jener edle Vogel von den unzugänglichen Berggipfeln, das Symbol der Höhen und jener Freiheit, von der Rubén Darío, der große Rubén Darío gesungen hatte. Ich wußte nicht, wer Rubén Darío war, und Luís bestimmt noch weniger. Aber wir betrachteten diesen Kaiser unter den Vögeln, dessen schläfrige, gleichgültige Art, mit seinen gesträubten Federn und dem verwahrlost aussehenden Leib, kaum an großartige Kordilleren denken ließ, von dessen Höhe herab er verächtlich aus seinen leblosen, halbgeöffneten Augen schaute. Unser Gastgeber bemerkte: »Der Kondor ist über den Anden dasselbe wie der Albatros über den Meeren. Kennen Sie das Gedicht von Baudelaire?« Ich erinnerte mich an meine Französischstunden. »*Ses ailes de géant l'empêchent de marcher*. Die Matrosen haben den Albatros gefangen, und der arme Vogel, der es gewohnt ist, frei über die Wellen zu schweifen, kann nicht auf dem Deck des Schiffes gehen, er stolpert über seine Flügel. So ergeht es uns allen, wenn wir einmal geflogen sind. Wir verbringen unser restliches Leben damit, über unsere eigenen Flügel zu stolpern und mit dem Kopf an die Käfiggitter zu stoßen. Und dafür muß man weder ein Kondor noch ein Albatros sein.« Er drehte sich den anderen Käfigen zu. »Schauen sie mal. Auch den kleinen Vögeln, mit denen der heilige Franziskus von Assisi gesprochen hat, ergeht es nicht anders. Auch sie denken, daß sie nur ohne Käfig frei sein können. Großer Irrtum. Ein ganz großer Irrtum, meine Freunde«, und er schaute sich um wie ein Weltenschöpfer, der über die Freiheit der geflügelten Welt zu entscheiden hat. »Eine hübsche Sammlung, nicht wahr? Einige dieser Vögel haben mich mehr gekostet als viele Erstausgaben von Dichtern. Aber ich will Sie nicht noch länger aufhalten. Sie sollen ja nicht denken, ich möchte Sie in einen goldenen Käfig sperren, wie im Garten der Salome.«

Er ging zwischen uns beiden hindurch und schritt denselben Weg zurück in die Bibliothek. Dort zog er eine Schublade am Fußende eines der Regale auf und nahm zwei längliche Bücher mit einem Einband in kräftigen Farben heraus. Ach, das seien nur zwei der Bücher, die er vor Jahren mal veröffentlicht, inzwischen aber vom Markt genommen habe, er wolle sie uns als Erinnerung an unsere vielversprechende Begegnung schenken. Eines der vergilbten Bücher – um die Widmung zu schreiben, fragte er nach unseren Namen – hieß »Mußestunden der fernen Prinzessin«, und auf dem Rot und Schwarz des Einbandes sah man undeutlich, wie sich eine Prinzessin zwischen Pfauen aalte. Das andere, das Luís erhielt, hieß »Goldene Träume bronzener Unendlichkeit«, und hier saß auf dem Umschlag eine Gestalt zwischen schmalen Türmen, im Licht einer unwirklich untergehenden Sonne. Nein, wir dürften nicht an Ort und Stelle darin blättern, sie nicht einmal aufschlagen. Auch seine Bücher seien nicht zum Aufschlagen da, es sei denn, eines Tages verspürten wir das Bedürfnis nach ästhetischem Kontakt mit der poetischen Phantasie, der sehnsüchtigen Vision, nun ja, mit all dem Staat eines geringeren Dichters, eines kleinen Dichters, der sich aus der Dichtkunst zurückgezogen habe. Wenn wir wollten, könnten wir die Bücher sogar irgendwo liegenlassen, sie auf der Straße wegwerfen, wer weiß, vielleicht würde sie ja irgendein Bedürftiger, ein Sternenbettler aufsammeln... Und damit läutete er.

Der Diener erschien wieder und empfing die Anweisung, uns zur Tür zu begleiten. Vergebens lehnten wir es ab, nach Hause chauffiert zu werden. Auf dem Treppenabsatz verabschiedete sich der Dichter überschwenglich von uns, schärfte uns ein, wieder zu Besuch zu kommen, es sei ihm stets ein Vergnügen. Doch als wir uns an der Tür zu einer letzten Verbeugung umwandten, war er oben schon verschwunden. Der Chauffeur hielt uns den Schlag auf, Käppi in der Hand. Wir stiegen ein, die Tür der Villa schloß sich. Der Chauffeur drehte sich auf seinem Sitz herum und fragte, wo er uns hinbringen solle.

»Lassen Sie uns unten auf der Avenida Almirante Reis aussteigen, egal wo«, sagte ich. Der Wagen glitt lautlos durch die Kurven, bis er die Avenida erreicht hatte. Inzwischen gewöhnt an das Zeremoniell, warteten wir unwillkürlich, daß der Chauffeur ausstieg, um uns die Tür zu öffnen. Er rührte sich aber nicht, drehte sich nicht einmal um, als er fragte: »Ist es hier recht?« Wir bejahten und stiegen aus. Der Wagen fuhr los.

Wir standen schweigend auf dem Bürgersteig, jeder mit seinem Buch in der Hand. Schließlich fragte Luís: »Wie kann es bloß so jemanden geben?«

»Was meinst du damit, so jemanden?«

»Na, das alles… die Wohnung, die Bücher, die Papageien, und wie er redet… Wie ein Verrückter. Er muß Geld wie Heu haben.«

»Er ist nicht verrückter als wir beide. Er lebt einfach in einer anderen Welt.«

»In einer anderen Welt? Ach je… Ich wünschte, ich hätte so eine Wohnung, mit all den Leuten, die einen bedienen.«

»Und dann?«

»Weißt du, was ich tun würde, wenn diese Wohnung plötzlich mir gehörte? Ich würde die ganzen Vögel freilassen, das wäre ein Geflatter, die Stadt wäre voll davon, Aras auf der Avenida da Liberdade. Dann würde ich die Bücher verkaufen. Und dann… und dann… würde ich da drinnen Feste veranstalten, ein offenes Haus für alle, die mitmachen wollen, ein wahnwitziger Budenzauber, bis alles in Schutt und Asche liegt.«

»Und dann?«

»Dann würde ich alles offenstehen lassen und fortgehen.«

»Wohin?«

»Wohin… Wohin gehe ich?«

Ich gab keine Antwort. Nach einem Schweigen fragte ich: »Und wohin gehen wir jetzt?«

»Aber nicht nach Hause.«

»Es ist schon zu spät. Um diese Zeit kann man nirgends mehr hin.«

»Es ist nie zu spät. Ziehen wir einfach los. Gib dein Buch, ich tue es zu meinem in die Tasche. Falls ich sie verlieren sollte, vielleicht kommt ja ein, wie hat er das genannt?«

»Sternenbettler.«

»Genau. Wer weiß, vielleicht sieht ja einer von denen das Glühwürmchen auf der Straße blinken und fängt es ein. Los, komm.«

Wir gingen die verlassene Avenida hinunter. Luís fragte: »Was soll das eigentlich heißen, Sternenbettler?«

»Ich weiß nicht. Wahrscheinlich meint er einen Menschen, der um etwas bettelt, was es nicht gibt.«

»Das ist doch alberner Quatsch.«

»Finde ich auch. Aber zu seiner Zeit war es das vielleicht nicht.«

»Laß mal sehen, wann er diese Bücher veröffentlicht hat.«

Wir blieben an einer Laterne stehen, um nachzuschauen. Die Daten waren nicht schwer zu finden, sie waren Teil der Umschlaggestaltung. Das eine war von 1912, das andere von 1915.

»Hui«, machte Luís. »Da stand ich ja noch auf der Liste der Unmöglichen, wie meine Tante immer sagt. Das ist über zwanzig Jahre her! Das sind alte Bücher.«

»Es gibt noch ältere Bücher. Jahrhundertealt.«

»Das ist etwas anderes. Die hat keiner einfach so in der Schublade.«

»Sondern im Regal wie er.«

»Meinst du, der hat das alles gelesen? Oder sind die alle noch nicht aufgeschnitten wie das eine, das ich entdeckt habe?«

»Diejenigen, die ihn interessieren, wird er schon gelesen haben.«

»Wozu braucht er dann die anderen?«

»Hast du nicht gesehen, daß er sie sammelt? Sammeln und Lesen ist nicht dasselbe.«

»Wenn ich Bücher hätte, würde ich alles lesen.«

»Du liest doch überhaupt nichts.«

»Ich hatte nie Zeit dazu. Wenn ich irgendwann mal Zeit habe, lese ich auch.«

»Demnächst, an Bord, wirst du viel Zeit haben.«

»Wer sagt denn, daß ich viel Zeit haben werde? Gar nicht. Was ist mit der Zeit, die man aufs Meer hinausschaut, wenn es nichts zu tun gibt? Damit verbringt man viel Zeit, aufs Meer hinauszuschauen.«

Wir hatten schon die engen Gassen erreicht, die von der Avenida abzweigen. An den Ecken lungerten Gestalten herum, und ein beißender Geruch nach Müll und Kanalisation drang uns zusammen mit einem Hauch von Seetang in die Nase (der wohl von dem verfaulenden Fisch in der Gosse kam). Wir gingen bis zu einer Kneipe, wo ein paar schlechtgekleidete Jungen an die Tür gelehnt standen und mit Frauen herumscherzten. Die Kneipe war brechend voll, wir traten gar nicht erst ein. Aber einer der Jungen löste sich von der Gruppe und kam hinter uns her.

»Um diese Uhrzeit macht Ihnen keiner mehr auf«, sagte er, als er auf unserer Höhe war. »Aber wenn Sie mit mir kommen wollen, arrangieren wir etwas.«

»Wir arrangieren das schon alleine«, sagte ich.

»Ach ja? Und wie? Mit der Hand?« Er lachte frech.

»Wo soll das sein?« fragte Luís und überhörte die Provokation.

»Wieviel zahlen Sie mir?«

»Ihnen?« fragte ich.

»Ja, meine Kommission. Die Kleine macht Ihnen nur auf, weil sie weiß, daß sie sonst Ärger mit mir kriegt. Und daß ich mir sonst eine andere suche. Da vorn in der Pension.«

»Wo genau?« hakte Luís nach.

»In der Nähe. Nur noch um die Ecke.«

»Und wieviel wollen Sie für sich haben?« fragte ich den Jungen.

Er blieb mitten auf der Straße stehen, die Hände in den Hosentaschen: »Sind zwanzigtausend Réis in Ordnung? Sie sind doch zu zweit, nicht wahr?« Dann drängte er sich mit seiner Weinfahne an uns heran und tuschelte uns grinsend zu: »Aber wenn Sie mir fünfzig geben, mach ich mit bei dem Tänzchen, da kriegen Sie Sachen zu sehen, das haben Sie noch nicht erlebt. Ich laufe schon den ganzen Tag mit einem Ständer herum...«

»Wir haben bereits alles erlebt«, sagte ich.

»Aber nicht mich mit dieser Kleinen. Die ist eine Künstlerin. Sie sollte nicht hier, sondern in einem feinen Haus arbeiten, wo Leute hinkommen, die sie zu schätzen wissen.«

»Und sie tut alles, was wir wollen?« fragte Luís.

»Alles. Sie müssen sie gar nicht bitten. Aber ich werde erst ein Wörtchen mit ihr reden. Wollen Sie die ganze Nacht mit den Mädchen verbringen?«

»Nein«, sagte ich.

»Wenn Sie wollen, können Sie das aber, Sie brauchen nur das Zimmer zu bezahlen, das müssen die Mädchen nämlich.«

»Wir bezahlen das Zimmer«, sagte Luís.

»Dann kommen Sie.«

Im Eingang des Hauses, dessen Treppe von einer schmutzigen Glühbirne unter der hohen Decke beleuchtet wurde, zögerte ich. Und wenn Luís nun... Aber sollte ich ihn allein gehen lassen? Nachher wurde er noch überfallen und ausgeraubt. Eigentlich war er alt genug, um sich selbst zu wehren. Aber er ließ mir gar keine Zeit zur Entscheidung, da er dem Jungen schon die Treppe hinauffolgte. Ich schloß mich an. Im zweiten Stock klopfte unser Führer an eine Tür, und eine hagere Alte öffnete ihm: »Es gibt keine Zimmer, alles belegt«, worauf sie versuchte, die Tür gleich wieder zu schließen (ich hörte noch, wie sie ihm zuwisperte, zwei auf einmal wolle sie nicht und Senhor Agostinho warte seit

Stunden auf ihn). Der Junge erwiderte: »Aber sie wollen zu Suzete.« Also ließ uns die Alte ein und streckte die Hand aus: »Macht zwanzig Escudos.« »Aber wir nehmen nur ein Zimmer«, sagte Luís. Die Alte musterte ihn einen Augenblick und meinte dann: »Trotzdem.« Luís griff zur Brieftasche und zahlte. Der Junge stellte sich zwischen die beiden: »Und ich?« Luís gab ihm einen weiteren Zwanzigerschein, worauf er in dem schmalen Flur verschwand und lange an eine Tür klopfte, während er uns herbeiwinkte. Die Tür tat sich auf und verdeckte ihn, während er mit der Frau sprach. Wir stellten uns auf die andere Seite, um einen Blick auf sie zu werfen. Sie war noch sehr jung, hatte sich das Haar blond gefärbt und sah wirklich gut aus. Sie reckte ihrerseits den Kopf, um uns zu betrachten, und weigerte sich: »Zwei, um diese Uhrzeit? Was soll die Scheiße? Hol doch Rosa, die ist drüben.« Der Junge versetzte ihr einen leichten Schlag auf den Mund: »Die Scheiße schluckst du besser runter. Die Herren haben mich schon bezahlt. Du tust jetzt, was ich dir sage, du Nutte.« Sie fauchte zurück: »Wer sich mit Zuhältern einläßt, die an beiden Ufern zu Hause sind, soll wohl auch seinen Arsch hinhalten?« Er wollte sie wieder schlagen, als ich seinen Arm festhielt: »Lassen Sie die Frau in Ruhe, wenn sie nicht will, gehen wir.« »Nein, nein«, sagte er, »Sie haben bezahlt, jetzt haben Sie auch Anspruch darauf, bedient zu werden«, und schubste die Frau ins Zimmer: »Deine Sprüche wirst du mir teuer bezahlen.« »Stimmt's etwa nicht?« zischte sie. »Geh lieber, der Alte wartet schon auf dich.« Unvermittelt änderte der Junge sein Auftreten, griff sich mit der Hand zwischen die Beine und sagte augenzwinkernd: »So viel, wie ich habe, das reicht für alle.« Im Gehen sagte er zu der Frau: »Und jetzt bist du schön brav und tust alles, was die Herren wollen, verstanden? Sonst kriegst du hier nichts mehr zu beißen.«

Und so waren wir zu dritt auf einem Zimmer, genau, wie Luís es sich gewünscht hatte.

Sie setzte sich auf die Bettkante, streckte sich und meinte: »Was für ein elendes Leben... und dieser Kerl ist einfach widerlich...« Zwischen den Zähnen murmelte sie eine Handvoll Schimpfwörter. Dann lächelte sie uns an und erklärte: »Jeder von Ihnen bezahlt mir zwanzig«, zog ihr Spitzenhemdchen aus und ließ sich rücklings aufs Bett fallen. Da ich unbeweglich stehenblieb und

Luís sie mit einer Mischung aus Faszination und Reue anstarrte, spreizte sie die Beine und zog ihr Geschlecht mit den Händen auseinander: »Ach, nur zum Gucken? Na, dann gucken Sie.«

Es war zart und wunderschön, rosig und eng, mit weich schimmernden Lippen, und es sah überhaupt nicht aus, als wäre es schon von Hunderten von Männern jeder Sorte benutzt worden, es hatte vielmehr etwas Diskretes, Jungfräuliches an sich, das kein bißchen zu der derben Entblößung der Frau paßte. Das spürte wohl auch Luís, denn er kniete nieder, um sie anzuschauen und bewundernd mit den Fingern zu streicheln. Sie wand sich und kicherte, richtete sich mit einem Satz wieder auf und packte Luís bei den Ohren: »Zieh dich aus, komm her.« Er ließ die Augen nicht von ihr und entkleidete sich langsam, bis er schließlich nackt vor ihr stand, die Hand am aufgerichteten Glied. Sie beäugte mich: »Und was ist mit dir? Ziehst du dich nicht aus? Na los, komm schon.«

Es wäre noch lächerlicher gewesen, mich nicht auszuziehen, als ihrer Aufforderung zu folgen, aber das Ganze quälte mich bloß, und ich hatte Lust, alleine fortzugehen und durch die Straßen zu laufen. Andererseits faszinierte mich ihr zartes Geschlecht schon, das so in sich zu ruhen schien. Ich legte meine Kleider ab und trat näher. Sie fingerte sofort an mir herum, meine Unschlüssigkeit war mir deutlich anzusehen, und redete wie zu einem Kind: »Weißt du nicht, was du willst, Kleiner? Ach komm, ich weiß doch, was du willst... Na los, stell dich schon auf, genau wie dein Kollege hier... Hopphopp, und hoch das Köpfchen, genier dich nicht... Was gibt es denn da zu genieren? Siehst du nicht, daß du sogar ein bißchen größer bist als der andere? Nur dein Köpfchen ist nicht ganz so groß, guck doch mal«, und wir fielen zusammen mit ihr auf das Bett.

Wir umschlangen sie, ein einziges Gewimmel von Beinen und Armen, und ich merkte, wie ich, an ihr Bein gepreßt, wieder abschlaffte, was auch ihr nicht entging. Darauf langte sie prüfend hin, es kränkte ihre professionelle Ehre. Sie schob Luís beiseite, um sich ganz mir zu widmen, doch die verschiedenen Techniken, mit denen sie es versuchte, blieben ohne Erfolg. Ich stand auf. »Laß ihn ruhig ran. Ich verschiebe es auf ein andermal.«

Doch Luís, der sie umklammert hielt, keuchte: »Nein, nein, er zuerst«, und da ich mich schon wieder anzog, hielt er meine

Hände fest und bat mich: »Nein, nein, komm«, wobei er mich zum Bett zerrte. Wütend packte ich die Frau und drang in sie ein. Als ich fertig war und mich von ihr löste, sah ich Luís auf dem Bett knien, neben mir. Sie machte Anstalten aufzustehen, aber er ließ ihr keine Sekunde Zeit, stürzte sich heftig auf sie und war im Nu in ihr drin. Ich ging mich waschen und vermied es, mir seine rhythmischen Bewegungen weiter anzuschauen, versuchte, meine Ohren vor dem wilden Stöhnen zu verschließen, das er von sich gab. Seine Erregung schien mir fast unglaubwürdig, so lange brauchte er, um zum Ende zu kommen. Doch jetzt waren seine Bewegungen kontrollierter als zu Beginn, und voller Entsetzen schwante mir, daß er trotz seiner Erregung den Höhepunkt hinauszögerte, um alles möglichst bewußt zu genießen. Ohne diesen Gedanken zu verfolgen, begriff ich, was mir im Verlaufe des Abends aufgegangen war: Genau das hatte er sich gewünscht, nämlich in das hineinzustoßen, was ich dort zurückgelassen hatte, an nichts anderes hatte er gedacht, und nun war es ihm auf dem Silbertablett präsentiert worden. Ich legte mein Geld auf die Kommode, öffnete die Tür und ging hinaus. Zum Teufel mit ihm.

Auf dem dunklen Flur war niemand, auch im Treppenhaus nicht. Ich ging die Straße entlang, bis ein Taxi vorbeikam, das ich anhielt. Zu Hause begab ich mich gleich auf mein Zimmer, zog mich aus und nahm ein langes Bad. Danach legte ich mich im Schlafanzug auf mein Bett. Ich fühlte mich unendlich erschöpft, alles widerte mich an, besonders ich selbst, und ich wollte am liebsten nur noch schlafen, für immer in einem murmelnden Bach schlafen, der mich reinigte und einlullte. Zugleich konnte ich kein Auge zutun. Durch die halbgeschlossenen Fensterläden drang die erste Helligkeit des Morgens, als die Tür aufging und Luís hereingeschlichen kam.

Ich blieb reglos liegen und beobachtete durch den schmalen Spalt meiner Augenlider aufmerksam seine Bewegungen. In mir war eine Unruhe, eine Wut, daß ich ihm nachgegeben hatte, ein Bedürfnis, ihn ein für allemal loszuwerden, und Angst und Sorge, was er wohl jetzt tun würde. Aber was konnte er schon tun? Über mich herfallen? Nie hatte ich im geringsten geahnt, daß er womöglich solche Absichten hegte. Was geschehen war, ging über eine bedeutungslose Kinderei eigentlich nicht hinaus. Luís zog sich aus und schlüpfte ins Bad. Nein, bedeutungslos war es nicht;

aber jedenfalls hatte es nicht die Bedeutung, die ich der Sache zunächst beimessen wollte und die mich erschreckte, denn schließlich hatte ich seiner Idee nachgegeben, hatte mich für seine Phantasien hergegeben, und es war mein Sperma, in dem er sich rieb, in das er hineinspritzte. Was ihm in dieser Nacht durch den Kopf gegangen war, verstand ich und verstand es auch wieder nicht, die fixe Idee, die sich auf mein Geschlechtsteil richtete, so unbeirrt und besessen, daß sich die Umstände ihr gebeugt hatten. Die Umstände und ich mit ihnen. Luís kam zurück, schloß behutsam die Tür und setzte sich auf seine Bettkante. Er starrte mich an, rief schließlich leise meinen Namen, ob ich schon schliefe. Ich antwortete nicht und blieb reglos liegen, mit geschlossenen Augen und voll angespannter Aufmerksamkeit. Mir brach der kalte Schweiß aus, wie an dem Abend, als sich Rodrigues vor mir niedergekauert hatte, und ich dachte sonstwas. Luís rief mich wieder und sagte: »Ich weiß, daß du nicht schläfst. Ich muß mit dir reden. Ich will nicht, daß du mir böse bist oder schlecht von mir denkst.«

Ich schlug die Augen auf, bewegte mich etwas und schaute an die Decke, die bereits in fahlem Licht lag. Den Kopf wandte ich ihm nicht zu (obgleich er sich in meinem Gesichtsfeld befand), und ich sagte auch nichts. Wenn das zufällig geschehen wäre, bei einer Orgie, wo mehr als einer dieselbe Frau nacheinander bestiegen hätten, dann wäre es etwas anderes gewesen. Aber hier war nichts zufällig, im Gegenteil: Auf die Frau kam es überhaupt nicht an, mich hatte er ausgesucht. Und nun hatte er ein so schlechtes Gewissen, daß er sich unbedingt erklären mußte. Was wollte er schon erklären? Lieber nicht. Lieber schweigen. Schlafen und mich schlafen lassen. Morgen würde ich die Sache zum Abschluß bringen. Aber er fuhr fort: »Du willst nicht mit mir reden; du hast mich ganz allein dort gelassen; ich habe dich nicht mal gehen sehen, da knallte die Tür zu. Warum bist du abgehauen? Wegen dem, was ich gemacht habe? Was ist denn dabei? Was denkst du von mir? Weil ich wollte, daß du der erste bist? Und wenn ich etwas später mit ihr geschlafen hätte, wäre es dir egal gewesen?«

»Sei still.«

»Ich will aber nicht, daß du böse auf mich bist. Du bist der letzte Mensch auf der Welt, bei dem ich das zulassen würde. Ich habe doch nur dich.«

»Sei still.«

»Laß mich reden.« Seine Stimme klang erstickt. »Ich habe mir das doch nur gewünscht, weil ich so sehr dein Freund bin. Ja, es stimmt, ich wollte es unbedingt. Ich hätte es dir nur vorher sagen und erklären sollen, das war mein Fehler.«

»Sei still und verschwinde.«

»Schick mich nicht weg. In ein paar Tagen gehe ich doch sowieso an Bord. Und wenn du willst, komme ich danach nicht mehr hierher, dann siehst du mich nie wieder. Aber schick mich nicht weg. Nur noch ein paar Tage. Wenn du willst, sei mit mir böse, wenn ich wegfahre. Aber nicht jetzt.«

»Sei still.«

»Laß mich erklären, was ich wollte.«

»Du hast bekommen, was du wolltest. Da gibt es nichts zu erklären.«

»Aber es ist gar nicht so, wie du denkst, ich schwöre es dir. Wie kannst du nur so etwas denken, du kennst mich doch!«

»Keiner kennt den anderen. Und eine Sache geschieht erst, wenn sie geschieht.«

»Laß mich erklären.«

»Wenn nichts Schlimmes dabei ist, was willst du dann erklären?«

»Schlimm ist, was du gedacht hast. Deshalb muß ich es ja erklären.«

Ich sagte nichts mehr. Er kniete neben meinem Bett nieder und fing an zu schluchzen. Mit einem Ruck setzte ich mich auf, als hätte er zweideutig seine Hand nach mir ausgestreckt. Ich konnte mich nicht mehr zurückhalten. »Was soll denn das werden? Jetzt auch noch dieses weibische Rumgeflenne? Deine Klassenkameraden wußten Bescheid, als sie dich Dona Sowieso getauft haben.«

Zwischen seinen immer heftiger werdenden Schluchzern stieß er hervor: »Sag das nie wieder... Das hast du doch nie geglaubt... Wenn du das geglaubt hättest, säße ich jetzt nicht hier, du hättest mich nie mitgenommen... Du weißt genau, daß ich ein Mann bin, ein richtiger Mann. Das habe ich mehr als einmal bewiesen.«

»Wenn zur Unterstützung andere daneben standen.«

Er schaute mich tränenüberströmt an: »Das stimmt. Da hast du recht. Aber nur, weil ich furchtbare Angst hatte zu versagen, schon immer. Wegen all der Dinge, die die anderen immer gesagt und gemacht haben. Wenn du wüßtest, wie grausam die anderen sein können, ich hatte Angst, Angst davor, daß ich wirklich kein Mann wäre, wenn ich versagen würde, genau wie sie gesagt hatten. Aber du hast an mich geglaubt, du hast mich akzeptiert, und nicht nur wegen meines Bruders, sondern meinetwegen, das weiß ich genau. Nach unserer Zugfahrt, da war ich mir sicher. Und deshalb wollte ich… wollte ich… so was wie deinen Segen. Jetzt, wo ich ihn habe, kann ich allein in die Welt hinausgehen.«

»Brauchtest du ihn etwa auch, um hier im Haus zu den Dienstmädchen aufs Zimmer zu gehen? Brauchtest du dafür auch meine Salbung?«

Er riß die Augen auf: »Aber sie sind doch deine Dienstmädchen!«

»Ich habe es nie mit ihnen getrieben.«

»Kannst du aber, wann immer du willst.«

Ich starrte ihn an, und er lächelte: »Ist jetzt alles geklärt? Bist du mir nicht mehr böse?«

»Schon gut. Reden wir nicht mehr davon.«

Er setzte sich wieder auf die Bettkante, und ich zog meine Bettdecke hoch, um zu schlafen. Jetzt war ich wirklich nur noch müde.

Aber er legte sich nicht hin, er hatte noch etwas auf dem Herzen. Es dauerte nicht lange, und er murmelte: »Jorge, darf ich dich um etwas bitten?«

»Was denn?«

»Schwör mir, daß du nicht schlecht von mir denkst.«

»Das kommt darauf an.«

»Schwör's mir, und ich schwöre dir, daß ich dich um nichts Schlechtes bitte.«

»Was willst du?«

»Kannst du bitte aufstehen?«

Ich stand auf, vor ihm, der sich ebenfalls erhoben hatte.

»Und jetzt«, bat er mit ganz leiser Stimme, »umarme mich, so fest du kannst.«

»Was?«

»Umarme mich. Hab keine Angst.«

Ich nahm ihn in die Arme und spürte, wie er sich ganz an mich preßte. Ich ließ ihn verblüfft gewähren, bis er sich wieder von mir löste. Mit triumphierendem Lächeln zog er seine Schlafanzughose herunter. Dann schüttelte er sein schlaffes Glied und sagte: »Wenn meine Freundschaft zu dir, so groß sie auch ist, das wäre, was du denkst, dann sähe der hier jetzt anders aus. Aber ich war mir ganz sicher.«

Ich legte mich wieder hin. Er ließ sich halbnackt auf sein Bett fallen, und das Licht vom Fenster fiel auf seinen Körper. Er starrte an die Decke und fingerte weiter an sich herum.

»Was soll das jetzt?« rief ich.

»Gar nichts. Ich kriege nicht mal einen hoch.«

»Jetzt reicht's aber wirklich.«

Er zog die Decke bis zu seinen Schultern hoch. Ich drehte ihm den Rücken zu.

»Jorge...«

»Was noch?«

»Nichts... Danke.«

XLI

Es war schon Nachmittag, als wir aufwachten, eine der Hausangestellten hatte an die Tür geklopft. »Komm ruhig rein«, sagte Luís. Es war diejenige, mit der er schlief.

»Die Senhora läßt Ihnen ausrichten, daß es Zeit zum Mittagessen ist, Sie sollen aufstehen.»

»Komm mal her«, sagte Luís.

Sie warf uns einen mißtrauischen Blick zu und kam ein paar Schritte näher.

»Komm und guck dir das hier mal bei Tageslicht an!« Er riß die Bettdecke beiseite und präsentierte ihr eine Erektion. Sie quiekte: »Flegel!« und stürmte hinaus.

Ich setzte mich auf die Bettkante: »Findest du nicht, es langt allmählich mit den Kindereien?«

»Was heißt hier Kindereien. Sie kennt ihn doch schon, sie hat sogar Mützchen, die sie ihm anzieht.«

»Mützchen?«

»Na ja, Gummis. Sie sagt, die hätte sie auf der Straße gefunden.«

»Gebraucht, oder?«

»Funkelnagelneu. Und jetzt geniert sie sich plötzlich. Ich habe nie Gummis gekauft, um sie mit ihr zu benutzen. Aber ist doch interessant, sie kauft welche, damit wir sie auch ja nie vergessen.«

Er ging ins Bad. Als er zurückkam, machte er ein besorgtes Gesicht: »Ich glaube, da habe ich eine Dummheit gemacht, sie ist zu deiner Mutter gegangen, um sich zu beschweren. Was hat sie wohl erzählt?«

»Warte, bis ich zurück bin.« Ich ging ins Bad.

Meine Mutter kam mir aus der Küche entgegen: »Das geht aber nicht. Dieser Junge ist wohl verrückt geworden. Ich glaube es nicht, ist denn das die Möglichkeit!« Sie starrte mich mit erhitzter Miene an. »Darüber will ich gar nicht reden, das soll dein Vater regeln, wenn er nach Hause kommt.«

»Kann ich das nicht regeln?«

»Du warst doch dabei... Du mußt es gesehen haben... Sagt sie die Wahrheit?«

»Wer, sie? Was ist denn überhaupt passiert?«

»Geh in die Küche und rede du mit ihr.« Damit zog sie sich auf ihr Zimmer zurück.

In der Küche saß das Opfer weinend auf einer Bank, während das andere Hausmädchen mit Töpfen auf dem Herd hantierte.

»Was soll das? Was hast du zu meiner Mutter gesagt?«

»Der Herr... der junge Mann... Sie waren doch dabei und haben gesehen, was er gemacht hat.«

»Ich habe gar nichts gesehen.«

»Sie haben nichts gesehen...« Unter Tränen der Wut beklagte sie sich bei der anderen: »Die sind alle gleich, jetzt deckt der eine den anderen.«

Die Angesprochene steckte die Nase in ihre Töpfe und kostete mit einem Holzlöffel.

»Gut, ich habe es gesehen. Na und?«

»Für wen halten Sie mich eigentlich? Eine Hure? Eine Dirne?«

»Ach, du hast so was wohl noch nie gesehen? Und weißt gar nicht, was das ist? Nur Dirnen kriegen zu sehen, was du eben gesehen hast?«

Die andere verschluckte sich vor Lachen an dem Löffelvoll. Die erste regte sich immer mehr auf: »So ist es recht, machen Sie sich auch noch über mich lustig.«

»Wer macht sich denn über dich lustig? Du bist hereingekommen, als er gerade aufstand. Dabei hast du zufällig etwas gesehen, Schluß, aus, basta.«

»Zufällig?« Sie begriff es nicht.

»Zufällig. Geh zu meiner Mutter und sag ihr, daß du zufällig hereingekommen bist, als er gerade aufstand.«

Sie fing an, leise zu schluchzen: »Er hat kein Recht, mich so respektlos zu behandeln. Wo ich immer so gut zu ihm war.«

»Das ist uns bekannt... Jetzt geh zu meiner Mutter und sag ihr, es war rein zufällig, Schluß mit diesen Geschichten.«

Sie war still, hochrot vor Scham und Verwirrung. Ich befürchtete, daß gleich erst recht der Skandal losbrechen würde, und sagte: »Am besten verläßt du uns noch heute.«

Sie starrte mich mit glühenden Augen an: »Sie schicken mich fort?«

»Nein. Ich sage nur, es wäre besser, wenn du uns heute noch verläßt. Du gehst jetzt zur gnädigen Frau und sagst ihr, es sei nichts Schlimmes passiert, aber du wolltest seit einiger Zeit schon die Stellung wechseln.«

»Ach, ich soll jetzt gehen? Damit er sich ins Fäustchen lachen kann?«

»Worüber soll er denn lachen? Es steht dir doch frei, zu gehen, wohin du willst und wann du willst. Warum sollte er also mehr zu lachen haben als alle anderen?«

»Alle anderen? Für wen halten Sie mich?« Sie sprang auf, bebend vor Verzweiflung.

»Für eine Frau, die das Recht hat, zu tun, was ihr gefällt, ohne daß es irgendwen etwas angeht. Aber wenn sie sich beschwert, verliert sie leider dieses Recht.«

Das war zuviel für sie, und sie legte eine ruhigere, gefaßtere Haltung an den Tag. Die andere hielt sprachlos inne und starrte mich an. Ich nutzte die Gelegenheit und rief meine Mutter, die mir bis zur Türschwelle folgte. Dort blieb sie stehen, als befände sich im Augenblick etwas für eine Dame entschieden Ungeeignetes in der Küche. Das Dienstmädchen sagte, ohne sie anzuschauen: »Gnädige Frau, was geschehen ist, war reiner Zufall... Ich bin ins Zimmer reingeplatzt...« Worauf sie in Tränen ausbrach: »Aber ich will fortgehen, ich bleibe keinen einzigen Tag mehr hier.«

Meine Mutter merkte, daß noch etwas anderes dahintersteckte (ob sie es wirklich nicht längst wußte?), aber sie spielte die Ahnungslose: »Was soll das denn? Was hat man dir getan? Du warst doch gern hier... Und ich war sehr zufrieden mit deinen Diensten... Aber bitte... wenn du gehen willst, dann geh. Ich rechne dir deinen restlichen Lohn aus. Nach dem Mittagessen kannst du gehen.«

Worauf genau dieses Mädchen uns das Essen servierte.

Meine Mutter hatte, begeistert über die Schlagzeilen der Tageszeitung, die in großen Lettern die heroischen Resolutionen der gestrigen Kundgebung feierten, die wenige Minuten zurückliegende peinliche Szene schon vergessen, oder besser, sie war so fest entschlossen, nicht mehr daran zu denken, daß sie unserem Bericht von den gestrigen Erlebnissen zunächst keinen Funken Aufmerksamkeit schenkte. Solange das Hausmädchen bei Tisch bediente, ignorierte sie, abgesehen von den kleinen Höflichkeiten des gemeinsamen Essens, unsere Gegenwart vollkommen. Erst als wir wieder unter uns waren und in unserem Kaffee rührten, ließ sie sich dazu herab, der Beschreibung unserer Abenteuer zuzuhören. Verglichen mit der einstimmigen, jubelnden Resolution bei der Kundgebung, unsere Regierung zur Gründung einer Portugiesischen Legion aufzufordern, kam ihr unser Erlebnis allerdings lächerlich vor, und der Mann mit den Papageien versinnbildlichte ihrer Meinung nach aufs vollkommenste die berüchtigte Korruptheit der Republik. Jetzt sollten alle, die bereit und entschlossen waren, Regimenter bilden, um den Bedrohungen, denen das Land ausgesetzt war, entgegenzutreten.

»Denkst du, daß Vater sich meldet?« fragte ich.

»Was für eine alberne Idee! Als wäre dein Vater der richtige für so etwas. Er hat ja gar nicht mehr das Alter dazu. Das ist was für junge Leute.«

»Nein, du irrst dich, alle sind gemeint. Er genauso wie ich.«

»Du? Das fehlte noch.«

»Du willst, daß alle Männer Regimenter bilden, um das Vaterland zu retten, aber weder ich noch Vater sollen uns melden? Und wenn alle Frauen unseres Landes so denken, wer soll es dann tun?«

»Das ist der entscheidende Punkt!« Voll Überzeugung versuchte sie die Gedanken, die ihren Äußerungen zugrunde lagen, klar zu formulieren. »Es sollten sich all diejenigen melden, deren

Mütter keine Damen sind wie ich, und außerdem die ganzen Politiker, das ist schließlich ihre Pflicht. In diesen Dingen kommt immer sehr viel zusammen.«

»Du hast doch nur Angst, daß die Freiwilligen dann auch nach Spanien geschickt werden, Mutter.«

»Ich habe gar keine Angst. Ich kann sehr gut selbst Zeitung lesen. Hier geht es nicht darum, nach Spanien zu gehen. Es geht darum, den Kommunismus bei uns zu bekämpfen.«

»Und darum, die Leute zu brandmarken, die sich nicht freiwillig melden. Du wirst sehen. Darauf wollen sie hinaus.«

»*Sie*? Von wem redest du? Was ist das für ein Zungenschlag in meinem Haus?«

»Na, von denen aus der Politik. Du hast doch selber eben von ihnen gesprochen.«

»Ich?«

»Ja.«

Meine Mutter schaute zu mir, dann zu Luís (der während des ganzen Mittagessens versucht hatte, sich so unsichtbar wie möglich zu machen; nur an der Erzählung der Szene auf der Praça dos Restauradores und des unfreiwilligen Besuchs bei dem Sammler von Dichtern und Vögeln hatte er sich als mein unauffälliges Echo beteiligt), und runzelte die Stirn: »Dieses ewige Hast-du-gesagt-hast-du-nicht-gesagt, diese dauernde Kritisiererei, um einen in die Enge zu treiben und Verwirrung zu stiften, das ist typisch für die Kommunisten. Das weiß jeder. Die haben vor gar nichts mehr Respekt, verbreiten Unordnung und...« Hier zögerte sie, gab sich aber einen Ruck und betonte das Wort noch: »Unsittlichkeit und freie Liebe und Schamlosigkeit, in jeder Hinsicht. So etwas will ich nicht in meinem Haus. Das ist gefährlich«, der Ton ihrer Stimme änderte sich schlagartig, »gefährlich. Wir haben bewegte Zeiten. Bei dem geringsten Anlaß kann einem die Polizei vor der Tür stehen«, bei dem Gedanken kam sie erst richtig in Schwung, »habt ihr daran schon mal gedacht? Die Polizei! Das fehlte gerade noch, daß eine anständige Familie der Polizei Rechenschaft abzulegen hätte! Gestern zum Beispiel, wenn euch dieser Kerl nicht aus dem Tohuwabohu befreit hätte, wo wärt ihr jetzt? Hinter Schloß und Riegel, jawohl, hinter Schloß und Riegel wie gewöhnliche Landstreicher. Und die Sorgen, die ich mir gemacht hätte? Ich wußte ja nicht einmal, wo du warst! Deshalb meine ich...« – ihr Redefluß brachte sie dazu, die »Liberalität«, mit der man auf die Dummejungenstreiche aller Jungen reagieren sollte, und die häusliche »Autorität«, mit der man dieselben Jungen vor allen Gefahren zu bewahren hatte, gegeneinanderzustellen, die beiden Pole ihrer »Lebensphilosophie«, die eigentlich eher eine hohe Kunst der Verdrängung all dessen war, was das problemlose Dahinfließen des Daseins beeinträchtigen konnte – »... daß man nicht vorsichtig genug sein kann. Am besten hält man sich heraus. Man ist für etwas oder auch dagegen, aber man bleibt Außenstehender. Sollen doch die anderen damit zurechtkommen. Am besten ist man früh zu Hause und geht nachts nicht mehr aus, denn nachts passieren immer die schlimmsten Dinge.« Die Vorstellung von »Nacht« innerhalb der familiären Ordnung, der Regeln der Nichteinmischung, des »Sollen die anderen damit zurechtkommen« stammte aus der Zeit vor der Erfindung der Elektrizität und der Straßenbeleuchtung, aus der Zeit des »Nachts sind alle Katzen grau«. »Wir haben bewegte Zeiten, also bleibt man nachts besser zu Hause.« Was in direktem Widerspruch zu ihrer Vorstellung von Männlichkeit stand, die damit verbunden war, daß der Mann das Recht hatte, nachts auszugehen, »den Hausschlüssel zu haben«. »Und ihr geht gefälligst so bald nicht wieder über die Praça dos Restauradores.«

»Aber der Mann mit den Flaggen verkauft doch sein Zeug längst nicht mehr da«, wandte ich ein.

»Vielleicht verkauft er keine Flaggen mehr, sondern wer weiß was. Und die anderen können auch dort sein.«

»Hör mal«, sagte ich, »die haben alle Besseres zu tun. Der Mann mit den Flaggen verkauft inzwischen wahrscheinlich Bleistifte in der Estrela oder in der Hölle, und die anderen gehen wieder ihrem eigenen Leben nach.«

Meine Mutter stand vom Tisch auf: »Heute mußt du wohl unbedingt diskutieren. Mach nur so weiter, du wirst schon sehen, was du davon hast. Ich habe wichtigere Dinge zu erledigen. Zum Beispiel das Dienstmädchen zu entlassen und auszuzahlen. Und wo bitte soll ich so schnell ein neues herkriegen?«

Luís saß bestürzt und mit hängendem Kopf da, als fiele ihm erst jetzt wieder ein, daß das Mädchen seinetwegen gehen mußte. Und meine Mutter redete, als würde die doppelte Arbeit nicht auf das andere Hausmädchen zukommen, sondern auf sie selbst, und hieb weiter in dieselbe Kerbe, um ihn zu strafen: »Und das gerade jetzt, wo du demnächst aufbrichst... Es sind nur noch wenige Tage, egal, wie man es dreht und wendet...«

Luís zuckte auf seinem Stuhl zusammen, was meine Mutter erschreckte, die mit einer so heftigen Reaktion nicht gerechnet hatte. »Der wievielte ist heute?« rief er.

»Wieso?« fragten meine Mutter und ich aus einem Munde.

»Wie spät ist es?« Er schnappte sich die Zeitung, die auseinandergefaltet am Kopfende des Tisches lag.

Zu dritt beugten wir uns über die Zeitung. Der neunundzwanzigste. Der neunundzwanzigste August. Die Eßzimmeruhr zeigte drei Uhr nachmittags.

»Heute muß ich meine Papiere bei der Hafenmeisterei abholen«, sagte Luís und stürzte auf den Flur.

Meine Mutter sah ihm nach: »Dieser Junge ist ein Verrückter. Er ist nicht richtig im Kopf. Ein Glück, daß es nur noch ein paar Tage dauert, bis wieder Ruhe ins Haus einkehrt. Und Anstand.«

»Schluß damit, der Fall ist erledigt.«

»Erledigt?... Na, wunderbar erledigt... Aber wirklich, wer kommt denn auf so eine Idee wie er?«

»Jeder kommt auf die Idee, es macht nur nicht jeder, weil sich die Gelegenheit nicht ergibt.«

Meine Mutter schloß die Augen und murmelte: »Unglaublich, wie weit es schon gekommen ist in diesem Haus. Frechheiten sind das...«

»Was für Frechheiten?«

Sie musterte mich streng und bestimmt: »Deine Frechheiten, daß du in meiner Gegenwart solche Reden schwingst, als wäre ich eine von den Frauen, mit denen du dich herumtreibst.«

»Ich treibe mich mit überhaupt keiner Frau herum.«

»Du verstehst mich genau. Oder war das gestern nacht etwa eine Uhrzeit, um nach Hause zu kommen? Ihr seid nicht mal zusammen heimgekommen.«

»Aber herumgetrieben habe ich mich kein bißchen. Mit der Tram bin ich gefahren und dem Taxi...«

»So ist's recht, gib nur das Geld aus, das du nicht verdienst. Wenn es aus deiner eigenen Tasche kommt, wirst du sehen, wie das ist. Ihr habt ja keine Ahnung, was Arbeit heißt. Luís wird es schon bald lernen.«

»Und was ist Arbeit?«

»Fang nicht wieder mit deinen dummen Fragen an. Geh, geh hinaus. Männer sind nicht dazu gemacht, im Haus zu sitzen.«

»Tagsüber jedenfalls.«

»Wieso tagsüber? Wer sagt das denn?«

»Weil es nachts doch so gefährlich ist auszugehen.«

»Du hast dich in Figueira sehr verändert. Und ich weiß immer noch nicht, warum du eigentlich wiedergekommen bist. Nur damit Luís hier wohnen konnte, mußtest du deine Ferien nicht abbrechen.«

»Ich hatte genug von Figueira. Und nicht ich bin ihm nachgekommen, sondern er mir. Er wollte doch nach Lissabon, nicht wahr? Und als ich fuhr, ist er mitgefahren.« Ich stand auf. »Ich gehe ein bißchen spazieren.«

Das Dienstmädchen erschien an der Tür: »Gestatten Sie, gnädige Frau? Wenn Sie soweit sind, wegen meines Lohns....«

Meine Mutter ging in die Küche. Ich verließ die Wohnung.

Zuerst nahm ich eine Tram nach Belém, dann stieg ich um Richtung Algés, aber es war noch Zeit bis zur Abfahrt der Bahn, zwei oder drei Leute saßen schon drin, und auf der vordersten Bank unterhielten sich der Schaffner und der Bremser bei einer Zigarette. Beim Anblick des weißen Hieronymitenklosters kam ich darauf, daß ich den Turm von Belém noch nie von innen gesehen hatte, nur kurz zwischen Kohlehalden und Gasometern erspäht, wenn wir früher mit dem Zug nach Estoril fuhren. Ich wußte nicht einmal, wie man zum Turm kam, wo ich aussteigen mußte. Ich ging nach vorn, um den Schaffner zu fragen. Er erörterte das Problem mit dem Bremser. Sie waren sich beide nicht sicher, aber einig darüber, daß der Weg dorthin bestimmt derselbe war wie zum Fort. Am besten sollte ich also am Largo da Princesa aussteigen. Ach, ich wisse nicht, wo das sei? Ein Platz gleich neben der Bahnlinie, mit einem Brunnen, nicht weit entfernt? Sie zeigten in die Richtung. Ich setzte mich wieder hin. Einer der bereits sitzenden Fahrgäste drehte sich um und beugte sich über die Rückenlehne seiner Bank: Zum Turm wolle ich? Mit einem der Wächter dort sei er bekannt, der wohne in der Nähe. Aber der Ärmste sei es so leid, auf etwas aufzupassen, das kein Mensch besuche, und selbst wenn draußen Hundstage seien, friere man sich drinnen zu Tode, jedenfalls sei dieser Wächter gar nicht immer da. Falls ich ihn nicht anträfe, solle ich im Fort nachfragen, gleich neben dem Turm. Dort hinterlasse er meistens die Schlüssel bei den Posten. Aber wozu ich eigentlich den Turm besichtigen wolle? Da sei überhaupt nichts drin, das habe er schon mit eigenen Augen gesehen. Der Mann richtete einen forschenden Blick auf mich. Er war im mittleren Alter, weitgehend ergraut, und sah nach einem Schuster oder einem ähnlichen häuslichen Handwerk aus. Sein abgetragener, bescheidener Anzug war verblichen und ursprünglich braun oder dunkelgrau gewesen. Aber eine Krawatte trug er, ausgefranst und mit Flecken darauf. Und er hatte offenbar Lust auf einen kleinen Plausch. Ich sei sicher nicht aus Lissabon, oder? Ach doch? Wer hätte das gedacht. Danach aussehen würde ich schon, das ja. Aber dieser Einfall, den Turm zu besichtigen... Bestimmt sei ich Student, nicht wahr? Na klar. Das merke man doch gleich. Er habe auch einmal studiert... Die Tram setzte sich in Bewegung, er nahm seinen Platz aufrecht ein und unterbrach seinen trägen Redefluß, den er mit monotoner, etwas quäkiger Stimme vorgebracht hatte. Wenige Augenblicke später drehte er sich aber wieder um, mit dem Hinweis, eine Station nach seiner müsse ich dann aussteigen. Das Gespräch nahm er nicht wieder auf, so als wäre ihm nur danach, wenn die Tram stand. Als er ausgestiegen und die Bahn wieder angefahren war, erhob ich mich und drückte den Halteknopf, was den Schaffner eilends zu mir brachte, um für mein Billett zu kassieren. Bei dem Alten hatte er das nicht getan, aber vielleicht wußte er ja, daß der eine Monatskarte hatte. Ich stieg aus und stand vor dem Platz. Oft schon war ich mit der Tram hier vorbeigefahren und hatte seine Existenz verschwommen wahrgenommen, ohne je richtig hinzuschauen. Als ich die Fahrspuren der Autos überquerte und die unregelmäßige Pflasterung des Platzes betrat, mit ihren abgerundeten, bläulich und weiß gemischten Steinen, deren Wölbung die Zeit nicht eingeebnet hatte und die keinen Bürgersteig zur Straße hin bildeten, sondern kontinuierlich zu einem flachen Rinnstein hin absanken, da bemerkte ich, daß der Platz auf drei Seiten von einer Steinbalustrade eingefaßt war, mit ebenfalls steinernen, angebauten Bänken aus einer Platte mit bearbeiteten Kanten, abgestützt durch zwei große, zu Voluten behauene Füße, ähnlich wie die Bänke, die in regelmäßigen Abständen an den Straßen zu finden sind. Der Brunnen stand elegant in der

Mitte des Platzes, aus dessen Pflaster, das hier und da unsichtbare Wurzeln anhoben, einige schlanke und dicke Bäume wuchsen. An den Längsseiten des Platzes verliefen enge Gassen, weiter hinten war noch eine weitere zu erkennen. Die Häuser, ebenso schlicht und alt wie der ganze Platz, lagen jenseits der Gassen, ihre Fenster auf einer Höhe mit der Balustrade, was sie zugleich nah und fern erscheinen ließ. Die Bänke zur Straße hin waren wie die Scheidelinie zwischen zwei Welten: der einen, wo es Trambahnen gab, die zwischen alten Mauern entlangfuhren, und der anderen, die sich dorthin zurückgezogen hatte, wo die Zeit vor etwa zwei Jahrhunderten stehengeblieben war und man nur das sanfte Plätschern des Wassers hörte, das aus einem der Brunnenspeier rann. Verlassen lag der Platz, still die Häuser, und die Brise, in der das Laub und die Schatten auf den blauen und weißen Steinen zitterten, verlieh all dem die Stimmung – nicht eines Traumes, sondern einer untergegangenen Wirklichkeit, eines Raumes, den die umliegende Zeit nicht besetzt hatte.

Ich setzte mich auf eine der Bänke und genoß diesen Frieden, diese Abgeschiedenheit, diese Helligkeit, flüchtig gelb getönt, wenn ab und zu eine Tram vorbeifuhr. Schon manchmal hatte ich, gedankenverloren durch bestimmte Viertel von Lissabon wandernd, eine ähnliche Atmosphäre gespürt. Andere Male, in einer verbreiterten Straße, wo unvollendete Abrisse auf einer Seite Trümmer und Müll oder letzte hartnäckige Lebenszeichen auf halbdemolierten Innenwänden hinterlassen hatten, hatte ich auf der gegenüberliegenden Seite, unbeeinträchtigt von den Veränderungen, eine alte Villa oder eine Reihe einfacher alter Häuser entdeckt, die eine ähnliche Aura um sich hatten, den Hauch altersschwacher Verdammnis. Und wieder andere Male, zum Beispiel in der Graça, der Estrela, in Amoreiras oder am Hang des Burghügels zur Alfama hin, hatte sich eine Stimmung wie aus alter Zeit gehalten, aber lebensvoller, so als legte sich über die Stille, die nur vom Geräusch der Schritte zerschnitten wurde, der Widerhall von Stimmen in der Luft, von entfernten Rufen und dem Summen, das aus der ruhigen Belebtheit vieler verschiedener Straßen entsteht. Schon möglich, daß ich an älteren, stärker pittoresken, stärker vergangenheitsbefleckten Orten eine solche Atmosphäre bereits gespürt hatte, vielleicht sogar eindringlicher, aber noch nie hatte sie mich so sehr und so friedlich durchdrungen wie die fast jämmerliche Schlichtheit dieses Platzes in diesem Augenblick, da mir zu Bewußtsein kam, wie die Vergangenheit sein kann, ohne Geschichte und ohne Erinnerung, ohne Bitterkeit oder Sehnsucht, ohne Schuldgefühle oder Sorge, ein Raum, wo man innehält, nicht um dorthin zurückzukehren, sondern um einfach dort zu sein. Ein Raum, der einen nicht sucht, sich nicht aufdrängt, sondern den man einfach antrifft, ohne daß er mehr mit einem gemeinsam hätte als den Umstand, dort zu sein.

Plötzlich überfiel mich der Wunsch, genau das auszudrücken. Ich machte mich bereit. Dann schrieb ich, langsam. Doch auf dem Papier stand etwas ganz anderes, zumindest bei der ersten Lektüre, die ich gleich danach voll verwunderter Überraschung in Angriff nahm. Ich hatte das Gefühl, die Zeilen brauchten einen Titel, und las den Text noch einmal, voller Sorge, er würde, wenn er einen Titel brauchte, genau dasselbe in ergänzter Form aussagen, was der Titel bereits erklärte. Mit dem neuen Titel darüber las ich schließlich das Ganze noch einmal:

Käfig aus Glas

Durch Wände wir die Welt erschaun
im Wesen jener anderen,
die uns, begegnet, schon umstehn
und mehren eines Käfigs Seiten,
den uns das Leben rings erbaut.

Im Innenraum, wo nicht die Zahl
der Seiten noch ihr Abstand zählt,
sind wir nur, wer wir sind: verschieden
von den anderen (für die wir
eine Seite unter vielen sind)
durch das, was in uns, raumbefreit,
als transparenter Spiegel glänzt.

Doch was uns scheidet, gibt es nicht.

Das, was ich da las und zu deuten versuchte, stand in keinerlei Bezug zu dem, was ich hatte aussagen wollen. Er war etwas anderes, schien mir dem Gefühl oder Eindruck, dem, was mich zum

Schreiben angeregt hatte, vorauszugehen. Ich hatte ein Anhalten der Zeit ausdrücken wollen, den Aufenthalt in einem Raum, wo man auf eine Vergangenheit ohne Erinnerung trifft. Statt dessen hatte ich das Leben als einen gläsernen Käfig beschrieben, ein umschließendes Prisma mit so vielen Facetten, wie man Personen kennt. Vor allem – obgleich indirekt – hatte ich von der Erinnerung gesprochen. Was sollte das denn bedeuten, von den anderen erkannt zu werden wie ein Spiegel, in dem sie sich reflektieren, auch wenn sie die restliche Welt durch einen hindurch wahrnehmen? Eigentlich hatte ich die Erinnerung jeglichen Zeitbezugs, jedes genauen Erinnerns entkleidet, genau wie der Platz, der mich darauf gebracht hatte. Wahrscheinlich hatte ich schon in meinem Bedürfnis, von dem Platz zu sprechen, nichts anderes schreiben wollen, als jetzt auf dem Papier stand (oder etwas, das im Verlauf der Anordnung der einzelnen Wörter zu diesem Text geworden war), und der Platz war das ideelle Bild jener Wände, innerhalb deren ich mich als lebendiges und denkendes Wesen unrettbar gefangen fühlte, aber abstrakt genug als Bild, damit sich die Erinnerungen, die ich lieber unterdrückt hätte, all die verworrenen und verängstigenden, allzu körperlichen Bilder sich anmutig in eine Meditation verwandeln konnten, wo die Menschen zu anonymen Gegenständen ohne menschliche Gestalt und Stimme wurden und das Leben zu einem konkreten, aber von jeglichen persönlichen Beziehungen befreiten Dauerzustand – etwas, das weiter innen lag als das Unbehagen und weiter außen als die Notwendigkeit des menschlichen Zusammenlebens. Zugleich spielte das Wort »Kafig« in diesem Zusammenhang auch auf die Freiheit an, die, wie ich zunehmend erkannte, nicht existierte und die mir paradoxerweise auch die Einsamkeit nicht verschaffen konnte. Ich stand auf, um den Turm zu besichtigen. Doch als ich eine der Gassen entlanggegangen war und die Straße am Ende überquerte, wo die Häuser mir ihr wirkliches Gesicht zeigten, nämlich daß sie gegenüber der Stützmauer des Platzes bis zum Boden reichten, mußte ich erneut stehenbleiben und weiterschreiben:

Von Ruderschlägen sanft durchteilt,
liegt still die Nacht auf weiter See.
Die Barke gleitet, niemand weiß,
ob Raum und Zeit im Jenseits sind…

Nach diesen Versen herrschte in meinem Kopf völlige Leere. Ich schrieb weiter:

Oder in diesem Leben, wo der Nächte
Atem ist des Wassers Rauschen am Rumpf...

Diese Zeilen widerten mich instinktiv an, und ich strich alles durch, um folgendermaßen fortzufahren:

Wo Schiffe sinken, wo am Strand
zerstörte Buge liegen und verrotten,
aufgelöst von Sonne, Regen, Wind,
die Namen längst nicht mehr zu sehen.

Fehlte noch ein Schluß. Was könnte das sein? Die Parallele zwischen dem Namen, den die Wetter auslöschten, und dem, was die Nacht nicht erkennen läßt. Doch ebenso wie in dem vorhergehenden Gedicht war der Schluß etwas Abgetrenntes, obwohl er das gleiche Thema, den gleichen Grundgedanken fortsetzte. Ich begann zu schreiben – *So wie der Nacht...* – und strich es gleich wieder durch. Der Schluß, den ich dann schrieb, befriedigte mich nicht, er kam mir einengender vor als das, was vorher dagestanden hatte:

Wenn du in See stichst, birgt die Nacht deinen Namen.

Ich schrieb es hin und hob die Augen vom Blatt. An einer Hausecke in der Sonne lehnte ein Mann und starrte mich entsetzt an. Sicher erschreckte es ihn, einen Kerl zu sehen, der auf der Straße stehenbleibt, um zu schreiben; und entweder hatte er schon vorher dort gestanden und mich beim Schreiben beobachtet, oder er war gerade stehengeblieben, um diese für ihn ungewöhnliche Szene zu beobachten. Möglicherweise rührte meine Unzufriedenheit mit dem Schluß (der etwas Überstürztes an sich hatte, wie angehängt, um endlich fertigzuwerden) schon von dieser Einmischung her, von diesem auf mich gerichteten Blick, auch wenn er mir nicht bewußt geworden war. Ich steckte hastig den Zettel ein und beschleunigte meine Schritte, kam mir vor wie jemand, der sich in eine verlassene Ecke gehockt hat, um seine Notdurft zu verrichten, dabei von einem unerwarteten Passanten überrascht worden ist, sich unbeholfen säubert und schamhaft die

Hosen hochzieht, um schnell und ohne Blick zurück davonzueilen. Genau dieser Vergleich fiel mir ein, zu meinem großen Ärger, als hätte ich mich selbst auf das schmutzigste beschimpft. Etwas später reagierte ich und überlegte, daß mein Geschriebenes den Charakter genau so eines intimen, beschämenden Aktes hatte und daß der Unterschied zwischen den Ausscheidungen des Körpers und denen des Geistes nur darin bestand, daß erstere die übelriechende physische Abhängigkeit des Menschen vom tagtäglichen Dasein bezeugten, in sich aber keinen Sinn trugen, letztere dagegen die Sublimation geistiger Exkremente darstellten, eine Umwandlung dessen, was die Erfahrung der Seele nicht in sich aufnehmen konnte, und damit, auf einer anderen Ebene, eine Destillation der Erfahrung. Was ich geschrieben hatte, erwuchs aus meinem Leben, aus dem, was daran unannehmbar und unerträglich war – so sehr, daß ich, um weiterzuleben und mir dessen bewußt zu sein, mit Wörtern, die sich von der Wirklichkeit (einer Wirklichkeit, die nur als Erinnerung wirklich war, als schwarzer, schmerzender Fleck) abhoben, eine allgemeine Erfahrung nacherschaffen mußte, auf einer andere Ebene des Geistes, wo die unerzählbare Erfahrung sich zu einer Vision der Dinge oder der menschlichen Beziehungen vergrößerte oder verkleinerte und die Wörter eine neue Form hervorbrachten, die mir ebenso fremd war wie allen anderen, in der aber für mich dieselbe formlose und erstickende Gegenwart erkennbar blieb, aus der diese Form entstanden war. Wahrscheinlich gab es auch Menschen, die sich gern beim Akt des Schreibens zuschauen ließen, ähnlich wie viele nur dann sexuelle Lust empfinden, wenn sie sich vorstellen, daß sie oder andere zuschauen, oder wenn sie tatsächlich dabei beobachtet werden. Wie war das wohl für die anderen, die nicht schrieben, für die Menschen, die nicht erlebt hatten, was mir geschehen war: zu schreiben? Mußten sie mehr leiden als ich oder weniger? Oder anders, und dann wie? Diese Fragen erschreckten mich nicht minder heftig als der unangenehme Vergleich, der mich auf diese Gedanken gebracht hatte. War ich anders als die anderen? Und war mir das schon immer vorherbestimmt gewesen? Oder hatte mich eine Verkettung von besonders außergewöhnlichen Umständen in dieser Richtung verändert? War ein solcher Einfluß der Umstände nicht allein dadurch zu erklären, daß dieses Anderssein schon in mir angelegt war, für den Fall (der sich ergeben konnte oder auch nicht), daß jene besondere Verkettung der Umstände eintrat? Ich wollte mich überhaupt nicht von den anderen unterscheiden, und ich fühlte mich auch nicht anders. Im Gegenteil, *jeder ist anders*, sobald der rechte Moment gekommen ist; das hatte ich entdeckt und entdeckte es immer wieder. Trotzdem, nicht alle schrieben. Warum also ich, und zwar in zwanghaften Schüben, ohne irgendeine Vorstellung von Kunst, Komposition, vorgefaßtem Plan oder Umsetzung von irgend etwas, das ein eigenständiges Kunstwerk rechtfertigte? Da stand ich nun, mit drei Gedichten auf kleinen Zettelchen in den Tiefen meiner Tasche. Allmählich fühlte ich mich albern, ein bißchen kindisch und idiotisch, ich hatte mich noch nie als Dichter oder als literarische Person gesehen. Ein Dichter war für mich, ebenso wie für meine Familie und meine Freunde, eine etwas groteske Gestalt, die sich, vom normalen Leben abgetrennt, in der romantischen Figur dessen einrichtete, der für sich selbst oder für die anderen sprach, als wäre das, was er sagte, von höchster und ausgesuchtester Transzendenz, was in Wirklichkeit aber, abgesehen von ganz besonderen Anlässen, niemand so empfand. Einer meiner Onkel schrieb ab und zu Verse, um sich und die Familie bei Geburtstagsfeiern zu unterhalten. Aber das war ein Scherz und geschah aus Spaß, keiner fand etwas dabei, und einzige Folge war das Gelächter, das er mit seinen Wortspielereien erntete, die ich im übrigen nie besonders witzig gefunden hatte. War ich etwa, als ich nicht über ihn lachen konnte, in meinem tiefsten Innern schon soweit gewesen, die Dichtkunst als etwas Intimes, Privates, zutiefst mit dem eigenen Leben Verbundenes zu empfinden, das unvereinbar war mit dem Affenzirkus von ein paar sich reimenden, hinkenden Versfüßen zum Nachtisch?

Ich befand mich schon in der Nähe des Turms, dessen Anblick mich ablenkte. Ich konnte ihn nicht ganz sehen, weil der lange Wall vom Bollwerk des Forts bis zum Turm seine untere Hälfte verdeckte. Ich sah direkt vor mir das Tor des Forts, auf das die geteerte Straße zuführte; es öffnete sich in der abgeschrägten Wand, war im Moment aber nur angelehnt, ohne Wachtposten. Als ich davor stand, bog ich nach links ein, zwischen dem Bollwerk und einer roten Mauer, hinter der Kohlehaufen schillerten. Jenseits vom Bollwerk erstreckte sich ein nicht allzu großer Streifen Ödland mit kargem, hochgeschossenem Unkraut und kleinen

Häufchen Müll und Schutt bis zu dem Wall. Von dort aus steuerte ich auf den Turm zu, ähnlich wie ich mich, ohne diesen zu sehen, durch die kleinen Gassen bis zur Straße am Fort orientiert hatte. Etwas weiter lief der Wall auf meiner Seite in einigem Abstand um den Turm herum und führte als halb verfallene Rampe zu einem schmalen, schmutzigen Strand hinunter. Beim Wasser rannten und sprangen kleine Jungen herum, die einen in zerrissenen Unterhosen, die anderen splitternackt, und ihre spärliche Wäsche lag in bunten Häufchen am Fuß des Turms verstreut. Als die Bengel mich auf dem Weg zum Strand erspähten, liefen ein paar hinter den Wall, um sich zu verstecken, die anderen stürzten zu ihren Kleidern. Bestimmt hielten sie mich für irgendeinen Wächter, der sie am Baden hindern wollte oder der dort vorbeikam, um den Nackedeis ein bißchen Schamgefühl einzubleuen. Doch als sie merkten, daß ich zum Turm unterwegs war, nicht zu ihren Kleidern (wahrscheinlich beschlagnahmte die der Wächter immer, damit sie zu ihm kommen mußten), blieben sie stehen und starrten mich unverhohlen an, ein paar hüpften auch wieder zurück zum Spielen ins Wasser. Einige von ihnen waren schon keine kleinen Jungen mehr, sondern Halbwüchsige. Einer schlüpfte in seine Unterhose und rannte auf mich zu. Als er in der Nähe war, streckte er mir einen Zigarettenstummel hin und bat mich um Feuer. Ich begriff, daß er unter seinen Lumpen danach gesucht hatte, und bot ihm meine brennende Zigarette an. Es dauerte, bis seine Kippe richtig brannte, aber mir fiel auf, daß in seiner ganzen Gemächlichkeit irgendeine Absicht lag, die weder durch die Winzigkeit der Kippe noch durch seine routiniert wirkende Art, den Kopf schief zu halten, damit die Glut meiner Zigarette überspringen konnte, recht zu erklären war. Seine Kippe brannte bereits, und immer noch tat er so, als saugte er an ihr, immer noch hielt er sie gegen meine Zigarette gepreßt. Sein verstohlener Blick machte mich darauf aufmerksam, womit seine andere Hand währenddessen beschäftigt war, er streichelte sich nämlich durch seinen offenen Hosenschlitz, wodurch alles gleichzeitig verdeckt und entblößt war. Verärgert wich ich zurück: »Nun brennt sie ja wohl, oder? Also mach dich fort.« Er richtete sich auf und schaute mich herausfordernd an: »Na, unterwegs auf einem kleinen Spaziergang? Da gibt es aber schönere Strände in der Gegend.« »Ich will den Turm besichtigen.« »Den Turm?« Er machte mit den Schultern eine Bewegung in die Richtung, ohne sich umzudrehen. »Der Turm ist geschlossen.« Ich ging hinüber und um den Bau herum, auf der Suche nach einem Eingang auf der anderen Seite. In seinem Schatten, bei den teilweise vom Sand bedeckten Stufen, lagen zwei Paare, und als ich um die Ecke bog, unterbrachen die Männer die Bewegungen, die sie auf den Frauen vollführten. Die Tür war tatsächlich verschlossen. Die vier schüttelten den Sand ab und setzten sich mit mißtrauischen Blicken hin. Die beiden Männer waren richtige Galgenvögel und schienen abzuschätzen, wieviel meine Brieftasche wohl wert war. Die Frauen waren offenbar noch tiefer als Prostituierte gesunken: sie sahen aus wie Landstreicherinnen, die es für ein bißchen Kleingeld im Müll hinter einem Bretterzaun trieben, und ihre Gesichter waren zu einem einfältigen Lächeln erstarrt. Um zu zeigen, daß der Turm mein Ziel war, stieg ich die Stufen hoch und klopfte an. Einer der Männer hinter mir sagte: »Da ist keiner. Vorhin waren gerade einige Herrschaften hier, die sind wieder weg, sogar in einem Automobil.« Ich bedankte mich und kehrte an den Strand zurück, mir war wieder eingefallen, daß der Schlüssel ja im Fort sein sollte, laut dem Mann in der Tram. Der Junge, der mich um Feuer gebeten hatte, lauerte an der Ecke und rannte wieder zu seinen Sachen. Offenbar glaubte er mir nicht, vielleicht war er an ein Vorspiel aus ängstlichen Zurückweisungen gewöhnt, die es erst zu überwinden galt (ein Stück vom Strand in Figueira zog an meinem geistigen Auge vorüber, mit Rodrigues, der sich vor den etwas entfernt liegenden Männern entblößte), und er stieß einen flötenden Pfiff aus. Ich begab mich zum Fort, und als ich das Tor erreicht hatte, kam der Wachtposten hervor: »Wer da?« Ich bat ihn um den Schlüssel zum Turm, ob es wohl möglich sei, den zu besichtigen. Der kleine, schmächtige Soldat musterte mich von Kopf bis Fuß, mit so gespannter Aufmerksamkeit, daß sein Hals kürzer zu werden schien: »Den Schlüssel? Da müßte ich erst den wachhabenden Offizier fragen.« »Ja, dann tun Sie das doch.« Er rief etwas nach drinnen, und ein anderer Soldat erschien. Diesem war bekannt, daß der Schlüssel tatsächlich im Wachhäuschen hinterlegt wurde, wenn der Mann, der zu den Besuchszeiten den Turm zeigte, nach Hause ging; und er holte den Unteroffizier. Dieser war ein dicker Mann mit einem dichten, schwarzen Bart und dünnen Beinen, die durch die schwarzen Ledergamaschen noch unglaublich viel dünner wirkten: er sah aus wie ein blaugefärbter Spatz. Was ich wolle? Was ich hier zu suchen habe? Den Turm besichtigen? Der Turm sei geschlossen und könne nicht besichtigt werden. Warum? Was für eine Frage! Vorschriften. Jawohl, Vorschriften. Und ich möge bitte so freundlich sein, mich aus der Nähe des Forts zu entfernen, es sei niemandem erlaubt, sich hier aufzuhalten. Warum? Was für eine Frage! Vorschriften. Jawohl, das Fort sei in Alarmbereitschaft. Er warf mir einen grimmigen Blick zu, um den Ernst der Lage zu betonen. Doch kaum wiederholte ich das entscheidende Wort in fragendem Ton, sackte er verwirrt in sich zusammen. Offensichtlich hatte er schon zuviel gesagt. Diese Alarmbereitschaft mußte wohl ein Staatsgeheimnis sein, das er nun an mich verraten hatte, obwohl ich weder zu seiner Familie noch seiner Bekanntschaft gehörte. Stammelnd erklärte er: »Alarmbereitschaft, das sagen wir so. Übungen. Es sind eher Übungen.« Damit zog er sich feierlich in das Innere des Wachhäuschens zurück. Die beiden Soldaten blieben am Tor stehen, als bereiteten sie sich darauf vor, es gegen einen Angriff meinerseits zu verteidigen. In einer so lächerlichen Situation hatte Beharrlichkeit keinen Zweck, also ging ich fort. Als ich die Straße, die zum Fort führte, zur Hälfte hinter mir gelassen hatte, fiel mir wieder ein, daß mein ursprünglicher Plan gar nicht die Besichtigung des Turms gewesen war, sondern ein Ausflug nach Algés. Ich zögerte. Vielleicht konnte ich einfach meinen Weg am Wasser entlang fortsetzen, ohne den Zug zu benutzen. Ja, sicher, ich erinnerte mich jetzt, daß ich früher, als ich in der Badesaison manchmal mit dem Zug nach Oeiras oder Estoril gefahren war, Leute an dem Strand gesehen hatte, der sich bis nach Algés erstreckte. Ich kehrte um, entschlossen, der Straße zu folgen, die am Fort vorbeiführte. Als ich die Wegkreuzung vor dem Tor erreichte, tauchte derselbe schmächtige Soldat in der Tür des Häuschens auf: »Wo gehen Sie denn hin? Wissen Sie nicht, daß das Betreten der Militärstraße verboten ist? Sie dürfen hier nicht durch.« Die Straße führte, wie ich feststellte, nur knapp zehn Meter weit am Bollwerk entlang und endete dann in mehreren Schutthaufen. Früher mußte sie weitergegangen sein, denn der Straßenbelag, aus dem sich schon einzelne Steine lösten, verschwand ganz abrupt unter den Halden; weiter vorn waren nur noch Unkrautbüschel und einige Verschläge zu sehen, offenbar

Baracken, wo Leute wohnten. Ich erklärte, ich wolle bloß an den Strand. Ich zeigte auf die Baracken und meinte, wenn dort jemand lebte, müßten diese Leute doch auch hier vorbei. Meine Hartnäckigkeit brachte ihn zur Verzweiflung, und er flüchtete sich in die Ausrede, daß eben nur die dort Wohnenden passieren dürften, und ich, da ich nicht zu ihnen gehörte, eben nicht. Dann fiel ihm ein besonders scharfsinniges Argument ein: »Das sind ja auch keine Leute, die sind weniger wert als Menschen, deswegen dürfen sie auch durch, wie streunende Hunde und Katzen.« Freudig lachte er über seinen Einfall und bleckte seine schiefen, ungepflegten Zähne. Am Ende ließ er mich aber doch durch, mein Scherz, er solle mich einfach als Hund oder Katze betrachten, hatte ihn überzeugt, und er steckte die Zigarette, die ich ihm gab, schleunigst ein.

Als ich das Brachland überquerte, dachte ich über ihn und über den Jungen, der mich um Feuer gebeten hatte, nach. Vielleicht war der Soldat zwischen Schweinen und Hühnern aufgewachsen, in einem Bergdorf, wo die Winterkälte durch die Türritzen kriecht und der Staub der Steinwüsten den Menschen an Füßen und Beinen festtrocknet. Und die Leute hier, die wie Schattengestalten bei den Baracken umherliefen, hielten auch Hühner zwischen ihren Unkrautbüscheln. Der Schmutz, das Fehlen des geringsten Komforts, die Armut und Ignoranz waren bestimmt zu vergleichen. Doch sein Weggang in die Stadt, die Uniform und seine Begegnungen mit der Sünde in abgelegenen Seitenstraßen gaben dem kleinen Soldaten ein Gefühl der Überlegenheit gegenüber Menschen, die in der Metropole, wo er sich oftmals verloren fühlen mußte, wie Müll lebten, der sich vor der Tür ansammelte und immer wieder weggefegt wurde. Er fühlte sich als Teil von etwas, zu dem »diese Leute« nicht gehörten. Ohne Frage trug die Art und Weise, wie ihm seine Rolle – die glorreiche Fahne, der er diente, die unbesiegte Armee, der er angehörte – vermittelt wurde, mit gebrüllten Befehlen, deren Sinn, falls sie einen hatten, ihm unbekannt blieb, nur dazu bei, daß er sich noch männlicher, arrogant männlicher fühlte, als wäre die Uniform ein Aphrodisiakum, dessen Wirkung durch die Existenz all der anderen Uniformen garantiert wurde. Doch es reichte aus, zusammen mit Kost und Logis, damit er sich unter dem Druck der Gesellschaft, der er diente und die nicht die geringste Wertschätzung für ihn aufbrachte, den gleichsam durch ihr Leben kriechenden Wesen meilenweit überlegen fühlte, die sich hinkauern mußten, um in ihre Hütten aus Blech und Holz hineinzukommen. Falls er in sein Dorf zurückkehrte, würde er sich dort fremd fühlen, vielleicht würde er, der zu Hause niemals gebadet hatte, sogar das Baden vermissen. Doch allmählich würde er die Anstrengung, die er vollbracht hatte, die ihm abverlangt worden war, um sich an eine Lebensweise zu gewöhnen, von der wußte, daß sie nur vorübergehend war (was er sich in den Stunden des Heimwehs nach seinem Dörfchen auch so wünschte), unmerklich als das erkennen, was sie in Wirklichkeit war: vorübergehend und künstlich, und erleichtert würde er wieder in sein barfüßiges, schmuddeliges Leben zurücksinken, ohne dabei seine Verachtung für »diese Leute« zu verlieren, die in Lissabon weniger wert waren als Menschen (wodurch er an der Illusion festhalten konnte, die auch ich ihm bestätigt hätte, mehr wert zu sein als sie). Bei dem Jungen, der mich um Feuer gebeten hatte, lag der Fall anders. Er, dem die Stunde des Soldatenlebens auch bald schlagen würde, falls ihn sein frühzeitig elendes und lasterhaftes Leben nicht für eine solche Ehre untauglich machte, er würde sich nie als Teil von etwas fühlen, in das er ohne jegliche Teilhabe hineingeboren war. Sein Blick und seine Bewegungen zeigten, daß er sich selbst am Rand der Gesellschaft sah und sich nur durch einige Verschlagenheit eher bescheidener und kleinlicher Art die Gelegenheitskontakte verschaffen konnte, die er zum Überleben brauchte. Als Landstreicher oder Gossenjunge aus der Vorstadt (vielleicht fühlte er sich deshalb auch, anders als der Soldat, den Leuten von den Strandbaracken nicht überlegen) stand er immer noch besser da als ein bloßer Parasit, der sich beharrlich am Leben festklammert und nur überlebt, weil keiner daran denkt, ihn mit Insektenvertilgungsmittel auszurotten. Die Randexistenz dieses Jungen stellte eine gesellschaftliche Notwendigkeit dar, was er, indem er sich verkaufte, auch anerkannte. Die Gespräche, die ich während dieses Sommers in Figueira gehört, die Gesten, die ich beobachtet, und die Gestalten, die ich kennengelernt hatte (ich sah Rodrigues vor mir, der auf seinem Bett herumhüpfte, voller Verzweiflung seine Pobacken spreizend, und dann dieser Heini, der Name fiel mir gerade nicht ein, wie er die Straße entlangtänzelte), waren nichts als die eine Seite der Medaille, deren andere, noch traurigere sich mir vorhin in einem listigen Augenpaar und einer routinierten Hand dargeboten hatte. Die Obsessionen, die Promiskuität, die Gefühlsverwirrungen meiner Freunde in jenen schrecklichen Tagen (die immer noch nicht zu Ende gehen wollten) waren, obwohl von der Prostitution gezeichnet (auch Rodrigues' Ruf trug diesen Makel), Kindereien unter Halbstarken im Vergleich mit dem, was ich in diesem nackten Jungenkörper erahnte, der aus seiner Zugehörigkeit zu einer verborgenen und verfügbaren Unterwelt ein bißchen Kapital schlug. Als mir plötzlich auffiel, daß er Luís ähnlich gesehen hatte, überlief es mich kalt. Stimmte das überhaupt? Oder hatten sie nur eine schlanke Jungenhaftigkeit gemeinsam, und nur die Ähnlichkeit der zweideutigen Situation näherte sie einander an? Und als mir wieder einfiel, wie sich sein Körper an mich gedrückt hatte, schüttelte mich der Ekel vor Luís' absurder Demonstration seiner selbst, die ihm so wichtig gewesen war. Was hatte uns, hatte mich abgehalten? Hatte sich da nicht etwas ganz anderes erwiesen? Welche ungewisse, fließende Grenze hatte Luís von mir und von einer Katastrophe getrennt? Wo lag der grundsätzliche Unterschied zwischen dem Jungen, der mich umarmen wollte, um sich zu beweisen, daß er mich nicht begehrte, und dem Jungen, der sich entblößte, um festzustellen, ob ich ihn begehrte? In der Erektion? Die hatte weder der eine noch der andere gehabt. Vielleicht in der Bereitschaft, sich zu prostituieren, an die sich der eine gewöhnt hatte? Oder gab es, wie ich stets angenommen hatte, einen angeborenen Unterschied, wonach die einen so sind und die anderen nicht? Aber war der eine, der sich prostituierte, zwangsläufig so? Und der andere, der sich nicht prostituierte und sogar die Vorstellung schrecklich fand, daß jemand anders sich an ihn verkaufte, war es zwangsläufig nicht? Ganz sicher war die Liebe ein Unterschied. Nur, hatte ich je einmal gedacht, ich liebte eine Prostituierte? Was hatte die Liebe damit zu tun? Hatte Luís das Dienstmädchen geliebt, das ich mit dem Einverständnis meiner Mutter aus unserem Haus hatte verschwinden lassen wie durch einen jämmerlichen Zaubertrick? Bekümmert wurde mir bewußt, daß wir sie ohne jeden Respekt behandelt hatten, wie eine Katze, die man in einem Korb vor die Stadt bringt und dort aussetzt, weil sie unbequem geworden ist und immer auf den Teppich macht (so wurde bei uns im Hause mit den Katzen verfahren). Wo verlief zwischen den Menschen diese Grenze? Mittlerweile hatte ich das Fort schon weit hinter mir gelassen, immer an dem Wall entlang gehend, und sah in der Ferne den Strand von Cruz Quebrada mit seinen Baracken, vor der untergehenden Sonne, die einen entrückten Dunst in der Nähe des Wassers aufsteigen ließ.

Ich blieb stehen und setzte mich auf die Mauer, ein Zug rauschte nah an mir vorbei. Liebe, Sexualität, Freundschaft, Familienbande, Gelegenheitsbekanntschaften, Alltag, Politik, die ganze Welt – nirgendwo eine harmonische Einheit, die nur gelegentlich einmal aus dem Gleichgewicht geriet. Vielmehr war all dies in Bewegung wie eine Menge aus zahlreichen Oberflächen, die einander überlagerten, teilweise überlappten, Schnittmengen bildeten und sich wieder entfernten, wie eine Vervielfachung der Zufälle und der Kombinationsmöglichkeiten unter den – und sei es nur zufällig – Betroffenen, so daß jede Vorstellung von einer Gesetzmäßigkeit, Regel, Norm oder klaren Grenze zwischen Gut und Böse nicht einmal in einem abgelegenen Bergdorf gelten konnte, wo ein halbes Dutzend Einwohner, von der Welt abgeschieden, Generation um Generation dieselben Gesten und Schritte wiederholte, sonst nichts. In einem Leben, so wie ich es kennengelernt hatte, wo alles miteinander zusammenhing und voneinander abhing, wo man meinen konnte, die Regel sei die zusammengetragene Quintessenz der Erfahrung vieler, genau in einem solchen Leben wurde die Gesetzmäßigkeit zu etwas Schwammigem, ja Falschem, das die einen den anderen im Namen einer fälschlich behaupteten Gemeinsamkeit aufzwangen. Auf jenen verschiedenen, umhergleitenden Oberflächen, wo ständig irgendwer die Oberfläche wechselte und trotzdem weiterhin zu allen Ebenen gehörte, befanden sich keineswegs alle in derselben Situation. Die einen waren freier als die anderen, nicht weil sie taten, wozu sie Lust hatten, wann sie Lust hatten oder weil sie sich das leisten konnten (womit sie zu Sklaven einer Freiheit auf Kosten der Unfreiheit der Mehrheit wurden), sondern weil sie entweder stark genug waren, um nein sagen zu können, oder weil sie (aus Veranlagung) nicht das Bedürfnis verspürten, sich selber oder andere auf der Ebene auszunutzen, auf der sie einander begegneten. War der Mangel an Bedürfnis eine Art Widerstandskraft? Und unter welchen Bedingungen konnte man widerstehen? Wogegen richtete sich der Widerstand? Gegen das, was war? Was sein würde? Was sein sollte? Und welcher Souverän entschied über all das? Mein Bewußtsein? Welches denn – das psychologische, moralische, politische oder sonst eines? Das Gesetz der Mehrheit? Die Diktatur? Die Kirche? Gewohnheiten, Vorurteile, Egoismen, Neid und Ehrgeiz?

Bei dem Gedanken an eine transzendente Sicherheit, eine ideale Ordnung, die die ganze Welt umfaßte und Schlechtigkeit und Ungerechtigkeit, Erniedrigung und Verrat, Schmutz und Infamie nicht nur zuließ, sondern davon lebte, bei diesem Gedanken wurde mir schwindlig vor Übelkeit. Nein. Alles andere, nur keine Leere, die aus der Geistlosigkeit des Todes bestand. Alles andere als dieses Trugbild, das von der panischen Angst vor Einsamkeit und Ungewißheit heraufbeschworen wurde. Waren Einsamkeit und Ungewißheit denn zu anderen Zeiten weniger komplex und widersprüchlich gewesen, als ich sie heute empfand und erahnte? Wenn damals die Menschen an ein Jenseits glaubten, so sehr, daß sie sich kasteiten, um noch schneller dorthin zu gelangen, und ihr Leben, das Leben im allgemeinen, in eine einzige Quälerei verwandelten, hatten sie dann bei ihrem Leiden weniger Hoffnungen gehegt, das diesseitige Leben könnte besser sein oder zumindest, trotz alledem, als einzigartig und unersetzlich angenommen werden? Nein. Das war nicht die Frage. Wahrscheinlich hatten sie mehr unter dem Leben gelitten als ich. Doch das Leiden war an der Empfindsamkeit zu messen, an der angeborenen oder erworbenen Fähigkeit, die Ungerechtigkeit der Welt differenziert und auf verschiedenen Ebenen gleichzeitig zu fühlen. Dennoch ließ sich diese Ungerechtigkeit nicht an dem stärkeren oder schwächeren Bewußtsein messen, ungerecht gehandelt zu haben oder behandelt worden zu sein, sonst wäre die Gerechtigkeit nicht ihr Gegensatz. Aber lag darin nicht trotzdem oder gerade deswegen eine noch größere Ungerechtigkeit? Was waren Gerechtigkeit oder Ungerechtigkeit überhaupt? Was du nicht willst, daß man dir tu, das füg auch keinem anderen zu? Daß ein Mensch sich nicht in den anderen hineinversetzte, ganz gleich wann und in welcher Situation? Das war sicher richtig, aber nicht allein.

Ich sprang von der Mauer und lief zum Strand, der eigentlich nur ein schmaler Streifen Sand war, an dem einige Boote lagen.

Am Rand des Wassers, dessen kleine Wellen sanft plätscherten, fast ohne Schaum, dafür aber mit allen möglichen Abfällen, setzte ich mich auf eines der Boote.

Eine Ordnung zu akzeptieren, zu verteidigen und durchzusetzen, das war gleichbedeutend mit dem Eingeständnis, daß sich die Ungerechtigkeit zumindest vorübergehend nicht vermeiden ließ. Die totale Unordnung dagegen liefe nicht unbedingt auf eine Chance für Harmonie und Gerechtigkeit, sondern auf das Gesetz des Stärkeren, des Böseren, des Gewalttätigeren hinaus. So war die Menschheit entstanden. Wirklich? Oder war nur allmählich die Gewalt durch Gleichgültigkeit gegenüber der Gewalt, die Ungerechtigkeit durch Abstumpfung gegenüber der Ungerechtigkeit, der Egoismus durch Gedankenlosigkeit und die Angst vorm Tod durch die Angst vorm Leben ersetzt worden?

Als ich die Augen zum Horizont erhob, erblickte ich eine große dunkle Masse zwischen dem Licht und mir, hoch, länglich, konturiert und schwarz, die mir trotz ihres Ausmaßes zuvor nicht aufgefallen war. Ich lief darauf zu und spürte, wie mir der Sand in die Schuhe drang. Näher am Wasser, wo der Sand feucht war, ging es sich leichter. Ich fühlte mich durch dieses Ding angezogen, nicht aus plötzlicher, aufgeregter Neugier, sondern aus einer merkwürdigen Art von Sympathie, als wäre dieses Schattengebilde jemand, den ich schon lange kennenlernen wollte und der mich nun ganz gelassen am Ende einer leeren Straße erwartete, und als gälte sein Lächeln, das zu der Anziehungskraft gehörte, keinem anderen als mir. Als ich die überschattete Zone erreichte und das Gegenlicht verließ, konnte ich genauer erkennen, daß es sich um mehrere Objekte handelte, die schärfere Umrisse und eine andere Färbung annahmen, zwischen schwarz, braun und rötlich. Was ich zunächst für ein unförmiges Ding gehalten hatte, ohne es richtig zu erkennen, entpuppte sich nun als eine verwirrende Masse, durchaus groß, aber höchstens dreimal höher als ich, und die unregelmäßigen, unbestimmten Umrisse wiesen eine fast geschliffene Härte auf, während die Oberflächen sich nachgerade feucht und schillernd rundeten. Als ich davorstand, mochten meine Augen erst gar nicht glauben, daß die eisernen Rümpfe zweier gestrandeter, ausgeschlachteter Schiffe aneinandergelehnt vor mir lagen, weniger in den Sand gebohrt als aus dem Boden hervorsprießend (was sich an der feinen Naht zwischen dem feuchten Sand und dem Metall, markiert durch ein dünnes Rinnsal, deutlich ablesen ließ). Man konnte zwischen den beiden hindurchgehen, als wäre man in einem dunklen Schiffsbauch, und die untergehende Sonne tupfte die Stelle mit Reflexen wie von Kirchenfenstern. Doch ähnlich wie ich mich geweigert hatte, zwei Schiffe zu erkennen, wollte der Vergleich mit dem Schiffsbauch nicht recht passen, zu sehr verzauberte mich die schwarz-braun-rot-goldene Stimmung aus Tang, Rost, Sonnenlicht, dunklen Ecken, in die nur ab und zu von draußen ein aufblitzender Schein drang, ohne irgendwo zu verweilen. Ich ging um die Schiffe herum. Auf der Seite der Sonne, die in flachem Winkel beleuchtete, was ich zuvor nicht erkannt hatte (nämlich die doppelte Form, die sich vor dem Wasser abzeichnete), löste sich diese Stimmung in der Luft auf, die auf der Rückseite stärker nach Erde, Gräsern und faulendem Müll roch. Ich setzte mich in den Sand, neben den früheren Bug der Rümpfe, die sich über mir erhoben, spitz zulaufend und stumpf zugleich... Was für eine Art Schiffe waren sie wohl gewesen? Wie waren sie dort gestrandet? Wer hatte sie zusammen auflaufen lassen? Wozu? Wie lange würden sie, unnütz, ja unsichtbar, bis man davorstand, noch so daliegen? Und wie lange würde ihre Anordnung, gegeneinandergelehnt, als rutschte das eine am anderen ab und stützte es zugleich, sich halten?

Langsam erfüllte mich ein gewisses Unbehagen, eine Mischung aus Ekel, Schwäche, Kälte, leichtem Herzrasen, und ich streckte mich auf dem Sand aus. Am bläulichen Himmel mit seinen blassen Wölkchen sammelten sich lauter weiße Punkte, die einander verfolgten. Ich schloß die Augen. Die weißen Pünktchen, jetzt vor einem roten Hintergrund, hörten nicht auf, sich gegenseitig zu verfolgen, waren aber inzwischen weniger zahlreich und gruppierten sich zu heiteren, flatternden Festzügen. Eine große Schläfrigkeit durchweichte alles, versetzte mich aber nicht an einen anderen Ort, sondern schärfte im Gegenteil mein Gehör. Das Wispern der kleinen Wellen, der Sand, der um meinen Kopf wegrieselte, das Rascheln der Gräser in der Abendbrise, Stimmen in der Ferne (auf dem Strand oder weiter landeinwärts), all das fügte sich zu einem sorgfältig abgestimmten Orchester. Ein Horn ertönte, wahrscheinlich im Fort. Ein kadenziertes Beben verwandelte sich zu einem vorbeidonnernden Zug, dieser zu einem erneuten Beben, aus dem ein zweiter Zug in Gegenrichtung hervordonnerte. Dann, plötzlich, absolute Stille, eine vollkommene Beruhigung, oder meine Ohren versagten sekundenlang. Auch die Bewegung der Lichter, die ich hinter geschlossenen Lidern sah, setzte aus und machte einem unregelmäßigen Halbdunkel Platz. Dies hielt nur einen Moment lang an, und als ich die Augen einen Spalt öffnete, schien es mir, als glitten die beiden Schiffe am Bug voneinander ab und wollten über mir einstürzen. Am blasser werdenden Himmel hinterließen ihre Umrisse eine weiße Linie; es war, als segelten die Schiffe, einander überschneidend, unbeweglich voran und steuerten auf mich zu.

Ich stand auf, erschöpft wie von einer langen Reise. Und aus der Dämmerung, die näher kam wie schwarze Wasserlachen, umgeben von einem leichten, verblichenen Dunst, stieg langsam ein riesenhafter, weißer, nackter Körper empor, der auf mich zuschwebte, mit gespreizten Beinen und leicht geöffnetem, rosigem, von schwarzen Härchen umgebenem Geschlecht. Bauch und Brüste hoben und senkten sich mit der Atmung, die Beine baumelten wie von einer Bettkante. Das war sie, ja, sie kam mir als Riesin entgegen, umfaßte ihre Brüste mit festen Händen. Danach sehnte ich mich, nach ihrem Geschlecht mit den rosigen, schimmernden Lippen. Mochten die Männer auch zu Dutzenden mit gereckter Lanze in sie eingedrungen sein und sich an ihren feuchten Wänden gerieben haben, um sie schließlich, in einem heftigen Aufeinanderprall der Unterleiber, einer nach dem anderen zu überschwemmen: es war immer wieder mein Glied, dem sie sich öffnete. Und alle Frauen, die sich mir jemals hingeben würden, wären doch immer wieder das riesige, feuchte, schimmernde Geschlecht dieser einen Frau, das mich anzog und abstieß, das schier überquoll, besudelt von all den anderen Liebesakten. Ich packte mein Glied und stieß zu, tauchte unter in einer Hitze, die mich verbrannte, um mich her raste und strampelte alles, immer heftiger, quälender, wilder bohrte ich mich in diesen Körper, bis nichts mehr von ihm übrig war als ein paar Pfützchen Samen im Sand, die ich benommen und wirr, entgeistert und ernüchtert anstarrte.

Lauter widerstreitende Empfindungen zerrissen mich, Sättigung, Wehmut, Enttäuschung, Demütigung. Mit dem Taschentuch säuberte ich mich. Und plötzlich schaute ich mich ängstlich um, als müßten mich tausend spöttische Augen in all meiner Lächerlichkeit beobachten. Doch kein Mensch war zu sehen. Ich ging zur Bahnlinie und suchte, auf der anderen Seite des Bahndamms, in dem Maschendraht des Zauns nach einer Lücke, die ich etwas weiter auch fand. Wie im Wachtraum lief und lief ich, bis ich auf eine Gasse stieß, an deren Ende die Strommasten der Tram zu sehen waren. In diesem Augenblick platzte in mir etwas auf, eine Blase des Wohlbehagens, die mir den Atem nahm, ironisch, sardonisch, höhnisch, und ein stummer Schrei hallte in meinen Ohren wider, von den Mauern und im Dunkel der Gasse. »Wieviel von dir, Geliebte, erfüllte mich in deinen Armen…«

Fiebrig und zugleich freudig, da ich wußte, die Stimmen, die zu mir sprachen, würden nicht verstummen (schon hörte ich, wie die Verse weitergingen), schrieb ich:

Wieviel von dir, Geliebte, erfüllte mich in deinen Armen,
wenn ich, in dir, mich im Gefühl verlor,
für immer dich zu haben –
Wieviel ›für immer‹ mich erfüllt in allem,
was ich begehre oder sehe, ohne deiner zu gedenken,
wenn ich mich in fremde Arme gebe –
Wieviel Umarmung ist ein offenes Gesicht
ohne Augen oder Mund, nur Schmerz des Menschen,
der dem Tode gleicht –
Wieviel Tod nahm ich von dir
durch die Verschwendung, dich vergebens zu besitzen,
voller Liebe, die uns bald verriet –
Wieviel Verrat ist es, einander zu besitzen,
ohne zu wissen, daß der Körper nicht mehr kennt
als sich dem andren einzufühlen –
Wieviel hab ich dich, hast du mich gefühlt,
bei, ja!, der ewigen Begegnung, die kein Bild
je trennen wird –
Wieviel mit anderen Erlebtes werden wir als Trennung
nur empfinden, die uns tötet, weil nicht wir
es sind, sonst nichts –
Wieviel Einsamkeit, wenn du in allem bist,
wie in dem unabänderlichen Fehlen, das uns
in dem anderen bestehen läßt –

Wieviel vom Sein und Nichtsein in dem anderen
wird einzige Gewißheit sein,
die uns am Leben hält –
Wieviel Leben zehren wir
in Angst und Not, daß andere uns
in der Liebe nur mißbrauchen –
Ach, Geliebte, von dir, durch dich und für dich
empfange ich voll Dank
nicht Leben oder Tod, sondern Erkenntnis,
daß Nichts ist, wo nicht einer von uns beiden.

Ich hatte das Gefühl, all dieses in Sekundenschnelle geschrieben zu haben. Doch als ich es noch einmal lesen wollte, konnte ich die Buchstaben fast nicht mehr entziffern, so dunkel war es bereits geworden. Ich ertappte mich bei dem seltsamen Gedanken, selbst wenn ich diese Frau gar nicht wirklich liebte, sie vergäße oder, was weiß ich, verabscheute, würde meine Liebe in zukünftigen Wörtern für immer bei mir bleiben. Die Welt um mich her könnte einstürzen, ich könnte Unglaubliches erleiden, doch diese befreiende Möglichkeit, dieser außergewöhnliche Ekel würden unverwüstlich bei mir bleiben wie ein einmal entdecktes Schicksal. Allerdings nicht als Tag um Tag erlittenes Schicksal, als eine schmerzhafte Reihe von Ursachen und Wirkungen eines Schrittes, von dem man nie weiß, welche Folgen er haben wird, das nicht. Sondern als ein anderes Schicksal-Nichtschicksal außerhalb von Zeit und Raum, außerhalb des Lebens, weil es der essentielle Ausdruck des anderen, gemeinsamen Schicksals war: die essentielle Vergeblichkeit des Denkens, das sich seiner selbst bewußt wird, die Füße fest in dem Schicksal namens Leben verwurzelt, den Kopf aber im reinen Nichts. Nicht eine andere Welt jenseits von dieser. Nicht ein anderes Leben außerhalb des Lebens. Sondern ein Insichruhen, im Leben wie außerhalb, und dort nicht anders als im Leben. Ich erschrak über die Erkenntnis, daß ich durch das Privileg, zu sehen und mich zu befreien, die Sicherheit des Lebens verloren hatte. Ich würde sicherer denn je leben, kein Zweifel, mochte kommen, was wollte. Doch zwischen mir und der Unschuld des Zusammenlebens mit den anderen würde von nun an nicht eine Mauer aus sentimentalen Worten des Trostes stehen, wie in der Lyrik, die ich nicht mochte, sondern eine eisige Leere, die aus der Möglichkeit bestand, daß diese Worte einen Sinn und Bezug in alles hineinlegen würden, wenn ich sie nur ließe. Es war, als wäre mir eine letzte Unberührtheit, die nur wenige aus Zufall verlieren, genommen worden und ich bliebe einsam zurück, paradoxerweise und unabänderlich beschmutzt durch die essentielle Reinheit von allem und allen. Das Leben und ich, wir würden nie wieder sein, was ein Leben und ein mögliches Ich sein konnten, und zwar durch die Erfahrung des Wissens über sich selbst. Sosehr ich und die anderen auch leiden mochten, wir würden nie mehr sein als ein absurdes, sinnloses Spektakel, dem plötzlich, mit einem stummen Schrei, eine Ordnung aus Wörtern zur Wirklichkeit verhalf. Das Schreckliche war: ich wußte, daß dies jeden Augenblick geschehen konnte, daß zukünftig kein Moment mehr ohne Bedeutung sein würde, unerwartet konnte er durch *etwas anderes* ersetzt werden, das, weil es rein geistig war, eine absolute Realität darstellte, die allem anderen ihren möglichen Wirklichkeitsgehalt raubte. Ich erinnerte mich undeutlich an das Geschriebene (die Wörter verweigerten sich dem Gedächtnis) und spürte, daß ich nur nach der Wirklichkeit gesucht hatte, nach der anderen, die sich für die Wirklichkeit hielt; ich hatte, in dem unruhigen Wirrwarr meines Lebens, nicht etwa die andere als andere oder *eine* andere als andere angestrebt. Mit einem gewissen traurigen Stolz fühlte ich, daß die Wirklichkeit endlich in mir angekommen war. Nur ich konnte sie sehen und hören. Ja, das war es. Vielleicht veröffentlichen Dichter aus diesem Grund Verse (und die falschen Dichter aus genau dem entgegengesetzten Grund). Wenn die Wirklichkeit in mir war, in jenen gelegentlichen Anordnungen von Wörtern, die im übertragenen Sinn für mein Leben standen, dann bedeutete die Veröffentlichung von Versen den Versuch, Brücken zu den Menschen zu schlagen, die einen im Leben niemals verstehen würden, die niemals die eisige Leere zwischen uns zu füllen wüßten und die, da sie nicht klar verstanden, was auch für mich nicht klar war, augenblickslang dazu gebracht würden, dort zu leben, wo die Wirklichkeit auf sie wartete wie eine gegebene Erfahrung, geklärt und übertragen. Aber nein. Wie konnte ich nur daran denken, jemals diese Verse zu veröffentlichen, die ich als so intim, so nackt und bloß empfand? Und welche Erkenntnis, die ich anderen dadurch vermitteln mochte, konnte mich für diesen erschreckenden und zugleich, wie ich nun fühlte, stolzen und zynischen Verlust einer letzten Unschuld entschädigen? Keine. Wahrscheinlich hatte Verständigung überhaupt nichts mit Selbstlosigkeit zu tun. Im Gegenteil. Dahinter steckte, wie im Leben, nur das Bedürfnis, alle zu entjungfern. Und ihnen nicht den Schmerz oder die Worte des Schmerzes zu trinken zu geben, sondern die schreckliche Tatsache, daß er um so schlimmer weh tut, je größer die Leere ist. An einen Strommast gelehnt, sah ich erleuchtete Trambahnen vorbeifahren, ohne eine anzuhalten. Ja. Das Unglück ließ sich in das Glück verwandeln, das Unglück kritisieren zu können, ohne deshalb weniger unglücklich zu sein. Oder umgekehrt – und ich mußte lachen. Nach allem paßte das aber wirklich genau. Alles, was mir oder den anderen geschehen war – Leben und Tod –, endete nun in sibyllinischen Worten, vollkommen frei von Schmutz und Lächerlichkeit, Kleinlichkeit und Verrat, frei auch von der Zufälligkeit, mit der die Menschen einander verraten, mehr als sie es sich träumen lassen. Es endete in Worten ohne eine streng logische Denkordnung, in denen es zuweilen nicht einmal Gedanken gab, sondern nur einen unseligen oder gelungenen Impuls. Da stand ich nun, komme, was da wolle, zum Dichter geworden, mit Hilfe von... Ach du grüne Neune! Für diese Berufung reichten weder meine Zeit noch meine Wörter. Ich würde alles beim Herumspazieren mit Zettelchen in der Tasche verschwenden, immer in der Erwartung, aus der Grotte eines Alchimisten, der den Stein der Weisen besitzt (nicht um aus schnödem Metall Gold zu machen, sondern um aus der Scheiße des Lebens Wörter zu gewinnen), stiegen die destillierten Essenzen von Ereignissen und Erfahrung ins Bewußtsein empor, die sich in mir, ganz gleich wie mittelmäßig sie waren, wandelten, als wechselten sie den Planeten. Im übrigen hatte ich nicht die geringste Ahnung, ob all das überhaupt etwas taugte. Doch würde ich, da es nun einmal in dieser Weise ans Licht gekommen war, je hinnehmen können, daß es vielleicht nichts taugte? Und wenn ich es nicht hinnahm, war ich dann nicht genau das: ein Dichter?

XLII

An den folgenden Tagen fühlte ich mich, mit meinem Bündel bekritzelter Zettel in der Tasche, allem fern und überlegen. Kein Mensch wußte, daß diese Gedichte existierten, und vermutlich bemerkte auch keiner diese Distanziertheit. Vielleicht wirkte es, als kehrte ich endlich zu einem ruhigeren Alltag zurück, ähnlich wie Luís es mehr oder weniger deutlich tat. Bei ihm hatte das sicher damit zu tun, daß der Tag seiner Einschiffung näherrückte, und neben das Reisefieber trat ein Bedürfnis nach familiärer Einbettung; zwar hatte er sich bei uns gar nicht so tief verwurzelt, aber eine solche Geborgenheit reizte ihn um so mehr, da es für ihn vollkommen neu und zugleich ohne echte verwandtschaftliche Bindung war, die alles verkompliziert hätte. Jegliche Verlegenheit, die wegen unserer Auseinandersetzung bei ihm (wie ärgerlicherweise auch bei mir) zurückgeblieben war und sein Gefühl zu mir beeinflußte, löste sich in dem Phantasievergnügen auf, mit dem er sich dem vorweggenommenen Heimweh nach einem Haus hingab, wo er nie zu Hause gewesen war. Meine Distanziertheit betraf auch die politischen Ereignisse. Das Geschrei in der von regierungstreuem Eifer beseelten Presse, die hysterisch keifenden Radiokommentare, die reiflich überlegten Militärstrategien zur Rettung des christlichen Abendlands, die meine Eltern mit Onkeln und Tanten, engagiert und hellwach über die Landkarte von Spanien gebeugt, diskutierten, das alles kam mir wie eine überflüssige, lächerliche Aufregung vor, bei der ein paar Leute ihren friedlichen Alltagstrott plötzlich mit ausreichend weit entfernten Toten und Verwundeten ausfüllen wollten. Für mich lag etwas sehr Konkretes in alldem, aber auf einer anderen Ebene der Wirklichkeit, in einem anderen Leben. Ich sah nur zwei Bilder vor mir, eine Leiche und vor allem – seltsam, da ich es ja nie gesehen hatte – ein Boot, das gegen eine aufgewühlte See ankämpfte, um sich bis zu irgendeiner Stelle an der spanischen Küste durchzuschlagen. Für die Schwadroneure bei mir zu Hause war das Unwirkliche zu einer Wirklichkeit aus Nachrichten und Landkarten geworden (und war zuvor vielleicht eine ganz andere Wirklichkeit gewesen, die von der Presse nur verzerrt wurde), während für mich die winzigen Ereignisse, an denen ich direkt oder indirekt beteiligt gewesen war oder die ich in Gang gebracht hatte, immer mehr den entgegengesetzten Charakter einer kalten, vollkommen unwirklichen Imagination annahmen, die sich für mich unmöglich mit Fähnchen und Eroberungen auf dem Papier symbolisieren ließ. Es lag eine Art Waffenstillstand darin, wenn nicht gar ein Friedensschluß zwischen mir und meinen Erinnerungen. Und in dem Alltagstrott, dem ich mich distanziert überlegen fühlte, vermochte ich durch mein ironisches Lächeln, das ich immer wieder für die in meinen Augen kindischen Eitelkeiten der anderen übrig hatte, all dem seine Virulenz zu nehmen, vor allem aber dem, was mich so sehr und vielleicht für immer verändert hatte.

In dieser Stimmung begann ich den Tag, an dem Luís an Bord gehen sollte. Sein Gepäck war am Vorabend bereits abgeholt worden. Das Mittagessen verlief trübselig, meine Mutter jammerte die ganze Zeit. Eine gewisse, eigentlich schüchterne Überschwenglichkeit, eine leicht freche Jugendlichkeit, eine unruhige Fröhlichkeit, die in Luís steckten oder die er ihretwegen an den Tag legte, kamen ihren unbefriedigten mütterlichen Anwandlungen entgegen, die ich nie befriedigt oder auch nur zugelassen hatte. Ohne Neid oder Eifersucht beobachtete ich die beiden und machte mich ein wenig darüber lustig, da mir das paradoxe Vergnügen, mit dem sie beide ihre Traurigkeit vorführten, deutlicher auffiel als ihnen selbst. Ich war wie ein gespaltener Zuschauer der wehmütigen Sehnsucht, die, wäre ich an Luis' Stelle, meine Mutter nach mir und ich nach meinem Zuhause verspüren würden: ein ziemlich ungewöhnliches Gefühl, das mich amüsierte und zugleich meinen eigenen Abschiedsschmerz auf eine andere Ebene verlagerte, meinen Schmerz darüber, daß Luís nun ein neues Leben begann, aus dem er ganz sicher nie in dieselbe Vertrautheit zu mir, dessen Alter ego er in gewisser Weise geworden war, zurückkehren würde. Durch ihn hatte ich in der letzten Zeit eine familiäre Geborgenheit erlebt, für die ich nie zuvor empfänglich gewesen war. Und sein furchtbarer, zweideutiger Annäherungsversuch hatte mir Abgründe des menschlichen Wesens enthüllt, die ich während der Tage in Figueira nebenher oder überraschend mitbekommen hatte, doch ohne direkte Verbindung zu meiner Kindheit, wie sie sich hergestellt hatte, als Luís vorübergehend einen Platz in meinem häuslichen Gefühlsleben einnahm, den ich bisher immer leer gelassen hatte. Erst jetzt begriff ich, daß ich bislang wie in einem Traum gelebt hatte, fast ohne meine Eltern zu bemerken, die mir das Leben geschenkt und gesichert hatten und zugleich fast unsichtbar geblieben waren, was mein Vater auch Luís gegenüber nicht geändert hatte. Als wir im Taxi saßen, das uns zum Cais da Fundição in Caminhos-de-Ferro brachte, wo Luís' Schiff lag, dachte ich mit Schrekken und einer seltsamen Trauer, daß ich meinen Vater eigentlich gar nicht kannte. Ich war in aller Ruhe aufgewachsen, als Einzelkind zwar, aber doch so, als wäre ich es nicht, denn meine Eltern kümmerten sich nicht übermäßig um mich. Sie waren wie eine unauffällige, effiziente Maschine, die dafür sorgte, daß ich alles bekam, was ich brauchte; und was sie mir gewiß gegeben hatten, war eine stetige, diskrete Unterstützung, so daß mir nichts fehlte, auch sie nicht. Meine Mutter, die mir zwangsläufig näher war, kam mir immer etwas oberflächlich und lachhaft vor, eine Figur, die weder im Alltag noch außerhalb davon ernst genommen werden wollte. In diesem Alltag trat mein Vater kaum auf; da er trotzdem täglich da war, weckte das Wenige, wofür er persönlich stand, keinen Appetit auf größere Vertraulichkeit. Aus mir war ein Mann geworden, ohne daß sie sich darüber Gedanken gemacht hatten, und mir fiel ebensowenig ein, es ihnen zu beweisen. Dabei hatten mir gerade jene lauen Gewässer meiner Kindheit und Jugend zu der nun geweckten Kraft der Leidenschaft verholfen. Und diese Leidenschaft war so groß, so heftig, so eifersüchtig, daß sie auch in ihren verschiedenen Wandlungen immer auf sich selbst konzentriert blieb und egoistisch alles andere ausschloß. War das wirklich egoistisch? Würde ich mich als Egoist so um die anderen sorgen, die in mein Leben verstrickt waren? Oder hatte gerade meine Freiheit, ich selbst zu sein, ohne es recht zu merken, ohne dafür kämpfen zu müssen, einen solchen Furor von Liebe und Freundschaft in mir aufgestaut, wie ich ihn jetzt fühlte?

Ich warf einen Seitenblick auf Luís, der neben mir saß. Er spürte es sofort und erwiderte ihn. In seinen Augen glühte das Reisefieber und überlagerte alles andere, ein eher sprödes Glitzern, in dem jugendlicher Stolz auf das große Ereignis mitschwang.

»In drei Monaten bin ich zurück«, sagte er.

»Drei Monate sind schnell vorbei.«

Er antwortete nicht gleich. Wir näherten uns schon dem Kai, da bemerkte er: »Drei Monate sind schnell vorbei, stimmt. Dumm ist nur, daß man nie weiß, was man vorfindet, wenn man zurückkehrt.«

Ich stieg aus dem Taxi, bezahlte (merkwürdig, wie Luís mich immer alles bezahlen ließ, als wäre er mein Sohn) und sagte: »Na ja, wohl dasselbe wie bei der Abfahrt.«

Er blieb auf dem Bürgersteig stehen, neben dem Tor, ohne den Kai zu betreten.

»Komm, es wird Zeit«, sagte ich.

»Und wenn ich gar nicht fahre?«

»Bist du wahnsinnig geworden? Du willst nicht an Bord gehen?«

»Ich weiß nicht. Ich glaube, ich will nicht.«

»Aber sicher willst du. Das hättest du dir früher überlegen müssen. Auf geht's.«

»Sieht fast so aus, als wolltest du mich loswerden.«

Ich starrte ihn an, bis er die Augen niederschlug. »Ich? Ich habe für all das hier keinen Finger gerührt.«

»Stimmt. Aber auch nicht dafür, daß ich hierbleibe.«

»Sei kein Idiot. Wie hätte das denn aussehen sollen?«

»Weiß nicht.«

»Wenn du es nicht weißt, dann rede auch keinen Blödsinn daher. Gehen wir.«

»Ich möchte, daß du dich hier von mir verabschiedest.«

Da erst merkte ich, wie traurig ich über seine Abreise war – mir war das Getümmel aus Menschen, Autos und Koffern um uns her, das uns gleichsam verbarg, gar nicht aufgefallen.

Ich streckte die Hand aus: »Gute Reise, Luís, und viel Glück. Komm gut wieder heim.«

Er ergriff meine Hand, und einen Augenblick später fiel er mir in die Arme und weinte.

Ich klopfte ihm auf die Schulter: »Was ist das denn? Du wirst doch nicht ans Ende der Welt verbannt, in drei Monaten bist du wieder da, was soll das?« Sanft schob ich ihn zurück.

Er trocknete sich hastig die Augen und schaute sich um, ob ihn jemand beobachtet hatte. Alles war bestimmt von der Hektik der Abreise, und wenn überhaupt, dann sahen die Leute in diesen zwei Gestalten nur ein Hindernis auf ihrem Weg, wie sich an den Koffern, die uns anstießen, zeigte. Verlegen blieb Luís einen Augenblick vor mir stehen, ich rührte mich nicht. Dann riß ihn die Welle der Passagiere und Träger mit, die sich zum Tor wälzte. Sein Arm reckte sich noch kurz aus der Menge, um mir zum Abschied zuzuwinken.

Ich ging fort, und die scharfe Helligkeit stand durch ihre weiße Leere im Kontrast zu dem Tumult am Eingang des Kais. Gemischte Gefühle erfüllten mich: einerseits war ich sehr erleichtert (und darüber ziemlich empört), daß Luís nun weg war; andererseits dachte ich etwas verbittert, daß alle Menschen, die mir nicht ganz gleichgültig waren (oder ich ihnen), zunächst in intensive Berührung mit mir kamen, ehe sie in einem anonymen Gewühl wieder verschwanden. War es, wie er gesagt hatte, so, daß ich nichts dafür tat, um sie zu halten, oder war das, was ich tat, gerade nicht geeignet, um sie zu halten, egal ob es an ihnen oder den ungünstigen Umständen lag? Doch was hatte es für einen Sinn, Menschen zu halten? Wen hielt man denn: die man liebte oder die einen liebten? Und wie? Sah es nicht so aus, als entzögen sich gerade diejenigen, die man liebte oder die einen mit ihrer Gegenwart in Aufruhr versetzten? Mercedes hatte ich verloren (schon der Klang des Namens in meinem Kopf ließ mich zusammenzucken), und Luís, gleichsam Bruder und Sohn, war so gut wie fort. Die Frau, die ich sexuell begehrte, mit mehr als körperlicher Leidenschaft, sollte ich, aus eigenem Willen, weder wiedersehen, noch sollte ich ein weiteres Mal mit ihr schlafen. Und den Jungen, den ich so schätzte, hatte ich gerade erleichtert verschwinden sehen. Im Grunde wäre ich am liebsten in einen Stand der Unschuld zurückgekehrt, den ich durch die beiden verloren hatte, und hätte mich, obgleich ich spürte, wie unmöglich diese Rückkehr war, in der ruhigen Selbstgefälligkeit meiner Person und meines Lebens, des Lebens aller eingerichtet (so wie es anscheinend alle tun, bis man erfährt, die einen tun es, die anderen nicht…), auch wenn ich die unstete Gewißheit mitnahm, daß mir keine Frau jemals mehr bedeuten würde als die Erinnerung an die eine, die ich verloren hatte, und daß mich kein Freund je berühren würde, ohne daß mir zumindest seine unbewußten Absichten verdächtig vorkämen. Vielleicht ebnete die Zeit all das allmählich ein, vielleicht mußte ich irgendwann bei der Erinnerung an die Vergangenheit lächeln, vielleicht erfuhr ich sogar die

Gnade des Vergessens. Falls ich die Träume, Alpträume und aufeinanderfolgenden Kreise der Hölle vergaß, die ich einen nach dem anderen kennengelernt hatte, würde ich dann wenigstens den Mangel an Bewußtheit wiedererlangen, in dem ich vor den tragischen Verwicklungen gelebt hatte, welche mir die Liebe meines Lebens beschert und wieder genommen und mich dazu gebracht hatten, der Katalysator von Vernichtung und Tod für andere zu sein, die mir gleichgültig waren oder mit deren Motiven ich nicht direkt zu tun hatte? Hatte ich nicht Rodrigues hineingezogen, in dem Bewußtsein, einen Verrat zu begehen, der ihn in alle schmutzigen Abenteuer hineinstürzen mußte, denen er sich bisher nur in jugendlicher Rebellion hingegeben hatte? Und inwieweit hatte ich José Ramos in den Tod laufen lassen, oder Carlos Macedo, von dem ich nicht einmal wußte, wo er gerade war? Hatte mir nicht Almeida gezeigt, bis zu welchem Punkt er von mir abhängig war?

Ich blieb auf der Straße stehen, etwas entsetzt darüber, daß es mir gelang, ohne Entsetzen an sie alle zu denken. Waren sie bereits in dem Moment in der Vergangenheit verschwunden, als Luís das Tor zum Kai durchschritten hatte? Oder hatten sie sich im Gegenteil erst jetzt richtig in meinem Bewußtsein eingerichtet? Mit einer Mischung aus Wut und Übelkeit dachte ich an die Vision vom Strand zurück, meine phantasierte Vereinigung mit Mercedes. Ich spürte in aller Schärfe die Frustration dieses Scheinaktes (wie es mir zuvor nie ergangen war) und Scham über diese pubertäre Geste, die aus meinen erwachsenen Gewohnheiten herausfiel; zugleich war es aber auch, als hätte mich dieses Ereignis am Strand befreit, als hätte es Mercedes und meine Leidenschaft für sie auf die Ebene einer halbstarken Schwärmerei hinabgezogen, die einsam ihre Befriedigung findet. Seltsamerweise verspürte ich jedoch erneut eine furchtbare Gier nach ihr, und meine Hand in der Hosentasche verhielt sich schon entsprechend. Ich schaute in meiner Brieftasche nach, ob ich genug Geld hatte, und rief ein Taxi, das mich zu einem der Etablissements brachte, die ich kannte.

Am frühen Nachmittag herrschte wenig Kundenverkehr, der Salon war leer. Aber die Madame rief drei Frauen herbei, von denen ich mit einer die schmale Treppe hinaufging, die zu den Zimmern führte. Wir zogen uns beide aus, und im Bett umarmte ich sie wild, küßte sie und schlang meine Beine um sie. Sie gab professionelles Keuchen von sich, murmelte professionelle Anfeuerungsworte und simulierte Befriedigung ob solch stürmischer Lust. Es dauerte jedoch nicht lange, bis ich merkte, daß sich trotz meines atemlosen, heftigen Begehrens mein Glied nicht rührte, mehr noch: als spürte ich genau dort eine Kälte. Keine Geschicklichkeit der Frau vermochte es zum Leben zu erwecken, nicht einmal meine eigene Hand.

Erschöpft von den vergeblichen Bemühungen, blieben wir stumm nebeneinander liegen. Ich hatte immer noch dieselbe Lust, aber sie versteckte sich irgendwo in mir, umhüllt von einer Gleichgültigkeit, die mich die Demütigung dieses Fiaskos nicht einmal deutlich spüren ließ. Sie liebkoste meine Brust und fragte: »Du bist verheiratet, nicht wahr?«

»Wieso?«

»Manchmal passiert verheirateten Männern so was. Sie kommen zu den Mädchen, um etwas Abwechslung zu kriegen, aber sie können gar nicht mehr abwechseln.«

»Nein, ich bin nicht verheiratet.«

»Dann machst du dir über irgend etwas Sorgen.«

»Nein, auch nicht.«

»Aber ja, das merke ich doch. Mit der Zeit erkennen wir, wenn einen Mann etwas bedrückt. Hat dir deine Frau Hörner aufgesetzt?«

»Ich habe dir doch schon gesagt, daß ich nicht verheiratet bin.«

Das Schweigen zwischen uns zog sich in die Länge.

»Ich kenne dich«, sagte sie. »Ich habe dich schon hier gesehen, du bist nur noch nie mit mir aufs Zimmer gegangen.«

In ihrer Stimme schwang so etwas wie professionelles Bedauern mit: noch nie hatte ich sie ausgesucht, und jetzt, da ich es tat, interessierte sie mich offenbar nicht. Ich konnte mich wirklich nicht daran erinnern, sie schon einmal gesehen zu haben.

Ich drehte mich zu ihr hin und streichelte sie zwischen den Beinen: »Irgendwann ist immer das erste Mal.«

Sie setzte sich rittlings auf mich und rieb ihr Geschlecht und ihr Hinterteil an mir, aber vergebens. Ich setzte mich auf die Bettkante, bereit zu gehen. Da fragte sie: »Soll ich ein anderes Mädchen rufen?«

»Nein.«

»Du mußt auch nicht mehr bezahlen. Das geht auf meine Rechnung.«

»Nein, ich möchte nicht.«

»Wir lassen die Puppen tanzen, und dann kannst du…«

»Nein.«

»Und wenn ich den Kellner rufe, damit er mich leckt, magst du das?«

»Den Kellner?«

»Ja, das ist der Junge, der hier arbeitet. Du bist Kunde, ich rufe ihn. Und wie der leckt, die reine Freude, das müßtest du mal sehen.« Nach einer peinlichen Pause fügte sie mit funkelnden Augen hinzu: »Und es macht ihm auch nichts aus, seinen Arsch hinzuhalten.«

»Wofür hältst du mich eigentlich?«

»Nichts weiter, interessiert mich doch nicht, wer du bist. Du bist nur eins, ein Kunde, der bei mir nicht konnte.«

»Ist das noch nie vorgekommen?«

»Wenn du wüßtest, wie oft…« Sie kuschelte sich wieder an mich. »Aber keiner war so süß wie du… Ich möchte nicht, daß du so weggehst.«

»Ich bezahle dich auf jeden Fall.«

»Glaubst du, das ist ein schönes Gefühl, bezahlt zu werden, wenn man nicht gearbeitet hat?«

Dieses Arbeitsethos brachte mich beinahe zum Lachen, aber ich antwortete: »Ich bezahle dir die verlorene Zeit, ist doch egal.«

»Egal? Ich bin doch kein Taxi, ich lebe nicht von der Zeit, ich lebe hiervon…« Und sie packte sich mit der Hand zwischen die Beine.

Ich begann mich anzuziehen, aber sie umklammerte mich: »Geh nicht so brummig fort, komm zurück ins Bett.«

Ich ließ mich von ihr zurückzerren, und sie zog mir das Hemd und die Unterhosen aus, die ich schon wieder angehabt hatte. Noch einmal wälzten wir uns hin und her, doch nun war ich es, nicht mein halbsteifes Glied, der nicht die geringste Lust verspürte. Ich wollte nur noch weg, endlich Schluß damit. Mit zusammengebissenen Zähnen, in einer gespielten (und vielleicht schon nicht mehr gespielten) Mischung aus Wut und Zärtlichkeit zischelte sie Schimpfwörter, obszöne Sätze, Koseworte. Aber ich ertrug es nicht mehr, sie zu hören und an mich gepreßt zu spüren, es war eine einzige Qual – nein, ich wollte nicht. Ich machte mich von ihr los und griff wieder nach meinen Kleidern.

Sie saß auf der Bettkante, ohne ein Wort, ohne eine Bewegung, und als ich ihr das Geld hinhielt, sagte sie: »Und jetzt, wo er dir steht, gehst du zum Wichsen nach Hause.«

Ich trat auf die Straße und ging die Rua do Alecrim bis zum Cais do Sodré hinunter. Dort setzte ich mich in eines der Cafés mit Tischen vor der Tür, und in mir war so etwas wie Heiterkeit, die mich daran hinderte, einen klaren Gedanken über das Geschehene oder irgend etwas anderes zu fassen. Zwei Schuhputzer kamen mit ihren Kisten und stritten sich um meine Füße, jeder behauptete, ihn hätte ich zuerst gerufen. Ich hatte niemanden gerufen, und das wußten sie genau. Mit einem Lächeln sagte ich es ihnen; sie sollten sich entscheiden, wer mir nun die Schuhe putzte, oder sich die Arbeit aufteilen, einen Schuh pro Kopf. Der eine warf mir einen scheelen Blick zu, zog sich die Hose hoch, nahm seine Kiste und trollte sich. Der andere machte es sich ohne ein Wort bequem, setzte meinen Fuß auf die Stütze und widmete sich seiner Arbeit, die Zungenspitze zwischen den Zähnen. Ab und zu hob er einen leeren Blick zu mir, wie ein Hund, der sich kratzt, während er einen anschaut. Einmal hörte er mit dem Schuhputzen auf und brach in Gelächter aus, wobei er mit dem Kinn auf etwas zeigte.

»Was ist denn?«

»Bei Ihnen kann man ja alles sehen.«

Er hatte recht, ich hatte vergessen, mir die Hose zuzumachen. Ich setzte den Fuß ab, lachte still vor mich hin und knöpfte die Hose unauffällig wieder zu. Dann stellte ich den Fuß zurück, und der Junge trug sorgfältig die Schuhcreme auf, nur einmal unterbrach er, um auf seinen Lappen zu spucken.

Gerade als er fertig war und mich bat, den Fuß zu wechseln, erschien ein Bug in dem Stückchen Fluß zwischen der letzten Hausecke am Wasser und der Statue, und dann glitt ein grauer Rumpf durch die Lücke, und der Bug tauchte an der anderen Seite der Statue wieder auf. Ich erhob mich, um besser sehen zu können. Der Schuhputzer machte eine ärgerliche Bewegung und drehte sich auf seinem Bänkchen um: »Was gibt's denn da zu sehen?«

»Das Schiff dort.«

»Na, an vorbeifahrenden Schiffen ist hier doch kein Mangel.«

»Ich schaue mir ja auch nur dieses an.«

Der Junge stand auf und stellte sich neben mich, um auch hinzusehen: »Fährt jemand aus Ihrer Familie darauf?«

»Nein.«

»Also, wenn ich hier dauernd den Schiffen nachstarren wollte, würde ich verhungern.«

Das Schiff war inzwischen in ganzer Länge an der Statue vorbeigefahren und verschwand. Ich setzte mich wieder hin, und der Junge machte sich an den zweiten Schuh. Darauf erschien der Kellner des Cafés mit strengem Gesicht und schimpfte: »Ihr Herumtreiber wißt doch genau, daß ihr hier nicht schuhputzen sollt. Das Café hat seinen eigenen Schuhputzer.«

Der Junge erwiderte, er sei doch gleich fertig und ich hätte ihn gerufen (seine Augen baten mich, ihn nicht zu verraten). Der Kellner entfernte sich unter Drohungen, er solle sich bloß nicht wieder hier blicken lassen.

»Sehen Sie, wie das Leben ist? Ich bezahle für meine Lizenz, ich bezahle meinen Chef, ich bezahle den Gauner, der diesen Platz kontrolliert, die Polizei läßt mich hier nicht bleiben, wenn ich nicht gerade einen Kunden habe, und dann kommt dieses Dreckschwein an und muß mir das verdammte Leben schwermachen, weil in diesem Café ein anderer sitzt, der die Hälfte seiner Einnahmen an den Besitzer abgibt. Haben Sie so was schon gesehen, sagen Sie selbst?« Er schaute mich aus seinem mageren Gesicht und mit vor Empörung bebendem Schopf an.

Nein wirklich, stimmte ich zu. Er tat mir leid. Nachdem er sich umgeschaut hatte, murmelte er: »Entschuldigen Sie, ich weiß ja nicht, wie Sie denken, aber so kann das doch nicht weitergehen. Jeder hat doch ein Recht auf seine Arbeit, oder etwa nicht?«

»Na klar doch.«

Er warf mir einen argwöhnischen Blick zu, aber dann breitete sich ein Lächeln auf seinen Zügen aus: »Ich seh schon, Sie sind einer von den Beständigen. Wetten, Sie haben eine Arbeit?«

Ich lächelte ihn an, um die negative Antwort zu vermeiden, deren ich mich angesichts der Solidarität, die er gefunden zu haben glaubte, schämte. Er faßte es als Ja auf und stürzte sich noch hingebungsvoller auf meinen zweiten Schuh. Am Ende spiegelte er sich in seinem Werk und fand, der andere (der vor der Entdeckung der Solidarität geputzt worden war) glänze weniger: »Geben Sie den anderen Fuß her, damit ich noch ein paarmal drübergehen kann.«

Als er fertig war, stand er auf, betrachtete das Geld, das ich ihm gab, und sagte, seine Kiste in der Hand: »Solche geputzten Schuhe haben Sie auch nicht immer, was?« Er lungerte noch ein bißchen bei den Tischen herum, um den Kellner zu provozieren, der zurückkam und ihn verscheuchen wollte. Der Junge überhäufte ihn mit Beschimpfungen und entfernte sich aufreizend langsam, in der Gewißheit, daß der Kellner kein Aufsehen erregen durfte, um dem Ruf des Hauses nicht zu schaden. Ich zahlte die Rechnung und überquerte die Straße, um in der Rua do Corpo Santo die Tram zu nehmen. Die erste, die vorbeikam, war brechend voll, und ich sprang auf. Nur mit Mühe konnte ich mir auf der Plattform einen Platz im Gedränge zwischen der Rückwand und den Leuten vor mir erkämpfen. Ein unförmiger, dicker, parfümierter Rücken preßte sich gegen mich, er gehörte zu einer blonden Senhora, deren Gesicht ich nicht sehen konnte. Bei jedem Stoß des Waggons rieb sich ihr Hinterteil forschend und energisch an mir. Als nächstes wanderte ihre Hand nach hinten und wurde an mein Hosenbein gedrückt. Sie bog und dehnte sich, bis sie schließlich beinahe unmerkliche Bewegungen des Zusammenziehens um meinen Penis machte, und langsam, aber sicher reagierte er auf sie, der Esel. Zwei Finger schlüpften in den Hosenlatz, knöpften ihn weit genug auf, um richtig hineinzugreifen, und wollten als nächstes die Unterhose überwinden. Da es zu eng dafür war, kehrten sie wieder zurück, um den Schlitz noch etwas mehr aufzuknöpfen, schoben sich, von weiteren Fingern unterstützt, ganz hinein und streichelten mir sanft die Eichel und den gebogenen Schaft. Dann begannen sie mit einer rhythmischen Bewegung. Das hatte mir gerade noch gefehlt... Mit einem Ruck steckte ich eine Hand in die Hosentasche und verhinderte die Bewegung. Durch den Stoff kämpften meine Finger mit den ihren, und da es der Senhora nicht gelang, die Oberhand zu behalten, zuckte sie heftig zusammen und fing an, tief getroffen loszujammern und die Aufmerksamkeit der anderen auf uns zu ziehen: »Unverschämtheit... So ein Rüpel... Sich einer Dame gegenüber derart zu benehmen... Was glaubt der denn, wen er vor sich hat... Lassen Sie mich durch... Ich will hier raus...« Die ganze Plattform war so voll, daß die Fahrgäste nichts anderes tun konnten, als mir erzürnte oder zotige Blicke zuzuwerfen. Wie sollte ich mich bloß aus diesem Schlamassel befreien? Die ersten Stimmen zugunsten der Senhora wurden laut, die ersten Köpfe reckten sich voller Skandallust im ebenso gedrängten Innern des Waggons. Der Schaffner bahnte sich einen Weg bis zur Tür: »Was ist hier los?«

Die Senhora tirilierte: »Dieser Mann... Dieser Mann... Dieses Schwein... Schamlos...« Da hielt die Tram, und ein einziges Gewimmel ergoß sich auf die Straße, wobei ich meine Hose zum Teil wieder zuknöpfen konnte. Ein Polizist kam von der vorderen Plattform und drängte sich durch die Gruppe, die um den Schaffner, die Senhora und mich herumstand. Was sollte ich tun? Eine Dame erbot sich, die Senhora auf die Wache zu begleiten, da gehörte ich nämlich hin, jawohl. In diesem Augenblick kam ein großer, nachlässig gekleideter Jüngling dazu: »Auf die Wache, Blödsinn! Ich kenne diese Frau, das ist eine Gewohnheitstäterin, und sie macht immer einen riesigen Aufstand, wenn man sie nicht gewähren läßt... Mit mir hat sie dasselbe auch schon gemacht! Wetten, daß in dieser Straßenbahn noch mehr Männer sind, mit denen sie es auch schon versucht hat? Wenn dieser Herr auf die Wache muß, komme ich mit!« Einige Leute lachten und machten Bemerkungen: »Ach so... Die Dame reibt sich an den Männern...« Der Polizist versuchte, wieder für Anstand und Ordnung zu sorgen: »Das klären wir auf der Wache.« Der junge Mann packte die Senhora am Arm: »Gehen Sie nur auf die Wache, dann erzähle ich, wie ich Sie einmal habe machen lassen und nichts passiert ist, außer daß ich ganz vollgesaut war, und wie ich ein andres Mal keine Lust dazu hatte und Sie rumgeschrien und Theater gemacht haben.« Die Senhora weinte und flehte den Polizisten an, sie von diesen Gaunern zu befreien, die sich gegen sie verschworen hätten. Die Umstehenden waren jedoch unsicher, und die Dame, die ihre Hilfe angeboten hatte, schlich diskret in den Waggon zurück. Dort beugte sich ein gutgekleideter Herr aus einem Fenster und sagte: »Wenn die anwesenden Damen bitte verzeihen wollen, ich kann bezeugen, daß diese Frau sich tatsächlich so benimmt, wie der junge Mann erzählt hat. Und wenn sie behauptet, ich würde mit ihm und dem anderen, den sie beschuldigt, unter einer Decke stecken, na, das möchte ich mal sehen.« »Alles auf die Wache, auf die Wache«, rief der Polizist. Aber die Senhora wollte nicht, sie fühlte sich gar nicht wohl, vielleicht hatte sie sich auch getäuscht, ja, das Ganze war ein Irrtum gewesen, sie hatte sich sicher an das Rad der Bremse gelehnt...

»Und es mit einer Banane verwechselt, stimmt's?« sagte der Junge, der mich verteidigt hatte. Bei dem allgemeinen Gelächter konnte selbst der Polizist nur mit Mühe ernst bleiben. Aus dem Waggon kamen Rufe: »Schluß jetzt, fahren wir weiter.« Hinter uns kamen schon Leute aus einer anderen Bahn, die unseretwegen nicht weiterfahren konnte. Die Senhora weinte und seufzte und bettelte den Polizisten an, sie nach Hause gehen zu lassen, sie habe es nicht weit und werde es zu Fuß schaffen... Der Schaffner stieg ein, die Fahrgäste stiegen ein, und sie nahm die hintere Bahn. Der Polizist stand immer noch auf der Straße, neben mir und dem jungen Mann, und bemerkte: »Rüpel habe ich ja schon oft bei so was erwischt, aber eine Dame...«

Der Junge meinte: »Man lernt nie aus... Die protestieren jedenfalls nicht, wenn ihre Opfer sie nicht lassen...«

Aus der Bahn rief der Schaffner: »Steigen Sie jetzt ein oder nicht?«

Der Polizist rannte zur vorderen Plattform. Wir beide schauten uns lachend an. Die Tram fuhr an. Und der Junge sagte: »Trinken wir einen, ich lade dich ein.«

»Ich schulde dir ein Glas. Wenn du nicht gewesen wärst...«

Und er: »Da hast du recht. Gehen wir in eine Kneipe da unten. Aber soll ich dir mal was sagen?... Die hat das bei mir nie gemacht, was ich erzählt habe. Aber ich kenne ihr Spiel. Bestimmt hat sie das schon x-mal so getrieben, die einen vollgemacht und die anderen auf die Wache geschleppt, so daß sie gar nicht mehr weiß, wer wer ist. Außerdem, nimm diesen Herrn, die kennt keine Gesichter, bloß ihre Hand, die kennt sich bei den Eiern aus. Als ich was gesagt habe, war sie sofort unsicher. Jetzt hat sie eine Lektion bekommen: Wer will und nicht hat, muß dafür bezahlen, stimmt's? Aber das ist so eine Schnepfe, die zu Hause noch ihren Kater kastriert hat, wetten?«

Wir betraten die Kneipe und gaben uns gegenseitig einen Wein aus. Das Glas in der Hand, drehte der Junge sich halb zur Reihe der Tische an der Wand, halb zum Chef, der bediente, und erzählte ausgelassen unsere Geschichte. Die Männer und Jungen in der Taverne lachten, und gleich wurden ähnliche Anekdoten vorgetragen. Da wir sowohl gegen die Senhora als auch gegen den betrogenen Ordnungshüter gesiegt hatten, gab auch der Chef eine Runde aus; inzwischen standen schon alle bei uns am Tresen. Als der Junge sagte, er müsse nun zu Abend essen, komme aber zurück, um die Nacht durchzumachen, ging auch ich. Auf der Straße verabschiedete er sich herzlich von mir und sagte noch: »Beim nächsten Mal laß es lieber nicht so weit kommen, kann ja sein, daß ich nicht in der Tram sitze...« Dann bohrte er mir einen Finger in die Brust. »Es gibt ja Kerle, die alles dafür täten, sich im Gedränge einen runterholen zu lassen...«

»So einer bin ich nicht.«

»Und nie gewesen, wolltest du sagen, stimmt's? Du hast übrigens noch deine Hose halb offenstehen...« Er breitete die Arme aus. »Also... Nimmst es mir nicht übel, nein? Freunde? Man muß jede Gelegenheit beim Schopf packen. Bis zum nächstenmal«, und schnellen Schrittes ging er die Straße hoch.

Langsam machte ich mich auf den Heimweg. Das Leben hatte sich aber wirklich verschworen, um mich auf die Probe zu stellen: nichts hatte es ausgelassen, keine absurde Folge von tragischen oder grotesken, zweideutigen oder schalen, bedeutungslosen oder vor lauter Bedeutung unverständlichen Ereignissen, um sie mir in den Weg zu legen. Es war, als hätte ich eines Tages, durch eine unschuldige und überflüssige Geste (oder eine, deren Nicht-Überflüssigkeit ich nicht geahnt, deren Nicht-Unschuld ich nicht beachtet hatte), unwiderruflich dem Möglichen, dem Eventuellen, dem Irrationalen Tür und Tor geöffnet. Oder als wäre all das im Gegenteil bei seinem gelassenen Vormarsch in eine Überwirklichkeit eingedrungen, die eigentliche Wirklichkeit, was all diejenigen, die gar nicht richtig lebten, aber kaum ahnten. Wer lebte denn überhaupt? Derjenige, der sich ziellos und ungerührt von einem Tag zum andern schleppte, Jahr um Jahr, bis an sein Ende, ohne je mehr als das Mindestmaß dessen zu begreifen, was mit ihm geschah – oder derjenige, der sich in einen Strudel der Ereignisse stürzte? Von diesen Extremen doch eher der letztere. War ich denn auch so? Hatte ich mich in einen solchen Strudel der Ereignisse gestürzt oder sah mich mittendrin, ohne seine inneren Zusammenhänge recht zu verstehen? Plötzlich stand alles in meinem

Leben vollkommen sinnentleert und zwecklos vor mir, eine Mischung aus Horror und Groteske, vergebens, auch wenn flüchtig einige Lichter der Liebe und der Freundschaft darin aufgeblitzt waren – merkwürdig, voller Widersprüche und so zweifelhaft wie Irrlichter –, seit ich begriffen hatte, daß das Leben ein sinnloses Strampeln war. Oder doch nicht, vielmehr... ja... Es war, als sähe das Leben der anderen mit einemmal wie eine riesige, kollektive Verschwörung aus, deren zugrundeliegende Motive, deren naheliegende Gründe und deren prinzipielle Logik ich nicht erkannte. Weil sie mir zu hoch waren oder weil es nichts zu erkennen gab? Wahrscheinlich aus beiden Gründen, und beide galten für alle: nur wurde es den einen bewußt (freiwillig oder Stück für Stück durch die Umstände, welche ihnen diese Erkenntnis aufzwangen), den anderen nicht, weil sie sich weigerten oder weil sie die angebotene Erklärung nicht akzeptierten. Eins war sicher: ich stand vollkommen allein da, isoliert und ohne Möglichkeit der Verständigung mit den Verschwörern des Lebens. Nun, da mir meine Gefühle deutlicher wurden, kam mir auch die schlimmste Erkenntnis: ich war einer von ihnen. Dafür war vielleicht auch das, was mir aus der Feder geflossen war, ein Beweis: Die einen handelten, die anderen verfaßten chiffrierte Botschaften. Worüber? Vielleicht über das größte Geheimnis: in dem Augenblick, als mir das Leben als etwas Schreckliches erschienen war, ein unentrinnbares Netz aus stets unvorhersehbaren, gefährlichen und katastrophalen Verantwortlichkeiten, hatte ich entdeckt, daß die Unvorhersehbarkeit lediglich die schlimmste Seite der Verantwortung aufdeckte, nämlich daß es keine gab. Die Menschen existierten, um sich selbst und die anderen zu täuschen, zu quälen, zu zerstören, aus Liebe, Freundschaft oder Zeitvertreib. All das war in einer kolossalen Verschwörung organisiert, allein durch den festen Entschluß miteinander verbunden, triumphal zu überstehen – weniger den Tod als vielmehr das eigene Leben.

Als ich nach Hause kam, waren meine Eltern gerade mit dem Abendessen fertig, das die Köchin aufgetragen hatte. Eine merkwürdige Schläfrigkeit hing in der Luft – oder bildete ich mir das nur ein? Man hätte meinen können, das Licht würde durch die Dinge und die Menschen dringen, ohne sie zu beleuchten, sie lediglich mit einer Aura unbestimmter Reflexe, einem irisierenden Fließen, einer nebulösen Distanz umgeben. Ich wünschte einen guten Abend, ohne Antwort, und ging mich waschen und umziehen. Ich setzte mich zu Tisch, es wurde weiter geschwiegen, und während ich meine Suppe aß, fragte ich mich, meine Gedanken weiterspinnend, die mich bis nach Hause begleitet hatten, ob ich derjenige war, der dieses Schweigen hervorrief, der es also mitgebracht hatte, oder ob es mich im Gegenteil schon erwartet hatte, aus einem Grund, den ich nicht durchschaute. Eigentlich machte ich mir aber keine Sorgen: innerlich war ich bereit, alles hinzunehmen, mit einem Gefühl der Leere und Trauer und der ironischen Verzauberung. Wirklich, alles konnte passieren oder auch nicht, ohne mich zu überraschen. Wenn mich ein Schlag träfe, würde ich die Wucht und den Schmerz spüren, aber keine Überraschung. Es gab nichts Unerwartetes mehr; nur würde ich nie mehr erfahren, ob etwas unerwartet war oder nicht.

Ohne die Augen von seiner Beschäftigung zu heben – er schälte sorgfältig einen ganzen Pfirsich, wonach er gern stolz die komplette Spirale vorzeigte –, fragte mein Vater: »Na, ist der Junge auch an Bord gegangen?«

Ich bediente mich von dem Schmorbraten, den die Köchin mir reichte, und antwortete: »Ich denke schon.«

»Du denkst schon? Was ist denn das für eine Antwort?« Immer behutsamer drehte er beim Schälen den Pfirsich, weil er sich der Spitze der Kugel näherte.

»Ich habe mich am Eingang zum Kai von ihm verabschiedet, so wollte er es, und später habe ich das Schiff beim Auslaufen gesehen. Ich denke schon, daß er an Bord ist.«

Meine Mutter bemerkte: »Das hätte gerade noch gefehlt, wenn er nicht gefahren wäre.« Und nach einer Pause fügte sie hinzu: »Ein verrückter Junge, ohne jedes Schamgefühl, kein guter Umgang.«

Mein Vater ließ den gewundenen Streifen der Schale in der Luft baumeln und sagte nichts. Meine Mutter fuhr fort: »Was einem aber auch alles passiert! Da kommt aus heiterem Himmel so ein Knabe ins Haus gepurzelt…«

»Sein Bruder hatte ihn doch empfohlen, oder?« Inzwischen schnitt mein Vater mit Messer und Gabel den Pfirsich in Stücke, als hätte gar nicht er gesprochen.

»Nein, er tauchte zuerst auf, die Empfehlung kam hinterher.«

Mit gereckter Gabel sagte mein Vater: »Ist auch egal. Ich sehe jedenfalls keinen Nutzen darin, weiter über den Fall zu sprechen. Er kam her und hat hier gewohnt, wir haben ihm die Anstellung besorgt, die er sich wünschte, er ist an Bord gegangen, und damit hat sich die Sache.«

»In drei Monaten wird er wieder vor der Tür stehen«, sagte meine Mutter. »Er kennt sonst niemanden in Lissabon.«

»Dürfen etwa alle Leute, die in Lissabon kein Zuhause haben, sich bei uns häuslich niederlassen?« Mein Vater lächelte, ohne sie anzusehen. »Wenn dir der Junge leid tut und du weißt nicht recht, wie du das finden sollst, ist das noch lange kein Grund, daß jemand anders die Zeche bezahlt. Ich tue es jedenfalls nicht.«

Meine Mutter war verblüfft, wie immer, wenn er eine ruhige, ironische Antwort gab. Ihre Augen füllten sich mit Tränen, und sie erwiderte: »Wie kalt du redest! Da kriegt man förmlich eine Gänsehaut. So ein armer Mensch könnte verschwinden, und dich würde es völlig kalt lassen.«

Er verspeiste den Rest seines Pfirsichs und legte fein säuberlich das Besteck auf den Teller, nachdem er die Schalen beiseite geräumt hatte: »In dieser Welt verschwinden jeden Tag Tausende von Menschen spurlos.«

Diesmal bekam ich die Gänsehaut. Meine Mutter schnaubte: »Das ist etwas ganz anderes. Diese Leute kennen wir auch nicht. Da macht es nichts aus.«

Mein Vater spielte sein altes Spiel, ihre Empfindsamkeit auf bloße Inkonsequenz zu reduzieren: »Aber eine Reise macht noch weniger aus. Und noch viel weniger, wenn sie, das heißt, wenn das Reisen eine Lebensweise ist.«

»Wenn du erstmal damit anfängst, daß gar nichts von Bedeutung ist...« Meine Mutter tupfte sich die Augen mit ihrem Taschentuch ab, das sie aus dem Ärmel gezogen hatte.

Er tätschelte ihr die nächstgelegene Hand und stand auf. Ich folgte ihm und ging auf mein Zimmer. Als ich das Licht einschaltete, sah ich, daß die Veränderungen, die Luís darin verursacht hatte, verschwunden waren. Alles sah aus wie vorher. Ich ließ mich auf der Bettkante nieder, und die Ordnung im Zimmer strahlte die verführerische Ruhe von früher aus, ein etwas quälendes Gefühl, das meine große Müdigkeit noch vertiefte. Ich spürte aber nur die Erschöpfung des Tages, an dessen einzelne Ereignisse ich mich gar nicht deutlich erinnerte, jedenfalls bemühte ich mich nicht darum. So glichen sich Müdigkeit und Qual aus, und deren oszillierende, heikle Balance neigte sich ganz allmählich zur Seite der Müdigkeit, die angenehm wurde, leer und ohne jedes Wissen um Motive, Ursachen und Beweggründe. Einige undeutliche Wörter zogen langsam an mir vorbei, fügten sich in meinem Kopf zusammen und trennten sich wieder. Ich legte mich aufs Bett, spürte ein lächelndes Vergnügen dabei, sie loszulassen, bis sie sich zögernd, ab und zu leise nachhallend auflösten wie die Erschütterungen und Kräuselungen auf der Oberfläche eines dunklen, stillen Wassers, das ölig zur Ruhe kommt, ein stummer Spiegel.

XLIII

Als ich erwachte, drang eine klare Helligkeit zum Fenster herein, dessen Läden ich zu schließen vergessen hatte. Geweckt hatten mich aber Geräusche in der Wohnung, erregte Wortwechsel in einem anderen Zimmer. Es war noch früh, erst acht Uhr. Aber ich fühlte mich ausgeschlafen und frisch und wurde langsam auch neugierig. Was war da los? Ich stand auf, um nachzuschauen. Meine Mutter stürmte im Flur hin und her, gab dem Hausmädchen Anweisungen, schleunigst zum Lebensmittelladen zu gehen, bevor er zumachte, falls überhaupt geöffnet war, und Kartoffeln, Stockfisch, Reis und Salz zu holen, und wehe, sie vergaß das Salz. Das Mädchen beeilte sich fortzukommen, kehrte aber noch einmal zurück, um sich einen Posten auf der Liste wieder ins Gedächtnis rufen zu lassen. Mein Vater sagte nur, wir sollten die Ruhe bewahren, noch habe man gar nichts gehört, sicher sei alles ein Gerücht, als erstes müsse man erfahren, was wirklich geschehen sei. So lautete denn auch meine Frage. Die Antwort kam von meiner Mutter, hochdramatisch: Die Nachricht war mit den Brötchen geliefert worden, der Bäcker hatte behauptet, es habe eine Revolution gegeben. Mein Vater bemerkte dazu, falls das stimme, sei sie jetzt jedenfalls wieder vorbei, schließlich herrsche draußen doch Ruhe. Das Hausmädchen wirkte verängstigt bei dem Gedanken an eine Revolution, aber zugleich begierig, unter dem Vorwand des Einkaufens auf die Straße zu kommen, um herauszufinden, was wirklich los war. Meine Mutter erwiderte meinem Vater:

»Erinnerst du dich nicht, wie eine Revolution ist? Weißt du nicht, wie alles geschlossen hatte, weil die Geschäfte überfallen wurden? Und wie wir damals tagelang nichts einkaufen konnten?« Er gab zurück, das sei übertrieben, selbst als auf den Straßen geschossen wurde und dergleichen, habe der Händler den armen Lehrling andauernd vorbeigeschickt, damit wir versorgt waren.

»Was hat der Bäcker überhaupt gesagt?«

»Daß es heute nacht einen Aufstand gegeben hat!«

»Wo denn?«

»Hier in Lissabon!« Und meine Mutter fügte hinzu: »Ich hatte damit gerechnet, daß das eines Tages passieren würde. Die hatten genug von Ruhe und Frieden, das ist es nämlich. Und jetzt wird es wieder genauso höllisch wie vorher.«

»Wir wissen doch gar nicht, was wirklich geschehen ist, und draußen ist alles so ruhig, man hört nichts, bestimmt war es nur ein Gerücht. Oder er hat es nicht ernst gemeint«, sagte mein Vater.

»Natürlich hat er es ernst gemeint! Solche Dinge sind immer ernst. Hier geht mir keiner aus dem Haus«, meine Mutter musterte mich und meinen Vater, »denn ich habe keine Lust, mich zu sorgen, weil ich allein hier sitze, ohne einen Mann im Haus. Gott behüte!«

»Bist du wahnsinnig geworden? Ich soll also nicht zur Arbeit gehen?«

Das Hausmädchen stand zögernd an der Tür. Meine Mutter befahl schneidend: »Jetzt aber ab zum Laden, und unterwegs fragst du, was passiert ist.« Das Mädchen gehorchte.

Mein Vater sagte: »Am besten rufe ich mal im Büro an, vielleicht wissen die ja etwas.«

Damals war das Telefon in den meisten Haushalten ein imposantes schwarzes Ziermöbel, das nur im äußersten Notfall benutzt wurde; wenn es läutete oder der Hörer abgehoben wurde, dann wußte man, es handelte sich um einen bedeutenden Augenblick.

»Tu das, telefoniere und erkundige dich«, bestärkte ihn meine Mutter, und wir folgten ihm wie eine Prozession zu dem Objekt, das am Ende des Flurs neben der Eßzimmertür auf einem Sockel thronte, dessen weißes Spitzendeckchen die edle Würde des schwarzen Monsterchens noch betonte.

Als mein Vater sprach, wurde bald klar, daß im Büro alles normal verlief, trotz aller Aufregung, die sich auch durchs Telefon übermittelte und die er mit heftigem Kopfnicken und eingestreuten »Ahas« garnierte. Nachdem er den Hörer aufgelegt hatte, ließ er einige Augenblicke verstreichen, genoß unsere feierliche Erwartung und faßte dann zusammen, was er gehört hatte: »Wie es aussieht, hat es in der Flotte einen Aufstand gegeben, einige Schiffe, die flußabwärts unterwegs waren, sind von den Forts aus versenkt worden. Sonst ist nichts passiert. Die Regierung hat die Situation unter Kontrolle, es ist schon alles vorbei.«

»Na ja...« bemerkte meine Mutter. »Das sagen die Regierungen immer. Warten wir lieber bis morgen ab, wenn es bis dahin kein Feuergefecht gibt, dann stimmt es wohl.«

Ich konnte mich nicht zurückhalten: »Aber heute wurde doch auch geschossen, und wir haben nichts davon gehört...«

Meine Mutter wollte mir eine scharfe Antwort geben, als das Hausmädchen zurückkam, erhitzt von den vielen Nachrichten: »Gnädige Frau, da im Laden war der reinste Menschenauflauf« – »Siehst du?« sagte meine Mutter triumphierend zu meinem Vater – »und es soll eine Revolution gegeben haben, die aber schon wieder vorbei ist, aber keiner weiß genau, ob sie wirklich vorbei ist oder ob noch was anderes ausbricht, das waren nämlich Kriegschiffe« – »Kriegsschiffe«, verbesserte meine Mutter – »die angefangen haben zu schießen und alle Offiziere umgebracht haben, aber dann sind sie versenkt worden, weil die Regierung nämlich befohlen hat, sie zu versenken, und sie sind dann auch von den Forts aus versenkt worden, und jetzt weiß keiner mehr, was los ist, aber alles scheint ruhig zu sein. Und, gnädige Frau, die Kartoffeln sind teurer geworden und der Stockfisch und der Reis auch, und Senhor Joaquim« – das war der Besitzer des Lebensmittelladens – »sagt, vielleicht wird alles knapp, und deshalb ist es teurer geworden.«

»Alles wie gehabt«, meinte meine Mutter, »immer wenn es ihm irgendwie nach Revolution riecht, setzt dieser Mann gleich die Preise rauf. Ein schlechtes Zeichen.«

»Ich muß jetzt aber wirklich ins Büro, ich bin schon spät dran«, sagte mein Vater.

»Nein, du gehst nicht, ich will hier nicht alleine bleiben, in so einer unruhigen Situation.«

»Der Junge ist doch da.«

»Als wäre der jemals im Haus geblieben. Kaum hat er sich angezogen, ist er schon zur Türe hinaus, wer soll den aufhalten?«

»Na schön, bis nachher. Ich rufe später an.« Er ging, und meine Mutter empörte sich noch auf dem Treppenabsatz lautstark: so etwas Unvernünftiges und Unvorsichtiges, und sie sitze mit ihrer Sorge allein da.

Sobald die Tür zu war, wandte sich meine Mutter mir zu: »Hast du irgend etwas damit zu tun? Hängst du da drin?« Das Hausmädchen starrte mich entgeistert an.

»Ich?« Ich wollte schon über eine so absurde Frage lachen, als ich merkte, daß ich weder lachen noch antworten konnte, als wäre ich wirklich in die Sache verwickelt, bis zum Hals. Strände, Menschen, Satzfetzen, ein riesiger, kraftvoller Bug, alles drehte sich um mich, und Ertrunkene, auf dem Rücken, schwebten langsam dahin, einen Faden Blut hinter sich herziehend, der sich im Wasser auflöste.

Meine Mutter schickte das Hausmädchen in die Küche, zerrte mich ins Eßzimmer und schloß die Tür ab.

»Gott schütze uns! Hatte die Stimme meines Herzens also recht! Und nun?«

»Was, und nun? Du verstehst nicht, Mutter. Mit dieser Angelegenheit habe ich überhaupt nichts zu tun, auch sonst mit keiner Revolution, es geht um etwas ganz anderes.«

»Um was dann? Wußte ich's doch, daß diese Herumtreiberei ein schlimmes Ende nehmen würde.«

»Vermische und verwechsle nicht alles« – dabei war in mir selber alles Vermischung und Verwechslung – »und laß das ewige Melodrama sein. Ich habe doch schon gesagt, daß ich mit nichts davon irgend etwas zu tun habe. Außerdem« – mir kam eine plötzliche Eingebung – »denkst du, ich wäre heute nacht hiergewesen, wenn ich damit zu tun hätte?«

Das Argument beeindruckte sie: »Ich weiß nicht... Vielleicht nicht... Schwörst du mir, daß du dich nicht mit gefährlichen Leuten herumtreibst?«

»Ich schwöre es.« Gleichzeitig fragte ich mich, wer wohl gefährlich war und wer nicht.

»Sei vorsichtig, bring keine Schande über dich und über uns auch nicht.«

Ich ging ins Bad und dachte über diese Philosophie nach: »Bring keine Schande über dich und über uns auch nicht«, als wäre es entschieden zweitrangig, wenn man Schande über die anderen brachte, sei es absichtlich oder aus Achtlosigkeit oder aufgrund unerwarteter Konsequenzen. Ich erschrak, denn damit vertrat sie ohne Zweifel den schlimmsten Egoismus von allen: den Egoismus der Unschuld, der Ignoranz, der Angepaßtheit, den furchtbaren Egoismus derjenigen, die sich selbst und die anderen unbedingt unschuldig, ignorant und angepaßt haben wollen, bis jeder sich in seinem Frieden verschanzt hat und nicht wild, sondern gemütsvoll und sogar mit aufrichtiger Milde die unverletzlichen Grenzen seines ersten, zweiten oder dritten Stockwerks und dazu das Familiensilber und die Kinder gegen die Invasion des geringsten Aufschreis der Angst verteidigt. Ich lag ausgestreckt in der Badewanne und ließ mich von der seifigen Wärme durchdringen, aber ich fühlte mich weder gewaschen noch entspannt. Mein Dahintreiben im Badewasser erfüllte mich vielmehr mit Entsetzen. Aber ich wehrte jegliche Erinnerung, jegliche Verbindung zwischen den Ereignissen und den Personen ab. Bis ich plötzlich aufstand, weil ein Gedanke mich emportrieb: Wenn das Fort, also eines der Forts, die jene Schiffe versenkt hatten, am Vortag schon in Alarmbereitschaft gewesen war, dann wußte die Regierung auch vorher, was geschehen würde – und ahnte entweder die Ausmaße dieser Geschehnisse noch nicht und wollte den Ausgang des Aufstands abwarten, um dann entsprechend zu handeln, oder sie wußte genau über alles Bescheid und ließ es geschehen, da es ihr in die Hände arbeitete. Folglich waren aus kaltem politischem Kalkül Schiffe untergegangen und Menschen gestorben. Waren mir solche Berechnungen etwa fremd? Konnte ich mich mit einem Aktionsplan rechtfertigen, sei es aus Idealismus oder aus gemeiner Berechnung oder gar aus Gehorsam gegenüber schmutzigen Interessen, die zu verteidigen mein Auftrag war? Und selbst wenn ich mich rechtfertigen konnte, bewegte ich mich dadurch innerhalb der Grenzen von Gerechtigkeit und Vernunft? Gab es eine Gerechtigkeit und eine Vernunft, die nicht in den Dienst jeder beliebigen Rechtfertigung gestellt werden konnten?

Ich zog meinen Schlafanzug wieder an und ging hinüber, um Kaffee zu trinken. Meine Mutter saß am Tisch und las aufmerksam die Zeitung. Ich beugte mich über ihre Schulter, um mitzulesen.

»Setz dich hin und iß erstmal was, es wird höchste Zeit.« Sie mochte es nicht, wenn jemand über ihrer Schulter mitlesen wollte, nicht einmal diese sensationelle Situation konnte sie dazu bewegen, ihre alte Gewohnheit zu ändern.

Während ich aß, trug sie mir Auszüge aus den Nachrichten vor. Nun konnte ich es aber nicht ausstehen, wenn mir kurze Abschnitte vorgelesen wurden: »Lies du, ich lese gleich selber.«

Doch meine Mutter war nicht zu bremsen: »*Eine Revolte an Bord des Schiffes ›Afonso de Albuquerque‹ und des Zerstörers ›Dão‹...* Jetzt kommt's. *Einige Dutzend Gefreite und Matrosen brachten die Schiffe in ihre Gewalt...* Ordinäres Pack das... Matrosen, pfui, was für Leute!... Ah, warte mal... *Matrosen, die nur einen kleinen Teil der Schiffsbesatzung ausmachten, brachten die Schiffe in ihre Gewalt...* Aha, also nur wenige, sieh mal an... *nahmen die diensthabenden Offiziere fest...* Die Offiziere festnehmen, was für ein Mangel an Disziplin... *und versuchten, die Flußmündung zu verlassen, um sich den Streitkräften der spanischen Marxisten anzuschließen...* Wo wollten die hin?«

»Zu den spanischen Streitkräften, denen der Regierung.«

»Was heißt hier Regierung, das ist doch keine Regierung, guck dir doch an, was für ein schlimmes Beispiel die geben! Hör zu, warte. *Die Geschütze der Forts von Almada und Alto do Duque eröffneten zielsicher das Feuer und besiegten die Rebellen...* Gut gemacht, gerade noch rechtzeitig... *innerhalb weniger Minuten...* Es hat nur kurz gedauert, deshalb haben wir nichts davon gehört... *und zwangen sie dazu, die weiße Fahne zu hissen, als die Schiffe schon leckten...* Was gab's denn da zu lecken?« Sie seien voll Wasser gelaufen und dann untergegangen, erklärte ich ihr. »*Abgesehen von diesen beiden Schiffen verhielten sich die gesamten Streitkräfte vollkommen diszipliniert.* Ach so, es waren nur zwei Schiffe. Und die Offiziere wurden nicht umgebracht.« In der Stimme meiner Mutter schwang eine unterschwellige Enttäuschung mit, und sie suchte mit fiebriger Aufmerksamkeit noch einmal die ganze Zeitung durch. »Nein, da steht nichts davon, daß die Offiziere umgebracht wurden.«

»Sie hätten auch nur zwei umbringen können, einen auf jedem Schiff.«

»Was?! Wieso gibt es nicht mehr davon auf den Schiffen?«

»Gibt es schon, aber die bleiben zu Hause. Das ist wie in den Kasernen. So steht es doch auch da, oder? *Sie nahmen die diensthabenden Offiziere fest.* Das heißt, mehr als die diensthabenden Offiziere waren nicht da.«

»Stimmt... Und sie haben die diensthabenden Offiziere nicht umgebracht... Hier steht auch gar nicht, ob die Schiffe wirklich versenkt wurden... Es waren jedenfalls nur zwei, denn hier heißt es *Von den einundzwanzig Schiffen, die gestern im Tejo vor Anker lagen, haben sich nur zwei dem Aufstand angeschlossen, der von kleinen Gruppen angeführt wurde.* Hier haben wir's... *Die Toten, Verletzten und Gefangenen wurden von Bord gebracht...* Siehst du?... Es hat doch Tote und Verletzte gegeben.«

»Die Matrosen und die Gefreiten.«

»Ach, warte mal... Die Regierung wußte schon davon.« Ich zuckte zusammen. »*Die Regierung, der die Absicht der Aufständler bereits bekannt war, hatte alle notwendigen Maßnahmen ergriffen, um wieder für die nötige Disziplin zu sorgen.* Guck mal, und sie wollen *die Offiziere und Unteroffiziere bestrafen, die es unterließen, dem Aufstand mit aller Kraft entgegenzutreten.*«

»Wieso das denn?«

»Wieso? Ist doch klar, daß die bestraft werden müssen.«

»Aber sie waren bloß an Bord, weil sie Dienst hatten und von nichts wußten, genau wie die Regierung. Oder die Regierung wußte davon, aber sie nicht, warum sollen denn sie für etwas bezahlen, wovon sie nichts wußten?«

»Frag mich doch sowas nicht. Was machst du denn da für ein Durcheinander? Also, weißt du was? Wer das Sagen hat, hat das Sagen. Die Regierung wird schon ihre Gründe haben. O wie grauenvoll... Hier steht, sie hatten an Bord sogar Exemplare des *Roten Matrosen.* Wie grauenvoll.«

»Wieso grauenvoll? Hast du diese Zeitung schon gelesen?«

»Brauche ich gar nicht, der Name reicht mir schon. Matrosen sind sowieso schon Säufer und Raufbolde, lasterhafte Gesellen, und dann auch noch ›rot‹! Wo willst du hin?«

»Schiffe anschauen.«

»Du setzt keinen Fuß vor die Tür! Es reicht ja wohl, daß dein Vater aus Pflichtbewußtsein nicht hierbleiben konnte. Warum mußte er auch unbedingt im Büro anrufen? Natürlich sagen sie gleich, daß nichts los ist, diese Leute lassen einem nicht mal eine Revolution durchgehen. Aber du hast da nichts zu suchen. Deine Pflicht ist, zu Hause zu bleiben und deine Mutter zu verteidigen.«

»Wovor verteidigen?« Die Diskussion zog sich ewig in die Länge, die Argumente drehten sich im Kreise, meine Mutter stellte sich dramatisch mit ausgebreiteten Armen in die Wohnungstür, das Hausmädchen lief hinter mir her und flehte, ich möge nicht fortgehen, die gnädige Frau sei doch so erschüttert, ob ich das gar nicht merkte?

Ich ging trotzdem und knallte die Tür hinter mir zu, die sofort wieder aufging, und meine Mutter schickte mir weinerliche Verwünschungen hinterher, vermengt mit ängstlichen Warnungen vor den Gefahren, die mir drohten; vom Treppenabsatz folgten mir die Rufe bis auf die Straße. Draußen wußte ich erst gar nicht, wo ich hingehen sollte, und schlug den Weg Richtung Baixa ein.

Weder den Menschen noch den Dingen war irgendeine Veränderung anzumerken. Es herrschte höchstens eine Atmosphäre wie bei einem bedeutenden Ereignis, ein gewisser Auftrieb an den Türen der Lebensmittelläden und anderer Geschäfte, Leute, die mit aufgeschlagener Zeitung mitten auf der Straße stehenblieben (um der Stimmung Nachdruck zu verleihen, die sie verspürten oder verspüren wollten), dann suchten sie den Blick anderer Passanten, schweigenden, verständnisinnigen Zuspruch heischend. Diese jedoch wichen den Blicken aus – falls ich mir das nicht nur einbildete.

Und plötzlich wurde mir klar, daß meine Einsamkeit – zu wissen, daß ich wußte und zugleich nicht wußte, was ich wußte – lediglich ein Einzelfall innerhalb der anderen, umfassenderen Einsamkeit war, die unmerklich alle und alles ergriffen hatte und der sich unmerklich alle unterwarfen.

* (S. 310 f.)
Mein Fräulein, Sie sind ein Engel, ich wußte gar nicht, daß es in Deutschland solche Engel gibt.

Und ich hatte gedacht, die Portugiesen wären alle wie die Affen. Sind Sie etwa kein echter Portugiese?

Ob ich das bin? Kommen Sie doch näher und schauen Sie nach.

Aber nein, es gibt doch sehr gefährliche Affen.

Ich bin aber kein Affe, mein Fräulein, ich bin Portugiese.

Es heißt, das sei noch schlimmer.

Schlimmer als was, mein Fräulein? Wir machen alles genauso wie die anderen. Nur daß wir Experten sind und es besser machen als alle anderen. Selbst die Deutschen sind nichts gegen uns.

(S. 313)
Weißt du nicht, daß du ein Oberst bist?

(S. 354)
Wer zuletzt lacht, lacht am besten.

Die Übersetzung wurde gefördert aus Mitteln
des Instituto Português do Livro e das Bibliotecas, Lissabon,
und des *Komitees Portugal-Frankfurt 97, S.A.*

Ministério da Cultura

PORTUGAL
49. FRANKFURTER
BUCHMESSE 1997

Agustina Bessa-Luís
Die Sibylle

Roman. Aus dem Portugiesischen übersetzt
und mit einem Nachwort versehen
von Georg Rudolf Lind
301 Seiten. Geb.

Nach dem Tod des verschwenderischen Vaters muß Joaquina, genannt Quina, als noch junges Mädchen das übriggebliebene Erbe des nordportugiesischen Bauernhofes zusammenhalten. Die Brüder verlassen das Dorf, die Schwester heiratet einen ungeliebten Mann, und Quina kann den Mann, den sie liebt, nicht heiraten, da das bißchen Land zur Mitgift nicht reicht.

Ihr Kampf um den Erhalt des Erbes und eine eigene Stellung in der Welt bedeutet nicht nur harte Arbeit und Selbstdisziplin, er verlangt auch von ihr, Sehnsüchte und Glücksverlangen immer wieder zurückzustellen.

Den Menschen ihrer ländlichen Welt, den berechnenden, gläubigen Bauern wie den verwirrt tändelnden Adelsfrauen, wird sie zur »Sibylle«, deren Rat gesucht wird, die aber undurchschaubar und für die meisten menschlichen Regungen unerreichbar zu sein scheint. Und seltsam, auch dem Leser, der ihre innersten Gefühle und Gedanken lesen kann, bleibt sie eine unausdeutbare Gestalt.

Mit einer manchmal stürmischen, manchmal verhalten-lakonischen Prosa evoziert Agustina Bessa-Luís die prekäre, ja vielleicht tragische Größe, die der erzwungene und dann entschlossene Verzicht auf Glück in einer Gestalt wie der Sibylle hervorbringen kann.

Lídia Jorge
Paradies ohne Grenzen

Roman.
Aus dem Portugiesischen
von Karin von Schweder-Schreiner
400 Seiten. Geb.

Lissabon, Ende der achtziger Jahre. Im Obergeschoß eines zum Abbruch bestimmten Hauses leben sechs junge Leute, die alle die Verbindung zu ihrer Vergangenheit gekappt haben. Sie wollen, jeder für sich, über die Grenzen hinaus, von denen sie sich eingeengt fühlen, und gehen dabei riskante Wege.
Beobachtet, mit eisiger Genauigkeit beobachtet, werden sie dabei von einer Schriftstellerin, die sich neben ihnen einquartiert hat und ihre wirren Lebenswege als Diagramme auf die Wand zeichnet, sie auf ihrer Schreibmaschine protokolliert - als »Herausforderung an meinen Scharfsinn«.
Bald schon muß ihr klar werden, daß bei den hochgespannten Projekten ihrer Etagennachbarn jemand auf der Strecke bleiben wird. Begierig saugt sie den grellen Stoff auf. Darein mischt sich die dunkle Geschichte, mit der ihr Vermieter sie konfrontiert. Er, Widerstandskämpfer während der Diktatur, hat sich ganz zurückgezogen und schreibt an einer wilden Abrechnung mit den inzwischen geschmeidig angepaßten Genossen von damals. Dann aber, herausgerissen aus seiner Einsiedelei, stolpert er in ein absurdes Auftragsverbrechen. Vor den Augen der Schriftstellerin vollzieht sich ein lautloses Drama, an dessen Ende eine riesige Rauchfahne über Lissabon steht.

Henry Thorau (Hg.)
Portugiesische Literatur

576 Seiten. Geb.
und
suhrkamp taschenbuch 2770

Dieser Materialienband zur portugiesischen Literatur des 20. Jahrhunderts ist ein langerwartetes, notwendiges Kompendium mit dem Ziel, den herausragenden literarischen Errungenschaften dieses poetisch noch kaum entdeckten Landes am Rande Europas auch hierzulande die verdiente Geltung zu verschaffen.
Henry Thorau, Inhaber des Lehrstuhls für portugiesische Kulturwissenschaften an der Universität Trier, hat einen übersichtlichen und informativen Band zusammengestellt, der zweiundzwanzig Essays namhafter portugiesischer und deutscher Autoren vereinigt. Seine Absicht ist, den Leser auf lebendige Weise an die Lektüre heranzuführen, ihn zu ihr zu verführen. Er versammelt Beiträge zur Stellung der portugiesischen Literatur innerhalb Europas, zur Identitätssuche des Landes und seiner Literatur, zur weiblichen Poetik Portugals, zur Lyrik und zum postrevolutionären Drama und nicht zuletzt auch zur portugiesischsprachigen Literatur Afrikas.
Hinzu kommen Einzeldarstellungen der wichtigsten Autoren und ihrer Werke, so z. B. Eça de Queirós, Fernando Pessoa, Miguel Torga, Vergílio Ferreira, Agustina Bessa-Luís, Jorge de Sena, José Cardoso Pires, José Saramago, Lídia Jorge und Antonio Lobo Antunes.